大鱼

有爱的青春陪伴者

巷光

Xiang Guang

七毛·著

台海出版社

图书在版编目（CIP）数据

巷光 / 七蛊著 . -- 北京 : 台海出版社 , 2024.3
ISBN 978-7-5168-3760-3

Ⅰ . ①巷… Ⅱ . ①七… Ⅲ . ①长篇小说 – 中国 – 当代
Ⅳ . ① I247.5

中国国家版本馆 CIP 数据核字 (2024) 第 017546 号

巷光

著　者：七　蛊

出 版 人：薛　原　　　　　　　　　责任编辑：王慧敏

出版发行：台海出版社
地　　址：北京市东城区景山东街 20 号　　　邮政编码：100009
电　　话：010-64041652（发行，邮购）
传　　真：010-84045799（总编室）
网　　址：www.taimeng.org.cn/thcbs/default.htm
E – mail：thcbs@126.com

经　　销：新华书店
印　　刷：长沙鸿发印务实业有限公司
本书如有破损、缺页、装订错误，请与本社联系调换

开　　本：880 毫米 ×1230 毫米　　　1/32
字　　数：479 千字　　　　　　　　印　　张：11
版　　次：2024 年 3 月第 1 版　　　印　　次：2024 年 5 月第 1 次印刷
书　　号：ISBN 978-7-5168-3760-3

定　　价：42.80 元

目录

I C O N T E N T S

巷光

目　录

/ CONTENTS

巷光

第 一 章／新邻居

（1）

盛夏一场雷雨过后的天空湛蓝晴朗，热热烈烈的阳光照下来，把地面上的水洼映得像一面面水镜，刺眼又难避开。

狭窄巷子里那棵柳树被水喂了一整夜后舒展开打了卷儿的叶条，更是绿得发亮。

顾知意抱着一摞书低头看脚下的路。

巷子旧，道路更旧，坑坑洼洼的道路劈着叉地散开到各家门口，经年失修的水泥路露出底下的黢黑泥土，形成一个个看不清虚实的小水洼，一不留神踩上去就会泥星子飞溅。

娇嫩的脸蛋儿被晒得发红，额头上泛着细细的汗珠，她抿着唇抬头看向前面："妈，还有多久啊？"

走在前面拎着两个塑料袋的妇女头也不回走得飞快，声音倒是稳稳传回来："再过两家就是了，你爸找的这个房子距离你学校近得很。"

听着话脚下不留神踩到一个水洼，脚底瞬间被污水浸满，顾知意蹙起眉轻叹一口气，抬脚甩了甩鞋子，刚买的白色凉鞋这会儿已经成了灰色，她慢吞吞地继续往前走。

忽地，前面没人了，她慌忙站在原地，打量了眼四周，微微抬高分贝："妈，你在哪儿？"

少女的声音软糯甜润，拔高的声调里带着些许轻柔，在骄阳里越发明亮娇媚。

李娅萍探出头冲她招招手。

前面红瓦灰墙的那间就是他们家临时租的房子，顾青山所在的公司在南关建了分部，他被派过来做前锋，做到什么时候什么程度都是未知的，李娅萍不愿意一家人长期异地分居，干脆辞了工作带着顾知意跟着来了南关。

高二课程重要，李娅萍特意找了当地的一个朋友帮忙，安排了一个好学校，让顾知意进了重点班。本来还打算让她住校，可又怕平日里营养跟不上，夫妻俩一合计，干脆在距离学校比较近的老城区租了一间房。房子虽然破旧，可骑自行车上学只要十几分钟，这样一来顾知意也能得到更好的照顾。

明天搬家公司就要来送东西，李娅萍领着顾知意提前来收拾一下卫生。

房子在城中高楼后面，矮小如棋盘的平房一间间排列开来，成了这巷子四通八达的模样。

由于年代久远，许多房主早就买了楼房搬出去了，因此这些地方都租给了从外地来、有孩子上学的家庭。

小路两旁杂草丛生，沿着裂开的墙角也能钻出一簇绿草，还有不知名的小黄花，一朵朵格外可爱，要是摘两朵放在瓶里养几天也肯定好看。

顾知意微微弯腰预备放下书去摘两朵带回去。

忽地，身后传来声响。

十六七岁的男生有的还在变声期，声音嘶哑难听得像是砂纸在墙上划过，引得人战栗。说说笑笑的声音沿着弯曲的胡同传出来，顾知意身子一僵，快速抱起书往前走。

哪知身后那群人转了个弯也走这条路，遇见她时明显静了几秒，下一刻爆发出一阵笑声，甚至有人吹了声口哨。

"哎，前面的！"

她咬着唇没有回头，指甲紧紧地抠着书册，几步远的路程却像有一条长街那么远。

身后的人似乎没想放过她，笑声从后面传来，像是一股凉风骤然蹿上她的后背，引得顾知意一激灵。

"说你呢妹子！"

"回个头啊妹妹。"

话音刚落，又引来一阵笑声，仿佛她是小路上一只任人围观打量的动物。顾知意快走两步想要赶紧到家。

"妹妹，你哪个学校的啊？"身后声音依旧不断，越靠越近。

脚下踩过一个又一个水洼，凉鞋上、小腿上都是泥星子，但她无暇顾及。

"怎么还越走越快啊？"公鸭嗓笑起来，烟味夹杂着话语一并过来，"我们都是好人，你怕什么啊，我们又不是坏人。"

话越说越离谱。

顾知意把书抱在胸前走得飞快。

"还不搭理人，真高冷范儿。"头发染成黄色的成年男人瞟了眼旁边的人，把烟头扔到地上碾灭，"我倒要看看长什么样儿。"说着挽起袖子就要过去拽人。

旁边有人笑骂："别过分了啊！"

黄毛挥挥手。

"你有没有对象啊？"黄毛跑两步挡在顾知意前面，笑嘻嘻地问她，却在看见她的脸时愣了下。

小姑娘圆脸鹿眼，湿漉漉的眼眸带着警惕看向他，阳光自上洒下来，她耳边的发丝都在发光，盈盈之间，像个小仙女。

这妹子真好看。

黄毛眨眨眼，搓搓手笑道："那什么你别怕，我就想问问你有没有对象。"

顾知意后退一步，掌心的汗黏腻潮湿，将书页打湿一层，皱巴巴地被她抱在怀中。

身后几人见黄毛那副鬼样子笑得更大声："你刚才那气魄呢？"

黄毛歪头朝身后人骂："滚！"

一句话又引来一片贱兮兮的笑声。

明明是夏天，顾知意的后背却被冷汗打湿，家门近在咫尺。

这时候她要是拐弯进去一定会被他们知道自己住在哪里，万一真的找上门来那就是摆脱不了的麻烦。

刚才还红润的脸蛋儿已经煞白一片。

"行了。"声音忽地变了。

只是两个字，低沉又清冷，像一把利刃将那几句不堪的话尽数劈开，稀稀拉拉的笑声也偃旗息鼓。

抱着书的手开始发抖，顾知意紧紧咬着后牙绕开黄毛迅速转过弯走进小胡同。

那胡同一排有好几间房子，胡同口旁边有一棵巨大的柳树，柳枝低垂，遮挡住她大部分身影，黄毛只看了一眼便被人喊了过去。

少女长裙到膝盖，露着一截冷白的小腿，纤细匀称，尤其是脚踝。

黄毛走过去跟旁边的人比画："这脚踝还没我的手腕粗，真绝。"

在走进胡同的那一刻，顾知意回头看过去。

阳光耀眼，几人簇在一起形成大片的阴影，那阴影里有人走了出来。

他穿着黑色短袖，手插在蓝色校服的裤兜里，板寸头发，低着头从兜里掏出打火机把玩。

"咔嗒！"

一簇小火苗蹿出。

旁边黄毛已然成年，烟瘾极大，抽着烟站定，一缕白烟打着旋儿在四周散开。烟雾缭绕里她看不清那人的脸。

顾知意提着一口气猛地进门，而后躲在门后不敢出声。

"吓着人家了。"这声音平静清冽，像一潭死水，静谧流动却又让人窒息。

几个人顿时噤了声。

那黄毛低声道："漂亮，是个好学生样儿。"

"你还嫌不够麻烦，好学生都麻烦！"有人踢了他一脚。

"你……"黄毛蹭了下鼻尖，眼神落在旁边人的身上，忽然笑开，"我给俞哥面子，你算哪个？"

那人脸色一变，没出声。

小路被阳光晒得发烫，水洼热气腾腾，少年抬脚避开，微微抬起头站定。

暗红色的木质门有些掉漆，显得破烂不堪，被人半开一扇。顾知意躲在门后的阴影里，隔着薄薄的砖墙，那几个人在她家旁边停下，鞋底碾过泥土的声音沙沙作响。

顾知意深吸一口气，忘了呼出。

"俞哥，明天去不去天泰城？"有人吸了一口烟，话随着烟一起吐出。

顾知意下意识地竖起耳朵。

半晌后，被喊俞哥的人才回答："不去。"

语气依旧平淡冷漠，毫无波澜。

"那我们走了啊。"

"嗯。"微不可察的鼻音算是做了回答。

几个人应了声，挥挥手离开。

门口恢复清净。

只听见树上蝉鸣声，响个不停，一阵微风拂过，碎发挡住她的眼睛，她抬手拨开头发挽到耳后。

顾知意轻轻喘出一口气，下一刻一盆水泼到脚边，她尖叫一声慌忙捂住嘴。

李娅萍端着盆站在门口皱眉看她："别杵在那里了，也不觉得热得慌啊。"

"妈，你这水都倒我脚上了。"顾知意离开角落把书放在旁边石桌上，撩起裙摆找到水管子拧开。冰凉的水冲在脚面上，心里的紧张被冲淡几分，顾知意抬头打量着院子。

院子角落里有一棵紫藤花树，枝条攀爬上大门屋顶，叶子翠绿喜人，旁边的小平房用的透明玻璃做窗，背阴处几缕光透过去在窗上留下点点色彩。

在这露天的院子里，阳光晒得人睁不开眼，她撑起手遮挡，看向在屋内正在扫地的李娅萍："今天我们就要在这里住下吗？"

李娅萍接着往院子里泼水："不想在这里？"

顾知意摇摇头弯腰关上水阀，抬手扎了个丸子头，露出白洁饱满的额头。

视线越过墙面，对面的房顶也是红瓦。

"哐当"一声。

对门的门被人推开又关上。

顾知意眨了下眼，想起刚才瞥见的那个男生，极短寸头，黑色短袖，站在那群人后面，始终低着头，她只隐约瞧见他头顶的那个小发旋。

眼前闪过那只玩打火机的手，手指骨节分明，食指上贴着一个创可贴，打火机在那只手中打转。

她挪到门口，葱白纤细的手指紧紧扒着门框，往外瞧去。

老房子玄关处的入门隔断细窄，她稍稍探头便能看见对面那户人家的大门以及临街小侧门。

顾知意屏住呼吸，慢慢探出头去。

那人还在门口的一处阴凉地蹲着。

他就那样蹲在那里，面无表情，周身一股生人勿近的气息。

少年右边脸颊上有一道长长的疤，从那一侧鼻梁开始飞入鬓角，蓦然在眼尾处停下。

外面阳光很好，那道疤逆着光在脸上留下一道极淡的阴影。

顾知意缩回脑袋。

李娅萍从屋里出来，手里拿着两条床单晾到旁边晾衣绳上，笔直的长绳从这边屋檐下伸展到旁边屋檐下，被骤然搭上重物，弯成一个弧形。

"小意，后天要去学校，你的校服我给你放在凳子上了，你去试试合不合身。"李娅萍对她说。

她的校服是李娅萍特意先从学校领回来的。这两天是周末不用去上课，周一刚好需要穿校服，顾知意还没见过新学校校服的样子，心里想着该不会和原来学校的一样，又丑又绿？

她松开扫把进屋。

宽凳上放着叠好的校服。

蓝白拼接的上衣，顾知意拿起来抖了抖，又低头去看裤子，蓝色长裤。

和刚才那个少年穿的校服裤子一模一样。

（2）

在新家的第一天晚上顾知意几乎没有睡着。

旁边高墙上的窗户被李娅萍临时用一块布遮住，说是要等明天统一量一下家里窗户的尺寸，然后去定做一套窗帘。

窗户半开，蓝色浅花纹的布料被风吹起，一下一下撩起边角，她抱着薄被翻身看向窗。

住在这个巷子里的人似乎都睡得很早，不到晚上十一点外面便一片静悄悄的，只听得见风穿过树叶的呜呜声，和偶尔从远处传来的狗叫声。

顾知意轻轻叹了一口气，又翻了个身。老床的床垫年代太久，弹簧已经损坏，翻身时还能听到弹簧的声音，"嘣"的一声，在夜里格外清晰。

次卧的门半掩，她能听得到对面卧室里的声音，李娅萍的小呼噜声断断续续，时有时无。

冷不丁地，外面有脚步声响起，顾知意吓了一跳，连忙坐起来直直地看向窗户。

除了风撩起的窗帘并无其他。

她竖起耳朵听了会儿，那脚步声渐渐走远。

顾知意重新躺下，将被子从头盖到脚，又翻来覆去好几次才闭上眼睛。

不一会儿，外面响起窸窸窣窣的声音，还有人在讲话。

顾知意猛地睁开眼睛，这才发现天已经大亮。

门忽然被人推开，李娅萍探身进来瞧了她一眼，笑着说道："你爸来了，赶紧起床帮忙搬东西。"

"好。"她打了个哈欠坐起身。

"小意！"顾青山在院子里喊她，"你这个书架给你放哪里？"

顾知意连忙下床，散着头发冲进院子，院子正中央摆着她的那个组装书架，顾青山和搬家师傅都看着她。

她指了指次卧："放次卧吧。"

那些书是她最喜欢的，每一本都保存得很好，顾青山打包时候特意用纸壳子做了个防护套，整个书架没有拆直接搬来的。

"搬得好快。"顾知意接过搬家师傅手里的小收纳箱放进屋里，笑着说道，"爸，你们是搬家能手啊。"

顾青山笑开，鬓角的汗淌下来也没顾得上擦："什么搬家能手？对面的小伙子给搭了把手，帮忙把柜子给搬进来了。"

说着他和师傅一同使劲，把书架抬进了次卧。

顾知意拿着帽子刚要戴上，听到他这么说愣了下。

帮忙？

这时，李娅萍从厨房里端着一盆桃子出来，招呼搬家师傅一起吃，然后拿出一个塞给顾知意："你去拿给对门的小伙子，刚才搬家他给帮忙扛了一下。"

顾知意没作声儿，接过桃子攥在手里，桃子油亮亮的外皮，艳红的颜色，她只觉得自己像拿了一颗深水炸弹，一不留神就会被炸得面目全非。

"发什么呆呢？"李娅萍分完桃子一转身看她还站在原地，抬手轻轻推了一下，"去呀。"

"哦。"顾知意抿紧嘴唇，迈步朝外走去。

大门口玄关处是个阴凉地，再往外走没有遮挡物了，外面太阳毒辣，她低头看了眼手中的桃子，走了出去。

少年懒散地坐在门槛上。

他依旧穿着黑色短袖，一条腿伸直落在地上，另一条屈起踩在门槛上，露出一截冷白精瘦的脚踝，胳膊撑在膝盖上，手机横屏拿在手里，像是在打游戏。

就那样随意坐着，小路偶尔路过几人朝他看一眼，他浑不在意。

阳光胆怯怯地凑到他的脚边，没有再往前挪一下。

斜照下来的光构成一个棱角分明的三角形，唯一的阴凉地里坐着他，微风吹过，黑色短袖被吹起，在他后背鼓起一个小风包，少年动了动身子，那风包刹那间偃旗息鼓，悄无声息地消失掉了。

顾知意走过去站住，看见他头顶上的小发旋，几根呆毛随着风晃动两下。她没忍住笑起来，下一刻咬了下唇："你好。"

少年慢慢抬起头。

他的瞳仁极黑，像深不见底的黑洞，黑漆漆的一片。他薄唇半抿着，盯着她。

顾知意认出来是帮她解围的那个少年。

她伸出手，冲着他甜甜一笑："谢谢你帮我家搬东西，请你吃桃子。"

少年看了她一眼，视线慢悠悠地移到她的手上。

白皙娇嫩的手掌里放着一个洗干净的油桃，上面还带着几滴水珠，新鲜又可口的样子。

"Victory（胜利）！"

手机里传来游戏的声音。

落在上面的两枚大拇指停止移动，改放在侧面，轻轻一按，手机屏幕暗了下去。

"这个给你放这里了，"顾知意弯腰将油桃放在旁边门槛上，往后退了一步，"你记得吃。"说完转身往家走去。

临到门口，她回过头去，少年依旧保持原来的姿势没动，黑眸一瞬不转地看着她。

蓝色校服裤有一角落在地上，蹭上一点黄色尘土。

顾知意顿住，转身抬手指了指他的校服裤子："那个……"

少年指尖微微一动，断眉轻轻挑起。

她张了张口，刚想要说话。

"小意？"顾青山的声音从院子里传出来。

她忙应了声小跑回家。

落在地上的长腿收起，少年倚着门框低头看向那个油桃。

刚才那双眼眸笑盈盈的，像阳光洒在里面，璀璨得要命。

"俞哥？"

少年抬起头，将手机揣回兜里，掀起眼皮望过去。

来人戴着一副挡住半边脸的墨镜蹲在他面前，笑嘻嘻地说道："今儿周末老徐说让咱们去趟天泰城。"

话音未落，他的目光落在旁边的桃子上，"呀"了声，伸手拿过来往空中一抛，而后稳稳接住："哪里来的桃子？"

"不去。"少年的声音有些沙哑，冷清得很。

"别啊。"来人挠了挠头把桃子放下，又往他身后院子里瞄了一圈儿，凑到他耳边低声说了几句。

少年眨了下眼，眼皮掀起又飞快落下，面上依旧毫无表情。

"张之楠，"他抿了下唇，舌尖抵住脸颊，目光又落在那个桃子上，浓密的睫毛挡住他眼中的冷厉，"我说了今天不去。"

张之楠愣了愣，又叉着腰站起身在原地转了两圈："老徐可是点了名让你去，你要是不去指不定给你使绊子啊。"

少年抄手，头靠向后面，闭眼假寐。

"沈俞白！你到底能不能为自己想想！"张之楠急了，话脱口而出。

坐在门槛上的少年眯起眼睛冷冷望过去。

院子里，顾知意抬眸看向矮墙。

低矮的墙刚好挡住她的视线，抬头望过去，只瞧得见对面的半个窗户，窗上还有老旧复杂的雕花。

顾青山还在低头收拾堆在地上的零碎物品，把有用的东西递给她。

顾知意接过折叠刀和小镜子放在旁边的收纳盒里。

一家人一直收拾到晚上十点。

顾知意一连打了几个哈欠，冲着还在擦柜子的李娅萍摆摆手："妈，我先去睡了，明天还要上学呢。"

李娅萍早就替她铺好床单、换好被子，见她困得不成样子，连忙催着她去洗漱上床。

顾知意洗了澡浑浑噩噩地躺下，又抬起眼皮看了眼新挂上的窗帘，粉色的布料下点缀着几绺儿白色穗子。

脑海中闪过那双黑眸。

她闭上眼睛睡了过去。

第二天一早顾青山便领着顾知意骑着自行车穿过胡同里的一条隧道去学校，从这条路去学校时间最短。

老城区的隧道，上面是一条宽阔的马路，里面各种设施常年失修，线路老化路灯早就不亮了。隧道里黑漆漆一片，顾知意蹬得飞快，直到看见洞口的光才不自觉地松了口气。

南关第九中学是南关的重点高中，顾青山托了关系才把顾知意安排进去，就是为了她能够考个好大学。

六月的树木郁郁葱葱，主路两旁的梧桐树树叶茂盛，将阳光遮挡住大半，斑驳的影子投在地上，顾知意低头看着，视线里出现大理石台阶。

她抬起头望过去，只觉得陌生，太陌生了。

顾青山跟老师打好招呼后便急匆匆地赶去上班了。

办公室里坐着几位老师，顾知意紧张地绞着手指，只觉得背后的书包越发重得像要往后掰断她的腰。

班主任刘丹推了下眼镜冲着她微微一笑，又指了指外面的教室："今天周一要升旗，你来得比较早先去教室找个位置坐会儿，等升旗仪式结束我再重新给你安排座位。"

顾知意点点头，背着书包去找教室。

高二（6）班。

二楼是高二年级主阵地，从侧面办公室出来，正前方是一班教室，顾知意默默加快脚步顺着走廊朝前面走去。

九中的教学楼有些年代了，教室门是白色的木质门。

她抬头看了看挂在墙上的牌子：高二（6）班。

门没有锁，半掩的门微微开了一条缝，她侧头靠近门缝，教室里静悄悄的，没有人说话。

她紧张地攥紧拳头，想象等下遇见新同学要怎么打招呼。

顾知意轻轻推开门走进去。

成排的课桌两两并在一起，组成三列，桌上堆满书本，她抬眼望向后面的黑板报，上面写着"高二加油"的字样。

旁边靠窗的位置有人趴在那里。

蓝色窗帘随着风摆动，时不时落在他的身上，然后又被风带走，下一秒再次落下，周而复始。

顾知意往前挪了几步。

趴在桌上的人一条胳膊圈起环住整张脸，只看见乱糟糟的头发，乌黑蓬松，蓝白相间的校服短袖松松垮垮地落在他的背上，伴随着呼吸，蝴蝶骨轻轻扇动着。

清晨阳光耀眼，他前排的课桌上洒满阳光。

伸直搭出课桌的手无意识地垂下，阳光穿过，亲吻他的指尖。

窗帘还在摆动。

少年深吸一口气歪了下头，手掌撑着脑袋直起身。

满脸戾气与不耐。

他起身抬手将窗帘绾起打结，刹那间风平浪静。

似乎是注意到有人，他掀起眼皮瞧过去，逆着光，脸颊上的疤痕一闪而过。

顾知意彻底愣住。

（3）

沈俞白瞥了顾知意一眼，眼眸里没有什么情绪，而后趴下继续睡觉。

顾知意咽了口口水，开始打量周围的课桌，几乎每张桌子上都有一摞书，唯独这个男生前面的这张课桌是空着的。

不但空着，而且两张课桌都空着。

她慢慢走过去放下书包，又看了眼少年，再抬头看了眼墙上的圆形挂钟。

七点二十分。

凳子底下，少年的脚搭在凳腿上。

顾知意从包里拿出英语课本翻到最后，站在那里记了两个单词，可偏偏这两个单词像是长了尾巴，在她的大脑里溜过去，不留痕迹。

少年心安理得地继续把脚放在凳腿上，浑然不觉有人要坐下。

她倒吸一口气，继续盯住课本上的单词。

Waive（延迟；暂缓）。

顾知意眨眨眼，抿紧嘴唇，慢慢放下课本。

七点半。

她侧头看向少年，他依旧保持原来的姿势没有动。顾知意径直拉开凳子坐上去，凳腿上的脚下一刻被收回，长腿以一种奇怪的姿势，蜷在狭窄的课桌底下。

身后人睁开眼睛，断眉微不可察地挑动一下。

顾知意腰背挺得笔直让自己尽量不碰到后面的课桌，耳朵却竖起听着后面的动静。

依旧静悄悄的，甚至连呼吸声都难以听到。

她松了口气，接着往下背单词。

背后的人手托着腮撑头坐起来，冷冷地看着前面女孩的背从绷直到松弛，不过短短几秒。

他眨了下眼，再度趴下睡着了。

教室里陆陆续续进来人，在看见她的时候都有几分愣怔，等看清她坐的位置时，更是表情变得十分微妙。

坐在她前面的女生转过头看了她好几眼，欲言又止。

在对方第三次弯腰捡起不小心掉在地上的笔时，顾知意抬起头冲着对方笑了下："你好，我叫顾知意。"

女生一愣，眼神不受控制地瞄了眼她身后，低声道："我叫赵萌萌。"

女生又问："你怎么坐这儿啊？"

顾知意有些茫然："这里怎么了？"

"你后面，"赵萌萌指了指她身后，声音越发低，几乎是气音，"沈俞白最讨厌别人坐在他前面。"

"可是老师让我自己找位置坐下，"顾知意按下自动笔，发出轻微的"吧嗒"声，她的声音带着南方女孩子特有的软糯，却莫名地又有几分倔强，"我看了只有这里有空位。"

赵萌萌皱起眉，大半个身子都侧到后方："前面也有，虽然位置不太好。"她指了指讲桌旁边。

一张单人课桌孤零零地摆在讲桌旁，上面还放着几张空白试卷和半截粉笔。

顾知意收回目光，笑眯眯地看她："我觉得这里挺好的。"

"好了，同学们，"刘丹踩着高跟鞋在教室门口站住，"把校服领子整理一下，戴上胸牌去操场升旗。"

话音刚落，后排几个人瞬间弹起来要往外走。

凳子摩擦地面的声音刺耳，顾知意顺着声音看过去，浅褐色瞳孔一点点放大，脸色唰地白了。

赵萌萌拍了一下她的胳膊："走啦。"

顾知意忙跟上赵萌萌的脚步离开教室，这才松了口气。

那天那几个拦路的少年竟然也在。

张之楠习惯性地看向沈俞白的位置，结果却看见一个女生从沈俞白前面的座位站起来，他惊得眼珠子差点掉下来，然后捅了捅旁边人的胳膊，目光跟着女生直到她离开教室："见鬼了。"

——刚才那女同学不就是那天遇见的那个女孩嘛！

"见不见鬼我不知道，"旁边的李海昂起下巴，视线落在趴在桌上的人的身上，咂咂嘴，"我只知道再不叫醒俞哥，老魏又要找事了。"

"啊……

"俞哥，起了起了。"

沈俞白手撑着桌子站起身，晃了晃脚。

张之楠低头看他抖脚，笑出声来："俞哥你的脚咋了？"

"麻了。"沈俞白理了下衣角迈开腿往外走，路过前面课桌时，一股淡淡的皂香蹿入鼻中，他顿了下，轻轻呼吸，再也没有闻见。

张之楠和李海已经走到门口，见他走得慢也只是摇摇头，两人手抄裤兜三步并两步从楼梯走了下去。

沈俞白扶着脖颈转了转脑袋，目光不经意间扫到桌上的英语课本，翻开的那页上工工整整记着笔记，字迹娟秀好看，跟人一样。

他慢慢悠悠地走出教室。

主席台上，矮胖又地中海式秃顶的教导主任还在发言，从表扬到批评，最后握着话筒喊了声："肃静！"

顾知意刚来没有排位置，刘丹让她站在第一排，跟赵萌萌同排。听到教导主任喊话，赵萌萌吸了口气，低声道："完了，完了。"

顾知意歪头看向她。

"你刚来不知道……"赵萌萌见顾知意那双湿漉漉的眼睛里满是疑问，立马想要给她答疑解惑。

可惜天不遂愿，刘丹瞪了赵萌萌一眼，赵萌萌立马抿紧嘴巴。

"咳咳！"

教导处魏主任清了清嗓子，拽了下领带："近期我们学校发生了一件令人非常愤怒的事情，学生公然辱骂、威胁老师，还有没有规矩了！还知道自己是个学生吗！"

底下瞬间一片寂静。

片刻后，旁边班级后排的几个学生开始交头接耳，不知道在说些什么，似乎有些兴奋。

台上魏主任还在训话。站得久了脚底发麻，酥酥麻麻的感觉顺着脚蔓延上来，顾知意瞥了眼刘丹，低下头轻轻抬起脚尖，操场上稀稀疏疏地长着几棵小绿草，歪着身子在空中飘荡，她盯着瞧，一时间走了神。

"沈俞白！"

顾知意猛地抬起头。

主席台上魏主任满脸严肃地盯着他们班级后排，学生们不由自主地跟着转过头看去。

站在最后一排的少年短袖校服领扣未系，精致的锁骨若隐若现，薄薄的嘴唇微微抿起，黑眸被额间细碎的头发挡住几分凌厉，白皙的肌肤搭配优越的骨相，逆着光竟然生出几分慵懒。他手插在裤兜里，低头站在后面，听见被点名，慢悠悠地抬起头。

仿佛无关紧要的事情。

"沈俞白，上台！"魏主任又喊了一声。

沈俞白掀起眼皮，没说话，只抬脚往前走。

班级与班级之间有一条间隔，他自间隔而过，受到那么多注视，仍旧面无表情地往前走着，甚至连手都没有从裤兜里拿出来。

就这样一步一步迈上台阶，站到魏主任旁边。

少年颓废又俊美，站在中年男人旁边更是形成鲜明的对比，底下不少女生倒吸一口气，眼里的亮光清晰可见。

周围人的议论声如蚊蚋，无法忽视。

顾知意忍不住仰头看过去。

跟那天遇到的他不一样，那天他站在人群后面，存在感低到她几乎没有发现，或者说根本无暇顾及，可现在他被迫站在高台上受众人注视。这样的注视令人像被千万蚂蚁啃噬，可他一动不动，甚至连表情都没有变。

顾知意蹙起眉头。

魏主任不知道从哪里扯出一张纸举起来抖了抖："没有规矩不成方圆，身为一个学生就要守规矩，今天就让沈俞白当着同学们的面，好好反思一下自己的行为。"

说完他把那张纸塞到少年的手中，退到一旁，摘下眼镜擦拭。

少年手指修长，他垂眸静静地看着手里的检讨书，上前一步拿住话筒。

半晌后。

旁边的大音响里传出一声轻嗤。

魏主任脸色一变。

他慌忙戴上眼镜，还没来得及迈过去夺下话筒，只听少年特有的嗓音通过大音响传遍整个操场——

"抱歉，这事儿没法做检讨。"嗓音清淡冷漠，与"刺啦刺啦"的电流声混合，带着一点不屑和懒散，说不出的性感和漠然，让底下一群人彻底尖叫起来。

他慢慢抬起手，稍稍用力，那张检讨书便被撕成了两半。

少年松开手，那两片纸在半空中打了个转儿落在地上。

沈俞白手抄进裤兜往旁边走去。

一旁魏主任连忙先去夺下话筒，转头又想要教训他，却扑了个空。

眼前的人径直走到台沿前，在一片低呼声中跃下高台，抄着手往他们班级站的位置走过去。

顾知意站在第一排，她愣生生地看着他走近。

然后对上那双眸子。

黑漆漆的瞳仁宛若深渊，旋涡中央带着强大的吸力，浓长的睫毛缓缓地眨了一下，将那黑暗深渊遮挡住，她也不由得跟着眨了下眼睛。

少年的手从裤兜里拿了出来。

右手缠着一圈纱布，手背上隐约可见有血迹透出来。

顾知意下意识想要提醒他，衣角被人猛地一拽，她不由得往后退了两步，将面前的空地让了出来。

那张薄唇勾起一抹弧度，然后他越过她径直走向后面。

"反了反了，解散！刘老师等下领着他来我办公室一趟！"

学生们在听到"解散"两个字时一窝蜂地散开冲出教室，顾知意回头看向高台，魏主任额前所剩无几的头发被风吹起来，在半空中飘了两下又落下，然后又飘起来，滑稽搞笑。

她转回头，少年被三五个人围住，勾肩搭背地说着什么，他们的神情肉眼可见地兴奋。

只有沈俞白，从始至终那样冷淡。

胳膊上忽然多出一只胳膊，顾知意吓了一跳，赵萌萌很自然地挽住她的胳膊，朝前面的人群努努嘴："我和你说，沈俞白这事做得对！

"他根本没有骂老师。"赵萌萌贴近她的耳朵低语，"那个带班老师老赵就是个老流氓，当着我们的面儿都敢摸女同学的后背，不但摸还拍人家屁股！

"沈俞白看见了，就说话了。

"关键是后排那么多男生，只有他说话了。

"不过，他真的很凶。"

那时，少年依旧那副懒散模样，只不过站起身，瞧了眼比他矮了半个头的老师，掐着对方的手甩出去，语调平平，震慑力却十足："再敢，你试试。"

顾知意眼睛睁得大大的。

赵萌萌点点头："真的真的。

"我爱死他那个调调了，冷酷又无情！"赵萌萌又撇撇嘴，"不过我还是有点怕他。"

"为什么怕他？"

正说着到了教室门口，赵萌萌就没有继续说下去。

回到教室的时候班上的同学已经差不多到齐了，刘丹冲顾知意招招手，然后揽着她的肩膀跟同学们介绍道："这是咱们班新转来的同学，顾知意，来做一下自我介绍吧。"

"大家好，我叫顾知意，南风知我意的知意，以后请多多指教。"她抬起手挥了挥。

下面响起"哗啦啦"的一片掌声。

沈俞白在掌声中抬起头，就看见站在讲台上的女孩明艳清秀，笑容璀璨，明明穿着一样的校服，她却像一块蓝白色的软糖，柔软又甜。

教室窗外花坛里那棵睡莲依旧没有发芽，腐烂枯黄的藤蔓漂浮在水面上没有人打理，死气沉沉的水面，腐烂肮脏的死物，他抿着唇，消瘦的后背拱起，再度垂下头睡觉。

刘丹笑起来，说："顾同学可是个非常优秀的学生，希望大家互帮互助，好好学习。"

后排的同学猛拍桌子："老师你放心，关爱同学，人人有责！"

"李海你够了啊！"刘丹瞪了眼后排那几个男生，有些头痛不知道该怎么安排座位。

她低头轻声问道："你刚才坐在哪里？"

顾知意抬手指过去："那里。"

沈俞白前面的座位。

刘丹轻轻"啊"了声："那你就先坐那里吧，有任何问题来找老师。"

顾知意点点头，朝着座位走过去。

这下子班上所有人的目光都聚集在她的身上，尤其是后排的那几个男生。

张之楠张着嘴愣愣地看着她走过去。

教室里忽然安静下来。

沈俞白蹙起眉头，不一会儿，脚步声一点点地靠近。

然后他听见女孩的声音，柔软甜糯，带着一点点口音："同学，能把脚挪一下吗？"

（4）

教室里一片寂静。

少年的脚钩在前桌的凳子腿上，露出一截冷白的脚踝，跟暗黄色的凳子腿绞在一起，扎眼又多余。

他平时就这么坐。

现在有人让他把脚拿开，而且一副丝毫不怕他的模样。

下一刻，张之楠眼睛慢慢睁大，满脸诧异地看着那只脚缩了回去，踩在桌子下面的横杠上，第一下还没踩稳，落在地上，发出"砰"的一声。

他死命咬住唇，脸憋得通红。

旁边李海肩膀一耸一耸的，整个人笑趴在桌子上不停地抖动。

顾知意拉开凳子坐好，打开语文课本。

讲台上语文老师已经开始板书。

少女坐得笔直，头发被高高扎起成一个丸子，底下毛茸茸的碎发贴着后脖的肌肤，有几缕黏在皮肤上，白与黑相衬。她昂起头看向前方，脖颈线条优雅流畅，侧面甚至能看见精致的锁骨。

顾知意浑然不觉，低头，抬头，大臂微微摆动，记录着课堂笔记。

沈俞白撑着头扫了眼前面的黑板，上面写满了白色粉笔字，语文老师正看着课本解析黑板上那段话的意思。

面前的人听得认真极了。

午休的时候，顾知意拿着餐具去旁边的洗手池冲洗，赵萌萌气喘吁吁地跑过来："小意，今天有篮球比赛，快快快！"

顾知意拧紧水龙头，将筷子放进盒子里收好："什么篮球比赛？"

"隔壁职高和咱们学校的篮球比赛，中午两个小时有个小比赛。"赵萌萌拉着她的手激动地往球场跑，嘴里念念叨叨个不停，"我跟你说，咱们班的男生打球超帅的。"

刚来第一天赵萌萌就迅速跟顾知意建立起革命友谊，这女生热情开朗，顾知意也喜欢她的性子。

等两人到篮球场才发现那边阴凉地已经坐满了女生，嘴里还在喊着加油。

球场上两队人正在奋力对抗。

赵萌萌和顾知意干脆坐到旁边的树荫底下，两个人盘腿坐着，顾知意抬手将头发挽到耳后，眯起眼睛，手撑着下巴看球场上的男生们打球。

赵萌萌完全沉醉在男生们的激情碰撞中，双手托腮，笑呵呵地望着篮球场，好半天才后知后觉地侧过头问："看见沈俞白没？"

顾知意摇摇头，将手上的矿泉水瓶放到一旁。

天气热，少年们精瘦的上半身和腹肌露在空气中，青春的气息引起旁边一阵阵尖叫。

她挪开眼，视线落在另一边的篮球架下面。

一人手垫在脑后，枕着篮球架底座躺在那里。衣角被掀起盖住他的脸，腹肌暴露在空气中，随着呼吸起伏，轮廓明显。

忽然，一个球滚到他脚边。

他没动。

那球碰到他的鞋停下。

球场上的人也停下动作，张之楠撩起衣服擦了把汗，小跑过去捡起球，拍了拍他的肩膀："俞哥，换人了！"

一只手抬起拉下衣服，露出冷白面容，阳光太过强烈，黑眸微微眯起，面上清冷淡漠，而后沈俞白撑着手站起身朝着比赛场地走去。

几个男生见他走过来顿时吹起口哨。

倒是看台上的几个女生偷偷红了脸。

他的身影从暗处慢慢移动到阳光下，短发乌黑，半袖卷到肩膀上，露出结实的肌肉，然后微微弓腰接住对面传来的球，三步上篮。

自从沈俞白上场，台下的欢呼声越发高涨，职高那边的人明显放不开手脚，脸色都变得难看起来，更别说卖力打球了。

转眼间，比分被拉开。

顾知意低头看了眼手表，还有半个小时就要上课，下午第一节是数学课，她数学成绩有些拖后腿，来之前说南关的教学进度比较快，她想先回去预习一下。

想到这里，她扯了扯赵萌萌的衣服："要不要回去呀？"

赵萌萌如梦初醒，借着她的手表看了眼时间后忙站起来："是要回去，走走走，老李的课不能迟到。"

说着两人便起身准备离开。

忽然，一个篮球径直朝着两人飞过来。看台上的人吓得捂住嘴，有人禁不住朝着两人大喊，可惜球的速度太快，顾知意眼角余光只觉得有团黑影冲了过来，她下意识地抬眸看去，杏眸猛然睁大。

容不得她思考，近乎下意识地，她挡在了赵萌萌身前。

篮球狠狠地砸在她的后背上，然后反弹落在草地上，又弹了两下滚远了。

疼痛在后背迅速蔓延，甚至呼吸都有一些费劲。顾知意脸色煞白，她轻轻吸了一口气，只觉得疼得直不起腰。

赵萌萌反应过来直接红了眼，手足无措地抱着顾知意就开始哭："小意，你有没有事啊？你别吓我啊。"

顾知意摇摇头："没事。"

这球如果是赵萌萌碰上，怕是要砸在脸上了。

还好只是砸在她的后背上。

本校的男生一看自己学校的人被篮球砸了，顿时就不愿意了，冲上去揪着职高那人的领子，脸红脖子粗："你不长眼啊？"

"就是啊，没看见那儿坐着人呢！"

职高的人本就被沈俞白打得火气直冲，这会儿不甘示弱地贴了上去："怎么了，谁知道树底下还有人啊，盲区懂不懂？"

一时间球场上乱了套，两边球员吵得不可开交。

顾知意无暇顾及这些，后背的疼痛让她难以忍受，需要尽快去医务室看看到底伤得多重。

忽然，篮球场上没了声音。

她扭头看去。

刚才还争得面红耳赤的男生被人掐着脖子朝她们走过来。

赵萌萌害怕地拉着顾知意的手往后退了几步。

沈俞白面无表情地拽着人走到她跟前，松开手对那人说："道歉。"

无波无澜的口吻，却有着不允许人拒绝的强势。

张之楠一脚踹上那男生的屁股，恶狠狠地骂道："让你不长眼，道歉！"

那男生捂着脖子，拳头紧紧攥起，低下头说："对不起。"

顾知意抿了下唇，看了眼旁边的少年。沈俞白难得笑起来，薄唇弧度浅浅，似是嘲讽："看我做什么？他跟你道歉。"

"没事的，下次注意就好了。"顾知意微微直起腰只觉得后背疼得要命，干脆放弃，索性歪着肩膀靠在赵萌萌身上，"真没事。"

张之楠"啧"了声："顾知意，你也太好欺负了吧，刚才那下我看着都疼。"

顾知意眨了眨眼睛："他不是故意的。"

那男生脸色难看到极致："我可以走了吧。"说完转身准备离开。

"等下。"沈俞白眯起眼眸，清冷消瘦的脸庞半隐于树荫下，他抬起下巴朝球场望过去，"比赛还没结束。"

职高的人彻底忍不了了，冲过来把篮球摔到球场，那篮球承了十分怒气，弹起老高，重重落下。

"沈俞白，你有完没完？"

沈俞白垂下眼眸，板寸黑发上冒出点点汗珠，顺着滴下来。他嗤笑了声，手慢慢插进裤兜里："打了人，比赛还想溜，王冠就是这么教你们的啊？做事，要善始善终。"

清冷平淡的嗓音漫不经心地说着，在燥热的球场掀起一股冷气，蹿得人后背发凉。

几个人恶狠狠地盯着他。

半晌后，那男生扬了扬手："兄弟们，好好打球！"

职高的人呼喊一声，夹杂着愤怒的气焰比骄阳还要火爆。

张之楠呸了一口，叉腰站在沈俞白旁边："俞哥，王冠肯定收到消息了，刚才我看见他们有人打电话了。"

他舔了下唇，淡淡地应了声："知道了。"

"嘿，俞哥，顾知意她们的水还在这里。"李海弯腰从地上捡起两瓶矿泉水，"喝不喝？"

说着他把赵萌萌那瓶递了过去。

沈俞白低头瞧了眼，指了指他另一只手上的那瓶水："拿来。"

李海撇撇嘴，默默把那瓶水递给他。

沈俞白接过水瓶拧开，仰头灌了一口，而后面无表情地拎着剩下的半瓶水往回走。

张之楠看着他这番操作，眨眨眼，反应过来后连忙套好衣服跟上去："俞哥，这比赛你还上吗？这会儿他们估计要气成河豚宝宝了。"

沈俞白瞥了张之楠一眼，停下脚步："不然呢？"

似是想起什么，他转头看向楼梯口。

女孩的丸子头有些松，随着上楼的动作一颠一颠，楼梯口风大，将校服吹得贴在她身上，细腰细腿，她抬起手把头发挽到耳后，随意散漫，不经意间翘起的小拇指葱白细腻，像一个小钩子。

沈俞白移开视线，心底升起一股莫名的烦躁。

李海顺着他的目光看过去，"啧啧"两声："小姑娘还挺能忍。"

沈俞白回眸看他。

李海被看得发毛："我说错话了？刚才明眼人都看得出来是那崽子故意扔的，她愣说不是，软得像个柿子。"

沈俞白点点头："是能忍。"

刚才那下，他知道多疼。

可她疼得脸都白了，也没有掉一滴眼泪。

他抬腿往另一个方向走去，李海回头看了眼球场，又看了眼他："俞哥，你去哪里？"

"有事。"

（5）

顾知意被赵萌萌搀扶到医务室。

赵萌萌想起自己的手机落在草地上忘了拿，安顿好顾知意后便飞快地跑回去取。

医务室的校医见顾知意疼得脸上都是汗，吓了一跳，连忙让她坐在床上，然后拉上帘子，轻声道："你把校服掀上去我看看。"

顾知意哭丧着脸："老师，我胳膊用力会牵动后背。"

她疼得近乎没有力气。

校医叹了口气，动作越发怜惜，小姑娘长得白净可爱，怎么还被人欺负了？她示意顾知意转过身去，然后帮顾知意举起胳膊，撩起衣服。

雪白娇嫩的肌肤上有一大片红肿，有些地方甚至出现了瘀青。

校医给顾知意上了药，又嘱咐她两天不要剧烈运动，然后掀开帘子走了出去。

帘子掀开那一瞬，少女白嫩光滑的后背一闪而过，上面那一片红格外扎眼。

沈俞白站在门口顿住脚，黑眸里闪过一丝情绪，很快消失不见。

"同学，你也不舒服？"医务室老师一回头见他站在门口，皱起眉头看他。

他回了神，淡淡开口："没事。"

清冷的声调。

顾知意下意识地竖起耳朵，不顾疼痛迅速整理好衣服，起身掀开帘子："沈俞白？"

空荡荡的医务室，除了她和老师再没有别人。

赵萌萌从外面冲进来："怎么样了？"

"没事，皮外伤。"

顾知意拿了药后，两人便离开医务室。

下午上完课还有晚自习。

她后背火辣辣的痛感少了一点，可以活动一下。

晚自习之前是值日生打扫卫生的时间，今天轮到赵萌萌，她拎着拖把要去拖地。

顾知意拉住赵萌萌，扯到后背的伤，她疼得皱起眉头："你怎么拎着两个拖把？"

赵萌萌"喊"了声，朝前面正和别人手挽手去餐厅的女孩撇撇嘴："生活委员临时调整值日，跟我一起的那个同学请假了，所以我一下子冲两个拖把，换着拖方便。"

本来是两个人打扫，偏偏今天和赵萌萌轮值的同学请假了，所以只剩下她一人。

顾知意笑了声："我和你一起。"

"你背上有伤，我自己一个人可以搞定。"赵萌萌忍不住跟她"贴贴"。

少女头发有几分凌乱，散在脖后和颈间，鹿眼水雾雾的，皮肤白皙，红唇贝齿，像个洋娃娃。

顾知意没有强求，她回头看了眼教室。同学们大多都去吃饭了，剩下几个还在埋头苦学，她不想这么快进入学习状态，索性跟着赵萌萌出了教室。

"萌萌，等会儿你怎么回去？"

赵萌萌甩了甩拖把："我爸来接我。"

顾知意点点头。

"你呢？"

"我自己回去，我家住在后面不远处，很快。"

早上顾青山临走的时候说过，晚上他要和李娅萍去物流站拿东西，可能会晚一些回家，让她今天先不要上晚自习，等明天再去。顾知意本来不想上，可是下午的数学课她还有些东西没有弄明白，数学老师让她晚自习的时候去办公室，准备单独给她补课。

她犹豫了一会儿便决定留下来上晚自习。

晚上骑车回家只要骑快点应该就没问题吧。

想着教室后面的大垃圾桶里的垃圾还没有倒，顾知意让赵萌萌先去洗拖把，然后自己回了教室拖着那个蓝色大垃圾桶往外走去。

一天的垃圾分量不小，她个子矮拖着大垃圾桶有些吃力，加上后背的伤，挪来挪去像是蚂蚁举大象。

不远处有人笑出声。

她没有回头看，慢慢拖着垃圾桶一层层台阶往下走，下一层台阶再反身挪一下垃圾桶，她也不急，慢吞吞地拖。

忽地，垃圾桶腾空而起。

顾知意吓了一跳，下意识地扶着垃圾桶举起胳膊，抬头看向前面，后背拉扯的痛引得她低呼一声。

少年单手拎起垃圾桶，黑漆漆的眼眸在她身上停留，下一秒挪开。

"谢谢。"她冲他笑了下。

沈俞白没作声儿，拎着垃圾桶径直往下走去。顾知意被他拖得一路小跑，连台阶都没来得及看清就三步并两步地跟着往下跑。

她整个人像是沈俞白身上的挂件，晃荡晃荡地跟着。

到最后她被迫松开手，喘着气跟在少年后面。

两人一路走到垃圾站，旁边收废品的大爷见两人拎着垃圾桶过来，笑眯眯地指了个位置让他们倒在那里。

少年单手一扣，蓝色垃圾桶被掀翻在地上，里面的垃圾尽数倒出来。

一旁几个女生看到沈俞白来倒垃圾都满脸诧异，更别说他旁边还站了个白白净净的女生，有大胆的还偷偷拿出手机想要拍照。

他弯腰把垃圾桶扶正，然后拿到干净地方放下，没什么表情地扫过那群人，那女生立刻将手机背到身后，几人推搡着离开了。

顾知意从口袋里掏出纸巾递给他。

雪白的掌心躺着一张折得整整齐齐的纸巾，沈俞白挪开眼没有接，转身朝着旁边的水龙头走过去，阀门打开，他弯下腰洗手，侧脸上的疤痕有些明显，沿着鼻梁一侧没入耳鬓。

好凶啊。

顾知意撇撇嘴，拎着垃圾桶站在离他不远处。

沈俞白洗完手一转头就对上一双明亮的眼眸。"要一起回教室吗？"声音软糯温柔。

沈俞白扬了下眉，没作声儿，视线越过她看向她身后。

顾知意不自觉地跟着他回眸看去，只见赵萌萌跑过来按着膝盖喘气："看不出来啊顾知意，瘦瘦小小的，还挺有劲，一个人拎着垃圾桶能走这么快，你后背不疼啊？"

顾知意摆摆手，指了指旁边："是他帮我的……咦，人呢？"

赵萌萌睁大眼睛，声调猛地低下去，瞥了眼从斜后方走过去的校霸沈俞白，咂咂嘴："你开什么玩笑？沈俞白那种人能帮你倒垃圾？"

那种人。

顾知意蹙起眉头："哪种人？"

"他不好惹。"赵萌萌捂着嘴抬起一边垃圾桶，示意她一起往回走，"听说他是混社会的，经常出去打架，有好几次我都看见他带伤来上课，话又少，人又冷，谁敢和他说话？

"而且我听说他爸爸是个赌鬼，他妈妈也因为他死了。"

说到最后，女孩的声音越发低下去，像是在说一个不可告人的秘密。

脑海中划过那天少年的模样，顾知意忍不住回眸看去。

沈俞白手插在裤兜里慢吞吞地往教室相反的方向走去，背影消瘦孤傲。

他不上晚自习吗？

"看什么呢？"赵萌萌扯了下她的袖子，"他根本不上晚自习。"

顾知意垂下眼帘没再说话。

晚自习的时间过得很快。

最后一节课的时候顾知意去了数学老师的办公室，等她出来的时候，教室里的人已经寥寥无几。手机放在家里也没有带出来。

她犹豫着是去校门口的超市给顾青山打个电话，还是直接骑自行车回去。

学校马路对面是小吃一条街。

夏天烧烤是必备的夜宵。

张之楠用牙咬开一瓶汽水递过去："俞哥，给！"

沈俞白看了他一眼没接，拿起一只小龙虾慢条斯理地剥开。

张之楠仰头灌一口饮料，胡乱擦下嘴："俞哥，不是说今天晚上要去打拳吗，怎么没去？"

"有事。"

张之楠点点头，拿起一串五花肉咬了口，含混着说："那要不我们去……"

"沈俞白？"一道婉转明艳的声音在两人身后响起。

是少女故意装出来的娇柔嗓音。

张之楠回头一瞧，顿时乐了："李佳颖，你这夹子音是从哪儿学的，搞得我一身鸡皮疙瘩。"

李佳颖不知道什么时候换了衣服，蓝色校服裤子被一条百褶短裙替代。

张之楠调侃道："要不要来点？"

"生活委员不回家写作业啊？"李海痞笑几声，眼神落在沈俞白的身上。后者面无表情，专心吃虾。

马扎挨着沈俞白放下，李佳颖拢了拢头发，偏头看向他。灯光打在他的脸上，一半隐于黑暗中，鼻梁高挺，薄唇微抿。

"今天我看见你帮顾知意倒垃圾了。"李佳颖从旁边拿起饮品，熟练地起开，然后替他满上。

沈俞白低头拿起一只小龙虾，指尖轻轻用力，虾头掰断。

李海和张之楠对视一眼。

李佳颖浑然不觉："值日你都没帮我倒过垃圾，明明我们俩是一组的。"

"滚开。"

声音冷冽低沉，带着些许戾气。

李佳颖被气得眼眶泛红，站起身久久没动，好半天没见他有什么反应才愤愤离去，裙摆被风扬起也不管不顾。

"哟，这不是俞哥吗？"

张之楠向后看去，一张麻子脸出现在他的视线中。他直起身往旁边挪了挪："赵强你要吓死我啊？"

被叫作赵强的黄毛摸了摸刚剃的光头，嘿嘿笑了两声，朝李佳颖离开的方向看了两眼："你们学校的？"

李海瞥了眼沈俞白，笑了下："是啊，好学生。"

赵强从旁边桌扒拉过来一个马扎子坐在沈俞白旁边，胳膊搭上他的肩膀："俞老弟，徐哥说这两天都没看见你人影啊，特意让我过来看看，是不是出了什么事。"

李海还没来得及开口，沈俞白放下杯子，掀起眼皮看向赵强。

沈俞白在天泰是出了名的打架不要命，就连老徐都有些怵他，冷不丁近距离地被他看一眼，赵强心里咯噔一下，讪讪一笑拿开胳膊。

赵强偷瞄了眼沈俞白，软了语气："其实徐哥也是关心你。"

沈俞白笑了下，拿起一只龙虾摘头剥壳，细长的手指慢慢将整只虾剥出虾肉，然后放到餐碟中，推向赵强，黑眸冷冷瞧他："成啊，明白。"

赵强指了指那虾："给我的？"

"嗯。"沈俞白抽了两张纸擦干净手指，"带个话回去，最近有事。"

最终赵强也没敢吃那虾肉，找了个理由离开了烧烤摊。

他一走，李海嗤笑一声："俞哥，老徐手底下的人都这么尿？"

"别瞎说。"张之楠难得严肃，"他们是欺软怕硬，现在看俞哥惹不起，一旦有事肯定第一个踩上一脚。"

沈俞白眯起眼，学校门口昏黄的灯光下，一辆辆自行车被推出，一个个学生背着书包走出来，走在最后的那个人背着一个大大的书包，慢慢地推着车。

路灯下，顾知意的影子被拉得老长，宽大的裤子贴在腿上，投射出一个可爱又奇怪的影子。

她低着头走得慢吞吞的，好几辆自行车擦着她的手过去，偏偏她毫无察觉。

顾知意歪头看了眼旁边的路，大路的路灯还亮着，她暗暗舒了口气，骑上车给自己打气，然后一鼓作气用力一蹬，自行车飞快地蹿了出去。

小小的身体像是拥有超强的爆发力，一瞬间蹿出去老远，像只突然泄气的气球，又猛又冲。

沈俞白勾了下唇，眼神瞥向旁边的红绿灯和斑马线。

人果然停在那里。

李海不经意间抬头，瞬间愣住，又飞快地瞥了眼面前的人。

自己该不会是眼花吧？

所以刚才俞哥是笑了吗？

那弧度虽然很小，但绝对是有！

李海壮着胆子掀起眼皮再去看，对上少年黑漆漆的眼眸，李海不自然地清了清嗓子，刚准备说话，沈俞白站了起来。

李海、张之楠两个人跟着他的动作仰头："俞哥，你干啥去？"

少年的声音有几分沙哑："回家。"

（6）

路灯昏黄，车辆稀少。

一辆辆汽车从主路呼啸而过，灯光折射出的光柱由远及近，再到消失，顾知意紧紧攥着车把，脚下蹬得飞快。

耳边风声呼呼，夜晚的空气黏腻又潮湿，包裹着皮肤染上点点凉意。

转过小路，前面就是黑乎乎的隧道，她不自觉地咽了口口水，下意识地放缓速度，前面黑漆漆望不到尽头，仿佛进入胡同就是另外一个未知世界。

黑暗藏纳一切未知。

顾知意深吸一口气，慢慢加速。

隧道口越来越近，她咬着下唇从包里拿出手电筒打开放在车筐里，然后站在洞口给自己加油打气。

一只青蛙从她的脚背上跳过去。

顾知意下意识地"啊"了声，声音在空旷的隧道洞里徘徊，尖锐又恐怖，她吓得眼角湿润，腿挪不动半分。

忽地，身后有声音传来，她猛地回头看去。

有人骑着自行车由远及近。

消瘦的身影和熟悉的面孔越发清晰，顾知意有种得救的感觉。

她抬手拦住他的车。

沈俞白刹车停下，长腿落在地上。尽头的光蔓延进来，少女脸上苍白一片，眼眸里的恐惧清晰可见。

又怂又可爱。

他勾了下唇，很轻。

顾知意眼巴巴地望着他："沈俞白，我能和你一起走吗？这个隧道好黑。"湿漉漉的眼眸带着期许看他。

眼眸里的光清晰可见，那股期待快要跃出水面，跳到他的身上。

沈俞白没搭话，把玩着手里的打火机。

火苗蹿出，少年清冷的面容被照亮了一瞬。

顾知意回头看了眼隧道，黑漆漆的，望不到头。她上前一步按住少年的车把，鼓起勇气再次请求："能不能走慢点，我……我就跟在你后面，谢谢。"

沈俞白瞥了她一眼，轻轻吸了口气。

夜晚乌云遮空，乌压压的感觉，雷雨是躲不掉了。

他看向顾知意："除了谢谢，你还会说什么？"嗓音依旧嘶哑低沉。

她眨眨眼，反应过来他的话笑了笑："我没有别的意思，只是……"

话还没说完，少年已经骑车进入隧道。

顾知意连忙打开手电筒，骑车追上去。隧道里气味难闻，她皱着眉头努力蹬车，少年在前面，灯光将他的身影投射在墙上，高大威猛，和他消瘦的背影截然相反。

"沈俞白。"

身后，少女的声音轻柔软糯，带着点点颤音，轻声细语地喊他的名字。

他缓缓眨了下眼睛，眼前是漆黑的道路，车轱辘碾过的地方有石子，崩过脚面，他依旧没什么表情，也没打算应她。

哪知身后的人没放弃，继续喊他："你为什么不上晚自习啊？"

这次，他回头了。

他黑漆漆的眼眸径直对上她的。

顾知意吓了一跳，扭着车头差点走偏路。

"闭嘴。"他淡淡出声。

顾知意撇撇嘴，没敢再出声。

眼前的光越发亮堂起来，是巷口的路灯，她心情大好，不顾他刚才的话，激动地喊道："路灯哎。"

下一刻，少年的车子已经蹬了出去，昏黄灯光下，那辆变速自行车拐过胡同转眼消失不见。

顾知意莫名其妙，也学着他加快速度骑了出去。

刚到家门口就看见李娅萍拿着雨衣骑车要出门，见她回来"哎呀"一声，嗔怪道："我和你爸打算去接你，让你不要上晚自习也不听。"

"数学我都落下好多，很多题不会，"车子被顾青山接过去，顾知意顺势挽着他的胳膊进门，"那数学老师教我，我肯定要去的呀。"

"怎么样，今天第一天还习惯吗？"

"还好，同学都很好的。妈，我饿了，一会儿吃什么呀？"

大门"吱呀"一声被关上。

巷里少年靠着墙仰头看天空，黑漆漆的夜空厚云密布，空气潮湿烦闷，压得人喘不上气。

顾知意回来得晚，李娅萍心疼她开学第一天就上晚自习，孩子喊饿立马就去厨房给她做消夜吃。

客厅烦闷，后背的伤还在隐隐作痛，顾知意没敢和李娅萍他们说，怕他们担心，想着找个平坦的地方躺会儿。

于是，她拿着英语课本和手机去了房顶。

手电筒灯光亮起，顾知意开始背单词。

高二的单词她基本已经掌握，现在完全是在复习，以提高写作水平。

沈俞白家的侧门一直敞开着。

没见着人进去，也没见人出来。

她背着单词，时不时瞄一眼。那院子里的水泥地年久失修，一条条裂缝深浅不一，延伸到院子中间。顾知意探过身去瞧，只看见里面晾衣绳上寥寥几件短袖，都是黑色的。

顾知意叹了口气，莫名地想起之前沈俞白手上浸出血的纱布。

一页单词背完了，依旧没人进出。

"小意，下来吃消夜！"李娅萍站在院子中间喊她。

顾知意应了声起身往下走，风吹过，沈家侧门被刮得半敞着，她惊了下，回眸看过去，只有门在小幅度地来回晃荡。

她这才注意到沈家院子里，有一棵一人环抱不过来的梧桐树，枝叶茂密，舒展着枝干从院子里长出来。

一阵凉风突如其来，树叶被吹得"哗哗"作响。

几滴雨水落下来，打在胳膊上，狭长眼眸微微眯起，沈俞白推着车躲到屋檐底下。

几乎下一瞬，大雨倾盆而下。

大滴大滴的雨珠狠狠砸向地面，噼里啪啦的雨声从四面八方传来，雨点顺着红色屋顶串珠似的落下，连成一条线。

顾知意举着筷子听到外面的雨声愣了下。

顾青山给她夹了块排骨，敲敲她的碗："吃饭怎么还走神了？"

"好大的雨，"顾知意夹起排骨咬住，含混不清地说着话，"幸亏回来得早。"

沈俞白回来了吗？

应该到了吧，他骑车速度比自己要快。

"哎呀！"李娅萍突然喊了声，慌慌张张地起身，"我晾了衣服在房顶，忘了收。"

顾知意放下筷子起身："我去拿。"

她从鞋柜旁捞起雨衣披上，踩着水泥楼梯往上走。平房屋顶宽敞平坦，天气好的时候在上面晒衣服不用几个小时就干了，只是遇上下雨天收不及时就比较倒霉。

雨水打在雨衣上，"啪啦啪啦"的声响盖住其他声音，顾知意伸手去扯那些已经被淋湿的衣服，眼角不经意间闪过一团身影。

她愣了下，转头往下看去。

侧门门槛上，沈俞白双手搭在膝盖上，静静地看着漫天的雨水。

他仰着头，苍白消瘦的脸庞全都暴露在空气中，黑眸在昏暗的夜晚黯淡无光，像是苍暮之人，毫无生气，就那般坐着。

雨水落在地上溅起一朵朵水花，旧巷里的排污系统老旧，很快地面上便积了水。坑坑洼洼的水泥地蓄水很快，不一会儿便有十厘米深。

雷雨伴着大风，打在他的身上，不一会儿校服便湿了一大半，而坐在那里的人浑然不觉。

顾知意扯下湿衣服急匆匆下楼放在室内晾衣架上，然后又披着雨衣往外走，李娅萍在身后问道："你又出去干吗啊？这么大雨呢。"

顾知意摆摆手往门口走去。

"沈俞白？"顾知意站在小路中央，脚下的雨水混合着地面的污垢尘土，成了一条浑水沟，她一脚踩进去拖鞋便浸满脏水，甚至脚底都能感觉到沙砾。

顾知意向前迈了一小步，没有继续靠近。

沈俞白听到声音看过来。

视线落在她白净的脸上，被雨水打湿的几缕碎发贴着她白皙的脸庞。

明明站在污水中，却干净得要命。

沈俞白不自觉地松了眉头，神情慵懒散漫。

顾知意指了指脚下的水流："你再不回家就要被淋透了，而且你家里还晾着衣服呢。"

少女说到最后声音小下去，有些心虚地望着他，结结巴巴地解释："我……我不是故意偷窥，是……是不小心看到的。"

沈俞白笑出声，手撑着门槛懒散地坐着，声音清冷，冷得连这雨夜都像是他的陪衬："好学生，你管得有点多。"

这是他第一次正视着她讲话。

顾知意愣了下，抿紧嘴唇："下雨了。"

她又重复一遍。

沈俞白点了下头，伸手去探雨水。温凉雨滴落在他的掌心，长裤也被雨水打湿，雨水顺着裤腿一点点往上蔓延。

顾知意上前两步蹲下，捏起他的裤腿抬了两下，后背的疼让她蹙起眉头，秀气干净的脸上有些严肃："淋湿会感冒的，沈俞白。"

沈俞白愣了下："多管闲事。"

（7）

高二晚自习下课已经是晚上小十点，顾青山早早在学校门口等顾知意，父女两人骑着车有说有笑地回了家。

没想到刚进门李娅萍就拿着手机急匆匆地跑出来："你表姑出车祸了，说是在市二院，要不要去看看？"

顾青山脸色也跟着变了，连忙调转车头："走走走。"

李娅萍："小意你自己在家关好门，到点睡觉，别等我们了。"

说着，两人关上门急匆匆地往外走去。顾知意拎着书包挪到卧室，结果下一刻她的肚子突然疼起来。

就像是被人扯住肠子来回拉扯一样。

她蹲在厕所里才想起来晚自习休息的时候，赵萌萌给她了一根棒冰。

这棒冰也太"棒"了，足足让她在厕所里待了十几分钟才出去。

忽地，一声巨响。

大门被人撞开，一个醉醺醺的男人拎着酒瓶子从外面闯进来，脚下的拖鞋还少了一只，赤着脚浑身酒气，见她站在那里，打了个酒嗝，而后摇摇晃晃地举起手指着她。

顾知意怔住。

下一秒，她拿起旁边的扫帚后退两步，身体控制不住地抖动："你是谁！我爸爸快回来了，他就在隔壁！"

醉汉笑了下，眉宇间有几分熟悉感。顾知意无暇多想，后背被冷汗打湿。

她死命举着扫帚挥舞："你别过来，再过来我报警了！"

男人狭长眼眸微微眯起，跟跄着往前一步，举手在空中比画了两下，依旧呵呵笑："小姑娘，长得真好看。"

这笑在夜晚太过恐怖。

"啊——"顾知意下意识地尖叫一声，握住扫把的手已经抖到不行，她死死咬住后槽牙，控制住颤抖，"你再不走，我就报警了。"

"报警？报警……报警？"男人顿在原地，而后抱住头慢慢蹲下，嘴里重复着这两个字，高大的身躯蜷缩在那里，手指使劲揪着自己的头发，似乎在回忆什么。

顾知意想起自己的手机放在背包里没有拿出来。

恐惧涌上心头，紧紧攥住她的心脏。

窒息感和绝望从四面八方涌过来，攀爬上她的肩膀，在她脸颊旁露出血盆大口。

"你们这群丧尽天良的！"男人忽然站起来，猛地摔掉酒瓶，面目扭曲，指着顾知意破口大骂，"逼我是吧，没钱！我没钱！

"来啊，不是想要我的命吗？"

他趿拉着鞋一步步走近，醉眼猩红，凶狠狠地瞪着顾知意，嘴角冷笑连连："我就烂命一条，来啊，我和你拼了！"说着就冲了上来。

顾知意站在原地，急促呼吸着，甚至忘了逃开。

忽然，醉汉的领口被人拽住，他瞬间仰起头后靠，领口的猛然收紧让他呼吸一窒，脸色顿时变了，不由得跟随着那人后退两步。

少年冷戾的脸庞从他身后露出来，断眉蹙起，黑眸里涌动着暴戾，仿佛在拖一具行尸走肉，顾知意跌坐在地上大口喘息。

那条胳膊青筋暴起，死命勒住男人脖颈，男人面色憋得通红，张着嘴大口喘息。

两张相似的面容，尤其是那双眼眸，黑漆漆的。

毫无生机。

025

他拽着男人的领口一路拖到门口，甚至不管男人因呼吸不畅引起的咳嗽，狠狠地将其扔到门外。

男人许是被掐得清醒几分，捂着脖子趴在路边一边呕吐一边骂道："沈俞白，我是你老子，你要掐死你老子！"

沈俞白眯了眯眼睛，在他面前蹲下，眼里的冰冷厌恶藏不住地外涌，薄唇淡得近乎没有颜色。

他压低嗓音，俯身，字一个一个地往外蹦："你配吗？"

"啪！"

清脆又用力的巴掌声。

寂静的夜晚，街道上只听得见狗吠。

顾知意只觉得手控制不住地颤抖，甚至连嘴唇都在抖，腿软得使不上劲，全身的力气仿佛都被抽干。

没有哪个瞬间比得上这一刻，顾知意希望父母在家。

外面慢慢安静下来。

风吹过树叶沙沙作响，顾知意撑着手从地上站起来，抱着扫帚走到门口，然后快速锁门，又从旁边搬过一把椅子抵住。

屋内，手机铃声响起。

她快速跑进去，拿起书包把所有东西倒出来，书本叠满桌子，抖动的手扒拉出手机，接通。

"小意？"

眼泪瞬间流下来，顾知意哽咽几声："妈——"

电话那头李娅萍也慌了："怎么了，发生什么事了？"

"刚才，刚才有个醉汉进咱家了。"她一边说一边坐在床头抹眼泪，"幸亏……幸亏沈俞白帮我打跑了。"

另一边李娅萍拎着包就往外冲，嘴里念叨着让她别害怕，自己马上就回去，然后挂了电话就拉着顾青山往外走。

摩托车轰鸣声盖不住两个父母的忧心。

顾知意坐了会儿，她不敢出去洗漱，蜷缩在床上抱着膝盖。窗户没有关，微风吹过，少女脸颊上的碎发被撩起，她回神，起身去关窗。

红瓦砖墙下站着一人。

黑色短袖淹没在汹涌夜空中，唯独那张脸清晰可见。

听见动静，他掀起眼皮望过来。

顾知意顿住。

"他动你了？"少年嗓音嘶哑阴沉。

顾知意摇摇头，眼角的泪珠再次淌下来。她抬手擦了擦："你认识他？"

沈俞白没回答她的话。

借着灯光，她看见他右边脸颊上似乎有个巴掌印。

顾知意死死抠着窗户边角，指腹隐隐作痛，她张了张嘴。

"他打你了？"

外面的雨下个不停，电闪雷鸣，顾知意有些发慌，蜷缩在被窝里，脑海中总是闪过沈俞白的脸。

可脑袋昏昏沉沉，她翻了个身终于睡了过去。

梦里少年那张厌世脸不停地出现在她眼前，黑漆漆的眼眸空洞无神。

自从那天发生那件事后，她一连做了好几天噩梦。

顾青山把家里的门换成了防盗门，就连院子也找人做了围栏罩起来，小小的院子瞬间成了一个室外客厅。

这样让顾知意有了一些安全感，起码自己在家的时候没有那么害怕了。

沈俞白一直没有来上课。

还有几周就是期末考试，每个人的桌子上都堆满了卷子，个个奋笔疾书，就连张之楠和李海都趴在自己座位上没有捣乱。

顾知意想起那天晚上，沈俞白说她多管闲事。

又想起那天，他问她有没有被他父亲打伤。

她提了一口气，埋下头做题。

"下周模拟考试，这周末你们好好复习。还有几次模拟考你们就要升高三了，抓点紧！"刘丹走进来在讲台上敲敲黑板，"尤其是那些偏科的同学，有不会的抓紧问老师。

"课间操活动就好好活动，要劳逸结合，不然身体吃不消的，走吧走吧，赶紧下去跳操。"

底下一片哀号。

刘丹推了下眼镜："快走！"

课间操活动的时候，顾知意站在赵萌萌后排抬胳膊，喇叭里播放着广播体操进行曲，高二的时光还算悠闲，做完操大家一哄而散。

赵萌萌顺势挽上顾知意的胳膊："顾知意，你后背好些了吗？"

"好多了，老师给的药膏挺好用的。"顾知意每天晚上都会自己抹上药膏再睡觉，红肿消去，那大片瘀青看着格外吓人，只能等慢慢消散。

赵萌萌点点头："那就好。对了，期末考试后有个联欢会，说是升高三前最后的解放时刻，你要不要参加？"

"你要参加吗？"顾知意拍拍她的手背，"这位姑娘，我可是五音不全，四肢不协调的。"

赵萌萌大手一挥："你站在那里就是聚光点。"

"萌萌，"顾知意扯了扯她的胳膊，"沈俞白他不来上课的吗？"

赵萌萌摇摇头，一副神神秘秘不可说的模样凑近她，说："我听说，沈俞白在打拳。"

顾知意瞪大眼睛。她只在电视上见过打拳，现实里没遇见过："是可以参加比赛的那种？"

"怎么可能？"赵萌萌"啧"了声，"打拳赚钱啊，他家那么穷。"

顾知意没接话，她想起那天晚上沈俞白被他爸爸扇了一巴掌。

她的视力很好，借着光，少年脸上的巴掌印清晰可见。

忽然，赵萌萌停下脚步，顾知意冷不丁撞到她的身上。还没等顾知意说话，赵萌萌杵了下她，朝后排努努嘴。

后排座位上的主人出现了，他依旧趴在那里睡觉，连姿势都没变过。

顾知意瞪了她一眼，抬手遮住她那双好奇的眼睛，而后拉开凳子坐下。

身后的人慢慢睁开眼睛。

熟悉的香味蹿入鼻尖，他挑了下眉，把头埋在臂弯昏昏沉沉睡了过去。

沈俞白醒的时候已经是晚自习。

他捂着脖颈坐起身，身子向后倚靠，腿下意识地想要伸直，脚尖碰到凳子顿住，而后又缩了回来。

裤兜里的手机响动两声，他掏出来查看信息。

忽地，前面的人转过身来把一份卷子放在他的桌上，又转过身去做题。

沈俞白挑了下眉，再次低下头查看短信。

一块橡皮从前桌掉下来，滚了两圈落在他的桌脚旁。

顾知意立刻弯腰去捡。

一只骨节分明的手比她先一步拿到橡皮。

沈俞白手指捏着橡皮放在桌子上，那块小小的橡皮静静地落在桌面上，等待着主人把它带走。

顾知意僵了身子，伸手去拿，余光里少年手腕上缠了一圈纱布，视线挪半寸上去，小臂上还有一大块瘀青，已经开始发紫，看着很痛。

她咬了下唇，拿走橡皮转过身去，伏在课桌上做卷子。

他回了神，"嗖"地站起身离开教室。

身后少女偷偷抬起了头。

（8）

这两天早晨顾青山他们出于工作原因走得比较早，剩下顾知意一个人去上学。

她每次经过那条隧道都要做心理建设，甚至有好几次都在想要不要早起绕路走。

远远瞧见黑漆漆的隧道口，顾知意心跳加快，她深吸一口气安慰自己世界上没有那么多坏事，然后紧紧握住车把，冲了进去。

接连几天下雨，隧道里潮湿闷热，一股难以言喻的味道直冲而来，顾知意屏住呼吸加快速度，忽然，前面出现了一辆自行车，她心情放松下来，贴着边慢慢跟在对方后面。

身后一辆大车驶入，顾知意有些慌，车头歪歪扭扭，七拐八拐的。

大车打了两下闪光灯，按了一下喇叭。

她更是慌了，恨不得跳下车，去旁边的台阶上避避。

前面的自行车不知为什么也放慢了速度，眼看着大车驶来，顾知意赶紧捏紧手刹，不停地回头看大车，结果直接撞上前面的车子。

车轱辘里不知道卡了什么，她用力一蹬，车链子顺势脱落。她彻底慌了神，眼看着车头朝着不可控的方向撞了出去。

忽地，一只手扶住了她的车把，另一只手拽住她的肩膀猛地朝后一扯。

倒下的那一瞬，顾知意被人护在怀里滚到一旁的台阶上。

没有被碰到，也没有磕到。

大车呼啸而过，两辆自行车倒在一旁，红色变速自行车被压在白色自行车下面，东倒西歪的。

沈俞白扯开她，撑着腿坐在地上，抬手蹭了蹭身上的土，横睨过去："会骑车吗？想死吗？"

顾知意咬着唇，伸出手去："对不起，我不是故意的。"

沈俞白看了眼她的手，翻身站起来。

肘臂上传来火辣辣的痛感，他抬起胳膊瞧了眼，弯腰将两辆自行车扶起来，等顾知意握住车把后才松开手。长腿跨上自行车，沈俞白停了下，看向还在旁边收拾书包的好学生："顾知意。"

顾知意满脸茫然地抬起头。

湿漉漉的干净眼眸倒映着他的模样。

沈俞白挑眉冷笑。

"离我远点，成吗？"

面前少女的脸色一点点难看起来，脸颊染上一抹红，气鼓鼓地瞪他："我离你近过吗？"

沈俞白点点头，脸上没什么表情："行。"说完，转身蹬车离开隧道。

阳光耀眼，道路两旁的松柏树木翠绿挺拔，顾知意抬手挡住光，车头再次扭起来。

她慌忙放下脚稳住车子。

再回神时沈俞白已经走远，拐角处只看见少年被风吹起的短袖，贴着他的腰，显出精瘦的背影。

刚才他让她离远点是什么意思？

又不是故意撞上去的。

而且，隧道真的太黑太吓人，他一个男生不害怕，那她一个女生害怕是正常的吧。

怎么到他嘴里像是她缠着他不放一样？

"哼。"顾知意攥紧车把。

第一节课是英语课。

讲完课后还剩下十分钟，英语老师要抽查上节课的背诵段落，便指了指靠近窗户的那一排："你们起来背，从头背下去。"

前排的同学站起来磕磕绊绊地背。

一个起来一个坐下，很快轮到顾知意。

她合上课本脚尖抵住凳子轻轻一推站了起来。

少女的声音轻柔又甜，一腔英式发音更是纯正流利，她背得慢却字字清晰，就连英语老师都投来赞许的目光。

所有人的视线都被她吸引。

沈俞白直起腰向后一靠，慢慢掀起眼皮，在眼尾处压出一道褶皱，让那双冷眸多了丝别样的情绪，面上倒是毫无变化，只是那薄唇抿得更紧。

旁边的位置上，张之楠和李海已经听愣了。

放眼望去，他们这个班里哪有人能把英语课文读得这么好听？

等她背完坐下，沈俞白依旧撑着胳膊纹丝不动，英语老师叹了口气："沈俞白，你难道不想考个好大学吗？"

顾知意微微转过头去看他。

少年的目光落在她的身上。

"你看看人家顾知意，就是前后桌，怎么就不知道好好跟人家学一学呢？"

顾知意想起早晨沈俞白在隧道里的话——"离我远点。"

她咬了咬牙转回头去，拿起笔在本子上写英语单词，关节因用力而微微泛白。

英语老师依旧没有放弃，还站在台上语重心长地劝说。

台下张之楠和李海没忍住笑了出来。

"老师，俞哥那是不学，真学了吊打第一名！"

"老师，真的！"

班级里的同学顿时哄堂大笑。

沈俞白倚着座椅似笑非笑地望着讲台上的老师。

老师板着脸拍了拍桌子示意他们安静下来，不出两秒，下课铃声响起。

后排的人蠢蠢欲动，李海抱着篮球做出要冲出去的姿势，哪知英语老师压根没打算停下，依旧在说着他们后面几节课的计划安排。

下节课是体育课，而占用课间时间已经是老师们的默契。

直到距离下节课上课还有两分钟，英语老师才拿着教材离开教室。

教室里瞬间炸锅，同学们一股脑冲出教室。

顾知意因为后背的伤没有办法上体育课，她干脆坐在台阶上看他们跑圈。

夏天操场热气上蹿，同学们跑了一圈后，体育老师就吹哨子让他们自由活动。

班里男生拿着篮球去旁边篮球场打篮球，女生们三五成群地围在一起聊天。

赵萌萌跑过来找顾知意，指了指旁边篮球场，托着脸："我刚才听见体育老师让沈俞白不要打球了。"

顾知意看她："为什么？"

"他胳膊上好大一块伤，不知道是在哪里擦到的。"赵萌萌一边说着一边比画，"老师说让他去医务室看看，他也不去。"

擦伤。

隧道里。

顾知意猛地站起来，但动作过大，让后背骤然疼了下。她巴掌大的脸皱在一起，像个肉鼓鼓的小包子："萌萌，我去趟医务室，老师要是问的话就说我背后的伤太疼了，去医务室了。"

说完她快步朝着医务室的方向走去。

赵萌萌看着她的背影有些莫名其妙。

没一会儿，顾知意便抱着一团东西从医务室回来，赵萌萌反应过来她要干什么，惊讶得下巴快要掉了："顾知意，你要去给沈俞白送药？"

顾知意捂住赵萌萌的嘴巴："你小点声啊。"

赵萌萌依旧睁大眼睛，死命拽住她的胳膊，她白皙的皮肤上顿时红了一块："你给那个'大魔头'送什么纱布啊？他受伤那都是咎由自取。"

"不是的。"顾知意垂眸笑了下，缓缓直起背，后背的疼时时刻刻提醒她那里受过伤。

那他呢？

她的视线不由自主地挪过去，挪到篮球场上。

穿着发白短袖校服的少年双手高举，投篮。

三分球命中。

举手间她恍惚看见那一大块擦伤。

他应该也是疼的。

可是他看起来很淡定，似乎那点伤对他来说不足挂齿，任凭它在空气中暴露，渗出血丝，直至结痂成为一道伤疤。

赵萌萌"啊"了声，仰着头看她："你在说什么啊？"

"沈俞白的胳膊，是为了救我弄伤的。"顾知意一字一句地说。

微风拂过，她的神情很恬静，话语也一样。

一时之间，两个人都没有再说话。

顾知意攥着手里的纱布和酒精棉签静静地看着旁边篮球场上的人。

结果一直到下课，那群人都在打球，她找不到一个很好的时机去送酒精和棉签。

"丁零——"

下课铃响起。

赵萌萌扯了扯她的衣角，嘟着嘴道："回去吧。"

顾知意点点头，叹了口气："我说的是真的。早晨过隧道的时候他救了我，不然我现在就是大车下的亡魂一个了。"

赵萌萌倒吸一口气。

真难想象冷面校霸还有挺身而出的一面。

回到教室，沈俞白的位置上没有人，顾知意找了个袋子将纱布酒精和棉签放进去，然后趁着没人注意，走到后排，借着拉窗帘的空隙飞快地将袋子扔到他的桌洞里。

她满意极了，这迅雷不及掩耳的操作十分好。

结果一转头，少年黑漆漆的眸看着她。

顾知意眨眨眼，从他的座位慢慢退出去，然后坐到自己的位置上。

后面只有拉开凳子的声音，还有浅浅的呼吸声。

她握着笔强迫自己去做题，耳朵却竖起来认真听着后面的动静。

半晌后，她终于听到塑料袋的声音。

紧接着那袋东西被掏出来扔在桌上。

顾知意咬着笔帽，继续全神贯注地听后面的动静。

"你给的？"沈俞白的声音从后面传来，气息平稳，不似刚才。

顾知意没回头。

沈俞白轻轻啧声，抱手往后靠着椅背，抬脚踢了踢她的凳子。

顾知意回头看他，目光落在他胳膊那一大块伤痕上。她抿了下唇，轻声道："早晨我没有发现你受伤了，你用酒精擦一擦吧，化脓就不好了。"嗓音轻得仿佛一阵风就能吹散。

沈俞白依旧靠在那里，静静地看着她："为什么？"

他没头没脑地说出一句话。

顾知意眨眨眼，不明白他的意思。

"你家之前住海边？"

管得那么宽。

他淋雨，她管。

他胳膊擦破点皮，她也管。

就连下雨天要收衣服，她都要管。

沈俞白第一次觉得有个人管真麻烦，他头都要大了。

他坐直身子，单手拎起袋子，里面的东西噼里啪啦地掉了出来，堆在课桌上。

"觉得抱歉是吧？"沈俞白把酒精棉签递过去，断眉微微一挑，"那你来给我上药。"

（9）

怎么会有这样的人？

沈俞白竟然让她给他上药，这虽然不是什么难事，但是好多同学都在看啊。

她总觉得哪里怪怪的。

顾知意"嗖"地转过身去。

她低头强迫自己去看卷子做题，脸颊的温度却节节攀升。

酒精棉签刚才戳到她的指尖上，风一吹，清凉又湿润。

少女的耳尖都泛着红。

沈俞白保持那个姿势没动，旁边座位上的张之楠和李海惊得下巴半天没合上，就连前面几排的同学都转过头来看后边什么情况。

不是说沈俞白不欺负女生吗？看看顾知意那副样子，是受了多大的气脸红成这样。

"俞哥，老刘喊你！"教室门口探出一个脑袋冲沈俞白喊道。

所有人的注意力瞬间被打散。

顾知意低着头轻轻松了口气，这才发现卷子上被她用碳素笔画了一道很长的黑线。

擦不掉的黑线。

这下更是欲哭无泪。

后排凳子发出一声刺耳的声响，少年长腿迈开从她旁边走过去。

赵萌萌转过身来戳她，大眼睛里满是好奇："真的是他救的你？"

顾知意推开赵萌萌的手，拿起修正带把那条黑线盖上，结果反倒有些欲盖弥彰，她放弃遮盖，索性在旁边写答案："真的真的。"

"那沈俞白让你给他擦药，就因为救过你啊？"赵萌萌干脆起身转过来，手里拿着一套数学卷装模作样，"他不是那么好的人，小意，你别靠他太近。"

不是那么好的人。

不是好孩子。

从她搬来这里第一天起，就有人告诉她沈俞白是个坏孩子，是个打架混社会的。

"萌萌，沈俞白没做过伤害我的事。"顾知意看着她的眼睛轻声说道。

赵萌萌被顾知意这副严肃模样镇住，也严肃起来："我知道。要是你刚来他就敢欺负你，那他等着喊家长吧。"

……

教室门被人推开。

沈俞白冷脸进来，薄唇紧紧抿着，神情冷淡，径直走到座位上拿起外套便又走了出去。

"俞哥？"李海起身喊了他一声。

少年没有回头，倒是周身戾气浓得快要溢出来。

教室里静悄悄的，没有人敢说话，生怕撞到他的拳头上。

这样的插曲很快就被人抛之脑后。

晚自习。

这几天气温高涨，头顶上的两个大风扇一直在吱呀吱呀地转悠，吹到的同学一只手按着被风吹起边的卷子和课本，另一只手在卷子上奋笔疾书。

另一边后排的几个人热得拿着卷子不停地扇风。

靠近窗户的位置风稍稍一吹，都是热的。

顾知意抬手捋了下头发，脸颊上几撮碎发被汗粘在两旁，她蹭了两下，鼻尖上不一会儿便浸出汗，白净的脸蛋儿也染上一团红晕。

她深吸一口气看向窗外。

郁郁葱葱的树叶把主道遮挡得严实，三两个人坐在花坛边缘聊天，有人拿着书站在树下。

到处是学习的氛围。

顾知意收回目光落在习题集上。

这里比她之前的学校课程进度要快，更别提模拟考试了。三天一小考，五天一大考，还不算随堂测试，要人命的架势。

"小意。"赵萌萌抱着书离开座位示意她往里挪，然后把手里的习题集摊开，里面夹着一本小说绘本。

"这个小说超好看，给你看，"赵萌萌把绘本塞到她的习题集下，声音压得很低，"二十分钟保证看完全本。"

顾知意垂下眼看封面。

黑暗画风，上面有一双幽绿的猫眼。

她放下习题集，挑着眉毛看赵萌萌，鹿眼无辜又明亮："这是恐怖小说？"

赵萌萌"啧"了声，扭头看了眼后门玻璃窗："不算是，悬疑为主。作者这个脑洞开得太大了，超级精彩。我跟前面的常晶晶借的，你赶紧看啊。"说完她翻开习题集开始抄顾知意做完的那部分。

顾知意好奇心被她吊起来，用胳膊撑住习题集，身子微微往里侧挡住，然后翻开绘本。

"夜深人静，巷子里传来一声声奇怪的声响——"

外面吹进一阵凉风，撩起少女额前的碎发，顾知意慌张地抬头，还没等说话，旁边人拍了拍她的肩膀，低声道："没事，刘丹这个点不会来的，我给你放风呢。"

顾知意又低下头翻开书。

小说的情节引人入胜，刻画细致，看到紧张处，她的汗毛都立起来了。

如赵萌萌说的那样，这故事写得很精彩，中间的反转多到让人想象不到，顾知意看得很快，不到二十分钟就看完了。她把绘本合上夹在习题集里塞到赵萌萌怀里，后者一把捂住。

"怎么样？"赵萌萌贴过头去冲她挤眼，一瞬间如绘本推销员附身，"是不是好看？"

顾知意老老实实地点头："好看。"

她抬头看了眼黑板上方的挂钟，距离下晚自习还有半个小时，足够她做完一份模拟试题。

旁边赵萌萌还在抄作业，她伸手挡住答案："萌萌，你先自己做，不会的我可以给你讲。"

赵萌萌蔫了，老老实实地解题。

半个小时过得飞快。

走读生可以提前十分钟离开教室。

今天晚上顾青山有个项目要加班，而李娅萍上班的厂子需要赶进度，所以李娅萍也要加班，他们让顾知意带着手机，万一有什么事就给两人打电话。

顾知意和赵萌萌在学校门口分开，后者跟着爸爸一路骑车回去，只留下她孤零零地推着车站在校门口。

柳枝在晚风中荡了几下，扫过她的自行车。顾知意深吸一口气，骑车回家。

这条还不熟悉的道路路灯昏黄，中间有几个灯坏掉了，长长的影子像一个巨大的异形怪兽倒在柏油马路上。

偶尔过去几辆汽车，灯光一晃，更是渲染出吊诡的氛围。

顾知意晃了晃脑袋，刚才看过的恐怖悬疑小说情节不合时宜地蹦了出来，在她的脑海里迅速形象化，就连那个戴着橡胶手套拿着斧头的凶手都有了轮廓。

身后巨大的黑影渐渐逼近。

脚下蹬得飞快，风撩起她的刘海，阵阵凉意拂过胳膊，激起一层鸡皮疙瘩。

趁着红绿灯读秒，顾知意翻出手机给顾青山打电话，响铃好几声对方也没有接。

她转念又要给李娅萍打电话，忽地想起对方今天要去车间加班，无菌环境不能带手机。

最后的五秒。

顾知意放下手机，默默攥紧车把。

绿灯亮起，她飞快地踩动脚踏板冲了出去，身后是昏暗泛黄的空荡街道。

路过隧道洞口，她不可避免地停下，翻出手电筒和防狼喷雾。

上次醉汉闯进门的事情让顾青山有些担心，特意去给她买了防狼喷雾，嘱咐她每天带在包里。

夏日洞里潮湿闷热，虫鼠很多，时不时蹿出来一些小飞虫，顾知意来这里有几天就讨厌这个隧道洞几天。

绕路太远，不然打死她都不可能一个人走这条黑路。

熬过思想斗争，她认命地叹了口气，慢吞吞地进入隧道。

里面是一如既往的黑漆漆。

顾知意咬着牙快速蹬车，想象着等下回家反锁门然后洗漱睡觉。

忽然，身后传来声音。

她下意识地回头看去。

一个中年男人骑着摩托车跟在她的后面，车灯有些不亮，发着黄光，轰隆隆的摩托车声音在洞口里撞击徘徊，她往旁边让了下位置，身后的男人也往旁边挪了一下。

顾知意顿了下，下一秒加快速度。

哪知道身后人的车速也加快。

她眼眶发烫，紧紧抿着嘴，生怕一张口心就会从嗓子眼里蹦出来。

周遭环境昏暗，只有眼前的手电筒灯光和尽头的那一小圈光亮，她置身黑暗中，整个人仿佛一叶扁舟飘荡在浩瀚无际的大海，独自承受恐惧。

"喂。"

一个声音响起，带着点点疲倦和清冷，划破寂静，传入她的耳中。

顾知意愣了下，猛地转头看过去。

昏暗的灯光里，少年双手搭在自行车上，手肘微微屈起撑着车把，手里还拿着个易拉罐。看见她回头，他微微仰起下巴。

"看我做什么？看路。"下一秒，他的声音夹杂着恶劣和淡漠，冲破那点温暖，冷冷的。

顾知意低低"哦"了声，专心致志地骑车，恍惚间忘记了身后的摩托车，直到那辆车从旁边驶过，她才惊了下，后背一阵发凉。

不知是有人做伴还是怎的，顾知意觉得很快就出了隧道。

巷子口那盏路灯亮着，她看清少年的脸庞，清瘦平淡，狭长的眼眸微微眯起。

顾知意抿了下唇，以脚撑地停下车："沈俞白。"

沈俞白侧头看她。

"谢谢。"

路灯下，少女的皮肤白嫩透亮，许是隧道里闷热又或是受了惊吓，脸蛋汗津津的，碎发湿漉漉地贴在额前。

他顿了两秒移开眼，抬手将打火机扔过去。

顾知意手忙脚乱地去接，打火机砸到她的怀里。

沈俞白笑了声。

（10）

顾知意凶凶地瞪了他一眼，把打火机塞到他手里，然后头也不回地骑车离去。

沈俞白骑上车往隧道口另一个方向骑去。

近两年南关最大的娱乐城要数天泰城，不仅占地面积大，且娱乐设施齐全，很多人都乐意到这边消遣。

推开隔音门，震耳欲聋的 DJ 音乐瞬间冲进耳中，连带心脏都有几分震感。

自由搏击区内，少年头上戴着一个黑色发箍，板寸黑发湿漉漉的，额间滚下的汗珠瞬间被发箍吸收。

腹肌线条轮廓清晰，随着呼吸起伏，精瘦的上半身肌肉微微鼓起，汗漉漉的，在聚光灯下闪亮发光。他退后几步坐到位置上，将嘴里的牙套吐到一旁，黑眸掀起，浅浅的褶子压起，更显得凉薄冷戾。

旁边一个穿着黑色背心的胖男人半跪在他面前拿起小水桶递过去，他仰头灌了口水吐出。

身后是喧沸的人群，有人拿着票直接扔到他脚边。

以他为中心的地上，落了不少票根。

"俞哥。"胖男人放下水桶探身过去在他耳边说了几句话。

沈俞白侧头听着，狭长眼眸微微眯起，抬起手拍了下他的肩膀。

胖男人见他这副脸色不太好的样子，忍不住在他站起来时凑过去，尝试想要再多说几句话，少年没有给他机会，迈步走到区域中央。

聚光灯下，他像一头深夜出没的黑豹，慵懒又凶狠地露出爪牙，把对面的人打得鼻青脸肿。

对面男人戴着拳套，满头大汗，掀起眼皮子瞪了眼沈俞白，然后退后两步举拳。

沈俞白挑了下眉，轻笑。

场馆的实时播放器上，少年冷戾沉默的脸庞上有一处疤痕，轻笑时带动肌肉，让他更显得狰狞又酷。

看台上的人热血沸腾。

他们要的就是这种不要命的打拳。

"嘭！"

对面拳手脸上挨了一拳，重重跌在地上。

裁判员半蹲在他面前拿着秒表读秒："十，九，八……三，二，一！"

他立刻起身走到沈俞白旁边，举起沈俞白的手，吹口哨。

沈俞白仰起脖子活动几下，接过旁边人递过来的毛巾擦了几下头，然后走到一旁掀起围栏跨了出去。

今晚他连赢两场。

今晚没有人能像他一样，用这种不要命的打法，不害怕死亡，当对手的拳头逼近他的眼眸，也只是缓缓地眨下眼。

洗浴间内。

李海拿着一套衣服靠墙站着，嘴里咬着一根棒棒糖。

"俞哥，你今天怎么没给老徐面子？"他用舌尖把棒棒糖抵到一侧，侧头低声朝里面的人说，"我听说他有点不高兴了。"

"胖哥今儿在台上脸都吓白了，哈哈哈哈。"

"吱嘎！"

洗浴间的门被打开。

一只手伸出来接过衣服。

沈俞白迅速穿好衣服，依旧是黑色短袖，他站在镜子前擦头发。

那张白净脸庞在眼前一晃而过，他的手顿了下，而后蹭了几下头发把毛巾扔到一旁，转身走出去。

李海见他出来忙跟上去："你心情不好啊？"

"人在哪里？"

"在卡座。"李海跟他到外面便识趣地没有跟过去。

沈俞白手插在兜里，慢慢往外走。

卡座里的男人一口一口吸着雪茄，吐出的烟雾在空气中盘旋，他半眯着眼睛，满脸横肉："沈俞白是死在里面了吗？"

旁边的胖男人猫着腰擦了把汗，掏出手机："徐哥，我……我打电话给他。"

徐正华一巴掌扇到他的后脑勺："你敢催阎王啊，那小子打架不要命的样儿你还没看够？"

再掀起眼，他愣了下，褶子脸迅速堆起几分笑，拿下嘴里的烟凑过去："哟，来了啊，快坐下啊，哥给你喊杯酒。"

沈俞白坐在对面沙发上，点燃的香烟立刻送到他嘴边。

他挥挥手，探身拿起一个苹果咬了口，慢条斯理地咽下，嗓音暗哑清冷："让我输？"黑眸缓缓掀起，静静注视着男人。

徐正华被他看得有几分心里发毛，扯着嘴角笑了几下，说："今儿晚上有个公子哥儿看上跟你对打那小子了，花钱买一乐呵，没想着这么不禁打，你一拳给撂倒了。"

"钱。"沈俞白放下苹果，向后倚着靠背，一下一下地活动着自己的关节。

流光玻璃桌面上，被咬了一口的红苹果摆放在上面，白色果肉遇到空气迅速氧化，一点一点呈现出难看的颜色。

两场拳打下来，他有些疲，手指关节隐隐作痛，只想找个地方躺平。

很快有侍应生过来，把一个厚厚的信封放在桌面上。

旁边男人还在嘚吧嘚吧地说个不停。

沈俞白抬手拭了下眉间，淡淡开口："徐哥，讲好的规矩中途不要随意变卦。"

说完他俯身按住信封，拖到自己面前，当着徐正华的面儿把那摞钱拿出来数了数，然后晃了下，起身离开。

徐正华怔了两秒，重重放下酒杯，杯中红酒溅出几滴在桌上，鲜艳刺目。

"这小子，不好弄啊，刀刃太锋利了。"半晌后，他重新拿起酒杯笑了下，朝着旁边人努嘴，"去跟张家那位说，我后面会给他推荐其他的人。"

胖男人领了话立马离开。

沈俞白出了天泰城。

李海也从里面出来。

"去吃消夜。"

"走起。老头子今天晚上不在家，他要是回来我就没好日子过了。"李海叹了口气，指了指旁边的摩托车，"刚才他们没为难你吧？"

沈俞白戴上头盔，看了他一眼。

李海"啧啧"两声，摇摇头跟了上去。

烧烤摊前。

听见摩托车声，老板抬起头看过去，见两人过来立马把刚做好的小龙虾端了过去。

两人扯过马扎坐在小摊前。

李海起开一瓶啤酒递过去，沈俞白伸手接住。

他蹙了下眉，扬头喝了口酒。

"俞哥，你以后什么打算啊？"李海接过老板递过来的下酒菜，随口问道。

沈俞白没作声。

李海自知问了不该问的，也没继续说话。

关于沈俞白的家境，学校里老师知道的少，但他们几个都是知道的，有个破产还赌博的爹，赌得家徒四壁，沈俞白的学费都是靠他自己打拳挣来的，更别提生活费。

这样的家庭谈未来，纯属扯淡。

"对了，"李海瞥了他一眼，"那个谁，顾知意？"

沈俞白终于掀起眼皮看他。

李海顿了顿，没发现他目光里的异样，手里拿着小龙虾剥壳："我听说你胳膊擦伤是为了救她啊？"

少年胳膊上的擦伤面积不小，已经结痂，难看又恐怖。

刚才打拳的时候对方一直有意无意用拳套蹭他的胳膊，导致上面还没完全好的地方再度破皮流脓。

他忽地想起那袋被他扔到抽屉里的酒精棉签。

深夜烧烤摊上多得是混社会的，嘈杂混乱，粗俗下流的话一句接着一句，笑声不绝于耳。

夜隐于世，黑暗将一切笼罩。

他弓着腰拎着一瓶饮料，慢慢地饮着。

顾知意啊。

她这种乖乖女肯定在背单词做作业，咬着笔帽做数学题。

"那天我可是看见她给你纱布了，"李海笑嘻嘻地凑过去，杵了下他，"你觉得她怎么样？"

脑海中再度划过那张脸……沈俞白冷了神情，仰头灌了口。

第 2 章 ／原来是你呀

（1）

凌晨一点。

顾知意猛地睁开眼睛，然后翻了个身。

她晚自习的时候喝了一杯速溶咖啡，现在精力充沛，眼睛发亮，加上回来的时候被沈俞白气到，她觉得自己还能再来两套黄冈试卷。

明明只是好心提醒他，怎么到头来还被那样说？

那人是真的要自甘堕落吗？

不可理喻。

顾知意抱住被子翻了个身，摇摇头想要清空大脑，明天早晨还有一节随堂小测，她强迫自己闭上眼睛入睡。

五分钟后，她认命地睁开眼。

晚上西瓜吃得多，这会儿又想起夜。

厕所在院子楼梯拐角处，她摸到手机打开手电筒，轻手轻脚地下床往外走。推开卧室门那一刹那，月光皎洁，将客厅照得满堂亮，顾知意站在原地愣了下，抬头看了眼月亮才恍惚记起来，吃饭的时候顾青山说了今天是十五，难怪月亮这么圆。

四四方方的院子上空，星河璀璨，月光皎皎。

顾知意从卫生间出来也没有睡意，她拢了拢睡衣爬上平房屋顶。

她从小就喜欢待在高处看天空，搬来南关又有了这样一块地方。顾青山疼女儿，特意找师傅定做了一个四角支架，套上蚊帐后把四周压严实，无论她在里面待多久都不怕蚊子咬。

月光洒在水泥地面上，像是白天一般。顾知意爬进蚊帐里，里面的凉席还带着温热，她翻身躺下，点开音乐。

熟悉的曲调响起，她枕着胳膊惬意地随着节奏轻哼。

沈俞白手抄在裤兜里绕过一处亮闪闪的水洼，隐约听见断断续续的哼唱声。

他轻轻屏息，慢慢往前走。

声音越发清晰，他仰起头看去，满月之下，幔帐之中，只有一只脚跷在外面，随着节拍微微晃动。

他垂下头，习惯性想要去玩转打火机。

再次抬起头，漫天星星，满月当空。

他慢慢抽出手，靠墙站住。

平房顶上的曲调换了，换了一曲欢快的，平躺着的人干脆跷起双腿在空中晃动。

他是疯了，大晚上不睡觉听人哼曲儿。

哼的是他爱听的也就算了，哼的还是他根本没听过的那种。

莫名其妙地，他今天晚上埋在心里的所有的烦躁和不愉快在这一瞬间像被人用一个巨大的吸尘器，一点一点从他的胸腔中抽离出去。

他难得放松。

沈俞白坐在门槛上，屈起一条腿，倚着门框静静看着夜空，耳边是少女轻柔的哼唱。

满堂静谧。

直到一阵凌乱的脚步声闯入他的耳朵，刹那间所有现实冲入他的脑海中，少年黑眸仅剩的几分温度在看清黑夜中归来的人时，一点点被清冷取代。

沈堂庆满身酒气踉跄着走过来，见他坐在门槛上嘿嘿笑了两声，抬脚踢了踢他："坐这里挡我的道？"

沈俞白没动。

沈堂庆打了个嗝，抬起腿又踢了一脚："给我起开！"

沈俞白撑着门槛慢慢站起来。少年身高一米八八，已经足够垂眼瞧他，沈堂庆被那股子冷意冻得激灵一下，有了几分清醒，他伸手指着面前人，声调拔高："滚开！"

寂静空荡的巷口只听见他的吼叫声，刹那间被风带走。

"再敢出声，"沈俞白哑着嗓音微微弓腰与沈堂庆平视，狭长眼眸里的恨意和暴戾毫不遮掩，"你试试。"

沈堂庆愣住。

下一秒，他高高举起手。

这一巴掌还没落下，他的手腕就被捏住，指甲掐入肉里，痛得他嗷嗷叫起来，沈俞白松开他的手，甩开到一旁。

耳边再度安静下来。

他顿了顿，蓦地掀起眼皮看过去。

皎皎月光下，平房顶上的少女不知道什么时候坐起来，静静地看着他们。

夜色黑暗，他看不清她的神情，只有那双杏眸璀璨，映着月光，明亮清澈。

课间休息时间，顾知意趴在桌子上蔫蔫的。

赵萌萌转过身摸摸她的脑袋："顾知意，你生病了？"

她摇摇头，侧头枕到另一只胳膊上，再度闭上眼睛，脑海里迅速闪过昨天晚上的场景。

这已经不是第一次看见沈俞白和他爸爸起冲突了。

两个人像是有什么深仇大恨，每次看见都剑拔弩张。

这样想着，顾知意撑着脑袋扯了扯赵萌萌的衣服，有气无力地喊："萌萌，有件事我想问你。"

"来来来，"赵萌萌坐过来学着顾知意的样子趴在桌上，长睫毛忽闪忽闪，"问吧。"

顾知意凑近她，抿了下唇："沈俞白和他爸爸关系不好？"

赵萌萌朝后座空着的位置瞥了眼，压低声音："什么叫不好，那叫仇人都不过分。

"你还记得之前我说过，他妈妈去世了吧？"

"听说是他爸爸逼死的。"

顾知意猛地坐直身子："真的假的？"

顾知意突如其来的反应让赵萌萌有些蒙，她也坐直身体："小意，你今天怪怪的啊，是哪里不舒服吗？"

"昨天晚上失眠了。"顾知意重新趴下，无聊地翻着书堆里的卷边，笔尖在课本侧面点黑点，"我现在好困。"

"怎么突然想起来问他的事啊？"赵萌萌手伸到另一只胳膊底下指了指后排。

顾知意挑了下眉，没回答。

"对了，去打水吗？"

"好。"

两人起身拿着自己的水杯去教室外的热水机处打水。

今年学校体恤学生打水等候时间长，特意增加了好多接水口，唯一不足就是水流太大，不留神就会被烫到。

顾知意和赵萌萌分开各自排了一队。

前面的两个男生拿着大水杯接水，水龙头一开，热水直接喷出来，两人笑嘻嘻地往后一跳，伸着胳膊把水杯递过去接水。

不一会儿水杯被接得满满的。

男生嘻嘻哈哈地拿着水杯拧上瓶盖，然后拎起绳子随意晃动，顾知意站在后面默默后退一步，忽地一滴水落在她的脸上。

顾知意抬手蹭去。

下一刻，"砰"的一声。

水杯盖子像一枚导弹从瓶口弹出去，男生慌了下，扬手就要去接瓶盖，杯中的水尽数洒出来。

顾知意愣在原地，忽然一只手揽住她的胳膊往旁边推了下。

顾知意跌倒在地上。

男生的热水杯哐当砸在地上。

里面的水只剩下一小点，其他的尽数洒在顾知意身后人的胳膊上。

男生抬头看清那人，顿时吓得脸都白了，说不出话来，甚至连水杯都不敢去捡。

少年清冷面容，脸颊上的刀疤在背阴处更是自带凶气。

他轻轻啧声。

男生吓得后退好几步，贴着水池边："对不起俞哥，我不是故意的！"

"丁零——"

上课铃声响起。

赵萌萌扶起顾知意，吓得声音都颤抖："有没有烫着？"

顾知意摇摇头。

她转头看向沈俞白，少年胳膊结痂的地方被开水烫红一大片，甚至有些结痂翻起白边。

语文老师已经抱着卷子走到门口。

"老师，沈俞白烫伤了，我能带他去医务室吗？"顾知意拦住语文老师，急匆匆地说道。

她的手不知道什么时候拽住了他的手腕。

可惜她手指太短，连他的手腕都没有环过来。

葱白手指环在他的手腕上，一黑一白，像是给他戴了一个奇怪的白玉镯子。

语文老师愣了下，忍不住看向旁边的少年。

他神情淡漠，瞳孔颜色极黑，在听到顾知意的话后表情微微一变。

这点烫伤，她要带他去医务室。

沈俞白抿了下唇。

"去吧。"语文老师推了下眼镜，颇有深意地瞪了眼沈俞白。刚才她要不是看到这小子帮助女同学，压根不会同意他去医务室。

顾知意弯腰鞠躬，然后拉起沈俞白的手就往医务室的方向走，一边走一边说："你怎么也不躲开啊？那水那么烫，是真的想留疤呀？"

沈俞白一路被牵着走到医务室。

面前的人个子小小的，力气倒是挺大，他手插在裤兜里任凭她抓着自己去医务室。

刚才要不是沈俞白推了她一下，估计热水就全浇在她的脖子上了，顾知意倒吸一口气，手紧紧攥着少年。

直到到达医务室，她才松开他的手腕。

倒没有使太大劲，可沈俞白的手腕上红了一圈。顾知意耳尖发热，默默把手背到身后："老师，他受伤了。"

医务室老师抬头看了两人一眼，靠着椅背笑起来："沈俞白，就你这点伤还用得着人家女同学送你来？"

顾知意的脸颊彻底绯红。

她咬着唇小声解释："老师，他帮我挡的热水。"

医务室老师"啧"了声，转着转椅挪到身后，拿了一瓶消毒水，还有棉球纱布，一并放在袋子里递给顾知意："回去消消毒，别再碰水就行了，这烫得不严重。"

沈俞白是谁？天泰城里摸爬滚打出来的，怕这点烫伤？

她看着他蹙起眉头，眼眸里是毫不掩饰的担忧，问他："疼吗？"

不知道为什么，他的伤口竟真有密密麻麻的酥疼蔓延开。

于是，他垂下眸对上她的，声音低沉："疼。"

"行了啊，赶紧回去上课。"医务室老师赶两人走，"沈俞白你那个伤口注意消炎换药。"说完朝两人挥挥手示意他们出去。

沈俞白拎起袋子往外走去，顾知意跟在他后面，他走到门口停下，背后不出意料地有人撞上来。

鼻尖有几分硬度，轻轻撞了他一下。

明明不痛，可偏偏这下碰撞像是在他的心里投入一颗小石子，水波碰壁激起浪。

他闭了闭眼，没回头。

顾知意揉着鼻尖，被疼出生理性眼泪。

这人后背真的好硬。

疼死了。

她眼泪汪汪地歪头看他："怎么了？"

少女鹿眼湿漉漉的，沈俞白挪开眼转身往旁边走，声音淡淡："跟着我干什么？"

顾知意抿了下唇："我没跟你。回教室的路就这一条啊。"

面前人的手指上还钩着袋子，看着里面的东西，顾知意忽然想起之前她给沈俞白买的那些酒精棉签，应该是被他扔了吧，那这些可不能再扔了。

毕竟他受伤都是因为她。

于情于理自己都要监督他上消炎药的。

于是她快步走到沈俞白前面，仰起头看他。

本来在后面的人突然跑到前面，沈俞白猛地顿住。

他舌尖抵住下颌，"啧"了声。

"沈俞白。"顾知意喊他的名字，嗓音轻柔软糯，带着一点点南方口音，又甜又轻。

沈俞白挑了下眉，把那点烦躁压下去，后退半步垂眸看她。

不知不觉，两人已经走到操场阴凉处，学生们有在上体育课的，不少人认识沈俞白，见他身后跟着一个小姑娘都起了八卦的心思，连球也不打了，愣生生地瞧着。

沈俞白掀起眼皮不耐烦地看了眼不远处像杂草一样的人群，薄唇抿紧，脸上那道疤越发显得凶狠。

他手插在裤兜里，另一只手拎着袋子，居高临下地望着顾知意。

顾知意仰着头，没有管他的臭脸，认真地看着他说道："刚才医务室老师说了，你要好好消炎，不然会化脓的。"

沈俞白点头。

"不要碰到水，忍忍吧。"

他断眉挑了下。

面前少女极其认真地跟他交代注意事项，跟丢东西时的样子截然相反。

沈俞白弯下腰同她平视，黑漆漆的眸里倒映着一个小小的人儿。

他忽地轻笑，夹着几分清冷和嘲讽，薄唇连勾起的弧度都微乎其微。

正值下课时间，操场上的学生陆陆续续回教室，不少人看到两人站在那里。

少年眉眼疏离淡漠，静静地看着面前的人。

沈俞白用舌尖舔了下牙尖："既然这样，那你来给我消毒好了。"

"好。"没有任何犹豫，顾知意一口应下来。

她巴掌大的圆脸认真又坦然，更是一点儿不惊讶他提出来的要求，仿佛就在等他这句话。

她拿过袋子，认真地抱在怀里。

沈俞白直起腰越过顾知意径直朝教学楼走去，连话都不说了。

顾知意回头看他，抿着唇不敢笑。

回到教室赵萌萌立马"飞鸽传书"，一张字条从前面落到顾知意的桌子上：宝贝儿，沈俞白没怎么样你吧？

顾知意按下笔，侧身挡住字条：没有。

晚自习要各科随堂考试，整个晚上教室里只听得见卷子"哗哗哗"翻页的声音，还有间歇的讨论答案的声音，顾知意和赵萌萌还有其他人都在看自己的对错。

旁边同学满脸羡慕地看着顾知意说道："顾知意你好厉害啊，都对了。"

顾知意抿嘴微笑："数学我也错了很多的。"

她也有薄弱的科目。

再过一个月就要面临放暑假升高三，老师们恨不得把毕生所学都传授给他们，发下来的卷子一份接一份。

就连顾青山都说顾知意自从来南关后瘦了不少。

李娅萍嘴上说着瘦了好，穿衣服好看，但也每天变着花样给她做好吃的。

等考完试后，走读生已经可以回家。

顾知意从车棚推出车往外走。

后车座被人拖住。

她回头看过去，张之楠和李海站在后面冲着她笑，见她回头张之楠更是直接坐在她的车后座上，笑嘻嘻地说道："顾同学，要回家啊？"

顾知意点点头："有事吗？"

张之楠看了眼李海，依旧坐在她的车后座上没下来："那个，我们想跟你打听个事儿。"

"你说。"

"俞哥真的救你了？"张之楠说着比画了胳膊，正是沈俞白受伤的位置。

他不信沈俞白那么冷的一个人能去救一女同学。

更不要说还受了伤。

毕竟他打架那么厉害。

顾知意微微垂眸，把着车头还没来得及回答就听见张之楠"哎哟"了一声。

她忙抬眼看过去。

沈俞白神情平淡，单手拎着张之楠的后脖领，像拎小鸡一样把他从顾知意的车座上拽下来，冷冷开口："改行了？"

张之楠一脸蒙："啊？"

"扑哧！"顾知意慌忙捂住嘴巴，只露出一双亮晶晶的干净眼眸看他们。

李海也被逗乐，拍了拍张之楠的肩膀，说："傻了吧，俞哥说你改行当八卦娱记了！"

张之楠："……"

他就不该多想，俞哥那张嘴可比拳头还要会怼人。

"顾知意。"沈俞白掀起眼皮，浅浅眼皮褶子折起，狭长眼眸锁住她，像猎豹看到猎物，语气倒是清清淡淡，微风都能吹散的那种，"什么时候换药？"

旁边两位彻底傻眼。

不过是几天没看见俞哥，怎么感觉像是错过了好几集偶像剧。

顾知意也没料到他会问，愣怔几秒后指了指外面："回家？"

"……"

张之楠捂住了嘴巴。

李海夹着张之楠的脖子扯了扯嘴角："那个，我们先走了。"

顾知意反应过来，脸颊迅速爆红，急忙解释道："我不是那个意思，你们误会了！"

没人回应她。

她蹙起眉头看向沈俞白，后者挑了下眉。

顾知意抿了下唇："那个，我真的不是这个意思。"

沈俞白点点头："走吧。"

"去哪里？"

"回家。"

顾知意欲哭无泪。

两人骑车一前一后往巷子里去，隧道口处，沈俞白不自觉放缓速度，身后人紧紧跟着他。

黑暗中，少年嘴角缓缓勾起，下一秒又很快抿紧。

高中生下晚自习回去得晚，李娅萍早早就做好了夜宵等顾知意，回来后就可以吃上。

顾知意匆匆扒了几口饭，心里惦记着要给沈俞白上药，便想着去外面。

她拿起牛奶喝了口，只见李娅萍从厨房拎了一兜甜瓜出来："老家今天给快递了一些瓜过来，我看对门那孩子在门口坐着，你去给他家送些。"

顾知意起身拉开塑料袋，青绿圆润的甜瓜还带着瓜蒂，看样子是刚摘没多久的。

老家的甜瓜是出名地好吃，每年到了季节家里都会给买些放着，小孩子渴了吃一个，饭后解腻吃一个，瓜甜清爽，顾知意尤其喜欢吃。

"好，那我去啦。"顾知意拎起袋子跑了出去。

"慢点啊。外面黑，让你爸把灯笼打开。"李娅萍用围裙擦了擦手，招呼顾青山帮忙出去点灯。

顾知意拎着袋子出门就看见沈俞白坐在门槛上。

他似乎很爱坐在那里。

玄关处的灯昏黄暗淡，少年半张脸隐在黑暗中，他歪头看手机，那光在他的头顶呈现出一个光圈，朦胧轻柔，让他整个人看起来平易近人。

听到动静，沈俞白掀起眼皮看过去。

顾知意咽了口口水。

好吧，只是一点点，真的一点点。

这样被他看过来，总觉得那双眼睛里藏着杀气，如果眼神可以杀人，她肯定已经中了好几刀。

她走过去在他面前蹲下："酒精和棉签呢？"

沈俞白腰部后靠，从身后暗处拎出一个袋子扔到她脚下。

"你吃夜宵没？"顾知意低头从里面翻出棉签，打开酒精瓶小心翼翼地倒出来一点，然后拉过他的胳膊，轻轻替他消毒。

晚风吹过，她的几缕头发散落下来，落在他胳膊上。

麻麻酥酥的。

沈俞白动了下胳膊。

"别动。"顾知意看了他一眼，继续涂抹伤口，"是很疼吗？消毒是有些疼，你忍忍，马上就好了。"

说着她又换了根棉签，一点一点把伤口清理干净。

毕竟这蹭破皮的面积有点大，加上烫伤发红的地方，她蹲在那里把他的胳膊放在腿上，探身去拿烫伤膏。

温热柔软的触感压了下来。

沈俞白缓缓眨了下眼。

在她拿到烫伤膏打开时，放在腿上的胳膊收回去，沈俞白站起来掏出手机，点开接听键："说。"

他回复得简略："行，去。"

顾知意依旧蹲在那里，举着烫伤膏看他。

沈俞白抬手蹭了下眉心，眉头蹙起："你回去吧。"

"你要出去啊？"顾知意站起来，又上前一步，眨着眼睛看他，"把烫伤膏涂上再去吧。"

麻烦。

沈俞白脑子里只有这两个字。

不远处路灯突然亮起。

灯光照亮那一刻，顾知意的面容被照亮，杏眸璀璨，神情干净柔和，像一个不食人间烟火的仙女。

仙女仰头看他。

（2）

自从上次顾知意替沈俞白上药后，她已经三天没看见他了。

后排摞在桌上的卷子有一厘米厚，顾知意转身在上面放上一张化学试卷，轻轻叹了口气。

课间操的时候，赵萌萌神秘兮兮地拉着她的袖子一起去上厕所："我跟你说，出事了。"

顾知意蹙眉，侧身躲过挤到两旁的同学："什么事？"

"你难道没发现张之楠和李海都没来上学吗？"赵萌萌挽着她的胳膊站在厕所外排队，凑到她耳朵旁低语，煞有介事的，"而且沈俞白也没来。"

这三个人平时都是一起出现的。

顾知意抬头看了眼前面排队的人，课间操这个时间段上厕所真的要排很久："那他们怎么了？"

赵萌萌撇撇嘴，上前一步锁定一个单间："还能怎么了，打架去了呗。"

"什么？"顾知意俯身过去，厕所人多话杂，她听得不清楚。

"我听说西关那边有人闹事，那些小混混都去了。听说场面很血腥。"

顾知意倒吸一口气，扯着她往旁边站，给旁边的同学让路："他们受伤了？"

"不知道啊。"赵萌萌耸耸肩，满脸无所谓，"反正他们打架是家常便饭，受伤那不是更平常？"

"我先，我先，你帮我拿一下跳绳。"说着她把跳绳塞到顾知意怀里就急匆匆地先去上厕所。

旁边等着的两个女同学也在说悄悄话。

"听说一班的李佳颖跟一个混社会的走得非常近，好像在……"

"不可能啊，她不是喜欢沈俞白吗？"

"谁知道呢。"

"听说这次西关那场架就是因她而起……"

顾知意侧头看向两人。

两人见她看过来声音更是压低，时不时瞥她一眼。

沈俞白打架全校有名，但是怒发冲冠为红颜还是让人有些惊讶的，顾知意低头看着鞋尖，翘起落下，再翘起来落下去，直到赵萌萌出来换她。

全天课程十分紧凑，连续几节课都是讲卷子，顾知意笔记都记了好几页。

一直到晚自习才松了口气，她趴在桌上闭目养神，一直到化学老师抱来一摞卷子当作业才爬起来做题。

不一会儿隔壁桌戴着眼镜的男同学探身轻声喊顾知意："顾同学。"

顾知意停下笔探身过去："怎么了？"

男同学耳尖发红，指着卷子上某道题，磕磕巴巴地问："这……这题你会吗？"指着题的笔尖都在抖动。

顾知意扯下一张演算纸很快写出解题步骤递给他，轻声道："我写了步骤，如果你看不明白再来问我。"

男同学更是激动得用两只手去接那张演算纸。

赵萌萌转过头来喷喷嘴，冲着男同学挑眉："于鹏程，脸红什么啊？"

被唤作于鹏程的男同学脸瞬间红透："关你什么事！"

"哦哟哟。"赵萌萌转过身来冲着顾知意卖萌嘟嘴，"顾同学，这道题我也不会，能不能麻烦你给我讲讲？"

顾知意打了一下她的手背："顾同学很忙，去去去。"

"顾同学偏心哦！"

"赵萌萌。"

赵萌萌抬手做封口动作，然后转过身去继续做题。

晚自习结束回家的时候，空气黏腻潮湿，顾青山催促顾知意快点骑车，天看着是要下雷阵雨的样子。

路过门口时，她看见沈家院子里一闪而过的身影。

顾知意回到卧室便去找创可贴。

李娅萍端着泡面进来，看见她拿着创可贴，问道："哪里破皮了吗？"

"没有。"顾知意指了指外面，"沈俞白受伤了，他没有创可贴，我去给他送一个。"

李娅萍点点头放下泡面碗："早点回来，不然面坨了。"

顾知意应下，换好鞋跑了出去。

沈俞白依旧坐在门槛上，他真的很喜欢坐在那里。

这样闷热的晚上，他穿了一件白色背心，锁骨精致消瘦，暴露在空气中，沿着骨骼方向直入肩膀。他似乎刚剪了头发，短茬茬的板寸，黑漆漆的冷眸，毫无生机。

少年修长手指夹了一根烟，猩红一点，在夜晚里发亮，白雾缭绕，模糊了他的脸庞。

顾知意走到他面前弯腰把手里的创可贴递过去："给。"

白皙指尖夹着一个创可贴蓦然出现在沈俞白视线中，他眨了下眼，拿烟的手挪到旁边，抬眸看过去。

顾知意在他面前蹲下，目光落在他的手背上，那里有一条长长的伤口，似乎是刚结痂不久，还有一些血脓："消毒的东西还在吗？"

沈俞白微微挑眉："怎么？"

"给你消毒啊。"她说着抓住他的胳膊伸直，歪头看他擦伤的地方，那样自然，仿佛这样的动作她已经做了成千上百次。

可这明明才是第二次。

沈俞白顿了顿，用力扯回胳膊，往后撑着手肘刚准备说话，一道闪电划过。

紧接着是轰隆隆的雷声。

顾知意吓了一跳，提着身子往旁边躲，眼里的恐惧清晰可见。

还没等沈俞白说话，顾知意便转头过来，神情害怕又紧张："沈俞……"

"哗——"暴雨顷刻而下，把她的声音掩盖掉，沈俞白只看见她红唇一张一合。

一阵风刮过来，豆大的雨滴落在顾知意的后背上。

一只手猛地拽住她的胳膊将她拉到玄关廊下。

"顾知意。"头顶有人喊她。

顾知意眯着眼睛睁开眼。

沈俞白表情淡淡："坐这里。"他指了指自己身后的位置，那里有一个小马扎，还有一件校服外套。

顾知意迈过门槛挪到他身后，看了眼马扎上的外套，她没有坐下，反而贴近门槛蹲在那里，手托着腮看着外面"哗啦啦"的雨。

巷子里道路破旧，到处都是小破坑，遇到雨水多的季节那小坑里的水很快就满，雨滴落下溅起水花，潮湿晚风吹过，空气里黏糊糊的。

少年裤腿被雨水打湿，颜色暗沉，鞋面也被雨水打湿，他无动于衷，依旧坐在门槛上，仰着头看天上落下的雨水。

"沈俞白，他们说你打架了。"顾知意视线落在他的后脑勺上，低声说道。

那里有个小发旋。

雷声依旧轰鸣，轻而易举掩盖住她的声音。

沈俞白侧头："你说什么？"

顾知意摇摇头："没说什么。"

雨势渐渐小起来，淅淅沥沥的雨滴还在继续做着收尾工作。

夏天的雷雨就是这样，来得急去得快。

顾知意从他身后迈出来，指了指他手背上的伤口："我看一个创可贴不够，你等我一下，我再去给你拿几个。"说完她手遮在头顶跑了回去。

沈俞白低头看着掌心里的卡通创可贴，黑眸渐渐眯起，一股莫名的情绪从心底涌起。他抬起头看向对门。

红砖房侧面的地方被人用栅栏围起来，圈成一个小菜地，里面零星种了几棵大葱和香菜。

门口的位置有一株他叫不上名的植物，花骨朵粉嫩，叶子翠绿，是株好看的绿植。

他回头看向院子里。

除了裂了缝露出泥土的水泥地，还有一棵老树，再无其他。

毫无生机。

那样明显的对比，那样明显的烟火气儿。

他"啧"了声，指腹蹭过手背上的伤口，然后把那个创可贴塞进裤兜里。

顾知意跑进院子时，顾青山正站在厨房门口刷盆里的碗，见她跑进来笑嘻嘻地打趣她："淋雨了吧？"

"才没有！"顾知意没心思跟他贫嘴，低头跑进卧室拉开抽屉，拿上两个创可贴就往外走。

走到卧室门口的时候她停了下来，低头看了眼手上的创可贴，又看了眼抽屉，折回去将抽屉里的那一整盒创可贴都拿了出来，然后把手里的两个放进抽屉里。

反正她受伤的机会很少，两个创可贴足够用了。

顾知意抱着一盒创可贴急匆匆地跑了出去。

沈家侧门门槛上空无一人。

她小心翼翼跨过小水洼走到沈俞白家门口，院子里有一盏老灯亮着，光线昏暗，她探头看过去，在院子里扫了一圈也没看见人。

"你找谁？"

身后忽然响起男人的声音，粗犷沙哑，是不同于沈俞白的音色。

顾知意吓了一跳，转过头看去，脸色霎时苍白一片，恐惧涌上心头，她咽了口口水，牙齿在嘴里打战，手紧紧抱着创可贴下意识往后退去。

侧门门槛有点高，她后退得又快又急，脚跟撞上门槛，身体不由得向后仰去。

身后是满是裂纹的水泥地。

慌乱中，她想要抓住点什么别让自己倒下，可终究只是抓了满手黑暗，两手空空。

（3）

那人粗糙的手拽住顾知意的手腕往前一拉，她站稳脚后他便立刻松开。

沈堂庆脚边放着一摞废纸壳，这会儿被雨水淋湿，边角翻起，散落在玄关那块空地上。

他冲着顾知意笑了笑，说："实在不好意思啊，我家门槛有点高容易绊倒。你找谁？"

灯光昏暗，勉强能看清脸庞，头发剪短了，眉眼依旧有几分风采，只是身材有些发福，但是不难看出年轻时候的帅气。

那双眼眸与沈俞白的极为相似。

顾知意紧紧抱着怀里的创可贴盒子："我找沈俞白。"

"哦，你是他同学？"沈堂庆弯腰拎起废纸壳扔到院子一角，招呼顾知意进来，"很少有同学来家里。你坐会儿，我给他打个电话。"

说着他拿起一个马扎递给顾知意。

男人温和有礼，笑脸对人，跟那天晚上的醉鬼样子截然相反，顾知意眨了下眼，慢慢伸出手去接住马扎。

等男人转身进正屋门时她将马扎轻轻放在地上，打量起院子里的光景。

那棵很大的树旁边藏着去平房顶的水泥楼梯，边角已经被打磨得圆润，水泥涂层薄，已经有些要露出下面的砖头，正屋的门是老式的木质对开门，把手上锈迹斑斑，底下木片被水浸泡后已经掀起一角，墙角堆着一小堆枯叶，许是放得时间久了，有些腐烂的模样，被雨水泡过，流出肮脏的雨水，沿着地面上的裂缝一路蜿蜒向下。

这院子又乱又差，如果说没人住顾知意都会相信。

忽然，门外传来声响。

她以为是沈俞白回来了，快步走过去笑着说道："我……"

狭小院子里瞬间涌入三五个文身大汉，手里拿着棍棒，脖子上戴着大金链条。看见顾知意，其中一个大汉冲着她咧嘴笑，露出大金牙："小妹妹，你爸爸呢？"

顾知意咬着唇没出声，紧紧盯着他们。

见她不说话，那大汉"啧"了声，看了眼身后几个人，又转过头来笑着说道："哥儿几个都是没耐心的人，我们打女孩子的呀，所以你乖乖说，你爸去哪儿了？"

"我……我不知道。"她飞快地小声说着。

这群人看起来并不好惹，沈堂庆虽然不瘦，但也肯定架不住这群人的殴打，她瞥了眼正屋的门，鼓起勇气道："我不是这家的人，我是来送东西的。"她把怀里的创可贴盒子拿出来。

男人愣了下，一拍脑门："哦对，沈堂庆那个王八蛋有个儿子，叫什么来着？"

身后有人凑上来提醒他："沈俞白。"

"对对对。"男人挠了挠光头，啧啧嘴，"年纪不大，在老徐手里混就敢让人喊他'哥'，他老子欠我钱不还，还要让我上门要，传出去老徐那张麻子脸都要丢光。"

他刚说完后面的人就哄笑起来。

"小妹妹，你和沈俞白谈恋爱呢？"金牙男人上前一步弯腰同她平视，故作严肃地说，"那小子可是个砍人不眨眼的小魔鬼，你这是给自己推火坑里了呀。不如你跟着哥，哥哥疼你。"说着他抬手就要碰她的肩膀。

顾知意迅速后退几步躲开。

"吱嘎——"

正屋的门被打开。

几个人齐刷刷看向那扇门。

沈堂庆正抱着剩下的废纸壳往外拿，看见院子里的人拔腿就往屋里跑。这几个混混哪里肯放过他？越过顾知意一把揪住他的领子狠狠往院子中间一摔。

男人像丧家犬一般被人摔在地上。

黑夜过半，乌云遮月，四方天的院子里气氛压抑到让人窒息。

顾知意一点一点挪着步子缩到旁边角落里。

侧门半掩着，从这里跑出去可以直接冲回家，但是万一这群人追她怎么办？

她两腿发软，这辈子还没见过这阵仗。

镶金牙的男人揪住沈堂庆的头发将他按在地上，鞋底碾在他的脸上，呸了一口："你有钱赌，没钱输是吧？欠钱不还，还敢回家？"

"给我打，打到他还钱为止。"金牙男起身冷笑几声，"有本事你就喊你儿子，我倒想认识认识他。"

他退后两步，身后人围上去，一人一脚轮番踢向倒在地上的人，下一刻男人发出一阵哀号。

屋后的狗听见动静狂吠起来。

旧巷屋子排列紧密，动静大了周围人都能听见，前屋后屋几家亮起灯，有人披着衣服跑出来看，见是沈堂庆家纷纷冷了神情，狠狠啐了一口。

"浑不是玩意儿的，又欠钱！"

"一家子没一个好东西，怎么住了这么一家玩意儿！"

前屋的人扯了扯衣服拉开门回家，大门被重重关上，外面的狗又吠了几声。

这次无人出来。

沈堂庆被打得直哼哼，蜷缩在地上抱住头，嘴里喊着："别打了，我真的没钱！求你们了，别打了，我快点还钱行吗！"

沙包大的拳头落在他的身上，他招架不住，到最后只有呜咽的份儿。

深夜寂静，除了狗吠只剩下他的哀号声。

后屋吴大婶提着马扎子站在门口看，冷不丁看到沈俞白拎着东西站在门口，吓了一跳，连忙侧身躲开，朝院子里指了指："你老子都要被打死了，你还站在这里？"

少年神情冷戾，厌弃地望着院子里的场景，薄唇微抿，黑眸里毫无波澜，

051

仿佛他也是个局外人。

吴大婶瞥了他一眼，有些发怵，低声骂了几句后便离开了。

昏黄灯光下，那双黑眸冷得吓人。

他倚着墙静静地看着院子里的那些人。

他们满身文身，满嘴横话，拎着棍棒殴打在地上滚的人。

他垂下眼，看不清神情。

哀号声，咒骂声。

他闭了闭眼，掌心拍了下太阳穴，将脑海深处的那些声音赶走。

记忆里女人和男人互相咒骂对方的嘴脸，以及女人低声哭泣着被人扯出屋的模样，还有她腰间的那条花臂，不停地在他的眼前出现。他想要冲出束缚。

一根烟很快抽完。

沈俞白扔掉烟头低头碾碎。

顾知意惨白着脸抱着创可贴站在角落里，她尽可能地降低存在感，让这群人不注意到自己。

哪知她刚移到门口，一个男人便看向她，先是一愣，继而乐了起来，朝她招招手："哟，小妹妹还在呢。来来来，别怕，哥哥不打人。"

顾知意迅速后退。

男人上前一步扯住她的胳膊就要拽她。

"别碰我！"

沈俞白身子一僵，迅速抬头。

顾知意被人拽住胳膊往院子中间拖。

沈俞白低声咒骂一句。

他抬脚踹开门，手插口袋走进去。

金牙男扭头看见他进来，上下打量一眼，笑嘻嘻地问："哟，俞哥是吧？"

"别碰她。"

少年慢慢掀起眼皮，冷冷地看着他那只拽住顾知意的手，微微歪头，冷眸掠过对面男人的脸，落在顾知意的脸上。

她哪里见过这种场面？吓得眼尾泛红，脸色惨白，泪汪汪的杏眸就那样看着他。

沈俞白的烦躁彻底压不住地从心里翻涌出来。

他弯腰捡起地上的棍棒，朝着两人走过去。

棒子划过水泥地面发出刺耳的声响，让人浑身战栗。

顾知意抖了下身子，忍不住哭腔："沈俞白。"

只三个字。

下一秒，少年举起棒子狠狠砸向男人的胳膊。

是下的重手。

男人被他浑身的戾气吓到，松开手端着粗气后退几步，看到地上蜷缩着的沈堂庆忍不住踹了脚："你这是养了条狼狗啊。"

李娅萍在屋里叠衣服，听到外面的吵闹声，想起顾知意还在外面，便掀开门帘走了出去，刚拐出门就看见对门沈俞白站在院子里一拳抡到站在他对面的花臂男人的脸上。

她吓得捂住嘴差点叫出声，转身回去就喊顾青山："姓顾的！"

顾青山还在书房看文件，戴着眼镜头也不抬地应她："干什么？"

"你快出来！"

顾青山"哎呀"了一声，取下眼镜起身往外走，刚到院子就被李娅萍拽着手往外冲："对门打起来了，小意还在里面呢！"

"什么？"顾青山一把将她甩到身后，抄起旁边的长扫帚就往沈家冲。

老远就看见院子里少年一拳又一拳地砸向旁边的男人，他冷着面孔，下颌紧绷，棱角分明的下巴像刀刃般凌厉。

浑身的戾气是狂暴的中心。

没人敢上前拦一下。

明明精瘦的身板，那拳头却十分有力，断眉压着眉骨，黑眸里的暴戾清晰可见。他抿着唇拳拳砸下去，那人被他砸得有些发晕，躺在地上毫无招架之力。

顾知意站在院子门口，看着他。

这是陌生的沈俞白。

她没有见过的。

之前她只是单纯地以为他凶，却没想到他发起疯来是这样的。

顾青山顾不得什么，快步上前拉住顾知意的手腕就往外走，一边走一边低声骂她："你心够大，人家打架你还旁观，赶紧跟我回家！"

细腿迈过门槛，顾知意回头看过去。

少年黑漆漆的眸望了过来。

她张了张嘴，视线落在掉落在地上的创可贴盒子上。

（4）

家里正屋的门一关，李娅萍上去打了一下顾知意的胳膊："你这孩子怎么那么不省心啊，万一碰着你怎么办啊？"

他们出来得晚，沈俞白在她被人拽的时候就已经冲上去护住她。

顾知意缩了下脖子，想要辩解，可终究没敢吭声。

"行了行了，孩子有什么错？"顾青山重重叹了口气坐在沙发上，半晌后抬起头看向顾知意，"那个打架的是你同学？"

顾知意搓了搓胳膊，轻轻点头。

李娅萍手放腰上走了两步，语气缓和下来："以后不要跟这样的人来往，哪怕是同学也要保持距离。"

顾知意回想起刚才看见的场景，那个少年暴戾又冷漠，拳拳下狠手，就像是从哪层地狱爬出来的小阎王。

被他看一眼都觉得浑身发毛。

"妈，他没有对我怎么样。"

"现在没有，以后敢担保吗？"李娅萍语调骤然拔高，叉着腰气得脸黑，"这样的孩子出了学校就是混子，是社会上的蛀虫！"

顾知意攥紧拳头，转身回到卧室把门关上。

053

眼前闪过少年狠厉的模样，拳头骨节宛如钝骨刺，招招打在那人的脸上，他打架真的不要命。

从她开始听到沉重的呼吸声到男人翻白眼晕厥，沈俞白都没有停下过拳头。

他的体力很好，面不红，气不喘，似乎打架是他最擅长的事情。

十八岁刚成年的少年，最是冲动狠戾的。

顾知意下巴抵在膝盖上蜷缩在床上。

临街的窗户没有关，一阵风拂过，掀起窗帘一角。她眨了下眼，似是想到什么，猛地起身拉开窗帘，凉风一下子涌进来。

对面红砖墙下，少年低头把玩着打火机，在那双冷眸里映出一簇小火苗。

那火苗映满目，却融不了半分冰冷。

沈俞白深吸一口气抬起头。

窗帘不知什么时候被拉开，她就那样出现在那里。

她就像是从天而降的仙女，带着光。

他怔住。

晚上她刚走那群人就喊停，说是看在他的面子上再宽限几天时间，还会再来。

只有他知道，这群人不怕闹事，怕出人命。

他不怕死，他们怕。

刚走不久，沈堂庆就捂着腰从地上爬起来，"呸"了声吐出嘴里的血沫子，又瞥了眼他，低声咒骂："早不回来晚不回来，偏偏你老子挨揍的时候回来，你怎么不干脆死在外面！"

沈俞白冷笑，弯腰捡起地上的创可贴盒："骂啊，再骂让他们打死你好了。"

……

这话一出沈堂庆再没说话。

夜晚的风有几分凉，沈俞白压根没有睡意，他在门槛上坐下，拆开盒子抽出几个创可贴，上面印着可爱画风的小动物，一看就是女孩子用的。

他放到一旁，手撑地仰头看向夜空。

黑漆漆的。

没有一点亮光。

就连月亮都被乌云遮得严实。

除了那扇窗。

窗内柔软的灯光落在灰砖墙前不远处的小路中央，倾斜的窗影把那块巴掌大的地方分割成几块，哪一块都不属于他。

等到他走到窗对面的灰砖墙时，他分不清是自己要来，还是什么作祟。

反正是站在这里了。

没想着能看见什么，他低下头看着那扇窗的光，距离他只有一步之远，只需要一步他的脚尖就能碰到。

不经意间抬眸，那双干净漂亮的小鹿眼就出现在他面前。

顾知意贴近窗户，伸出手跟他招手，又回头看了眼关好的卧室门，低声喊他："沈俞白，你过来呀。"

鬼使神差地，他走了过去。

踏过那四方块的光圈，走到她的窗户下。

他仰起头看她。

顾知意目光在他脸上转了一圈，才发现他除了嘴角有个小伤口外，脸上没有受伤。她又踮起脚向下看，少年穿的黑色短袖，遮住大半胳膊，另一截手臂隐在黑暗中看不真切。

"你受伤严重吗？"

沈俞白别过头去，轻笑："顾知意，你不害怕吗？"

少年嗓音哑得厉害。

顾知意点点头，下一秒又摇摇头："我看见你回来了就不害怕了。"

说来也是真的，沈俞白没有回来之前她怕得眼泪都要掉下来，觉得自己这辈子算是完了，可当他出现的时候，她突然就不怕了。

沈俞白轻嗤。

"不过那些人看起来好凶。"顾知意将下巴枕在胳膊上轻声说话，"花臂大佬哎。"

好凶。

沈俞白眨了下眼，琢磨了一下她对凶的定义。

他看起来不凶吗？

别人都躲他远远的。

怎么她还一副天真烂漫的模样？

"沈俞白，那群是什么人啊？"她又发话了，胆子大得很。

"要债的。"

"哦。"顾知意点点头。

她顿了顿，又接着说道："我爸前几年的时候也欠钱了，过年的时候他们也上门要过钱，不过后来都过去了。"

顾知意冲着他笑笑："所以你们家也可以的。"

他们家的债是赌债，高利贷，和顾家欠的债是八竿子打不着的两回事。

这是安慰他还是逗他笑呢？

沈俞白压了压舌尖，点了下头。

顾知意以为他听进去了，松了口气，肩膀微微沉下去："那就好，你自己擦药了吗？"

"走了。"沈俞白扔掉烟头转身往外走。

"哎？"顾知意脸贴近窗户，"你去哪里呀？"

回应她的是少年的背影。

每周一是九中的升旗仪式时间，校长在上面强调近期有教育局领导来学校参观，为了体现互帮互助的新观念，高二几个班级要成立互帮互助小组，不能丢下任何一个学生。

顾知意还在想那天晚上发生的事。

自从发生那件事后李娅萍和顾青山就不准她靠近沈家，两个人也总有一个人来接她下晚自习，沈俞白又好几天没来上课，她连见到他的机会都没有。

天空乌云密布。

昨天晚上天气预报说今天有暴雨，早晨李娅萍还在她书包里塞了雨衣，嘱咐她一顿后才放她去上学。

回到教室刘丹已经拿着一个抓阄盒放在讲台上，让同学们轮番去拿球。

顾知意和赵萌萌一起上去拿的。

只剩下最后一个球。

刘丹扫了一圈教室，目光落在窗户的位置，她板着脸敲敲黑板："沈俞白！"

少年无动于衷，还趴在桌上睡觉。

一个粉笔头直接扔到他身上。

沈俞白轻轻叹了口气，撑着手站起来，神情阴郁淡漠，长腿迈出走到讲台上，胳膊一伸，把最后的那颗球拿到手里。

"好了，同学们，打开你们手里的球，看看对应的数字是几号，"刘丹拍拍手，指了指黑板，"然后依次从一组开始把名字和序号写到黑板上。"

班级里的同学依次走上讲台写下自己的名字和序号。

赵萌萌借机转过身来戳顾知意，声音压得极低："你几号？"

顾知意摊开字条递给她。

"唉，我5号，"赵萌萌瞅了一眼耷拉下脸，"差一点。"

顾知意看了眼黑板上的数字，一组已经快要写完，而和她相同的数字还没有出现。

身后人懒散地倚着墙，手中的蓝色小球抛高又落回，狭长眼眸扫一眼黑板上的数字，又落到前面人的头发上。

黑长头发束成马尾辫，发尾落在椅子背上，翘着那么一小撮，像一簇黑灰苗。

沈俞白挑了下眉，就听见张之楠在旁边喊他："俞哥，俞哥，你几号？"

"我5号哎！"

话音刚落，赵萌萌猛地转过头来，恶狠狠地盯着他："你几号？"

张之楠愣了下，举起自己的字条："5号啊。"

"王八蛋！"

赵萌萌骂了声后就转过身去再也不看后边，直到张之楠从讲台上下来瞥见她的字条后顿时就乐了。

合着他们后面这几排是自救者联盟啊。

"肥水"都没流到外人田里去。

轮到最后一排，赵萌萌阴着脸走到讲台前，用力写下自己的名字和序号。

粉笔末还没落下，台下同学就开始笑。

刘丹叹了口气，起身把她的名字和张之楠的名字连到一起。赵萌萌气红了脸，趴在桌上不肯看黑板。

顾知意站起来深吸一口气，走到讲台拿起粉笔，写下自己的名字和序号。

台下忽然就安静下来。

顾知意放下粉笔那一刻也愣在讲台上。

她是倒数第二个写序号的。

前面的所有序号都没跟她对上，那只剩下一个人和一个序号。

顾知意抿紧嘴唇，抬眼看向最后面的少年。

少年手插裤兜，懒懒散散地站起来，一边走一边打开那颗球。

打开折好的字条，在看清上面的数字后，沈俞白停下脚步。

他仰起头看过去。

黑板上右下角娟秀名字旁写的数字是：7。

他眨了下眼，低头又看手里字条上那个数字。

神了。

（5）

沈俞白站在原地笑了下，抬起手晃了晃字条，语气淡淡："还用写吗？"

顾知意也跟着笑了下，望向刘丹。

刘丹捂着脑袋摆摆手，她怎么也想不到成绩好的乖乖女和倒数第一能凑对。

沈俞白转身回到座位上。

顾知意也跟着坐回座位。

两人一前一后，还颇有一些默契在里面，看得刘丹太阳穴又是一阵突突疼。

李海和张之楠在后面快要笑疯掉，捂着肚子一个劲儿跺脚。

张之楠拿纸团丢顾知意，笑得那叫一个灿烂："顾知意，也教教我们嘛。"

"好了好了，听老师说。"

刘丹示意他们安静，撑着讲桌语重心长地开始嘱咐，要好学生不能被拖后腿，要名次靠后的同学奋发图强。

赵萌萌传字条给顾知意："你这是什么运气？太衰了吧！"

顾知意把书堆在前面挡住老师视线："我觉得挺好的。"

一到晚自习后排的几个学生就消失得无影无踪，以前班里的人都不觉得有什么，但是现在成立了互帮互助小组，几个人就得互相监督，一周背完五十个单词和两篇文言文。

赵萌萌捏着课本咬牙切齿地盯着后排空空如也的座位，气愤极了："你说互帮互助个什么鬼啊，马上高三了，这群人有希望吗？"

顾知意把课本从她手里夺下来抚平褶皱："别这么说，我觉得他们努努力还是有希望的。"

赵萌萌满脸惊恐，伸手过去摸摸她的额头："顾知意，你不会被救了一次就脑子坏掉了吧？"

"说什么呢？"顾知意拍掉她的手，把课本扔到她怀里，"赶紧做题吧。"

赵萌萌抱着书"哼哼"两声："对了，今天就一节晚自习，我刚路过老师办公室听见他们说怕下暴雨，走读生提前走。"

顾知意"啊"了了声："我没通知我爸。"

"没事，现在天黑得晚，你肯定回去得早。"

果然，第一节晚自习没结束刘丹就进来说走读生可以提前回去，顾知意和赵萌萌去车棚骑车往外走。

虽然阴天，但是天还算亮，她一路骑车回去，隧道里还不是特别暗，顾知意每次进隧道总是不自觉地提心吊胆，这会儿更是骑得飞快，没多久就到家门口。

她推着车站在门口朝沈家看去，侧门开着，院子里空空的。

"小意？看什么呢？"李娅萍拎着菜兜子从后面过来，朝着她肩膀拍了下，蹙起眉头扫了眼对门，"我和你说的话就是不听是吧？"

顾知意收回目光，推着车子往院子里走，身后李娅萍又回头看了眼沈家，轻轻叹了口气。

晚饭过后，顾知意在房间做作业，她隔一会儿便掀开窗帘看向外面，直到睡觉也没见到沈俞白的身影。

顾知意睡不着，翻身起来拿起本子开始写这两周的作业，要求背诵的课文和单词她专门抄到笔记本上，等见到沈俞白给他就行。

可她从周一等到周五，沈俞白都没出现。

顾知意课间休息的时候拽住李海："那个，沈俞白在哪里？"

李海挑了下眉，手插兜里似笑非笑地望着她："学习委员这是着急了？"

昨天老师刚钦点的顾知意为学习委员。

"老师布置的任务他还没完成，"顾知意忽视掉他的打趣，笑了笑，"麻烦你告诉我他在哪里。"

李海抱着胳膊摩挲两下下巴："俞哥这两天有点事，在天泰城呢。"

天泰城。

她刚转来的时候听赵萌萌提起过，说里面鱼龙混杂，干什么的都有，她们这帮女生从来不敢去。

"那你帮我转告他，老师布置的课文和单词他还没背过，会扣小组分的。"

李海愣了两秒，彻底憋不住爆笑出来。他捂着肚子笑得上气不接下气："不是吧顾知意，你真以为俞哥能跟你互帮互助呢，你做什么梦啊？"

李海："这种事我可不敢转告，你自己去和他说吧。俞哥能乖乖给你背课文，我直播吃鲱鱼罐头！"

顾知意深吸一口气，没再说话。

这周是大周，他们可以周五放学回家，顾知意收拾好书包拦在李海面前。

李海倒退两步低头看她："干什么？"

"找沈俞白。"

李海倒吸一口气，指着她好半天没上来话："俞哥不太喜欢主动的女生，你知道吧？"

顾知意蹙起眉头，又点了点头。

她这算是主动帮助学习，但是也就仅限这次，算是还他人情好了。

赵萌萌收拾好书包看见顾知意拦下李海，连忙过去挽住她的胳膊："小意你干吗去？我陪你。"

"去找沈俞白。"顾知意看着李海的眼睛又重复一遍。

李海彻底没了脾气，有人愿意去贴冷脸，随她去好了。

顾知意路上用公用电话给李娅萍打电话说晚一会儿回家，而后跟着李海一路骑车到天泰城门口停下，烫金描边的黑色大字高高挂在高楼顶上，整个楼面黑白画风，看起来朋克十足。

她仰头看了会儿那三个字，视线落在旁边的二楼，那里有扇窗开着，像是光滑的水晶面上有一个突起，十分明显。

李海笑起来："俞哥的屋儿，他不爱开空调。"

两个人跟着他走进大门。

仿木外门上面画着两条黑龙，眼珠被人用银色喷漆点亮，门被推开，一股冷气涌了出来，顾知意抖了下身子，抬眼往里面看去。

迎面是一条长长的楼梯。

冰冷昏暗的射灯随机照在墙面上，光线被镜子反射出各种不同的颜色。

震耳欲聋的 DJ 曲充斥在整个空间中。

李海指了指台阶领着她们进去，推开门走廊两边竟然是一个个 KTV 包间，里面传来鬼哭狼嚎的歌声，门口站着三三两两的男女，女孩穿着露脐装露出盈盈一握的柔软腰肢，手挂在男生的肩膀上，看见他们，若有若无的视线落在后面两个女生身上。

旁边还有一对儿在激情热吻。

奢靡又颓废的气息，混杂着尼古丁和劣质香水的味道，充满整个空间，呼吸一下都会有窒息感。

赵萌萌紧紧抓着顾知意的胳膊，脸色苍白。

"俞哥不在这儿。"李海笑得散漫，抬起眼皮扫了眼顾知意，见她脸色平静，有几分魄力。

顾知意紧紧攥着拳头，看他："在哪里？"

"尽头的房间。"说着，他径直往前走去。

顾知意拍拍赵萌萌的手，两个人跟着他往前走到尽头。

房间门半掩着，里面传来女孩银铃般的笑声，有人讲了几句荤话，里面的人更是笑得开怀。

李海抬手推开门，笑嘻嘻地看顾知意："进去啊。"

门打开的瞬间，顾知意一眼便看见横躺在沙发上的少年。

校服外套盖在他的头上，黑色寸头露出点点，贴着旁边女孩的腿，他的双腿修长，一只脚落在地上，一只脚搭在沙发沿上，骨节分明的手指搭在腹部。

不同于外面的吵闹，他静得像一只在栖息的黑豹，周遭的环境都与他无关。

这是他自己的地盘。

那女孩看清来人后脸色顿时一变，下意识地站起来。

赵萌萌也是惊到："李佳颖？"

李佳颖脸上化着成熟的浓妆，显得有几分女人味儿，只是脸色难看到极点。她抱着手臂看向两人："她们怎么来了？"

李海瞥了眼顾知意："学习委员来监督你们学习！"

这话一出，房间里的人"轰"的一声笑开。

角落里张之楠拿着话筒直接喊麦："顾知意同学，来一首啊！"

横躺在沙发上的人拉下外套，露出一双黑眸，目光锁定她，直直看过来。

顾知意摇摇头："我不会唱歌。"

"要学会劳逸结合！"旁边一个戴黑框眼镜的同学站起来模仿教导主任，"这样才能学习进步！"

李佳颖"扑哧"一声笑出来，重新坐在沈俞白旁边，微微扬起下巴，仿佛她是这个房间的女主人："顾知意，还有赵萌萌，进来吧，我们这儿商量晚上吃什么呢。"

赵萌萌眼尖，看见张之楠坐在那里瞬间怒气冲脑，冲过去夺下话筒："张之楠，你要是敢给我扣分，我跟你拼了！"

她长得不如顾知意可爱，可也是漂亮的那类，丹凤眼半吊起的样子也是有几分戾气。张之楠愣了愣，举起双手："姑奶奶，我背，我背——

"我背你个头啊！"

他跳开，走到李海身后笑骂："有病啊，追到这里让人背课文。"

顾知意抿了下唇，径直走到沈俞白面前。

他依旧保持原来的姿势，横躺在那里。

她低头同他对视，面上神情平淡，仍旧挂着一丝笑："沈俞白，这周老师布置背课文。"

在这里，没人敢连名带姓地喊沈俞白。

只有她。

从第一天起，她就连名带姓地喊他。

沈俞白眉毛一挑，嗓子里滚出一声笑："是吗？"少年嗓子哑得不轻，低沉沙哑，他压低嗓音偏过头去看她，"也就你当真。"

顾知意深吸一口气，弯下腰再度对上他的视线，声音轻柔软糯："你这周要把《出师表》和《赤壁赋》背下来。"

鸡同鸭讲。

沈俞白闭了闭眼翻身坐起来，他瞥了眼坐在旁边的李佳颖，抬手把外套扔到一旁，手撑着胳膊搓了把脸，疲态在脸上露出几分："顾知意。"

他喊她的名字。

"你是不是有病？"

（6）

房间里寂静两秒。

没人敢上前拉开顾知意。

心情好的时候沈俞白由着他们闹，但这种时候，谁出头就是要出事。

赵萌萌急得想过去拉开顾知意，哪知道张之楠按住她的肩膀。

顾知意缓缓眨了下眼睛，直起腰垂眸看沈俞白："既然这样，那打扰了。"杏眸里的笑意一点一点收拢，再也不肯给他半分。

沈俞白直起腰向后一仰，抬起胳膊挡住眼睛，不再搭理她。

顾知意揪着书包带转身往外走，李海站在门口挡住她，笑了下："来都来了，唱首歌再走吧。"

他说着瞥了眼后面的少年，后者依旧手遮眼睛，没有任何反应。

顾知意抿紧嘴唇："让开。"

李海"啧"了声，手撑住门框没有让开的意思："学习委员脾气这么大？"

在学校，顾知意很少发脾气，她对所有人都是笑眯眯的，这还是头一遭被人说脾气大。

她拽紧书包带欲开口。

"让开。"身后少年声音响起，阴沉平淡。

李海松开手侧开身子，顾知意从他旁边过去，走到门口站住，回头过去："萌萌，走不走？"

赵萌萌拍掉张之楠的手，飞快蹿到她身边："走走走。"

关门的一刹那，里面传出李佳颖娇滴滴的声音："真扫兴，俞哥，喝酒吗？"

顾知意头也不回地出了天泰城的门。

赵萌萌挽着她的胳膊拽住她："你这要去哪里？"

天色还有点亮，顾知意看了眼手表："我想去买笔。"

她的笔芯用完了还没来得及买。

作业也没有做完。

她是被数学题砸晕了脑子来这里，还试图拯救一个已经躺在地下任凭自己腐烂的人。

要不是……

顾知意被气笑，抬手把书包扔到车筐里。

"行，正好我的演算纸也没了。"赵萌萌一脸视死如归，"反正扣分就扣分，惩罚就惩罚，老师都教不好的差生还能指望我们拯救吗？"

顾知意深吸一口气轻轻呼出。

包间里有人送进来几瓶酒，李佳颖起开一瓶啤酒递过去。她凑过去贴近沈俞白。

少年神情淡淡，冷眼瞧着她做这些倒贴的事儿，满是不耐烦："坐边儿上去。"

李佳颖张了张嘴没敢反驳，不甘心地起身坐到另一个沙发上。

她从和沈俞白分到一个班开始就对他好，偏偏他从来没看她一眼，倒是任由顾知意喊他名字。

这屋里的人谁敢那么喊他？

李佳颖绞着手指瞥了眼少年，他依旧保持原来的姿势，黑眸一瞬不转地盯着眼前的啤酒瓶，神情淡淡，仿佛什么都没有发生过一般。

天色渐渐暗沉，窗外涌入一股热风，在屋子里转了圈，顿时让人燥热起来，沈俞白捞起一瓶冰啤酒灌了几口，扭头看向窗外。

楼下道路两旁的路灯一盏盏亮起来。

他又灌了口酒，捞起外套起身，长腿从李佳颖斜插在地上的双腿上迈过去，拉开门。门外黄毛赵强摸了摸自己的刺头，见有人开门愣了两秒，看清来人笑了下："哟，俞哥这是要走啊？"

他扬起下巴冲里面扫了一圈，在李佳颖身上停了两秒："里面还有美女呢，这都舍得走啊？"

"滚开。"

赵强也不硬碰，侧开身让出路："行啊，徐哥让我给你带句话，让你有空去见个人。"

沈俞白套上外套径直往外走去。

赵强暗暗"呸"了下，转身进了屋子。

房间门"砰"的一声被关上。

顾知意和赵萌萌分开时头顶路灯忽然亮起，她这才发现天色已经黑下来，顾知意慌忙把东西放进书包里，然后骑着车子飞奔回家。

路灯的开启像是按下黑夜的开关，夜色蔓延，沿着天际一寸寸飞快挪过来，等她走到隧道的时候，天已经彻底暗下来。

顾知意咬着牙踩着踏板，短袖校服被风吹起，贴近她的腰，勾勒出少女曲线，耳边发丝被撩起，马尾辫随着风在空中飞舞，俏皮又可爱。

巷子口的隧道一到天黑就什么都看不见了，有顾青山在的时候她还不怎么害怕，可现在回去晚了，没人接她。

小路颠簸又窄，顾知意在隧道口刹车停下。

漆黑深邃的隧道让人看不见里面，她咽了口口水，下意识握紧车把。

忽然，一只手握住她的车把用力一拐，车子不受控制地往里滑去，顾知意尖叫一声，紧紧攥着车把看向旁边。

少年单手骑车，另一只手稳稳地握住她的车把，两辆车并排没入黑暗隧道中。

沈俞白没有给她开灯的时间，也没有给她做心理准备的时间，就这样把她拖进黑暗中。

潮湿黏腻的空气，发霉刺鼻的味道，瞬间将她整个人包裹住。

顾知意气息都在发抖，她恶狠狠地看向旁边，只能隐约看见少年的侧脸，还有那道若隐若现的疤痕。

"沈俞白！"

少女发颤的声音在隧道里徘徊，撞到墙壁上反射到他的耳朵里。

沈俞白抿了下唇，瞥向她。

隧道里的光线太暗，他几乎看不清她的面容，这一刻脑海里却能清晰地描绘出她的神情，圆脸蛋气鼓鼓的，眼尾发红。

真行，他都能想象得出来了。

隧道口的光一点点放大变亮。

黑暗中少女的面容一点点显露，跟他脑海中的生气模样如出一辙，沈俞白挪开眼看向前方，松开车把自己先驶出隧道，而后拐入旁边的巷子小路里。

顾知意慌忙稳住自己的车，被气到智齿隐隐作痛。

进门时，李娅萍已经做好饭，看见她气鼓鼓地推车进来，笑着问道："今天被欺负了？"

顾知意停好车洗手，低声回答："嗯，被狗咬了。"

"啊？"李娅萍放下筷子过去打量她一番，"破皮没？"

"没。"

"行，那洗手吃饭吧，你爸一会儿回来了。"李娅萍松了口气，转身回厨房端汤，嘱咐她把换下来的衣服放到脏衣篓里。

顾知意把书包丢到沙发上，深吸一口气。她的指尖还在微微发抖，刚才的情景在她的脑子里循环播放好几次。

再也不要搭理他了！

她气得把老师发的作业本扔到抽屉里，而后起身去吃饭。

晚饭过后，顾青山还要做设计方案，戴着眼镜就窝到书房去写方案了。李娅萍难得第二天休班，收拾好厨房后把垃圾打包好扔到外面。顾知意正好出来，便被安排了扔垃圾的任务。

旧巷的集中垃圾箱在巷子口，一般人懒得去扔都会攒着放在小推车里，几家邻居轮流推车去扔。

顾知意家里没有存垃圾的习惯，通常晚饭后便扔过去。

顾知意拎起垃圾袋往外走，门口这两天在补修石子路，小石子总会跑到拖鞋里去，她抬起脚甩了甩。

垃圾袋里装了一大块西瓜皮，勒得她手指发红。心里的烦躁一点点蔓延上来。她抬脚踢了下垃圾袋，袋子歪歪扭扭地掉在地上。

一只手出现在她的视线里，指节修长有力，轻轻松松拎起垃圾袋，食指微微扣起圈住垃圾袋绳，随着重量提升，那绳子勒在两根手指里，几乎要看不见了。

顾知意抬起头看过去。

沈俞白拎着两个黑色垃圾袋站在她面前，脚边还有一袋。

少年弯腰拎起那袋垃圾转身往巷口走去，顾知意忙跟上去，扯住那袋垃圾："我自己就可以。"

沈俞白嗤笑："行了。"

他给她台阶下，她还顺着台阶上去了。

女的就是麻烦。

他转身往前走去。

顾知意彻底烦躁起来，拽住垃圾袋："我自己可以！"

少年力气大得很，抓着几个垃圾袋脚步未停，一直走到垃圾箱那里才松开手，顾知意险些没抓稳，垃圾袋轻轻落在了地上。

她拎起来，踮起脚尖丢进垃圾桶里。

这袋子分量着实不轻。

顾知意偷偷瞥了眼少年的手，果然勒出一条条红线，她心里的烦躁莫名消失一半，语气也不自觉软下来，跟在沈俞白身后一边踢石子一边轻声问道："你到底背课文没有？

"老师说这两个是重点，你要背下来的话，高考能拿分的。"

身后少女气不知怎么消了，又开始轻声细语地和他说话，沈俞白缓缓吐出一口气，手插口袋放慢脚步。

很快身后的人追了上来，仰着头看他。

"沈俞白！"

"喊我做什么？"他语气平淡清冷，黑漆漆的眸聚焦到她的脸上，眼皮掀起几分，勒出一道极浅的褶子，"嗯？好学生。"

从小到大，顾知意最不缺听到的就是"好学生"这三个字。

这时候从他嘴里吐出来这三个字，更像是羞辱。

她一个激灵回神，脸颊被气得染上几分红，抬脚对着他的小腿就是一脚。

沈俞白没防着她，愣生生被踹了。

少年断眉微微一挑，捏住她的手腕，一步一步靠近她。

她被逼得后退，直到后背靠在墙上。

沈俞白掀起嘴角冷嗤："没完了是吧？"

（7）

"这周的小组作业普遍完成得不错，"刘丹站在讲台上推了推眼镜，视线落在后面几排，忍不住沉了脸，拿起黑板擦敲敲讲台，"但是有个别小组没有完成作业！"

顾知意咬着唇埋下头，指尖轻轻抠着书角。

上次沈俞白抓着她的手腕问她有完没完。

她干了什么。

哦。

她又踹了一脚。

自此整个周末她都没有再看见过沈俞白，更不用提让他默写课文。

等再见到就是现在，他趴在后面睡得安安稳稳，她坐在前面因为老师的批评如坐针毡。

"顾知意你坐下，"刘丹叹了口气，冲着站起来的顾知意摆摆手示意她坐下，"我知道你背过了，把你后面那个'睡神'喊起来。"

顾知意犹豫片刻，转身推了推沈俞白的胳膊。

少年黑色寸头长了一些，转头时蹭过她的指尖，扎得有点痒，她缩了缩手，低声喊他："沈俞白。"

埋在臂弯的眉头微微蹙起，丝毫没有要起来的趋势。

她脸颊有些发烫，班里的同学都在看他们，顾知意咬咬牙狠狠拽了他一下。

"咚！"

少年胳膊被拽出来，额头直接磕在书桌上。

整个教室寂静两秒。

顾知意愣住了。

她完全没想到沈俞白的胳膊能这么轻而易举地被她拽出来，更不用说脑袋还磕桌子上。

下一秒教室里所有人努力憋着笑不敢出声。

沈俞白撑着头坐起来，凳子往后收收，消瘦的后背倚着靠背，凳子一角微微翘起。

额头上浅浅的一圈红印。

顾知意抿着唇憋不住想笑。

明亮的眼睛里装着星河点点，璀璨夺目，沈俞白胸腔里那点燥意莫名压下去大半。

他搓了把脸，仰起头看她。大概是睡得有些蒙，他的黑眸里难得地少了几分清冷，多了几分呆萌。

眼皮上的褶皱又深几分，睫毛又长又翘。

"来看看啊，咱们的沈同学，白天睡大觉！"刘丹拍拍手，"晚上干什么去了？打游戏去了？

"现在都什么时候了，还能睡得着！"

顾知意转过身去，紧紧咬着唇。

"老师，俞哥不打游戏！"后排张之楠举起手，咧着嘴笑。

这下教室里的同学彻底憋不住，爆发出一阵笑声。

顾知意低下头咬着手指笑得肩膀一抖一抖。

低笑声细细入耳。

沈俞白压了压舌，勾了勾唇，笑了。

他不是没注意到她喊他，只是那声音太温柔，他几乎以为是幻听，还没等反应过来，胳膊就被人拽了出去。

刘丹拍拍讲桌："你神游什么呢！出去站着！"

沈俞白站起来，凳子向后推去，在地上发出一阵刺耳的声音，他越过后排的同学，站到了外面的走廊上。

蓝白相间的短袖校服一只袖子被卷到肩头，露出结实的肌肉线条，袖子遮挡部分的皮肤白皙，与下面的黑形成强烈对比。

黑色帆布鞋抵住墙根，另一脚别在前面，肆意浪荡。

"沈俞白竟然这么听话地就去门口罚站了。"赵萌萌趁着发卷子的空隙转过头来小声说。

顾知意瞥了眼在门口走廊站着的少年。

——手肘搭在后面半高的墙上，头微微上扬，凸起的喉结轻轻滚动，薄唇半抿，清冷又孤傲，似乎是感受到了什么，他掀起眼皮看过来。

顾知意慌忙低头看卷子。

伴随着下课铃声，她再抬头看向外面的时候，人已经消失不见。

李海拎着书包吹了声口哨后就离开教室了。

张之楠趴在桌上生无可恋。

赵萌萌啧啧嘴："我听说张之楠他爸给他下命令了，要是这学期旷课次数到极限，就给发配到老家去。"

顾知意也在收拾书包，今天有领导来参观，他们今天的晚自习临时取消，学生们欢呼雀跃，恨不得已经高考结束。

一张字条随着她拿书包的动作掉在地上，顾知意弯腰捡起，只见一行字：放学等我——沈俞白。

她将字条反复查看，并没有什么异样，而且这字迹看起来也确实有点像沈俞白的，龙飞凤舞。

不知道有什么事非要在学校说，明明两家距离那么近。

顾知意把书包放在桌上，慢吞吞地收拾东西，赵萌萌急着回家吃好吃的，于是跟她打了招呼就离开教室。

没过几分钟，教室里只剩下她一个人。

顾知意抱着书包想了一会儿。

她为什么要等他？

是他自己不背课文被老师罚站的，那现在让她等他又是因为什么？

教室门被人推开。

沈俞白皱着眉头从外面进来，看见她坐在那里眉头更是紧蹙，径直走到她面前："什么事？"

顾知意愣怔几秒，"噌"地站起来。

"不是你让我放学等你？"

他黑眸里划过一丝戾气，抿了下唇："我什么时候……"

一张字条递到他面前。

上面白纸黑字写的"放学等我——沈俞白"。

那字迹不仔细看，真有那么几分像他的。

原来是李海。

沈俞白接过字条塞进裤兜里："你——"

"吭当"一声，教室门被人锁上了。

沈俞白"啧"了声，快步走到门口用力拉一下，门锁落在外面根本打不开。

他回眸看过去，少女紧紧抱着书包，满脸警惕地看着他，好像在看一个罪犯。

混了这么多年了，还是头一遭被人用这种眼神看待，沈俞白被气笑，抬脚狠狠踹了下门，扬声喊道："开门！"

门外悄无声息。

他抿了下唇，抬起腿又踹了一脚，那门轻轻晃动两下，底下位置又新增一个黑色脚印。

"被骗了？"顾知意小声问道。

沈俞白眨了下眼，没吭声。

见他不说话，顾知意抱着书包往前走两步："你有没有手机，打个电话给他们，让他们来帮我们。"

沈俞白没动，他自然知道是怎么回事。

"我送你出去。"

他转身朝座位走过去，双手握住防盗窗上的两根中空栏杆，用力一扯，那两根栏杆就这样被拿了下来。

紧接着是第三根，第四根。

一个能把人塞过去的洞口出现在顾知意面前。

这……这铁栏杆这么脆弱吗？

她呆愣愣地看向沈俞白，眼神明晃晃地问他，这东西这么不禁折腾吗？

沈俞白笑了下："早就坏了，做样子罢了。"

他们教室位于二楼，楼下的花坛这会儿正是绿植茂盛的时候，青松和几簇不知名的小花开得肆意。晚风微凉，花朵在风中摇头晃脑。

抽屉里的校服外套被掏出来，沈俞白扔给她。

顾知意眨眨眼，捧着校服不知道他什么意思。

"穿上。"黑眸扫过她的腿。

夏天九中的女生校服是短裙搭配短袖。

顾知意反应过来连忙套上校服，少年宽大的校服将她的短裙连同大腿一并遮住。

沈俞白猫腰从洞口钻出去，熟练地反手把住防盗栏，脚一使劲，稳稳落在地上。

他仰起头冲顾知意招招手。

顾知意咬着牙先把书包扔下去，而后头钻出洞口。从二楼到地面的距离看起来很高，她缩了缩脖子，声音有几分颤："我不敢。"

"跳。"少年往前走了几步，依旧仰着头看她。

"我不敢。"她几乎哽咽。

那地面越看越远，这距离仿佛有万丈高。

沈俞白张开双臂，冷淡嗓音里混杂着几分温柔："别怕，我接住你。"

顾知意慢慢探出头去，小心翼翼地把住栏杆，然后翻过身去，一只脚踩住墙沿，另一只脚迈出，正准备踩稳，脚下一滑，瞬间整个人吊在半空中。

她吓得心提到嗓子眼，眼眶湿润，甚至不敢往下看。

"松手。"少年声音冷静平淡，依旧双臂张开。

"沈俞白。"她只喊了他的名字。

少年应了声："别怕。"

她闭上眼默念几遍阿弥陀佛，而后猛地松开手。

身体迅速下落，顾知意紧紧攥着拳头，想象着落在地上的疼痛有多难受，下一刻腰间环上一双有力的胳膊，她猛地睁开眼。

沈俞白将她放到地上。

顾知意扯了扯校服外套，脸颊有几分红："谢谢。"

沈俞白别过眼去不看她。

顾知意脱下校服外套递过去："既然是恶作剧，那我先走了。"

青松枝干粗大，轻轻松松将两个人遮挡住。顾知意理了理衣服准备走出去，只见李佳颖和几个男生从后面车棚出来，笑嘻嘻地不知道在说什么。

顾知意下意识地拉住旁边的人蹲下。

沈俞白蹙眉："你——"

"别说话，让李佳颖看到又要乱说。"顾知意压根没发现身后少年微微蹙起的断眉，自顾自地压低嗓音说着，"上次在天泰城被她看见，在班里说了好久。"

顾知意轻轻眨了下眼睛，回眸看向他。

杏眼明亮干净，像盛着一汪清泉，水盈盈的。

她竖起手指放在唇边。

沈俞白拉下她的手，别过眼看向旁边。

第一次跳个窗还要躲。

麻烦。

第 3 章

不一样的他

（1）

最近沈俞白每天按时上课。

李海和张之楠都被他这波操作搞得有些发蒙，以往俞哥可是不屑听课的。

要不是为了什么破学历，他早就不在这里待着了，没意思啊。

不过怎么最近开始按时上课了？

英语课后是体育课。

顾知意和赵萌萌跑圈结束后就躲到阴凉处讨论最近听到的八卦。几棵大树底下的阴凉处散落着各班的女同学，三三两两聚在一起，一个个小团体。

只有男生不怕热，还在篮球场打球。

沈俞白撩起衣角蹭了下汗，李海和张之楠对视一眼跑过去拍拍他的肩膀："俞哥，最近很勤奋啊。"

"边儿去。"沈俞白瞥了眼放在他胳膊上的手，抬手把篮球抛出去。

"俞哥，老刘的课你听得懂吗？"张之楠继续嬉皮笑脸地贴上去，朝着李海扬扬下巴，"我俩像在听天书。"

沈俞白抬手掩嘴打了个哈欠，冲对面几个人摆摆手示意自己下场了，而后走到一旁高处的台阶上坐下。

李海也跟着过去。

"怎么哈欠连天的？"

"困。"

张之楠拿了两瓶水过来递过去："晚上偷塔去了啊？"

"失眠。"沈俞白仰头灌了口水，视线扫过一排排翠绿的树木，在一人身上停了下来，少女盘腿坐在草地上，露出一截白皙纤细的脚踝，上面似乎系着一根红色脚链，胳膊撑着下巴静静听着对面的女生讲话，听到好笑处，她抿着唇也跟着笑，脸颊上有个酒窝若隐若现。

他慢慢移开视线，落在篮球场上，看着那颗球被抢来抢去，落下，弹起。

李海撑着胳膊看球场上的战况，漫不经心地问："因为啥啊？"

旁边人没回答。

沈俞白闭了闭眼，躺在台阶上，后背被水泥切面硌得生疼。

他抬手挡住眼睛。

已经一周了，晚上只要一闭上眼睛，他的脑海里就出现那双眼眸，清澈干净，水盈盈地瞧着她。

周遭都是属于她的气息，干净又清香。

他快要被折腾疯了。

只有到了教室看见她，沈俞白那股焦躁不安的思绪才会被压制下去，上课时困意经常随着老师的讲课声一并袭来，他真的是晚上睡不着，白天困成狗。

少年拍拍手站起身，周身戾气乱窜，稍不如意恐怕就会被点燃："走。"

李海仰头问道："哪儿去啊？"

"厕所。"

……

这周又是大周末，周五放学时，刘丹让人把作业都写在黑板上，又让他们记下来回去完成，顾知意认认真真抄了一份在笔记本上，侧头看见后面趴着睡觉的少年，她撕下一张纸又抄了一遍。

转过身去就看见沈俞白的侧脸。

他安静的时候像个乖学生，挺翘的鼻梁，浓密卷起的睫毛，除了那道疤。

顾知意后知后觉地发现，沈俞白长得又凶又漂亮。

他紧闭的眼眸慢慢睁开，失神又聚焦，落在她的脸上。

顾知意吓了一跳，赶紧把字条递过去，小声说道："这是这周末的作业，你记得做，如果有不会的可以来问我。"

骨节分明的手伸过来将字条抽走，他依旧趴在桌上，一行一行把作业内容看完。

字条上的字迹清秀娟丽，跟人一样。

"小意小意，"赵萌萌转过身来扯她的胳膊，"明天下午要不要去烧烤？"

最近顾青山和李娅萍有些忙，周末也经常加班，顾知意自己只会煮简单的菜吃，有人说要吃烧烤，她立马点头答应。

周六下午，顾知意早早就把作业写完，跟李娅萍报备后，穿着一条背带裙，戴着一顶遮阳帽就出门了。

傍晚阳光昏黄又强烈，她不得不把遮阳帽再往下扯一扯。

等到达烧烤摊的时候，顾知意的脸颊上已经有两团绯红。

赵萌萌捂着脸一个劲儿笑她皮肤娇嫩。

炭火烧起，烟火缭绕，鲜肉串放在烤架上，顿时刺啦刺啦的声音响起，肉香扑鼻，混合着调料的香气一并弥漫开来。

"好香啊！"赵萌萌深吸一口气，啧啧嘴，"我妈一个月只准我吃一次烧烤，说不卫生。"

顾知意举着筷子点点头："我妈也这么说的。"

"小意，你有没有发现旁边那桌有点奇怪，"赵萌萌忽然拖着凳子贴近她，拿起桌上的点菜单做遮挡，"那个穿白短袖的男的，他老看你。"

"哪有？"顾知意中午没吃多少，这会儿被肉香折磨得饥肠辘辘，根本没心思看赵萌萌说的那桌是什么人，眼巴巴地期待着快上烤串。

突然，赵萌萌抓着她的胳膊使劲捏了捏："来了来了来了！"

顾知意疼得皱起眉头："萌萌，疼。"

话音未落，旁边一人站在她跟前："顾学妹。"

顾知意慢慢抬起头。

面前是一张陌生的面孔，男生头发是时下流行的韩式中分发型，白皙的脸上有几颗痘痘，黑色框架眼镜架在鼻梁上，有几分帅气。

她眨眨眼，努力在大脑里搜索对应，失败了："你好。"

"你不记得我了。"男生表情有些受伤，抬手拍拍她的肩膀，语气带着几分嗔怪，"以前在西城的时候，我们一个高中。"

顾知意猛地睁大眼睛。

"郑书庭？"

"是我，小意同学。"郑书庭眯起眼睛笑了笑，"我也转学到这边了，不过是在一中。"

沈俞白一进门就看见顾知意正仰着头笑容璀璨地同一个男生讲话，不知说到什么，男生抬手摸了摸她的脑袋，动作十分亲呢。

她竟然不反抗。

沈俞白不自觉地眯起眼睛。

李海也看见了，心里涌出一个大胆的想法，他被自己惊到了，立马甩甩脑袋把这种爆炸的想法丢出去。

"俞哥，去里面？"

"坐外面。"他扯开一条凳子径直坐下，膝盖屈起踩在长凳另一端。

对角的饭桌上，顾知意还在跟郑书庭聊天。

他们两家原本距离不远，早晨碰到就一起上学，久而久之两家也就熟悉了。

可是他怎么变样子了？

之前挺胖的啊。

算起来郑书庭比她大一级，这会儿应该是高三了。

"小意，我过几天就高考了，"郑书庭抿了下唇，笑盈盈地望着她，语气自然又亲密，"我打算高考完回西城看看，你要不要一起？"

顾知意眨眨眼，肚子发出轻微咕噜声，她咬了下唇笑了笑："我也不知道能不能回去，假期作业听说很多。"

突然，一条凳子横插在两人中间，凳腿只差一点就落在郑书庭的脚背上，他后退一步，看向放凳子的人。

透过玻璃窗，傍晚昏黄的阳光折射进来，逆着光，少年脸颊上的那道疤清晰可见，掀起眼皮看过来那一刻，黑漆漆的眸里仿佛藏着一把冰刃。

郑书庭后背汗毛立了起来。

少年收回视线跨过长凳坐下，冲着后面的服务员摆摆手："来杯水。"

烧烤小哥一看沈俞白，立马端着几杯冰水过来："哟，俞哥来了！"

沈俞白敲敲桌子，神情平淡："上菜。"

从始至终都没再瞧一眼郑书庭。

顾知意愣怔几秒，小声喊他："沈俞白，你怎么……来了？"

郑书庭推了推眼镜："这位同学……"

忽然旁边一只手架住他的脖子就往外扯："这位同学！听说你是一中的，巧了我也是，有个事我想和你打听打听……"

李海架着郑书庭拐到门外侧门角落里，松开手拍拍他："那什么，你认识李三吗？"

……

服务员很快端着一盘烤串上桌，赵萌萌拿起一根咬住，肉汁肥美细嫩，调味也恰到好处，她指了指烤串示意顾知意尝尝。

顾知意拿起一串顿了顿，递过去："你也一起吃吧。"

沈俞白瞥了眼那只手，起身离开。

忽然衣角被人拽住。

他低头看过去，那只手攥着他的衣角轻轻扯了下，因用力，指节微微有几分泛白。

沈俞白俯身对上那双明亮鹿眼，手指紧紧把着椅背，他掀起唇轻笑："你确定？"冷眸越过她在四周扫了一圈。

顾知意这才发现，不知什么时候起周围的人都在看他们，那神情要多八卦有多八卦。

她耳尖一瞬间热起来，慌忙松开手，推了两下凳子："你自己吃吧。"

沈俞白直起身，她像只小乌龟缩着脖子认真啃那根烤串。

他起身迈开腿想要出去。

顾知意抬起头，巴掌大的脸蛋上染上几分严肃："你——"

少年眉毛轻轻一挑。

她朝旁边的架子努了努嘴。

沈俞白顿了下，掀起眼皮扫了一眼，要烤的东西堆成小山丘。

得。

他垂下眼，转身朝外走去。

门外李海刚要进去，看见他出来，连忙凑过去："怎么出来了？"

他扯了扯领口，向来没什么表情的脸上有了一丝不耐烦，嗓音低沉："透透气。"

李海愣住，机械地转头看向烧烤店内，烟雾缭绕。

夜色慢慢降临，街边招牌灯接连着亮起来。

店内"空调开放"的牌子被挂出去。

推开门的一刹那，烧烤味混合着尼古丁的味道一并涌入到鼻腔中，呛得人忍不住咳嗽。

顾知意瞥向外面几桌，沈俞白他们那一桌已经换了人。

看来是吃完了。

她拿起最后一根烤肠咬了一口，满嘴爆香，她努力咽下去，肚子已经撑得不行。

赵萌萌捂住嘴一个劲儿摆手。

真的吃不下了。

这家烧烤摊的性价比也太高了，明明只点了一百多块钱吃起来像是三百块的。

两人结账后扶着腰出了门。

天才刚刚擦黑，顾知意想起来李娅萍让她顺便买两斤大米回来，便拖着赵萌萌去烧烤摊附近的超市，顺带消消食。

赵萌萌打了个饱嗝，终于想起来八卦："老实交代，那个帅帅的学长是怎么回事？"

顾知意也打了个饱嗝："真没什么，我们就是邻居。"

她家搬家后，两人再也没联系过，哪里想到会在南关遇见？

南关这两年修建新工程，高楼大厦的马路对面就是临街小巷，老旧与新潮碰撞出不一样的市景，临街外的几排房子已经拆得七七八八，只留下一些高墙挡住里面的废土残墟。

那些老胡同也依旧没变，留着给老人行方便。

小石子路上人来人往，车子颠簸两下，歪歪扭扭地前进着，顾知意扯住赵萌萌的手腕往里拉了拉，一辆自行车从两人旁边过去。

两人走过一个胡同口。

走了两步，顾知意停下脚步。

她转身轻轻往回走两步，探头往胡同里看去，眼睛猛地睁大。

胡同里几个男人挡在沈俞白面前，后背大片文身，肌肉暴起，看穿着打扮像是混社会的。

少年短发寸头，依旧穿着黑色短袖，插着手冷冷看着眼前几个人。

其中一人叼着烟眯着眼吸了口，吐出的烟圈喷在沈俞白的脸上，那人笑了下，露出一颗大金牙："俞白啊，怎么最近没看见你去打拳啊？"

沈俞白侧头避开烟雾，淡淡开口："累。"

徐正华点点头，脸颊微微凹陷，又吸了口烟，烟头落在地上，他抬脚碾灭星火："累正常，挣钱哪有不累的，你说是不是？"

眼前少年手插在兜里，宽大短袖松松垮垮地堆在身上，身形单薄消瘦，徐正华知道，这样的躯壳里蕴藏着一股惊人的爆发力。

沈俞白不怕他们。

他倒是怕沈俞白发起疯伤了他们。

"到底想说什么？"沈俞白掀起眼皮，懒懒地扫过胡同口探出来的脑袋，口袋里的手紧紧攥成拳头，嗓音越发低沉冰冷。

徐正华"啧"了声，指尖夹着烟挠挠头："也没什么意思，就是告诉你，该干什么干什么。

"拿了钱，就老老实实办事。别当自己还是个学生——"徐正华说到这里笑起来，身后人也跟着笑，他拍拍后脖颈，一副过来人的姿态，"你看看哪有学生和你一样的？"

浑身戾气，毫无生机。

赵强跟在徐正华后面笑，满口黄牙吐着烟气："俞哥年纪轻轻的怎么就累了，是不是身边没有女人啊？

"我看你们学校那几个妞就不错，你搞一个。"

话音刚落，几个人顿时笑起来，他们做什么都不收敛，笑得下流，脸上横肉颤抖着，早已成了地底下的黑暗蛀虫。

顾知意缩回头去从兜里找出手机迅速解锁，然后点击屏幕想要拨打电话。

身后一只手夺走她的手机，顾知意吓了一跳，扭头发现是李海，她松了口气，下一刻扯住他的衣角朝胡同里指了指，语气又轻又急："沈俞白在里面，他可能遇到麻烦了，你把手机给我，我报警。"

李海把手机扔给张之楠，挠了下头，不知道该怎么跟她解释："你放心，俞哥没事的，那几个人他都认识。"

"可是他们看起来不太友善。"顾知意再度探头看过去。

那些人丝毫没有让路的意思啊。

李海扯住她的胳膊往后面拽了两下，朝赵萌萌使了个眼色："真没事，你们女孩子家家的在这里凑什么热闹？赶紧走，免得一会儿惹上麻烦。"

赵萌萌挽上顾知意的胳膊："就是，你在这里也帮不上什么忙，沈俞白不会有事的。"

顾知意挪了两步："真的没事？"

"真没事。"

天色已经暗淡，黑暗一点点侵蚀过来。

顾知意被拖着往前走了两步，她回过头看去，李海冲她摆摆手。

等两个女生拐进旁边街道后，李海敛去笑容，冷冷看向胡同口，张之楠抬手冲着胡同里扬了下。

胡同里。

赵强上前两步手搭在沈俞白的肩膀上："俞啊，听哥一句劝，找个妞，一个人冷冷清清多孤单寂寞。"

"是吗？"少年黑眸看向他，冷戾又狂躁。

沈俞白勾了下唇，抬起手握住他的手腕，手指慢慢发力。男人脸上笑容渐渐消失，继而扭曲，赵强绞着手干笑两声："我开个玩笑，开个玩笑。"

沈俞白轻嗤，手上力道猛地加重："你配吗？"

"沈俞白，你算老几啊，"赵强疼得受不了，也顾不得什么面子不面子，张口就骂，唾沫星子飞溅，"老子要不是看在徐哥面儿上，你早被废了！"

"行。"沈俞白抿了下唇，掀起眼皮看向两旁站着的几个男人，"你们一起。"

少年满身戾气四散，黑漆漆的眼眸死死盯着他们，仿佛是一头嗜血猎豹，龇起獠牙蠢蠢欲动。

徐正华抬手按住沈俞白的胳膊："俞白，做什么这是？"

沈俞白抬眼看他，轻笑："没什么。"

"啊——"

胡同里响起一声惨叫。

赵强捂着手腕，冷汗从脸颊两旁流下来，他恨恨地瞪了眼沈俞白，一口呸在地上。

少年空了手便从兜里掏出打火机把玩，抚去几分烦躁，清冷面容越发冷血，嗓音哑了几分，磨得人打战："说了，别乱说话。徐哥什么规矩，你照做就是。"

他抬脚往前走两步，拍拍徐正华的肩膀，越过几个人朝胡同外走去。

胡同尽头最后一束光慢慢洒落在地面，随后彻底消失不见。

徐正华朝着少年的背影看了会儿，半晌后招招手示意几个人靠拢过来，男人眼眸凶狠："给我盯着他。

"一狼崽子还想称王，反了天了不成？

"别忘了他签了合同，生死合同，完不成场数，找人卸了他的腿。"

李海和张之楠见沈俞白出来忙上前看了看，见他身上干净便也知道没什么事。

"回了。"沈俞白低头闭了闭眼，再睁开只觉得夜色彻底黯淡下来。

张之楠递给他一部手机："顾知意的。"

手机上挂着一个草莓水晶吊坠，一晃一晃的。

他接过去塞进裤兜里，骑上车往回走。

隧道里依旧黑暗一片，看不清里面，看不到外面，他骑着车慢悠悠地晃荡在这短短的隧道里。

没人告诉他要怕黑，要向阳。他便在黑暗里野蛮生长，长成什么样他自己都不知道，只知道活着就行了。

忽地，一阵铃声在隧道里响起，是卡通动漫的铃声。

他回神踩着路边刹车，掏出手机，来电显示是一个陌生号码。

沈俞白看了两秒，摁下接通。

电话那头传来少女特有的声音，又软又甜："你好。"

"顾知意。"他哑着嗓子开口喊她。

顾知意顿住，挪开电话看了眼自己的手机号，而后贴近话筒："沈俞白，刚才我看到你被人困在胡同里了。你有没有受伤？"

黑暗中她的声音通过电波，一点点钻进他的耳朵里，在他的脑海里投下一颗石子，激起一层层水波。

沈俞白抬眼看了看前面，隧道口那盏路灯已经亮起，他抿了下唇，轻轻叹了口气："没有。"

顾知意松了口气："那就好。"

"你在哪里？"

"你家门口。"

（2）

顾知意挂断电话从沙发上跳下来，蹦蹦跳跳跑到李娅萍旁边捏起一块炸蘑菇塞进嘴里："手机找到了！"

李娅萍回头看她，有几分惊讶："这么快就找到了？"

"同学捡到了，帮我拿回来了。"她俯身下去又捏了一块，酥酥脆脆，孜然味十足。

"隔壁家的？"李娅萍把锅里最后一捧倒进盆里，皱起眉头问道。

顾知意顿了下，直起身看向她，快速解释道："沈俞白不是那样的人，上次是有原因的，他家那些人是……"

"你别管那些人是什么人，"李娅萍语气严厉起来，"妈妈只希望你能够好好的，健健康康长大。"

盘子里刚出锅的炸蘑菇滋滋冒着热气，热气在空中盘旋向上，四下散开。

窗外旧巷里的烟火气节节攀升，纳入黑暗隧道中，消失不见。

突然，一只手揪住沈俞白的后衣领，他防备不及猛地被拽下车。

红色单车掀翻在地上，发出刺耳的声响，前轮车轱辘还在半空中转动。

他侧头躲开擦耳过去的拳头，拳风在眼侧散开，带着点点酒气。

旧巷这条隧道说长不长，说短不短。在快到尽头的地方被人按住，实在让人不悦。

没给他时间思考，沈俞白嘴角重重挨了一拳，口腔里顿时被血腥铁锈味占据。

"别惹不该惹的人，你惹不起。"男人沉重嗓音夹杂着呼吸声在漆黑隧道里扩散开，混着潮湿腐烂的味道，令人作呕。

沈俞白抬手拭了下嘴角，舌尖剐蹭几下嘴角，慢慢直起身，声音平淡冷戾："什么叫，惹不起？"

男人还没回答便看见微光里，少年黑眸眯起，表情阴狠，下一刻拳头重重砸在他的胸前。

宛若千斤重锤，男人险些一口气没喘上来。

"惹我就惹得起了？"依旧是淡淡的语气，冷冽又狠。

紧接着一拳一拳砸下，男人腹部被沈俞白踹了一脚后迅速反应过来，冲上去抡起拳头砸下去，却忘了眼前的人是在地下拳场赢了无数次的。

少年脸庞年轻，歪头让出他的拳头，而后面无表情地抬起手。

昏暗隧道里，拳拳致命，要多吓人有多吓人。

男人受不住闷哼两声，趁着沈俞白喘息的空隙，猛地推开他跌跌撞撞地往外跑去。

沈俞白也不追，扶起单车跨上，踩下脚蹬骑出隧道。

在黑暗中待得太久，突如其来的光让他眯起眼睛，垂下眼时才看见裤腿上全是脏泥。

他掏出裤兜里的手机，完好无损。他靠着墙面，轻轻吐出一口气。

小草莓吊坠落在他的掌心。

粉嫩粉嫩的颜色。

倒也……可爱。

顾知意趴在桌前一会儿看书，一会儿站起来踮着脚看窗外，她把窗帘打结拉到一旁，是为了能够看见对面的砖墙。

那里连个人影都没有。

她抿紧嘴唇，抱着水杯眨眨眼，起身往外走去。

"妈，我想去买个橡皮。"她咬着唇倚在客厅门框上，嘟着嘴朝客厅里正在看书的李娅萍撒娇。

李娅萍心思都在书上，没听清她说什么就应了。

顾知意连忙回到屋里换衣服，小跑出了门。

沈俞白停好车不经意间抬眸。

她突然出现在那里。

视线落在他身上，那双鹿眼弯起，连带着眉毛也弯弯的，白皙的脸颊上点点笑意。

距离愈来愈近。

少女脸颊上的笑容敛去几分，紧接着眉头皱起。

沈俞白跌靠在墙前，心脏缓缓跳动着，他手插进裤兜里摸到手机，轻轻眨了下眼，看着她靠近自己。

头顶那盏路灯忽地亮起。

少女乌黑头发上晕染着一圈小小光环，远远瞧着，发丝都带着光迹。

他舌尖抵住脸颊，轻轻刮了下。

顾知意走到他面前，仰起头，指了指他的嘴角，轻轻道："不是说没受伤吗？"

"嗯。"他垂下眼漫不经心地应着。

顾知意叹了口气，从外套兜里掏出一管药膏递过去。

"这个很好用，一天两次。"她又往前送了送，药膏尾尖戳到他的手背。

沈俞白避开手："犯不着用。"

他浑身是伤的时候也没见着用这东西。

到她这里，破了嘴角就得用。

真犯不上。

下一刻药膏被塞进他的手里。

"老师这周末布置的作业，你背一篇吧，"顾知意背着手轻轻叹气，"我不想一次小组分也拿不到。"

少年抿紧唇不搭话，掏出手机递给她。

顾知意接过去塞进外套口袋里："谢谢。"

"小意！"巷口传来声音，顾知意转头看去，顾青山推车站在不远处看她。

她连忙后退两步，掏出手机晃了晃："同学捡到我的手机来还我。"

顾青山瞥了眼倚在墙上的少年，寸头黑发，黑眸幽深，望过来的时候让人莫名发寒。他轻轻点了下头算是知道了。

"回家吃饭吧。"

顾知意点点头，跟着顾青山往回走，进门玄关拐角处，她回眸看去，沈俞白依旧保持那个姿势没动，手插在裤兜里静静地看着她。

她摇摇头换鞋进门。

这会儿看可不像不良少年呀。

那抹身影消失后，沈俞白扯了扯嘴角，转身进门。

沈堂庆正在院子里剥蒜，见他进来，冷笑几声："还知道回来？"

沈俞白径直往里走，没作声。

"顾家小姑娘我劝你别动歪心思，"沈堂庆把一颗剥好的蒜扔进碗里，"人家铁定不留在南关。这破地方没人愿意留。"

他把话挑得太开，像是用一把小刀扎进沈俞白的心脏里，轻轻往下一拉豁开一道小口，然后狠狠撒上一把盐。

"我的事用不着你来管。"沈俞白冷冷开口。

沈堂庆"啪"地把蒜扔进碗里，狭长眼眸掀起："我是你老子，你身上流着老子的血，你不承认也要承认！"

沈俞白轻嗤："我老子逼死我妈？"

"那是她自愿的！"

"没有你那些事，她不会死。"少年转过头来看他，黑漆漆的眸里全是阴冷的恨意。

沈堂庆拿起碗砸过去，圆目赤睁："你凭什么怨我！那是她自己想不开！"

瓷碗擦着沈俞白肩头飞出去，砸到身后的墙上。

"砰！"

瓷碗摔成碎片，四分五裂。

有几块飞溅到他的背上，砸在脚边碎开。

沈俞白抬脚走出去。

一瞬间，谈笑声传入耳中。

他仰起头，夜空璀璨，有几颗星星格外耀眼。

对面不知道在院子里聊什么，少女银铃般的笑声传出来，轻微又清晰。

他抱住头闭上眼睛，脑海里的碎片一点点拼凑起来。

混乱的环境，满地破碎的瓷器，妇女撕心裂肺的哭喊声，还有跃入水中的背影。

沈俞白猛地睁开眼。

身后院子里是骂骂咧咧不堪入目的话语，身前是凉风习习。

穿堂风自他身侧穿过，掀起一阵冷意，仿佛刻进他的骨头里，冷得他牙齿打战。

裤兜里的东西轻轻扎了一下他的大腿。

他伸直腿掏出那管药膏，断眉微微皱起，半晌后，拧开盖子挤出一点涂在嘴角处。

清凉的触感瞬间袭来。

嘴角的伤口一点点开始痛起来。

下一刻，四肢百骸都痛了起来。

他佝偻着腰抱着膝盖，头深深埋在腿间，绝望铺天盖地而来。

不知道过了多久，院子里的声音消失了，周遭寂静一片，屋前屋后的灯光渐渐熄灭。

顾知意合上作业本爬到床上，然后打开手机想要看会儿微博。

忽地，手机振动两下。

一条微信消息弹了出来：好学生。

陌生的号码。

熟悉的语气。

顾知意心猛地一跳，端坐起来仔细看了看那条消息，指尖敲击屏幕回复过去。

夜晚安静，振动声被放大。

沈俞白身子一顿，迈出去的脚落下，而后关上侧门回到房间，把自己跌倒在床上。

安静两秒。

他翻身拿出手机解锁。

短信提示出来：沈俞白，你还不睡吗？

他看了会儿，心口像是被一只猫爪挠了下，有些痒。

怎么就知道是他？

也不怕是坏人。

黑夜里屏幕微亮，瞬间点燃少年的黑眸，他把手搭在眼睛上，长吸一口气缓缓吐出，那股子无望渐渐散开，不知不觉间消失不见。

顾知意等了好久也没见短信回复。

困意涌上，她打了个哈欠翻身抱住被子，手机被压在枕头下。

睡意蒙眬间，"嗡嗡"声响起，她被吓了一跳，眯着眼摩挲着拿到手机划开：晚安。

只有两个字。

她眨了下眼，快速回复过去，而后彻底睡了过去。

沈俞白还没放下手机就看见短信弹了出来，震得他虎口微微一麻。

他顿了顿，指腹轻轻一点：晚安。

脑海里少女嗓音轻柔软糯，又软又甜。

他暗啧，翻身坐起来。

李海给他手机的时候，他按了下主键，意外地没有密码。不知是什么心理，他用那部手机给自己打了电话。

那串号码在他的手机里出现时，沈俞白觉得自己像个傻子。

他把那个拨打记录删除掉，装作什么都没发生过，此时却忍不住想打个招呼。

更没想到她能回消息。

（3）

周日顾青山要加班，李娅萍去亲戚家送东西下午才能回来。

顾知意把衣服洗完晾晒好之后便搬出小桌子，院子被顾青山用遮阳布罩起一半，穿堂风吹过，又凉快又舒适。

按照作业条目一条条打钩完成的进度，昨天晚上她熬夜做了一部分，现在只剩下语文和数学。

她想了想，掏出手机发消息。

南关难得的晴天，阳光穿透白云照射下来，屋内厚重遮光窗帘严严实实地将整个窗户遮挡住，整个房间内黑暗一片。

扔在桌上的手机屏幕忽然亮起。

骨节分明的手伸出去捞起手机划开。

顾知意：早呀，起来学习！

神经。

沈俞白闭上眼睛把手机扔到一旁，手搭在眼睛上，再度昏睡。

下一秒，振动声再次响起。

他蹙起眉头深吸一口气再度捞起手机。

顾知意：我知道你在家！开门！

服了。

这女孩怎么这么难搞？

他凌晨三点才闭上眼睛，这会儿才七点就喊他起来学习。

学霸都不带起这么早的。

外面敲门声"咚咚咚"响起，节奏卡得十分好，三下一停，像催命的。

少年猛地睁开眼睛，满脸阴沉，他翻了个身起身下床。

顾知意抱着课本和习题集站在门口的小阴凉地，力争把自己缩进那一片小空间里，不被阳光晒到。就站了这么一会儿，她就觉得好热，刚才的凉快原来是一时的。

侧门"呼啦"一下被打开，她趔趄一下，额头撞上硬邦邦的地方。

她捂着额头还没来得及看清，只觉得眼前一花，一只手捏住她的胳膊将她推远，顾知意这才发现自己刚才撞在沈俞白的胸口上。

"急什么？"少年嗓音沙哑，带着点点倦意和不耐烦。

"我……我来监督你背课文。周一检查，你背一篇就行。"

她已经再三降低标准了，老师必考的那篇课文背过就能加分，连张之楠都背过一篇了，不至于她这组要零分吧。

沈俞白看了她一眼，转身往回走。

院子里那棵大树斜圈出一团纳凉处，热浪吹过，油绿的树叶"哗哗"作响，顾知意额角浸出一点汗，她有点后悔自己跑过来写作业。

正屋的门被推开，撞到后面的石墙上，发出哐当声响。

沈俞白套上一件黑色短袖，狭长眼眸被阳光刺到，微微眯起，他开口道："不热吗？"

顾知意抱着书的手已经汗津津的。

她老老实实地点头："热。"

脸颊红扑扑的。

沈俞白侧身让出空："进来吧。"

房间内摆设简单，一张床一张桌子，旁边立着一个衣柜，再无其他。

"嘀——"

头顶上空调口缓缓打开，一股冷风吹了出来，顾知意身上还有些热，冷不丁被凉风扫过，忍不住打了个喷嚏。

一件校服外套落在她的头上，盖住她的脸，少年声音懒散轻倦："穿着。"

就不能好好给吗？

顾知意扒拉下外套披在身上，轻轻嗅了几下，没有闻到什么奇怪味道。

"刚洗的。"沈俞白冷冷瞧着她。

她脸一烫，轻声反驳他："我没有那个意思。"

顾知意："你赶紧背书，我做完这套卷子就检查。"

沈俞白坐在床上搓了把脸，眼睛干涩难受，倒床上估计能睡过去。他抬眼看向伏在桌上做卷的少女，松松垮垮的短袖被窄细的背撑起。

许是在家，她没有把头发扎起来，细软乌黑的长发被拢到一旁，冷风扫过，撩起一丝碎发，在空中微微晃动。

他半撑着身子叹了口气，翻开语文课本。

每个汉字都认识，连在一起却让他头疼。

冷风慢慢把房间里的热度降下来，丝丝凉意吹在人身上很舒服。

只是有些让人肚子疼。

顾知意捂着小肚子趴在桌上，笔下没停，把一道题解析出来后，小腹忽地一阵剧痛，她没忍住"哐——"的一声。

紧接着熟悉的感觉涌出。

她愣了愣，掰着指头数数日子，竟然提前了整整一周。

不会吧。

顾知意脸上一热，坐在凳子上不敢起身。她扭着脖子回头看向坐在床上背书的沈俞白，后者低头垂眸，手捧课本，丝毫没有发现她的异常。

应该不会弄脏凳子吧。

为什么这时候来了？

会不会是错觉？

顾知意大脑飞速运转，恨不得时光倒流回去。

"沈俞白。"

少年歪头瞧她。

"我回去拿个资料！"她说着站起身飞快低头看下去。凳子上什么也没有，顾知意心里松了口气，背着手飞快跑出去。

沈俞白把语文课本扔到一旁，托着腮静静看着凳子。

光滑干净的凳面什么都没有。

半晌后，他手撑着膝盖起身，走到客厅拿起烧水壶接了一壶水，然后按下烧水开关。

水温很快升高，沸腾声轰隆作响。

顾知意飞快跑回去，果然是"亲戚"拜访。

她处理好一切后推门走出去，在走到玄关处时想起自己跟沈俞白说回来拿资料，便又折回去随便抽了本习题册，这才出了门。

桌子上放了一杯热水。

热气升腾，攀高，在空中与冷气汇合，转瞬消失不见。

顾知意盯着水杯看了会儿，咬着唇埋头做题。

狭小房间里，冷气涌动，只听得见卷子翻页的"哗啦哗啦"声响，安静又闲适。

忽然，压在枕头下的手机振动两声，沈俞白整个人松了口气，探身过去掏出手机接通。

"嗯。"

顾知意竖起耳朵听他打电话，结果只有一声淡淡鼻音，然后便挂断了。

她把心思收回，在选择题旁边写下一个"C"。

身后人趿拉着拖鞋走到她旁边，少年清冷的声音从头顶落下来："你先回去，我有事出去一趟。"

"好。"

顾知意收起卷子和笔袋，抬手要脱下外套。沈俞白按住她的肩膀："外面晒，穿着吧。"

沈俞白飞快地捞起床上的手机和钥匙，然后打开门走了出去。

等顾知意出门时，只看见少年骑着单车远去的身影。

直到穿过隧道，他都没有回过一次头。

从光到暗，再到光，沈俞白抿着唇骑车过去，少年面容清冷，穿过一条条马路到达目的地。

推门进入的那一刻，喧嚣声从地底下翻腾上来，他神情越发寡淡冷戾，比刚才的懒散更放开，浑身的生人勿近气息扑面而来。

"俞哥，有人临时加了个局，点名要你去。"徐正华旁边的胖子拿着手帕一边擦汗一边给他带路。

沈俞白手摸进裤兜想要掏烟盒，胖子立马递过去一根，打开打火机帮他点燃，赔着笑道："徐哥的意思是，公子哥儿想看一场不一样的，那就劳烦俞哥配合一场，一场顶三场。"

"不一样的？"沈俞白接过旁边的气泡水喝了口，黑眸微微眯起，"要怎么配合？"

胖子嘿嘿一笑，露出满口黄牙："您输一场。"

天泰城地下，沈俞白不是没有输过。

他刚进这里的时候天天被人扔擂台上，打到吐血昏厥，打到两眼冒金星。

后来，他掌握了门道，也就慢慢输得少了，那些曾经打败他的人都被一一找上门，无一例外地被摁在地上摩擦，有人讲求拿钱办事，没想着要出人命，可他太冷血，骨子里的冷和眼眸里的黑让人心颤。

他的打法和别人的不一样。

别人的心是活的，他的是死的。

（4）

负一层的喧闹声更激烈。

胖子拉开门躲到一旁让沈俞白先进去。

五彩斑斓的射灯晃在人群中，把人的表情描画得狰狞又兴奋，头顶巨大的照明灯聚焦在擂台上。

台上两个人扭在一起，低声怒吼着，大块肌肉鼓起，奋力压制。

胖子偷偷瞥了眼沈俞白，后者面无表情地吸着烟，狭长眼眸眯起，看不出什么情绪。

还真是不好惹。

"徐正华在哪儿？"沈俞白掀起眼皮扫了眼擂台，上面第一场已经结束。

"在包间。"

"拿合同来。"他扯了把椅子坐下，食指一下一下敲着桌面。

胖子为难地皱着脸："合同在徐哥那里。"

沈俞白嗤笑，仰起头看胖子，黑漆漆的眸冰冷狠戾："上次找人办我，是忘了吗？"

那天他在隧道被人摁住打了几拳的事，他没提，没追过去，自然也知道是谁安排的。

赵强没有那个胆儿，只有徐正华才会用下三烂的法子，就是想让他低头。

他没找徐正华算账，徐正华就真当他不知道是谁做的。

这话一出，胖子脸色立马难看起来，快步出去打了个电话。没过一会儿，徐正华就领着两个小弟下了负一层。

见沈俞白跷腿坐在那里，走过去笑哈哈地拍拍他的肩膀："行啊俞白，给你哥哥我面子，说来就来了。"

沈俞白也跟着笑，眼里没有温度："合同带了吗？"

徐正华顿了下，把嘴里雪茄拿开："俞白，以往你可都不提合同的。"

"徐正华，别太欺负人。"

沈俞白接过合同和笔，径直翻到最后一页，将上面的三个数字一笔划掉，黑线笔直凌厉，少年把笔丢到一旁，起身往外走去。

徐正华也不拦，看着他进了换衣间，轻啧两声："狗杂种，还挺浑。"

擂台旁传来一阵欢呼声。

他往旁边扫了眼，眼神凶狠："那人来了没？"

胖子应了声："来了，在另一边换衣间。"

来天泰时间长了，沈俞白有自己的换衣间，徐正华给专门改造的，他本来也不觉得有什么，只是个洗干净血水和汗水的地方，没什么讲究。

里面早就准备好东西。

他坐在长凳上拿出手机，上面有一条未读短信。

沈俞白仰头灌了口水漱口，然后拿起手机解锁。

顾知意：我回家了，你记得要背课文啊！

他盯着这一行字看了许久，扯了下嘴角。

在这里没人把他当学生看，没人告诉他还要背课文，只有顾知意。

只有她，提醒他还是个学生。

他拉开门走了出去，擂台周围的人高声呐喊起来。

对面的人是那天在隧道打他的那个男人，见他出来冲他挑眉一笑，挑衅十足。

少年薄唇轻轻抿起，坐在对角处慢条斯理地戴上手套和牙套，而后起身走到擂台中央。

裁判吹响口哨。

对面的男人一拳擦着他的脸颊过去，拳风刺眼，他微微眯起眼眸，侧头躲过。

下一瞬密集的拳头一下接一下往他身上砸过去。

他不是没输过，可没有这么窝囊过。

他握紧拳头，胳膊上的肌肉高高鼓起，眼尾猩红点点，眸子里的暴戾铺天盖地而来。

偏偏那拳头还不算完，追着往他身上落。

沈俞白双手护住头部，弓腰后退两步站稳，然后一拳打在男人鼻梁上，那人顿时鲜血流出。

哨声终止。

他被人扯到休息区。

"沈俞白，你已经钩去三场了，记得别太过分。"胖子的声音在耳边响起。

胖子扶着他的肩膀弯下腰，露出满口黄牙。

沈俞白横睨他一眼，没有作声。

下半场开始。

要做戏，他就要做全套。

前几分钟两个人旗鼓相当。

后来——

沈俞白趴在地上久久没有回神。

耳畔是耳鸣声，连场下人的嘶吼呐喊声都仿佛在天边远处，遥远又模糊，他重重呼出一口气。

少年被人一拳打倒在地上，背上腿上落下的拳头密密麻麻，他匍匐在地上，手撑着，想要爬起来。

背上万斤重，压得他喘口气都费劲。

那裁判怕是被警告过，他倒下那一瞬间就应该吹响口哨。

可哨声没有响，任凭他被暴打，就像是一场蓄谋已久的报复和警告，好让他记住。

男人在他面前蹲下。

他微微睁开眼睛望过去。

黑漆漆的眼眸幽深冰冷，哪里像一个十几岁的孩子该有的眼神？

"都说了让你别惹不该惹的人。"男人在他腰部踢了一脚，嗤笑开来，"小孩，别这么冲。"

"俞哥！"李海翻过围栏冲过去想把他扶起来。

沈俞白推他，手撑着地慢慢站起来，扯下手套抬手蹭掉嘴角的血，死死盯着男人的背影："哪儿的人？"

嗓音又沉又嘶哑。

李海咬着后槽牙狠狠剜了一眼那人的背影："说是什么张家小公子的人。"

哦。

沈俞白掀了掀嘴角。

上次让他输给那人，所以这次给他算上了。

"俞哥，你这什么时候是个头儿啊？"李海重重叹了口气，"老徐如果真的要对你下手，我怕你没跑的。"

少年浑身血水和汗水，棱角分明的脸庞绷直，薄唇淡得近乎看不清唇色，那双黑眼却冷得出奇。

"没事。"他推开李海径直走进淋浴间。

脚下的水伴着血水一并流入下水道。

李海怕他骑车回去不方便，便叫了出租车带他回去。屋子里漆黑一片，李海暗骂，扶着他下车，低声道："你爸还没回来啊？"

沈俞白没回答。

他抬手想要推门，却转身看向对面的窗户。

柔和的灯光被窗帘笼罩住，映出来的小四方车在道路中央，车轮印记碾过，是一条清晰的线。

他抬手轻轻推开门往里走。

李海莫名其妙，进门又回头看了一眼。

外面传来刹车声，在安静的夜晚格外清晰，顾知意咬着笔帽轻轻皱了下眉。

应该是沈俞白回来了吧？

那篇课文，他应该也背得七七八八了吧？

她飞快地写下解题思路和步骤，然后把最后一道大题做完。

明天早晨还有升旗仪式，她要早点休息。

沈俞白横躺在床上，床垫偏硬，他浑身骨头就像是被拆解重组一样，每动一下都疼得厉害。

不知过了多久。

他手机忽然振动两声。

只有两个字：晚安。

房间里没有开灯，半掩着的窗户把凉风送了进来，老树的叶子"哗啦啦"作响，今晚的月色也很美，院子里如同白昼。

他举着手机的胳膊微微颤抖。

半晌后，沈俞白低声笑起来。

牵扯到肌肉，他疼得皱起眉头，嘴里涌上一股铁锈味，糊住嗓子眼，他翻身爬起来，却因为疼痛跌坐在地上。

嘴里的血痰被吐了出来。

他侧头看向窗外。

这光，皎白洁净。

沈俞白慢慢闭上眼睛。

月光倾洒下来，爬过窗沿边，跳在地板上，落在少年屈起的指节旁。

第二天一早顾知意吃完早饭便去了学校，刚到门口看见赵萌萌推着自行车往里走，小脸气鼓鼓的。

看见她，赵萌萌脸彻底垮了，哭丧着跟她诉苦："我的车链子掉了，怎么都装不上去。手都脏了！"说着举起两只黑乎乎的"爪子"往顾知意眼前凑。

顾知意忍不住笑，说："那你要不要中午请假出去修一下？不然晚上没有人修。"

赵萌萌重重叹了口气："对哦。"

忽然，她凑近顾知意，"对了，这周小组分你有把握没，沈俞白不会还要出去罚站吧？"

"有一点点。"顾知意举起手比画，弯着眉笑开，"我缠沈俞白让他背书了。"

赵萌萌睁大眼睛："我的妈，真的假的？"

少女马尾辫一甩一甩，推着车往车棚跑："真的真的！"

教室里已经有不少同学到了，两人气喘吁吁跑进去，李佳颖瞥了两人一眼，转身跟身后同学咬耳朵。

赵萌萌撇撇嘴。

顾知意放下书包坐下，转头看了眼身后的座位。

沈俞白还没来。

没关系，以前他也经常迟到早退。

第一节课过去，依旧没有出现。

第二节课、第三节课，他依旧没有来。

对面李佳颖拔高声调对后排同学说道："我和你说，我还是第一次看见小组分是零分的，真丢人。"

顾知意握着笔抿了下下唇，心慢慢落下去。

张之楠和李海从教室外面进来，顾知意忙起身走到两人座位前，轻声问道："沈俞白不来上课吗？"

两人对视一眼，张之楠挠挠头："应该是吧，俞哥昨儿受了点小伤，肯定不来了。"

"受伤了？"少女眉头紧紧蹙起。

张之楠"啊"了声："也不是什么大事。"

偏偏眼前人白净的脸蛋一片严肃，鹿眼水汪汪地瞧着他们两个，干净得让人不好意思多看。

李海在桌下踢了一脚张之楠，后者回过神来，尴尬地笑了几声："真的，俞哥没事。"

顾知意点点头："好。"然后回到位置上坐好。

刘丹抱着教材踩着铃声进入教室，她抬手扶了扶眼镜，转头看向站在门口的人，厉声训斥："你比我都来得晚，还上什么课啊？"

教室里大半人抬起头看向门外。

顾知意的桌子被前排赵萌萌重重推了下。

她直起腰抬眸看向前面。

教室门口，少年单肩背着书包，手插在裤兜里，校服外套领口半开，锁骨处一道红色伤痕刺眼，他静静地站在门口。

"赶紧进来！"刘丹不耐烦地挥挥手。

少年迈着步子走进教室，从讲台前的过道径直走过来，顾知意随着他的举动下巴微微抬起，视线落在他的下巴和锁骨上。

下巴上有一块瘀青。

锁骨的伤红肿着结了新痂。

那双眼睛对上她的，像了无生机的死水，静静流淌过，窒息又寂静。

后排凳子被拉开，少年特有的气息瞬间涌过来。

熟悉的肥皂味中夹杂着一股淡淡的血腥味。

顾知意轻轻吸了一口气。

"叹什么气？"背后响起声音，低沉又平淡。

她猛地坐直身子，后腰远离后面桌子。

少年低笑声渗入耳朵里。

"怂样。"

（5）

"顾知意。"沈俞白伸手轻轻扯了下她的头发，嗓音带笑。

顾知意坐得笔直，压根不搭理他。

刘丹指着黑板讲上面的名词解析，教室里头顶上风扇"吱嘎吱嘎"作响，整个教室里的同学昏昏欲睡。

正午的阳光明媚，隔着蓝色窗帘依旧能感觉到那股热浪，又闷又热。

沈俞白托着腮轻轻"啧"一声："我没背课文。"

他第一次主动跟人解释点什么。

少年眉毛轻轻一扬，紧紧盯着她的后背，无意识地转动手里的圆珠笔。

顾知意绷直唇线，脑子里"嗡嗡"作响。

这人怎么那么不听劝？还要出去打架，答应背课文也没背，还受了伤。

前排的人无动于衷，沈俞白抿了下唇，侧眸看向旁边座位的两人。

张之楠正拿着语文课本一顿猛背，能背多少算多少，总比被赵萌萌掐得青一块紫一块要好。

"好，现在我们来检查一下上周安排的小组背课文情况。"刘丹合上教材书，"从1组开始。"

班里同学按照顺序一个个站起来背书。

或多或少背过一点。

就连张之楠都磕磕绊绊地背了一大篇，好歹也是加了一分小组分。

轮到顾知意这一组，她鼓着脸站起来，流畅地将要背的课文全篇背诵完毕，而后一屁股坐下。

刘丹指了指沈俞白，示意他站起来："起来背下一篇。"

少年站起身，领口已经扣上扣子，只瞧得见嘴角的微微瘀青，刘丹无奈叹了口气，摆摆手让他开始背书。

"先帝创业未半而中道崩殂……"他抿了下唇，缓缓掀起眼皮看向前面翻开的课本，页面正是他要背的那篇文。

"怎么？"刘丹拍了下桌子，"给你'殂'住了？"

顾知意侧开身子，指尖指着第一行，轻轻敲了下书面。

指尖碰到书纸，空空的"咚咚"声。

身后人没反应。

顾知意忍不住侧过头，牙缝里挤出一点声音："今天下三分，益州疲弊……听见了吗？"

少女侧脸饱满，睫毛不停地眨着，一个劲抬头看他，急得连手指都在用力。

乖得要命。

他垂下眼，舌尖抵住牙齿轻笑起来。

整个教室里刹那间寂静一片。

半晌后，刘丹指了指外面："出去站一节课。"

顾知意垂头丧气地低下头。

"小意！"一下课赵萌萌就挤到顾知意旁边坐下，托着腮满眼崇拜地看着她，"你太厉害了。"

顾知意把上午用到的课本放在抽屉里，头也没抬："怎么了？"

赵萌萌清清嗓子，确认后排没人，开始学起来："你看，我笑得像不像沈俞白那样？"

面前人皮笑肉不笑的。

顾知意叹了口气，推开她的脸，下巴磕在书本上："又零分。"

赵萌萌拍拍她的脑袋："这东西也不计入高考成绩，你就当是玩好了，老师也知道沈俞白肯定没背过的。"

"又受伤。"

赵萌萌没听清："你说什么？"

"没什么。"顾知意摸到上次抽屉里剩的消毒棉签和酒精，她轻轻叹了口气。

自习课时，沈俞白依旧趴在桌上睡觉。

他在学校的大部分时间是用来睡觉的，顾知意甚至怀疑他来学校是为了听老师"念经"的。

她转过去看了几眼。

少年黑发寸头，脸庞埋在臂弯间，只露出一只耳朵，小臂上有一大块瘀青，触目惊心。

忽然，旁边伸出一只手，涂着红色指甲。

顾知意吓了一跳，抬起头看去。李佳颖横睨她一眼，蹲下身轻轻晃了晃沈俞白的胳膊，软声喊道："俞哥，醒醒。"

沈俞白露出半张脸，眉头微微蹙起，露出几分不耐烦和困倦，黑眸微抬，眼皮压出一道褶子。

她冲着沈俞白甜甜一笑，晃了晃手里的碘附棉球："看你受伤了，我来帮你涂药吧。"

窗外吹过一阵风，把她的刘海掀起一点。

女生面容精致，眼妆淡淡，她手搭在沈俞白胳膊上轻轻拽了下，姿态放低，又温柔又体贴："你看，都青了。"

顾知意抿紧嘴唇，转回去收拾桌面，掏出一本物理卷做起来。

沈俞白避开她的手，瞥了眼前排的人，马尾辫乖巧地落在脖颈一侧，随着呼吸微微起伏。

心里的烦躁被压下去一半，他起身往外走去。

李佳颖也跟着跑了出去，大胆地挽上他的胳膊，下一刻被毫不留情地推开。

不一会赵萌萌转过身戳了戳顾知意："你看李佳颖，肯定吃闭门羹了。"

从教室外进来的李佳颖脸色难看，愤愤地把碘附、棉球扔进垃圾桶，而后趴在座位上。

顾知意看了眼低下头，没说话。

晚饭时候，赵萌萌拉着她去操场散步，高二的生活快要结束，马上要进入高三紧张的复习生活，这会儿散步竟有几分闲适。

篮球场上，打篮球的少年跃起投篮。

张之楠撞了下李海，朝着坐在篮球架下的人努努嘴："怎么回事啊？"

要这会儿谁敢上去凑热闹，一准成了炮灰。

他"啧"了声，拎着从小卖部买的矿泉水过去，递给沈俞白："俞哥，你这是怎么了？"

"老徐给你找麻烦了？"说着李海仰头灌了口水，擦擦嘴角看向旁边的人。

沈俞白短袖撩起，撑着后面的篮球底架坐在那里，神情阴郁，目光盯着某个地方没有移开过。

李海顺着他的目光看过去，抬手拭了下眉心，撞了他一下："要我说，得哄。"

少年终于转过头看他。

"……这事，得解释。"李海皱着眉头清清嗓子，"知己知彼，百战不殆。"

什么知己知彼？

都不说话了，还知彼呢。

沈俞白冷冷看了他一眼，没搭话。

"哎，你不信是吧？"李海坐端正，俯身过去在他耳边说了几句话，最后比画一个必胜的姿势。

顾知意和赵萌萌两人绕圈刚好走到篮球场外围，她一眼便看见沈俞白坐在篮球架下，李海不知道比画什么，少年眯着眼睛瞧他，神情寡淡冷漠。

不知说了什么，他抬起眼看过来。

距离远，顾知意却下意识低下头，数着一条条跑圈线。

好像，沈俞白和她对视了。

赵萌萌揉着肚子扯扯她的袖子，撒娇道："小意，回去吧，再散步都要饿了。"

顾知意笑了笑："走，回去。"

两人顺带去小卖部买了两瓶饮料，这才回了教室。

课间的空隙，桌子上又摆了几份卷子。

顾知意整理好卷子开始做作业。

不一会儿一只手出现在她的面前，少年指节修长，掌心纹路繁杂，摊开的手掌落在她的卷子上。顾知意顿了下，抽出卷子放在一旁，胳膊也往里挪了挪。

"棉签。"

顾知意声音冷淡："没有。"

少年压住她的卷子轻轻一扎，按住，俯身望进她的眼里："我听见了。"

顾知意有些蒙："你听见什么了？"

"塑料袋的声音。"沈俞白眨了下眼，黑眸困住她，难得地耐心十足，"你没扔。"

上次他丢给她的那袋子东西，她根本没扔，一直放在抽屉里。

刚才半睡半醒时，他听见她叹气，扯袋子的声音。

顾知意深吸一口气，猛地从抽屉里拽出袋子扔到他手里，脸色越发难看，道："拿走！"

沈俞白愣怔下。

他抿了下唇："顾……"

顾知意却径直戴上耳机埋头做题。

沈俞白捏着袋子坐回位置上，冷冷地看着李海。

后者挠挠头，小声道："要不再试试？"

沈俞白扯开袋子拿出酒精和棉签，屈起胳膊给伤口涂药，伤口还没有完全愈合，酒精又刺激，刚涂上去便丝丝疼了起来。

他甩了甩胳膊，掐住小臂，转移注意力。

隔得近，顾知意闻到那股酒精味，她咬着笔帽不往后看，认真翻译阅读理解。

李海抱着手臂，扬高声调："俞哥，你脖子这儿能看见吗？这么胡乱涂可不行啊。"

顾知意抿紧唇。

沈俞白侧头，面无表情地看着李海，眼神冰冷。

他把棉签蘸上酒精，没有镜子照着，便打算胡乱蹭了几下。他解开领口往外扯了扯，锁骨的伤是被拳套擦伤的，稍不注意又会擦出血来。

他手上没轻没重的，等棉签拿下来时，已经被血染透。

少年面上没什么表情，冷冷淡淡地把棉签扔到桌上，又抽出一根蘸上酒精接着擦。

李海猛地站起来，"啊呀"一声。

周围几排同学吓了一跳，纷纷扭头看过去。

沈俞白仰头看他，像在看白痴。

顾知意埋头做题，无动于衷。

"俞哥，你怎么又流血了？"李海趴在他桌上，对着顾知意的后脑勺大声喊，"这伤口也太深了！"然后猛捶一下沈俞白。

后者猝不及防，"嘶"的一声。

顾知意笔下画出一根长长的黑线。

李海还想说什么，沈俞白推开他，垂眸抬手，把棉签蹭到锁骨处，刺痛感让他蹙起眉头。

葱白纤细的手指忽然出现在他的视线中，少女细弱的手腕微微转动用力，从他手里接过棉签，准确无误地擦在他的伤口处。

疼得他瞬间脑壳发麻。

看起来没劲，怎么擦伤口用劲这么大。

顾知意冷着脸蘸好酒精，湿润润的棉签直接戳在他的伤口处。

沈俞白咬了下后牙。

"报仇呢？"他抬手拽住她的手腕，拉近。

她鹿眼里闪过一丝局促，沈俞白觉得那点疼骤然消失不见，心尖上被人塞住一团棉花，软得他烦躁。

顾知意点点头，继续给他伤口涂药："是啊，怎么了？"

巴掌大的脸上写着四个字：理直气壮。

沈俞白也点点头，拉着她的手腕往伤口上使劲戳："没怎么，使劲。"

（6）

今天晚自习下课顾青山不来接顾知意，他临时有个会议要参加，在电话里一个劲儿嘱咐顾知意要注意安全，许久才挂断电话。

顾知意推着车出了车棚，忧愁地看着赵萌萌被接走，然后重重叹了口气，踩上脚踏板准备骑车回去。后脖领突然被人拽住，勒得她呼吸一窒。

她脚尖点地撑住自行车回头，沈俞白单腿支着车子在她身后，黑眸被灯光点亮几分，有光隐隐可见："看路。"

前面是白天施工队堆起来的沙堆，晚上树荫落在地上成了遮挡，不注意就会撞上去。

顾知意推车绕过去，忽地想起什么，转头看向沈俞白："你回家吗？"期盼的眼神灼灼发光。

沈俞白看了她一会儿，轻轻点头，嗓音淡淡："嗯。"

"那我们一起回家吧！"面对恐惧和冷淡，她选择直接忽视冷淡。

沈俞白垂下眼："行。"

夜晚微光，马路上车辆过去，大灯把两人的影子拉长重叠，再分开，直到光消失，影子消失。

顾知意没了那份害怕，打量起旁边的那个小树林。夏日蝉鸣，她这才想到已经很久没和顾青山一起抓知了了，也好久没有出去度过假。

因为高二和高三，太重要了。

现在这句话是李娅萍挂在嘴边的一句话，无路发生什么事，她都能用这句话作为结尾。

转过柏油马路就是泥土小路和水泥路拼接的两条辅路，顾知意跟在沈俞白车后，车轱辘碾过道路的声音沙沙作响，昏黄灯光下，车影高大，人影高挺，像来到了巨人国。

她灵机一动，喊他："沈俞白。"

前面骑车少年侧头："什么？"

"我教你背课文吧。"她笑嘻嘻地接着说道。

黑夜里，他的表情被掩去一些冰冷，稚嫩的脸庞被黑夜包裹，一双眼眸露出点点笑意，他转头看向前方，领着她避开路面的坑坑洼洼。

"不要。"

顾知意当作没听见，扳了下车铃，铃声丁零丁零，少女声音轻柔："今天下三分，益州疲弊，此诚危急存亡之秋也。

"然侍卫之臣不懈于内，忠志之士忘身于外者，盖追先帝之殊遇，欲报之于陛下也。"

她的声音在后面响起，干净透亮，吴侬软语，又软又甜，背的课文像是一首歌，朗朗上口又顺畅。

他的心慢慢沉下来，像被一艘船载到平静的湖面上，优哉游哉地晃着。

这感觉太奇妙。

"沈俞白，该你啦。"顾知意歪着头看前面人的背影。

毫无反应。

倒是骑得越来越快。

顾知意气笑，脚下速度也跟着加快："你快点背啦！"

忽然前面车子刹车，她忙脚点地刹车，刚准备问便看见前面是那条隧道，顾知意咽了口口水，抬头看他："那个……"

沈俞白回头看向她："往前点，和我并排。"

顾知意乖乖照做。

她的车头同他的车头并排。

少年弯腰扶住她的车把，胳膊用力，两辆车子一起驶入漆黑隧道中。

有人带路，顾知意的心脏却怦怦乱跳，她咬着唇努力看向前面，可惜黑漆漆一片什么都看不到，除了呼吸声。

视觉受限，其他感觉会被放大。

她听得到旁边少年的呼吸声，还有隧道里水滴落地的声音，一滴一滴，落得飞快，她的心跳也跟着越来越快，好像跟那水滴有了共鸣。

前面的光慢慢扩大，少年的脸也渐渐清晰。

高挺的鼻梁，棱角分明的下巴，紧抿的薄唇，还有脸颊上的那道疤，拼凑成现在的完整面容。

顾知意别开眼，咬着唇看向外面，灯光柔和昏黄，她低声说道："谢谢你陪我回来。"

沈俞白转头看她。

正对上那双杏眼，璀璨夺目。

断眉轻轻挑起，他脚踩地撑着车子，认真看着她："怎么谢？"

顾知意眨眨眼，半晌后指了指自己家："我去给你拿个桃子吃。"

沈俞白挑眉："我不爱吃桃子。"

"那你喜欢吃什么？"她认真问道。

"不知道，欠着吧。"说罢他骑车转进胡同里，沈家侧门还是开着的，他把车子停进去，扭头看向正在往家里推车的少女。

"顾知意。"他低声喊她。

顾知意忙转身去看他。

"晚安。"

她顿了下，扬起笑脸："晚安。"

大门关着，沈俞白坐在侧门门槛上，他的脑子里竟然一直徘徊着刚才那几句文言文。

记忆深刻，他想忘都忘不掉。

那扇窗亮起灯，将他的脸一半照亮，一半隐在黑暗中。

那双黑眸缓缓眨了下，里面终于有了一点点不一样的情绪。

他起身进了屋。

高二的生活一天天过得飞快，顾知意手上的卷子还没做完，一堆卷子又发了下来，她哭丧着脸趴在桌上闭目养神。

有人敲了敲她的桌子。

她歪头睁开眼，是他们班的班长王晓青。

王晓青冲她笑了笑，把手里一个档案盒放在她的桌子上："顾知意，我家里有事先走了，老师不在办公室，你是走读的，等下走的时候直接给老师送过去吧。"她一口气说出一长串话。

顾知意眨眨眼，努力消化一下刚才的话，缓缓点点头："好。"

今天顾青山要来得晚一些，顾知意干脆让他等在过马路的那条小路上。

她整理好书包拿起档案盒去了办公室。

刘丹还在批改卷子，见她送进来东西又免不了唠叨几句，等出去的时候校门都快要关了。

门口保安大叔冲着她挥手："赶紧的，要关门了！"

顾知意推着车一路小跑往外冲，旁边小路突然冒出来一个人，也推着车子往外走。

"砰！"

两辆车的车把撞到了一起。

她的手被夹了一下，小拇指旁边的皮肤瞬间红了一块，疼得她生出眼泪。她吸了下鼻子，抬头看过去："李佳颖？"

李佳颖趾高气扬地瞥了她一眼："干什么？"

顾知意抱着手皱起眉头："我没想干什么，是你冲出来撞到我。"

"笑话，"李佳颖抱着胸，下巴扬起，"这大门你家开的啊？你能走我不能走啊？"

"李佳颖，你不要不讲道理。"顾知意抿紧嘴唇，把车子放到一旁，正准备上前一步，就听见旁边有男声传来。

喊的是李佳颖的名字。

两人转头看过去。

顾知意猛地睁大眼睛，下意识握紧拳头。

倒是旁边李佳颖看到那人顿时娇羞起来，推着车出了校门，撒娇道："你怎么才来？我刚才被碰到了，好疼。"说着把手抬起来给男人看。

男人吹了吹她的手："谁欺负我家宝贝？"

"她！"李佳颖转头指向顾知意。

学校保安还在催促着学生赶紧出门，他要关闭电闸门，顾知意缩在门口不敢迈步。

赵强眯着眼睛看向躲在门口的少女，旁边路灯把她的影子照在地上，小小一团，露出的小腿纤细白嫩，脚踝细弱，他两根指头就能环过来的模样，穿着校服，清纯又可爱。

只是这张脸有点熟悉啊。

他想起来那天的事，笑着揽住李佳颖的腰，朝顾知意喊道："这不是那天那个小妹妹吗？"

顾知意紧紧攥着车把站在原地。

电动伸缩门缓缓靠近，逼着她往前一步，身后门被关上，她彻底被隔离在外面，面前是刚搬来第一天就骚扰她的那个小混混，身后是冰冷的电动门。

满腔恐惧瞬间袭来，她的脸色霎时变白。

赵强松开李佳颖走到她面前，叼起一根烟抽起来，白雾喷在她的脸上，她被呛得咳嗽起来，侧脸白净，脖颈曲线优美，像一个漂亮的仙女。赵强愣了下，将夹着烟的手背到身后："小妹妹，没人接你回去啊？"

顾知意往后退了一步，死死盯住他。

湿漉漉的鹿眼清澈又无辜。

"别害怕啊，之前就说了我不是坏人，"赵强搓搓手，笑嘻嘻又上前一步，"跟我们去玩啊，你同学也在呢。"

说着他扣住顾知意的手腕。

少女皮肤柔软白皙，滑嫩细致，赵强暗骂几句，觉得今儿真是碰上仙女了。

"别碰她。放开。"

少年阴沉的嗓音从身后传出来。

顾知意努力挣脱一下，还是没有挣脱开，她转头看向后面。

沈俞白背着单肩书包插着手站在门内，黑漆漆的眼眸看着两人，目光在顾知意身上转了一圈，最后落在赵强的身上。

赵强愣怔下，握着顾知意的手腕依旧没松开："哟，这不是俞哥吗？

"英雄救美啊？"

黑色书包被扔了出来，直接砸在赵强的身上，赵强不得已松开手，那背包落在地上，少年撑着伸缩门翻身跳出来，弯腰捡起背包走到顾知意旁边，然后把背包扔到她的车筐里："回去。"

顾知意回过神，轻轻扯了下他的衣角："你怎么办？"

沈俞白嗤笑，冷眸瞥向赵强："我能有什么事？走吧。"

顾知意犹豫一下骑车往回走，路过李佳颖时，她清楚地看到对方脸上的诧异。

赵强啧啧嘴："俞哥，这是沦陷了？"

沈俞白站定："赵强，我说了，在学校别惹事。"

他跟徐正华的约定就是，不准在学校惹事。

他最后一点清净地，任何人碰不得。

"成啊，"赵强摆摆手，吐出一口烟，"一起去撸串？"

沈俞白拿下烟，黑眸慢慢眯起："不去。"

（7）

赵强呸了一口："迟早他得死这儿。"

李佳颖收敛起娇情，趴在男人胸膛前，小心翼翼地问："强哥，沈俞白和顾知意什么关系啊？"

赵强佳人在怀，怒意消了一点，说："谁知道，不过我看着有点不一般。走，吃饭！"

李佳颖赶紧把车子停到一旁，然后坐上他的摩托车。

摩托车轰鸣声阵阵，带着她往马路分叉口驶去。

顾知意一路骑车狂奔，直到看见马路对面顾青山的身影才放松下来。

心重重落下，鼻子一酸，她差点哭出来。

回去的时候顾青山见她眼尾发红，以为她在学校受了欺负："小意，在学校怎么样？"

顾知意吸了吸鼻子："挺好的。"

"有人欺负你吗？"顾青山努力放轻语气，生怕自己问得不得当惹哭孩子。

"没有。"

见她回答得干脆，顾青山暗暗松了口气："那就好。好好学习，马上你就可以考大学了。"

顾知意扶着车把点点头，不再说话。

回去后她急匆匆吃完夜宵，洗漱好后便回到房间关上门，趴在窗沿往外看。

巷子里没有路灯，只有她的窗户照出来的光堪堪看清周围的环境，沈家侧门半掩，里面常停的红色单车也不在，沈俞白应该是还没回来。

她看了会儿觉得无聊，心里又担心沈俞白，干脆翻出两张卷子靠着墙做题。

李娅萍中途进来送水果，见她站在窗边还以为她热，贴心地帮她把风扇打开，嘱咐她早点休息后就离开了。

顾知意做完一份卷子抬头看了眼挂钟，已经快要十一点半。

她垂下眸叹了口气。

怎么还没回来？

忽然，她想到自己有沈俞白的微信。顾知意连忙跳到床上找到手机发消息。

沈俞白叼着烟穿过隧道，裤兜里的手机振动两下，他停下车掏出手机解锁。

短信弹出来。

顾知意：你没事吧？

顾知意：回家了吗？

熟悉的一串手机号码。

他扬起眉，逐字把两条短信看了一遍又一遍，半晌后，漆黑隧道里传来一道轻浅的笑声。

手机被收回裤兜里，他双手握住车把，单车飞快驶出隧道。

夜晚寂静，车链条的声音和蝉鸣声融合在一起，形成特别的曲调。

顾知意躺在床上辗转反侧，脑子里已经把各种电视剧里的黑社会情景播放了好几遍。

没有回复短信。

难道真的有什么事？

她被自己的想法吓到，翻身起来盘腿坐在床上，想着如果再没有消息，就要问赵萌萌要一下李海他们的手机号了。

忽地，手机振动两下。

她扑过去抓住手机解锁。

沈俞白：窗

只有一个字。

顾知意立刻会意，爬起来拉开窗帘。

少年站在墙边，听见动静抬起头看过来。

防盗栏在他的脸上分割出好几条黑线，淡然冷漠的脸显得十分滑稽，她忍不住笑起来："他们为难你了吗？"

透过窗，她的乌发柔软地披在肩头，一缕落在胸前，调皮地卷起一个小弯钩。

明明逆着光，她的眼眸里宛若装着星光，亮闪闪地看向他，快要把他卷进去。

他微微蹙起眉头："没有。"

顾知意松了口气，点点头："那就好，我还以为……"

"不会。"他打断她所谓的以为。

"沈俞白，"顾知意换了个姿势，手撑着下巴垂眸看他，努力组织自己的语言，"我觉得你可以有更好的选择，而不是选这条差的路。"

过着刀尖舔血、朝不保夕的日子，这样浑浑噩噩能走多远？

她不敢想。

他们还那么年轻，未来的路那么长，他有更好的选择。

如果真的有一天遭遇不幸，他会不会后悔？

沈俞白冷笑起来，他手插着兜退后几步，黑眸里的光一点点黯淡下去。少年仰起头看她，面上没什么表情："什么是差的？什么是好的？"

他还是头一次听说，凭本事挣钱也是差的。

真的邪。

他哪里差？

顾知意没多想："好好学习，是目前最好的选择。"

"那是你们最好的选择，"他毫不留情驳回她的话，冰冷的嗓音夹枪带棍回击她，"跟我有什么关系？"

顾知意愣怔下。

她咬了下唇："我不是在贬低你。"

不知不觉间，少年已经退到门栏处，他大半身子尽数在黑暗中，只听得见他的笑，带着几分嘲讽："那你的意思是什么？"

"沈俞白，我们作为学生，就要好好学习才行。"顾知意抓住防护栏，着急地解释，"我不知道你家发生过什么，但是你不要再这样下去了。"

黑暗中少年低下头，半晌后他笑出声。

笑声越来越大，沈俞白搓了搓脸，脸颊上的疤痕明晃晃，黑眸里的冷彻底涌上来，他迈进那扇侧门，手搭在门边，嗓音低沉冷漠："所以我说，关你什么事？"

下一秒，侧门被狠狠关上。

巷子里的犬吠声紧接着响起，还有人的咒骂声。

顾知意晃了下神没踩稳，跌坐在床上。

窗帘被晚风撩起，卷进一阵凉意，顾知意摸了摸手臂，抬头望去，只瞧得见外面黑漆漆的一片。

当天晚上她就做了一个噩梦。

梦里沈俞白浑身是血，躺在那里一动不动，那双黑眸暮气沉沉，空洞麻木。

她吓到尖叫。

"小意，最近好像都没有看见沈俞白来上课啊，"赵萌萌挽着顾知意的胳膊去上厕所，路上细细琢磨了一下，好像真的就没有看见，她拐了下顾知意的胳膊，"已经一周了吧？"

自从两人上次聊得不愉快，顾知意就再没看见沈俞白。

她经常等到晚上十二点都没有见他骑车从胡同里穿过回家。

就像是人间蒸发了一般。

沈家的侧门总是开着，沈堂庆神出鬼没，大半夜回家也是常有的事，三番五次被人追上门来讨债更是家常便饭。

毕竟他们家里除了那棵大梧桐树，没有什么值钱的东西。

顾知意避开人群，淡淡回应："好像是。"

赵萌萌喷喷嘴："你说他该不会要辍学吧？"赵萌萌又看了她一眼，"你也是哦，心不在焉的，今天的数学题都做错了好几道。

"对了，明天去吃烧烤啊，我听说那家店新上了烤鸡爪，软糯好吃。"

两个人自从上次约了一次吃烧烤后，便经常跑去那家店点吃的，倒也不多吃，十串精肉串搭配其他配菜，能吃到饱。

回到教室后，顾知意趴在桌上，一句话也不想说。

对于赵萌萌的建议全程算默认。

周五下课，两人直奔烧烤摊，按老规矩点了一盘子吃的，赵萌萌要了一杯加冰柠檬水，冰凉的杯子碰上顾知意的胳膊，她掀起眼皮看了眼，恹恹地不爱说话。

赵萌萌拍了拍她的脑袋："到底怎么了？"

"我好像惹到沈俞白了。"她张了张口，忍不住说道。

赵萌萌倒吸一口气，上下打量她一番："他打你了？"

顾知意叹了口气，摇摇头。

"那你怎么惹到他？"

顾知意侧脸压着胳膊，转着手里的空水杯，低声道："没什么。"

她想了好久，不知道该怎么去说，索性不说了。

烧烤盘端了上来，烤肉"嗞嗞"冒油，肉香气瞬间扑鼻，赵萌萌拿起一根咬了口，又塞了一根给顾知意。

那天的对话顾知意想破脑袋也没有想到哪句话惹到了沈俞白，他永远是一副清冷模样，没有生机。

浑身竖起刺的模样还是第一次见。

店门口推拉门被人推开，乌泱泱进来一群人。

刹那间，店里空间变得拥挤。

顾知意低下头咬了一小口肉，有些食不知味。

赵萌萌一眼就看见李海和张之楠也在其中，另外几个人都染着各种颜色的头发，穿着打扮成熟又social，叼着烟在屋子里乱窜，最后选了一个靠近窗户的位置坐下，招呼着让人上菜单。

张之楠也看见她们，架着李海跑过来打招呼。

赵萌萌朝门外看了眼：“沈俞白没来啊？”

李海指了指门外的胡同口：“来了，外面呢。”

顾知意听到沈俞白在外面瞬间直起腰：“他在哪里？”

李海深深地看了她一眼，笑了下，说：“顾知意，俞哥这两天不太对劲，你明白吧。”

“明白什么明白？”赵萌萌接过话去，“我们家小意乖巧可爱，能跟沈俞白扯上什么？”

“是吗？”李海嗤笑，“成啊，那就这样呗。”

顾知意站起来往外走。

胡同口处，沈俞白倚着墙站在那里，不经意间扫过外面的路口，正对上那双杏眸。

他顿了下，背挺直几分。

领口微微敞开，锁骨处的伤疤好了些，长出粉色的嫩肉。

顾知意轻声喊他。

他眼睛一瞬不转地盯着她，眼底的冷戾毫不遮掩，像一把小刀，一下一下刮着她身上的肉。

“那天……”

“滚开。”他的嗓音沙哑低沉，夹杂着几分不耐烦。

顾知意深吸一口气：“我只是……”

她说不下去。

在看见沈俞白那一刻，顾知意才惊觉自己似乎压根就不了解他。

家世背景都是从别人口里听来的，他没跟她说过一字半句。

可她却先入为主地有了那种想法。

“对不起。”她低下头不敢看他，轻声道歉。

沈俞白笑起来，走到她跟前：“你道什么歉？

“我这样的人，犯不着的。

“离我远点。”

阴沉沉的话被风吹进她的耳朵里，顾知意眼圈一红，她咬着唇不说话，转身离开。

李海一出门正撞上她往里进。

小姑娘低着头眼尾发红，他叹了口气，跟着顾知意去了洗手间，站在门口，他扯了下她的头发。

李海手插着兜倚在墙上，看着她洗手："沈俞白这人没什么坏心眼，他就是敏感又丧。

"你多担待一些。

"他妈妈在他小时候就抛弃他离开这个世界，沈俞白这些年活得像只刺猬，到处刺人。"

他没接着往下说。

顾知意心里却泛起一阵浪，指尖微微发抖。

她没说话，转身朝外走去。

赵萌萌刚把账单结完就看见她拉开门走了出去，连忙追出去拽住她："怎么了？李海欺负你了？"

"没有。"

"你碰见沈俞白了？"

顾知意点点头。

烧烤店里靠窗那个角落，啤酒瓶倒了一地，沈俞白咬着竹签子撸下一口肉，仰头又灌进一杯酒去。

几滴酒沿着唇角落下，攀过棱角分明的下巴和喉结，滑入黑色短袖领口里。

少年被酒气醺红眼，断眉微微一扬，别样的风姿。

只是他戾气太重，酒精把骨子里的暴戾释放出来，只稍稍被看一眼便觉得汗毛立起。

很快少年便起身去了外面。

沈俞白拿着打火机把玩。

那簇小火苗在他的眼里分割成两个，三个，恍惚间更多。

真是喝多了。

胃里像被塞了满满的石子，压得他想吐。

他弯下腰干呕两下，什么也没有。

他扶着电线杆站稳，抬头看向天空，暮色沉降，最后一点光也落了下去。

路灯一个接一个亮起来，唯独他这里一点儿没有被照亮。

李海和张之楠从里面出来就看见他蹲在地上，手臂长长伸直，情绪低沉。

"俞哥，走了。"

沈俞白摆摆手。

"送你回去？"张之楠在他面前蹲下来，"还好吧？"

他摇摇头没作声。

胡同里的穿堂风刮过，钻进他的衣袖里打了个转儿，搅得他浑身冷。沈俞白掀起眼眸看向那边的马路，不知过了多久，烟头七零八落地堆在地上，他撑着墙站起来，走出胡同抬手拦了辆车。

车子在隧道里驶过，远光灯把隧道里的模样照亮，潮湿又肮脏的一幕暴露在视线里。

沈俞白捂着脸弯下腰，胃里翻江倒海。

他拍拍车门，把兜里的钱扔过去："停车。"

司机师傅生怕他吐在车里，刚过隧道就靠边把车停下，他推开车门扶着墙吐得昏天黑地。

喉咙里像被人放了一把火。

燎得难受。

不知道过了多久，他清醒了一会儿，跟跄着走进胡同里。

那扇窗户没有开灯，道路漆黑一片。

沈俞白垂头低笑，靠在墙上喘息。

她让他选择好的那条路，可怎么就不问问还有没有选择？

沈堂庆花光了家里所有的钱，债台高筑，等着他的是一次次打骂。

就连徐正华那里的机会都是他求来的。

不然流落街头的就有他一个。

沈堂庆管他吗？

不管。

他也没打算让一个逼死自己老婆的杀人犯来管。

沈俞白没觉得做错了什么，他拿钱办事，赚钱交学费，无非是想要让自己有个学历，高中学历，其他的等以后再说吧。

日子就这么一天天混，他彻底麻木，不去想什么劳什子未来。

偏偏蹦出来个顾知意。

他闭了闭眼，脑海中闪现出那双鹿眼，清澈明亮，眉眼弯弯地冲着他笑。

沈俞白捂着胃弯下腰去。

胃这一瞬间痛得他直不起腰。

死了算了。

忽然一点点光亮起，窗户透出光，映在他的鞋面上，把他的一半脸颊照亮。

他愣怔下，慢慢抬起头看去。

脑海里的那双眼睛跟窗边的重叠又分开，再重叠，最后分开。

她从窗户里伸出手招呼他过去。

声音柔软急切，脸上的焦急那样明显。

沈俞白抬手拭了下唇，捂着胃站在原地没有动。

少年黑发黑眸，了无生机地站在那里，消瘦的身影被光拉长，怪异又可怜。

顾知意有些急，她把手伸出去给他看手里的东西："沈俞白，你过来好吗？"

她这里有胃药和醒酒药。

可偏偏少年纹丝不动，黑眸里的冰厚得化不开。

"那你站在这里别动，我出去找你。"顾知意急匆匆地跳下床穿好拖鞋就往外跑。

李娅萍在卫生间洗衣服，她打开门偷偷溜出去。

沈俞白手插在裤兜里看她。

从她探头看过来那刻起，他的手在兜里慢慢攥成拳头。

"你把药吃了，胃就不会那么难受了。"

他的喉结缓缓滑动，沈俞白别开眼后退两步。

沈俞白迈步向侧门走去，衣角被人扯住，他浑身一僵，哑着嗓子开口："顾知意，再不松手，后果自负。"

（8）

时光过得飞快，马上就是最后一个模拟周，平时充满嘻嘻哈哈声音的教室被背书声霸占。

破天荒地，沈俞白来得也早。

有同学拎着水杯在教室里倒着走，还没等开口炫耀便撞到了沈俞白身上。他吓得愣在原地，好半天才结结巴巴开口："俞哥，我……我不是故意的。"

沈俞白点点头，表情依旧很淡："看着点。"说完绕开他径直走到座位上。

同学呆愣愣地傻站了好几秒，回过神冲到位置上也忍不住回头看过去。

今儿也太温柔了吧。

怎么都没用眼神杀人？

这要是平时肯定会按头将他扔一边啊。

顾知意老早就到了教室，先把上周的错题集中复习一遍，然后又利用早自习的时间把语文课文和英语单词匆匆过了一遍。

发卷子的时候，她转过身去瞧瞧桌面，忍不住低声喊道："起来了。"

少年从臂弯扬起脸，满脸困倦，却老老实实地接过卷子，继续压在胳膊下睡得迷迷糊糊。

语文课的时候刘丹说这是最后一次小组提问。

轮到顾知意这组的时候，她把所有要求背的课文都背了一遍。

身后少年托腮把玩着手里的笔，"吧嗒吧嗒"的声响周而复始。

她背完坐下，刘丹指了指沈俞白："你背了没？"

顾知意转头看他。

沈俞白瞥了她一眼，丢下笔站起来。

窗外树叶"哗哗"作响，少年低沉的嗓音慢慢传出，一句句，一段段，不停歇地，直到背完整篇课文。

教室里寂静无声。

刘丹推了下眼镜放下粉笔，带头鼓起掌。

刹那间整个教室里爆发出雷鸣般的掌声。

沈俞白低头垂眸看向坐在前排的少女，她拍得格外用力，掌心隐约有些泛红，却依旧笑容璀璨，望向他的时候，眉眼弯弯，好不可爱。

他勾起唇忍不住也跟着她笑。

"沈俞白很好！"刘丹满脸欣慰，摆摆手示意停下鼓掌，"加油好好学习，一切都来得及。

"等你们上了大学，踏出校园的时候就会知道，老师这些年的苦口婆心都是为了什么。"

刘丹又指着沈俞白叹气："尤其是沈俞白，高一升学上来的时候成绩多好啊，班级前几名，底子很好，好好努力肯定有希望考一个好大学。"

顾知意有些惊讶。

没人提过沈俞白之前的成绩很好，她也理所当然地认为他的成绩一直很差。

顾知意再次悄悄转过头去看他，正对上他的黑眸，深邃清冷。

沈俞白看着她转过头来，而后挺直腰板竖起大拇指，指甲粉嫩，手指纤细。

有趣。

他探身过去，指尖轻轻碰上她的拇指，点了点。

顾知意没想着他会碰自己的手，少年指尖温热，带着点点潮湿，她"嗖"地把手收回，不小心磕到旁边的桌沿，手背顿时红了一块。

"躲什么？"沈俞白蹙起眉头，嗓音低沉。

她没敢回答，也没敢回头。

只是耳尖有几分发烫。

今天温度偏高，早晨那会儿教室里便开了吊顶风扇，上了两节课这会儿更是越发热了，有不少同学拿着卷子做扇子，"呼呼呼"地狂扇。

就连讲台上的老师也热得额头冒汗，干脆让他们开窗开门通风。

哪知道这风也是热的，一阵穿堂风过来，扫进一阵热气，靠近窗户的同学忍不住倒吸一口气，手里的卷子扇得更勤。

顾知意打小怕热，这会儿头发粘在脸颊上，发根和脖颈处汗津津的，短袖校服几乎要黏在身上，难受得要命。

她抿了下唇，盘算着等下要去买根棒冰吃。

沈俞白被热醒，撑着手坐直身子，就看见前面的人在拿着卷子一阵阵扇风，后脖颈处隐约可见汗意，白嫩皮肤这会儿热得有几分红。

断眉轻轻一挑，他折了卷子趴在桌上，手慢慢扇着。

背后若有若无的凉风让顾知意心里的烦躁下去一些。

她不由得贴近后排桌子，想要再蹭点凉风。

沈俞白由着她的小动作，嘴角轻轻勾起。

课间操的时候，顾知意和赵萌萌跑去小卖部一人买了一根棒冰，冰柜里只剩下这两根，还是赵萌萌眼疾手快抢到的。

两人一起跳下台阶，相视一笑。

赵萌萌用力一掰把棒冰掰成两半。

顾知意也学着她的样子握住两端准备掰成两半。

忽然，一只手从她身后将棒冰拿走，在她旁边掰碎，碎冰磕溅到她的脖颈处，又冰又凉，顾知意缩了下脖子，仰起头看去。

棒冰一半已经进了沈俞白嘴里，他咬着那半截，另一截递给顾知意，薄唇被凉得红润。

少年叼着棒冰浪荡在她们后面，优哉游哉的模样像个孩子。

淘气又单纯。

黑眸里难得地有几分笑，眼尾稍稍吊起，是一种张扬又极致的帅气。

旁边赵萌萌举着两截棒冰看呆了。

谁说沈俞白不好相处的？

这不都抢棒冰吃了嘛，多好相处啊。

顾知意愣怔怔地看着刚出冰柜还没稀罕够的棒冰，转眼间少了一半，她被

101

气笑："沈俞白，你还我棒冰！"

沈俞白咬了一口，瞬间冰到他的牙齿。

他摇摇头："分我一半。"

"我买的为什么要分你一半！"顾知意跳起来想要夺回那一半。

马尾辫在空中跳起又落下，脸颊因为天热染上几分红，她咬着唇蹦起来去抢棒冰，脸颊气鼓鼓的，可爱又搞笑。

沈俞白举高手，舌尖擦过脸颊，点点冰凉，他低头看着她："我吃了。"

顾知意杏眸瞪得圆圆的："那你也还我！"

"下次买给你。"

"下次也给你蹭凉风。"

凉风。

顾知意脸颊轰地烫起来。

她抿了下唇，把剩下那半截棒冰塞进嘴里，拉着赵萌萌往回走。

赵萌萌歪头看她，还没反应过来，少女松开她的手，冲回去冲着还在后面啃棒冰的沈俞白的小腿就是一脚。

沈俞白没躲，让她踢了一下。

膝盖处立刻有一个小小的脚印。

他低头看了眼，又抬头看着站在面前不知所措的顾知意，叹了口气，俯身把脚印扫去，淡淡开口："扯平了？"

"你下次要是再敢抢，"顾知意举起拳头，又奶又凶，"我……我就还踢你。"说完转身跑开。

李海从小卖部出来看见沈俞白叼着棒冰，又看看前面跑远的两人，笑了起来："俞哥，我这支雪糕是不是白买了？"

张之楠把那根雪糕夺过去："不吃给我啊。"

他扫了眼旁边的沈俞白，愣了下："哥们儿，你这棒冰从哪里来的？我刚扒拉半天没看见一根。"

李海："你懂个屁，这是奖励。

"是吧，俞哥？"

沈俞白横睨李海一眼："滚开。"

张之楠看着他俩你一句我一句的，就像在听刘丹上课讲文言文解析。他咬着雪糕含混不清："你俩说什么呢？"

李海踹了他一脚："边儿去。"

"对了俞哥，晚上去天泰城啊，"张之楠没皮没脸地凑上来，"李佳颖过生日，吵着闹着要喊你去。"

沈俞白那半截棒冰吃完，嘴里都是草莓味。

"不去。"

"真不去啊？那女的真麻烦，"张之楠挠挠头，咬了一口雪糕，"不知道什么时候跟赵强好上了，快把自己当天泰的老板娘了。"

李海冷笑几声没说话。

顾知意和赵萌萌跑到教室门口，正巧碰上背着书包进教室的李佳颖，后者扬起下巴，自上而下地横睨她们一眼，扭头进了教室。

"瞧她那样儿。"赵萌萌翻了个白眼。

"对了，我前几天看见李佳颖和一个混社会的在一起，"一坐下赵萌萌就转过头来跟她说悄悄话，"胳膊上全是文身，而且还动手动脚的。"

"我也看见了。"顾知意老老实实地承认。

不但看见了，还认识。

赵萌萌撇撇嘴："听说她今天过生日，嚷着邀请班里的同学去天泰城呢，真当自己是富二代了。"

沈俞白他们从教室外面进来，李佳颖立刻凑过去："沈俞白，今天晚上我过生日，在天泰，你知道吧？"

沈俞白掀起眼皮看她。

李佳颖顿时收敛一些，语气倒是依旧有些冲："赵强让我喊你去的。"

沈俞白轻嗤："不去。"而后越过她走到座位上坐下。

"他说徐哥喊你去的。"李佳颖咬了咬唇，不死心地追着说道。

李海冷笑几声："玉皇大帝喊，俞哥都不会去的。"

李佳颖狠狠瞪了他一眼："他不去，就不怕徐哥不高兴吗？"

"笑话，只有赵强那个尿包才害怕徐正华。"

沈俞白拉开凳子坐下，抬眸看向前面。顾知意刚才跑得厉害，头发乱了些，乌黑发丝有几撮散下来，头绳也松了几分，马尾辫松松垮垮地束在头顶，大有要掉下来的趋势。

她埋头不知道在写什么，压根没有注意后面几人的对话。

乖得不像话。

一只手伸过来挡住他的视线："晚上去哪儿？"

李海啧啧嘴。

晚自习结束，沈俞白真的没走，而是趴在桌上睡觉，等下课铃响起的时候，他的侧脸被书压出一道长长的褶子，又红又宽，另一边脸颊上还有一道疤痕。

又凶又狠。

顾知意在车棚看见他推车的时候吓了一跳，一想到他白天抢自己的棒冰，便一句话不跟他说，直接推车出了校门。

顾青山已经在门口等她。

父女两人骑车晃悠悠地往回走。

直到过隧道的时候，身后传来车子的声音，顾青山往后看了眼，只看见少年单手骑车，慢吞吞地跟在他们后面，瞧着有几分吓人。

他把车头歪向顾知意，提醒她看路。

到家门口，她跳下车。转过弯时，顾知意往后看了一眼，就看见沈俞白嘴里叼了一根棒棒糖，见她望过来，少年微微歪头，静静地看着她。

像是敛去半分淡漠。

有几分孩子气。

第二天早晨，顾知意上学要迟到了，她咬着一包牛奶便急匆匆地往外走。

门口停着一辆单车。

黑色帆布鞋立在车旁，少年手插在兜里，寸头黑发像是刚洗完，湿漉漉的，听见动静转过头来，黑漆漆的冷眸准确无误地聚焦到她的身上。

像清晨露珠落地，带着丝丝凉气。

顾知意咽了口口水，推着车子走到他旁边："你在干吗？"

沈俞白扶上车把，清晨的阳光沿着红瓦房顶攀爬过来，在他的侧脸落下一点光，浓密睫毛在眼睑下投下一小块阴影，他缓缓眨了下眼，看向她。

"上学。"

（9）

夏日早晨还算凉爽，骑车到学校也不觉得热。

顾知意一边骑车一边跟沈俞白讲话。

从昨天晚上做了什么噩梦到今天早晨起晚，再到李娅萍是怎么喊她起床的，她是怎么连滚带爬地出门的，一连串地说了一遍。

少女声音清脆，笑起来杏眼弯弯，迎着光眼睛又眯起，扎起来的马尾随着动作一晃一晃的，像个小仙童。

沈俞白没打断她，只是静静听着。

一路上她说个不停，他竟也没觉得烦。

将车子在学校车棚停好，顾知意从包里翻出一包牛奶递过去："给。"

沈俞白看了看，伸手接过去，再抬头，人已经走远了。

他手插在裤兜里，慢慢地跟在她身后。

教室黑板报上画着巨大的"倒计时"三个字，看得人心沉，顾知意放下书包翻开课本开始背书。

早自习时间，不是背书就是背单词，她已经习惯了。

可沈俞白不是。

嘈杂喧嚣的环境，让他表情越发阴沉冷漠。

天泰城震耳欲聋的音乐声没吵得他头疼，这小小教室里的背书声却让他头大。

挨过自习，他趴在桌上补觉，只觉得这样的早晨还挺好。

睡意蒙眬间，有人戳了下他的胳膊。

沈俞白没在意，头埋在臂弯没动。

那根手指再次戳了他一下，加重了力道，像一根小针轻轻戳了他一下。

他撑着手掀起眼皮看去，断眉微微一挑，语气慵懒："做什么？"

顾知意指了指门外："班主任喊你。"

教室门口刘丹满脸严肃地看着他。

沈俞白直起身搓了把脸，起身往外走去。

这一走，一直到晚自习也没有回来。

晚上回去的时候，沈家的灯没有亮，到处漆黑一片。

巷子里的人都歇下了，自行车路过，只听得见几声犬吠和蝉鸣声，万般寂静，顾青山仰起头看了看天，喃喃道："这天要下雨啊。"

顾知意也抬头看去，乌云密布，不见月光。

她回到房间拿出手机给沈俞白发了条消息：你回家了吗？

久久没人回复。

这样的情况持续到周五，直到放学，沈俞白都没有再出现，仿佛人间蒸发。

她问李海和张之楠，他们两个人也都不知道什么情况。电话打不通，家里人找不到，李海说就连天泰城的人也好几天没见着他人影了。

沈家大门依旧关着，没见人进，也没见人出。

直到晚上，张之楠喘着气从后面追上顾知意，拽住她的车座："沈俞白他家出事了。"

顾知意手里的酸奶盒一下子被捏紧变形。

"在人民医院呢，他爸急性胃出血，"张之楠看着她，"我们几个商量着要去看看，你要不要去？"

旁边赵萌萌搭腔道："小意，要是你去的话我也去。"

顾知意轻轻点头。

是邻居又是同学，去看看也是应该的。

她去旁边超市给李娅萍打了个电话，说同学在医院去探望一下，李娅萍让她买点水果拎着去。顾知意答应下来，挂掉电话看了眼旁边摆在架子上的水果。

胃出血的话是不是不能吃水果？她犹豫再犹豫便抱了一箱牛奶出去。

出来的时候李海他们已经在等她，见她抱着牛奶出来也没说什么，几个人骑着车直奔人民医院。

住院楼里人来人往，消毒水的味道有些刺鼻，几个人在护士站询问了下后便向病房走去。

拥挤的走廊上插空摆放着几张病床，躺在上面的病号呻吟着，神情或痛苦或麻木，只有陪床的人偶尔挤出点笑容，人间百态在这一刻体现得淋漓尽致。

顾知意在走廊拐角处看见沈俞白。

他倚在墙边，垂头把玩着手里一张卷起的白纸，周围人来人往，阳光透过破旧的遮阳纸打在他的身上，黑色短袖上斑斑驳驳，旁边窗户开了一条小口，有光进来，在他的脸上留下一道宽宽的光，旁边是无尽的昏暗。

"俞哥！"

听见喊声，他抬起头往这边看过来。他面容憔悴苍白，狭长眼眸裹着几分冷戾，清冷淡漠，身上的短袖好几天没换了，袖口皱皱巴巴地卷起一边，裤腿上还有几个干掉的泥点子。

狼狈得要命。

顾知意像被人定在原地，不知该进还是该退。

李海在身后推了她一把，低声道："走啊，发什么呆？"

张之楠上前拍拍沈俞白的肩膀："俞哥，怎么样了？"

"沈俞白，你爸爸怎么样了？"赵萌萌也过去朝病房里探了探头。

沈俞白半垂下眼，嗓音沙哑低沉："死不了。"

105

李海回头看了眼顾知意，笑道："我们几个没那么心细，顾知意带了牛奶。"

突然被人点名，顾知意忙把牛奶递过去："希望叔叔早日康复。"

手里的牛奶被人接过，沈俞白转身放进病房内墙角处，见他们几个探头探脑地想要进去看，淡淡开口："刚睡着。"

看了也没用。

赵萌萌空手来过意不去，拽着顾知意去买晚饭。

医院餐厅人满为患，两人拎着两屉小笼包和粥分开在人群里沿着走廊走。

还没过拐角处便听见张之楠的声音，压得很低："俞哥，你要是有困难就说，哥儿几个压岁钱还是在自己手里的。"

对面的人久久没说话，只瞧得见他黑色的衣角。

半晌后，少年声音响起，冷冷清清："用不着。"

张之楠叹了口气，没再继续说下去。

几个人在病房门门口待了会儿，病号和家属进进出出，他们倒像是守着门的哼哈二将，最终还是沈俞白开口撵他们回去，几个人才肯走。

刚下一层楼梯，顾知意站在拐角处继续往下走。

赵萌萌仰头看她："怎么了？"

顾知意咬了下唇，紧紧攥着背包带，转身往上跑，声音自上传下来，带着点急促："你们先走，我有事跟他说。"

她一口气跑回走廊。

病房里，沈堂庆还在昏睡，透明点滴一滴一滴落得飞快，旁边的陪伴椅上空无一人。

她转身往别的地方寻找，发现走廊尽头的那扇小铁门半掩着。

顾知意抬手轻轻推了下，铁门年代久远，发出"吱嘎"声响，站在天台围栏旁的少年闻声转头。

冷眸微微眯起，只让人觉得越发难以靠近。

霎时，顾知意像是回到了刚遇见沈俞白的那天。

少年清冷寡淡，情绪没有起伏，就那样站在那里，要死不活的。

她不敢再接着往下想，背后爬上冷汗，被风扫过，凉飕飕的。她咽了口口水，往前挪了一步，轻声喊他。

他就那样保持原来的姿势静静看着她，身后是大片压城的黑云，翻涌着，压得人喘不上气来。

顾知意又挪了几步，在距离他不远处站住，声调扬高几分："沈俞白，我有话跟你说。"

沈俞白看了她一会儿，而后朝她走来。

离得近了，她能看见他眼下的黑眼圈，眼白里掺着红血丝，黑发上也有几分油，遢遢又颓废，他就这样走到距离她一步之远的地方停下："说。"

"我给你发过消息。"顾知意捏着书包带低下头。

一阵风吹过，她的头发被撩起一些，柔柔软软地贴着肩膀垂下，白色短袖把皮肤衬得越发清透白皙，淡淡的香味飘散在空气中。

沈俞白只觉得头疼。

他在医院的几天，见惯了生离死别，见惯了身不由己的肮脏，蓦然再见到顾知意，他恍惚了一下。

刚才人群里她出现的那一刻，他像是看见了光。

一道从来没有出现在他生活里的光，那样干净明亮。

顾知意看着他抿了下唇，从包里拿出一张卡递过去："我只有这些，你拿去应急吧。"

少女声音轻柔，柔得风一吹就散。

沈俞白愣怔下。

他死死盯着那张卡，心里有一股烦躁猛地蹿起来，燎得他嗓子发干，眼眶泛红。

"什么意思？

"你听见什么了？"

少年朝她走近，黑眸困住她，神情冷得像秋雨，寒冷瘆人。

顾知意有些茫然，以为是他想多了，连忙摆手："这是我的压岁钱，平时也是放着，你不要——"

"拿走。"沈俞白毫不留情地打断她的话。

"沈俞白。"

"拿走，我不需要。"沈俞白从她身边穿过，声音冷淡，"用不着你来送钱。"

顾知意咬了下唇："你不用觉得有什么——"

"我说了，拿走！"少年满脸暴戾，粗暴地将银行卡塞进她的背包里，而后转过她的身，"走。"

铁门被"咚"的一声关上。

刺耳的声音让顾知意缩了下脖子，她揉揉耳朵，心里慢慢蔓延出几分委屈。

而后她背着书包下了楼。

天台上少年浑身都被烦躁充斥，吹了许久的冷风才勉强冷静下来。

沈俞白过惯了没人管的日子。

那种有人管的日子早一去不复返了。

他受着小姑娘的好，贪得无厌地一次次纵容她在自己眼前出现，觉得就这样挺好的。

他不欠她的，她也不欠他什么。

挺好的。

直到顾知意掏出银行卡，他的眼睛疼了一下，像针扎一样疼。

疼得他脑子格外清醒。

老天爷真爱开玩笑。

他越不想让人看见，越赤裸裸地让别人看见，然后可怜他。

谁要被人可怜？

他转身拉开铁门朝里面走去，喧闹声、咳嗽声瞬间涌入耳中。

少年眼眸一暗，彻底沉默下来。

病房外有两人探头探脑地看着里面。

沈俞白倚墙站着，拿出棒棒糖塞进嘴里："喂。"

那两人转头看过来。

"要钱的？"他垂眸把玩着手里的糖纸，漫不经心地瞥了他们一眼，"别看了，没钱。"

那两人对视一眼，将他上下打量一番，龇开牙笑了起来。

"沈俞白是吧？"

"你老子欠钱不还，我还以为他来割肾还钱了呢，"说话的男人膀子上有大片文身，满嘴的烟臭味，"没想到是个什么胃出血。"

沈俞白嗤笑，没作声。

那男人上前按住他的肩膀，冷不丁对上那双黑眸，肃杀冷戾。毫不掩饰的戾气让他的话堵在嘴里一时没上来，他松开手往后退了几步："那什么，今天要是拿不到钱，我们就闹了啊。"

"成啊，"少年掀起眼皮扫了眼两人，"随你们。"

他无所谓。

"我可听说你和你老子不对付啊，"那男人转了转眼珠子，"那你还管他死活呢。"

"我的事，轮不到你来说。"

"你——"

旁边的男人拉住同伴的手："在医院呢，闹什么？出院了再说，跑不了。"

两人瞪了沈俞白一眼便离开了。

沈俞白从嘴里拿出糖，指腹轻轻一捻，糖棒在指间转了一圈，一层层糖圈旋转着，五颜六色。

他仰起头看向窗外。

要下地狱吗？

那就一起好了。

（10）

沈俞白彻底没再去学校，李海说他请了病假。

顾知意的生活里似乎再也没有出现这个人，哪怕他和她是邻居，就真的再也没见到。

沈堂庆出院后没几天便出去上班了，天天不着家，讨债的上门堵不到人便泼油漆拆门，整个院子被人拆得面目全非。

就连那棵大树都被人砍了几下，泛白的树干露在外面，老树皮落了一地。

巷子里的人路过沈家都唾弃，忠厚老实的人干不出这种伤天害理的事，借高利贷不说，还逼死自己老婆，活该遭天谴。

顾青山和李娅萍对沈家的事倒是只字未提，顾知意也从不提起，仿佛沈家对他们而言，就是陌生人。

升高三期末考试，沈俞白依旧没有出现。

下午考完顾知意坐回自己位置上，回头看了眼空着的课桌，轻轻叹了口气。

上次在医院她要给沈俞白钱，他反应那么大，估计是觉得自己在可怜他。

可是他态度真的好差。

手边的书被竖立起来，纤细的手指紧紧攥着。

少女脸颊有些气鼓鼓的，像只小河豚。

可用不了多久她便泄了气，白净脸蛋上布满担心。

如果沈俞白辍学，他以后会后悔的吧。

可惜她找不到人。

考完试便放假了，顾青山临时有项目要去外地出差，李娅萍也要上班，本来打算把顾知意放在补习班，可是她不愿意去，李娅萍也没有强迫，嘱咐她白天自己在家好好复习，劳逸结合。

暑假作业有厚厚的卷子，还有两本综合习题集，顾知意先做完自己有把握的科目，剩下的再慢慢磨。

忽然，她放在客厅里的手机响了。

顾知意扔下笔跑过去接通，赵萌萌的声音从电话里传来："小意，下午去不去 KTV？张之楠抢了两张优惠券，咱们可以唱四个小时！"

顾知意在家做题做得头昏脑涨，听到她说去唱歌立马点头答应。

这会儿太阳还没下山，她又是个怕晒的，干脆套了一件白色防晒服，里面搭配黑色吊带和蓝色牛仔短裤，然后骑着车子出发了。

南关的 KTV 除了天泰城挑不出个好的，顾知意把车子锁好后，仰头看着牌匾。

"天泰城"三个大字已经被点亮，跑马灯沿着字迹一路蜿蜒亮起。

她半垂下眼眸，攥紧拳头。

"小意！"赵萌萌推开门探出头来朝她招手，"外面太热了，我们在里面等你，快进来。"

顾知意松开拳头，把门拉开一些踏了进去。

凉气瞬间沿着她的腿往上攀，她打了个哆嗦，拢了拢薄薄的防晒衣："已经开好了吗？"

赵萌萌上前挽住她的胳膊，带着她往里走："对啊，就我们几个，要了个小包间。"

顾知意点点头。

推开第二道门，墙上射灯笼罩下来，在光洁的瓷砖地板上映出一团一团的光簇，淡蓝色的光照亮走廊，两旁都是包间。

好听的歌声，鬼哭狼嚎的嘶吼声，交错盘桓在走廊中，她忍不住蹙起眉头。

走在前面的服务生推开其中一扇门，冲李海他们打了个响指："这间隔音好，能放开了唱。"

李海拍了拍服务生的肩膀，转身看向两位女生。

赵萌萌拉着顾知意进去，转身抬手把氛围灯都打开，而后坐在吧台椅上开始选歌。

她在上面大唱特唱时，顾知意靠近李海："见过沈俞白吗？"

李海侧耳凑过去："你说什么？"

音乐声太吵，她声音又轻，压根听不清楚。

顾知意调高音调："我说，见过沈俞白吗？"

说着她指了指这里。

李海看了她一眼，抿紧唇摇摇头。

自从沈俞白不来学校，他们在天泰城也没见过他，而且他也不主动跟他们联系，好像彻底要断干净一样。

旁边赵萌萌和张之楠拿着话筒唱得声嘶力竭。

顾知意憋得难受，她站起身拉开门出了包间。

一瞬间的清净让她的眉头慢慢舒展开。

包间位于走廊中间位置，两头装修风格都是一样的，她一时间拿不准哪边是去洗手间的路，愣在原地好久。

"哟，真巧啊。"

顾知意猛地回头看过去，放在把手上的手蓦然握紧。

赵强推着旁边的包间门，嘴里叼着一根烟，笑嘻嘻地将她上下打量一番，眼神里的惊艳毫不遮掩。

顾知意不动声色地退后一步，靠近包间门。

赵强吸了口烟，吐出烟雾，伸手把包间门带上，倚墙站着："顾知意是吧，一个人来的？"

顾知意推了下门，没有推开。

难道她记错了包间。

她抬头看了眼包间号，心里"咯噔"一下。

刚才是那个服务生直接领着他们到的位置，她压根没有看包间号。

少女咬着唇，杏眸湿漉漉的，像个迷路的小仙女。

赵强掐灭烟上前一步，尽量放柔嗓音："是找不到包间了？"

顾知意紧紧贴着身后的门："你有事吗？"

声音软糯又甜。

"我没事，就是想跟你交个朋友。"赵强搓搓手又往前走了一步，"你别怕，我陪你挨个包间问问。"

五彩斑斓的射灯在走廊里乱晃，奢靡又沉沦。

她的心却像掉进冰窖，从头冰到尾，就连背在身后的手都抖得不行。

来来往往的人好奇地瞅着两人。

但是没有一个人停下脚步。

他们甚至用一种好奇又暧昧的眼神看向顾知意。

这次，没人喊住手。

顾知意忍不住抬高音调，逼迫自己拿出气势："你别过来，再过来我就对你不客气了！"

赵强一愣，紧接着笑起来："你别怕，真的，我这人对人很有礼貌的。"

"是吗？"顾知意身后蓦然响起一道熟悉的声音，平淡冷漠，低低沉沉，"我怎么不知道？"

她的心高高被抬起。

顾知意转头看过去。

少年穿着一件黑色短袖，黑发寸头被剪短，整个人显得冷酷又凶狠，黑眸直直望过来，越过她看向旁边的赵强。

他薄唇微微掀起，半垂着眼眸，懒散随意："赵强，别瞎闹。"

顾知意眼眶一热，张了张口，还没来得及出声就看见少年身后有一个女生侧身出来。

女生穿着露肚脐的黑色短袖，小黑皮裙和小皮靴，化着浓浓的烟熏妆，妖艳又明丽，白嫩修长的手搭在沈俞白的肩头，嗓音娇柔欢快："俞哥，谁呀？"

女生若即若离地贴近沈俞白的胳膊，歪头看着他，关系亲密又暧昧。

沈俞白无动于衷，目光终于落在顾知意的身上。

那样冷淡。

像是彻底沦陷在地底黑暗处一般，任凭颓废的气息将他整个人吞没。

周身没有一点光。

顾知意紧紧攥着把手，视线在对面女生脸上扫了一圈。

她似乎有些印象，好像是隔壁职高的校花王莹莹。

"俞哥真是会赶巧啊，"赵强嗤笑，"每次都能碰上，不知道的还以为是什么缘分呢。"

沈俞白冷笑："什么缘分也用不着你来管。"

旁边的门打开，有人推了把赵强，后者笑了笑，转身进去。

顾知意捱了下唇，松了口气，肩膀沉下去。她缓缓眨了下眼睛，目光落在他的脸上："沈俞白。"

"闭嘴。"他毫不留情地打断她的话。

顾知意愣了下。

"我只是想说声谢谢。"她咬了下唇，抬手蹭了下眼角，轻声道，"你——好自为之。"说完径直越过他走了出去。

大门推开，热空气扑面而来，顾知意深吸一口气走到车前，推着车子走到路边阴凉处站了会儿。

她想过在天泰城会遇见沈俞白，只是没想过会是这样的。

满身戾气。

像一个彻头彻尾的地底烂人。

他以前不这样的。

出来得着急，顾知意发了条信息给赵萌萌说自己临时有事回去了，便骑着车子离开。

临走前，她再次看向那扇夸张风格的大门。

无人推开。

顾知意咬紧唇笑了下，踩车离开。

没人看见她离开那一瞬，少年黑眸里别样的情绪。

他的拳头紧紧攥着，手背上青筋暴起，就连脖颈上也是，薄唇紧紧抿着，后槽牙咬得发酸。

王莹莹发现他的不对劲，扯了扯他的胳膊："俞哥，怎么了？"

下一刻，少年挥开她的手，眼里的厌恶藏不住。

"别碰我。"

他只身返回包间，弯腰拎起一瓶酒坐在角落沙发上，仰头灌了几口。

111

王莹莹从来都是被哄的，哪里被人这样嫌弃过？一时间被气白了脸。

只不过她也是图沈俞白长得好看，打架也厉害，而且在天泰城好像没人敢惹他。这样的人她要是拿下了，那以后要多威风有多威风。

她转身跟着进了包间，坐在沈俞白旁边，红指甲划过他的胳膊，声音越发娇柔妩媚："俞哥，有什么不开心的事跟我说啊。"

沙发里，少年窝在深处，脚踩着茶几一角，一口一口地灌着酒，那双黑眸越发浓墨黯淡。

他掀起眼皮："滚开。"

嗓音沙哑冰冷。

王莹莹一愣，紧接着笑了起来："俞哥，你该不会是为了……"

"不管为了什么，"少年扔掉已经空了的酒瓶，探身拿过另一瓶，酒气蔓延开，黑眸里暴戾翻涌，"你都滚开。"

第4章 / 他还有救吗

（1）

深夜旧巷里静悄悄的。

沈俞白推开出租车门下车，车门"嘭"的一声关上，立刻有犬吠声传来。

他嗤笑几声，扶着门槛坐下。

蝉鸣声都没了。

月光皎洁，他手撑着地抬头看向夜空，星星倒是还有几颗。

不多会儿，身后传来拖鞋摩擦地面的声音。他没回头，依旧仰着头看天，黑眸里的混沌一点点散开，被冷漠替代。

"给我点钱。"沈堂庆的声音在背后响起，粗犷又沙哑。

月光下，少年脸色雪白，狭长眼眸幽深不见底，薄唇掀起一抹嘲讽弧度："没有。"

沈堂庆抬脚在他后背踹了下："那你还不好好上学？一天天鬼混。"

沈俞白侧头看他。

"那我应该怎样？"

少年语气平淡冷静，像一潭死水。他浑身酒气，眼眸充血泛红，明明喝醉了，话却说得格外清楚。

"你！"沈堂庆脱下拖鞋朝他扔过去。

鞋底擦着他的侧脸过去，将下巴蹭破皮。

沈俞白转身站起来，摇摇晃晃走到沈堂庆面前，揪住他的衣领，一字一句地说："你要是再敢打我，我就把你扔给那群放高利贷的。让你怎么死的都不知道。"

沈堂庆有些怵自己这个儿子，身体还没恢复过来，他挣脱开那只手，骂骂咧咧地嘟囔几句便转身回了屋内。

沈俞白也懒得跟沈堂庆计较。

他转过身扶着门框想要坐下，结果没坐稳，直接跌倒在地上，沾了满裤腿的尘土。

顾知意"噌"地从床上坐起来，揪着领口大口呼吸。

113

她刚才做了一个噩梦，梦里自己被赵强摸手，那样的眼神和动作，要多吓人有多吓人。

　　窗外有人在说话，顾知意回了回神，猛地想起沈俞白，她撩开帘子朝外看去。

　　少年跌坐在地上，撑着膝盖静静地看着夜空。

　　今晚月光白亮，却把他照得那么惨淡。

　　她穿好衣服小心翼翼下床拉开门走了出去，夜晚寂静，脚步声再轻微也衬得响亮。

　　沈俞白掀起眼皮看过去。

　　少女葱白的脚丫套在黄色拖鞋里，脚踝纤细，鹅黄色睡衣外套着白色防晒服，衣角被凉风扬起，她伸手扯下，月光照人，她的发丝都在发光。

　　就这样，她朝他走过来。

　　他的下巴随着顾知意的靠近，微微抬起，又落下。

　　顾知意蹲在他面前，嘴唇微微抿起，下一秒眉头也皱起，她掩住口鼻："你喝酒啦？"

　　沈俞白点点头。

　　"喝醉了？"顾知意伸手戳了戳他的胳膊，少年肌肉紧绷，根本戳不动。

　　她摇摇头，摊开手心，一个创可贴出现在沈俞白的视线里。

　　他垂下眼眸。

　　还没来得及反应，一根手指抬起他的下巴，他眨了下眼，下意识地屏住呼吸。

　　月光下，顾知意的脸突然凑近，白皙皮肤光滑细腻，瞳孔微微放大，睫毛都看得清楚，手指在他的下巴上按了下。

　　沈俞白根本没感觉多疼，只觉得被碰过的地方发烫。

　　他的舌尖抵住下颌，抬手握住顾知意的手腕，轻轻一拽。

　　顾知意猝不及防，另一只手撑在他的腿上才没有跌倒，她抬头对上那双黑眸，反握住他的手："怎么了？哪里不舒服吗？"

　　沈俞白轻笑，他舔了下唇，哑着嗓子问道："为什么去那里？"

　　"去哪里？"顾知意拍掉他的手，往后挪了挪，把地上散落的创可贴纸捡起来。

　　"天泰城。"

　　顾知意"哦"了声，抬头扫了他一眼："赵萌萌喊我去的。"

　　"那你跑什么？"少年喝了酒，追问起人来没完没了。

　　"我没跑啊。"顾知意依旧理直气壮的，脸颊却鼓起来，又是一副气鼓鼓的模样。

　　就是有点生气。

　　他低笑几声，没再继续说话。

　　不知怎么，心里突然安静下来，狂暴暴戾统统消失不见了。

　　神了。

　　顾知意蹲得腿有些麻，她敲了敲大腿，想要站起来。

　　面前的人一直低头不说话，他的裤子贴着她的腿，泥土沾了一些在她的腿上，顾知意拍拍腿，连带着拍了拍他的裤子。

沈俞白昏昏欲睡，身子一晃一晃的，像个不倒翁。

顾知意不经意间抬头被他这副瞌睡的模样逗笑，她探身过去推了推他，没有反应。

她用了点力又推了他一下。

却没想到沈俞白身子不稳，直接往前跌。

顾知意忙去扶他。

少年脸庞擦过她的脸颊，柔软又冰凉的触感落在她的脸上，轻轻柔柔的，而后重重落在她的肩膀上。

呼吸喷洒在她的脖颈处，像一根羽毛轻轻晃过，她痒得缩了下脖子。

顾知意猛地站起身，沈俞白身子撞到门旁，少年浑浑噩噩醉得厉害，这样的折腾也没让他醒来。

她气得转身往回走。

走到一半，顾知意停下脚步，回头把身上防晒衣外套丢到他的身上，又转身回家去了。

半夜风凉。

沈俞白被冻醒。

他睁开眼睛，抬手却碰到一件衣服，带着肥皂香味，盖在他的身上。

暑假过得飞快。

傍晚顾知意趴在桌上老老实实做作业，李娅萍和顾青山一个在厨房做饭，一个在客厅画图纸。

忽然手机响了两声，是短信提示音。

她探身取过手机。

是沈俞白发来的：出来。

顾知意眉毛轻轻一扬，指腹戳在屏幕上打字：怎么了？

那头回复很快：带你去看个东西。

顾知意放下笔，抿了下唇，又把短信读了一遍，然后站起来换了身衣服便急匆匆地往外走。

顾青山戴着眼镜看她："去哪里啊？"

"同学喊我，我晚一点回来，不用等我吃饭的。"她冲着顾青山摆摆手便跑了出去。

对于顾知意，两口子一直是比较放心的，女儿学习自觉，成绩排名也靠前，对于其他事情两个人都是不太参与的，给女儿足够的自由。

顾知意走到门口便看见沈俞白倚墙站在那里。

"去哪里？"她蹦到他面前，仰起头笑盈盈地问道。

沈俞白轻笑，起身往前走去。

顾知意眨了下眼，连忙跟上去，歪头看少年："去哪里啊？"

"去了就知道了。"

南关的小河流弯弯绕绕很多，有几条大的河流在田地旁边，周围长满高高的芦苇。夏天芦苇拔高，风一吹便如同羽毛般随风晃动，日光照射在水面上，

115

波光粼粼。绿苔遮水的时候，一眼望去，更是像一片绿地，青翠透亮。

去河流的路大多要经过田地，大大小小的土坑和泥泞的地面，蜿蜿蜒蜒形成一条小路，路的尽头就是河流。

沈俞白弯腰捡起一根树枝递给她："拿着。"

顾知意照做。

他把胳膊递过去："拽着。"

顾知意没动，她抿了下唇，脸颊上忽地有一点发烫，她轻声开口："我自己可以。"

沈俞白看了她一眼，放下胳膊："行。"

下一刻顾知意便脚下一滑，差点跌倒，沈俞白扶住她的胳膊，笑声在静谧的夜晚格外清晰。

她没敢任性，紧紧抓着沈俞白的胳膊，踩着他的脚印一步一步往前走。

忽地，前面的人不动了。

顾知意茫然抬起头。

这一瞬，她愣在原地。

仲夏之夜，一切都变得那么美好，皎皎如雪的月光，绿油油的麦田，"哗啦啦"穿过树叶的风声，拼凑成一幅奇妙的夏夜景色图。

少年弯腰在草丛里随意挥挥手。

一只萤火虫从草丛里钻出来，星光点点，像轻轻悠悠的小提灯在空中飞舞。

紧接着一只两只三只，越来越多的萤火虫飞起。

点点灵动的光连成一片，像一条星河，自天上倾泻而下，洒入人间。

少女仰头看着一切，杏眸被萤火虫的星光点亮，璀璨夺目，竟比星星还要明亮几分。

月光下，她好像也在发光。

"沈俞白，"顾知意心里的喜悦快要溢出来，笑着喊他，"你怎么知道这里有萤火虫啊？"

她的声音充满欢喜。

沈俞白别开眼没作声。

忽明忽暗的麦田里，少年嘴角轻轻扬起，不易察觉。

"为什么那里有一团啊？"顾知意很快发现前面有一团萤火虫围在一起，像一个大大的灯笼，聚在河岸边。

她挣扎着跑过去，探身抬手想要抓一只。

哪知道脚下一滑，整个人都往前扬起，月光粼粼，河面像个镜子，映出少女惊慌失措的面容，还有后面伸手拉她的少年。

只听"扑通"一声。

岸边萤火虫受了惊吓，飞得更高，转瞬消失不见。

冰凉的河水将衣服打湿，顾知意抬手拢了下头发，从水里站起来。

顾知意浑身湿淋淋的像只落汤鸡似的出现在客厅的时候，李娅萍吓得不行，放下碗筷过去将她打量一遍，见她除了湿透没什么大事，才放下心来，冲她胳膊打了一下："你这孩子怎么这么大了还不让人省心？去哪里疯了？"

"河边。"顾知意咬了下唇，小声撒谎，"同学要掉下去了，我拉了她一把，我俩就一起……"

顾知意没多说话，逃进房间，赶紧换下衣服去冲澡。

李娅萍给她添了一碗饭放在跟前："我和你爸商量了一下，还是送你去上补习班。"

顾知意夹了根青菜放进嘴里，眨着眼睛看向顾青山。

顾青山疼女儿，看她那双大眼睛湿漉漉又无辜地望着自己，顿时心就软了："不然就让她自己在家学习，孩子吃喝也方便一些。"

"不行。"李娅萍摇摇头，"我今天上班时听说郑书庭高考发挥得不错，好大学肯定是稳了。"

顾青山咬了口馒头："这好大学和补习班有什么关系？"

李娅萍"啧"了声："他妈说了，他就是连去了两次这个补习班，成绩才突飞猛进的。"

顾知意抿了下唇，跟顾青山对视。

父女俩同时撇嘴。

"你俩不用在这里打哑谜，小意的成绩虽然上一本绝对没问题，但妈妈还是希望你能够去更好的学校，以免以后后悔。"

对于顾知意的成绩，李娅萍一直很重视，她自己当年就因为差一分没考上大学，至今耿耿于怀，每年到了高考都会念叨一遍当年的事情。

自从有了顾知意，她就更上心这件事，好在顾知意也是争气的，成绩在班里一直是前几名。

晚饭过后，顾知意把明天要用到的课本放进书包里。

她的欢乐暑假就这么结束了。

桌上的手机振动两下。

顾知意探头看过去，一条未读短信。

她放下书拿起手机解锁屏。

只有两个字：晚安。

顾知意轻笑，回复他：晚安。

她放下手机准备接着收拾，手机再次振动两下，顾知意挑了下眉。

那边发来：你的微信号。

竟然主动要微信号。

她指尖飞快地在屏幕上敲击出微信号，发送。

沈俞白躺在床上收到短信，一串数字。

他半撑起身子，把那串数字复制粘贴，添加好友，几秒钟的时间，等他添加完好友，才发现自己的掌心微微出汗。

【我通过了你的好友验证请求，现在我们可以开始聊天了。】

沈俞白盯着这句系统提示看了会儿，翻身平躺，黑眸望着天花板静静发呆。

忽地，他想起什么，拿起手机解锁，点开顾知意的头像。

是一个卡通人物。

117

什么人物他记不住，只记得好像最近这动画片挺火的。

朋友圈的背景是一只趴着睡的小猫咪。

她的朋友圈里晒得最多的是美食和各种有趣的故事，小女生的小心思，跃然跳出水面，是一幅多姿多彩的生活图。

跟他截然相反。

他忽地想起遇见顾知意的那天。

少女拿着一个桃子递给他，说谢谢他帮自己家搬东西。

其实他没想过要谢礼，只不过是举手之劳，没人在意这件事的。

但是她却来了，还带着一个桃子。

那桃子他放在桌上没有吃，直到它变质，发出腐烂的味道，最后不得不丢掉。

很久之后，沈俞白才明白。

人和物一样，不属于自己的，都是留不住的。

哪怕拼了命。

第二天一早，顾知意便跟着李娅萍去了南关那个所谓的补习班。

补习班在一个大的会议室改成的教室，红木大门一推开，里面乌压压地坐了十几个学生。

顾知意抓着课本，嘴抿成一条直线。

补习班老师讲课速度快，知识归纳总结也很到位，学一上午，顾知意的脑袋都要大了。

她觉得自己像一块海绵，拼命吸水，喝撑了老师还在灌水。

赵萌萌给她发消息说中午在她附近买东西，两人可以约个饭。

顾知意应下来。

等她走出大门四处张望时，肩膀被人拍了一下。

"你……"顾知意愣了一下，语气缓下来，冲着面前人笑了下，"郑学长，好巧。"

郑书庭弯腰同她对视，眼镜后的桃花眼带着点点笑意："不巧，我在这里办事。听我妈说，你今天来上补习班，所以特意过来看看，没想到刚走到这里你就出来了。"

顾知意"哦"了声："我和同学约了一起吃午饭。"

"那真是不巧，"郑书庭叹了口气，扬了扬手里的自助餐券，"还想请你吃自助餐。"

顾知意垂眸轻笑，没有应声。

赵萌萌还没有给她发消息，顾知意左脚挪点，右脚挪点，不想跟郑书庭讲话。

本来两人也不是特别深交的朋友，现在倒是他先熟络起来，搞得好像她成了放不开的那个。

可恶的赵萌萌，这会儿竟然磨磨叽叽的。

"对了小意，"郑书庭把书放在一旁，完全没有要走的样子，"上次在烧烤店和你坐一起的男生是谁啊？"

顾知意眨眨眼，脑海里浮现出沈俞白那张生人勿近的脸，她笑了笑：

"同学。"

郑书庭抬手推了下眼镜:"是吗?我看他对你好像不一般。"

"他人挺好的。"顾知意抬头冲他笑了笑,"对同学都很好。"

手机振动两下,赵萌萌来了消息。

顾知意冲他挥挥手:"我同学到了,我先走了。"说完转身离去。

郑书庭抱着手里的书在原地站了会儿,等小姑娘转过弯消失不见才转身上楼。

天边黑云压过,像是要下一场暴雨。

越发暗沉的天空卷起一阵凉风,旁边花坛里新栽的小树苗随着风不断摇晃。

黑色拳套一拳砸在男人的鼻梁处,鲜血顿时流了下来,男人眼前一黑,瘫倒在地上。

耳边是裁判的读秒声。

下一刻,周围人狂欢起来,旁边少年黑漆漆的眼眸,冷冷清清。

没有胜利的喜悦,也没有骄傲,只有无尽的黑暗。

沈俞白大汗淋漓地从擂台上下来,身后是倒地不起的拳手。

李海递给他一瓶水,笑起来:"我今儿遇见一事儿,等会儿说给你听。"

沈俞白拧开瓶盖仰头灌了口水,径直往更衣室去。

李海摇摇头跟上去。

他站在浴室外,大声说道:"我今儿看见顾知意了!"

少年插在发丝里的手顿了顿,紧接着又搓起来,白色泡沫一团一团簇起,转瞬间被水冲走。

"她和一男的在一起。"

李海不嫌事多地接着说。

沈俞白仰头冲掉泡沫,镂空地面上雪白泡沫染上一点血红,顺着水流汇聚在下水口,打着旋儿消失不见。

里面没有动静,只听得见"哗啦啦"的水声。

李海撩开布帘往里看,正撞上沈俞白往外出。他吓了一跳,猛地退后两步:"你怎么不说话?"

沈俞白越过他拿起吹风机:"谁?"

"还能谁?"李海瞥了他一眼,"上次烧烤店那个男的。"

斯斯文文,戴着眼镜。

一看就是个好学生。

"不知道说了什么,顾知意笑得那叫一个好看。"

吹风机被打开,呼呼风声。

李海抬头看向沈俞白。

后者面无表情,静静吹着头发,脸颊和下巴上大块瘀青,恐怖又吓人。

(2)

补习班下午下课比较早。

天还是大亮,顾知意骑车往回走。

119

隧道里还是那样黑，她心里有些发怵，骑着车子飞快往前冲。

刚出隧道，路灯下站着一人，垂眸抬手，听见动静少年侧头瞧过来，露出棱角分明的下颌线，寸头黑发有几分潮湿。

穿着黑色短袖短裤，他像一团暗影隐在路灯下。

她不由自主地停下车，歪头看过去："你怎么在这里啊？"

沈俞白倚着路灯，淡淡开口："怎么，不能在这儿？"

这话带刺。

明显是有什么不顺心的事了。

她微微扬起头看他，嗓音轻柔："怎么了？"

少年黑眸对上她的，深邃清冷："去哪儿了？"

话语突兀又冷漠。

顾知意顿了下，仍旧柔声回答他："去补习班了。"

"遇见熟人了吧。"沈俞白微微启唇，"嗯？"

顾知意睁大眼睛："你怎么知道？"

成。

还挺震惊。

沈俞白抿着唇没吭声。

他直起身，黑色短袖被他的动作带了一下，晃荡两下，印出消瘦的肩膀，他转身往回走。

顾知意眨眨眼，有些莫名其妙，不知道他哪里又不开心了，推着车子追上去，可惜少年步伐迈得又大又快，她的碎步根本追不上。

"沈俞白！"

顾知意出声喊他。

呼吸间有几分急促。

少年单手插着兜站定，面无表情地转身。

顾知意推着车子赶上去，从车筐里拿出书包找出一个笔记本递过去。

"这是补习班的重点，我给你抄了一份。"少女说着又把笔记本往他面前送了送。

蓝色软皮笔记本崭新，表面泛着光。

比他的课本还新。

沈俞白没接，他目光始终落在她的脸上。

傍晚余光落下，橘色光晕拢在她的身后，发丝都带着光，她这样站在他面前，周遭都亮了。

"给。"顾知意拉起他的手把笔记本放在他的掌心。

"给我有什么用。"他依旧语气淡淡。

顾知意向后扬起下巴。

下一刻，少年收回手站直。

她轻轻叹了口气："我想你有更好的选择，不会以后想起来的时候后悔。

"只要你愿意，我都会帮你。"

认认真真的语气，带着少女特有的软糯腔调，软得很。

沈俞白盯着她的眼眸，半晌后嗤笑一声。他手插着兜后退一步，眼里没有半分情绪，墨色翻涌，舌尖抵住上颌转了圈，他终于开口："顾知意——

"你凭什么觉得自己能救得了我？"

这巷子无光，她凭什么觉得自己来了，就有光了？

就算是有，那这光，他要怎么抓住？

顾知意推着车站在原地，微微抿起唇，杏眸里没有半分难堪，干净透彻："我不是救你，是想让你自救。"

他和她一样的年华，怎么就要沦落到下地狱？

回应她的是少年的背影。

她推车往回走，刚一进门就看见顾青山拿着煤铲在院子里捣鼓炉子，大热天的，衣服都被汗水浸透。

"哟，回来了啊。"顾青山拿着蒲扇扇风，"我刚买了一只鸡，你妈说给你炖鸡汤喝，补补。"

顾知意忧愁地揉了揉自己的脸，肉肉的："爸，再吃下去我都要胖了。"

顾青山板着脸："胖什么胖，瘦得跟个竹竿似的。

"今天补习班感觉怎么样？"

"还好。"顾知意从旁边冰箱冷冻抽屉里费劲地拽出一支雪糕，外壳上都是碎冰，她甩了甩，碎冰被甩到腿上，凉意点点，她起身扯开包装纸，"这冰箱还不修呀？"

该制冷的时候不制冷，不该制冷的时候冻得拿不出东西。

顾青山嘿嘿一笑，擦了擦脸上的汗："新冰箱明天就到了。"

顾知意："哇！"

"哇！"

父女俩在院子里互相对着做夸张动作，炉子上砂锅炖得咕嘟咕嘟，香气四溢。

补习班的老师要么是大学放假回家的学生，要么是资历比较深的老师。

顾知意的数学一直比较拖后腿，成绩总是提不上去，这次李娅萍特意帮她报了强化精英班。

助教进来的时候她还在看昨天的错题。

有道题的解题思路一直不明白，演算纸早就被她写写画画写满大半篇。

一根手指落在她的演算纸上，指着其中某个步骤低声说道："这里错了，公式反向运用试试。"

很熟悉的声音。

顾知意抬起头，郑书庭冲着她微微一笑。

"你——"

"嘘！"郑书庭食指放在唇间做了个嘘声动作，微微附身，"下课再聊。"

说完，他后退一步直起身拍拍手："好了同学们，今天有个小测，给大家一个小时的时间把刚发下去的卷子做完，后面老师会来给你们讲解，如果遇到任何问题可以举手。"

顾知意这才发现自己桌上不知道什么时候多了一张卷子。

高中的生活真的是试卷横飞呀。

等做完，老师讲完，一上午的时间已经过去。郑书庭抱着一个泡沫箱进来，笑着说道："请大家吃雪糕！"

教室里顿时一阵欢呼。

"顾知意同学，"郑书庭放下泡沫箱，抬手推了下眼镜，"下面还有两袋，你和我下去提一下。"

顾知意抿了下唇站起来跟他一起下楼。

到一楼，郑书庭递过去一支雪糕，是刚才保温箱里没有的种类："给你。"

"不是说楼下还有两袋？"顾知意懵懵懂懂，接过雪糕捏在手里。

"骗你的，里面太吵没办法说话，喊你出来聊会儿。"郑书庭"扑哧"一声笑出来。

"我刚才看你数学卷子错题还不多，"他见顾知意没拆包装，拿过去替她拆开包装，"但是你如果想考好大学，这些错题是不应该有的。"

他说得坦荡，顾知意也觉得是这样的。

她垂眸咬了口手中的雪糕，冰凉滑腻的触感瞬间席卷整个口腔，牛奶味香浓醇厚，她被凉得眯了下眼睛，低声回答："对，有些距离。"

郑书庭俯身把两张卷子摆在台阶上，示意她坐。

补习班大楼位于南关市区偏南的位置，这里交通发达，去哪儿都能途经这里。

少年在拐角阴凉处停下车。

红色单车隐在阴暗处，长腿斜斜撑住车身，他歪头看了眼，倚墙而站，眼神落在不远处的垃圾桶上，出神。

李海学着他往外探头，冷哼一声："俞哥，那男的听说今年考上北林大学了。挺厉害的。"

沈俞白掀起眼皮睨他一眼，没作声。

李海还在探头看，身后的人停好车越过他往前走去。

对面郑书庭俯身凑到顾知意跟前。

李海一愣，暗骂一句。

下一刻，郑书庭的手落在顾知意嘴角，轻轻帮她拭去奶油。

完了。

彻底完了。

"俞哥！你干吗呢？"李海不经意间往旁边一看，一口口水差点喷出来，他趴在墙边低声吼道。

少年穿过来往车流，大步走向对面的大楼。

顾知意飞快躲开郑书庭的手，有些不好意思地抬手蹭了蹭嘴角："我自己来就好。"

郑书庭笑了下，低头喝了口手里的冰美式。

"小意，你高考完要不要去西城一趟？"

"不去。"一道声音突兀地响起。

122

冷得要命。

顾知意猛地抬头看去。

黑眸锁住她，冷戾又淡漠。

沈俞白俯身拽住她的手腕迫使她起身，顾知意举着雪糕低声喊他："沈俞白，松手。"

她的另一只手被郑书庭拽住。

雪糕软化，一滴奶油落在地上，雪白一团，紧接着又是一滴。

顾知意调高音调："你们放手。"

沈俞白死死盯着她身后的人，嗓音低沉："让他先放手。"

他这脾气上来是硬得很。

顾知意转头看向郑书庭，轻轻摇头："我没事，你先放手。"

郑书庭满脸严肃，另一只手掏出手机想要打电话。他不是第一次遇见差生，只是这么明目张胆拽人的还真是第一次见："小意，他真的是你同学？"

九中竟然有这种差生。

沈俞白轻嗤："不是——

"难道你是啊？

"放手。"少年冷冷开口，脸颊的伤疤在阳光下有几分明显，一张脸戾气深重。

顾知意轻轻晃了下手腕。

郑书庭犹豫片刻，慢慢松开手。

下一刻，少女低呼一声，整个人向下倾斜，她被拽下台阶，手里雪糕奶油彻底洒了一地，一只手稳稳将她带落到地面。

郑书庭愣怔下，脸色难看起来："不是说好了一起放手！"

沈俞白嗤笑："做梦呢。

"你当这过家家呢。

"还一起松手。"

（3）

"沈俞白！"

顾知意深吸一口气喊他。

"走不走？"他低下头，浓密睫毛在眼睑下投出一小块阴影。

"我要上课。"

"走不走？"少年手插进兜里，背慢慢挺直，眼睛一瞬不转地看着她，黑眸阴沉，像藏了一把利刃，锋利冰冷。

顾知意攥紧拳头，仰起头对上他的眼眸，声音轻柔又坚定："我还有课。"

"行。"

下一瞬少年转身穿过马路，喇叭声刺耳，他冷着脸自顾自横穿马路，有司机一个急刹车停在原地，探出头对他破口大骂。

这些他都没理会，甚至连走路速度都没有改变。

顾知意紧紧攥着拳头，看他平安穿过马路才猛地松了口气。

郑书庭的目光落在她的身上。

少女的肩膀在看见那个男生穿过马路后才松懈下来，软塌塌的没了紧绷。

他清了清嗓子，下了一级台阶："小意，该回去上课了。"

顾知意点点头，三步并作两步爬上楼梯，于他擦肩而过径直回到教室。

课间，她拿出手机想问问赵萌萌今天是否约饭，便看见满屏短信。

全都来自一个陌生号码。

不好的预感瞬间袭来，她指尖轻轻一点，切换到短信界面，紧接着一长串短信内容出现在屏幕上。

陌生号码：顾知意你倒是回消息啊，俞哥在天泰城拼命呢！

陌生号码：要被打死了也不下台！

陌生号码：你来不来！

顾知意后背骤然起了一层薄汗，她抬头看了眼周围，老师不在教室。

如果她不去的话，沈俞白会怎么样？

如果她去了能做什么改变？

脑子里的两个声音轮番打架。

顾知意咬了下唇，收拾好课本起身离开教室，路过办公室，她敲了敲门："老师，我肚子有些不舒服。"

她穿着黑色短裙，皮肤白净，背着书包静静地站在那里，脸色有几分白，淡淡的黑眼圈，尤其是那双鹿眸，又乖又让人怜惜。

补习班老师对好学生都是格外宽容，见她这样子立马挥挥手："赶紧回家休息吧，下午的课是英语，你英语不错，后面把卷子做一做就行。"

顾知意一一点头应下。

楼外阳光刺眼，稍稍在外面待上几分钟皮肤就会被晒疼，她推着车子飞快跑到阴凉处，马路拐弯的地方前面不远便是天泰城。

手机也再没有短信发来。

她站在原地想了会儿，掏出手机给那个陌生号码发去信息：你是谁？

那头几乎秒回：我李海啊，你赶紧来吧，没人镇得住他了！

她回复：这就去。

她匆匆收好手机骑上车离开。

今天的阳光刺眼，她眯着眼飞快骑车，依旧觉得胳膊和脸上被晒得火辣辣的。

那扇仿木大门推开的一瞬间，重金属音乐环绕在耳边，仿佛每一次击打都在心尖上，她的心脏也跟着突突突地跳动，凉意袭来，将她浑身包裹住。

顾知意捂嘴打了个喷嚏，胳膊上起了一层鸡皮疙瘩。侍应生看她穿得少，贴心地给她拿了一件外套，她摆摆手，轻声问："请问沈俞白在吗？"

听到"沈俞白"三个字，侍应生眼神瞬间变得微妙，他将顾知意上下打量一番："在，请跟我来。"

那人领着她穿过一扇厚重的门，朝着地底下走去。

每开一扇门，冷气便更足一些，光线也越发暗淡，墙上的射灯散发出不同颜色的光，将整面墙映得五彩斑斓、光怪陆离，却又让人心跳加速，大量尼古丁的味道充斥着鼻腔，她轻轻呼吸。

侍应生回头看了她一眼，笑着推开眼前的门："到了。"

门内大厅中央是高高的拳击擂台，鲜红扎眼的颜色编织成围栏，将擂台与人群隔离开来。

所有灯光聚集在那里，亮如白昼。

乌泱泱的人群围在栏杆周围，晃动围栏歇斯里地呐喊着。

顾知意愣怔在原地，心"咚"的一声沉了下去。

高台上，少年脸庞清冷淡漠，鲜血顺着他的额角流下，蔓延到脸颊一侧，薄唇紧紧抿着，眸里是一望无际的黑暗。

赤裸的肌肤被汗水和血水打湿，臂膀肌肉结实又吓人。

残暴又冷血。

黑色拳击手套遮掩不了他的暴戾，拳风凛冽，狠狠砸了下去，一拳一拳，拳拳凶狠，那人抱头跪地，毫无招架之力。

而他丝毫没有停下来的意思。

围在栏杆外的人群像是被投放了一颗炸弹，混乱又亢奋，声音冲天破地，每个人都红着眼嘴里不停地喊着"打死他！打死他"。

顾知意浑身冰冷。

这像什么？

像野兽困斗。

雄狮被卷入格斗场中，一场场地撕咬斗争，供那些人观看。

沈俞白是那头狮子。

他站起身被裁判举起手高声呐喊胜利，旁边的大屏幕上显示出他的脸庞。

嘴角破裂，额头有血，少年神情冰冷麻木，那双黑眸直直对上镜头，深邃淡漠，毫无感情，麻木得像一具行尸走肉。

"小姑娘，你找的人就是他。"侍应生指指屏幕上的人，"不过他今天心情不好，你小心点。"

顾知意怔怔地看着屏幕上的人。

直到关门声响起她才回神。

手机振动起来，她反应过来连忙接起，嘈杂的环境和李海的吼叫声一并涌入耳中："顾知意，你在哪儿呢？"

顾知意仰头看向屏幕："我在拳场。"

那头是长久的嘈杂，紧接着电话被挂断。

顾知意贴着墙静静站在角落里，旁边的门被人打开，擂台上那人被担架抬下来，血腥味充斥着整个空间。

她屏住呼吸，静静看那人被抬出去。

身后一只手搭在她的肩膀上，顾知意猛地回头。

李海瞥了眼被抬出去的人，脸色有几分沉重："俞哥这会儿正在里面冲澡，我带你去见他。"

顾知意没有动。

她仰起头，视线落在已经被清空的擂台上，那里只剩下工作人员，路过的红色水桶里不知道是血的颜色还是红桶映出的本色。他们麻木又冷漠，静静地处理着飞溅到栏杆上的血迹，甚至还有几分厌烦。

仿佛那些血不应该到处飞溅，而是应该无声无息地流淌，最好直接流进下水道。

李海皱着眉头看她："发什么呆？走啊。"

顾知意半垂下头："来了。"

穿过走廊，一扇黑色大门半掩着，李海径直推开门走了进去，里面隐约传来水声。

他指了指沙发："你坐会儿，他很快。"

说着李海半倚在对面的桌边，神色阴沉。

顾知意沿着沙发边坐下，轻轻抿了下唇："他……"

话音刚起，浴室的门被人打开。

水汽氤氲，混杂着洗发水清冽的味道一并涌出，里面的人没出来。

顾知意"噌"地站起来，眼眸里的恐惧显而易见。

李海"啧"了声，转头瞄向里面，又回头瞥了她一眼。

浴室里传来吹风机的声音，"嗡嗡"作响。

片刻就被关掉。

"俞哥，"李海倚在门框上，伸手递过去一根烟，"那什么，顾知意来了。"

浴室里没有任何声响。

静得可怕。

长腿从浴室里迈出，少年走了出来，掀起眼皮看了她一眼，眸里漆黑一片。

他面上依旧没什么表情，冷冷淡淡。

李海却变了脸色。

他慌忙挡在沈俞白前面，急忙解释："她是被我喊来的，我是看你不要命了，想找人来劝劝你。"

"滚开。"

沈俞白脸阴沉得吓人，他舔了下唇，看向李海："谁让你带她来的？"

语气平淡。

是暴风雨前的宁静。

顾知意怕他发脾气，上前一步说道："我是自己来的，他没强迫我。"

强迫。

"你知道什么叫强迫吗？"沈俞白轻嗤。

"都看见什么了？"他长舒一口气，抬手揉肩，胳膊上青筋尽显。

"没……"顾知意摇摇头，"我刚进来。"

断眉轻轻一挑。

沈俞白越过她走到沙发上坐下，修长的腿撑起，胳膊肘落在膝盖上。他仰起头看她，黑眸深邃："顾知意，你知道这是什么地方吗？"

"我知道。"少女转过身看着他的眼睛轻声回答他。

真行。

她总能有办法惹人生气。

"你知道？

"你不知道。"

沈俞白扔掉烟头，起身到旁边拉开抽屉，那抽屉直接被拽出来，"嘭"的一声被扔到桌上，他翻出一个黑色U盘，插到旁边投影仪上。

李海脸都吓白了，上前拽住他的胳膊，还没来得及说话就被沈俞白甩到一旁。

顾知意后退几步，背碰上冰凉的墙壁，脚后跟抵住墙，她没了退路。

"过来。"沈俞白站在那里，朝她招手。

顾知意摇摇头："沈俞白，我——"

下一刻她的胳膊被人拽住，宛如一个钳子钳住她，将她拽到幕布跟前。

幕布闪烁一下，黑幕上的白字清清楚楚：2号记录。

她轻轻眨了下眼，下一瞬画面突变，少年被人一拳撂倒在地上，他青筋暴起，双手撑地嘶吼着想要站起来，可后背被人控制住，沙包大的拳头落在他的脸上。

他的鼻子开始流血，眼角猩红，嘴角也溢出血丝。

画面卡在他的脸部，扭曲愤怒和不甘都呈现在最后一个镜头里。

下一秒镜头切换，那个趴在地上的人不再是他。

他取代了别人。

下手比别人更狠辣，甚至黑色拳击头套上沾满鲜血，在灯光下泛着黝黑的光。

裁判举起他的手时，少年脸上自眉间至下颌，都是飞溅的血珠。

他笑了下，对着镜头。

顾知意想起刚才看到的比赛。

她只觉得冷。

冷得要命。

突然耳旁传来声音，沈俞白双手插在裤兜里，微微俯身，嗓音低沉冷漠："你看，这才是我。"

（4）

幕布上还在播放那些惨不忍睹的画面。

顾知意侧头对上他的眼睛，轻声开口："我看过了。"

沈俞白顿了下，直起身退后两步，眉头微微蹙起："什么意思？"

"刚才在外面。"她双手绞在身前，抿了下唇，"那场比赛，你也赢了。"

漆黑的眸渐渐眯起，他有种被人看穿的窘迫。

烦。

打火机被他拿在手里把玩着："不害怕？"

顾知意点点头又摇摇头："害怕。"

"咔嗒！"

打火机蹿出蓝色的火苗。

她抬起眼："但是我知道，你有你的理由。可是沈俞白你的人生不应该在这里的，你要在光照得见的地方才行。"

少年侧了侧头，走到旁边按下一个开关："害怕还来。"

他压根没有在意她的话，黑眸盯着她，插在裤兜里的手指微微发抖。

这些年，第一次有人跟他说要站在光里。

没人知道他像一具行尸走肉，在这血腥味里浑浑噩噩，噩梦缠身地过了一天又一天。

头顶上的空气净化器缓缓启动，清新空气被输送进来，顾知意抬起头，一阵清凉的风拂过。

"俞哥，俞哥，"李海打着哈哈过去拦住他的视线，"好不容易把人喊来了，你可别给气跑了。"

沈俞白冷冷看他："我让她来的吗？"

"是是是，是我。"李海冲顾知意丢了个眼色，"小意，你先坐会儿，我和俞哥有些话要说。"

"说什么？"沈俞白直接越过他拿起沙发上的淡紫色背包，单肩挎在肩膀上，包小人高，李海没忍住"扑哧"一声笑了出来。

顾知意咬着唇瞥了他一眼，也忍不住低头笑了下。

沈俞白绷着脸拉开门："走。"

顾知意忙跟过去："去哪里？"

"送你回去。"少年声音清冷，夹着一丝难以察觉的轻柔。

李海叉腰看着两人一前一后地出门，觉得眼都快瞎了。

更搞笑的是，顾知意竟然还回头冲他挥手再见。

没救了。

两人一路无言。

红色单车一直在她的车子旁，贴近马路那边。

顾知意几次想要找点话题，可她一转头看见少年的侧脸便什么话也说不出来。

在天泰城他问她害怕不害怕的时候，她是怕的。

怕什么？

她不知道。

两辆车子一前一后穿越隧道。顾知意看见两家中间的过道小路上停了一辆厢车，旁边站着几个男人不知道在商量什么。

联想起之前种种，顾知意紧张起来，车头不由得歪向沈俞白那边："是来你家讨债的吗？"

"要不要报警啊？"

沈俞白按住车头瞥了眼前面，语气淡淡："旁边那个，是你爸吧。"

顾知意瞪大眼睛："哪里？"

不远处，顾青山背对着两人不知道在比画什么，站在他对面的人叉着腰连连摆手。

她加快速度骑过去。

等走近了才发现厢车里有一个巨大的长方形箱子，歪歪斜斜地卡在车厢靠外的位置，旁边的厚针织手套随意丢在一旁。

顾知意歪头看了看，试探性地喊道："爸。"

顾青山回过头来，长舒一口气："回来了啊。"

"这是？"顾知意指了指箱子。

"冰箱啊。"

送货师傅刚才往外搬冰箱的时候不小心把腰闪了，这会儿正扶着车门歇息，见两人看过来，苦着脸咧了咧嘴。

顾青山这才注意到沈俞白还在旁边，灵机一动，连忙冲他招手，笑着说道："小伙子，能不能给搭把手？"

顾知意连忙摆手阻止。

少年却停好车子健步跳上车厢内，弯腰捡起那副手套，而后走到箱子后面，那么沉的箱子被他推动着，缓缓移动到门口。

"你这个同学，"顾青山竖起大拇指，连连夸赞，"力气真大！"

顾青山推了推眼镜，侧身又仔细去瞧，声音骤然放低："不过——他脸上有伤啊，打架了？

"哎，对了，上次他家——"顾青山没接着往下说，脸上神情有些尴尬，抬起来的手放哪里都不是。

他一时间忘了这小伙子是沈家的了。

顾知意咬了下唇没吱声，跑过去低声喊："沈俞白。"

箱子后少年探出头，面容清冷。

忽地断眉轻轻一挑，继而蹙起："你去边儿上，别在这儿碍事。"

车厢门旁凸出的链锁又脏又粗。

"你别逞强。"顾知意将话咽了回去，听话地后退两步，却又忍不住绞着手左右观看。

她不怕他们搬不动，只是害怕沈俞白这人逞强。

他刚打完拳，体力还没有恢复，很容易弄伤自己。

厢车后面的升降梯升上去，他一个人将冰箱推了上去，两条胳膊暴露在阳光下，臂膀上的肌肉高高鼓起，小臂青筋暴起，可那张脸上毫无表情。

麻木又冷漠。

顾青山第一次遇见这样的人。

同样年纪的孩子应该都是阳光有活力的，眼前的少年却沉静又漠然，尤其是那双黑眸，深邃漆黑，让人什么也看不透。

搬货大哥操纵遥控器将他和冰箱放下来。

升降台的平板车自带滚轮，沈俞白走到前面拉住扶手往前拽。

车子缓缓移动。

顾青山连忙跟在后面推车。

顾知意回头看了眼停在一旁的两辆自行车，转头跟着两人回家。

李娅萍在家里收拾东西，见有人进来连忙迎了出去，说道："冰箱就放在这里吧——"卡在嗓子眼里的最后一个音节还没有完全吐出，她看着拉推车的少年愣怔了下，脑子里迅速划过那晚的场景。

129

沈俞白抿了下唇没说话，径直把推拉车放在合适位置，而后松开手离开。

顾青山在后面看他往外走忙喊道："小伙子，来喝口水吧？"

顾知意也在看他。

沈俞白顿了顿，低声道："不用了。"

"沈俞白。"顾知意从客厅里拿了一条毛巾和一杯水，伸手递过去，"喝口水，擦擦你身上吧。"

李娅萍这才发现他的短袖上都是泥点子，黑色布料将泥点子映衬得格外醒目，她忙拿过毛巾去帮他拍打后背上的灰尘，笑着说道："谢谢你帮我们搬冰箱啊，真的是一直给我们帮忙。"

李娅萍低呼一声："哎呀！"

沈俞白回头，嗓音低沉："怎么了？"

李娅萍指了指他的衣角："这儿怎么破了？"

"哎呀，肯定是刚才搬东西给刮花的。"李娅萍扯着他的衣角左右看了看，"你脱下来我给你缝一下，黑衣服黑线，肯定能行。"

沈俞白没动。

院子里橘黄色的夕阳映射在墙上，把他的影子倒映在角落边，少年身形挺拔，短寸黑发，直愣愣地站在那里。

"你跟我来一下。"顾知意拉了拉他的衣角往屋里走。

沈俞白回神，跟在她身后进了客厅。

她推门进了房间，不一会儿便拿着一件短袖出来递过去。

他接过，抬眸看向她，漆黑眼眸被客厅的灯闪过一点光，声音依旧淡淡的："我在这里换？"

"不不不，"顾知意连忙打开卧室门，指了指里面，"你去里面换，我不看你。"说完她快步走出去帮忙搬冰箱。

门开的一刹那，熟悉的香味扑鼻而来，沈俞白站在门口没有进去。

粉嫩的床单被罩，被子整整齐齐地摆放在床中间，枕头旁摆着一排玩偶，墙头挂着一串风铃。

侧手边的位置是个高高的书架，堆满了各式各样的书，还有奖状和奖杯。

他知道顾知意学习好。

参加各种比赛拿奖肯定是有的。

但是这么多奖杯啊。

沈俞白迈开脚走进去，门后那面墙上挂一幅画，少女笑颜如花，背朝大海，手里捧着一束鲜花。

她背后那条海岸线延长，像一条长长的生命线，无休无止。

他深吸一口气，轻轻直起身，手里的短袖被攥得有些发皱。

余光旁的奖杯仿佛有光，吸引着他去观赏。

书法比赛、唱歌比赛、作文比赛，还有英语口语比赛等等比赛的奖状、奖杯陈列在书架最顶端，透明玻璃将它们与空气中的灰尘隔绝开，保持着金光闪闪的模样。

沈俞白仰起头仔仔细细把每一个奖杯的名字念了一遍。

半晌后，他垂下头，轻嗤一声。

书桌上还摆着一张全家福。

一家三口，笑得都那样幸福。

他呢？

他舌尖勾了勾，抬手摸了摸脸颊上的那道疤痕，低笑出声。

"咦，你怎么没换衣服？"顾知意听见动静看见沈俞白从屋里出来，身上还穿着那件破了衣角的短袖。

少年脸色阴沉冰冷，长腿跨步，头也不回地出了门。

李娅萍还在拆胶带，听见动静也跟着出来，只看见少年倔强的背影和一片衣角，她"啧"了声："这孩子，怕是吃了不少苦。"

顾知意回头看她："是吧。"

"是什么是，赶紧拆了看看有没有问题。"

沈家侧门依旧是半掩着的。

他推开门走进去。

院子里这棵老树不知道怎么开始掉叶子了，少年手插进兜里想要取烟盒。

身后响起声音，温柔又软糯："沈俞白。"

他转头看过去。

旧巷里平房纵横，傍晚的光从天边照过来，一寸一寸橘黄色的光晕染在她的周围，温暖又温柔。

顾知意冲着他甜甜一笑。

"今天谢谢你。

"明天我带笔记给你，好不好？"

（5）

"小意，电话！"李娅萍端着水果盘从厨房出来，听见茶几上"嗡嗡"响，她伸长脖子瞧了眼，备注写的"萌萌"。

顾知意擦了把脸从卫生间出来，将水乳液在脸上抹了两把便急匆匆跑过去接通电话。

赵萌萌的声音从那头传来，有气无力的："小意，我要死掉了。"

顾知意撇撇嘴笑开，歪头夹住手机，往房间里走："说吧，还有几科作业没完成？"

"嘿嘿嘿，英语和数学！"听到她这么问，赵萌萌瞬间来了精神，一个箭步从床上冲下来坐到学习桌前，"来来来！"

"来什么，你先做，不会的我教你。"顾知意把扩音打开放在一旁，把脸上的乳液拍匀，"我的补习班生活今天截止，再过三天开学。"

她重重叹了口气："觉得脑细胞死了千千万万。"

赵萌萌"啧"了声，翻开习题集开始看题："谁让你定的目标那么高？"

之前刘丹要他们写理想大学的时候，她看到顾知意写的大学校名直接咂嘴，这姑娘了不得啊。

顾知意笑了笑，涂完乳液后趴在桌上随意戳手机里的APP，有一搭没一搭地和赵萌萌聊天，掌根不小心碰到屏幕下面的微信图标。

界面瞬间转变。

平时微信聊天很少，微信界面上还有沈俞白的头像，和最后一句她问的"你在家吗"。

顾知意下巴抵在手背上，指尖一下一下戳着那个头像。

要不要再发一遍微信？

距离上次搬冰箱已经过去很久了，沈俞白像是又消失了一样，她遇不见，微信也没人回。

到底是去哪里了？

"小意！"赵萌萌对着电话一顿喊。

顾知意回神，把自己扔到床上翻了个身："我在呢。"

"我听说咱们因为升高三提前开学。"

"高三生伤不起呀。"

开学那天早晨，顾知意起晚了。

她叼着牛奶穿好校服就往外冲，李娅萍在后面追着给她塞了两个鸡蛋，又死拽着书包扔进一个苹果，说是要营养均衡。

顾知意骑着车飞快穿过马路，直到经过隧道，她忽地想起什么回头看去，身后是空荡荡的街巷，只有几个年纪大的奶奶拎着早点慢悠悠地走在路上。

开学日，沈俞白也不去吗？

来不及多想，脚踏蹬得飞快，她一路冲到学校门口。

学校门口堵满了来送孩子上学的家长，校门口大大小小的背包还有行李箱四处堆放，学生扎堆聚在一起说着暑假发生的事情。

"小意！"赵萌萌拨开人群冲过去抱住顾知意，"你怎么才来！"

顾知意被她晃得胃里牛奶都要吐出来，连忙制止："我今天起晚了，没想到大家还没进去。"

赵萌萌挽着她的手臂指指旁边公告栏："老师说今天要先分班，然后依次进入去各自班级，教室里的位置要临时调整，所以就在外面等会儿。"

原来是这样。

"哎哎哎，"挽着她手臂的手突然收紧，下一秒赵萌萌凑近她的耳朵，"沈俞白来了。"

顾知意猛地抬头看过去。

少年肩膀上落着一根黑色肩带，黑色书包斜斜地撑在肩膀上，两只手插在裤兜里，仰着头看公告栏。

侧脸轮廓清晰，下颌线条凌厉，薄唇咬着一根棒棒糖，脸颊鼓起一块，慵懒又淡漠。

她抿了下唇，犹豫着要不要打招呼。

赵萌萌撞了她一下："你俩怎么了？"

再抬头时，她直直撞进少年的黑眸里。

顾知意忍不住抬起手冲他挥了挥："沈俞白。"

少年舌尖卷着棒棒糖划过口腔，黑眸横睨一眼，径直越过她朝旁边走去。

冷得不像话。

顾知意叹了口气，继续低头看脚尖，脑子里想了好几圈也没想到自己到底是哪里惹到他。

校门口老师已经开始按照班级念名字。

顾知意被分到一班，赵萌萌和李佳颖也在。

听到李佳颖的名字时，赵萌萌冲顾知意挤挤眼。

进校门时，顾知意回头看去，少年低头垂眸懒懒散散地站在队伍后面，她张了张口终究什么也没问。

班级划分很快结束，黑板上已经写下当天的课程表。

顾知意被分到教室中间的位置，和赵萌萌隔了两个座位。

班里同学都是高二各班混合来的，彼此都在认识的过程中，教室里乱哄哄的，嬉笑声一片。

刘丹走上讲台拍拍手，笑着说道："今年有幸跟大家一起度过高三时光，有同学应该认识我吧。"

底下安静下来。

"高三课程紧张——"

"报告。"

门外传来声音打断她的话，刘丹侧头看去，长舒一口气："进来。"

沈俞白拎着书包走进来，黑眸在教室里扫了一圈，落在最后一排靠窗户的位置，他径直走过去，路过顾知意的座位，衣角扫过她的课桌一角。

顾知意猛地睁大眼睛。

不是说差等生会分到后面班级吗？

怎么……

教室里响起一片惊叹声。

刘丹再次拍拍桌子示意他们安静："一班的每一名同学这一年都要努力，争取给自己高中生涯交上一份满意的答卷。"

后排凳子被拉开，发出短促的刺耳声，周围人忍不住回头看过去，少年将书包扔到桌肚里，漫不经心地掀起眼皮抬头。

顾知意也回头看去。

她毫不避讳地对上他的视线，杏眸里的疑惑和委屈几乎要把人淹没。沈俞白别开眼望向别处，心里刚刚压下去的烦躁再次被翻上来。

他忍了一个暑假没去见她，今天开学想着就来看一眼。

就一眼。

也没什么大不了的。

公告栏前他下意识地寻找她的名字，却意外地发现两人在同一个班级。

这真是比打拳赢了还要刺激。

顾知意抿着唇转身坐好，巴掌大的圆脸上露出生气的表情。

第一节课上完沈俞白便离开了教室，班上的同学对他又好奇又恐惧，见他走了才放心谈论。

"哎，听说他打架特别狠。"

"我听说他看着挺好相处的，但是背地里什么事都干过。"

"他还揍过老师呢。"

"他没有。"顾知意转过身看着正在交谈的同学认真说道，"是那位老师有错在先，但是他没打过学校里的任何人。"

后排同学呆愣愣地点点头，继而凑过去："你认识他啊？"

顾知意点点头："我们高二同班。"

"那他有女朋友吗？"其中一个女同学满脸八卦，"我听说他女朋友是职高的那个女混混。"

职高。

顾知意想起那次她看见的女生。

她摇摇头："我不清楚。"

一只手搭在她的肩膀上，李佳颖笑盈盈地看着她："晚上我约了之前的同学去KTV唱歌，你和萌萌也来吧。"

顾知意笑了下，好脾气地回复："我晚上要回家。"

李佳颖扯着她的袖子开始左摇右晃："哎呀，就这么一次聚会，难道你还在跟我生气？

"而且咱们分到一个班都是缘分啊。"

顾知意笑容有些淡，刚准备再次拒绝就听见李佳颖接着说道："我连老班都喊了啊，你可别不来。"

顾知意仰起头看她，杏眸里冷意点点："好的，什么时候？"

李佳颖拍拍手："今天晚上啊。我刚听老师说了，今天晚上因为是开学第一天所以允许不上晚自习，明天开始正式上课。"

上课铃响起。

她没再缠着顾知意，转身回到座位上坐下，低头侧身挡住手上的动作，不知道在捣鼓什么。

高三学习紧张，老师们讲题速度又快，稍不专心就会听不懂，两节课下来顾知意的脑袋都要爆炸了。

还没来得及去厕所，下节课的老师便夹着讲义和试卷急匆匆地进来。

她彻底丧着脸趴在桌上。

这一年注定要忍受煎熬了。

下午的课结束后，顾知意和赵萌萌骑车去天泰城，胡同里的自行车横七竖八地停在里面，两人找了靠外的位置把车锁好。

仿木门被人从里面推开，李佳颖的校服已经换成短裙，两条白皙修长的腿暴露在空气中，她笑盈盈地跟两人招手："快来，他们已经到了。"

赵萌萌啧啧嘴，跟顾知意咬耳朵："她真不怕。"

"嗯。"顾知意想到之前李佳颖和赵强的亲密模样，心里微微有些不适。

KVT包间门一推开，张之楠和李海见顾知意和赵萌萌也来了顿时就乐了，张之楠拿着话筒喊麦："两位同学，下午好啊。"

赵萌萌咬牙切齿地挥了挥拳头。

"不是说老班也来吗？"赵萌萌放下书包拉着顾知意坐下，前面台子上张之楠已经开启麦霸模式，鬼哭狼嚎的，她想要堵上耳朵。

顾知意微微皱起眉头，震耳欲聋的曲调让她心跳加快，有些喘不上气来。

她不喜欢这种场合。

刘丹肯定是没来的，她甚至怀疑李佳颖是乱说的。

台上已经切了几首歌，还有几个不是特别熟的同学坐在另一组卡座上和李佳颖说着什么，几个人头围在一起神神秘秘，时不时笑声一片。

这一切都跟她格格不入。

"赵萌萌，坐那儿当木头人呢！"张之楠拿着话筒喊，"赶紧来唱歌，咱俩来一首！"

突然被点名，赵萌萌脸都黑了，她攥紧拳头"噌"地站起来："张之楠你是不是有病！"

两人你一句我一句地在卡座旁拌起嘴来。

狭小包间里挤满了人，音乐声充斥在耳旁，顾知意有些难受，起身走了出去。

长廊上偶尔有几个服务生走过，端着各种果盘，前往不同包间，重金属音乐让人每走一步都像踩在鼓点上，"咚咚"作响。

顾知意拐弯走到洗手间洗了把脸，抬头看向镜子里的人。

脸颊上有两团淡淡绯红。

她俯身下去又冲了把脸，转身往外走。

灯光将一人的影子打在镜子一旁的墙壁上，那人移动一点，黑暗便将她席卷一点。顾知意身子一僵，咬住下唇攥紧拳头转过身去。

赵强笑嘻嘻地冲她挑了下眉。

"顾同学，又遇见了啊，真是缘分。"

顾知意没说话，下意识退到洗手盆旁边，指甲碰到墙瓷，潮湿冰凉。

赵强站在门口吸了口烟，眯着眼睛将她上下打量一番，眼里的惊艳毫不遮掩，他见过不少学生和初入社会的姑娘，但是少有像顾知意这样单纯好看的。

尤其那双眼睛，无辜又明亮。

看过来的时候湿漉漉的，望得他心痒痒。

"你别怕，我就只想和你聊聊，交个朋友什么的。"赵强掐灭烟随手扔到一旁，搓搓手上前一步。

KTV洗手间狭窄幽暗。

她没有路可退。

赵强还在笑着往前走，一笑满口黄牙。

"你别过来！"

话音未落，一只手拽住赵强的领口狠狠一拉，他防备不及被人扯出洗手间，还没反应过来肚子上就愣生生挨了一脚。

血腥味涌上嗓子。

赵强捂着肚子恶狠狠地看向那人。等看清是谁时，他深吸一口气站直，把短袖上的尘土拍掉，咬着牙冷笑："沈俞白你犯什么病！"

沈俞白轻嗤，舌尖扫过后槽牙，冷戾淡漠："我说了，你不听。"

下一秒，他抬脚又是一脚。

赵强被踹得连连后退，太阳穴间青筋暴起，刚要蹿上去跟沈俞白拼命旁边包间出来两人将他拦下。

一个被扔到擂台上的少年，不用别人拦他也知道自己打不过。赵强呸了口，坐在卡座上仰头灌了口酒："徐哥是不打算管他吗？这么下去，整个天泰是不是都要管他叫祖宗了？"

压迫感消失，顾知意大口喘气，肌肉紧张带来的后果就是腿软，她差点跌坐在地上，撑着墙一步步走到外面。

门口少年倚着墙站在那儿，手里打火机忽明忽暗，火苗燃起又熄灭，将他的眼眸照亮又归于昏暗，侧脸下颌线凌厉，额间喉结缓缓滚动一下。听见动静，他扭头看过来，漆黑的眼眸落在她的脸上。

"走吧。"沈俞白直起身往外走。

冷汗过后凉风一吹，整个后背都是凉的，顾知意扯了扯衣服跟他出门。

傍晚天气依旧热，门一开热浪涌来。她走向放车的地方，回过头看少年："沈俞白，萌萌还在里面。"

他点了下头，转身往回走。

开门那一瞬，少女的手握住他的手腕。

纤细白皙的手指搭在他的手腕上，一黑一白，形成强烈对比，沈俞白顿住。他抬起眼皮望向她，嗓音低沉："做什么？"

顾知意抿了抿唇，望着少年漆黑的眼眸，认真说道："别再这样了，好好回去上课。"说完转身离去。

沈俞白没回头。

顾知意到家后发了消息给赵萌萌。

哪知道下一刻赵萌萌的电话就打了过来。一接通，她就嗷嗷叫："你个没良心的，自己偷偷跑了不说，还要找个人来给我送回家。"

顾知意顿住，手边课本没有翻开："送你回家？"

赵萌萌咬了口苹果，口感清脆："对啊，我唱得好好的，结果就看见沈俞白从外面进来，拎着我的书包要送我回家。"

顾知意"扑哧"一声笑了出来。

她能想象到沈俞白那张冰块脸的模样。

"你不知道，张之楠和李海都以为他要打我，一路跟了出来。姐妹，我今天算是值了，高冷帅哥护送我回家，全小区闻名。"

顾知意被她逗得笑出声，手撑着膝盖笑得一抖一抖的。

晚风从窗户外探头进来，少女柔软的头发披落在肩头，轻轻一吹，细软的发丝微微扬起，在光下闪闪发亮。

高三的晚自习前两节已经成了各科老师发卷子讲卷子的时间。

只有最后一节晚自习才会留给他们做作业。偌大的教室里静悄悄的，头顶风扇吱呀吱呀地转动着，底下纸张翻阅得"哗啦哗啦"响，偶尔交头接耳，手里也都是拿着卷子。一份份卷子摞起，把人挡得严严实实。

忽地，后排发出一声巨响。

所有人回头看去，只见李佳颖的课本全都掉落在地上，眼圈通红，可怜兮兮地盯着某处发呆。

似乎是想起什么，她猛地抬头看向顾知意。

顾知意一怔。

她不明白自己哪里惹到李佳颖了，为什么李佳颖看过来的样子充满仇恨？

顾知意莫名其妙，便转过身去继续做卷子。

一张字条落在她的桌子上，她抬起头看向四周，没人看她。

顾知意小心地拆开字条：沈俞白和赵强因为你打起来了，你满意了吗？

顾知意猛地坐直身子，紧紧盯着手里的字条，白纸黑字，一字一字在她心里翻起海浪，让她指尖微微发抖。

她近乎下意识地转过身去。

正对上李佳颖的眼眸。

李佳颖扯着嘴角冲她笑。

冷意十足。

她慢慢转回身强迫自己把注意力集中在试卷上，可那些题干她压根看不进去，混乱的数字和题目让她脑袋"嗡嗡"作响。

下课铃一响，李佳颖第一个走出教室。

顾知意飞快收拾好东西起身往外走，连赵萌萌喊她都没有听见。

从车棚到学校外还有段距离，她推着车子飞奔过去，老远便看见外面聚集了一堆人，穿着打扮根本不是学生模样，为首的几人里倒是没有见到赵强，顾知意松了半口气。

该不会是吓唬她的吧。

她放缓脚步，跟随其他人出校门。

忽地看见旁边的石子路旁张之楠和李海站在那里，两人抄着手蹲在那里，看见她后掏出手机发了条信息。

顾知意的手机振动两声。

她慌忙掏出手机查看消息。

张之楠：赶紧走，别瞎看瞎想，跟你没关系。

好不容易松了的半口气再次被提起，她眨了下眼，余光里有人从旁边面包车上下来，手里拎着一根棒球棍。

是赵强。

他叼着烟大剌剌地指着张之楠："把沈俞白喊出来，也不看看自己是谁！"

来来往往的学生大多听过沈俞白的名字，听见是他的事顿时竖起耳朵，推车速度明显慢下来。

有几个小混混扛着棍子嚷道："没什么事赶紧回家啊，别在这儿晃眼。"

保卫科的保安大叔站在门口叉着腰喊道："你们什么人？这是学校！"

赵强呸了口："我接了人就走！"

顾知意抿了下唇，还没等走过旁边的小路便被人拽住衣角，赵萌萌跑得上气不接下气："我听说了一件事。"

"什么事？"

"就昨天晚上，李佳颖强行抱住了沈俞白，结果被赵强撞见了，说沈俞白'绿'他。"

顾知意睁大眼睛。

怪不得李佳颖晚自习的时候用那种眼神看她。

"出来了出来了。"旁边有人低声说道。

她回头看去，少年推着红色单车，书包斜挎在身上，将身影衬得清瘦单薄，黑色衣服松松垮垮地落在肩头，散漫清冷。

他不慌不忙地走出电动门，在门口站定，漆黑眼眸扫了一圈，落在赵强身上。

赵强冷笑几声："沈俞白，别牛。"

沈俞白长舒一口气，跨坐在车上，淡淡开口："我说了，学校不能来。"

"我呸，你有本事跟我走，我就不来学校堵你。"

少年无视他，手把着车把正准备骑车离去，从旁边猛地蹿出来几个人拦住他的路，举着棍子恶狠狠地看他。

黑眸对上他们的。

在天泰城待过的都知道沈俞白打架不要命，眼神凶狠冷戾，真要是把他惹怒了，恐怕没几个人能是他的对手。

几个人咽了口口水，有几分胆怯。

"干什么干什么，"保安大叔举着电话过来，"我已经报警了啊，要么赶紧走，要么留下来让警察把你们都抓起来！"

顾知意握紧车把，看着少年被围在中间。

他只身一人。

赵强还想说什么，他手里电话响了，那边不知道是谁，接通后他的脸色顿时黑了几分，骂骂咧咧地拽开车门上了车。

路过顾知意和赵萌萌时，他吹了声口哨，伸出手竖起中指。

沈俞白脸色一点点清冷下来，他掀起眼皮看了眼还在旁边没走的顾知意和赵萌萌，车轱辘刚移动半寸，身后有人喊道："沈俞白，你站住！"

他侧头看去。

教导主任领着几个男老师跑了过去。

"明天！"教导主任一边跑一边喊，"给我把你家长叫来。无法无天，还有个学生样儿吗！"

张之楠和李海从旁边出来，朝着顾知意和赵萌萌招手，低吼道："走啊，别给俞哥惹事！"

顾知意骑上车离开校门口。

晚风微凉，她扭过头去看，校门口昏黄的灯光下，少年形单影只，静静地立在那里。

（6）

高三的教学区域是按照班级综合成绩划分的，一班在三楼最右边，出门稍

138

微一拐就是老师们的办公室。

夏天闷热，教室前后门都是敞开的，门外什么动静都能听到。

老师们在上面讲题，底下同学的心早就被八卦占满了。

走廊里传来由远及近的脚步声。

男人沉重的呼吸声和趿拉着鞋子的声响慢慢从楼梯蔓延到走廊。

有同学忍不住扭过头看去，只见男人穿着洗得发白的 T 恤和黑色裤子，脚下踩着一双破旧的黑色凉拖，头发凌乱翘起，一路走向办公室。

"那就是沈俞白他爸？"后排有人小声讨论。

顾知意想起那天晚上满身酒气的男人，还有那一声声响彻巷子的谩骂，她忍不住低下头去轻轻叹了口气。

办公室里刘丹看见来人立马迎了上去，笑着说道："沈俞白爸爸是吧？"

沈堂庆手在衣服上蹭了两下，握住她的手，笑容堆满脸："刘老师啊，是不是沈俞白闯祸了？"

说着他狠狠瞪了眼站在门口的人。

沈俞白手插在校服裤兜里，校服外套领口高高立起，把下巴遮得严严实实，神情清冷厌弃，甚至连看都不看一眼沈堂庆。

刘丹示意他坐下，倒了杯水递过去："是这样的，昨天晚上校领导发现沈俞白和校外社会人员之间存在打架斗殴的现象。"

还没等她说完，沈堂庆眉头一皱，站起来指向沈俞白："你又惹事？"

沈俞白轻嗤。

"你！"沈堂庆脸瞬间红透，咬着牙四周打量有什么东西可以砸，最后抄起拖鞋径直扔了过去。

少年侧身躲开，拖鞋被扔到对面墙上，弹了回来滚落在大理石瓷砖上，可笑地翻了个面。

刘丹忙上前拉住他："沈先生，有什么事坐下来好好谈，打骂孩子肯定是不行的。"

沈堂庆喘着粗气坐下，脸色稍微缓和："老师，这孩子倔，我根本管不住，还是需要你们多费心。

"在学校里，您就是他的父母，打就行了。

"孩子学习方面我们作为老师肯定是要帮助的，"刘丹顿了下，抬手推了下眼镜框，尽量让自己语气放缓，"但家庭教育也是比较重要的，您觉得呢？"

一阵刺耳的音乐声突然响起。

整个办公室的老师都抬起头看过来，刘丹深吸一口气，还没来得及吐出的话语被眼前男人的动作堵在口中。

沈堂庆直接将腿伸直，脚底板冲她，而后从裤兜里掏出手机接通："喂？什么玩意儿啊……好好好，我这就过去。"

言语粗鄙难听。

刘丹按住太阳穴，劝解自己面对学生家长要冷静。

哪知沈堂庆挂断电话后站起身，冲着刘丹挥挥手，一副他不管了的表情："一切就拜托老师了，我手头有事先走了，谢谢老师啊。"

"哎哎哎？"刘丹探身想要拦一下，沈堂庆已经走到门口，还抬手推了下沈俞白，而后穿上拖鞋头也不回地离开了。

沈俞白瞥了眼他离开的方向，勾起唇冷笑。

刘丹喝了口水，冲沈俞白招招手示意他进来。

少年眼眸漆黑深邃，像一潭死水，给人一种窒息感。

门外下课铃响起。

刘丹叹了口气，起身拍拍他的胳膊："老师知道你是个好孩子，但你要是再这样下去，谁也帮不了你啊，你得明白，你自己的人生只有你自己能做主。"

沈俞白半垂着眼，面无表情。

"行了，回教室吧。"刘丹摇摇头，轻轻叹了口气。

顾知意的同桌去打水了，赵萌萌坐了过来："刚刚我看见沈俞白他爸了，怎么那么邋遢？"

顾知意抿了抿唇，把习题集合上站起身。

"小意，你去哪里？"赵萌萌抬起头看她。

"去办公室。"顾知意深吸一口气转身离开座位。

她敲了敲办公室的门，刘丹抬起头来看见是她，笑盈盈地招手，说："顾知意啊，来。"

"怎么了？有题不会？"

顾知意摇摇头，咬了下唇，轻声开口道："老师，沈俞白是为了救我才得罪那帮人的。"

听到这话，刘丹沉默片刻，示意她坐下，声音温柔："我知道他是个好孩子，但是你们身为学生，目前学习才是最重要的，他救再多的人，也要读书才行。

"只有读书，眼界才会开阔，才会有更好的未来。"

"砰！"

勺子从餐桌边缘掉下去落在地上。

顾知意弯腰去捡，桌角有些灰尘，勺子瞬间沾上了泥土，她甩了甩，直起腰想要去厨房换一把。

外面传来男人的怒吼声，夹杂着几声犬吠。

小巷里房屋年代久远，隔音效果并不好，谁家咳嗽声音大了左邻右舍估计都能听见。

顾青山无奈地摇摇头，放下筷子："宣布一个好消息！"

李娅萍掀起眼皮看他，嘴里吐出一块骨头，眉头微微蹙起："什么好消息？"

顾知意也看他。

顾青山笑开："今天公司有消息说，明年在南关的前锋有望回到本部。"

"哎？"顾知意猛地睁大眼睛，"噌"地站起来，"真的假的！"

李娅萍飞快眨了下眼睛，放下筷子："真的假的？"

"当然是真的！"顾青山哈哈大笑，拿起筷子一人碗里夹了一块排骨，"所以，你爸爸，你老公我，有望升职加薪！"

顾知意站起来举着勺子飞快抱住他，在他脸上亲了口："老爸最棒！"

顾青山佯装嫌弃地推她，说："还棒呢，到时你都上大学走了，还用管家在哪里？"

"咦……"顾知意撇撇嘴，懒得跟他讲理，一蹦一跳地去厨房重新拿勺子。

院子对面的谩骂声还没停歇，似乎只听得见沈堂庆的声音，她刚才愉悦的心情瞬间淡了下去，视线落在矮墙边那些碎片上。玻璃碎片锋利又脆弱，倒插在水泥里，风吹雨打的，越发只剩下凌厉。

夏天垃圾不能放在家里，吃完饭顾知意便被李娅萍打发出去扔垃圾。

她趿拉着拖鞋走出门。

侧门对面的门槛上少年依旧坐在那里，听见动静，他转头看过来。

少女拎着垃圾袋站在那里，眼睛一瞬不转地看着他，而后放下垃圾袋转身回了家。

黑色垃圾袋被随意丢在门口，软塌塌地摊开。

他看了会儿，低头嗤笑。

果然。

都说了别招惹他，现在倒是想起来躲了。

"给你。"一个蓝色笔记本出现在他的视野里。

沈俞白怔住，还没抬起头，笔记本便落在他的腿上。

他仰起头看去，少女微微俯身同他对视："沈俞白，你要好好看笔记，这都是重点。

"还有啊——"顾知意在他面前蹲下，鹿眼明亮干净，她笑了下，又觉得不好意思，半垂下眼盯着那个笔记本，声音轻柔又甜，"对不起，害你被记过了。"

上自习的时候后排人都在讨论沈俞白被记过。

顾知意轻吸鼻子："我跟老师解释过了，但是她说没用。"

少女的声音越发低沉。

沈俞白缓缓眨了下眼，淡淡开口："这件事跟你没什么关系。

"所以不用来补偿我。"

那个蓝色笔记本被塞到她的怀里。

顾知意低下头拿起笔记本，她张了张嘴，站起身，眉头紧紧蹙起："沈俞白，我不是想要补偿你。

"我是真的希望你能好好学习，"顾知意捏着笔记本转了一圈，急切地说，"我并没有别的意思。你能不能别把人想得那么坏？"

说完她转身拎起垃圾袋离开，脚步声又急又快，路上的小石子都被踹飞几颗。

沈俞白头向后一仰，闭上眼睛。

晚上赵萌萌给顾知意发微信，美其名曰讨论数学题，实际上是讨论今天发生的事情。

顾知意：别提了，孺子不可教也。

赵萌萌：沈俞白要是能被你教好了，我三天不吃饭。

顾知意：好好吃饭吧，你赢了。

赵萌萌：（叉腰）我今天知道一个惊天大秘密，要不要听？

……

门外李娅萍催她赶紧关灯睡觉。

顾知意起身把灯关上，而后蒙上被子调低手机亮度，微信消息已经显示好几条未读。

她调整成一个舒服的姿势，点开消息。

赵萌萌：张之楠说沈俞白以前救过老班，好像那时候老班还没结婚，她当时被渣男灌醉了，自己撑着走到马路上摔晕了，然后沈俞白刚好路过就把老班送回了学校。

赵萌萌：幸亏遇到了沈俞白，不然天寒地冻的，老班估计得冻出病来。

赵萌萌：所以老班感激他就一直护着，但是这次事件太严重了，没办法护了，所以就给记过了。

顾知意看完消息，猛地坐起来。

她忽然发现，自己对沈俞白的了解并不多，甚至只是冰山一角，光露出的那一角都够她震惊好久。

他身上像是藏着一个巨大的秘密。

所以沈俞白，他到底为什么变成这样了？

（7）

周末因为挨着中秋节，所以放假两天。

下课铃声一响，顾知意急匆匆收拾好书包便往外走。

赵萌萌在她身后拽着她的书包带，气喘吁吁地说："小意，你这么急干什么去啊？"

"回去做作业。"顾知意动了动肩膀，书包沉甸甸的。

"天啊，"赵萌萌仰头长叹息，就差抱头了，"你是掉进学习的巨坑里了吗？"

顾知意认真点点头，然后冲上前抱了她一下。

"周一见！"

说完，顾知意就跑了出去。

赵萌萌站在原地，回头看了眼还在后面磨叽的人，怒吼道："快点！肯德基都要没位置了！"

第二天顾知意六点就起来了，她站在院子里用凉水冲脚。水管里的水冰凉，水花四溅，白嫩可爱的脚丫在拖鞋里随意晃动几下，水流溜进拖鞋里，沿着脚底蹿出，凉得她一个激灵。

李娅萍起来做早饭见她已经洗漱完有些惊讶："怎么起来了？"

顾知意笑眯眯地说："起来学习。"

"这两天突然这么用功，是被老师说了？"李娅萍撇撇嘴，弯腰拎起水管往菜盆里冲水，刚择好的生菜叶青绿鲜嫩，看起来十分可口。

从放假回来就熬夜挑灯做作业，昨天晚上李娅萍起夜的时候，发现顾知意屋里的灯还亮着。

看来是真的高三冲刺了。

"妈，今天我去同学家做作业，有几份卷子挺难的。"顾知意伸手接过水管挂在钩子上，伸手捧了一捧水洒在腿上，瞬间清醒。

李娅萍向来不需要监督自己女儿的学习，所以对这种事也都是点头答应，只是提醒她注意安全。

顾知意凑过去朝她嘟起嘴："谢谢妈妈！"

李娅萍手背贴在她的嘴上，笑弯眉眼："谢谢你的飞吻！"

母女俩四目相对，顿时都笑起来。

吃过早饭，李娅萍和顾青山去上班了，顾知意拿了几份卷子锁好门便往外走，离家两步远的沈家侧门开着，她敲了敲门。

没人应声。

顾知意料想到了，她径直走进院子里，朗声喊道："沈俞白！"

黑暗中，把自己裹在被子里的人猛地睁开眼睛。

他抬手扯下夏凉被，黑眸里闪过一丝恍惚。

"沈俞白！"少女声音清脆欢快，挤进窗户，在他耳边响起。

沈俞白望着天花板泛黄起皮的角落，缓缓地眨了下眼睛，半晌后轻轻呼出一口气。

少年冷峻面容上的神情缓缓放柔，断眉微微蹙起，而后翻身下床。

长臂上有一条长长的红肿伤痕，像是刚结痂的模样。随着他的动作，结好的痂小幅度皱起，扯动周围的皮肤。

他转身拉开门出去。

顾知意抱着卷子换了个姿势，准备掏出手机发消息。

正屋的门被人推开。

沈俞白站在那里，蹙起眉头瞧她。

"那个桌子太沉了，我搬不动。"顾知意乖乖站在大树下，指着门口那条长桌，杏眼无辜又明亮。

他手插进兜里，站在原地没有动。

"做什么？"

少年嗓音有几分沙哑。

顾知意扬了扬手里的卷子，嘴角微微扬起："来和你做作业。"

断眉挑了一下，他转身拉开门作势就要进去。

一只手拉住他的衣角。

轻轻一扯。

沈俞白垂下眼瞧去。

两根手指弯曲捏住他的衣角，有几分用力，指尖微微发白。

他顿了下，舌尖抵住牙齿勾了下，搭在门把手上的手插进裤兜里。

开了一半的门缓缓移动，"砰"的一声关上了。

顾知意咬着唇轻轻晃了下手，可怜巴巴地在他身后探头瞧他："就两份卷子，做完我今天就不烦你了。"

"顾知意，你听没听说过……"沈俞白转过身半垂下眼眸，漆黑的眸对上

143

她的，声音低沉沙哑，"不自量力。"

"没有。"顾知意认真地摇摇头。

少年深吸一口气，越过她径直走到门后将那条长桌搬起来，而后看向她："放哪里？"

顾知意跑过去指了指侧门玄关处。她早就观察好了，那里什么时候阳光都不会太强烈，穿堂风吹过又比较凉快，非常适合学习。

沈俞白把桌子挪过去放好。

然后丢过去一块抹布。

以及一条板凳。

顾知意也不嫌弃，欢快地擦桌子，然后从旁边抽出两份报纸铺开，把卷子拿出来放在桌上。

教室讲台抽屉里总是有多余的卷子，她抽了一份。

这是她早就想好要带给沈俞白的。

正要坐下的时候，沈俞白捞起她的胳膊，顾知意抬头瞧他，神情迷茫。

沈俞白俯身将一个垫子放在凳子上，然后松开手。

惯性让她突然下坠坐下，没有坚硬的凳面，是柔软的触感。

她歪着身子去看，是一个垫子。

垫子冰凉柔软，是冰垫。

顾知意抿了下唇，轻轻笑开，眉眼弯弯的。

少年从旁边随意抽了条凳子坐过来，一条腿搭在旁边的门槛上。顾知意抿了下唇，将卷子分给他。

"今天就做英语和数学吧。"

沈俞白托着腮叼着笔横睨她一眼，而后伸手摊开卷子，上面密密麻麻的英文单词让他眼角一抽。

他掀起眼皮看了眼旁边的少女。

怕不是真的要让他做完整套卷子？

这比打擂台还恐怖。

笔杆掉下来，"吧嗒"落在卷子上。

听到动静，顾知意扭头看他，轻声开口道："是太难了吗？"

"没。"沈俞白淡淡开口，捡起笔在第一题旁写了个A。

字迹潦草飞舞。

顾知意扫了眼自己用铅笔钩出的选项，轻轻咬住唇，默默转过头去继续做题。

立秋后的天气凉快一天，闷热一天，巷子里的知了声依旧，老树叶子越发油绿茂盛，随着风摆动。

穿堂风自玄关到院子，撩起桌上卷子边角，再偷偷钻进少年的衣服里，一阵风吹过，两人衣服贴在身前，背后凉风习习。

"做完没？"

沈俞白"啧"了声："看你的卷子吧。"

顾知意撇撇嘴，坐直身子把卷子拿过去跟自己的比对。不出所料，错题满篇，她根本没法画叉，只能从错题里找正确的那个。

她敢打赌，就这几道对的里面还有蒙的成分。

"沈俞……"顾知意拿着卷子扭过头去。

门槛上的少年不见了。

她站起来朝外走去，门檐下少年把玩着一根狗尾巴草。

看见她望过来，他动作一顿。

"怎么？"

顾知意挑了下眉，视线落在他的手上，然后挪到他的脸上，指了指卷子："我批改完了。"

沈俞白点点头："然后呢？"

"你的基础好差。"

"呵。"沈俞白轻嗤，接着道，"然后呢？"

顾知意抿直嘴唇，上前一步仰起头看他："需要好好补习才行，我给你的笔记你看过了吗？

"还有上次给你的笔记里，是有这张卷子的原题的。

"我等下回家把之前高一高二的笔记找出来都给你，你每天看一点，很快就能赶上进度的，还是有希望的。"

第一次觉得她可爱。

哪怕现在这样絮絮叨叨的，也不让人厌烦。

"你有没有在听啊？"顾知意皱起眉头，叉着腰看他。

明明她说得很卖力，怎么他能走神？

沈俞白将手背在身后，慢慢直起腰，漆黑的眼眸锁住她。他缓缓眨了下眼睛，脸上的冰冷被融了多半，露出难得的几分温柔。

"听到了。"

顾知意满意地点点头，转身迈进玄关里，重新坐下，而后将错题思路一一解析在相对应的题干空白处。

少女字迹娟秀，认真又板正。

她写得专注，丝毫没有察觉到身后人影正缓缓靠近。

他的影子彻彻底底将她罩住。

她的身板那么小。

像个绒团。

沈俞白手插着兜静静地看着她的背影。

他舔了下唇，抬头望了望天空，而后低下头，喊道："顾知意。"

少女没有回头，依旧在写解析，鼻音糯糯，软萌又甜："嗯，怎么啦？"

沈俞白笑了下："你真行。"

顾知意举着笔回头，眉头皱起："什么意思哇？"

少年长腿迈进来，拉开凳子坐在她旁边，抬手把卷子扯过去。

（8）

顾知意用红笔把知识点圈出来，声音轻柔："你看这里，这个选择题是

145

不应该出错的，下次写方程式的时候不要图省事，多写几步你自己就能发现问题了。

"x 的方程式不是这样的啊，你搞错了呀。

"这里计算错误啊——"

正午阳光强烈，街巷里静悄悄的，蝉鸣声断断续续。

他点点头说："明白了。"

顾知意叹了口气，合起课本和卷子："我等下要去买酱油和醋，今天就学到这里，你如果有看不懂的地方再找我。"

"行。"他接着点头。

顾知意看了眼手表，已经快要三点了。今天李娅萍下班早，说要回来包饺子的。

"我走啦。"她急匆匆收拾好东西，冲少年摆摆手。

"哦，对了——"顾知意一脚已经踏出门槛，她转过身去，笑盈盈地望着他，"沈俞白，我们一起考梨城大学吧，或者在一个城市。"说完便抱着东西跑回家去。

沈俞白仰着头没说话。

半晌后，他垂下头轻笑，指节蹭过鼻尖，他咬了下舌尖，疼得不厉害。

但是真实。

沈俞白蹙起眉头，托着腮静静地看着桌上的试卷，冰冷的眸里终于有了一丝温度。

旧巷的小卖部在最南边，虽然已经是下午，却是更热的时候。顾知意穿好防晒衣拿好钱包便出门了。

等她回来的时候，李娅萍也刚好回来。

夜幕很快降临。

热浪降温，凉风袭来。

沈俞白枕着胳膊躺在床上，静静地望着天花板。

院子里响起脚步声，紧接着是轰隆作响的关门声，主卧门被推开又关上。

一切又恢复宁静。

他翻了个身掏出手机，微信群里热闹得不像话，几个人在里面聊天，荤段子一个接一个，他划拉了几页没有兴趣。

桌上的卷子被风吹开一角。

沈俞白半探起身瞧去。

半晌后他坐起来，翻身下床拉开椅子，狭长的眼眸看向桌上的卷子，红笔记录的解析，蓝色笔记，还有一道道解答题。

他坐下，拿起笔。

沈俞白盯着笔轻嗤。

有朝一日他竟然还能主动学习看卷子，真行。

高三课程像是开了倍速。

最近出去玩的心思都没有了，课间操的时候赵萌萌拖着顾知意去楼下上厕所，就当是活动活动筋骨。

146

普通班的氛围要比楼上好太多，走廊上学生聊天打闹，跟他们教室外空荡荡的走廊形成鲜明对比。

赵萌萌啧啧嘴："真羡慕啊。"

顾知意掩嘴打了个哈欠，鹿眼湿漉漉的："一年以后你就不羡慕了。"

赵萌萌白了她一眼："你说话怎么跟我妈一样？老气横秋的。"

"因为这话就是我妈教的。"顾知意抿着唇笑起来。

"哎，顾知意！赵萌萌！"

两人回头看去。

张之楠和李海倚在窗边冲两人挥手。

赵萌萌过去冲着张之楠胳膊就是一拳："你俩怎么凑一起去了？"

"我俩怎么就不能凑一起？"张之楠揉了揉胳膊，皱起眉头瞪她。

李海嘴角噙着笑看他俩闹。

顾知意也站在一旁。

"顾同学，俞哥和你一个班啊，"李海扭头看过去，"怎么样啊？"

顾知意"啊"了声，眨了眨眼睛："跟以前一样，迟到，旷课。"

李海"扑哧"一声笑了出来。

"俞哥会好的。"

"他会出人头地的。"

顾知意点点头。

"喂，李海，"赵萌萌揪着张之楠的耳朵蹿过来，"他说你高中毕业后要去当兵？"

李海瞥了眼张之楠，敛去几分笑："对啊。"

赵萌萌愣了两秒，松开张之楠，拽着顾知意就往回走。

"怎么啦？"顾知意回头看了眼，低声问道。

"没事，快上课了，"赵萌萌走得飞快，"没时间和他接着聊了。"

两人前脚刚踏进教室，后一秒铃声响起。

所有思绪瞬间收回。

九中旁边新开了一间"高三自习室"，周一到周五晚上从十一点开到第二天早晨六点，周末全天开放，许多学生觉得好玩新奇，都去体验。

里面环境布置简单，隔音效果也好，对于顾知意这样的学生来说，周末在这里也算不错。

赵萌萌要和她一起，两人约好周六早晨去"高三自习室"。

当天顾知意早早等在门口。

出门前她给赵萌萌打电话，听那声音还在赖床。

她又发了条微信跟赵萌萌说自己先进去占位置。

旁边有人跑过，顾知意胳膊被撞了下，手里的书和习题都掉在地上。

她今天穿了裙子，蹲下身去捡东西格外不方便。顾知意咬着唇按住裙边往下蹲去，一只手快速捡起地上的书递给她。

顾知意忙抬起头，看清来人后笑着说道："你怎么在这里？"

147

郑书庭揉了揉她的脑袋："回来办点事，没想到就看见你被人撞到书掉一地。"

"我在等萌萌，"顾知意收好书朝自习室指了指，而后收回手扯了下裙边，笑了笑，"约好了今天来这里做模拟卷。"

"加油啊！"郑书庭俯身同她平视，眼镜有些反光，那双桃花眼带着笑瞧她，"我等你来北林大学。"

小路胡同里，几辆车子艰难行驶过去。

张之楠歪歪扭扭地骑着车跟在红色单车后面，哀号声就没停过："俞哥，咱周六能不能睡个懒觉？"

沈俞白抿着唇没搭理他。

"不是，你到底来学校干吗？"

"闭嘴。"

从胡同口出来便是学校门口那条主路。

张之楠随意瞥了眼旁边，愣了下，歪着身子看了眼，立马绷直身子看向前面的人，少年直起身骑车，还没往那边看去。

"那个俞哥，咱们去吃那家油条吧。"张之楠飞快骑车追上去，拦住他的车，指了指反方向的那家早餐摊。

沈俞白蹙起眉头："不去。"

"去吧去吧，我请你吃！"张之楠别着车不敢动弹。

眼前少年忽然顿住。

张之楠愣了下。

只见沈俞白脸色慢慢冷漠，冷戾又淡漠，黑漆漆的眸死死盯住不远处的两个身影。

完了。

这边，顾知意低头笑了笑，将碎发挽到耳后："好，等我高考完。"

郑书庭也笑起来："等你高考完，来北林大学我请你吃好吃的，别推辞了，出来看看祖国的大好山河。"

忽地，一阵风刮过。

顾知意低呼一声，忙往下扯裙子。

今天穿的裙子有些短，风一吹几乎都要扬起来。

顾知意咬着唇在心里骂赵萌萌。要不是她说下午去拍照，还非要穿什么姐妹闺蜜装，她不会穿这条短裙的。

郑书庭抽走一本书挡住她的裙边，仰起头笑道："小意，今天有些可爱啊。"

顾知意的脸轰地红了。

单车上沈俞白舌尖抵住下颌，冷笑出声。

（9）

"俞哥，俞哥。"张之楠吓得脸都白了，跳下车赶紧拽住他的车把，紧张得手心都出汗。

沈俞白垂眸，冷冷地看他。

眼神冷戾淡漠，面无表情。

张之楠吞了口口水，这是暴风雨前的宁静啊，要了命了。

他凑过去，小心翼翼地开口："俞哥，这是学校门口。"

"校门口啊！"

话音未落，少年翻身下车，红色单车被塞到他的手里。张之楠左看右看，哭丧着脸两只手左右找平衡将车子靠墙放好，忙不迭地朝少年追去。

把车扔大马路中间这种事，只有俞哥能干出来。

心血来潮来趟学校，怎么还碰上了？

马路边。

车子一辆一辆驶过去，捎起尘土和热风。

短裙有点点卷边翻翘，顾知意微微弯腰想要去抚平。

郑书庭动作比她更快，他弯腰将那个褶皱抚平，轻轻替她往下拉了拉，动作绅士又礼貌。

顾知意扯了扯嘴角，笑了下："谢谢。"

旁边有两个女生走过去，小声说着两人很般配，男朋友好关心之类的话，言语里的羡慕快要溢出来了。

她倒是听着尴尬得快要抬不起头。

郑书庭也听到了，轻笑两声，抬手揉了揉她的脑袋："要不要我去拿个外套给你？"

顾知意连忙摆手。

还没来得及开口，一只手捏住郑书庭的手腕狠狠往后一拽，他刚抬眼便对上一双阴鸷黑眸，少年面色清冷，薄唇紧抿。

"你——"

少年面无表情，蓦地抡起拳头。

顾知意的心猛地一跳。

"沈俞白！"

拳头停在郑书庭眼前，拳风扑面，甚至他眨下眼都能碰到那拳头，指节上有几道疤痕，蜿蜒扭曲。

沈俞白歪了下头，看向顾知意。

"你要干什么？"顾知意走上前一把扯住他的手。她的力气小，想要推动他压根不可能，但就是这么轻轻一下，沈俞白眼眸越发冰冷。

他冷笑几声，暴戾快要压抑不住："你说干什么？"

"他动你裙子。"

顾知意深吸一口气挡在郑书庭前面，尽量放柔声音："他只是看我有些不方便，帮我一下而已。"

沈俞白点点头，抬起手后退两步，越过她看向身后人，嗓音低沉沙哑，掀起的眼眸冷得要命："所以你护着他。"

声音轻淡，是肯定的语气。

"我不是护着谁，"顾知意眉头微微蹙起，"是他没有对我怎么样。而且

149

你也不能随随便便就打人。这样是不对的。"

"呵。"少年彻底退下台阶，微微仰起头看她，黑眸冷戾，浑身散发着冷冽的气息，"什么是对的？闹了半天，是我不对啊。"

"顾知意，你真行。"

他转身往回走，路过张之楠时拽住张之楠的胳膊就往回扯。

直到骑上车离开，少年都没有再回头。

郑书庭脸色也不好看，反应过来后更是愤愤不平。他拉住顾知意的胳膊，沉声劝告："小意，你离这人远点，他不是个好人。"

顾知意轻轻扯了下胳膊，朝不远处跑过来的赵萌萌招手，而后转头看向他，少女眼眸清澈，神情平淡，仿佛刚才的事就只是一个不足说的小插曲："书庭哥，他是好是坏不能一件事就下定论的。"

赵萌萌喘着气跑过来，看见郑书庭摆摆手算作打招呼："来晚了，来晚了。"

郑书庭抬手看了眼手表，欲言又止的，最终只是轻轻叹了口气："我还有点事先走了，改天再聊。"

顾知意点点头。

等他离开，赵萌萌一把抱住顾知意的胳膊，整个人挂在她身上，有气无力地说道："我刚才过来的时候看见沈俞白了，还有张之楠。"

顾知意轻轻"嗯"了声算作应答，先上楼去了。

赵萌萌挠挠头，满脸不解。

天泰城内，最里面的卡座里，少年抬腿抵着茶几，整个人窝在柔软的沙发里。

酒瓶子横七竖八地倒了一桌。

张之楠坐在旁边卡座边上欲言又止，看着他接二连三地灌酒，彻底忍不住上前夺下了酒瓶："俞哥，这事没你想的那么复杂。"

"俞哥，我给顾知意打个电话吧，这事儿肯定不是你想的那样。"

沈俞白转头看着张之楠，漆黑眼眸冰冷一片，他咬着牙一个字一个字往外蹦："你要是敢，我就和你没完了。"

沈俞白重新跌坐下去，捞起一瓶酒仰头灌下去，液体从嘴角滑至喉结，随着动作没入领口中。

黑色领口润湿，他毫不在意，晃着酒杯冷眼瞧着这一切。

不一会儿服务生便过来，俯身在他耳边低语。

沈俞白点点头，放下酒瓶站起来。

张之楠也跟着站起来："俞哥，你干吗去？"

少年勾了下唇，被服务员搀着朝一旁的暗红色大门走去。

张之楠愣了下后立马打电话，那头刚接通他便号了起来："你赶紧来吧，出事了！"

沈俞白旷课一周。

高三旷课一周是一件非常严肃的事情，刘丹好几天上课的时候，神情严肃，时不时瞥向靠窗的座位。

顾知意瞧见几次也只是低下头认真做题。

那天两人不欢而散。

巷子里人少路窄，想要碰见邻居是很容易的，她下晚自习回来的时候偶尔还会碰到沈堂庆。

这样一个上班没规律的人顾知意都能碰到，却碰不到沈俞白。

他总是有法子让两个人遇不见。

少女握着手里的笔越写越用力，笔尖有几丝重，中指握笔处指节微微泛白。

顾知意咬了下唇，深吸一口气。

"啪嗒！"

自动铅笔笔芯崩断。

她叹了口气，指腹快速按下笔帽，新的铅笔芯冒出。

晚自习时，顾知意后背被人用笔轻轻捅了下。

她下意识地直起腰回头，身后同学指了指门外便埋下头继续做题，她抬起头看过去。

李海和张之楠站在后门冲她招手。

顾知意看了眼坐在讲台上的班长，收起卷子起身走到讲台旁，轻声道："我出去一下。"

班长瞥了眼门外，轻轻点头。

她刚出门，张之楠便伸手想要拉她，李海拍了他的手，指向外面："我们出去说。"

晚自习期间，走廊上静悄悄的。

长廊楼梯间旁窗户半掩，李海轻轻喘了口气，盯着顾知意："俞哥这两天不对劲儿。"

他开场直白。

她有些生气，咬着唇半晌没有开口说话。

"顾知意，好歹你也——"张之楠顿了顿，瞄了眼李海，到嘴边的话愣生生拐了个弯，"你俩前后桌，不能眼看着俞哥一天天不上课，他要是再被抓着处分一次，肯定就被学校开除了。"

九中校规严在南关是出了名的，但是只要不闹到台面上，院领导都会给从宽处理。

沈俞白不一样，他的闹腾，全校闻名。

明明整个人低调到不行，偏偏做出来的事张扬得很。

"那你们考虑过我的感受吗？"顾知意攥紧拳头，指甲掐着掌心，一点点的疼痛传递过来，她半垂着眼看向地面，大理石花纹的瓷砖上有一块污渍，墙角旮旯地，没人发现，渐渐地腐烂发霉，她舔了下唇，轻声开口，"他打我的朋友。"

"俞哥那是以为他占你便宜！"张之楠忍不住低吼。

顾知意抬起头看他，杏眼明亮干净，像一潭清泉，张之楠的嚣张瞬间蔫了一半，只听她继续说："不论我解释什么，他总是不听。

"沈俞白有自己的骄傲，我也有。"

151

她总不能没有一次生气的权利吧？

李海低下头微微挑眉。

他清了清嗓子朝外面看了眼。

第一节晚自习已经结束，同学们陆陆续续出来活动，喧闹声渐响，他的声音也大了些："俞哥到底是什么样的人，你心里清楚的。"

他只说了这一句。

顾知意心里的别扭散了一半。

她清楚吗？

不清楚呀。

但是他跟赵强那些人不一样，她心里明白这点。

顾知意慢慢松开手，掌心被指甲掐得有些疼。少女仰起头看向两个人："他在哪里？"

"还能在哪儿？"

立秋后，夜晚越发凉，顾知意穿着薄外套坐在自行车后座，手指紧紧扣着后座那一角，头发被风撩起，额头吹得微微发凉。

顾知意微微眯起眼睛，心里有些紧张。

进入高三后第一次，她撒谎说肚子疼翘了晚自习。

"李海，"顾知意喊骑车的少年，"我十点前要赶回学校。"

现在已是八点。

李海头也没回："肯定！"

天泰城的大门被猛地推开。

娱乐城中依旧冷气十足，顾知意打了个喷嚏，拢了拢衣服。

李海和张之楠对这里已经十分熟悉，扯着顾知意一路往下走去，沿途有几个人若有所思地望着她穿校服的样子，笑得很有意思。

顾知意顾不得那么多，闷着头紧跟两人。

最后一扇门推开。

呐喊声、尖叫声涌入耳中，那股力量似乎想要冲破一切。

她仰起头看向擂台。

高高挂起的大屏幕上直播着台上两人的战况。

少年额头上系着一根黑色发带，发丝被汗水打湿，白皙肌肤上擦着几点血迹，薄唇紧抿，漆黑的眸里翻涌着冷意，只是看一眼，就让人忍不住起鸡皮疙瘩。

身后有人推搡，顾知意趔趄一下，往前几步，距离擂台更近了一点。

她的胃里一阵翻涌。

"你看，看到了吗？"李海附在她耳边说。

"再这样下去，被担架抬走的就是他。"

（10）

裁判吹响哨声。

顾知意抖了下身子，回头看李海："他不下来吗？"

152

李海神情严肃，轻轻摇头。

顾知意禁不住往前走了两步。

李海没拦她。

这地儿能拦得住上面那位的，除了眼前的人，恐怕再找不出来第二个了。

周围的人还在加注买他会赢。

他们丝毫不关心他是否受伤流血，只关心自己下的赌注对不对，能不能赢。

"俞哥是迫不得已的。"李海低头看了眼自己刚才被人踩了一脚的鞋，暗骂声，"他老子欠债不还，那帮人天天去他家堵人，再不济就打他老子。"

顾知意睁大眼睛。

她恍惚间发现最近的确没人去他家要钱。

"俞哥这人要强，但是他人不坏，也不愿我们帮他，说大家还是学生。他和这儿的老板签了合同，打一场给多少钱，帮他爸还债，还有他自己的学费生活费，"李海低下头嗤笑，"他比我们成熟得早太多了。"

他们还是学生。

"学生"两个字让顾知意回了神。

她在这半小时里几乎都要忘记他们还是学生了。

顾知意忽然明白为什么沈俞白明明这样，这几个人还是愿意跟他一起玩，甚至学校里的人都怕他，却没人唾弃他。

少年有皮相，但风骨不在表，在内。

他不是不想学，而是无力。

旁边伸出一只手拉住顾知意的胳膊。

李海满脸无奈地闭了闭眼，侧头就骂："你有病啊？"

张之楠瞪他，一副嫌恶的表情："这地儿人多，要是走丢了你负责啊？"

忽然旁边出现两个穿黑衣服的人勾上李海的肩膀，笑嘻嘻地朝着前面少女抬抬下巴："徐哥说，请这位小妹妹去观景台坐坐。"

李海横睨他一眼。

"这事得看人家愿不愿意。"

顾知意的肩膀被人拍了下，她扭头看过去，是两张陌生的面孔。

她后退一小步，紧紧攥着衣角，鹿眼里满是警惕。那两人冲她笑了笑："小妹妹你别怕，我们老板想请你聊聊。"

"我不认识你们老板。"顾知意抿了下唇，侧头看了眼擂台。

两人依旧笑，只是那笑太过吓人。心提到嗓子眼，她转身就往前挤，越过人群拼命朝擂台上已经对打起来的三个人冲过去。

少年下颌挨了一拳，他躲开后面人的偷袭一个回旋踢又将侧边站着的人狠狠踢退。

顾知意领口被人扯住。

"沈俞白！"

沈俞白晃了下神，右脸颊被人一拳打中，那里顿时红肿破皮，嘴角渗出一点血丝。

他看向台下，是黑压压的人群。

153

那声音是他的幻听。

她怎么可能来？

裁判吹了哨喊中场休息，他依旧站在原地往下看，台下的人欢呼着，尖叫着。

沈俞白轻轻松了口气。

下一刻，黑眸死死定在某处。

少女防晒服被扯下一点，锁骨露在空气中，巴掌大的脸上全是恐惧，杏眼泛红，怕得要哭出来了。

她始终仰头看他，嘴巴一张一合。

他听不见。

但他知道那是什么意思。

一直面无表情的人，脸上露出阴冷和狠厉，他弯腰穿过围栏，径直从台上跳下去。

台下的人吓了一跳，纷纷往后退去，少年落地后周身围成了一个小圈。

他手撑地起身，朝着那帮人走过去。

"别碰她。"

那声音冰冷低沉，像是从地狱传来的，让人头皮发麻。

那两人连忙松开手，皮笑肉不笑地朝着沈俞白打招呼："俞哥没事儿，徐哥只是想请这位小妹妹去观景台坐坐。"

"滚。"

顾知意的手腕上缠着少年湿润发烫的指节，只轻轻一拽，她就被拽到他身后。

微不可察的呼吸声落在沈俞白身后。

他半垂下眼眸，回头看她。

鹿眼湿漉漉的，苍白脸蛋上终于透出几分红润，他抿了下唇，低声开口："谁让你来的？"

李海从旁边挤过来，看眼情况张张嘴没说话。

顾知意另一只手握住他的手腕，上前一步，他神情松动几分，眼角处的暴戾淡下去，只是仍旧脸色阴沉得快要滴墨。

刚才的恐惧散去，如水的杏眼里全是清澈，就这样对上他的，还没等顾知意说话，沈俞白便睁开眼，拽着她往旁边休息间走去。

擂台上的人喊他："喂！打不打了？"

沈俞白头也没回，朝着刚才那两人说话："跟徐哥说声，这场是我违约，按约定处理。"

穿过人群，绕过走廊，他推开休息间的门，将人领了进去。

房间门一关，周遭忽然安静下来。

顾知意站在那里，手指攥着衣角抬头偷偷看他一眼。

沈俞白没吭声，转身进了浴室。

里面传来"哗啦啦"的水声，顾知意松了口气，走到沙发上坐下，刚才她真的被吓到了，腿隐约有些发软。

"顾知意。"浴室里传出声音。

顾知意"噌"地站起来，快步走过去敲了敲门："怎么了？"

"柜子里有件衣服，递给我。"

"哦。"她老老实实去拿衣服，然后抱着衣服站在门口。

浴室门开了一条缝，她忙探身递过去，眼角余光瞥见地上的水渍，淡淡的粉色，是血水还没被完全冲掉。

"谁让你来的？"沈俞白套上衣服，没有开门，他望着镜子里的自己淡声开口。

磨砂玻璃外人影模糊，像是被定在那里，纹丝不动。

他知道她从刚才就站在这里。

顾知意摇摇头，意识到他看不见，轻声道："没人让我来。"

沈俞白轻嗤，拉开门，热气氤氲，从他身后争先恐后地涌出。

光线被雾气笼罩，朦朦胧胧的，她仰着头看去，少年头发潮湿，嘴角裂伤明显，右脸脸颊红肿，那道伤疤越发显得恐怖。

"沈俞白，"她上前一步，下巴微微扬起，对上少年漆黑的眼眸，眉眼缓缓弯起，"这周末，我去你家找你。"

沈俞白蹙起眉头："做什么？"

"做卷子。"

"真行。"沈俞白冷笑，舔了下唇，越过她走到旁边弯腰拎起一瓶矿泉水灌了一口，而后转头看向她，"你管好自己就行了。"

顾知意抿了下唇："你……"

少女眉头微微皱起，表情有些纠结。他也不催，静静地等她说，一瓶水喝完，顾知意终于又重新开口说话。

"你能不能每天都来上课？"

断眉一挑，他站起来走到她面前，低头垂眸，嗓音沙哑低沉："为什么？"

顾知意"啊"了声，有些茫然："这样老师讲课你能听一些啊，不然你基础太差会跟不上的，总归可以听一听嘛。"

沈俞白看了她一会儿，后退两步，坐在沙发上笑了。

他点点头，抬手拍拍后脑勺，掏出手机："快十点了，你回吧。"

"让李海他们送你回去。"

顾知意没动，杏眸望着他："你呢？"

"不用管我。"

手边的电话声响起，沈俞白起身抓住顾知意的手腕，拉开门出去。

震耳欲聋的音乐声再次充斥在耳旁。

顾知意却没那么害怕了。

直到退出天泰城大门他朝她身后挥挥手，而后转身走到马路边过马路。

顾知意瞧着少年消瘦的背影，咬了下唇，迈步追了上去。

一辆摩托车飞驰而过，她被吓得站在原地忘了动弹。

忽地，手被人拉住，她撞进一人怀中，鼻尖撞上少年的胸膛疼得发酸，顾知意抬起眼，瞬间泪汪汪的。

沈俞白彻底黑了脸，扯着她的手拽到马路边上。

"瞎了是吧？"

生气的人语气恶狠狠的，哪里有半分清冷？

"我只是想跟你说，明天回去上课吧。"

"我听见了。"

"因为上学期的课真的挺重要的。而且，你也知道老师对你也挺好的。"

沈俞白深吸一口气，耳边少女轻柔的声音还在喋喋不休，他没了耐心，脸越发臭。

顾知意压根没注意，自顾自地把刚才想要说的话一股脑儿全都说出来。

她也没有注意到自己的手被人牢牢握住。

再没松开。

第二天顾知意早早便去了学校。

穿过走廊，教室里静悄悄的。

她推开门望进去。

初秋的风微凉，教室里的窗户依旧是开着的，蓝色窗帘被风吹起，像是要挣脱牢笼，不停舞动。

少年趴在桌上补觉。

一条胳膊环起枕在脸下，露出的半张脸孤傲清冷，嘴角伤口结痂，脸颊上贴着创可贴。

听见动静，他缓缓睁开眼。

黑眸深邃幽静，仿佛是一个黑洞，想要将一切吸纳融入进去。

沈俞白有几分恍惚，站在门口的那个少女一如从前，跟第一眼见到时一样。

那样干净美好。

她冲着他慢慢抿唇笑起来。

一双杏眸顾盼生姿，好不漂亮。

她说："早呀，沈俞白。"

（11）

周日一早顾知意便整理好语文和英语卷子，直奔对门。

沈家侧门紧闭，她敲了敲，没人回应。

顾知意掏出手机找到电话号码，拨通。

铃声响了好久，少年沙哑的嗓音响起："喂。"

"沈俞白，开门！"

少女清脆活泼的声音通过电波传导过来，直抵他的耳膜。

沈俞白扔掉手机翻了个身，手臂遮住眼眸，微微翘起唇角："要命啊。"

顾知意挑挑眉，抱着书继续站在门廊下。

最近雨水较多，经常上午大太阳，下午暴雨，顾知意眯着眼抬头瞧瞧天，头顶上一片乌云挂在半空中，黑压压的。

她往里边挪了挪，一边敲门，一边抬头看天空。凉风扫过，顾知意又喊："沈俞白，开门啊。"

少年趿拉着拖鞋，搓了把脸，抬手将插销拔开，转身往回走。

旧巷门扇松弛，插销一松，侧门当即溜出一道缝隙，顾知意试着推门。

没有费力气，侧门瞬间大开。

入眼的老树慢慢悠悠地落下几片叶子。

顾知意眨了下眼，抬脚迈进去，下一刻大雨倾盆而下。初秋穿得单薄，几滴豆大的雨滴落下来，白色衣服贴着皮肤，她忙扯了扯衣服，抱着书就往正屋跑。

迎面沈俞白往外出来。

"下雨啦！"顾知意忙不迭过去，仗着人小从他胳膊下钻了过去。

沈俞白架着胳膊立在门口顿了下，回过头去看她。

少女头发被打湿，毛茸茸的雨珠在发丝缠着，他缓缓眨了下眼，黑眸闪过几分情绪。

沈俞白挑了下眉，语气平淡："干吗？"

顾知意扯着衣服想要抖落雨滴，歪头看他："不是说了吗？来做卷子。"

沈俞白深吸一口气，推开门往外走去。

"外面在下雨啊！"顾知意往前挪了一步，"你……"

要说出的话卡在嘴边没说下去。

几句话的空儿，雨势竟然小了几分，院子里少年将几条凳子收回，将晾晒的东西挪到玄关长廊。

阴雨连绵的天空下，少年半掀起眼皮瞧着这雨，孤寂又颓废。

他的黑色衣服被雨水淋湿，肩头后背的布料都贴在身上，锁骨斜斜没入肩，身形消瘦。

顾知意看不过去，推开正屋门探着身朝他招手："你快进来！"

沈俞白回神，弓腰快步迈进屋内。

顾知意还站在原地。

冷不丁贴近，少年身上的湿气蹿入鼻尖，她轻轻嗅了下，退后两步，侧头掩嘴结结实实打了个喷嚏。

沈俞白垂眼瞧她。

喷。

娇气。

杏眼被激出几滴泪，润得整双眼眸似水波粼粼，顾知意蹭了下鼻尖，抬眼望过去："上次做的卷子搞懂没？"

她指了指他的房间门，歪着头询问他："能不能进去？"

顾知意本来是想在外面学习的，可是下雨了。

沈俞白点点头。

下一刻，卧室门被打开，顾知意站在门口眨了眨眼，比上次她来的时候要好太多。

柜门被修好，方方正正地关上。

旁边的窗帘半掩着，光透进来照在地板上。她低下头，地板很干净。

就连窗边的桌子上东西都摆放得很整齐。

只是被子有些乱，看起来是刚爬起来。顾知意咬着唇轻笑，把卷子放在桌

157

上回头道："我们一起做卷子吧。"

沈俞白手插在裤兜里站在房间门口没动。

少女回头喊他。

就像这房间不是他的一样，沈俞白挪了一步迈进去。

桌上顾知意已经把两份卷子摆开。这张桌子比院子里的那张要小，她便坐在靠近床那边，冲沈俞白拍拍卷子，而后自己拿起笔开始写题。

沈俞白拉开椅子坐下。

他挑了下眉，把卷子摊开，上面密密麻麻的英语单词看得他太阳穴一阵疼。他撂了笔侧头看向旁边："非得做？"

顾知意看也没看他，提笔写下几个单词，回答得很干脆："对的啊。不做怎么知道你的水平是什么样的？"

……

丢到卷上的笔被人捡起，旁边传来少年的呼吸声，顾知意扯了扯嘴角忍住了笑。

外面的雨总是下一阵停一阵，急雨落下打得树叶"哗啦啦"作响，几片叶子稍有掉落迹象全被这场雨打下来，随着雨滴一并砸在地上，不一会儿便铺满树下那块地方。

顾知意伸手去拿笔袋里的橡皮。

她愣了下，紧接着拉过笔袋在里面翻找，之前放进去的那块橡皮不见了。

桌上也没有。

顾知意探身在周围找，身体在凳子上左转右转，白色衣服在腰间被扭出几道褶儿。沈俞白撑着脑袋横睨她一眼："找什么？"

"橡皮。"顾知意咬着唇掀开卷子，空空如也，她放弃了，转头看向沈俞白，"你这里有橡皮没？"

沈俞白轻嗤，手里的笔转了个圈："你觉得可能吗？"

顾知意撇撇嘴，站起身探过去瞧窗外。这会儿已经停雨，她伸了个懒腰："我回去拿橡皮。"

转身时，突然鞋子卡在凳腿边。

来不及反应，她的身子便不受控制地向旁边倒去。

顾知意下意识想要抓住什么，视线随着动作移动，她只看得见天花板上的裂缝，还有自己在空中的双手。

"砰！"

没有疼痛，没有坚硬的地板，她眯着眼看向一旁，满眼淡蓝色条纹。

顾知意松了口气，后知后觉地反应过来她是跌倒在沈俞白的床上。

不这样想还好，下一刻呼吸间都是少年身上特有的气味。洗衣液清冽的香味，混着她发丝的味道一并涌过来。

"摔疼了？"少年声音从头顶上方传来。

顾知意掀起眼皮看去，棱角分明的下巴、滑动的喉结、下巴上那颗不明显的小痣，她缓缓眨了下眼，终于对上那双黑眸。

黑漆漆的，望不见底。

沈俞白轻笑："真有你的。"

说完他微微弯腰伸出手去。

少年的手指修长，骨节分明，指甲修剪整齐，关节处有几条大小不一的白色疤痕，顾知意抬手抓住他的手。

下一瞬手被人紧紧握住，沈俞白恍惚一下。

他回过神，往前挪了步，手臂稍稍使劲，少女被带离床榻。

顾知意飞快起身，拉开门往外快步走去。

雨水停下，太阳光芒万丈，院子里老树抖着叶子上的雨珠，舒展着枝丫，依旧摇摇晃晃地立在那里。

顾知意捂着右脸颊快步推开门回家。

她坐在椅子上捂住胸口，心跳快得要爆炸，只要她稍稍张口就能从嘴里蹦出来。

沈俞白撑着手坐起来。

他揉了揉眼眶，走到外面拧开水龙头，狠狠洗了把脸。

侧门被人推开，他仰起头看过去。

顾知意拿着橡皮走进来，见他坐在树下有些愣，快步过去蹲在他面前："你坐这里干吗？"

沈俞白淡淡开口："没干吗。"

"行，那进屋做卷子吧。"顾知意站起身朝房间走去，在书桌旁坐下，扫了眼旁边的卷子，只做了一半，大题都是空着的，她看不过去，扯过卷子仔细看起来，越看眉头越发皱起来，到最后巴掌大的脸上全是严肃。

沈俞白进来后见她这副样子站在凳子旁没坐下。

顾知意抬起头，语气无奈："你这错得太多了吧。"

沈俞白半垂下眼，没吭声。

"沈俞白，你这样下去是不行的。"顾知意叹了口气，"基础知识都没掌握，要被你气死了。

"我给你的笔记呢？"

她像个小老师，一板一眼地教育他。

关键是，他还觉得挺有道理。

"这儿。"他抬手指了指桌子旁边的架子。

上面整整齐齐摆放着她给的所有资料和笔记，整个房间最整齐的地方恐怕就是这个架子了。

顾知意看了眼架子，又转头看向他，如此反复两次，她真是被气笑："你是打算供起来吗？"

"能行？"少年嗓音慵懒随意，带着几分笑意。

"你干脆吃了吧。"顾知意笑骂道。

放在桌旁的白色手机振动几声，顾知意捞起来看了眼挂断："我妈喊我回家吃饭了，下午我还有事，你自己好好背。"

她转身从架子上随意抽了一本笔记放在桌上。

"就这本，你要背完。"

沈俞白手插在兜里没吭声。

直到视线里，少女背影彻底消失，他才长舒一口气坐下。

正午时间，巷子里炊烟袅袅，他仰头盯着窗外淡得几乎要看不见的白烟，又低下头看了眼放在桌上的笔记本。

他抬手翻开一页。

工整娟秀的字迹顺着横线写满整张纸。

他抿了下唇，捞起电话拨通："晚上出来吃饭。"

（12）

烧烤摊。

老板戴着白手套将一把"嗞嗞"冒油的五花肉串放到桌上盘子里，笑着说道："有阵子没见你们几个了。"

张之楠做了个帅气姿势，眉飞色舞道："那以后必须得经常来啊。"

李海捡起两串肉递过去，对面的少年探身接过咬了口，拎起旁边的易拉罐抿了口，轻轻喷声。

他掀起眼皮漫无目的地扫过桌上的吃的，都是高盐高油的，不适合姑娘家当夜宵。

"老板。"沈俞白抬了下手。

老板抱着点菜单颠颠过来："咋了，不够吃？"

他抬手扣了下眉心，接过菜单上下扫了圈，指着几个素菜和精肉："少放盐和油，来点。"

老板一顿，迟疑地望着桌上三个大男生："你们吃这么清淡？"

"给人带的。"少年懒懒散散地回他。

"哦哦哦，好，我这就去做。"老板顿时明白过来，直接去后厨报了菜单。

张之楠目送老板离开，神情十分迷茫："俞哥，你给谁带呢？"

话音未落，他后脑勺就挨了一巴掌。

"啊！李海，你打我干什么？"他皱着眉头捂着后脑勺，疼得龇牙咧嘴。

李海扯了扯嘴角，十分嫌弃："就这智商，你以后能干啥？"

"本来就不聪明，你再打，我让你负责啊！"

"你可拉倒吧，"李海开了一瓶易拉罐推过去，捞过旁边的马扎子靠在腿边，惬意十足，"你看不出来俞哥在追人啊？"

沈俞白放下铁签，凉凉地看了李海一眼。

李海顿了下，喉结微微滚动，欲言又止地看着面前的人。

真要急死个人。

做什么事都沉稳得不行，不知道的还以为俞哥九十八岁。

张之楠已经被这条爆炸消息雷得找不到北，连灌了好几口啤酒才压下去心里的激动，将马扎子一拖，直接贴近沈俞白，还没张口说话先来了个酒嗝。

沈俞白叹了口气，横睨他一眼，抬脚将他的马扎子推远。

"俞哥，你要是想，"李海拿起一块烤鸡翅徒手撕开，将翅尖放进张之楠的菜碟里，"就直接追，别老对人家冷冰冰，我要是顾知意，那得躲得远远的。"

他把剩下的翅中剔骨，"你想想其他女同学，谁敢靠近你？"

学校里的女生对沈俞白大多是远观，只偷偷摸摸地讨论和感叹他的颜值，真让她们跟他说话，一个个吓得脸色那叫一个白。

排除李佳颖，就只剩下顾知意了。

偏偏让沈俞白上了心的，也是这一位。

"谁谁谁？"张之楠惊讶得连鸡翅都忘了啃，嘴里的鸡翅"吧嗒"一声掉到桌上，豆大的眼睁得快要成金鱼眼，"是我知道的那个顾知意吗？"

李海"啧"了声，眯着眼从旁边掰下另一根鸡翅尖放他盘子里："吃吧吃吧。"

这是把他当孩子呢！

"不行。"

他不能打扰她学习。

南关这个小地方，能拖得住他的腿，但是留不住她。

他像一只井底蛙，日日仰望着头顶那片天空，有一天，忽然被暴雨从井底冲到上方，得以窥见不一样的光。

没人不贪心。

没人想永远活在暗无天日的井底。

可他就得在这里，守着那个家，守着那座墓。他被压在南关，直到沈堂庆的债还完。

"俞哥，你爸的事你让他自己处理吧。"李海忍不住多嘴。

沈俞白撑着脑袋坐在那里，长腿屈膝，另一只手搭在膝盖上，指尖随着音乐节奏跳跃，仿佛他们说的只是平常话，与他无关。

一首歌放完，他站起身："走了。"而后拎着刚打包好的烤串离去。

街边哄闹，夜灯炽亮，他一点一点移出这人群喧闹地，不远处黑暗笼罩，主路看不清，他却毫不在意地迈了进去。

李海重重叹息了声。

顾知意下晚自习回家后啃了块猪蹄。

顾青山看着她那两个黑眼圈一个劲儿叹气，恨不得替女儿去上晚自习，让她回来睡觉。

顾知意手捧着猪蹄坐到他旁边，笑嘻嘻地朝他递猪蹄："爸爸，叹气干吗？"

"你瞧瞧你这个黑眼圈，"顾青山接过她啃完的猪蹄，递过去湿巾，"让你妈别再给你报什么补习班了，这样下去你都瘦得皮包骨了！"

"没事的爸，"顾知意擦擦干净手，头靠在他的肩膀上，"也就辛苦这一年呀，很快就过去了。等我考上大学，爸爸送我什么礼物呀？"

"还礼物呢，"顾青山伸手刮了下她的鼻尖，"回西城，种地去！"

顾知意"噌"地站起来，朝他吐吐舌头："呸呸呸。"

夜色浓重，旧房的庭院里飘出阵阵欢笑声，伴着红瓦房的屋檐，轻飘飘地散开来。

灰墙边，少年贴墙靠着，手里拎着一袋烤串，因为口扎得紧，里面起了点点滴滴的水雾。半晌后，他抬起手晃了晃，烧烤调料沾在袋子上，辛辣又香。

他掏出手机打开微信，置顶的微信联系人头像是个小太阳。

总是爱换各种各样的头像。

他没给她备注姓名。

反正是置顶，他一眼就能瞧见的。

沈俞白点开对话框，拍了张照片，点击发送，而后收起手机静静地立在那里。

周围静谧又清凉，晚风越发凉爽，对面窗户许久没有动静，窗帘里的光隐约透出来，照射到地上也不过是斑驳一块。

他低下头瞧了会儿，没意思。

忽地，手机微信提示音响起。

沈俞白掏出手机，消息弹出来：烧烤吗？！

他笑起来，抿了下唇，编辑回复：嗯。

顾知意：来啦！你等下呀！

好像一瞬间，他有了期待。

不一会儿，对面传来窸窸窣窣的脚步声，顾知意穿着长袖睡衣跑出来，黑发散落在胸前，杏眸璀璨明亮，眉眼弯弯的，见他站在那里快步过来，视线先落在他手上。

"好香啊！"她声音低低的，越发软糯发甜。

沈俞白撑开袋子递过去，嗓音不自觉放轻："尝尝。"

顾知意找了一串烤蘑菇咬了口，烧烤香料在嘴里迸发出特有的香味。

"好吃！"她满足地眯起眼睛。

"我妈最近不准我去吃烧烤，怕我拉肚子。"少女吃得嘴唇油润，微微嘟起嘴小声抱怨，"已经很久没吃了，之前萌萌约我都没让我去。"

"嗯。"他低声应着。

顾知意拉着他坐到门槛上，埋头又找了一串烤虾，像只快乐的吃货小仓鼠。

旁边就是她的投食者。

"你刚回来呀？"

"嗯。"

"哦，晚上其实我吃了猪蹄嘿嘿，油乎乎的，才刷了牙。"她抬起手背蹭了下嘴边，留下一道油渍痕。

"回去漱口。"

"那不行的，得再刷一下。"

侧门里的树叶"哗啦啦"作响，巷子里宁静一片，只听得见两人低低的交谈声。

周一早晨是顾知意值日，她嘴里叼着包牛奶背着书包就往外走。李娅萍今天有早会走得比较早，天气凉了些，顾知意穿了件薄外套，车筐里放着顾青山给她准备的小面包，推着车子往外走。

巷口，少年撑着腿停在那里。他穿了一件黑色卫衣，卫衣帽子套在头上，听见动静转过身来。

顾知意快步过去，把车筐里的面包递给他一个："你怎么停在这里？"

沈俞白接过面包放进口袋里："刚出来。"

"那一起去上学！"顾知意冲他甜甜一笑，骑上车飞快冲到前面。

少年神情平静，慢悠悠地跟在后面。

直到快到隧道，他才稍稍加快速度。

不出意料，顾知意的速度慢了下来。

沈俞白伸手掏出一样东西，放在手里转了圈，抬眸喊道："顾知意。"

顾知意停下车看他。

少年将车子停到一旁，而后朝她径直走过去，低头弯腰在她车头前安装上一个黑色的圆形灯头。

她歪着身子去看，晃动晃动车把，灯头安装得十分牢固，没有晃动的感觉。顾知意心情大好，神情雀跃："这是探灯吗？"

"嗯。"

她又好奇地摸了摸："那开关在哪里？"

沈俞白跨上车："快迟到了。"

"来了来了！"

两辆车子并排没入隧道。

白色车子上的探灯忽然亮起，广口探头将隧道里的环境照得一清二楚，是个超强灯。

顾知意低呼一声："好厉害！"

竟然是感应的。

沈俞白瞥了她一眼，视线落在旁边的隧道墙壁上。

车灯带来的巨大光差将两人的身影映在墙上，重重叠叠，他的影子里包裹着她的。

身后一辆汽车过去，顾知意下意识放缓速度想要等后面的车先过，却发现自己在隧道内侧，少年从进隧道开始便一直在外侧，哪怕听见车声，神情也未曾改变，依旧保持和她并排。

她抿了下唇，嘴唇张了又合，到底是没有说话，只是悄悄地打量少年。

侧脸鼻梁高挺，薄唇半抿，浓密睫毛在他的脸上留下淡淡的阴影。他太适应黑暗中的生活，她无法想象每天都要穿越这条黑漆漆的隧道的心情，可沈俞白就这样走了一年又一年。

"沈俞白。"她忍不住低声喊他。

少年侧眸看过来，清清冷冷的模样。

"你还记得我说的话吧。"

沈俞白看了她一眼，缓缓眨了下眼。

那天晚上。

他收到顾知意发来的一条微信，让他通宵没睡。

隧道口渐渐亮起光，两辆自行车并排骑出，探灯灭掉，沈俞白也没有再开口说一句话。

第一节课是英语课，上周的模拟卷子发了下来，英语老师阴着脸在讲台上

163

拍桌子。

"说好听了你们是高三生，不知道的还以为是高一呢，"英语老师掰断粉笔头，转身在黑板上写了几个单词和词组，"就这几个，全班都写对的有几个？

"高一的知识，现在都忘光了！

"今天错的，把那段翻译给我抄十遍，课代表收上来。"

老师推了下眼镜，目光扫到最后一排，禁不住喷嘴："沈俞白，你别的不用干，给我先背单词！"

教室里爆发出一阵哄笑声。

顾知意扭头看向后排。

他依旧是撑着头，面无表情。

她咬了下唇，低头看着刚发下来的卷子，然后拿出几支不同颜色的笔，认真听讲，所有涉及的知识点，只要老师讲过的，她都一一记下。

一节课下来，卷子上被她记录得密密麻麻。

赵萌萌拉着她去厕所的时候扫了眼卷子，震惊到险些口吐"国粹"："我去，小意，你这是要干啥？这些知识点你不是都会吗？题都是对的。"

顾知意点点头，把卷子折好放在一旁，低声道："我给沈俞白的。"

赵萌萌："他在走廊呢。"

"老师都拯救不过来的，你要拯救他，那不是要分散精力啊？"

顾知意抿着唇笑了下："也算是帮我自己巩固知识点了。"

两人手挽着手出了教室，正撞上沈俞白和李海他们几个在聊天，张之楠的嗓门最大，眼角余光看见两人出来就吆喝上了："哦哟，这是谁啊？"

赵萌萌瞪了他一眼："好孩子不挡道啊。"

李海揪住张之楠的后脖领，示意两人过去。

路过沈俞白，顾知意顿了下，仰起头看向少年，说："我桌上有份卷子，等下给你。"

沈俞白垂眸看她，薄唇微启："不用。"

（13）

周围环境安静一秒。

赵萌萌用力扯了下顾知意的胳膊："走啊小意。"

说完她便拉着顾知意往走廊尽头的厕所走去，一边走一边嘀咕："这狗咬吕洞宾，你别搭理他就对了。"

顾知意轻轻摇头："没事。"

赵萌萌冷哼一声，将她轻轻推到前面排队："这种人没救的。"

许是说话声音大了，前面有人回头看过来。

一天的课安排得满满的，进了教室就是学习，顾知意做事专心，氛围到了也就去学，便强迫自己不去想这件事，等她再想起要跟沈俞白说话的时候已经是晚自习。

破天荒的是，他在。

顾知意忍不住转过头去看他。

桌上卷子摆放凌乱，课本横七竖八地放在那里，沈俞白趴在桌上，胳膊将整张脸圈起，看不到什么表情。

她转过身，碳素笔在指尖转了两圈后，偷偷掏出手机给他发微信。

裤兜里的手机振动两下，沈俞白被吵醒，皱起眉头撑着头坐起来，轻轻喘了口气，掏出手机。

顾知意：为什么不要卷子？我写了知识点。

少年喉结上下滚动，眉宇间有几分不耐烦，指尖在屏幕上戳了几下，便将手机息屏扔到桌肚里去。

只是没了睡意，他抬眸看向前排。

应该是不怎么敢玩手机，少女坐得规规矩矩，卷子有一半耷拉在桌子旁，上面是做完的一部分题。

手机"嗡嗡"作响的时候她手忙脚乱地去捂，卷子顺着桌边滑到地上，两支中性笔也滚下去，她匆匆把手机放进桌肚书包里，然后弯腰去捡卷子。

楼下主路两旁的灯昏黄，树影斑驳。

偶尔有自行车在小路里穿梭，车轱辘压过青石路，咯噔咯噔地响。

小城镇的中学，永远是这副样子。

安逸又落后。

顾知意心虚，看了眼前后门，才侧着身子挡住手机，小心翻看微信。

沈俞白：以后好好学习，不用管我，也别来我家。

周围依旧静得要命，只有翻阅纸张的声音。

她收好手机继续做题，只是思绪却没跟上，杏眼直愣愣地盯着那张卷子看了会儿，而后默默折起来放在一旁，继续手里的事。

后排骤然发出凳子摩擦地面的刺耳声响，顾知意没回头。

只听见后门被打开，然后重重关上，扫过一阵风，后排同学的卷子被风吹跑，有些人皱着眉小声抱怨。

下一刻，走廊里值班的老师怒喊着"沈俞白"三个字。

她埋头做题，飞快计算出一道又一道的题，解题速度越来越快。旁边同桌不经意间看她做题，那速度和正确率，让人瞠目结舌。

晚自习结束，顾知意依旧埋头收拾书包。

赵萌萌背着包过来，低头一看便觉得她有些不对劲，连忙扯住她的书包背带："怎么了？"

"没事。"

她咬着唇抿了下，将东西收拾好走出教室。

顾青山等在外面，老远便看见自家姑娘耷拉着小脑袋推车出来，心里"咯噔"一下。

这该不会是模拟考试没发挥好吧？

等顾知意一出来，他忙迎上去，接下书包放进自己车筐里，凑近问道："闺女，心情不好？"

顾知意点点头，巴掌大的脸蛋上明晃晃写着三个字：不开心。

顾青山环视四周，发现对面的烧烤摊，拽住顾知意的车把，冲她眨眨眼示意：

165

"要不爸爸带你去吃烧烤！"

她摇摇头。

"要不爸改天带你去游乐场？"

她依旧摇头。

顾知意骑车驶出去，心口就像是被一块大石头堵住，闷得她难受。

明明昨天还好好的呢。

今天早上也好好的。

怎么上了一节课态度就这样差劲起来？

她攥紧车把的手越发用力，关节微微泛白，脚下的骑车速度也越发快起来，等顾青山反应过来追上去的时候，女儿早就已经横穿过马路，直奔树林那条小路。

路过沈家侧门时，门依旧是半掩着的。

顾知意面无表情地瞥了眼后便推着车进了自家门。

烧烤摊前，少年撑着手抿了口啤酒。

李海说道："俞哥，这两天都来学校了啊。"

"嗯。"少年微不可察的鼻音算作回应。

"你不会真的想拼高三这一年吧？"旁边张之楠嘴快，径直问出口。

李海拍了他胳膊一下。

沈俞白轻嗤。

"对。"嗓音清冽低沉，却又带着一丝不容忽视的坚定。

李海点点头："俞哥，不论你做什么，哥儿几个都挺你。再说了，这也是好事，你能想明白就好。"

他们几个一度觉得沈俞白会放弃高考，所以关于高考这事，能不提，他们就不提。

现在他自己想做，那就去做。

反正日子还长，机会还有。

最近老师和同学都发现沈俞白出现在教室里的次数多了起来，一连大半个月都规规矩矩上课下课，甚至多数时候晚自习也在。

除了偶尔带伤，他和其他学生几乎没有区别。

赵萌萌戳戳顾知意的胳膊，随意指了一道题，佯装讨论问题，嗓音压低，近乎是气音："听说沈俞白要考大学了。"

顾知意在卷子上写解析过程，听到这句话，笔尖顿了顿，在白纸上留下一个墨点。

她抿着唇没说话，生了大半个月的气瞬间消了一半。

"是吗？"她轻轻笑了下，眼眸明亮，"这是好事。"

"是好事，但是以他的成绩想考大学，考专科都费劲。"赵萌萌撇撇嘴，表示希望不大。

顾知意把卷子推给她，示意她看看，压制住想要转头去看后排的心思，轻

166

声道："不管行不行，只要肯学就好啊，而且沈俞白之前是有点基础的。"

只要他肯看她给他的笔记，一定会有进步。

十月天气变凉，骑车回去的走读生都带着一件外套。

沈俞白却只有一件薄卫衣。

顾青山依旧等在学校门口，沈俞白看见了，顿了下，然后骑车离开。

回到家时，正屋的灯亮着，桌上的剩菜剩饭已经馊掉。

他扫了眼，转身推开卧室门，将自己扔到床上。

月光倾洒，架子上笔记本封皮是透明的，折射出点点光，他偏头看过去。

所有笔记本按照什么顺序排列的，他特清楚。

躺在床上隐约可以闻见纸张的特殊味道。

沈俞白侧过身面朝架子，轻轻眨了下眼，心里那股烦躁终于被压下一点。

他探身抽出一本笔记随意翻开，少女娟秀的字迹出现在眼前，他甚至能够想象到顾知意写这些笔记时的表情，认真又可爱。

尤其是那双眼睛，漂亮又干净。

任谁都舍不得她被困在这小地方。

桌上手机铃声响起，沈俞白探身拿起接通："喂。"

电话那头是嘈杂的环境音，对方嗓门放大，在空旷的房间里显得越发清楚。

少年慢慢坐直身子，长腿贴在床边，攥住手机的胳膊青筋暴起，指节发白。

"俞哥，你快来老城东这里！你爸在这儿赌钱让人扣下了！"

沈俞白捡起衣服起身走出去。

街道上人影稀少，他在门口待了会儿，看着时间一分一秒地走动，而后手插着兜慢慢往前走。

旧巷虽然破，但是四通八达，去往老城东有条抄近路的小道，只是小道两旁很多祖坟，于是一到晚上便没人敢走。

他却坦然自若地走着。

萤火点点，万籁俱寂。

从小道上一拐弯，眼前便变了模样，灯红酒绿将所有安静打破，夜生活的璀璨将夜晚照亮。

老城东的棋牌室大门关着，透过玻璃门可以看见里面的桌旁围了几圈人，好不热闹。

他站在门口没进去。

仅仅一眼就看见沈堂庆坐在牌桌前，脸色苍白，抖着手将麻将牌扔出去，身后站着几个男人，叼着烟看他手里的牌。

见沈堂庆出手慢，那人在后面推了他脑袋一下，嘴里不知道说着什么，烟灰落在他的头上，小小的，白了一块。

沈俞白低下头看向地上铺的红色地毯，上面的"欢迎光临"被踩得斑驳不堪，黑色泥垢盖住几笔，污痕累累。

沈俞白抬手推门。

"丁零——"

167

几个男人朝他看过来。

他抬手抓下卫衣帽子，朝想要站起来却被按下的沈堂庆抬抬下巴，嗓音低沉："放了他。"

其中一个男人上下打量他一遍，走过来瞪他："你是谁？"

沈俞白叹了口气："沈俞白。"

"沈俞白？"那男人满脸不可置信，退后两步仔仔细细打量他，"你就是徐哥场子里的那个年轻人？"

沈俞白点点头。

"奇了怪了，没说是个学生仔啊！

"你老子在我这儿赌输了，不还钱……"男人朝后招招手，又拍拍沈俞白的肩膀，"兄弟，我不是不给你面子，但欠债还钱，天经地义嘛。"

少年肌肉精瘦，看着仿佛稍稍用力就能捏碎，男人暗暗使劲，却感觉满手硬骨头硌手。

他嘿嘿一笑揽住沈俞白的肩膀："这样吧，我卖你个面子，利息我不收了，本金给我就行。"

"多少？"

"不多，三万。"

沈俞白轻嗤，眼皮掀起，视线越过男人径直落在沈堂庆的脸上，淡漠冷戾，仿佛在看一个无关紧要的人。

他没说话，也没答应，就那样静静地看着。

男人看他不说话心里有些发毛，轻咳声："不然我就要打一顿扔门外了。"

听到这话，少年漆黑的眼眸缓缓眨了下，将目光落在他身上，薄唇掀起一抹冷笑："给你三万，打一顿。"

男人一愣。

这来赎老子，还要人把老子打一顿的，少见。

真是心狠手辣，怪不得老徐能容他这么久。

"出了什么事我不负责啊！"

少年已经坐在沙发上，死气沉沉，像一具没有活气的行尸走肉。

"沈俞白，他们要打你老子！"沈堂庆被人架着往后院走，他死命往后缩，脚上的鞋子也蹭掉了一只，袜子上还破了好几个洞，样子狼狈又可怜。

沙发上的少年头也没抬，始终半垂着眼。

前厅人多话杂，哄闹声一茬接一茬，后院的撕心裂肺是听不到的，也听不真切。

被揍了一顿的沈堂庆已经被拖着从后门扔了出去。

沈俞白掏出手机扫码付款。

不多不少。

三万整。

沈堂庆坐在地上哎哟哎哟地喘着气，还不敢大口呼吸，每一下都拉扯着疼。

黑色帆布鞋在他视线里出现，他仰起头，嘴唇颤抖着。

沈俞白居高临下地望着他。

半晌后，他被粗暴地从地上拽起来，少年修长的手指揪着他的衣领，夹住他的胳膊，拖着他一步一步地走。

转过弯没入小道时，沈堂庆被石子硌了脚，闷哼一声，他咬牙切齿地望着少年的侧脸："你是不是想我死？"

"是。"少年嗓音冷冽淡漠，甚至没有一丝犹豫。

（14）

巷子晚上安静。

稍有人走动，隔着窗户都能听见鞋子摩擦过地面的声音，沙沙的。

李娅萍从不准垃圾放在家里过夜，都是轮番让父女俩送出去，顾青山今天事多，一吃完晚饭便回房继续加班，这丢垃圾的事情只能落到顾知意头上。

她吸了吸鼻子，趿拉着拖鞋拎起黑色垃圾袋就往外走，头发被随意绾成一个团子，露出光洁饱满的额头。

刚拉开门，小路上传来声响。

顾知意吓了一跳，旧巷昏暗，有块地方黑黢黢的，有人的时候她都会在光亮的地方待会儿，所以站在门口不敢前往。

只听男人粗犷的谩骂声传来，像是喝了酒吐字有些许不清，但言语粗鄙，听得人眉头直皱。

只是这声音……

她踮着脚微微探出头望去。

少年弓腰架着浑身瘫软的男人往沈家侧门进，门槛太高，男人绊了脚，踉跄着前倾要跌倒，嘴上却又骂骂咧咧的。

从始至终，少年没有吭一声。

顾知意咬唇，将探出的那只脚轻轻收回，微微屏住呼吸立在门口。直到沈家侧门关上，她才松了口气，拎起垃圾袋往外走。

昏黄路灯将她的影子拉长又缩短，直至蜷缩在她的脚底，她抬手将垃圾袋丢进垃圾箱，仰头望向夜空。

繁星点点，明天应该是个好天气。

她拢了拢外套快步跑回家，插上门回到卧室。

不一会儿外面传来刺耳的声音，李娅萍"呀"了声，连忙放下手里的东西出了门，一家三口站在院里仰着头听对面的声音。

谩骂声、摔东西声、狗吠声，在小巷这狭窄的棋格房屋周围扩散，几只原本在树杈上休息的麻雀叽叽喳喳落到半空中的电线上。

李娅萍啧啧嘴："真是苦了孩子了。"

"是啊，好好的孩子，怎么家长这样？"顾青山叉着腰又听了几句，低头瞥向旁边的女儿，忍不住抬手摸了摸她的脑袋，"还是咱们家好，闺女学习好，家庭也和睦，上哪儿找这么好的三好家庭去？"

李娅萍瞪了他一眼，骂了句厚脸皮转身回了正屋。

顾知意看向他："爸，我也回去了。"

"啊……"顾青山清了清嗓子，揽着她的肩膀，"我也回去，还有点事情没做完。"

一家人又陆续回到原来的位置。

临进门时，顾知意扭头看过去，矮墙院子那头，依旧传来不断的吵闹声。

可她没有听到沈俞白的声音。

他好像从来没有大声说过话，更没有愤怒得要命的时候。他脸上永远挂着一副面具，清清冷冷，明明和她一般大的年纪，却深沉得不像话。

忽地，外面传来一声巨响。

顾知意慌忙起身掀起窗帘看出去，夜空笼罩，少年像一团黑影，转身消失不见。

她推开窗户贴近防护网往外看去，街道空空，哪里还有半分人影？

桌上的试卷还有一半没做完，顾知意做了几道选择题，心里依旧乱糟糟的。

隔了墙的声音像是从远处传来，瓮声瓮气，憋得她难受。

她拿过手机找到李海的微信。

以前高二的同学有个 QQ 群，但顾知意总是觉得麻烦，便加了几个玩得好的同学的微信，有什么事大家就在微信上联系。

李海的微信是在认识沈俞白后加的，不过她没想过自己会跟他联系。

李海回复很快，问她有什么事。

她问了一下沈俞白的事情，然后放下手机，等待回复。

卷子一角被顾知意白皙的胳膊压住，有一道极深的褶子，她连忙抚平，听到手机振动声，她急匆匆又拿起手机，见李海回复后顾不得卷子，点开屏幕。

李海：俞哥的事，我们知道的也不多。

李海：不过今儿晚上，是他爸赌钱输了三万块，他给气得离家了。

她指尖顿住，然后继续敲击屏幕。

顾知意：他在哪里？

那头秒回：招待所。

门外，顾青山敲了敲门，示意她早点休息。顾知意应了声，视线依旧落在屏幕上的三个字上。

怎么就闹到这个地步？

睡过去前，她脑海里还在迷迷糊糊地想着这件事。

第二天一早，顾知意刚到学校就被赵萌萌喊去打水，两人不约而同打了个哈欠，赵萌萌眼里泛着泪花，碰碰顾知意的胳膊。

"我听李海说，沈俞白跟他爸吵架了。特凶的那种。"

顾知意眨眨眼，低声回应："嗯。"

赵萌萌后知后觉，捂着嘴说："我忘了，你上次和我说你俩住一条巷子里。"

当时知道这事，她惊得眼珠子都快掉出来了。

"怎么样？他家啥情况？"

顾知意低头将瓶盖拧紧，不经意间抬头，视线撞上正走来的少年，她抿着唇没说话，目送他进了教室才转头："你刚才说什么？"

赵萌萌无力地叹气："赶紧进去吧，早自习了。"

下午放学，晚饭时，赵萌萌戳着盘子里的肉："对了，我听他们说要去看沈俞白，他现在不上晚自习了。你去不去？"

"我就不去了。"顾知意低头塞了口米饭。

少女越发消瘦，高三压力大，她吃那两口饭压根没什么作用，巴掌大的脸蛋本来就小，现在瘦得下巴尖尖，更是显得杏眸大，浅褐色瞳孔清澈明亮，活像个洋娃娃，让人恨不得上去捏一下她的脸。

赵萌萌没忍住直接捏了下，手感极佳，软嫩软嫩。

顾知意被捏的那块地方转眼就红了。

"去吧，去吧。"赵萌萌把盘子里的排骨全给她，"听说他这两天都没怎么吃饭。相较于我们，沈俞白还是更在意你的，李海可是特意嘱咐我喊你去。"

顾知意咬着筷子没出声。

自上次后，他们两个没有任何交谈。

就像回到了最开始的相处模式。

对面赵萌萌还在吐槽老师出的卷子题目刁钻，复习科目太多，脑子都要不够用了。

声音由远及近，在耳畔放大。

她什么也没听真切。

晚自习的时候，顾知意支起课本挡住手机，给顾青山发消息，说自己要跟同学一起去看望同学，会晚些回家。

顾青山回复很快，确认有人送她回家，并且要了一个同学的联系方式后，便嘱咐她早去早回。

下课铃声响起。

顾知意飞快地收拾好东西跟着赵萌萌出教室。

车棚里李海和张之楠已经等在那里，还贴心地把两个人的自行车都搬出来了。

"快点儿啊，俞哥还不知道我们去，"张之楠冲两人招手，"万一他去天泰城，那咱几个可要扑空啊。"

听到这话，顾知意急忙把书包塞进车筐，背包歪歪扭扭地斜放着，脚步也加快。

李海一只手插在兜里，单手推车往前走，冷不丁回头瞥了眼，就看见少女车筐里没放好的背包，车子颠簸一下都能给晃出来，她浑然不觉，脚步紧紧追随着他们。

他"啧"了声，停下车探身过去将她书包放好，低笑了声："你别听张之楠胡说，俞哥最近牛得很，都不去别的地方了，一心一意好好学习，天天向上。"

顾知意点点头。

李海见她不爱说话，也没继续说下去。

四辆自行车穿过马路，朝着目的地出发。九中后面几排楼房是老楼，城乡接合部，前面是光鲜亮丽的高楼林立，后面是一排排的矮旧房子。

后来矮房后面又立起几栋小楼，南关招待所就在其中，招牌上"待"字已经不亮，剩下几个字闪着五彩斑斓的光，在黑夜里看着格外异样。

171

赵萌萌扯着顾知意的袖子，手挽着她往前走，低声道："这地儿也太阴森恐怖了。"

顾知意咬着唇紧紧抓着她的手。

李海和张之楠见两人害怕，笑着说道："别怕，我俩又不会把你们两个拐卖了，这破招待所就这条件，我爸妈在的时候它就在了，现如今设备老旧了。"

"哪个房间啊？"

老楼的台阶还是水泥的，上面粗粗贴了几块不干胶地板革，看起来劣质又难看，有的地方还卷皮。

头顶上的灯忽明忽暗，楼梯扶手漆掉得斑斑驳驳。

305 号。

几个人站在房间门口停下，李海敲了敲门，半晌里面传来声响。

拖鞋趿拉着擦过地面的声音愈来愈近。

顾知意下意识地攥紧背包带，粗麻的黑色背带将掌心勒得有些疼，她没管，杏眼盯着面前的房门。

黄色木门被人从里面打开。

少年侧身退开半步，满脸丧气和不耐烦，头发有些凌乱，额间碎发挡住黑眸，薄唇紧紧抿着，看得出心情极差。

虚晃一下还没看清脸，沈俞白按住把手就要关门。

李海忙挡住他："俞哥，我们几个特意来看你的！"他说着朝后面抬下巴，"是不是啊，顾知意！"

那关门的力道微不可察地松了几分，李海暗暗松了口气，对上少年漆黑眼眸，笑了下。

顾知意被张之楠拽到前面："我们……我们来看看你。"

话音一出口，又涩又哑。

少年眉头微微蹙起，眼眸里情绪变了。他松开手让出地方，转身坐在椅子上，懒散又颓废地玩着手里的打火机。

"俞哥，你这地儿……"张之楠手作扇子扇风，"咳咳咳，真够味儿的。"

还没等说完，身后少女掩着鼻子一连打了几个喷嚏，鼻头瞬间红了。

她抬起头发现所有人都在看她，连忙摆手："我不是故意的。"

椅子上的少年轻嗤一声，起身推开窗户。

新鲜空气涌入房间中，瞬间将满屋的发霉味冲淡几分。

顾知意抬手蹭了下眼角，余光里看到少年的书包放在桌上，里面还有几张卷子，她不由得走近几步想要看清楚。

"喂。"

她猛地回头看去。

少年半抿着唇朝她走过来，越来越近。顾知意下意识退后，手掌按住桌边，细小的胳膊微微屈起。

他抽出书包，扔到旁边的椅子上，而后坐回椅子上。

李海最先回神，清了清嗓子："那个俞哥，这招待所条件太差了，你要不要回家啊？再不回去，你爸找不到人要报警了。"

172

沈俞白冷笑："他不会。"

张之楠干脆坐在床上，手里抱着枕头："俞哥，你就回去吧，不然哥儿几个也担心你。"

"对啊，沈俞白，你别跟父母生气。"赵萌萌在旁边轻声开口，说完她碰了下顾知意。

"他们说得对。"顾知意回了神，轻声说道，"这里环境有些差，你复习没办法专心。"

"呵。"沈俞白冷笑，指节叩了两下桌子，"挺会总结。"

顾知意的脸顿时一红。

上次她给卷子就被沈俞白拒绝，这次被拉来也被拒绝。

说不生气是假的，可着急也是真的。

李海一看她这模样，立马上前缓和气氛："顾知意是被我们给拽来的，俞哥你有事别朝着人家女生撒气。"

"是吗？"沈俞白嗓音低哑清冷，"让她好好学习，别管我，怎么不听？"

几个人下意识地看向顾知意。

顾知意深吸一口气："我一直都在好好学习，是你不好好学习。"

"看见了吗？"少年笑起来，黑眸染上几分笑，"好吓人。"

"呃，那什么，"张之楠见这阵仗不对，跳起来拉李海往门口走，"俞哥，天儿也不早了，我们还要送她俩回去，等明儿再来看你。"说着就推开门把顾知意和赵萌萌往外推。

赵萌萌本来就是跟着来的，沈俞白那脸色瞧着吓人，她一分钟也不想多待，率先蹿出门去。

几个人又站在门口。

还没说什么，门"哐当"一声被人关上。

李海摇摇头，示意离开。

楼梯拐角处，顾知意停下脚步，她转头看向走廊尽头的房间，转身往那边跑去，赵萌萌刚想拽她就被李海抓住手腕。

门再次被人敲响。

沈俞白眉头蹙起，翻身下床跨步走过去开门："你有完……"

少女微微喘着气，仰起头看他。

他嘴里的脏话卡了壳，再也吐不出来。

"给你。我上周做的笔记，我看你带了卷子，结合笔记看能更好理解一点。"她递来一个笔记本。

沈俞白低头瞥了眼，脸色慢慢沉下去，没接："不是说了——"

"沈俞白。"顾知意看了眼走廊那头还在等她的几个人，"拿着。"

鬼使神差地，他接了过去。

然后看着少女飞快跑到那头，在拐角处扬起手跟他道别。

他关上门坐在桌前翻开笔记。

想了想，沈俞白探身拖过书包拿出卷子，是前两天的模拟卷，上面铅笔字写了又画，满篇凌乱，他尝试做了几道题，根本不行。

173

笔记是按照题目顺序来的。

一道题一个解析，还有延伸知识点。

他抬手搓了把脸，这几天心里的烦躁就这么消了大半。

他抽出一支铅笔，认真地对照着笔记开始看解析。

窗外夜色深浓……

黎明第一道光来临时，卷子上密密麻麻写满了演算过程。

少年伸了个懒腰，被试卷一角反射的光照到眼眸，他顿了顿，蓦地转过脸看向窗外。

阳光倾洒进来，沿着窗沿，桌边，一路蔓延到他的手边。

他动了动手，慢慢挪过去。

那点点光，像有温度一般，瞬间包裹住他的手，温温柔柔的。

沈俞白靠向椅背。

须臾，断眉轻轻一扬。

第5章／各自为前程努力

（1）

今年冬天格外冷。

这是顾知意来南关后真切体会到的第一个感觉。

之前在西城的冷是湿冷，南关是干冷，风一刮，冷风直钻骨头缝。李娅萍知道她畏冷，老早就帮她买了羽绒服，白粉色的半长款羽绒服将她整个人包裹住，只留下一张白净脸蛋在外面，小鼻头冷得红彤彤的，像个糯米团子。

天气越发凉，顾知意一到冬季就爱肚子疼，早自习刚结束她便觉得小腹有一阵异样。

她心里一惊，难道这次又提前了？

顾知意来例假的时间一直不准，不是提前就是推后，她便在书包里装着卫生巾以备不时之需。

这会儿一股热流蹿出来，她忙站起来急匆匆跑去厕所，果然是来了。

九中的厕所简陋，因为长期开窗通风，厕所温度很低，顾知意结结实实打了个喷嚏，把校服拉链拉到最顶上，而后收回手，轻轻叹了口气。

小腹的疼痛丝毫不减，甚至越来越痛，下坠感尤为严重，她几乎是弓着腰进的教室。

此时课桌上放着一个没见过的热水袋，粉色的绒布包着，是刚好的温度。

她看了会儿，扶着凳子坐下，低声问同桌："是谁的热水袋呀？"

同桌摇摇头，他刚才在做题也没有注意是谁放在这里的。

顾知意下意识转头看向后面，少年托着腮垂眸看着课本，手腕处绑着一块纱布，神情平静淡漠。

她抿唇收回视线，把热水袋放到校服里，隔着衣服，层层暖意传递到腹部，疼痛一点点减缓。

少年掀起眼皮望向前面，而后垂下。

第一节课是刘丹的课，她抱着卷子敲敲讲桌，笑着说道："上周模拟考大家考得不错！"

台下顿时响起一阵拍桌声。

她摆摆手示意大家停下，而后把卷子给前排分发下去。

175

"这次我要着重表扬两名同学，"刘丹抬手推了推眼镜，"一个是顾知意，这次模拟考试全班第一，年级排名第六。"

一瞬间，所有目光聚焦到顾知意这边，她咬着唇，杏眸里亮晶晶的。

自从转到南关，她的成绩虽然稳定在前几名，但拿班级第一还是头一次。

"还有一位同学，我必须要在这里提出表扬！

"沈俞白。"

后排靠窗的少年慢慢直起身，黑眸望向讲台。

刘丹满脸赞许地鼓掌："这次进步不少，继续努力。"

几乎所有人的目光都从顾知意身上挪到后排少年那里，他依旧那样坐着，薄唇微抿，清冷面容没什么表情，平淡地受着这些目光。

忽地，漆黑眸子对上一人的。

那双眼睛闪耀明亮，含着明晃晃的喜悦。

少年终于柔和了几分，轻笑起来，唇角微微扬起一抹弧度。

"好了，继续上课！"

忽地，有同学惊呼一声"下雪了"。

顾知意转头看过去。

窗外，雪花洋洋洒洒地落了下来，不一会儿工夫便将世界变得雪白一片，美不胜收。

这一年，要过去了呀。

晚上，顾青山知道女儿考了班级第一名，兴致高昂地做了一桌子好菜，还特地买了可乐给她喝，结果还没开瓶就被李娅萍给制止了。

顾知意经期喝碳酸饮料不好。

一家子高高兴兴地庆祝，结束时已是十一点多，顾青山喝得有点多，揽着女儿的肩膀不停地絮叨自己的事业，说明年就能离开南关，到时候要在西城买套房，安定下来，再给她修建一个小花园。

"爸爸，你说的这些明天还能记得吗？"顾知意捧着他的脸揉了揉。

顾青山打了个酒嗝："肯定能！"

顾知意很嫌弃地跑开了。

外面又开始下雪了。

下雪的时候，世界显得格外安静，仿佛被按下暂停键，只看得见雪花落在窗沿上，又一点点融化掉，成为一滴水珠，下一刻又一片雪花落下，依旧成为水滴，周而复始，直到温度骤降，化为冰花。

沈家窗内，一只骨节修长的手伸过去，将窗户推开一条缝。

冷风顺势蹿入房间中，少年抬手搓了把脸，让冷风吹了会儿才觉得清醒，胳膊下压着一张写满验算过程的纸张。

黑眸微微眯着，他还在思索一道题。

这张数学卷，沈俞白足足做了两个小时了。

还有一面没做。

真是要命。

这可比打拳难多了。

他抬手抓了把头发，从夏天的寸头到现在的半短发，额间碎发已经有些挡眼。

沈俞白越发烦躁。

他真是信了顾知意的鬼话。

好好学习，天天向上。

忽地，卷子底下"嗡嗡"作响，沈俞白掀开卷子扒拉出手机接通，张之楠的声音跑出来，背景又吵又杂："俞哥，出来嗨啊，我在天泰城呢！"

"自己玩去。"少年嗓音低哑。

张之楠喊了声："别啊，你都掉学习窝去了，要劳逸结合嘛！"

沈俞白冷哼："那你倒是来窝里陪我。"

"我不是那块料。"张之楠灌了口汽水，咂咂嘴，"俞哥你好好混，苟富贵勿相忘啊，哈哈哈！"

沈俞白撂了电话靠在椅背上，太阳穴涨痛。

半晌后，疼痛越来越强。

他推开卷子起身跌倒在床上。

窗户半掩着，白雪已经彻底覆盖住地面，月光照耀，将院子衬得白亮。少年蜷缩在床上，像一只受了伤的兽，抱着头发抖，孤寂又凄惨……

沈俞白醒来的时候，天色已经大亮。

他捂着头坐起身，房间里温度很低，他缓了会儿才想起来自己昨天忘了关窗。

窗户被冻住了，这会儿根本关不上。

他索性不关，拉开门去洗漱，而后准备去上学。

院子里积雪厚重，脚踩下去留下一个深深的坑，他没管，深一脚浅一脚地走到门口。

拉开门，少年顿住。

门前的雪被人清扫干净堆在一旁，堆成一个雪团。

对门的顾家门口堆了一个雪人，半截胡萝卜做鼻子，两块煤块做眼睛，黑溜溜地盯着他。

他抿了下唇，掩嘴咳了两声。

"沈俞白！"少女清脆的嗓音传来。

只见街口处，顾知意穿着粉色羽绒服，戴着毛茸茸的白色耳捂子，一张脸明媚可爱，见他望过来，抬起手挥了挥。

像个吉祥物。

他掀起唇轻笑。

"去上学吗？"少女朝他跑过来，哈出来的白气在空中挥散，白净的脸蛋上有两团粉色，鼻尖微微泛红，活脱脱的元气少女。

沈俞白目光微微下移。

这肚子是不疼了吗？

他飞快地别开眼，点点头。

177

顾知意拍拍手套上的雪："我爸不让我玩，我偷偷玩的，你帮我保密。"

"不让玩，还玩。"少年声音低沉清冷，比刚才的雪还要冷上几分。

顾知意缩了缩脖子，吐了下舌头，回答得理直气壮："我在西城没见过这么大的雪啊。"尾音微微上扬，带着点撒娇的意味。

沈俞白脸色依旧很冷："活该你肚子疼。"说完越过她朝巷子口走去。

顾知意眨眨眼，他怎么知道自己肚子疼？

"你等等我！"她反应过来飞快跑回家骑车，等再出门时，巷口早没了人影。

雪天道路滑，马路上的车行驶缓慢，沈俞白的骑速比这些车还快，不一会儿便到了学校。

刚进校门就被人拖住车，他扭头看去。

张之楠冲他嘿嘿一笑。

"俞哥，这是我和李海的心意！"张之楠从书包里拿出一个塑料袋递来，"快过年了，我俩一放假就要回老家了，这不寻思提前给你？"

沈俞白点点头，接过来。

沉甸甸的手感。

他掀起眼皮，凉凉地看过去。

李海始终低着头没吭声，忍笑忍得肩膀直抖，只有张之楠像个二傻子一般一直笑。

沈俞白将塑料袋拉开，三本厚厚的习题册出现在视线中——

《五年高考 三年模拟》。

张之楠憋着笑指了指习题册："那什么，我们哈哈哈……咳咳，我们俩是觉得俞哥你需要这玩意儿。"说到最后脸都笑红了。

沈俞白拎着三本厚册子，舔了下唇，哑着嗓子开口："你这是想弄死我。"说着抬脚就要踹过去。

"俞哥俞哥，"张之楠拼命解释，"你看你最近，都魔怔了，我们给你点外力支持！"

"滚你的。"

"哈哈哈哈哈哈……哎哟，疼疼疼，俞哥你别拽我后脖子啊，疼死了——"

高三上半学期时间过得飞快，以前总觉得上课的时间过得慢，到这时又觉得时间过得快。

快放寒假了，临放假前的期末考试是至关重要的摸底考试。

各科老师拼命讲课，拍桌子敲黑板地强调重点，一班的学生个个顶着黑眼圈上课，熬不住的就趴在桌上睡会儿，睡起来又接着学。

就连顾知意都觉得时间紧迫，压力颇大，甚至开始失眠。

近来她只在学校见过沈俞白，下了课回家，两人再没碰见。

所有的擦肩都只是眼神注视。

直到期末考试前一天，她背着书包推车从车棚出去，背带忽然松了，"啪"地掉在地上，包里的书撒了一地。

顾知意忙停好车去捡。

少年不知何时过来的，也弯腰帮她捡。

她接过他捡起来的书本，仰起头冲他笑："沈俞白，回家吗？"

少年垂眸看她，眼眸深邃漆黑："回。"

他比之前还要瘦一些，脸部轮廓更加清晰，线条凌厉，个头也蹿了，她仰头瞧他，也只到他肩膀处。

"那要不要一起回？"

"不了。我还有事。"

顾知意点点头。

忽地想起什么，她又看向他，灯光落在她的眼眸里，有光闪动："对了，考试加油啊，我相信你。"

沈俞白攥紧拳头，轻轻点了下头。

（2）

除夕。

高三的学生一直到腊月二十八才放假。

顾知意陪着顾青山出门采购年货，回来时嘴里叼一根棒棒糖，乐滋滋的模样。

顾青山把买回来的鲜鸡和鱼放进厨房，又把腊肠吊在院子里的小钩子上，准备妥当后开始贴春联。

糨糊挂在毛刷上，上下一刷，再将红色春联贴在大门两侧，顾知意拿着扫床刷上下一扫，春联便老老实实地粘在上面。

一下子就有了年味。

只是南关冬天寒冷，戴着手套穿着雪地靴的她在外面站一会儿就觉得有些脚底冷，她不住地跺脚，活动活动。

家里门里门外都贴了，还剩下一些糨糊。

顾青山看了眼对门光秃秃的门，把糨糊盆递给顾知意，朝半掩着的门努努嘴："你要不去对门问问他家用不用？"

顾知意抿了下唇，抱着东西慢吞吞地走过去。

院子里没有人。

老树早就掉光了叶子，光秃秃的枝丫在冷风中颤抖。

她踏进门去微微抬高声音："沈俞白？"

正屋门被人推开，沈堂庆顶着"鸡窝头"眯着眼望向她。

顾知意吓了一跳，连忙后退两步，脚跟碰上门槛，身子不受控制地往后仰去。

忽然，后背覆上一只大手，宽大有力，将她稳稳托住。

顾知意回眸看去，正对上那双黑眸，心头莫名一跳。

沈俞白扶住她，支撑她起身，将她上下打量一遍，沉声问道："有事没？"

"没。"顾知意摇摇头，下意识地看向站在正屋门口的沈堂庆，想到刚才的动作，耳郭有几分烫，她将面糊盆推过去，"阿叔，我爸让我来问问，你家还用不用糨糊……"

贴春联。

沈堂庆抓抓头发，还没张口，沈俞白已经替他开口，嗓音淡淡："我们不贴。"

顾知意咬了下唇，轻轻点头，把手里的东西收回来抱在怀中。

"那我先回去。"

沈俞白松开手，侧身让出门。

顾知意退到门外，冲他摆摆手。

"对了，"她站在对面喊话，鼻尖有点红，带着点鼻音，"听老师说，这次你考得不错。"

期末考试，顾知意的成绩依旧是班级第一，而沈俞白的成绩已经排在中后段，单看理化三门成绩，甚至可以排到班级前段。

老师们对他突然发奋读书感到震惊，更惊叹少年的学习能力。

尤其是刘丹，狠狠地在班里夸赞一番还不算完，又在家长会上夸了一通。

只是，顾青山说，沈堂庆并没有去。

少年依旧穿着单薄外套，拉链拉到顶，下颌线条凌厉。

他静静地看着她。

顾知意笑起来，甚至有点小得意："我就说你可以吧！"

听到这话，少年的唇角微不可察地弯了一瞬。

"沈俞白，加油啊！"

少年闻言，掀起眼皮，破天荒地敛去几分清冷，懒散地冲她摆摆手算作回应。

除夕夜守岁。

顾知意窝在沙发上看春节联欢晚会，耳边是丁零丁零不断响起的手机铃声。顾青山和李娅萍在忙着发短信拜年，连晚会都没顾上看几眼。

顾知意的手机也在响，几个好友临时建了个群在里面聊天。

高三学生最后一次狂欢就是过年这几天了。

赵萌萌：同学们，你们都在看春晚吗？

顾知意刚准备编辑消息，下一刻一排"不然呢"刷屏，她"扑哧"一声笑出来，紧接着也跟着发了一条。

忽地，微信弹出一条消息，是沈俞白发来的：在干什么？

顾知意抿着唇轻笑，指尖在屏幕上飞舞：看春晚。

沈俞白：没劲。

顾知意：小品好笑。

沈俞白：行。

外面有人放起烟花，顾知意跳下沙发想要冲出去看，却被李娅萍喝住。她套了件羽绒服，李娅萍才放她出门。

在院子里看有些遮挡视线，她扶着栏杆爬上平房顶。

站在高处看得远，一朵朵烟花在空中绽放，不同颜色，不同样式，在这个夜空中争奇斗艳。

她看得不亦乐乎，直到余光瞄到下面似乎有人影。

顾知意往前走几步，探身看向下面。少年靠墙而站，指节间星火点点，黑眸被万家灯火点亮，有光。

"沈俞白。"她低声喊他。

沈俞白仰头看来。

少女穿着淡粉色羽绒服，将自己裹得严严实实，像颗草莓软糖，一双眼睛清亮明艳。

身后一朵巨大的烟花绽放，她站在烟花中央，笑着冲他挥手。

那一刻，他脑海里想到了月亮。

清冷的月。

高高在上的月。

他直起身往前挪了一步，手垂下背在身后，迎着她的方向又走了一步。少年喉结轻轻滚动一下，薄唇微启，黑漆漆的眸里全是她和她背后的天空。

"顾知意。"他的嗓音哑了几分。

顾知意蹲下身低头垂眸："嗯？"

"咚——"

各家的时钟不约而同地敲响。

十二点。

新年伊始。

沈俞白缓缓松开手，轻轻呼出一口气，白雾散开，将他眉眼染上几分柔和："过年好，顾知意。"

"过年好，沈俞白。"顾知意扬起笑。

老城旧巷，几个半大的孩子穿着新衣服站在门口蹦蹦跳跳地玩仙女棒。

火花耀眼，在空中圈出一个又一个昙花幻影。

待在房顶有些冷，顾知意跑下来出门站在门口，少年依旧站在原地，视线跟随着她。

顾知意走到他面前，还没说什么便先"啊"了一声。

少年蹙起眉头，神情蓦地有几分沉："怎么……"

他话音未落，少女便转身往家里跑。

沈俞白抿唇，后退几步重新靠在墙上，静静地听着鞭炮声，还有左邻右舍电视机里的最后一曲《难忘今宵》。

顾知意一路小跑到客厅，抓起一把糖果塞到口袋里，还没转身就被李娅萍喊住："手机一直响。"

她"哦"了声，把东西塞好后拿起手机，手机振动得她手也跟着发抖。

"小意！新年快乐！"赵萌萌的声音一下子蹦出来，喜气洋洋的。

"新年快乐！"顾知意一边举着电话一边往外走，兜里塞得太满，糖果都要掉出来了，她低头拽紧口袋，慢吞吞地往门外走。

赵萌萌还在那头讲话："对了，今天别去招惹沈俞白啊。"

顾知意停下脚步。

"为什么？"

"我也是刚听李海说的。"赵萌萌喝了口饮料被呛到，一边咳嗽一边断断

181

续续地把话说完。

这一瞬，像有一根细针扎在顾知意的耳郭上，她疼得眉头蹙起，浑身发凉。

赵萌萌说，沈俞白的妈妈是在除夕过世的。

这一天是她的忌日。

沈家从不过年。

她死死咬着唇，不知道该怎么回答。

刚才他说"过年好"时，是用了多大的忍耐力才能做到那样平静，甚至让她觉得是有几分喜气在的。

怪不得她送糨糊的时候，沈俞白说不用。

怪不得他站在门口望着夜空发呆。

"好，我知道了。"她一说话才发现自己的声音里已有几分哽咽。

挂掉电话，顾知意深吸一口气，努力让自己平静下来，而后快步朝外走去。

灰墙处少年依旧站在那里，面容一半隐于黑暗，他微微低头，看不清情绪。

"喏，给你。"

白皙柔软的手出现在沈俞白视线里，掌心捧着一把糖果，花花绿绿的糖纸在灯光下五彩斑斓。

他定定地看着，没接。

那双手又往前一挪，送到他身前。沈俞白掀起眼皮望过去，少女面容姣好，就这样出现在他眼前。

断眉缓缓舒展开。

他抬起手挑了颗糖，剥开塞进嘴里，甜得要命。

忽地，外套下坠，他低下头，少女把所有糖果一股脑塞进他的外套口袋里，还不忘拍拍，对上他的眼眸也没怕，甚至冲他笑了笑。

"新年，就要吃糖的。"

他没作声，任由她塞糖，指尖把玩着刚才的糖纸。

"沈俞白，你看今晚，星星好多。"顾知意靠在墙上，抬手指向一颗星，"那颗星星最亮，离我们也近。"

少年抬起头顺着她的指尖望去。

那颗星耀眼闪亮。

他眨了下眼，没说话。

"星星有灵，会给自己想守护的人照亮道路，护着他一路前行，"少女嗓音甜美轻柔，"她也一定有自己想要守护的人，只不过她只能以这种方式守着、看着。

"所以啊，被守护的那个人要好好活着，这样才能对得起她的守护和爱。

"我们还小，未来的道路那么那么长，"她侧头看向他，轻轻扯住他的衣角，眼神坚定明亮，"但是，它是属于我们的未来。

"沈俞白，你值得更好的，也配得上更好的人生。"

他半低下头，看到那只捧过糖果的小手攥着他的衣角。

于无尽黑暗中，终于有一只手拉住他。

茫茫地狱，他终于在快要跌倒时，看见了点点光芒。

少年手指冰凉，圈住她的手。

顾知意顿了下，没有松开，任由他握住自己的手。

鞭炮声还在响，万家灯火明亮，迎接新的一年。

顾知意舔了下唇，看向身旁少年，说道："沈俞白，新的一年来了，我们都要好好的。"

（3）

不知过了多久，少女掩嘴打了个哈欠，杏眼湿润，语气越发软糯："我好困。"

少年侧头瞧她，唇角弯起，语气里满是宠溺："要不要回去睡，嗯？"

顾知意点点头，困得眼睛快要睁不开。她明天一早还要出门拜年，这会儿被冷风吹得只想睡觉。

鞭炮声渐渐消停，沈俞白终于松开她的手。

"回去吧。"

"好，晚安。"

顾知意说着又打了个哈欠。

走到门口，她忽地想起一件事，转身想要喊人，却发现少年还在原地，黑眸静静地看着她。

她挠挠头，分不清那双眼里是什么情绪："拜年回来去摸高许愿啊。"

"好。"

"那我先回去了。"

"好。"

关上门的一刹那，顾知意眨了眨眼睛，总觉得今天晚上的沈俞白哪里不一样。

除夕守岁零点一过，南关习俗是要吃饺子。

李娅萍和顾青山早早盛好饺子，等顾知意回来后便立刻上桌吃饭。

顾知意困得不行，浑浑噩噩地坐在餐桌前往嘴里塞饺子，枣味瞬间充斥整个口腔。

她眉头一扬，看向李娅萍。

李娅萍笑起来："吃到什么？"

"枣……"顾知意吞下去，喝了口汤水。

"挺好挺好，"李娅萍笑着给她又夹了一个，"说明明年能起早。"

第二个饺子刚入口，顾知意挑着眉长长呼出一口气，慢吞吞地咽下去。

"栗子。"

从坐下就开始吃的顾青山看了眼自己只剩半碗的饺子，又看了眼一共吃了两个饺子的女儿，哈哈大笑："新的一年，小意是又早起又出力呀哈哈哈！"

李娅萍瞥了眼在犹豫要不要吃第三个饺子的女儿，也忍不住哈哈大笑……

用筷子夹住的饺子滑溜溜的，"吧嗒"一声掉入碗里。

沈俞白又用筷子将它捞起。

他埋头咬了一口，饺子皮薄肉多，猪肉白菜馅的，他将半个饺子放在碗里，

183

垂眸咀嚼。

对面沈堂庆一口咬住饺子，又往他碗里夹了两个，叹了口气道："俞白，爸对不住你。"

少年身子一顿。

"这些年我对不住你。"沈堂庆说到这里有几分哽咽，再也说不出话来。

沈俞白放下筷子，拿起酒瓶将他那半杯酒斟满。

酒瓶重重落在桌上。

沈堂庆身子一抖，拿起酒杯一饮而尽，下一刻被呛得直咳嗽，倒是再也没敢多说一句话。

少年面色平常，眉宇间染上几分冷，静静地吃完最后一个饺子，然后起身往外走去。

初一这天，会有巷子里的人串门拜年，家家户户不锁门不关门，沈家侧门也是半掩的，他半垂着眼，一只手拉开门。

"当当当！"

一个祈福袋落在他眼前。

沈俞白看了会儿，又看向拿祈福袋的人。

有几缕碎发落在她脸侧，被围巾压住，有一撮翘起，整个人俏皮又可爱。

顾知意手冷，见他不接又往前送了送："我去寺里求的，最灵了。"

沈俞白轻嗤，将门彻底打开。

少女忽地直直走到他面前，将他逼得直抵墙边，粗砺墙皮硌着他的后背，断眉微微扬起。

顾知意扬起手，眯起眼睛看他，表情还挺凶。

她个子比他矮上许多，堪堪到他胸口位置，气势却显得比他还足，她扬起下巴，语气凶巴巴的："收好。"

四目相对，他先别开眼，低头看向她手里的祈福袋，而后慢慢伸手接住。

绸缎质地的袋子和红穗子落入掌心，有点痒，沈俞白慢慢握住。

顾知意抿了下唇，将手并拢放在嘴边哈气："南关真冷。"

可沈俞白一直穿得单薄，好像不怕冷似的，一件卫衣一件外套，就能抵御寒冬。

"顾知意。"

"嗯？"她还在哈气取暖，闻声，掀起眼皮看过去。

他从外套兜里掏出一个东西，微微俯下身，在能够与她平视的位置停下。

他摊开手心。

他掌心纹路复杂，上面躺着着一条手链。

手链的款式普通简单，是现在比较流行的一款，做工却很精细。

顾知意"呀"了声，凑过去仔细看了会儿，笑嘻嘻地抬起头："沈俞白，你要送给哪个女同学呀？"

"送你。"

她愣了一下，直起身退后一步，葱白细指指向自己。

实在是让人有些匪夷所思。

184

来到南关，除了赵萌萌送过她一支钢笔，再没有其他人送过她礼物。

还是过年的时候。

沈俞白上前一步，手伸到她面前。

少女杏眸明亮，抬手从他掌心拿起手链，指尖碰到他的掌心，依旧冰凉。

她伸出手腕，细白手腕搭上一条银质手链，顾知意想要自己扣上，可那扣子不听话，不断滑动落下。

少年手扣住她的手腕，往身前轻轻一扯。

顾知意被迫趔趄一下，上身前俯，脚尖踮起，猝不及防贴近他。

她微微抬眼就看见他的睫毛，卷翘浓密，极浅的一道褶痕在眼皮上，右脸脸颊处的疤痕被冷风刮得越发明显。

整个人冷戾凶狠。

漆黑眼眸困住她的视线，她甚至能感觉到手腕处的凉意一点点变温暖。

"好了。"沈俞白声音有几分哑。

顾知意退后了两步，朝旁边大树那边看了眼，惊呼一声："快快快，他们都去了！"

巷子里那棵柳树年代久远，树枝散开，大家都在那里摸高许愿。她顾不得太多，转身抓住他的袖子就往前扯。

沈俞白任由她扯着衣袖带自己往前跑，随意转到靠近小路那一侧。

顾知意踮起脚猛地一跳，从上面勾下两根红绳，分给他一根，然后熟练地打结，扣在掌心，闭眼虔诚许愿。

沈俞白转头看她。

模样虔诚认真。

他静静地看着她，而后学着她的模样笨拙地打结，合手许愿。

"许什么愿望呢？这么久。"旁边的人睁开眼睛戳戳他的胳膊，好奇地看着他。

沈俞白勾唇："说出来还灵吗？"

顾知意摇摇头："那还是不要说了。"

九中给高三生的假期只到正月初八，过了初八就要上课了。

顾知意刚进教室就被赵萌萌熊抱住，大脸在她胸前蹭了蹭："小意，好小意！"

"说吧，哪科没做完？"顾知意推开她的脑袋，无奈地摇摇头。

赵萌萌立马站直，狗腿子似的屁颠屁颠地跟她回到位置上，"数学和化学，这两科我好多题不会，这不就来请教你了吗？"

顾知意从书包里拿出保温杯和习题集，然后摊开赵萌萌的作业，挨个讲给赵萌萌听。

下课后，顾知意转向身后，后排座位一直是空的，沈俞白没有按时来上课。

甚至整个正月过去，她都没有再见过沈俞白。

他又消失了。

她记不清这是沈俞白第几次不来上课。

给他发消息不回，给他打电话也不接。

甚至沈家也没有他的身影。

这次少年像是彻底从她的世界里蒸发一般，没人知道他去哪里了。

直到三月摸底考试，座位要重新打乱，她抽到最后一排的位置，是沈俞白的座位。

同学将他的试卷课本随意地收拾到窗台上，将桌子空出来。

小山丘似的试卷乱七八糟地摞成一堆。

她坐下，掏出纸巾将桌面擦干净，然后安静地答题，涂完答题卡，最后检查两遍，然后反扣答题卡。

后排长期没人，同学都默认沈俞白不会再来，那边的窗户一直开着，顾知意关了一多半，冷风吹过，将窗台上的卷子吹落一地。

顾知意咬了下唇，弯腰将卷子捡起，整整齐齐收拾好压在窗台上。

第二场考试的时候。

忽地有人站在她面前。

她下意识抬头望去。

面前的人脸颊微凹，比以前更瘦，脸色极差，眼下的黑眼圈明显得不能再明显，整个人疲惫又丧气。

顾知意慢慢站起身，低声喊他。

少年仿佛没有听到，越过她，手伸到窗边将那一摞试卷拿走，手腕不经意间露出，上面大大小小的伤疤触目惊心。

顾知意心里顿时一酸。

明明过年的时候他还好好的。

她的喉咙似是被什么堵住，什么话也说不出来，只能看着他脚步极缓地走出教室。

考完所有科目后，顾知意去二楼找李海。

对方似乎已经习以为常，只说沈堂庆又赌博了，这次赌得倾家荡产都还不上，还连累了沈俞白，沈俞白最近只能去天泰城打拳还债。

只是不吃不喝，光打拳。

能赢才怪。

顾知意攥紧拳头，险些要说脏话，满腔愤怒到最后只剩下脑海里少年合手许愿的模样。

从那以后，她每周放笔记在沈家门口，不管有没有人拿走，她都放在那里。

五月底。

沈俞白出现在教室里。

主路上的梧桐树已经抽了新枝，嫩绿色的小叶子冒了一个小头，草地盈盈几多绿，整个学校生机勃勃。

教室里读书声朗朗，顾知意鼓起勇气拽住经过过道的少年，紧紧攥着他的袖子不放。

沈俞白顿住，终于看向她。

小姑娘头埋得很低，手劲却没减，指节用力到发白都不肯放开他。

周围读书声渐渐小了。

他轻轻叹了口气，俯身半蹲，第一次在那么多人面前仰望她，低声开口："松手，听话。"

那声音低到只有他们两人能听见。

少年语气依旧清冷。

可再久没见也没舍得对她冷半分。

（4）

顾知意一点一点松开沈俞白的衣角，余光里看着他从侧面起身，回到座位。

早自习下课，顾知意起身要去外面走廊接水，沈俞白路过，顺手将她的水杯拿走，不一会儿盛满热水的杯子放在她面前。

温度刚刚好。

顾知意仰头看了眼沈俞白，嘴角扬起。

接下来的时间里，她依旧看得见沈俞白。像往常一样，他站在巷口等她，见着人来了便踩着脚蹬晃悠悠地往隧道而去。

像什么都没发生一般。

隧道里依旧漆黑，顾知意却不再害怕，探灯明亮，把前面的路照得亮堂，她甚至敢歪头去看旁边的少年。

"看路。"少年的嗓音低沉轻柔，带着点点警告意味。

顾知意摆正头，"哦"了声。

"今天第三轮模拟考。"她忍不住又转头看向沈俞白，想要再说点什么，可看到他的侧脸，又什么也说不出来。

按照沈俞白的成绩，他的希望太渺茫。

第一二轮模拟考试他都没来参加，好几个月的缺课肯定会导致他成绩下滑，甚至之前的进步都会变成退步。

她想说加油，可这两个字却说不出口。

直到出了隧道，顾知意也没再说话，一张薄唇被咬得红润，表情纠结，眉头紧紧蹙在一起。

沈俞白瞥了眼她的嘴唇，喉结上下滚动。他别开眼看向前面，淡淡开口："好好考。"

"你也是。"少女脱口而出，望过来的目光莹莹发亮。

今天是最后一次模拟考试，学校为了让学生提前熟悉环境，特意将班次打乱，按照各自的考场号和座位对号入座。

顾知意的考场在一楼。

她拿着笔袋和准考证规规矩矩地站在后面排队。

忽地，身后有人拍了拍她的肩膀。

一只手从她耳边擦过，将一瓶娃哈哈牛奶递给她。

顾知意忙转头去看，嘴唇不小心碰到少年冰凉的指尖，她心头猛地一跳，只眨了下眼，再回头的时候，已经没有沈俞白的踪影。

手里的牛奶竟然是温热的，她紧紧攥在手里，直到老师让进去才把东西放在讲台上。

答题时，她只需抬眼便能看见讲台上的牛奶瓶，显眼得要命。

不知怎的，顾知意觉得这次的模拟题目有些简单，几乎刚做完她就可以估算出自己的分数。

学校考虑到他们辛苦，特意准许第二天考试结束后不上晚自习，可以回家或者回宿舍休息。

顾知意把课本还有各种卷子塞进书包，外套兜里的手机忽然振动了两下。

她顿了下，偷偷低下头掏出手机。

沈俞白：我有题不会。

顾知意飞快编辑微信：我教你。

那头回复很快：好，放学等你。

她放下手机飞快地将刚装进书包里的课本拿出来摆在桌上，同桌满脸疑惑地看着她："顾知意，你怎么又把书拿出来了？"

"我装错了。"顾知意回答得十分干脆。

同桌瞥了眼她刚拿出来的数学习题集，啧啧嘴没再说话。

教室里的人走光了。

顾知意站起来朝最后排位置走去，面对的少年睡眼惺忪，她抿了下唇："哪个题不会？"

沈俞白撑着手坐直，手掌抵着下巴，嗓音有几分低哑："这个。"

他随手从旁边扯过一张卷子推给顾知意。

卷子上的选择题错了一多半，反面的大题干脆没写。

顾知意轻轻叹口气，走到他身后，轻轻拍拍他的肩膀。

少年懒懒地直起腰，空出的缝隙足够顾知意穿过去，她双手虚虚搭在少年肩膀上，踮起脚，深吸一口气，坐到里面的位置上。

从第一道题开始讲解。

"你看，辅助线是这个，a值是1……"少女声音轻柔，面容平静，睫毛忽闪，耐心又温柔地讲解整个解题思路。

夜色慢慢沉降，他起身按下了后墙上的开关，后排的灯管亮起来。

顾知意站起身伸了个懒腰，歪着头活动活动颈椎，把演算本推到沈俞白手边："你来做做看这几道题。"

她出了几道跟这几个错题十分相似的题目。

沈俞白捡起笔，笔珠压在纸张上，落下一个小黑点。

"谁在教室？"走廊上冷不丁响起巡查老师的喊声。

顾知意心里"咯噔"一下。

还没来得及反应，人已经被安置在窗帘后，身后是半开的窗户，窗户底下是静谧昏暗的校园花坛。

她身子微微后仰，手指紧紧抓住窗沿，指甲抵住水泥，疼得她咬住唇。

教室门被人猛地推开。

顾知意不敢多喘一口气，心跳加快，只听得见脚步声越靠越近，在前面的位置停下。

旁边凳子骤然摩擦地面发出声响，沈俞白从旁边站起来。

值班老师认识他，将四周环绕一圈，看只有他自己趴在这里睡觉，压在底下的卷子红笔标出的错题满篇，顿时就恨铁不成钢地生起气："沈俞白，你爹妈把你送学校来是为了让你在学校睡觉的吗！

"有这空你看看错题，背背书！

"想睡觉给我滚回家睡去！"

老师冷哼一声，转身往外走，临到门口站住，抬手"啪"的一声把灯关上："赶紧走！"说完转身离开教室。

听到脚步声远去，顾知意松了口气，肩膀松懈下来。

她戳了戳窗帘，轻声问道："我可以出来了吗？"

蓝色窗帘被人掀开，顾知意抬起眸，少年的漆黑眼眸映入她的眼眸中，清冷深邃。

"我送你回去。"沈俞白背上书包，径直朝外走去。

顾知意抬手轻蹭一下脸，眨了下眼，起身跟上去。走到她的座位旁时，少年弯腰将她的书包拎起，大步走出教室。

"我有一个月时间。"

穿过隧道时，沈俞白的声音在隧道里响起，低沉沙哑。

顾知意蹙起眉头："什么意思呀？"

"我跟老徐换了一个月的时间，"他看向旁边的少女，薄唇轻轻勾起，"只是打了一场生死拳。"

他的语气平淡清冷，仿佛在说一件普通到不能再普通的事。

可顾知意却在五月天里生出一后背冷汗。

这是沈俞白第一次跟她聊起这些事，她听过看过，却从来没有从他口里说出的故事。

少年定定地看着前方的路，似是想到什么，轻轻扯了下嘴角："不过，我赢了。"

他不用被打到头破血流，生死难料。

越是说得轻描淡写，顾知意越是紧张，握着车把的手不自觉紧了几分力道。

沈俞白空出一只手从兜里掏出一个吊坠递给她："这是奖牌。"

顾知意连忙伸手去接，金色链条上挂了一个圆形奖牌，中间的雕刻是个人物头像，她的见识并不多，不知道是谁。

"是不是很好笑？"

"沈俞白，你不要再去了。"顾知意低声说道。

两辆车子并排驶出隧道，路灯昏暗却又将小路照得朦朦胧胧，分不清是月光还是它的功劳。

"我家以前挺有钱的。"

少年停下车，脚踢在旁边路基石上："但是我爸迷上了赌博，斗牌搓麻，玩得越来越大，收不住的时候把家里那套楼给卖了还不够。

"他对我妈的嫁妆动了心思，背着我妈把钱取了，接着赌。

"赌了三天，被人架着回来的。

"他连我妈给我留下的祖传手镯都当成筹码赌了出去。"沈俞白垂眸轻嗤，"那是我姥姥唯一一件遗物，你说他算个人吗？不算。"

他的语气里带着恨意。

顾知意忍不住眼眶发烫。

"我妈劝了，没用，接着赌，"沈俞白冷笑几声，"直到所有家底掏空，要把我卖了……"

顾知意："这是犯法！"

"……我妈疯了。"他低下头深吸一口气，缓缓吐出，"疯得越来越厉害，每天想自杀，我不敢上学，不敢出门，就怕她有什么意外。"

他那会儿满脑子只有家庭圆满。

少年浑身清冷："那天我妈喊我去买糖，我拼命跑去再跑回来，但还是来不及。"

他眼睁睁看着妈妈从桥的那头一跃而下，等被人救上来的时候已经咽气，回天乏力。

旁边寂静一片，他掀起眼皮看她，断眉皱了下："你不用那样看我。"

"可是沈俞白，"顾知意吸了吸鼻子，有些不知道怎么去形容，干巴巴地重复道，"你已经很好，你很好了。"

李海说过沈俞白恨他爸，但从来不会对他爸的事袖手旁观。

她忽地想起什么，拉开校服拉链，从领口里拽出一根红绳，上面挂着一个观音玉坠。

少女停好车走到他面前，踮起脚，抬手将红绳从他头上套下："这个可以保平安，你好好戴着。"

沈俞白看向她："你那天说的话算数吗？"

"嗯？"顾知意眨眨眼，装不在意似的抬手蹭了下眼角，"什么话？"

"那天下午，你跟我说的。"

她让他和她去同一个城市，哪怕不是一个大学。

"算数的。"

只是她不知道，少年因为那句话，在没有去上课的日子里，日日夜夜除了打拳就是学习。

他像一片干涸的贫瘠土地，努力汲取所能得到的每一滴水。

土地太辽阔，一滴水落下，眨眼消失不见。

只有那句话，支撑他到现在。

道路两旁，顾知意推着车子回头看他："沈俞白，高考那天，我们学校门口见。

"你一定要来。"

少年挥挥手："好。"

（5）

高考当天。

顾知意拎着两包牛奶、两袋面包早早站在考场门口，学校门口是乌泱泱的考生和家长，紧张又忐忑地在候场。

她从书包里翻出作文合集和模拟卷，默默地贴在墙角背优美语句。

不知过了多久，哨声响起，大门口的保安大声喊道："考生排好队进入学校，禁止大声喧哗！"

顾知意收好合集踮起脚往外围看了一圈，并没有看到沈俞白。

她垂眸沉思，脚步跟随大部队进入学校。

公告栏上贴着考场座位安排表和教室分布图，她飞快地找到自己的楼层，然后往楼上走。

站在最高级台阶上，她转身往下看，人群中依旧没有那个熟悉的身影。

顾知意攥紧拳头，咬了下唇。

她信沈俞白。

提示音乐声响起，有人急匆匆地往楼上跑，不小心撞到顾知意，皱着眉打量她："同学，你别站这里挡路。"

顾知意转回身深吸一口气，跟随人群往上走。

今天她出门时把手机放在了家里，想着考场查得严，带着也是麻烦，哪里想到沈俞白会不见踪影？

最后一遍铃声响起。

顾知意坐在位置上绷直后背朝窗外看，主路上没有人，校门口除了保安也没有人。她抿了下唇，垂下眼看着空白答题卡，用答题笔把对应准考证号的小框涂黑。

"砰！"

捏着准考证的手蹭在水泥地上，火辣辣的痛感瞬间袭来，沈俞白咬着后槽牙，双手撑地，想要站起身来。

他今天起得很早，看着顾知意出门，他站在门口想了会儿，轻轻笑了下，抬手摸到那个玉佩，质地温润，贴在他的皮肤上，细润无声。

只是他一出门就被人套了麻袋塞上车，再被推下车就在这旧巷胡同里了。

沈俞白知道这胡同，很少有人走，废弃太久了，而且尽头就是一个混混聚集地。

"我劝你别起来。"赵强抬脚踩在他的背上，吸了吸鼻子，居高临下地望着匍匐在地上的少年，神情得意又嚣张，"老徐说，留着你就是个定时炸弹，但是弄死了，又是个麻烦事。

"所以你今儿让哥儿几个打一顿，出出气，再加上你的生死局，那合同就算是到头了。

"平时你太嚣张了，打不过你也就算了，老徐还护着。"

说完，他嘿嘿笑了两声，俯下身，脚稍稍使劲。

胸腔似乎快要被挤爆，就连呼吸都觉得单薄，沈俞白猛地吸了口气，撑着胳膊低吼，想要翻身站起来。

力气大得让赵强快要镇不住，他朝旁边的人招招手，几人分别踩住沈俞白的四肢，卸了沈俞白的力量。

少年的侧脸被人狠狠按在地上，水泥地面粗糙，沙砾摩擦过皮肤，血丝立马在脸上出现。

赵强拍了拍手，弯腰扯过少年手里的纸张，蹙眉认真打量，"哦哟"了一声，而后举起来冲着后面的人笑道："老子这么大还是第一次知道高考准考证长这样啊，哈哈哈哈！"

身后的几个人也跟着笑起来。

"给我。"少年声音嘶哑冷戾。

他黑眸里的暴戾彻底没有掩藏，瞥过去的眼神冷漠凶狠。赵强头皮一麻，下意识后退两步，而后蹲在地上，看向沈俞白。

他晃了晃手里的纸张："想要啊？

"你这么厉害，还用参加高考？

"既然你想要，那就给你。"

赵强探身递过去，沈俞白伸手去抓，在即将要抓住的时候，赵强笑了下，迅速往后一拽。

准考证被撕成两半。

少年黑眸怒睁，他慢慢掀起眼皮看向面前的人，眼眸里的暴戾狠厉像冷风暴雨，看得人一激灵。赵强咽了口口水，站起来后退几步，仍旧梗着脖子："我告诉你沈俞白，离开南关谁知道你是谁！别给脸不要脸！"

少年狠狠地瞪着他，使劲咬住后槽牙，胳膊上青筋暴起，几个人险些按不住，他低吼一声，旁边一人被他掀翻在地。

他眼眶猩红，打拳时都不曾有的凶狠模样，在这一刻尽显。

赵强舔了舔唇，想起来之前徐正华交代的，让他别过火，不然沈俞白真的会杀红眼。

他来之前不信，现在看沈俞白这副鬼样子，真像头狼。

"我可是听李佳颖说了，"赵强阴笑几声，"你挺在乎顾知意的？"

沈俞白抬起头看向他，身子却没有再动。

赵强一看便知道怎么回事，叉着腰哈哈大笑："你也有今天！"

少年咬着牙冷冷开口："别逼我。"

赵强摆摆手："你老老实实让哥儿几个打一顿，然后跟老徐去把那个生死局参加了，从此以后我们井水不犯河水。"

沈俞白黑眸半合，青筋显露的双臂慢慢卸力，重重砸在地上。

赵强呸了下，上前一脚踢在沈俞白的侧腹，沈俞白闭上眼睛，下颌脖颈青筋暴出，太阳穴上几根血条狂跳，拳头紧紧攥起……

不知打了多久，旁边有人拽了下赵强。

"强哥，差不多行了，要是弄死了不好交代。"

赵强打疯了，抬手甩开男人的手："老子早看他不顺眼了，不是挺能打的嘛，起来打啊！"

"强哥！徐哥可是说了，谁弄死的谁进去吃牢饭啊！"

听到这话，赵强停了下来，叉着腰喘气，仍觉不解气又想上去踹，男人拉住他往车上拖。

周围安静下来。

少年脸色苍白，嘴角破了皮，睫毛颤动几下，他缓缓睁开眼，翻身躺在地上，四肢百骸没有一处不是疼的。

最疼的是赵强踹的那下。

他喘口气都疼。

可他的脸上是难得的平静。

沈俞白掀起眼皮望向天空，蓝天白云，真是个好天气。

似是想起什么，他捂着腹部翻身起来，准考证已经被撕成了两半。沈俞白眉头紧蹙，踉跄着站起身扶着墙走出胡同，然后到马路边拦下一辆出租车。

出租司机看到他这副样子吓了一跳："小伙子，你坚持住我给你送医院去！"

沈俞白的手搭在副驾驶座上，指尖紧紧扣着椅背，语气急切："麻烦您，送我去实验中学。"

"你去那里做什么？"司机通过后视镜看到他手里的纸，有些怀疑，"今天高考？"

沈俞白靠在座椅背上，无力地点点头。

"孩子啊，这会儿你赶过去肯定进不去了！"司机长叹一口气，一边说着却又一边猛踩油门。

连过了三个红绿灯把他送到实验中学门口，沈俞白想要给钱，司机却避开他的手："赶紧去吧，看看能不能来得及。"

沈俞白踉跄着推开车门下车，走到校门口。

保安远远地看见一个人摇摇晃晃走过来，连忙跑出来看，看清他的脸时吓了一跳，少年衣服脏得不像话，嘴角还有瘀青和血渍。

保安忙扶住他："这是怎么了？"

沈俞白笑了下，黑眸闪光点点，他从兜里掏出撕成两半的准考证递过去："老师，我的准考证被人撕了。"

少年语气很轻，沙哑又低沉。

保安心头一酸，艰难地摇摇头："你都晚了一个小时了，进不去了。"

话音还没落下，他的手腕被少年紧紧扣着，少年黑漆漆的眼眸对上他的："求您，放我进去。"

"孩子，真不行啊。"

沈俞白喘了口气，豆大的汗顺着他的脸颊滑下，他眼前一黑："老师……"

"哎哎哎，孩子！"

"老王，来帮忙！"

天色渐渐暗沉。

上午阳光明媚，下午竟然阴沉沉的，等第一天最后一场考试快结束时，天已经彻底黯淡，教室里开了灯。

顾知意瞥了眼窗外，深吸一口气放下笔。

她又仔仔细细把卷子从头到尾检查一遍，确定自己会的题都保证对，而后对不确定的再细细琢磨。

九中今年实行关爱学生的政策，联合家长订了学校旁边的酒店，学生们一下考场就去酒店，避免家长问东问西影响第二天考试的正常发挥。

顾知意瘫倒在床上，只觉得脑袋"嗡嗡"作响。

她和赵萌萌一个房间，赵萌萌已经洗完澡出来，坐在床边擦头发："小意，你去洗吧。"

"好。"她回答得有气无力。

"怎么了？"赵萌萌甩开头发，"考得不好？"

"不是。"顾知意坐起身摇摇头，"我今天没看见沈俞白。"

赵萌萌松了口气："这是高考，他肯定来了，你不用担心他的。"

少女趴在床上，白净的脸庞明媚可爱。她点点头，轻轻舒了一口气，起身去洗漱："等下一起复习。"

"等你！"

黑眸睁开的时候，沈俞白茫然一瞬，雪白的墙，消毒水的味道，身上的固定带，他挣扎着想要起身，却扭头看见外面阴沉的暮色。

他的心一点一点沉下去。

挂在墙上的钟表滴答滴答作响，时针指向数字"6"。

肋骨上的疼几乎要了他的命，他也只是轻轻喘了口气，神情麻木，眼神空洞。

"俞哥。"李海推门进来，手里拎着饭盒，他抬脚关上门，把东西放在桌子上，面色沉重。

半晌后，他憋不住问："明天你还去考试吗？"

少年望向外面的黑眸转过来，深邃冷漠："不去了。"

他答应的事，就当作食言好了。

反正也就这一次。

李海挠挠头："要不我给顾知意打个电话吧。"

沈俞白垂下眸，淡淡开口："别去打扰她。"

她必须好好考才行。

这样才能出南关，去更广阔的地方看看。

接下来的考试，顾知意发挥稳定，面对自己会做的努力做好，不会做的尽力争取。

直到最后一场考完，她才彻底放松下来。

等她拎着书包走出考场，李海和赵萌萌早在门口等她。见她出来，赵萌萌拉住她的手晃了晃，神情严肃又难看。

顾知意的心提了起来。

她反握住赵萌萌的手："怎么了？"

"沈俞白被人打了。"

顾知意没发觉自己的声音发颤："他在哪里？"

李海嗓音沙哑："医院。"

"我能不能去看看他？"少女的声音里有几分抖，却仍旧装作冷静的样子，她的神情比赵萌萌好看不到哪里去。

李海深深地看了她一眼，点点头。

住院部的护士见几个人来探视皱起眉头，不准他们都进去，要进去只能进去一个人。李海推了把顾知意，指了指她："护士姐姐，让学习委员代表我们去看看吧。"

护士点点头，指了指最里面的病房："39床。"

顾知意道了声谢后抱着一袋水果慢慢朝尽头走去。

病房门半掩着。

少年的床被摇起来一些，他静静地躺在那里，安静又沉寂。

顾知意眼眶发烫，她快步走过去，将水果重重放在桌子上，大半身子挡在他面前。

看清来人，沈俞白眉头微皱："你怎么来了？"

"你怎么受伤了……"顾知意一开口，声音哽咽住，还没说完，一滴泪砸在病床上，雪白床单润湿一块。

"哭什么？"沈俞白轻笑。

他微微探身想要去拽她的手腕，还没等碰到，少女探身过来握住他的手。

柔软的触感让他一怔，而后他紧紧攥住她。

她望着他，眼眸湿漉漉的。

沈俞白笑了下，轻轻松开她的手，递给她一张纸巾："考得好吗？"

少女点点头，眼泪又掉下来。

他彻底没了脾气，不知道该说什么来哄她。心口就像是被一团棉花堵住，他那口气也顺不上来，更别提给别人顺气。

半晌后，沈俞白缓缓开口："别哭了。"

顾知意抽泣两声，抬手蹭蹭眼角，红通通的眼睛看向他。

"顾知意你听好了，"少年温柔地望着她，第一次散去满身冷戾，眉眼带着柔，"我会复读的。"

这是他花了两天思考出来的，目前最好的解决方法。

睁开眼的那一瞬他想过放弃，想过到此为止，可是在看到这张脸的时候，他才知道自己想要的是什么。

"所以，知知，别哭了。"

（6）

病房门被人拉开。

顾知意抬起眼望过去。

赵萌萌抱着手机站在门口往里瞧，触到沈俞白的黑眸立刻挪开眼，连忙看向旁边的顾知意，小声说道："小意，你妈妈找你。"

考试前一天她担心爸妈找不到她，便把赵萌萌的手机号写给了李娅萍。

顾知意起身接过电话，李娅萍着急的声音传来："小意，你在哪里？"

"我和同学来看望住院的同学了。"顾知意回头瞥了眼望过来的少年,捂住话筒压低嗓音,"妈,我等下就回去了。"

李娅萍松了口气,又不放心地追问道:"是哪个同学啊?你等下回来有人送你吗?"

"有的。"

她挂掉电话转身回到病床边,沈俞白手里不知道什么时候多了颗桃子。

他微微探身,仰起头,骨节分明的手拿着一颗桃子,递到她跟前:"给你桃子吃。"

她没接,只是定定地看着他。

桃子粉嫩,上面还带着水珠,新鲜又清甜。

顾知意忽地想起第一次见面,她给他一颗桃子,是特意挑的最大的一颗。

现在这颗,也很大。

少年初见时的模样,比现在更阴沉淡漠,甚至都不曾多看她一眼,那时候她害怕又好奇。

沈俞白见她不接,撑着身子往前送,语气低沉:"拿着。"

顾知意回过神来,伸过手去。桃子从少年掌心掉落,滚到她的手心,她抿紧嘴唇。

"回去吧。"他闭了闭眼,脸色有几分不正常的白,消瘦的锁骨半露在病号服一侧,另一侧被固定带和绷带绑住,勒出红色痕迹,嘴角的瘀青也慢慢显出来。

少年满脸伤痕,唯独那双眼眸,深沉温柔。

顾知意咬住下唇,低头垂眸拉开门走了出去。她走得飞快,越过护士站,径直快步走下楼梯。

医院门口的花坛旁有两张座椅,她走到那里坐下。

赵萌萌和李海追过去,还没靠近,便看见她把头埋得很低的模样,像一只鸵鸟把头塞到羽翼下努力圈住自己。

有泪滴落下来,砸在地面上。

紧接着,又一滴。

赵萌萌也红了眼,转过身对着李海就是一拳。

李海捂着胸口闷哼一声,说道:"你们女的真脆弱。"

沈俞白出院回家后便一直待在家里,每天被顾知意按头背单词和课文。

李海去沈家找他玩,还没进院子就看见顾知意撑着腿坐在门槛上,手里拎着一根小竹竿,李海立即止住脚步,满脸惊恐,连连后退。

好可怕一女的。

下一刻,跟沈俞白要好的兄弟们都被这句话刷屏。

顾知意打了个哈欠,拎着手里的竹竿晃了晃,看向旁边还在默写单词的少年:"这竹子真的能做笛子?"

少年头也没抬,神情十分专注:"嗯。"

顾知意皱着眉仔细打量手里的竹竿,论粗细感觉不够粗,论长短好像又有些长了，跟记忆里能做成笛子的竹节好像有些不太一样。

顾知意把竹竿放在一旁起身伸了个懒腰："我家里的书我都给你搬过来了，你每天都要按照我给你写的计划来复习，应该没问题的。"

听到这话，少年终于抬起眼皮，冷冷瞥了眼贴在旁边墙上的计划书，三页A4纸，密密麻麻的表格，旁边还有的几张便笺纸，亦是写满了字。

他搁了笔，舌尖抵住脸颊扫了下，转头看过去："顾知意……"

少女回眸望过来，杏眸明亮，等着他的话。

他喉结上下滚动一下，有些无奈地说："你假期什么打算？"

顾知意挑了下眉，冲他笑："我找到一个好地方。"

第二天。

沈俞白叹了口气，仰起头看上面的招牌。

诚意书屋。

他低头垂眸看向旁边的少女，语气淡淡，没什么表情："这就是你说的'好地方'？"

顾知意点点头，眼眸亮闪闪的。

她认真地想过了，自己在这里打工，平时沈俞白可以在这里看书，两全其美。

非常完美的地方。

沈俞白深吸一口气，换了个语气："知知，这地方有些不合适。"

"哪里不合适？你怎么还挑三拣四？"

……

顾知意进去跟书店老板打了声招呼，说明天正式来上班。沈俞白靠墙站在外面，低头看路边的小石子。

胡同里的风吹过来，他抬起眼眸。

这时小路胡同里走出来几个人，文着花臂，为首的人揽着一个小姑娘，笑嘻嘻地进了旁边的超市。

他别开眼，又看向书屋。

书屋面积不大，陈设复古好看，顾知意选在这里估计也考虑了他的原因。

"丁零！"

挂在门上的铃铛响了声，沈俞白起身走过去。

顾知意蹦下台阶站在他面前，笑盈盈地望着他："我跟老板说好了，你每天和我一起来，自带水杯和饭，不收座位钱！"

沈俞白垂眸看她，抬手将她脸颊上的碎发挽到耳后。

少女一愣，忽地脸色一变，抬手抓住他的胳膊探身往后看去。

"沈俞白……"顾知意的声音有些抖，攥着他衣角的指尖因用力而有些泛白，"赵强在打李佳颖。"

即使分班后，她和李佳颖还在一个班，她们也算不上朋友，更何况之前在天泰还有过一些不愉快。

李佳颖和赵强在一起，每天打扮得又艳又浓，成绩一滑再滑。

但顾知意怎么也没想到她会沦落成这样。

197

超市门口人来人往，李佳颖杵在原地将头埋得很低，旁边赵强一巴掌一巴掌地打在她的脑袋上，甚至不解气地扯住她头发往后拽，她吃痛地低喊了两声，直接被扇了脸。

　　那侧脸颊瞬间又红又肿。

　　顾知意掏出手机，指尖发抖："要不要报警？"

　　沈俞白低头，鼻尖蹭到她的头发上。他身子微微一顿："嗯？"

　　"报警！"顾知意有些急。

　　还没等她说完，少年拽着她的手腕往相反的方向走去："这事你别管。"

　　顾知意反扯住他的手腕，低声道："虽然我和她关系没有那么好，但她这明显是被欺负了。"

　　沈俞白冷笑一声，转头看向超市方向。

　　赵强也看到了他，冲着他摆摆手，手臂搭在李佳颖的肩膀上。少女头发凌乱，脸颊红肿，茫然地望过来，看清是沈俞白后，眼眸忽地亮了下。

　　少年满目清冷，淡淡地转回头，手虚虚搭在旁边女孩的肩膀上护着她往前走。

　　顾知意猛地想起来今天李娅萍临走时说过，今天要去拜访二表姑，这会儿已经快要三点。她"哎呀"一声，脚步快起来，走了两步仍旧不放心地回头看，结果脑袋还没转一半就被少年按住头又转了回去。

　　大手搭在她的脑袋上，指尖微微用力，她觉得有一个紧箍咒扣在自己脑袋上。

　　两人并排往回走，书店是在百货大楼前，他们回去从百货大楼那边的辅路穿过去就到旧巷另一端路口。

　　阳光昏黄，少年影子被拉得斜长，时不时与旁边少女的影子重叠，分开，再重叠。

　　走过小桥，沈俞白望向她："填志愿了吗？"

　　顾知意点点头，手搭在木质围栏上一下一下地拍着："北林大学。"

　　少年点点头没再说话。

　　"出发前一天我告诉你。"她转过头来冲他笑，黄昏的光倾洒在她周围，发丝隐隐有光，她被光笼罩着，温柔又明媚。

　　漆黑眼眸静静望着她，温柔得不像话。

　　顾知意突然转过身来倒退着走："沈俞白，你答应我一件事呀。"

　　少年纵容她这般："讲。"

　　她满脸认真："你以后不要跟他们来往了。"

　　"好。"他应得非常快。

　　顾知意顿了下，有些不相信："真的？"

　　"真的。"他往前走两步，缩短跟她的距离。

　　顾知意点点头："那就好。"

　　沈俞白抿着唇终于忍不住："好好走路。"

　　她听话地转过身去好好走路，不过一会儿又歪头看向他："小白！"

　　沈俞白顿住，黑漆漆的眼眸望过去。

顾知意笑嘻嘻地说："老喊名字太陌生了啊。"

少年接着往前走，步伐加快，几步就将她丢在身后。

"小白！"顾知意提着嗓子在他身后试探性地又喊了一声。

少年没应，头也没回。

她胆子大起来，小跑着追过去，扯住他的衣角，轻轻晃了晃："小白！"

"做什么？"少年耳尖有些红。

"你今天的单词我还没检查完，"顾知意忽然想起来这件事，她拍了下手，"我……咦，你走这么快干吗？"

穿过前面两排红瓦房便是他们住所的后面。

顾知意追得气喘吁吁，她叉腰喘着粗气，终于忍无可忍地追上少年拽住他的衣角："沈俞白，你下次——"

撞上少年坚硬的后背，她鼻子一酸，疼得眼泪直冒。她轻轻拍了下他的后背，捂着鼻子瓮声瓮气地说："干吗突然停下？"

她从后面走出来，余光里看到站在门口的人，身子顿时一僵。

顾青山拎着几包垃圾袋站在门口，脚上趿拉着拖鞋，嘴里叼着一根烟，本来还挺恣意的，然后就看见自家宝贝女儿跟在沈俞白身后一路小跑，脸蛋红扑扑的。

他脑袋瓜"嗡"的一声，愣在原地。

"爸！"顾知意快步走到他面前，神情自然，"怎么这么多垃圾？"

"哦哦哦，你妈在家收拾卫生。"顾青山回过身，目光在沈俞白身上扫了一圈，又落在顾知意身上，"赶紧回家换身衣服，一会儿出门了。"

顾知意点点头，转身跟沈俞白挥手。

沈俞白微微点头算是回应。

等她进去，顾青山看了眼还站在门口的少年，轻轻叹了口气，没有说话，拎着垃圾去丢。

再回来时，人已经没影。

沈俞白立在门后，头靠在墙上的那些纸张上，密密麻麻的计划表格，凑得近了甚至能够闻到笔墨纸张的特有味道，他心里却莫名起了烦躁。

一阵风吹过，院子里老树的叶子"哗啦啦"作响。

（7）

客厅的门被人关上。

顾知意换好衣服出来，就看见顾青山叉腰站在客厅里，神情严肃。

她拿起水杯喝了口水，歪头看过去："爸，你怎么了？"

"爸爸问你个事。"顾青山思量一番，在客厅踱步，"你和对门那小子怎么混在一起？"

"我在帮他补习。"顾知意又喝了口水，表情自然。

李娅萍把话接过去，一边检查要带的东西一边说道："你爸以为你们俩在谈恋爱呢。"

听到这话，顾知意"扑哧"一声笑出来，上前挽住顾青山的胳膊，跟他撒娇：

"爸爸，我和沈俞白是同学关系。

"他想复读，然后正好我是班级第一，又是对门邻居，帮同学复习功课不是再正常不过吗？"

顾青山"喷"了声，瞥了眼女儿，算是稍稍放下心。

只不过，他怎么看那小伙子的眼神里像是有点东西，有点熟悉，一时之间想不起来在哪里见过。

第二天两人一同到书店。

顾知意给沈俞白选了一个靠近窗户的位置，又贴心地帮他把水杯准备好，便自己去忙了。

少年托着腮翻开书，默写单词和课文，抬眼环视周围时便可捕捉到少女忙碌的身影。

她穿着黑色围裙式制服，头发绾成一个团，额头饱满，唇色红润。

沈俞白眉毛轻轻一扬。

"丁零！"

书屋门被人推开，张之楠和李海两个人进来，顾知意刚给一桌上完咖啡，转身看见李海的发型，抿着嘴笑起来。

李海摸摸自己的寸头，咧了咧嘴角，有些尴尬。

他爸爸送他去当兵，这当兵不就得剃头吗？

只是不适应，相当不适应。

张之楠直奔沈俞白那边坐下，跷着二郎腿冲着顾知意招手，等她过来后眉梢带笑地开玩笑："这位同学，给我们来三杯卡布奇诺。"

顾知意撑着餐盘笑："好的，请稍等。"

沈俞白在桌下踹了他一脚。

张之楠吃痛，抱着小腿"哎哟"几声："顾知意同学，麻烦你了。"

李海抬手拍了他后脑勺一巴掌："让你没大没小。"

"俞哥，你这是……"张之楠撇撇嘴，满肚子委屈，转眼看见满桌的卷子和试题，顿时觉得沈俞白疯了。

沈俞白笑了下，搁了笔，手托着腮，目光瞥向旁边忙碌的少女，黑眸深邃。

李海也跟着笑了："俞哥，过两天我就走了。"

"行。"他声音依旧淡淡的。

"以后联系就少了，你们好好的。"李海说着眼眶红了，咧着嘴敲敲桌面，扭头又看了眼顾知意，嗓音刻意压低，"你和顾知意怎么办？"

沈俞白收回目光，眼皮微掀起，压出一道极浅的褶子："不怎么办。"

他没能力承诺什么，也做不出什么承诺，连追求人的权利都没有，能怎么办？

李海叹了口气。

这两人一个被护得好好的，一个守得默默无闻。

真要命。

沈俞白半垂下眼，托着腮没作声。半晌后，他挥挥手："回去吧。"

李海知道他心思沉，也没再说什么，起身就往外走。

顾知意刚好在门口倒咖啡渣，见他出门冲他笑了笑。李海顿了下，走过去望了眼埋头看书的少年，声音低沉："顾知意，俞哥这人心思沉，但是他对人好就真的是掏心掏肺地对这人好。"

他冷不丁地抛出这句话，顾知意却反应很快："我知道。"

"行，那我走了。"

外面的天阴沉起来，顾知意拢了拢袖子在门口站了会儿便推开门进去。

下班回去时，天色暗沉得吓人，乌云黑压压的一大片，顾知意拢着衣服走得飞快，身后沈俞白手插着兜慢悠悠地拎着书包跟着。

粉色书包上挂着一个白色挂坠。

怎么看都跟少年冷厉的气质不符。

忽地，一滴雨落在顾知意的肩膀上，迅速晕染开，她惊了下，转身朝少年喊道："小白，下雨了！"

话音未落，第二滴，第三滴，大雨倾盆而下。

沈俞白迅速脱下外套罩在她头上，然后拉着她的手快步往前跑。

少年外套上还有他的体温，温暖又清冽的味道，她跟跄着跑了几步，再抬眼便见少年的后背全湿了，短袖紧贴在他的身上。

她咬了下唇，快步走上前去同他并排，而后举起胳膊，凉风吹起，几滴雨落在她的脸颊上："快进来！"

沈俞白侧头看她，没有任何动作。

顾知意有些着急，踮起脚努力往他头上披盖衣服。少年的黑眸望进她的眼里，清纯干净。

下一瞬，他俯身抬手罩起衣服将她护在旁边，又用另一只手握住她的手，撑着衣服快步往前跑。

大手包裹小手，干燥温热的掌心让顾知意有些走神。

她茫茫然地跟着跑。

直到跑到沈家侧门玄关长廊，雨势也没见小，雨滴砸在地上溅起小水花，路上不一会儿便积了水。

沈俞白从旁边拿过一条毛巾递过去，嗓音有些哑："擦擦。"

顾知意接过去擦了擦衣服，她身上淋湿的地方还算少，再看旁边少年，几乎是从头淋到尾，衣角还在滴答淌水。

她忙把毛巾递过去："快擦擦，别感冒了。"

少年接过她手里的毛巾，胡乱地在身上蹭了蹭，弯腰从门后掏出一把雨伞递过去："回去换身衣服。"

接雨伞时，顾知意碰到他的手背，冰凉。

她撑开伞迈进雨中，雨滴落在雨伞上"啪啦啪啦"作响，少年站在门口薄唇微启，说了句什么。

顾知意想要走过去听清他的话，却看见少年冲她摆摆手示意她回家。

凉风夹杂着雨水刮了过来，她打了个喷嚏，只能跑回家换衣服。

晚上。

沈俞白手抵住下颌，拿笔钩下选择题答案。

旁边手机铃声响起，他瞥了眼，备注上的名字让他放下笔。

屏幕被解锁，里面传来窸窸窣窣的声音，他舔了下唇："喂。"

无人应答。

他站起身推开门往外走，走到侧门，望着对面窗户的灯光："顾知意？"

回应他的是被子翻滚摩擦的声音。

少年眉头慢慢蹙起，他抬眸望了眼窗户，指腹按下红色挂断键。

软床上，顾知意用被子把自己裹得严严实实，头痛欲裂，嗓子疼得冒烟，没一会儿她又觉得热，被子又被掀开，反反复复。

她脑袋昏昏沉沉的，甚至做了个噩梦。

梦里有人在喊她的名字，声音清冽淡漠，像是一汪冷泉，让她越发觉得冷。

忽然，压在枕头底下的手机响了起来，顾知意奋力睁开眼睛，摸出手机，接通："喂。"

一开口声音沙哑到说不出话。

沈俞白倚墙而站，手臂下垂，食指上钩着一个塑料袋。

"能起来吗？"他的嗓音不自觉放柔放低，像夜空里的微风，轻轻拂过。

顾知意撑着头坐起来："怎么了？"

"我给你买了药，你来窗边。"他说着走上前，仰起头看着那扇窗户。

顾知意裹着被子站起来推开窗，才开了一条缝，一个塑料袋就被人从缝隙里塞了进来，少年宽大的手掌将窗户关闭，他仰起头，仰望她——黑漆漆的瞳孔里映着她小小的缩影。

她眨了下眼，手不自觉地握住防盗栏。

少年勾起唇，面容在光里融了几分冷，露出几分温柔，黑眸光亮得不像话。

她半垂眸瞧着他，心里忽然就静下来。

窗外人说了句什么，她看懂了。

他喊她，知知。

顾知意抿着唇笑了。

塑料袋里有好几种退烧药和感冒药。顾知意闭眼仰头吞下一片退烧药，然后爬到床上裹着被子昏昏沉沉又睡了过去。

这一觉她睡得很沉。

她做了一个梦，梦里少年挥着拳头一下一下砸在擂台上，再抬起拳头，鲜血淋漓。

似是有所感应，少年缓缓转过头来，黑眸冷戾狠厉。

她吓了一跳，猛地睁开眼。

外面天光大亮。

顾知意捂住胸口大口喘气，她缓了缓后才发觉昨天的难受已经不见，整个人神清气爽。

下一刻，她连滚带爬地滚下床，一边手忙脚乱地穿好衣服，一边快速洗漱。

等出门的时候已经七点半。

沈俞白没有像往常一样在门口等她。

顾知意等不及，掏出手机准备给他打电话，却发现微信有一条未读消息。

沈俞白：今天有事，九点去。

发送时间是六点。

她看了眼时间，飞快地蹿出来，到书屋门口时刚好八点。卷帘门缓缓升起，店长的脸从里面露出来，满脸憔悴。顾知意一愣，站在原地没动弹："店长，没睡好呀？"

店长打了个哈欠："昨天盘库了。"

"对了，今天有个人来拿预订的书，"店长又打了个哈欠，掩着嘴往里走，"你记得给他包好，八点半来拿。"

顾知意跟着上台阶："好。"

八点半，门被人推开，顾知意端着餐盘往柜台走，习惯性地喊道："欢迎光临。"

门口的人顿住，下一刻径直朝她走过来。

她没在意，低头点开点餐系统："请问想喝点什么？"

"小意。"熟悉的声音。

顾知意抬起头望去："郑书庭？"

郑书庭微微一笑："你怎么在这里？"

"我在这里兼职。"

"我来拿我预订的书。"郑书庭指了指她身后包装好的书袋。

顾知意忙转身取了书递过去，还没等她松手，他已经探身接过去。

快一年不见，小姑娘似乎长高了一些，婴儿肥也褪去一些，巴掌大的脸依旧小，那双眼睛却是越发明亮。

他抬手推了下眼镜："小意，你去哪个大学了？"

"北林大学。"顾知意熟练地倒好咖啡豆，收好放回柜子。

框架眼镜后的眼眸微微一亮，他的手搭在吧台边，神情愉悦："是吗？好巧。"

巨大落地窗外，少年背着单肩书包，静静地看着吧台边的两个人。

柜台里的少女笑容璀璨，神情明媚，与人欢快地谈论着什么。

她对面的人，衣着干净简约，浑身一股子好学生的气质。

沈俞白微微挑眉。

还真是，怎么看怎么配。

（8）

郑书庭和顾知意交换了微信，然后带着书离开书屋。

推门时，沈俞白迎着台阶往上走。

郑书庭站在最高点，居高临下地望着他："你不要纠缠小意了。"

沈俞白轻哂，语调含了几分散漫："关你什么事？"

郑书庭冷了神色，愤愤不平地说："她以后肯定不会留在南关，你纠缠她有什么意思？只会给她拖后腿。"

"拖不拖后腿，"少年插着手站在那里，周遭都冷了下来，他声音平淡，"我知道就行了。"

这话一出，郑书庭被堵得一时间说没上来话，狠狠剜了沈俞白一眼便离开了。

顾知意从里面推门出来，刚巧看见两人打照面，沈俞白神情淡漠，看向她的眼神更是冷冰冰的，她抿了下唇，莫名有些心虚。

但下一秒又更觉得莫名其妙，她把门推得更开一些："小白，进来啊。"

沈俞白越过她径直往里走去。

顾知意跟在他后面递给他一杯牛奶："昨天的题我看一下。"

少年把习题集递过去，态度算不得好。

她叹了口气，合上本子："我和郑书庭只是碰巧见面，他帮我解答了一些问题。"

少年断眉微微一挑，冷冷勾唇："嗯。"

"你别想太多。"顾知意说完便起身去忙了，留下他一人在座位上。

沈俞白把玩着笔转了几圈，心像是被压了一块石头，沉得他难受。

顾知意多好，他清楚得很。

端着餐盘在座位间走动的少女今天扎了个高马尾。

她没感觉到，笑盈盈地招呼着每个跟她要咖啡的人。

心里的烦躁一股脑蹿上来，压都压不住，沈俞白撂了笔起身往外走去。

一直走到门口胡同他才停下，倚墙站着，看着车来车往。

顾知意和他的差距，他心里清楚。

他能陪到什么时候算什么时候，这事不愿去想，偏偏有人非要提醒他。

又有人推门进书店，铃铛声打断他的思绪。

沈俞白返回桌子前。

桌子上是早晨顾知意给他的空白英语卷子，要等背完单词才做的，他鬼使神差地抽出卷子，开始认真阅读英语题。

一道题一道题选择。

到最后的作文。

他翻开旁边的标准答案，一一对照。

错题太多，正确的寥寥无几，满篇叉号看得他太阳穴直跳。

沈俞白把卷子胡乱塞到书包里，背起书包往外走去。

不出意料地，不一会儿手机微信提示音响起，他举起手机看了眼弹出的消息，顿在原地，而后回了两个字。

吧台里，顾知意把手机放在一旁，一边做咖啡一边看消息。

沈俞白：有事。

他只扔给她两个字。

她抿了下唇，没有回复他的消息。

当天晚上，沈俞白没有和她一起回家，第二天也没有和她一起早起出发。

往后的整个八月份，他都没有再和她并肩同行，而是比她晚到，比她早离开。

直到顾知意离开的前一天。

沈俞白收起笔袋，拎起书包起身往外走。

衣角被人扯住，他垂眸瞧过去，白皙纤细的小手攥住他的衣角，轻轻晃了晃，他没动任凭她拽着："怎么了？"

"小白，"顾知意抿了下唇，声音低低的，"明天我就去西城了。"

少年薄背挺得很直，手半插在裤兜里紧紧握成拳，他没有回头，静静地听着她说。

"书屋这边就做到今天。"身后人声音越说越小，到最后竟有几分哽咽。

沈俞白深深吸了一口气，垂眸低头："我今天有事，不能陪你回去。"

攥着他衣角的手慢慢松开，顾知意点点头，没再说话。

他一把拉开门朝外走去。

直到走出她的视线，沈俞白肩膀卸了紧绷，藏在裤兜里的手拿了出来。

南关九中。

沈俞白过去敲了敲保安室的门，里面的保安都已经认识他了，皱着眉打量他："来干吗的？"

"找刘丹老师。"少年嗓音沙哑，表情冷漠。

保安上下打量他一遍。刘丹老师早晨来的时候便跟保安打过招呼，说有个学生要来找她，让他到时候放行。

不过他没想到是学校里那个以打架出名的沈俞白。

九中南院区是专门留给高三生的，现在放假，学校里安静一片，只能听得见树叶"哗啦啦"的声响。

花坛池子里的荷叶泛了点绿，宽大的荷叶卷着边想要舒展开；水池的水换了新的，有些清澈。

他慢慢地往主教学楼走去。

刘丹依旧在原来的办公室，手边堆着一小摞资料，听见敲门声看过去，冲他招招手。

沈俞白走进去站定。

刘丹笑了起来："这刚离校，就来看望老师？"

沈俞白轻笑，把书包里的卷子拿出来递过去："老师，有事求您。"

他语调有些散漫，声音却沉稳。

那一摞试卷是他整个暑假做的，卷面是顾知意批改的，分数由低到高，到最后的九十多分。

刘丹摘掉眼镜一张张查看，心里涌起惊涛骇浪，她禁不住抬头去看少年。

傍晚的光照射进来，昏黄的日光将旁边的少年笼罩住，他的身上被镀上一层暖暖的光，哪怕周身再清冷这一刻看起来也没那么不易接近。

那双黑眸依旧深邃难猜，却透着一股坚定。

她慢慢放下卷子："你想让我帮你什么？"

沈俞白嗤笑一声，似是自嘲："我想复读。"

刘丹惊了下。

"你要复读？"

少年点点头，神情淡淡，这是早就已经考虑好的事情。

"这事我要跟校领导商量。"刘丹站起来倒了一杯水递给他，又瞥了眼桌上的卷子，"学校虽然这两年提倡本校生来复读，可是来的人很少，你也应该知道原因。"

九中本校生复读是有严苛的条件的，一是学费贵，二是单独班级制，说白了全凭自己。

还有最重要的一点是，差生不要。

沈俞白高考缺考，参考他之前的摸底考试，那都是垫底的。

光是这条，足够让学校拒绝他。

刘丹看了眼手表："你在这里等我，我去找教导主任。"她说着抱起桌上的卷子急匆匆出了办公室。

少年靠着桌边站着，直到黄昏变为黑暗，夜幕降临，路灯亮起，他还站在原来的地方没动。

手里的一次性纸杯被他捏得近乎变形，里边的水洒出来，溅落在手背上。

他垂着眸静静地等着。

直到办公室的门再次被推开，他才缓缓转身看过去。

刘丹和教导主任还有校长都站在门口。

少年黑漆漆的眼眸就这样望过去。

刘丹鼻子一酸，走过去拍了拍他的肩膀，笑着说道："领导们都同意你回来复读。

"但是你要好好学习，不能惹事，不然就会被开除。"

"好。"他张口答应，嗓音竟然嘶哑到有些涩。

校长走进来也拍了拍他的肩膀："好好学，小伙子！"

身后的电闸门被关上，沈俞白攥紧的拳头才慢慢松开，掌心被指甲掐得血肉模糊，松开后血顺着掌缝流出，滴落在地上。

他仰起头看向天空。

黑夜彻底来临，星星和月亮却清冷明亮，高高悬挂。

他抬起手想要触摸那颗最亮的。

旁边小卖部的冰柜已经搬出来，沈俞白走上前挑了两根雪糕，付钱，拎走，一直走到家。

然后他掏出手机。

顾知意还在收拾开学要用的东西，李娅萍塞满三个大大小小的行李箱还不够，仿佛要把所有东西都给她带上才算完。

赵萌萌也在跟她吐槽老母亲沉重的爱，手机响起时，顾知意还以为是赵萌萌又发来什么馋人的"妈妈牌"好吃的。

沈俞白的头像上有个未读消息。

她咬了下唇点开。

沈俞白：有雪糕，吃吗？

顾知意咬着唇慢慢勾起嘴角，脸颊上显出一个小酒窝。

她飞快地换了件衣服，越过房间里大大小小的行李箱，冲着正在厨房炸丸子的李娅萍喊道："妈，我出去一趟！"

李娅萍"哎"了声，等她追出去，院子里早就没人影了。

从她房间到门口用不了半分钟，顾知意却小跑着出去，到少年面前时，微微喘息，脸颊点点红。

沈俞白把雪糕递过去。

是她喜欢吃的牌子。

顾知意接过去撕开包装纸，奶油味浓重，她咬了一小口，被凉得直皱眉。

少年蹲在她旁边，手臂长长地伸出去，手腕还套着刚才的塑料袋，一点儿不符合他冷戾的气质。

顾知意学着他一起蹲下，慢慢挪过去，一口一口咬着雪糕："你最近有什么事吗？"

"没有。"语气淡淡。

她咬了口雪糕，凉得倒吸一口气，依旧津津有味地吃着。

"明天我要走了，你——"

视线随着少年站起来而移动，她仰起头，唇微微张着，杏眼里都是茫然，不明白他怎么突然站起来。

沈俞白挡住她的眼眸，微微俯身伸出手："要不要去学校看看？"

那只手骨节分明，修长有力，指节上的小疤痕清晰可见。

顾知意瞬间乐了，伸出手搭在他的手上。

下一刻，小手被大手紧紧握住。

沈俞白微微使劲，她便被从地上拽起来，还没反应过来，少年已经拉着她往前跑去。

夜风在耳边呼呼作响。

少年棱角分明的侧脸在一束束光下隐隐约约，忽明忽暗。

顾知意笑起来。

似是感应到她的开心，沈俞白歪头看过来，万家灯火被黑眸吸纳。

那一刻，顾知意想到了星河璀璨。

（9）

九中操场边只有几个路灯泛着昏黄的光。

绿色草地和塑胶跑道上画着一道道白色的线，旁边的围栏被爬山虎掩盖，藤蔓顺着墙攀爬向上，初夏降临，一派生机勃勃的景象。

她走进操场，感受着广阔操场上吹来的阵阵微风。

明明才离开一个多月，她已经开始舍不得。

"沈俞白，"顾知意回眸看向少年，"你要好好地加油啊！"

"我在大学等你。"

他侧眸看她，嘴角微微扬起。

两个人在操场漫无目的地乱走，顾知意一边走一边说："我那会儿几乎不到操场上来，赵萌萌倒是来的次数多，都是她拉着我来的。"

少女声音轻柔欢快，絮絮叨叨地低声说着之前的事情。

他静静地跟在她身后，看着她的影子忽远忽近，与他的重叠、分开，探身过来时，似乎要触碰到他的脸。

"小白，你知道吗？"顾知意蹦蹦跳跳地转过身来倒退着走，手舞足蹈地跟他比画，"开学第一天赵萌萌就和我说，你不好相处，凶死了。"

少年勾唇轻笑，脚步逼近她，夜色里黑眸藏着点点温柔宠溺。他挑了下眉："然后呢？"

"然后？"顾知意笑得更欢，"然后真的好凶。"

"知知，让我抱抱，成吗？"少年一开口，嗓音早已喑哑。

顾知意顿住。

半晌后，她抬手轻轻地、轻轻地拍了拍他的后背。

细手温热无骨，虚虚攀在他的肩膀下方。

沈俞白扣住她的腰紧紧压向自己，像是要把她嵌入进身体里。

顾知意被压得有些窒息，可又不敢动。

下一秒，她被人松开。

少年后退两步，下意识想去掏兜，却被迎面一道强烈的光照到。

"你们两个！哪个班的？"远处传来保安大叔正气十足的喊声。

顾知意还没来得及反应就被沈俞白牵着手朝前跑去。

直到穿过胡同，跑到巷口隧道处，两人才停下来。

少年头发跑湿，额前碎发挡住眼眸，脸颊白皙，右脸上的疤痕被热气染红。

他站起来替她顺了顺背，低声问："还好吗？"

顾知意抬起胳膊止住他的话："我……我不行了。"

沈俞白半蹲下，手撑在膝盖上同她对视："我背你。"

"不用。"顾知意撑着腰站起来，她冲着他笑，眉眼弯弯。

高中三年，她规规矩矩地上学，哪里经历过这种刺激场面？

两人穿过隧道，沈俞白打开手机手电筒，护着她走在内侧高台阶上，自己走在路旁。

脚步声被空洞的隧道放大，擦过水泥路的地面发出嚓嚓嚓的声响，灯光晃动，两个人的影子被拉扯放大，映到对面的隧道墙壁上。

顾知意轻轻叹了口气："小白，你会跟我联系吧？"

她歪头看他。

少年转过头看她，眼眸里情绪未明。

直到站在家门口，他才开口，只说了一句："晚安。"

顾知意抿唇笑了下："晚安。"

沈俞白看着她走进门，倚着门框看向院子里。他之前从没有留意过这棵树，顾知意说这树好看，他便多看了几眼。

这树，有什么好看的？

第二天早晨，顾青山和李娅萍开着借来的车送她去大学。

后备厢里塞满了她的生活用品和李娅萍做的吃的。

顾知意被喊着，推搡着出了门，一出门便看见沈家侧门半开着，门槛上没有人，沈俞白没有出来送她。

顾知意撇撇嘴，弯腰钻进车内。

黑色轿车穿过长长的隧道，路面坎坷，车内有些颠簸，顾知意的手机被颠滑了手，她弯腰去捡。

车窗外，少年的身影一晃而过。

她直起身坐好，微微侧身倚着车窗发消息。

少年站在隧道砖墙外，青绿色砖瓦上有些苔藓冒出来，他弯腰去逗弄，用木棍刮了一块下来，慢悠悠地带回去。

裤兜里的手机响动两声。

沈俞白轻舒一口气，站定，掏出手机。

顾知意：你怎么没来送我呀？

熟悉的语气。

他甚至能够想象出来少女撇着嘴编辑消息的模样，神采飞扬，明媚可爱。

沈俞白退出聊天界面。

李海的头像也有一句话：俞哥，我走了，保重。

他也没回。

张之楠给他发了一个哭泣的表情包，说自己要去跟堂哥学手艺，最近也要离开南关。

一瞬间，整个南关只留下他一人。

少年歪了下头，盯着屏幕里的聊天记录，仅有的几个联系人，说着相同的话语。

都在跟他告别。

半晌后，他收起手机，慢吞吞地往家里走去。

清晨的光慢慢照射过来，透过窗户，将光送到房间内，少年把那块苔藓放在横切的水平盘里，浇了点水上去，而后放在窗台上。

他做完这些，脚搭在椅子上，慢条斯理地翻看试卷。

密密麻麻的解析映入眼帘。

沈俞白定定地看着，然后探身把那一摞厚厚的笔记搬下来放在旁边。

他翻开其中一本。

心慢慢落下来。

从南关到大学需要两三个小时的路程，等他们到的时候已经快要中午。

郑书庭收到消息老早就等在校门口，看见车子来连忙招手，李娅萍从车上下来对学校一顿感慨，另外就是夸郑书庭。

顾知意奋力拿下自己的行李箱。

郑书庭连忙过去帮她拎。

李娅萍杵了下顾青山的胳膊，示意他看那两个小年轻。

"般配不般配？"她跟自家老公咬耳朵。

顾青山推了把眼镜，撇撇嘴："长得跟小白脸似的，能行吗？"

李娅萍"啧"了声："什么能行吗？"

"你闺女这样的，要有个人镇得住才行。"顾青山弯腰拎下行李袋放在行李箱上。

"哐哐哐！"

郑书庭推着行李箱走在顾知意旁边，温声给她介绍学校里的环境。

大学里有个巨大的人工湖，图书馆依靠在湖边，风景宜人。

"小意，能跟你一个学校真是太好了。"郑书庭温柔地看着旁边的少女。

顾知意笑了下，静静地打量着教学楼。

主楼和辅教学楼按照字母顺序排列，她已经有些眼花缭乱。

郑书庭领着她到女生宿舍楼下，她自己拎着一个行李箱往楼上爬。

606室。

她敲敲门，有人跑过来开门。

女生一头大波浪，丹凤眼，长得格外明媚好看："你好，快进来啊。"说着给她让出道。

顾知意推着行李箱进去。

女生跟着她走到旁边："我叫文婧。"

"我叫顾知意。"

两个人相视一笑。

"小意，你行李多吗？我下去帮你搬。"文婧自来熟得很，立马扎起头发挽起袖子，作势要帮她去拿行李。

顾知意连忙摆手："不用，我自己可以的。"

文婧大手一挥："别客气。"

等一切安顿下来，已是下午，李娅萍和顾青山先赶了回去。

顾知意趴在床上歇息，她掏出手机。已经有人把她拉进了大学班级群，群里显示聊天记录"99+"，她看了会儿聊天记录，听见门响，便探身看过去。

一个穿着黑色卫衣的酷酷女生推着行李箱走进来，径直走到贴着她名字的桌前放下书包。

黄曼。

顾知意挥挥手："你好，我叫顾知意。"

"黄曼。"少女瞥了她一眼，淡淡开口。

顾知意抿了下唇，继续趴在床上看手机，之前走的时候给沈俞白发的消息他还没有回复。

她想了想，又给他发了一条：我到学校啦。

忽地，屏幕弹出来电显示。

郑书庭。

她顿了顿，接通："学长。"

郑书庭手插着兜在楼下踱步："小意，要不要去逛超市，买一些生活用品？"

顾知意摇了摇头："不了，我等下和舍友一起去就行。"

"好，等晚上……"

文婧拍拍她的肩膀："要不要一起出去？"

顾知意回头冲文婧甜甜一笑，冲着电话里说道："学长，我和舍友去就行啦。"

两人刚要喊黄曼，对方已经独自出门了。

刚入学对什么都好奇，脱离家的环境和父母的约束，一切都显得新奇又刺激，等顾知意回到宿舍已是晚上七点。

她迅速洗漱好爬上床，打开微信。

除了赵萌萌和李娅萍的消息，再没有别人的。

顾知意叹了口气，翻开同学录找到沈俞白的电话，拨了过去。

音乐声一直响。

直到智能客服的女声从话筒里传来，她才挪开手机，挂断。

九中旁的烧烤摊上。

少年戴着白色手套，熟练地给烤串撒上烧烤调料，放到旁边铁盘里端了出去。

案板上放着的手机屏幕忽然亮起，而后熄灭。

（10）

复读班的开学时间比正常高三生的开学时间还要早，沈俞白接到通知的时候刚下夜班。

天已经大亮，清晨第一缕光照到烧烤架前的广告牌上。

白光耀眼。

他长舒一口气，低头咬掉手套，单手起开一瓶可乐仰头灌了一口。

裤兜里的手机早就没电了，他没管。

没人会联系他，就算有，那也不着急了。

他半撑着腿坐在板凳上喝完可乐，然后去旁边冲了个澡，换了身干净衣服又骑车回了学校。

复读班在四楼尽头，教室里的学生大多数是考得不尽如人意的优等生。

推开门的一瞬间，教室里寂静一片。

所有人的目光都聚焦在少年身上，他没穿校服，只套了一件黑色卫衣，下摆松松垮垮地堆在腰间，下半身是破洞牛仔裤搭配一双帆布鞋。

少年清冷孤傲的模样比以前更甚。

后排坐着的几个男生大大咧咧地喊道："俞哥，你也来了！"

沈俞白掀起眼皮瞧了眼，那帮人顿时噤声。他在前排找了个空着的座位拉开凳子坐下，旁边的女生吓得脸色苍白，恨不得把自己的书和卷子统统归拢到一起。

他侧头看了她一眼，圆脸大眼，却没顾知意生得好看，尤其那双眼眸。

少了些灵动。

忽地，心里那股烦躁升上来，他翻开课本，强迫自己去记单词。

蝉鸣声不断，外面的老树枝繁叶茂，池子里的荷花也开了，翠绿的叶子在水面伸展开，一个个小绿棚样，好可爱。

天气炎热，阳光烤得人难挨。

少女蹙着眉头眼睛被晒得压根睁不开，脖颈上淌着晶莹的汗珠，白皙的脸蛋被晒得红扑扑的。

教官一喊解散，学生们乌泱泱四下散去，跑到阴凉处歇息。

顾知意仰头灌了好几口水，像被烤熟了的白薯，恨不得立刻躺平停摆，她的后脖颈晒得又烫又疼，怕是已经晒爆皮了。

文婧坐在地上摘下军帽，一头波浪鬈发落下来，顿时显得女神范儿十足，周围男同学的眼神顿时直了，一个劲儿地往这边看。

可惜女神也被热得够呛，她朝顾知意伸手："小意，给姐姐喝口水啊。"

"姐姐你喝。"顾知意双手抱着水杯递过去，毕恭毕敬的，"您请。"

说完，两人对视一眼，哈哈大笑。

教室里。

一个粉笔头扔到前排位置，沈俞白歪头躲开，淡淡地扫了眼黑板，上面写满了解析过程。

"沈俞白！你要是再走神，我就让校长给你开了！"复读班的数学老师顶着光秃秃的脑门，冲着下面嗷嗷地喊。

沈俞白的断眉微微一扬。

所有人都在看他的反应。

邻桌的女生甚至缩了缩身子，怕他一会儿掀桌而起。

少年稳稳地坐在那里，黑眸看着黑板，认真地听课。

后排有人禁不住吹了声口哨。

数学老师又一个粉笔头扔了过去，顿时整个教室安静下来。

晚饭时，沈俞白脱了外套去打球。

少年手腕上有一根黑色皮筋，投篮时，皮筋顺着手腕下滑，露出累累伤痕，大大小小的伤口已经结痂，但还没有完全愈合，一用力又开始渗出血丝。

他无动于衷，任凭那些细小的伤口反复撕裂。

复读班的晚自习下课时间和高三一样，都是十点。

铃声一响，沈俞白拎起书包走出教室，推着车径直走到校门口对面的烧烤摊。老板见他来了，把手套扔过去，算是打了招呼。

他不能没有收入。

沈堂庆的债没有还完，上大学又要学费、生活费，用钱的地方太多太多。

这些东西压得他根本没有消极颓废的时间。

"哟，这不是俞哥吗？"赵强拉开凳子坐下，扫了眼旁边烧烤架前的人，不敢信地又看了眼，顿时就笑起来，"怎么在这儿啊，打工啊？"

少年没分给他一个眼神。

手里的烤串翻了个面儿，油脂滴落在炭火上，溅起火苗，倒映在黑漆漆的眼眸里。

他抿着唇慢慢地烤，赵强那边的嘲笑声越发不堪入耳，周围桌的人频频望过来。老板拍拍沈俞白的肩膀，低声道："你要不出去和他们喝一杯？"

沈俞白扯下手套，拎着两瓶啤酒走出去。

赵强和那群人还在吹瓶喝，坐在对面的人朝他身后努努嘴，他没留神，一只手按在他的肩膀上，不轻不重地拍了两下。

他抖了下，咽了口口水，仰起头看过去，脸上瞬间堆满笑："啊哟，俞哥来了，赶紧坐坐坐。"

沈俞白轻嗤，手臂从他身前垂下，捞起面前的酒起子。

"砰！"

啤酒瓶盖在赵强耳边被撬开。

沈俞白又撬开另一瓶，递给赵强。

赵强下意识挺直腰接过去，而后侧头看向少年，要笑不笑地说："俞哥，老徐那天还提起你，说你好久没去天泰了。"

"替我跟他问好。"少年的嗓音擦过他的耳郭，冰冷淡漠，像蛇信子钻进耳朵，冷得要命。

赵强咽了口口水，仰头灌了口酒，想要站起来。

少年的小臂搭在他的肩头，只是那么轻轻一压，他瞬间动弹不得。

沈俞白知道人身上的每一块骨骼和肌肉分布。

旁边几个人想打个圆场，嘻嘻哈哈地站起来想要过去揽少年的肩膀。

沈俞白掀起眼皮望过去，脸上没什么表情，眼神却冰冷狠厉。

几个人被镇住，没敢再往前走一步。

"少来这里，不欢迎你。"他垂下眼，灌了口啤酒，语气轻淡，"告诉老徐，那场比赛我记着呢。"

说完他松开手转身回到烧烤架前。

赵强暗骂两句，晃了晃肩膀，起身扔下钱便离开了。

裤兜里的手机再次振动。

沈俞白掏出来看了眼备注，手慢慢顿住。

他看了会儿，划开界面接通，少女的声音瞬间传过来，带着特有的轻柔软糯："小白，你终于接到我电话啦！"

只是听到她的声音，他的烦闷便被冲掉一大半，空荡的胸腔被柔情塞个满怀。

沈俞白歪头夹住手机，手上翻动着烤串，嗓音却不自觉地放柔："最近忙。"

顾知意刚洗完脚趴在床上，白皙纤细的小腿露出一截在床外，葱白的脚丫一晃一晃的。她枕着胳膊跟沈俞白打电话，语气不自觉地有些撒娇意味："我今天军训，脖子后面晒得好疼。"

电话那头，少年的眉头紧紧蹙起。他沉下脸，把手里的烤串放进盘子里，示意旁边的人自己要接个电话，便摘了手套去到后厨。

那地方清净，冷气开得足，他半倚在门框上，静静地听她说话。

"还有啊，你知道吗，我今天差点迟到。"顾知意翻了个身，脚搭在床梁上，语气十分欢快，"学校太大了，好几个楼我都分不清楚，教官说要在G楼门口集合，结果我和舍友跑去F楼。

"你有没有好好学习啊？明年是不是就可以看到你了呀，沈学弟？"她笑

213

嘻嘻地同他开玩笑。

夜色清冷，少女的声音通过无线电传到他的耳中，撞到他的心尖上。他小心翼翼呵护着，不敢去碰半分。

顾知意看了眼手机屏幕，还在通话中，她微微皱起眉头："小白？"

沈俞白舔了下唇，应下："我在。"

"你怎么都不说话？"她咬了下唇，有些无措。

少年仰头看向充满油垢的墙壁和天花板，再开口时嗓音低沉沙哑："顾知意，以后别给我打电话了。"

顾知意猛地从床上起身，脑袋磕碰了一下，她疼得眼泪掉下来，声音也带了几分委屈："为什么啊，发生什么了吗？"

电话那头，少年的声音越发冷淡："你有你的生活，我有我的。"

"别再给我打电话。"

"小白，"顾知意紧紧皱着眉头，磕到的地方疼得厉害，她紧紧攥着拳头，"你到底发生了什么？"

回应她的是一串忙音。

沈俞白直接将手机关机。

文婧洗漱完后看见顾知意愣愣地坐在床边发呆，她放下东西坐过去："怎么了？"

顾知意抬起头，巴掌大的脸蛋上都是茫然和委屈。

"我有个朋友不想和我联系了。"她咬着唇，哽咽着说道。

她很少受这样的委屈。

之前学校里没有人刻意欺负她，也没人让她受委屈，偏偏到沈俞白这里，他总是让她难过。

顾知意紧紧咬着后槽牙。

沈俞白太过分了。

她再也不想理他了。

"小意同学，"文倩笑着凑近她的耳朵，"你是不是和男朋友吵架啦？"

顾知意一怔，摇摇头："我没有男朋友。"

文婧啧啧嘴，丹凤眼一挑，漂亮得不像话："那你每天抱着手机干吗呢？"

"和以前的同学聊天。"顾知意老老实实地回答。

正说着，她的手机微信响起提示音。

文婧的手机也响了，她起身去接。

顾知意划开屏幕，就看见赵萌萌的消息：李海竟然给张之楠打电话都不给我打。

这话一出，顾知意也来了气，指尖在屏幕上飞快敲击：沈俞白挂我电话！

赵萌萌一口水喷出来：他能接你电话就不错了吧。

赵萌萌：我之前听高中的学弟说，沈俞白复读了，而且超级努力。

顾知意看到这句话心情瞬间好了一半，她又笑着躺下，在床上翻了个身，然后才回消息：沈俞白很棒的好不好！

赵萌萌还在敷面膜，冷不丁扫了眼手机看到这句话，当即愣在原地。

沈俞白棒？

他哪里棒？

（11）

天泰城。

推开仿木大门，天泰城里喧闹的声音瞬间钻进耳朵，沈俞白表情淡淡地关上门，手插在裤兜里慢吞吞地往里走去。

几个服务生看见他连忙对着对讲机说了几句话，而后迎了上来："俞哥，好久没来了啊。"

少年神情冷淡，薄唇半抿着，连话都懒得讲，唯独那双黑眸深邃冰冷，依旧一副生人勿近的模样。

服务生领着他往里走去。

卡座里，徐正华轻轻磕掉烟灰，朝着对面的位置努努嘴。少年弯腰坐下，手里把玩着一根皮筋。

徐正华眯着眼睛瞧着。

许久没见沈俞白，他发现这人好像变了，好像有哪里不太一样了。

哪里？

徐正华抽了几口烟，眉毛一挑，恍然大悟。

这不就是人气吗？

之前的沈俞白哪里有人气？天天活该待在地底下，那里才是他的世界。但是现在好像有点人气了，整个人活络起来。

徐正华探身按灭烟头，哑着嗓子笑起来："俞白啊，这场比赛意义非凡啊。"

沈俞白轻噱，抬手拒绝旁边人递的烟。

"这场结束，好聚好散。"

徐正华拍拍手，把早就放在桌子上的合同推过去："这是你存我这儿的合同，打赢了拿走，输了，十场。"

他现在算是看出来了。

面前的人想要自由。

沈俞白骨节分明的手指探过去，将合同摁在桌上，而后收起拿走。

推开地下通道的大门，里面的呐喊声瞬间刮着耳道蜂拥而过，少年眉头未敛，静静地走入。

他换好衣服，活动好筋骨，戴好牙套和手套，静静地坐在场外沙发上。

擂台直播大屏幕上，消瘦的男人半跪在地上被人捶到鼻血横飞、眼眶青肿，最后支撑不住倒在地上。

裁判读秒后吹响口哨，同时举起旁边人的手宣布胜利。

少年冷冷地看着这一切，眼里划过一丝嘲讽。

他没看过自己打比赛，不知是不是也这样搞笑。

余光扫过的地方，男男女女抓着防护栏在奋力喊叫，亢奋和欲望爬满整张脸，颓废又丧气。

哨声吹响。

他站起来歪了下头。

擂台上的人，沈俞白很熟悉，是之前一直想要挑战他的一个拳手。

听说是退役的。

他摘下脖子上的吊坠，交给旁边的人，低声嘱咐："弄丢了，我跟你拼命。"

服务生连忙捧在手里。

红色的地毯，红色的围栏，高高吊起的摄像机，还有那些围在周围，像看困兽撕咬而兴奋到眼眶猩红的人群。

沈俞白望了眼吊坠，黑眸慢慢掀起，冷戾乖张。

对面的人一拳轰了过来。

场面寂静一秒，下一秒，呐喊声震耳欲聋。

比赛结束得比以往要快。

徐正华掐灭烟，烟灰缸里已经有七八个烟头，他叹了口气，朝身后的人招招手。

赵强弯腰上前："徐哥，咋了？"

话音刚落，他的脖子被人扯住，下一瞬被一个过肩摔甩到玻璃茶几上。

茶几呼啦碎了一地。

徐正华擦了擦手，冷冷地看着他："你借着我的名儿把人喊来的是吧？沈俞白好歹也是给我挣钱的，"他站起来又踹了一脚，"你是花我的钱。

"记住了，要是再敢，我亲自送你去擂台。"

他丢掉手帕，从赵强身上迈过去："人呢？"

旁边的胖子擦了擦汗，低声道："在医院。"

生死局不就这样？

你死我活。

消毒盒里被扔进去一把手术剪，旁边纱布浸满血液，缝合针也被放置在一旁，急诊医生把胶布给伤者缠好，没好气地说："三天别碰水。"

急诊医生："也不知道你们这群学生怎么想的，不好好学习就知道打架。"

坐在就诊床上的少年脸色苍白，额头和下巴被纱布挡住，胳膊上更有一块块瘀青血迹。

他紧闭眼眸，浓长睫毛微微抖动两下，缓缓睁开眼。

黑漆漆的眼眸望过去。

急诊医生哪里管他的神情？手套还没摘就被喊到另一边去。

沈俞白在就诊床上躺了半个小时，头痛欲裂。比赛一结束，他直接倒在地上不省人事，再醒来是被疼醒的。

麻醉劲儿过了，缝合针线传过皮肉的声音让他头皮越发发麻。

他扶着床沿站起来，朝外看去，夕阳余晖照在窗台上，昏黄温暖。他捞起衣服起身出了医院，拦了辆出租车，回到家倒在床上彻底昏睡过去。

再次醒来，是被外面的吵闹声惊醒的。

少年捂住耳朵翻了个身，肋骨处隐隐作痛，头晕目眩，他紧紧咬着牙，手

216

里攥着那个吊坠。

四肢百骸没有一处是不疼的。

"走走走！这车先走！"

外面传来男人的吼声、汽车发动的声音。

他费力地睁开眼，挣扎着坐起身。眼前的景象不断晃动，少年微微仰起头，凸起的喉结上下滑动一下，他按着太阳穴起身，慢腾腾地走出去。

已是夜晚，路灯亮起。

他站在院子中央，透过半掩着的侧门望向外面。

只一眼，全身血液全都凝固住。

明明是盛夏，寒意从地底下爬上来，攀上他的脚背，顺着他的血管一路向上，直到顶端。

沈俞白回神，快步走到门口。

后背有汗淌下来，浸透黑色短袖，他扶着门框迈出去，低声问："要搬走吗？"

顾青山愣了下，抱着箱子看他。

这是第一次，这个少年主动跟他搭话。

借着灯光，他才看清少年，比之前更加消瘦，下颌棱角分明，显得越发清冷，尤其是那双眼睛，漆黑深邃，仿佛是个黑洞。

只是这满身的伤……

顾青山冲他笑了笑，颠了颠手中的箱子："是啊，多谢你这一年照顾小意，她怕黑，多亏你。

"我升职了，所以要搬回西城去了。"

沈俞白轻轻呼出一口气，指甲用力扣住门框，关节处隐隐泛白。

他点点头，喉口一阵腥甜："一路顺风。"

顾青山道了谢，擦把汗把东西扔到车上，而后跟着车离开。

侧卧那扇窗户彻底打开，粉色窗帘被风吹起，有一角钻出窗，迎着风轻轻摆动着，少年愣怔怔地看着，看着，而后慢慢垂下眸。

他要她别再联系，是为了让她安心享受大学生活。

他在地狱挣扎，没理由拖她下来。

可真要抹除她一切痕迹，他受不了。

垂在两侧的手慢慢攥成拳头。

不远处传来脚步声。

沈堂庆拎着两兜菜走回来，老远看着一辆搬家车过去，等走到门口才发现是对门。

他笑了声："我就说，这种人家怎么可能一直住这种地方？

"凤凰歇脚，你倒是当了真。"

他瞥了眼沈俞白，迈脚进门。

额前碎发挡住少年的眼眸，看不清什么情绪，他只是站在那里，一动没动。

半晌后，沈俞白掏出手机，指尖微微发抖。他翻开通讯录，里面只有三个联系方式。

他点开其中一个，指腹轻轻抚摸那个头像。

是少女的笑脸。

一不留神，拨了出去，他顿了下，慢慢把手机贴到耳边。

响铃声在电话里循环播放，一次一次又一次，他依旧听着，直到智能客服的女声传来：

"对不起，您拨打的电话暂时无法接通，请稍后再拨。"

少年的手垂下来。

手机屏幕里的通话自动切断。

他走出去，倚墙站着，仰头看向那扇窗户，只那么静静地看着。

怕是再没交集了。

南关太小，终究真的留不住她。

顾知意跟着文婧去公共澡堂洗澡，一路上说说笑笑，推开宿舍门，黄曼躺在床上："顾知意，刚才你的手机响了。"

听到这话，她"嗒嗒嗒"跑过去拿起手机，看清未接来电是谁后开心地坐到床上，东西都没顾得上收拾。

文婧噘嘴："曼曼，你说咱们宿舍是不是有人谈恋爱了？"

606宿舍因为分配原因没有住满，六个人的宿舍成了三个人的天下。

黄曼探头瞥了眼乐滋滋坐在床上的顾知意，没吭声。

顾知意无视她们，回拨过去。

电话那头久久没人接听。

她没放在心上，知道沈俞白忙，转头又发了微信给他，解释自己刚出去洗澡没带手机。

可直到晚上，也没人回复消息。

狭小的卧室里，易拉罐堆了满地，桌上放了一兜桃子。

沈俞白手架在椅背后面，单手起开一瓶酒，仰头灌下一口，泡沫滑到下颌，滴落在锁骨上，他没管，胡乱蹭了下。

眼角泛了红。

他拿起一颗桃子放在桌上，又拿起来把玩着。

桌上堆满了笔记和卷子，横七竖八地铺着，还有些卷子散落在地上。

那些卷子都做完了，上面红笔黑字，字迹娟秀清丽。

正屋的门被人推开又关上，沈堂庆趿拉着鞋进来，径直推开他的门，看见满屋的啤酒瓶愣了下，手放在门把上，低声道："有没有钱？"

少年背着沈堂庆，月光倾洒下来，逆着光将他的轮廓描绘在地上，孤寂清冷。

他侧头，嗓音低沉沙哑："走。"

沈堂庆有些恼，一下子推开门走进去："你到底随了谁？看了几天凤凰就真觉得那是你的了？

"你看看你这副样子，还有半点学生样儿？

"你上什么学，出去打工给老子赚钱！"

少年嗤笑一声。

"沈堂庆，你只有半年时间了。

"过了这半年，你再不收手，我亲自送你去戒赌。"

少年漆黑的眼眸锁住沈堂庆，眉眼冷意尽显，薄唇微启，冷冷的话语像冰碴一般直戳人心："你看我敢不敢。"

（12）

高中毕业后，同学们之间联系很少。

顾知意自己的朋友圈更是小。

沈俞白再一次消失了。

她发了几条消息过去都石沉大海。

学校的医学院很有名，她选的外科专业，光是课本就多得让人发蒙。

黄曼说去领课本的时候，顾知意没想到竟然有那么多。

课间休息的时候，她趴在桌上痛不欲生，觉得自己为什么要跟自己过不去。

文婧拍拍她的小脑袋："还没联系上人？"

顾知意摇摇头："可能丢了。"

闲下来的时候，她问过赵萌萌和张之楠，他们都说和沈俞白联系很少，但近来他从没给她发过一次消息，打过一个电话。

就像她在南关只是短暂停留过。

连同那里的少年都随着她的离开慢慢淡出她的世界。

顾知意生气到委屈，于是也赌气不再主动联系他。

转眼间，都冬月了，他们也没再联系过，她的课程安排紧凑，渐渐地逼着自己不去想那些事。

下午是解剖课。

老师说今天会有两个学长和他们一起上课。

消息一发出来，文婧忍不住仰天长叹，心想自己一个貌美如花的女大学生，怎么就天天操刀了？

顾知意还在看视频，忽然觉得小腹一阵不舒服。

她揉了揉肚子，算算日子好像还没到。

下楼时顾知意感觉腹部有坠痛感，很是厉害。她扶着栏杆好不容易下了楼，想着等下到教室喝点热水就好了。

可刚到教室，她只觉得眼前一黑，天旋地转。

耳边有人喊她的名字。

恍惚间，有人将她抱了起来，他的怀里有一种熟悉的清冽味道，她鼻子一酸，眼角泪滴一颗颗往下落。

郑书庭低头看了眼怀里的人，眉头紧紧皱起。

他一路抱着顾知意跑到医务室。

将她放到床上，医务室老师检查一番后拍拍她的手臂："同学，醒醒。"

顾知意慢慢睁开眼，湿漉漉的杏眼对上老师的。她想坐起来，却被老师拦下："月经期肚子疼是吧？"

顾知意不好意思地点点头。

"行了，止痛药吃上，旁边热水袋抱一个走。"老师摘下眼镜，抬头看了眼郑书庭，"书庭，你女朋友？"

顾知意呛了口水，连忙摆手。

郑书庭顾不得回答，俯身过去帮她拍背，低声道："慢点喝。"

他掌心温热，手抚在她的背上帮她顺气。她微微探身离开他的手掌，准备起身去拿热水袋。

但还没等她行动，郑书庭已经快她一步帮她把热水袋拿了过来。

顾知意小声说了声"谢谢"。

下午的课算是泡汤了，她老老实实被送到宿舍。

郑书庭不能进去，便把她送到楼下。少女手指冰冷，他双手焐着替她哈气。

顾知意吓了一跳，连忙抽出手："学长，谢谢你。天那么冷，你赶紧回去吧。"

"小意，有事给我打电话。"

郑书庭抬手想摸摸她的脑袋，少女微微偏头躲过去。

他的手停在半空中，而后慢慢放进白大褂兜里。

"对了，"郑书庭抿了下唇，开口问，"你和沈俞白还联系吗？"

顾知意放在外套口袋里的手慢慢攥紧。

她没回答，转身上楼。

热水袋到底是起了作用，等她昏昏沉沉地睡了一觉起来后，小肚子的坠痛感已经减轻不少，她爬起来倒了杯热水，慢慢地小口抿着。

黄曼从外面推门进来，带进来一股冷风，顾知意打了个哆嗦，还没开口就听见她说道："小意，楼下有人找你。"

顾知意以为是郑书庭。

她托着腮没动："是郑学长吗？"

黄曼摇摇头："不认识，挺酷的小哥哥。"

文婧从外面进来，听到这话揽着顾知意的肩膀晃晃："追我们小意的小哥哥多了去了，是吧？"

顾知意佯装出拳："少来哦。"

她起身套了件羽绒服，穿着毛拖鞋往下走。

女生宿舍楼旁的大树下站着一个少年，穿着黑色外套，卫衣帽子扣在头上，盖住他大半张脸，可只是侧脸也让人觉得惊艳。

少年下颌线条明显，脖颈微微露出一点，薄唇半抿，半垂着眼眸看着地面。

顾知意抱着热水袋一路慢吞吞地走下去。

而后站在台阶上朝着那边望去，忽然，她身子一顿。

沈俞白抬起眼朝宿舍门口望过来。

四目相对。

她有些不敢相信，连忙冲着少年跑过去，羽绒服拉链没有拉到最顶，白皙脖颈有一截露在外面，竟也不觉得冷。

"你怎么来了！"

说着，她拽着他的衣角上下打量一番。少年比以往瘦了很多，下巴上的伤口刚刚愈合，长出肉粉色的结痂。

他看着她跑过来，眉眼融了几分冰冷，半垂下眼眸瞧她。

她比刚离开那会儿要黑了点，但那双眼眸依旧像是盛着两汪清泉。

只一眼，他心里的所有烦闷都被洗涤干净。

沈俞白从兜里掏出一枚钥匙扣递给她，嗓音低柔："给你的。"

顾知意接过去，是一颗小小的桃子。

木头刻的，做工有些粗糙，刷了漆，但瞧着很好看。

她将它塞进兜里，笑眯眯地望着他。

下一秒似乎想到什么，少女圆圆的脸蛋紧绷起来，满脸严肃地望着他："你为什么不接我电话，不回我微信？

"我都以为你成失踪人口，准备报警了！"

沈俞白轻笑："哪那么容易？

"南关太闷了，过来看看你。"

听到这话，顾知意歪头看他，一脸不信。

少年勾着唇瞧她，忍不住伸手摸摸她的脑袋，细软的发丝在他掌心，乖巧地被揉搓乱。

他说得没错，南关太闷，他想见她。

没搬家时，他忍着，总觉得等大学放假了，他就可以见到她了。

但是她搬家了。

如果他不主动来找她，可能就再也见不到了。

所以他来了，在绿皮车里整整坐了一夜，然后赶上最晚的公交车到达她的学校。

他不知道她在哪个宿舍楼，也不知道谁认识她，只能挨个问。

幸运的是，他只找了两栋楼，便问到了她宿舍的人。

顾知意轻轻叹了口气："好吧，我原谅你了。"

说完，她没忍住自己先笑起来，眉眼弯弯的，可爱又明艳。

沈俞白的心就像是被人轻轻撞了下。

又疼又麻。

他的视线不经意间落在她的脚上。

少年神情有些沉，拉住顾知意的胳膊就往台阶上送："你去换身衣服下来，我在这里等你。"

顾知意低头看了看自己露在外面的半截脚踝，点点头："你等我。"

她跑上台阶停下，转头看他："不准走了！"

沈俞白笑了下，挥挥手算是应下。

小肚子的坠痛感又来了，顾知意无暇顾及。她跑上楼找出止痛药往嘴里塞了颗，然后翻箱倒柜地找出要穿的衣服，急火火地穿上出门。

文婧目瞪口呆地看着她这一系列操作，拍了下桌子。

——这孩子绝对谈恋爱了。

"小白！"顾知意飞快跑下台阶，脚下一个不留神趔趄了下。

少年眉头蹙起，箭步冲过去将她抱在怀里。

一瞬间，少女特有的香味蹿入鼻息间。

他的手不自觉收紧，像是要把人嵌入怀里。

顾知意轻轻拍拍他的肩膀，小声道："我要喘不上气来了。"

环在腰间的手蓦地松开，她吸了口气，主动扯住他的袖子往前拽："你肯定没吃饭，我带你去吃饭。"

沈俞白任由她拽着，脚步不自觉地跟着她往前走，整个人彻底松懈下来。

少年脸庞越发帅气，黑漆漆的眼眸深邃黝黑，加上那股又冷又帅的气质，走在学校道路上惹得好多女生频频回头。

顾知意也注意到，她侧头打趣沈俞白："想不到你还是个帅哥啊。"

沈俞白侧眸看她，没有说话。

学校的餐厅有四个，中间的外国餐厅很少有人去吃，顾知意比较中意怡园餐厅，她拉着沈俞白进去。

各式各样的窗口前或多或少排着几个学生。

是和高中完全不一样的环境。

沈俞白表情淡淡的，却在这一刻察觉到了两人的差距。

他拼命考上的大学可能远远不及顾知意所在的。

所以差距会越来越大。

少女用手指戳戳他，笑盈盈地仰头看他："想吃什么？我请客。"

"听你的。"

顾知意随意点了一些吃的，然后端着盘子找了一个比较偏僻的角落，两人面对面坐下。

她刚才不觉得饿，这会儿看见沈俞白竟觉得饿了，便塞了口米饭在嘴里。

还没等完全抬起头，一只手伸到她嘴边，将一粒米饭摘下来。

顾知意愣怔怔地看着他做这些，耳尖忽地一阵发烫。

她忙抬手蹭了下嘴角，低声问："还有吗？"

少年漆黑的眼眸眨了下，掀起唇笑了："没了。"

两人吃着饭，相对无言。

饭后，顾知意又拽着他去旁边的人工湖。

草坪上三三两两坐了一些人，头挨着头说着悄悄话。夜色降临，整个学校被染上另一层颜色，刺眼的路灯，亮堂堂的主楼，广场上的街舞表演，路边玩滑板的同学。

浓厚的大学气息在周遭弥漫开。

沈俞白只瞥了眼便收回目光，他手插着兜静静地走在侧边，目光始终落在少女身上。

她忽然回头望过来，正撞上他的。

顾知意咬了下唇，站定。

少年也随着她的动作停下，微微俯身，小小倒影在他的眼里。

沈俞白轻笑，抬手捏住面前人的下巴，指腹慢慢摩挲。

他喊她，声音低哑："知知。"

下一秒，少年冰冷的唇覆上她的额头。

只轻轻一吻。

（13）

沈俞白要起身。

顾知意抓住他的衣领，轻轻一扯。

少年定在原地。

她来了"亲戚"，情绪格外敏感易波动，嗓音有几分哽咽，杏眸里湿漉漉的："什么意思？"

明明是他在招惹她。

沈俞白攥住她的手腕，一点一点掰开她的手指，抬手捏了下她的脸蛋。少女的皮肤依旧娇嫩，轻轻一掐便红了一小块。

他低头瞄了眼时间，笑了下："走了，再不走赶不上车了。

"顾知意，好好上课，好好过你的生活，"他的黑眸里柔光点点，像是所有的温柔都倾尽，"别想着联系我，我过得很好，用不着你来操心。"

顾知意上前一步，想要去抓他的手。

沈俞白后退，静静地看着她，半晌后转身离去。

她就这样站在原地看着少年，他脚步飞快，只眨眼间便已走远。

顾知意紧紧攥着拳头，咬住下唇。

南关一年，各奔西东。

旧巷里的人和事也都在退散，她没觉得有什么，沈俞白不联系她的时候，她也觉得自己可以过得很好，直到他又出现在她面前，她才惊觉这一年带给她的有太多美好。

大学生活过得飞快，课业繁重，顾知意每天拎着书包奔波在各个教学楼之间，每天都有背不完的书和专业单词，学不完的人体解剖和细胞。

明明大一刚入学那会儿顾知意脸上还有点婴儿肥，现在因为早起晚睡熬得只剩下个小巴掌脸。

文婧也好不到哪里去。

前些日子医学院评选最美医学生，她和顾知意双双上榜，后来因为两人素颜在雨中狂奔的照片被发到论坛又火爆了一把。

男同学们看到两个纯情可爱的女同学在雨中狂奔，保护欲直接暴增。

接连一个月，606 宿舍门口堆满了花束。

顾知意弯腰从里面抽出两朵好看的栀子花，随手插到塑料瓶里，整个宿舍弥漫着淡淡的花香味。

"小意，后天考试完放假，你有没有想好寒假做什么？"文婧把头发一甩，娴熟地扎起马尾，歪过头看向旁边，身子不由自主地抖了抖。

这孩子在画心脏横切面图。

看着这么乖的女生，手术刀操作得那叫一个溜。

同年级的老师都已经记住了顾知意的名字，每次都说她做的实验非常好，

223

有吃这碗饭的天赋。

正说着，宿舍门被推开，黄曼拎着两个快递走进来，冷冷地往桌上一放："你俩的快递，你俩的饭。"

顾知意和文婧相视一笑，站起来冲过去抱住黄曼使劲晃了晃："小曼曼，不要这么冷嘛。"

黄曼十分嫌弃地推开两人，耳尖却红了一点。

顾知意拆开快递，厚厚的泡沫包裹着一个礼品盒，她眨了下眼，下意识屏住呼吸慢慢将东西取出来。

拆开塑料泡沫，打开盒子，里面是一个水晶摆件。

——小女孩抱着一颗水蜜桃坐在台面上，情态天真可爱。

她看了会儿，鼻尖微微一酸。

文婧凑过去瞧了眼："小意，该不会是你那个男朋友送的吧？"

顾知意深吸一口气，把书柜上的物品挪了个位置，将摆件放进去。

她已经很少去想沈俞白。

不知道他学习怎么样，更不知道他日子过得怎么样。

不能去想，想多了夜里总是做梦，梦见她在南关的日子。

明明只是短短几个月，却像是已经过了人生大半。

少年的清冷面容在她梦里出现，回眸看她的瞬间，眉眼的冷意融了一些，黑漆漆的眼眸深邃又温柔。

她撇撇嘴，瞪了眼书柜上的"小女孩"。

"走啊走啊，等下要迟到了！"文婧和黄曼抱着书站在门口喊她。

顾知意捞起书往外跑，关门时她又看了眼书柜。

"小女孩"笑盈盈的圆脸真的有些像她。

除夕夜。

沈家照旧没有挂灯笼，旧巷里热热闹闹的，他静静地坐在桌前，手边是两套刚做完的卷子。还有几套压在胳膊下，铅笔在少年骨节分明的手指中转了几圈，落在卷子上。

他手抵住下巴，听见外面有动静，抬头看向院子。

院子里被人放进来一个快递——旧巷人熟，见门开着，快递员便直接将快递放了进来。

沈俞白撂了笔起身去拿，小小的盒子倒是沉甸甸的，他挑了下眉，坐在门槛上，长腿屈起，指尖往下一按，胶带纸便和纸壳子分开一条缝，他扬手撕开，从小箱里滚出一个小盒子。

小盒子包装华丽。

沈俞白弯下腰捡起，拆开。

一对红白色的可以拥抱在一起的陶瓷玩偶出现在他的眼中。

少年鲜少地愣怔住，身子慢慢直起。

他只穿了一件薄卫衣，冷风穿过玄关，透过布料穿过他的胸膛，他却觉得是一阵暖风。

沈俞白撑着手站起身，紧紧攥着手里的东西进了房间。

这年新年，顾知意没收到沈俞白的祝福短信。

她也没有给他发。

她给自己找了一个网课，预备在寒假学完，就当是预习。

年刚过完她便想收拾行李回学校学习，李娅萍和顾青山拦不住她，只能在她房间门口叹气，又忍不住做了一堆吃的给她带上。

正在收拾行李箱，有电话打进来，顾知意开了外放，随手把手机扔到床上。郑书庭的声音传来，依旧十分温柔："小意，你寒假有什么打算吗？"

顾知意扬声回他："没有，报了课。"

"我姨夫在南关那边的人民医院，他说愿意带两个学生见习一下，"郑书庭举着手机站在客厅，朝沙发上的人望了眼，噙着笑道，"我跟他说想让你和我一起去，你去吗？"

电话那头"咚"的一声。

郑书庭一愣，俊秀脸庞上的神情紧张起来，"小意，你怎么了？"

顾知意弯腰从地上捡起课本，轻轻拍了拍："没事，书掉了。"

"人没事就好。"郑书庭松了口气，"你在收拾东西吗？"

"准备回学校的。"少女速度突然加快。她往行李箱里塞洗漱用品等各种日用品，本来井井有条的行李箱刹那间被零碎物品塞满。

她浑然不觉，还想着要再装些什么进去。

郑书庭轻笑，语气越发温柔："那不急，明天下午我去你家接你。"

"好。"顾知意挂断电话慢慢坐到床上。似是想到什么，她抬头瞧了眼书柜，上面的水晶娃娃被擦拭得干干净净。

她把水晶娃娃带回家了。

装行李的时候不知道怎么想的。

李娅萍站在门口抱着一兜苹果，见她把行李箱装好："我给你拿些苹果，你去学校吃。"

"妈，我暂时不回学校。"顾知意走过去帮她把苹果放在茶几上，"学长那边有个见习，我去学习几天。"

李娅萍顿时有些高兴："书庭那孩子不错的，你有时间多跟他交流交流。"话一顿，她接着说道，"你已经大学了，妈妈是不反对你谈恋爱的，书庭那孩子不错，你好好把握。"

顾知意低头笑了下，没说话。

第二天一早郑书庭便开车来接顾知意，从后备厢拿出了一堆年货给李娅萍，说的话礼貌又懂事，李娅萍越发中意这孩子。

路上顾知意把围巾摘下来，郑书庭递给她一个保温杯："里面是热茶，你尝尝好喝不好喝。冬天喝点热茶会比较好。"

顾知意抱着保温杯没喝："谢谢你，学长。"

郑书庭的手搭在方向盘上，指节有些用力，面上仍旧笑着："没事，照顾学妹是应该的。"

她不再作声，轻轻把头转向窗外。

寒冬初春，到处都张灯结彩。路边挂着红彤彤的小灯笼，一片喜气洋洋。

从西城到南关路途不算远，沿途风景是陌生的，顾知意托着腮趴在窗边一路看过去，直到看见熟悉的景色。

她下意识朝那个方向看过去。

郑书庭自然是看到了她的反应，抬手推了下眼镜，低声问道："小意，你和沈俞白还联系吗？"

顾知意抿了下唇，声音低低的："没有。"

除了那个水晶娃娃，他们之间再无联系。

郑书庭暗暗松了口气："小意，你是不是——"

"学长，到了。"顾知意打断他的话，抬手指了指前面的大门，"人民医院"红色大字挂在大楼最顶端，门口人来人往，压根没有通行车辆的地方。

门口保安朝着旁边的停车场指了指，顾知意松开安全带，说："学长，我先下去吧。"

郑书庭踩下刹车，探身朝她旁边看了眼："小心点。"

顾知意推开车门下车。

一楼急诊人很多，她小心避开人群走到导诊台附近，然后掏出手机给郑书庭发了自己所在的位置。

忽然，旁边紧急通道推进来两辆平车，几个人跟着也冲了进来，顾知意踮起脚使劲缩小身子。

人群见到这场景也是不由自主地往后退，她身材瘦小，三五下就被人挤到最后排。

等人群过去，她才缓缓松了口气，胳膊却被人撞了下，手机掉落在地上。

顾知意挽了下头发蹲下去捡。

那边的电梯门打开。

一个头上罩着卫帽的少年戴着耳机，一只手捂着胃，一只手插在裤兜里，静静地听着电话那头的声音。

末了，薄唇轻轻掀起，嗓音清冷："行了，挂了。"骨节分明的手抬起，按断通话。

人群将他推到落地窗那头，少年断眉微微扬起，却没有烦躁，静静地等着急诊人群离开才转身走出大门。

台阶下郑书庭停好车快步往里进。

少年同他擦肩而过。

郑书庭愣了下，转身回眸看去，只看得见一个高冷消瘦的身影，不一会儿便消失在人群之中。

他顿了下，脑子里划过一张清冷淡漠的脸。

顾知意看见他站在门外，连忙过去："学长，我在这里。

"你在看什么？"

她踮起脚顺着他的视线望过去，郑书庭抬手揽住她的肩膀，挡住她的视线，弯腰垂眸看着她："没有，认错人了。

"老师肯定在等我们了，走吧。"他拥着顾知意往前走去。

顾知意来见习，只不过是看看情况，提前了解一些外科的基础知识，她才学到理论，和已经能够跟着尝试的郑书庭不一样，但好在她爱学，老师也愿意带她，整个寒假她忙得不可开交。

两人在开学前一天才返回学校。

开学的时候第一场实验操作课上，她理所当然地惊艳了老师。

接下来的所有实验她都得心应手。

直到六月高考那天。

顾知意第一次在实验中打碎了一个试管。

文婧和黄曼都凑过来看她，少女眉头紧锁，薄唇紧紧抿着，情绪明显不佳。

文婧打趣她："小意，你是不是紧张啊？"

顾知意把手边的垃圾收拾好，填写好报损表格签好字，淡淡回她："没有。"

"这都不参加高考了，你怎么今天还紧张起来了？"

是呀。

明明她已经不再需要高考了。

她状态实在太差，连续两组实验都没有达到预期，她放弃了，直接脱了白大褂回到宿舍。

忽地，手机振动两声，她忙接起来："喂。"

赵萌萌叹了口气："就知道你在等电话呢。"

顾知意垂下眼舔了下唇："联系上了吗？"

"联系个鬼。"赵萌萌咬牙切齿地骂了几句，"李海说沈俞白留给他的手机号都注销了，张之楠那次去他家，发现他家竟然搬了，人去楼空，谁都不知道他去哪里了。"

沈堂庆在旧巷里的人缘并不好，搬家自然也不会有人问去处。沈俞白性子更是冷淡，不想说的话没人能从他嘴里撬出来。

一瞬间，所有人都失去了沈俞白的消息。

第 ❍ 章

再见故人归

（1）

九月的南关极热，偏偏今年的雨天又多，搞得树下乘凉都没办法，蚊子多得要命。

树上的蝉叫得刺耳，更惹得人没法入睡。

茂密树林后面是一排排军事化宿舍，几个男人穿着便衣在楼层间穿梭，前面被高大梧桐树挡住的蓝白高楼建在道路尽头。

楼顶两个大字——

公安。

一人端着洗脸盆从外面进来，进门便看见下铺躺着的人，长腿笔直搭在床沿上，作战靴竖起，男人脸上盖着一张报纸，手边还放着一个笔记本。

他悄悄走过，伸长脖子去看笔记，而后皱起眉头不由自主地念出来："当A大于等于1，当B……"

"沈队，你这是什么东西？"

男人脸部轮廓棱角分明，断眉稍稍向上扬起，一双黑眸深邃淡漠，只是眼角处贴了一个创可贴。

他拍掉那人的手，淡淡开口："过去。"

忽地，放在桌上的手机铃声响起，沈俞白迅速起身，捞起电话接通。

听电话那边的人说了几句什么，他回应一声："收到。"

年轻男人："队长，咱又接活了？"

沈俞白掀起眼皮望过去："梁珂，五秒钟。"

下一秒，就听见梁珂的哀号声以及手忙脚乱穿衣服的声音。

等他下来，沈俞白已经站在大厅前。男人穿着黑色短袖，工装裤，手里拎着墨镜，手按在裤腰上。身材精瘦却肌肉饱满，长腿窄腰。

明明三十多度的天气，经过他身边的时候，梁珂却觉得冷飕飕的。

"邻市缺人，让我们过去围堵犯罪嫌疑人。"沈俞白把手里的A4纸扯开，上面是人物画像，他从队前走过，"现在出发，傍晚结束，回来还能赶得上晚饭。"

"是！"

正值中午下班高峰时间段，几辆越野车在高架桥上被前前后后都堵上了。

领队车里的对讲机传来声音："老大，堵了。"

男人手搭在窗外，听到声音按下按钮："等。"

旁边梁珂暗暗咂舌，有没有什么事能让沈队的冰块脸有变化？

没有。

压根没有。

他和沈俞白同年入队，当年体能考试沈俞白是全队第一。

远处有急救车的响声。

沈俞白掀起眼皮望过去，修长的指节轻轻敲击方向盘。

而后他拿起对讲机："所有车，插缝靠边。"

"报告，过不去。"

"报告，无法靠边。"

"三车后面就是救护车。"

另一边，救护车司机拼命按响喇叭，时不时回头看一眼后车厢的情形，眉头紧紧皱起。

跟车的医生很年轻，头发扎的半马尾，白大褂前襟全部被血染红，她俯身下去，紧紧按住病人腿上的出血点，随时注意旁边监测仪器的数据。

"顾医生，前面好像堵车。"

被喊的人微微抬起眼，那双杏眸明亮干净。她点点头，嗓音温柔又冷静："尽快穿过去，不能再等了。"

病人疼得已经晕过去一次，再开不到医院，恐有生命危险。

顾知意仰起头向外面扫了眼："何梅，你去外面喊一喊，要前面让开条路吧。"

被叫到的小护士点点头，起身开门下去。

盛夏天的中午正是天气闷热到极致的时间，在车里待着还算好点，可这地表像是一个散热板，烤得人心烦意乱。

忽地，车身被人拍了拍，沈俞白摇下车窗垂眸看去。

小护士被热得满脸通红。车窗被摇下来，看到车里的人，她吓了一跳。男人太过清冷，明明戴着墨镜也觉得那双眼眸格外冷淡，她咽了口口水："你好，麻烦挪一下车吧，我们救护车要过去。"

"行。"沈俞白松开安全带，推门下车，长腿迈出。

护士何梅慢慢仰起头。

面前的人个子很高，黑色短袖半挽在肩膀上，露出结实的肌肉，男人下巴抬起朝旁边看去，侧脸轮廓线条凌厉，脖子上戴着一根泛旧的红绳，吊坠处被藏在衣服里。

沈俞白举起对讲机，嗓音有几分低哑："下车帮忙疏通。"

这话一出，后面越野车里的人纷纷下车，个个浑身正气。他们分头行动，挨个帮忙推车，不一会儿便在中间让出一条路。

救护车司机一看有路，一脚油门踩下去，直奔到何梅面前。何梅拉开车门

229

迅速上车，朝着沈俞白笑了笑："谢谢你们。"

后门关闭的一刹那，沈俞白看见一张侧脸。

他愣了下，抬手摘下墨镜，脚步不由自主跟了上去。

梁珂抹了把汗从旁边跑过来，看了眼已经走远的救护车，又看了眼沈俞白："看什么呢？"

沈俞白垂眸，手覆上脖间的吊坠，轻轻拽了下，细绳微微勒进皮肤里，微不足道的痛感，像是被一根小针扎了下。

他松开手，转身朝车子走去。

救护车一路畅通无阻直达急诊大楼。

早就有同事在那里等待，几人合力将平车抬下来，顾知意松了口气，抬手蹭了下鬓角的汗水。

忽地发现周围人都在看她，她低头瞥了眼自己身上的血迹，忙快步朝换衣室走去。

何梅正在里面更换护士服，见她进来让出地方："顾医生，今天给咱们让路的人真帅。"

顾知意捏了捏有些发麻的胳膊，快速换衣："怎么个帅法？"

"清冷类型的。"何梅系上扣子，开始给手做最后一遍消毒，"就很难形容，但是在人群里你绝对能一眼看见他。"

旁边人解绳带的手顿了下，转而继续。

"是吗？"顾知意低头换好衣服，摘下口罩露出一张明艳的脸庞，她点点头，杏眼隐着点笑意，"那你有没有去加个微信？"

何梅撇撇嘴："他脸上还写了四个字，生人勿近。"

顾知意忍不住笑起来，拉开门："走吧，干活了。"

更衣室门一拉开，喧闹声冲入耳膜。

每一天，无形的战斗都在进行。

按照约定，沈俞白他们一行人要在两点半到达指定地点，展开抓捕部署。

几辆车分散开在不同地方停下。

时间提前十分钟。

沈俞白下车倚着车门，朝下车的几个队友招招手示意他们过来，做任务部署。

而他的任务是在胡同口围堵。

收队后，几人开车往回赶。

天边的乌云压下来，雨滴顺势倾盆落下，雨刮器在挡风玻璃上扫个不停。梁珂打了个哈欠，扭头看向沈俞白："老大，今天心情不好？"

沈俞白单手打方向盘。

救护车上的那张侧脸一直在他脑海里挥之不去。

脚下油门直接踩到底，车子在高速路上飞驰，车速飙起，梁珂默默抬手握住把手。

晚饭沈俞白没去吃。

训练场上有人在一圈又一圈地跑步，队里人都知道是沈俞白，只是觉得奇怪，今天怎么淋雨也要跑步？

男人跑了几圈早就数不清楚。

累了他便躺倒在操场上。

暴雨刚停，空气潮湿烦闷，沈俞白抬手抽出吊坠，紧紧握在手里。

他轻嗤一声。

夜里轻风微凉，南关的风一贯这样。

他闭上眼睛，松开手，玉坠掉落在他的胸前，一如当年她踮起脚帮他戴上，观音带着她的体温贴近他的皮肤，烫得他满腔苦涩。

微风拂耳，恍惚间他听见熟悉的声音，轻柔欢快。

——"沈俞白。"

——"这个可以保平安，你好好戴着。"

（2）

窗帘外有光微微探进来。

沈俞白睫毛微颤，抬手遮住光慢慢睁开眼。

桌上手机响动，断眉蹙起，沈俞白抬眼望去，伸手拿过手机，是个陌生号码。

他顿了下，接通。

"俞哥？"手机那头传来男声，低沉稳重。

沈俞白喉结轻轻滚动，刚睡醒的嗓音越发沙哑，他换了只手接电话，另一只手将脖颈上的吊坠归正："回来了？"

手机那头，李海眼眶骤然一热。

这么多年他们失去联系，他转业回来费尽心思找到沈俞白的联系方式，以为他会听不出自己的声音。

没想到他记得。

虽然对面的声音褪去青涩，越发显得清冷，可那股子腔调没变，依旧冷冰冰的。

李海一张口，矫情得声音都哽咽："你在哪儿呢？

"我刚回来安顿好，听赵萌萌说你们都'四分五裂'了。"

"'四分五裂'？"沈俞白薄唇轻轻掀起，起身下床，腹肌线条明显，人鱼肌顺着肌肉延伸没入裤腰带中。

他抬手捞起短袖穿上。

李海"呸"了声："晚上聚聚？"

外面响起吹哨声，不出五秒，下面两层便传来轰隆隆的跑步声，所有人都在往外跑。

沈俞白说了句"再说"后便将电话掐断。

他来南关公安特警队已经有两年，对于哨声早已经有很好的判断。

哨声不急不缓，不是什么紧急任务。

梁珂从隔壁宿舍冲出来的时候看到他慢吞吞地走到窗口时，顿了下，倒回

231

去："老大，你要——啊！"

窗户旁有一根教学绳，用来给他们做日常训练的。

沈俞白歪了下头，手腕打个转缠住绳索，拽住绳子飞身而下。

等梁珂探头看下去时，沈俞白已经拍拍手往集合队伍中走去，他暗骂声，探身抓住还在晃动的粗绳也学着样儿飞身下去。

"行啊。"南关公安局局长陆明点点头，"这训练让你俩玩得挺明白。"

梁珂不自然地清了清嗓子："陆局，早。"

陆明拍拍他的肩膀："归队。

"两件事。

"第一，东关那边有一起重大跨境盗卖案件，涉及人员有点多，需要你们去支援。"

陆明扬起下巴朝沈俞白看去，冷哼了一声。

沈俞白半垂着眼，面无表情。

"第二件事，平安归来。"他暗暗叹了口气，"散了，沈俞白过来。"

十几个人各自跑回去准备东西。

沈俞白走到陆明跟前，抬手敬礼："陆局。"

陆明"嗯"了声："今年名额下来了，我给你——"

"我拒绝。"沈俞白毫不客气地打断他的话，态度凛冽又坚决。

陆明脸色顿时一沉。面前人个子比他高出半个头，身形笔直，像一棵逆风生长的白杨树。他气不打一处来，抬手掐住沈俞白的脖子就往办公室拖，咬牙切齿地低声骂道："你是不是有什么心病？"

"老子护着你两年，盼着你能给我往上升，你可倒好了，还守在这一亩三分地，"陆明气得胸口起伏，"南关这儿有宝藏啊！"

沈俞白转头，冷眸又黑又沉："师父。"

陆明喘了口粗气，松开手指扯了下领带，赶人走："早去早回。"

"好。"

东关的情况在车里已经做过分析。

他们所接的任务就是联合围剿，不能放出一个人。

车子沿着大路缓缓出发，沈俞白闭上眼休息，忽地，贴在身上的手机振动两下，他掏出来解锁。

是李海的微信好友添加请求。

他勾了勾唇，点击通过。

下一秒，一张照片发过来。

李海：知道你最惦记什么，给你看看。

沈俞白收好东西摘掉手套，小臂撑在腿上，点开那张图。

照片里女生笑容璀璨，手半插在白大褂兜里，侧目看向旁边，学生时代的婴儿肥被精致侧脸和下巴替代。

攥着手机的手骤然握紧，他抿了下唇，还没等回复消息，下面又弹出两条。

李海：听说她谈恋爱了。

李海：和郑书庭。

不知是白色对话框里的字太小导致他用眼费劲，还是屏幕亮度太强，沈俞白撑着手慢慢直起身，仰头靠在车厢上。

眼眶疼得发涩。

他把手机关机放好，静静地闭上眼睛。胸口被什么东西堵住，每一口呼吸都在拉扯，他近乎要疼得喘不上气。

"又下雨了。"

不知道谁嘟囔了句。

东部地区这两天的天气受到台风影响，暴雨不断，地势低的地方已经被水淹了几次，车辆根本无法通行。

沈俞白转头看向外面，是陌生的环境。

三小时后，他们到达东关。

按照部署计划，所有人分散开到达指定位置。

雨天给隐藏身份造成了一定的困难，小队里有人在无线对讲耳机里叹了口气，却也老老实实地隐藏起来。

雨势渐大，雨滴落在树叶上噼里啪啦作响，作战帽上水流淌下来，像个小水帘。

沈俞白舌尖抵住下颌，缓缓眨了下眼，黑眸深邃冷淡，他静静地趴在那里，把自己扔到雨水里泡着，像一具没有感情的仿生机器人。

"目标出现。

"所有人，准备。"

"咔嗒！"

白色行李箱被关上，白皙纤细的手指将箱子拎起来摆好，顾知意轻轻呼出一口气，坐在椅子上填写交接记录表。

何梅有些舍不得她："怎么这么快就回去啊？"

"没办法啊，老师要求的。"顾知意也有些舍不得。

学校那边的研究项目多，她被抽调过来帮一个月忙已经是极限，现在被喊回去，隔着这么远她都能想象到老师的脸色有多臭。

她手机响铃两声，是车到了。

顾知意站起来扣好笔帽，把交接本递过去："有时间去找我玩。"

门外有人敲了两下门，顾知意转头看过去。

郑书庭笑着看她："收拾好了？"

"嗯。"她抿了下唇，淡淡应着。

郑书庭走进来很自然地帮她拎起行李箱，另一手虚揽着她的腰推她往外走，声音宠溺："老周在楼下等着，今天老师说有个项目要追加。"

顾知意点点头，跟何梅告别后钻进车内。

路上郑书庭转头看着顾知意，镜框后的眼眸深情款款："我妈说周末让你回去吃个饭。"

"麻烦帮我和阿姨说，我这周有事。"顾知意半垂下眼打开微信，赵萌萌发来消息问她周末能不能小聚。

车窗外雨声渐大。

黑云压城的感觉让人越发觉得沉闷，就算是开着除湿，空气中的黏腻也不减半分，衣服贴在皮肤上更是格外潮。

她侧身贴在车窗处，看着外面的阴云出神。

郑书庭抿了下唇，抬手推眼镜，压在舌尖的话脱口而出："小意，你就那么忘不了他？"

顾知意转头看他，嘴角笑意淡了几分："学长，我只是把你当朋友，我也会谈恋爱，结婚生子的。"

最后这句听起来有点赌气的意味。

郑书庭捏了下眉心，放缓语气："我知道，但是你也知道我喜欢你很久了。"

雨势更大，路旁树木被强风吹弯树枝，呼啸声不停，这声音搅得人心慌。

她干脆闭上眼睛，不再作声。

这话从读研起，郑书庭每隔一段时间都要说上一句，他说得字字真情，她听得烦躁。

已经四点。

还要回去写报告。

外面雨一直下个不停，眼看工厂地面积水越来越多，沈俞白弓腰迈出去，摘掉手套和帽子，黑色发丝早就被汗水打湿。

他抹了把脸，往车门走去。

梁珂发动车子。

返程路途行驶到一半，沈俞白接到电话。

救援西城。

漆黑眼眸压了压，他抿了下唇，指挥人调转方向，改道西城。

西城那边的情况比想象中的更加严峻，雨势太大，排污下水道容纳量远远不够，水流往低洼地域流去。

沿河的村庄开始被淹。

最近的几个已经被水浪冲击，一下一下，几个靠近海边的海景小洋楼更是已经开始有被淹的趋势。

沈俞白领着支队迅速跟当地部队会合。

他们作为特警被分配去救助被困在村里的人群。

乌云阴沉，天色越发黯淡，连接村庄和城市的那座木桥已经被拦腰冲断，里面的人出不去，外面的人进不来。

所有人员在腰间系上粗绳，手拉着手蹚进浑水中，然后用绳子最后快速架起一条临时桥梁。

老弱病残先过去，沈俞白腰下位置全部泡在水中，身子被水浪击打。一人动，所有人动。

身上早就被雨水淋湿，寸头黑发一滴滴往下落雨水。

他抬手抹了把雨水，低吼道："快点，天快黑了！"

天一黑所有救援活动效果都要打折扣，意外风险也会提高。

就当他们以为所有人都被救上岸时，老房子的房顶上传来孩子的呼救声。

天色彻底黑下来。

沈俞白解开联合绳子，仅仅在腰上系了一条长绳，而后爬上房顶把孩子抱下来放在绳桥上，他将孩子身上绑上绳子，低声道："慢慢爬过去，没事的。"

小孩哭得上气不接下气，细小的胳膊抖成筛子："叔叔，我不行，我害怕！"

"爬！"他攥着绳子闭了闭眼，眼前蓦地一黑。

沈俞白迅速拉住自己腰间的绳子，冷冷喊道："看见岸对面的人了吗？爬过去和他们在一起！"

孩子被吓到，哭着哆哆嗦嗦往前爬。

沈俞白跟着往前走。

洪水越发凶猛。

忽然桥绳晃动两下，沈俞白迅速扑过去拉紧绳子，小孩腹部擦着水过去，吓得直接松开了手，这下子彻底被吊在水面上。

"别低头，爬过去！"沈俞白脸色凝重，紧紧盯着小孩的动作。

他必须站在水中拉紧绳子，等人爬过去才能收住，周围的水流越来越大。

忽地，靠近岸边下来一人，她身上也绑着绳子，手里拿着一个黄色游泳圈，快速靠近孩子，而后将泳圈套在孩子的身上，将孩子顺势推向岸边。

岸边的人手拉着手将小孩拽了上去。

可刚才递来泳圈的女人却好像有些站不稳，在水里跟跄一下，险些倒下。

梁珂在岸上收绳，忽然发现沈俞白脸色变了——素来没什么表情的他像在恐惧什么，眉头蹙起，脸色苍白。

只见沈俞白忽然奋力向前游去，然后一把捞起那女人圈在怀中。

顾知意受了惊，蓦地转头望过去，掌心抵住男人坚硬的胸膛，薄唇半张，所有的话一瞬间被堵住。

熟悉的黑眸对上她的。

她愣了下，轻轻眨了下眼。

眼泪骤然滑落。

（3）

沈俞白扣着顾知意的腰，要把她送上岸，于是朝梁珂看了眼。

梁珂心领神会，拉住绳子稳住了河水里的两人。

沈俞白低眸看着顾知意，漆黑眼眸里流出点点温柔，他没说话，咬下脏掉的手套，指腹在她眼角处轻轻一拭。

泪滴蹭到他的指腹上。

他跟多年前一般，静静地看着她，而后扬起手臂招了招。

下一秒，梁珂抓住绳子使劲拉着，顾知意被绳子拽住，一步步远离他的怀抱。

跟顾知意一起来的同事看见她下水救人，吓得脸都白了，联合梁珂一起将她拉上来，将她打量一遍确认没事后才松了口气："小顾，那边需要支援！"

顾知意擦了把脸，抬眸看了眼还拽着绳子看自己的梁珂，又回头看向河里。

雨水混杂泥土把河水搅得浑黄，沈俞白和他的同事手拉着手捆着绳子站在滔滔水中，用身躯挡住湍急的水流，洪水汹汹，他的身子一晃，下一刻又稳稳站住。

她鼻子一酸，抿紧嘴角，转身跟着同事走了。

沈俞白胸口口袋里的对讲机响了。

"沈队，沈队，我们需要你们的支援。下游两处村庄全部淹了，你们那边怎么样了？"

"收到，马上过去。"沈俞白低头凑近对讲机讲了句。

他解开关联绳，扬起手臂挥了挥，吼道："所有人！再观察一下，十分钟后撤退！"

"是！"

被救上来的人中，有几个老人和孩子处于昏迷状态，还有不少群众受到惊吓，蜷缩着身子躲在一旁。

顾知意掀开帐篷帘，里面担架上躺着好几个人，同事跪在地上抢救。

"给我一个急救箱！"顾知意迅速跪在一个昏迷的患者旁，神情果断，快速做出判断后进行相应抢救。

外面雨势越来越大，雨滴砸在水面溅起高高的水花，山坡上被冲垮的那部分泥土，顺着水流砸落到地面道路上。

几块大石滚落下来。

沈俞白抹了把脸，浑身上下满是泥浆，衣服贴在身上，他抿了唇，黑眸越发沉寂。

梁珂扔过去绳子，沈俞白拽住绳子爬上岸。

岸边不远处的救灾帐篷里亮光点点，隐约可见人影晃动，他回头看了眼，转身又扎进暴雨中。

"你们几个留下，护着他们。"沈俞白抬手拍了拍梁珂的肩膀，头也不回地往前面走去。

梁珂回眸看了眼帐篷，张了张嘴没说话，眼眶却一点点红了。

沈队这怎么跟去赴死一样？

到指定位置后，沈俞白掏出手机，手机已经被水浸泡透，根本开不了机。

旁边人看他想用电话，把自己的递过去。

他没接，一开口嗓音嘶哑低沉："走吧。"

眼前的状况比上一个还要糟糕，整个村庄被水彻底淹没。

所在人依旧采取上次的办法，只可惜明显体力不如之前，脸色都不太好看。

他们下午才参与了围剿活动，再加上刚才的大体力营救，身体体能开始下降，如今天色暗了，视线受阻。

只是救援工作不加快点，受灾群众人数恐怕要激增。

"沈队，我们那边人太少了！"

沈俞白快速往手上缠纱布，掌心被粗绳磨得血肉模糊，他浑然不觉，快步

236

朝下游方向跑去。

"你们赶紧喊救援，我去下游查看。"他捞起一个对讲机，几步跨下去，身影转身消失在墨色中。

几个救援支队的人也赶忙联系其他救援部队。

夜色如墨，天像是被捅破了，雨水拼命往下灌，所有人都在关注西城的情况。

电视里的直播画面不停转换，现场记者穿着雨衣在狂风骤雨中做报道，信号断断续续，一时间，西城的灾情牵动人心。

顾知意和同事把送进帐篷里的人都安顿好，她抬起手腕看了眼手表。

已经是晚上十一点。

刚才进来的那个特警说他们支队去救人还没回来。

梁珂脸色极差，在这边不停地安抚受伤群众。

顾知意擦干手走过来，借着灯光，他这才看清她，面容白皙娇嫩，一双眼睛干净透亮。

"请问能联系上沈俞白吗？"她仰起头看他，身上的白大褂早就被血迹和泥土染脏。

梁珂摇摇头，艰难开口："联系不上。"

帐篷外受伤比较轻的群众还在眼巴巴地看着顾知意，她说不了太多话，俯下身又去查看其他人的伤势。一整个晚上，她身上背着一个不算轻的急救箱，到处穿梭。

顾知意抬手蹭了下脸颊，淡淡开口："他们会平安回来的。"

冷静得可怕。

要不是无意间看见她脸颊上的泪痕，梁珂都没法子相信她刚才哭过。

"梁副队！"外面有人在喊。

梁珂大步走出去，把人带到一旁，压低声音："怎么回事？"

回来的人眼眶通红："沈队被水冲走了！"

营救过程中，看到有个老人被困在房顶上，沈俞白只身去救，结果身上的绳子被水冲松，他直接被洪水卷走。

几个人拼命拽他也只是擦着衣角，眼睁睁看着他被水吞没。

梁珂骂了几句，又着腰朝里面看了眼，来回踱步，最后抬手挥开帘子走进去。

蹲在地上的人戴着医疗手套，认真替受伤群众处理伤口，模样恬静。

他有些不忍心，攥紧了拳头，低声喊道："顾医生。"

顾知意没回头，稳稳地处理完一个，然后迅速给下一个消毒治疗："怎么了？"

梁珂抿了下唇："沈队被冲走了。"

面前的人脸色顿时一变，却又很快恢复平常，手中的镊子没有抖动，精准拔出受伤者伤口处的木屑刺，然后消毒。

"没找到吗？"

梁珂摇摇头。

顾知意贝齿咬了咬唇，点点头，轻声开口："别担心，他会没事的。沈俞

237

白命硬得很。"

梁珂张了张嘴,吐出干瘪瘪的话:"我也觉得,他知道你在这里肯定能回来。"

顾知意终于抬眼看向他,轻轻一笑。

这会儿雨势小了几分,被解救出来的人陆陆续续都往这边送,顾知意依旧在忙里忙外。

所有人都像是不知疲惫一般,到处奔波,救助受灾群众。

天黑了天又快亮了。

医护人员的救治工作暂时告一段落,医院派出支援的几个人先带部分病号离开,顾知意是第二批。

她盘腿坐在地上,把沾上的已经干涸的血迹擦干净。

旁边有志愿者送来的牛奶和鸡蛋,她干脆找了一个报纸垫在地上,弄干净手后便开始剥鸡蛋。

鸡蛋新鲜,蛋壳剥起来有些费劲,她的手有些发抖,这样高强度的工作已经让身体超负荷。她活动活动手指,剥好鸡蛋吃着。

她眼眶涩得发疼,便用力眨了眨眼,才吃了几口鸡蛋,胃里便不停翻涌。

这时,又有新一批的受伤群众被送过来,几名医生根本不够忙的,只能轮番休息一小会儿,吃点东西补充体力。

忽地,帐篷帘被人掀开。

凉风闯进来。

她实在没力气抬眼,以为是来换岗休息的同事,抬手将剩下的鸡蛋塞进嘴里,顿时有些噎住。

一天没喝水,她的嘴唇早就已经干裂。

这时,一只手拿着水杯送到她眼前,她顿住了。

那只手沾满泥,指节上的疤痕被泥土掩盖,却稳稳当当地将水杯递给她。

她抬手接过,仰头灌了口水。

水温刚好。

视线落在沈俞白的身上,他的衣服早就看不出原本的颜色,满身泥水地站在她面前。

顾知意只觉得自己被噎得更厉害,之前卡在胸口那块大石头狠狠落下,砸得她想掉眼泪。

泪滴掉下来的时候,只听见沈俞白轻轻叹了口气。

他弯腰俯身,捏着她的下巴迫使她抬眸,而后抬起胳膊想给她抹眼泪。

但衣袖上全是泥,他顿了下,终是伸出手去拭,指腹带着泥土的颗粒沿着皮肤摩擦。

这让顾知意的眼角有一丝疼,泪珠落得更厉害了。

沈俞白喉结滚动一下,他收了手退后,去把手和脸洗干净,而后学着她的样子盘腿坐在她对面。

"再喝点水。"他哑着嗓子开口。

顾知意没听,另拿起一个鸡蛋剥起来。

他又把水递过去。

这次她接了，但又将水放置一边，咬着唇掀起眼瞧他。

他刚洗过脸，面容干净清冷，极窄的眼皮微微抬起压出褶皱，黑漆漆的眼眸望着她，灯光落下，她能看见自己的小小倒影。

"沈俞白。"她轻声喊他。

沈俞白应了声，探身从报纸上拿过鸡蛋磕开，然后慢慢剥壳。

他剥鸡蛋的技术很好，不像顾知意剥的那样坑坑洼洼。

他伸手将剥好的鸡蛋递过去，手臂上的伤痕有些红肿。

顾知意没接，转身去拿医疗箱，翻出酒精和棉签，有些粗暴地拉过他的手，把棉签擦上去。

沈俞白轻嘶，没缩回手，任凭她处理。

酒精刺激到伤口，丝丝麻麻的痛感顺着臂膀蔓延到心房。

"沈队沈队，收到请回答。"别在胸前口袋的对讲机亮了绿灯。

顾知意的动作顿了顿，又继续给他消毒。

"收到。"

"下游几个村还有三户没有救出来，需要吊索帮助，你们支队能不能来？"对讲机里传来嘈杂的声音。

沈俞白按下通话："这就来。"

顾知意加快处理伤口的速度，沈俞白勾了勾唇，抬手按住她的手，放柔声音："吃完东西再出去。"

"沈俞白。"顾知意站起来，望着他，"小心。"

沈俞白被她这样磨得几乎没了脾气，心脏像是被一根细线缠绕，一圈一圈，越勒越紧。

刚才他在水里被卷到不知名的地方，眼角被沙砾磨得又刺又疼，什么都看不见。直到腹部撞上什么东西，他紧紧抓住，发现是树根。

那是几条粗壮树根，没有被洪水卷断。他尝试几次爬上去都没成功，体力几乎被耗尽，松开手被水流卷走好像才是最容易的事。

可他不甘心。

顾知意总有本事让他念念不忘。

不用别的，只要她一个眼神，喊一声他的名字，他就心软了。

视线里，少女的脚腕有些红。

沈俞白回神，蹲下身抽出腰间别的短刀，抓住她的脚腕拖过去。

白皙细嫩的脚腕被虫子咬得红肿不堪，沈俞白脸色沉了下去，用短刀将她鞋底的泥土快速铲干净，而后半直起身把自己的束裤带扯下来，绕了两圈替她把裤腿扎紧。

"走了。"他站起身看了她一眼，掀开帘子往外走去。

走到一半人又折回来，他拉开上衣拉链，掏出手机扔到她怀里："手机给你，回来去找你拿。"说完转身往外走去。

坐上游艇的那一刻，沈俞白嗤笑出声。

看见她哭，他突然觉得什么都不重要了。

只要她别哭。

239

命都给她。

（4）

天刚蒙蒙亮的时候，第二批支援大巴车已经到达，顾知意让其他同事先走，她等下一批。

她还要赶去下游的支援点，那里的情况更严重，被先派过去的同事已经反映多次，但都因为道路问题无法得到支援。

部分主路被洪水淹没，几个人需要徒步过去，顾知意从笔记本上扯了一张纸写下自己的手机号和地址，塞给梁珂，让他帮忙带给沈俞白。

梁珂跟她打包票自己肯定带到。

等特警部队接到指令回去调歇的时候，他在车上把字条递给沈俞白，眼神十分八卦。

"老大，你和顾医生什么关系？"

救灾的时候，老大紧张顾医生的表情，他可都看在眼里。

沈俞白掀开字条扫了眼那一长串数字，而后折叠好放进胸前口袋里，黑眸漫不经心地扫过去。

梁珂老老实实地闭嘴。

下一刻，他又憋不住开始说道："顾医生跟着他们去下游了。"

"她是医生。"沈俞白淡淡开口。

他和她，都是职责所在。

梁珂转动方向盘，车子颠上小路，整个车身剧烈晃动。他叹了口气："上头的意思是让咱们接着去支援下游，还是说先轮换一批人？"

沈俞白撸起袖子，神情如常："去下游。你带他们回去休息，整顿好后晚上换防第二批。"

"那你呢？"

"不用管我。"

越野车在一旁停下，沈俞白推开车门下车，拍拍车示意他开走。

外面再次下起暴雨，顾知意和同事们冒雨将所有摆放在外的医疗物资搬到帐篷里。

大雨把他们的白大褂浇了个透。

同事弯腰招呼顾知意进帐篷，递给她毛巾："唉，那群抢险的军人和警察更不容易。听说指挥警队的沈队长，已经两天没合眼了。"

沈队长。

顾知意快速擦了下头发，扫到旁边挂着的雨衣，她披上去掀开帘子往外走。

"小顾，你干什么去啊？"

"我去看看外面的情况。"顾知意擦了把脸，深一脚浅一脚地往堆积起来的沙袋上爬。

远远地，有一队人马正在救援。

太远了，她看得不真切。

只见其中一人身手矫健，快速抓住那个被洪水卷得晃晃荡荡的大木盆，那里面坐着一个老人。

顾知意慢慢直起上身，眼眸里的身影有几分熟悉。

那人迅速给木盆绑上绳子，然后给老人做了防护，而后打了个手势，岸边的人开始拉绳子，将木盆拉上岸。

而他又转身向另一个需要救援的地方走去。

顾知意久久没有动弹，只觉得满腔热血在流动。

她知道那是谁。

当年的少年好像变了。

可又说不上来是哪里变了。

她没时间多看，转身往下爬，同事在帐篷门口冲她招手。

急诊抢救。

顾知意加快速度，一个跨步冲了下去，掀开帐篷。

担架上躺着一个年轻军人，浑身是血。

他最严重的伤口在腿上和胳膊上，鲜血直流，人疼得脸色惨白，死死咬住嘴唇。

"后背砸伤，腿部有利器划伤，小臂也有中度伤口。"同事一边戴手套一边飞快地说道。

她戴好手套，判断出出血点，而后拿起剪刀剪开伤者的衣服。

旁边心电仪数值开始下降。

男人的神志有些恍惚不清，顾知意轻轻拍了拍他："坚持住，别睡！你叫什么名字？"

"王嵩……"担架上的人艰难地开口。

"王嵩，你要记着你是军人，没有过不去的坎。"顾知意一边鼓舞他，一边飞快取出镇痛剂推针，抬头跟同事对视一眼，"赶紧打电话。"

旁边的同事抱着手机躲到一旁，顾知意开始对王嵩的伤口进行简单处理。

同事打完电话回来："小顾，你跟随他们回去，一会儿有部队的车来。"

顾知意俯身认真检查伤口，头也没抬："好。"

不一会儿，便有人来接应。

顾知意爬上车。

部队的人开车比较猛，她紧紧攥着把手，另一只手扶着担架，时刻观察着王嵩的情况。

突然，车身猛烈晃动了两下，是从泥泞小路驶上了柏油马路，车子也跟着平稳起来。

车里的几人齐刷刷舒了口气。

有人开始聊轻松的话题，顾知意没有说话，王嵩的生命体征还算平稳，她靠在旁边闭了闭眼。

忽地，她想到什么，从口袋里掏出沈俞白的手机，按了下开机键，没有反应。

以为是没电了，结果她换了只手拿便发现掌心有点点水渍。

顾知意被气笑，这人塞给她手机是让她帮忙拿去修的吧。

"哎，小顾，你看没看见救灾的那个沈队长？"坐在前面座位的同事转过身问道。

顾知意点点头。

"是不是很帅？"同事啧啧嘴，"个高还有腹肌，又是特警，跟这种人在一起估计安全感爆棚。"

她的脑海里浮现出一张清冷面容。

明明很冷淡。

让她不要再联系他，说得也很绝情。

"小顾，你说是吧？"同事仰着下巴问她。

顾知意抿了下唇，笑了下："也不一定吧。"

同事愣了下，刚准备再问她，就看见顾知意掏出响动的手机接通。她的嗓音一直是轻柔平静的，只是连夜劳累带了点疲惫。

电话一接通，郑书庭着急的声音传来："小意，你还好吗？之前打你电话一直打不通。"

"还好，灾区没信号。"顾知意瞥了眼担架上的人，又将他的点滴速度调慢一些。

"那就好。"郑书庭松了口气，手插在白大褂兜里，端着餐盘走到桌前放好，嘴角扬起一抹笑，"我听老师说这次你们回来有嘉奖。可惜我临时有几场实验去不了，不然我肯定陪你去。"

车窗外阳光渐好，光透过枝丫照射到地上，斑驳又朦胧，远离灾区的地方依旧景色迷人。

顾知意眨了眨眼，低声回他："嗯。"

郑书庭听出她有些倦意，压低嗓音："那你要不要睡会儿？等下回来我给你接风洗尘。"

"不用了。"顾知意侧了侧头，手探进外套兜里摸到那部手机，她抿了下唇，眉眼染上一层轻柔，"等下回去估计要进手术室。"

王嵩的腿怕是要保不住了，受伤太严重，失血过多，局部有不同程度坏死现象。

"那我等你。"郑书庭立刻说道。

"学长，不用了。"

听她语气冷淡，郑书庭叹了口气："小意，你是不是怪我没有陪你去？"

顾知意无心跟他说这些，她将手机换到另一边耳朵，声音轻淡："学长，车上有患者，回头再聊。"说完掐断电话，不给郑书庭再说的机会。

不知怎的，沈俞白清瘦的脸庞一直在她的脑海中挥之不去。

还有他望过来的眼神。

像宁谧的河流，缓缓流淌，无声地浸润。

顾知意长长舒了口气，只觉得心里更加难受和烦躁。

车子在医院急诊门口停下，已经有同事在那里等着，车门一开，所有人各就各位，推担架的推担架，上仪器的上仪器，一切有条不紊。顾知意快速讲解着王嵩的基本情况，自己也跟在担架后面。

外科主任站在电梯间朝她招招手："人手不够，你坚持坚持来帮忙。"

顾知意点点头："好的主任，我马上过去。"

她说完便快步往楼上换衣间冲去，按照消毒标准，她快速冲澡换上手术衣，然后刷手，到达手术室。

"手术中"的灯牌蓦然亮起。

沈俞白接到电话时正从大坝底下上来，他将手机贴在耳朵上："好，知道了。"

梁珂脸色也很难看："是咱的人吗？"

"不是，是西城自家的武警。"他把手机递过去，拿起望远镜朝不远处看了看，"明天第二批支援来，我们要赶回去，手里有另外一个任务。"

刚才他接到通知，南关有个案子需要他们协助。

不远处水流逐渐平缓，可目光所到之处一片狼藉，损失惨重。沈俞白垂眸捏了捏眉心："今天晚上都回去休息三个小时，零点出发回南关。"

"是。"

手术过程还算顺利，顾知意走出手术室，眼前忽然一黑，她下意识地贴墙站稳，而后慢慢滑坐到地上。

同台护士见她脸色苍白，额角冒汗，忙跑去泡了一包糖水给她。

顾知意道了声谢，没喝。

稍作休息后，她站起来出门。

郑书庭也刚下手术，见她脸色这样难看顿时就有些着急，跟在她后面："顾知意，赶紧回去休息听见没！"

"知道了。"她摆摆手，去冲澡换衣服。

换上自己的衣服时，顾知意被外套口袋里的东西坠了下，她摸进去把黑色手机拿出来，这才想起沈俞白的手机要拿去修。

好在今天可以提早回去，她便找了最近的手机维修店。

老板将手机接到手里拎了拎，笑道："这是泡洗衣机里了？"

挂在墙上的电视机还在实时播放西城某地的受灾情况，镜头里一闪而过的那些身影让她有些恍惚，指甲不知道什么时候抠进掌心。

"需要等会儿的，你要等吗？"老板的声音将顾知意拉回来。

她点点头，指了指电视："我在这里看会儿，可以吗？"

老板应下。

"你说这群当兵的也真不容易，你看看一个个累的。都是父母的孩子，我要是他们父母，得心疼坏了。"

现场镜头里，黄色救生衣下那群男人手拉手筑起人墙，任凭洪水一遍遍冲撞也屹立不倒。

那些搬沙袋的人手指都磨破了依旧不肯停歇，搜救人一遍遍呼喊，不肯放过一丝希望。

243

她喉咙像被什么堵住。

视线里的人渐渐模糊，顾知意低下头飞快地抬手蹭了下眼角。

许久后，老板把手机递给顾知意："你试试，看看还有没有问题。"

她按下开关键，手机屏幕亮起。

这部手机没有锁屏，一开机就跳到主屏幕界面。

顾知意滑动两下，想要找个视频APP打开看看情况，却发现沈俞白的手机上根本没有娱乐消遣软件。

全部是自带软件。

她有些心虚，顶着老板的殷切目光随意翻开网页，而后又点到备忘录，都很流畅。

顾知意抬起手指想要退出备忘录，忽地指尖顿住。

指腹下方的那三个字让她心猛地一跳。

——给知意。

顾知意不知道怎么回的家，她坐在床上，明明拿手术刀的时候手很稳，这一刻却连指尖都在发颤。

她的指腹轻轻碰过那几个字，界面瞬间跳转。

密密麻麻的黑体小字出现在屏幕中央。

别难过。

别哭。

见不得你掉眼泪。

17岁，我遇见你，觉得真好。

开始期盼27岁时身边依旧有你的存在。

年少不经事，没想过别离，没想过要分开，更没想过此时此刻。

但是顾知意，谢谢你出现在我的世界里，愿意照亮我前方的路，哪怕那条路黑得彻头彻尾。

今晚月光很美。

要是有来生，再遇上，再邀你看月光。

（5）

寥寥十行字。

眼前渐渐模糊，顾知意仰起头眨眨眼，拼命把眼泪憋回去。

这是什么，她心里清楚。

做这行的谁都不知道能不能看到明天的太阳。

她将手机锁屏放到桌上，起身去洗脸，今年的述职报告还要写，之前的课件还没听完。

晚上，李娅萍心疼她给做了一桌菜，看着她吃了一碗饭后又开始念叨她这个工作不好，又忙又累。

顾知意心里有事，听着她念叨有些烦意，躺在床上卷了被子将自己盖住。

枕头旁的手机到现在都没有动静。

从灾区回来到现在，没人找她，也没人给这部手机打电话。

她不知道梁珂有没有把联系方式给沈俞白，也不知道他到底有没有救灾结束。

她满腔委屈和担忧无处发泄。

就连第二天上班都是无精打采的。

"小顾，"外科老师递给她一本档案，瞥了眼她眼睑下的黑眼圈，"把这个过一下，等下去准备手术。"

顾知意接过去，深吸一口气，摒除杂念，开始看病案。

手术时间漫长，整整六个小时，下手术台时双腿像灌了铅，小腿肚涨得发疼，顾知意摘下口罩坐在椅子上捏腿。

今天手术时间久，老师通知她可以提前下班回去休息。

路过急诊时，她不经意间往里扫了一眼。

就诊床上背对她坐着一个人，黑色T恤，后背宽阔挺直，手臂微微伸向前，站在旁边的护士手里拿着棉球在清理什么。

顾知意顿住，心里的烦躁慢慢消下去。

她走过去，男人后背肩胛骨微微凸起，仿佛是鹰翅栖息。

越过他的肩头，顾知意看见他手腕上有一大块伤口，中间是很深的勒痕，旁边血肉翻边，看来是要缝合才行。

察觉到背后有人，沈俞白回眸看去，待看清是谁后，黑眸里的冰冷融了些，被温柔代替。

顾知意看了他一眼，绕过去走到面前，低声道："我来吧。"

急诊护士看见她，笑了起来："顾医生今天下班这么早？"

"嗯。"

顾知意拖了把椅子坐过去，戴上外科手套，然后接过护士给的治疗盘。她终于抬起眼看向他："打麻药还是不打？"

沈俞白勾着唇，黑眸沉沉："随你。"

她舔了下唇，小心思盘算半天，终究是捞起麻药针推了下去。

小针头从皮肤扎进去时，沈俞白没觉得多疼，这点疼跟手腕上的疼没法比，他索性也不管，目光直直落在她身上。

刚下手术，她冲了澡，头发有些潮湿，乌黑发丝柔软地贴在肩头，一张脸白皙细腻，薄唇微微抿紧，褪去婴儿肥，已经是个明艳的女人。

忽地，刺痛一下。

沈俞白移过视线，落在缝合针上。

纤细手指捏着手术剪穿针引线，轻松扎下一针。

他顿了下，轻笑出声："顾知意，报私仇呢。"嗓音低沉轻柔，勾人。

顾知意板着脸把剪刀带针一并扔到治疗盘里，掀起眼皮看他，杏眸清冷，说出的话也冷淡得很："伤口处这两天不要碰水，不要用力，按时换药。"

她忽地想到，这人是从灾区回来的，那是不是要回南关去了？

245

沈俞白轻笑，缩回手搁在壁板上，黑眸染上点点笑意，微微附身同她对视："要不要出去走走？"

顾知意扬眉："行。"

沈俞白直起身，朝她伸手："手机还我。"

顾知意捞出手机递过去，听到他说："我出去一趟，很快回来。"

"你……"她想问他，还回来吗？

沈俞白抬手摸摸她的脑袋，转身快步离开。

急诊环境嘈杂混乱，顾知意一向不太愿意来这边，她坐在长廊外的椅子上，手里玩着手机里最新下载的消消看。

不知过了多久，一双黑色皮靴出现在她的视线里。

顾知意抬头看过去："你回——"

笑容缓缓凝固住。

郑书庭半垂着眼居高临下地望着她，金色框架眼镜在灯下折射出光，整个人斯斯文文："小意，你怎么在这里？"

顾知意笑了下："我在等人。"

"等谁？"郑书庭在她旁边坐下，抬手想要替她拢下头发，后者却微微歪头避开。

他和顾知意同属外科，可两个人跟的老师不一样，顾知意偏重于心外，郑书庭偏重于胸外。

平时碰面机会很少，这会儿能坐一起聊天已经是很难得的事情，郑书庭忽视掉她的躲避，依旧坐在一旁。

余光里，郑书庭的白大褂干净雪白。

而那个人，顾知意想起他浑身泥泞的样子，心尖有几分疼意。

医院旁边有一家咖啡店。

沈俞白来时特意扫了眼，刚下手术顾知意肯定饿，他想带她去的地方有些远，路上她要是闹饿他受不住。

甜味的东西他不爱吃，顾知意倒是吃得欢。

甜品蛋糕口味多，他站在柜台前看了会儿，索性把所有口味的都要了一份，然后拎着往回走。

急诊长廊背后是巨大的落地窗。

他掀起眼皮子随意扫了一眼，然后停下脚步。

长椅上的两人挨得很近。

他视力很好，能看清顾知意的头发落在那人的胳膊上。

沈俞白静静看着，半晌后，垂眸看向自己手里的食品袋。

各式各样的甜点盒散发着诱人的甜味。

他抬手将东西丢在垃圾桶上，转身离去。

"小意，下个月的德国调研活动你要不要和我一起去？"郑书庭把手机翻开递过去，屏幕上是活动详细介绍。

顾知意没有接，侧头看向他，杏眼明亮干净："学长，听说青烟学姐胸外

246

手术的造诣很高，你可以和她去，我专业上有些不匹配。"

郑书庭神情僵了下，低声开口："小意，你是不是还在等沈俞白？"

从大学开始到现在，他被顾知意明里暗里拒绝过很多次，直到他从赵萌萌那里听到沈俞白的名字。

他怎么会不明白这是什么意思？

但是只要顾知意不说，他就抱着侥幸心态，觉得那样的人根本配不上她。

"他要是心里有你，早就回来找你了，根本不会让你等到现在。"

顾知意"嗖"地站起来，半垂下眼："学长，我和你的事跟他无关。

"喜欢就是喜欢，不喜欢就不能强求的，你有更好的人选的。"

她把话直接挑明。

长廊上人来人往，不乏护士和医生，来往的人群向两人投来暧昧的目光。

当初两人一同来西城医院的时候，郑书庭对顾知意的态度就惹人遐想，现在两人的神情更像是有那么回事。

郑书庭的脸色彻底难看。

他站起来，手插在白大褂兜里，紧紧攥成拳头。

"小意，你们两个根本不可能在一起，"郑书庭眉头紧蹙，保持克制，语气放缓，"伯父伯母就不会同意你和那种人在一起。"

顾知意咬了下唇，抬手看了眼时间。

已经快要七点，沈俞白还没回来。

她俯身拎起背包，嗓音轻柔冷淡："他是哪种人不需要学长来评判，这个世界会给他评判的。还有，没人比我更了解我父母。"说完转身离去。

暮色降临，长廊上亮起灯，顾知意坐在导诊台旁就诊椅子上，静静地看着门口。

人群进进出出，始终没有那抹身影。

她把手放在膝盖上搓了搓，心里一股委屈夹杂着愤怒蔓延上来，顺着血液窜到眼角，眼尾点点泛红。

八点。

人还没来。

顾知意冷着脸走出门诊楼，在道路旁拦了辆车回家。

一开门，李娅萍正戴着围裙在择菜，看见她回来指了指厨房："给你留的排骨汤。"

"不喝了。"她神情恍恍，丢了背包径直回到卧室"大"字躺在床上。

没有联系方式。

没有一句交代。

就让她等。

还说什么回来。

顾知意翻了身，抬眼看到书架上的水晶摆件，她咬了咬牙，抽出一张纸巾盖上去。

眼不见心不烦。

忽地，背包里的手机"嗡嗡"作响，顾知意翻身坐起来，拉过包掏出手机接通：

"喂。"

赵萌萌挪开手机看了眼，没打错啊，这声音怎么听着有气无力的？她歪着头夹住手机，手里拿着洗了的苹果，咔嚓咬一口："怎么了顾医生？听起来十分劳累啊。"

顾知意喘了口气："被狗咬了。"

"嗯？"赵萌萌长腿一跷，横在沙发上躺尸，"快说出来让我开心开心。"

"我被沈俞白放鸽子了。"顾知意怒气值突然爆满。

赵萌萌一口苹果差点呛到，她翻身坐起来："怎么回事啊，你俩怎么碰上了啊？快点一五一十地交代。"

顾知意长叹一口气，向后一倒，接着瘫在床上。

楼下的路灯早就亮起，她房间里的灯迟迟没开，点点昏黄灯光照进来，在雪白的墙壁上透出窗户的阴影。

她轻柔嗓音带着点点无奈，娓娓道来。

苹果核在半空中划出一道抛物线，被准确无误地扔进垃圾桶内，赵萌萌啧啧嘴："顾知意，有句话我必须要说。"

顾知意脚跟搭在墙上，吐槽完了，心里的难受也消了一些："你说。"

"沈俞白绝对——"赵萌萌坐直身体，用一种十分严肃的语气，"绝对绝对，对你念念不忘！"

顾知意不自然地清清嗓子："别闹。"

赵萌萌冷哼一声："高中时候我就觉得他看你的眼神不一样，别人想贴近他那是冷脸相对，你想想当初那个李佳颖，你再看看你。"

越是这样说，顾知意越是能想起之前在大学最后一次见面。

顾知意抬手摸上额头，脸颊也铺上一层绯色。她抿了下唇："你说得我都有些不好意思了。"

赵萌萌叉着腰在客厅来回溜达："我的恋爱雷达为你俩启动了，绝对有问题。不过小意，你对沈俞白是什么感觉啊？"

顾知意愣怔下，杏眸眨了眨，脑海中闪过沈俞白清冷的脸庞、漆黑的眼眸。

一瞬间无名火气"噌"地蹿上来。

"萌萌，你能不能帮我找到沈俞白的联系方式？"顾知意咬牙切齿的，绮丽念头瞬间消散，"我找他有点事。"

"没问题。"

挂断电话，顾知意彻底瘫在床上，工作超时后遗症此时此刻显现出来，她的小腿肚隐隐作痛。

"小意，还不去冲澡？"李娅萍在门口冲她喊。

顾知意应了声，趿拉着拖鞋带上手机往卫生间走去，揉搓脸颊的时候，忽地想起前两天，骨节分明的手拭过她的眼角，温柔又克制的模样。

她心跳莫名加快。

花洒喷出来的氤氲水雾将白皙脸蛋熏得飘上两团绯红。

不一会儿，赵萌萌便把手机号码发了过来。顾知意急匆匆擦干头发，拿起手机查看。

乌发一滴滴落下水滴，顾知意用毛巾搓了搓头发，而后盘腿坐在椅子上，转动着身体，红唇咬着指甲，半响后终于按下拨打。

电话响了两声接通。

"喂。"透过无线电传来的嗓音低沉清冷，微微有些许沙哑。

顾知意的心蓦地一跳，吞了口口水："沈俞白。"

车内，沈俞白漆黑的眼眸慢慢抬起。

他修长的手指蓦地握紧方向盘，脖颈远离座驾靠枕，脸庞上的清冷一点一点慢慢融化。他低声应她："是我。"

这声音太过冷静，她火气快要到头顶："你为什么放我鸽子！"

"抱歉。"电话那头道歉很快，声音淡淡。

一瞬间两边都寂静下来。

"光一句抱歉就可以解决问题吗？"顾知意咬着唇深吸一口气，声调骤然拔高，"沈俞白，你凭什么觉得我会一直在医院等你？"

攥着方向盘的手慢慢收紧，车窗被降下一半，夜色朦胧，车内热气慢慢消散，冷意散开。

沈俞白压着烦躁耐下心去想要跟她解释。

却又觉得这事没法解释。

他头向后靠去，缓缓开口："顾知意，我在你家楼下。"

顾知意一惊，顾不得穿拖鞋赤脚跑到窗边看去。

楼下一辆黑色越野车静静歇息在那里，灯光照在车面，线条流畅优雅，像一只蛰伏的黑豹。

她掐断电话，套了件外套便往外走。

楼梯间，灯亮了又灭，她等到电梯，抬脚走进去，电梯壁上映着的女人头发还未吹干，素颜干净白嫩。她抬手抓了抓头发，又低头看自己的脚。

连拖鞋都没换。

沈俞白推开门下车。

单元门被推开，他没管，垂眸在想刚才骤然挂断的电话。

这时，一双小兔拖鞋闯入他的视线中。

他掀起眼皮往上瞧，两条白嫩纤细的小腿，裁剪到膝盖处的纯白色睡衣，两只紧紧攥着衣角的细软玉手。

他喉结缓缓滑动一下，眨了下眼，挪开视线，径直落到她脸上，却一时间什么话也说不出来。

面前的人面容皎白，杏眼清澈，路灯的光柔柔地落在她身上，她整个人被笼罩在光里，连发丝仿佛都在闪着光。

沈俞白有一瞬间恍惚。

顾知意的模样和记忆里的那个少女重叠，他想起旧巷里的老房子，她站在平房上俯身看他，身上夕阳洒落，像个仙女。

顾知意被他盯得有些不自在："你怎么来了？"

沈俞白回神，掠过她身上的单薄睡衣和半干的秀发，走到旁边拉开车门：

249

"先上车。"

顾知意爬上车坐好。

车内有股淡淡的薄荷味，不刺鼻。她打量起车里的装饰，除了挂着一个老气的红色平安符，什么都没有。

旁边主驾驶车门被人打开，沈俞白侧身弯腰坐进来，歪头去关门，脖颈处的红绳一闪而过，露出熟悉的观音像。

顾知意一愣。

她送给沈俞白的吊坠他竟然还戴着。

"明早支队回南关。"沈俞白回眸看她，却发现她的视线直愣愣地落在他的脖间。他轻笑，抬手勾出观音吊坠，侧过身让她看得更清楚，"我来看看你就回去了。"

顾知意应了声："你下午为什么放我鸽子？"

她没忘这事。

灯光洒落在车内，他的侧脸半隐在黑暗中，显得越发清冷。沈俞白微微叹气，转头对上她的眼："我看见你和郑书庭在一起。"

顾知意蹙起眉头："所以呢？"

沈俞白喉咙干涩，嗓音沙哑："挺好。"

"学长接到通知去德国参加调研活动，他问我去不去。"顾知意屈起膝盖，脚跟踩在座椅上，整个人小小一团，侧脸柔和恬静。

"嗯。"他看着前面的单元门淡淡应着。

顾知意侧头看他："我推荐了另一位学姐和他一起去，学姐追他挺久的。"

本欲按下升窗键的动作顿住，沈俞白望向她，眼眸又深又沉。他探身过去："所以你没和他在一起？"

"当然没有。"顾知意被他的样子吓到，后背抵住车窗，湿漉漉的眼眸望着他，觉得他的表情有些费解。

一副要审问犯人的架势。

脖颈上的观音被光照到，色泽柔和温润，跟他的气质截然相反。

沈俞白退回去，抬手揉了下顾知意的头发，还有几分潮湿，指腹碾过，细软细软的："回去吧，晚上风凉。"

顾知意点点头，忽地想起来自己刚才还没说完，秀眉再次蹙起："这跟你放我鸽子有关系吗？"

沈俞白浅笑，抿了下唇没回她，只是探过身去。

清冷俊美的脸庞越来越清晰，她甚至能看清他的睫毛，卷翘浓密，还有被光淬亮的眼睛。顾知意不自觉地咽了口口水，指尖攥住车座上的垫子："你——"

他结实的手臂越过她身前，修长的指尖碰到车门。

"咔嗒"一声。

车门被打开。

顾知意脸颊爆红。

她手忙脚乱跳下车去，头也不回地跑进单元门里。身后男人的轻笑声传入耳朵，更是衬得她像一只突然被摸顺毛的乖猫。

回到卧室再探头瞧下去，黑色吉普车缓缓启动。

顾知意扑到床上，想到刚才看见的观音吊坠，她翻开手机给赵萌萌发微信。

顾知意：沈俞白问我有没有和学长在一起。

赵萌萌：这个狗男人绝对对你有非分之想。

她盯着这句话看了会儿，忽然"扑哧"一声笑出来。

原来，他们已经成年了啊。

时间过得真快。

主路上，沈俞白掏出手机调出通话记录，打了一通电话。

那头很快接起。

他的语调难得有些柔："等会儿出来喝一杯。"

睡眼蒙眬的李海莫名其妙。

他这是交了一群什么损友？

凌晨出去喝一杯？

歇了吧。

（6）

赵萌萌约了顾知意周六小聚。

顾知意排了时间休息，开车去了南关找赵萌萌。

一推门，镜子前的人身姿曼妙，红色吊带长裙外套着小香风披肩，手里拎着一个小方包，冲着顾知意抛媚眼。

顾知意抿了下唇，退后一步关上门，一本正经道："对不起，打扰了。"

赵萌萌瞬间破功，踩着恨天高冲过去："顾知意你个没良心的，我好不容易找了一家酒吧给你放松解压，你倒还装起来了！"

她拉开门一把拽住顾知意的胳膊往里拖，丹凤眼更是嫌弃地在顾知意身上扫了一圈："我说你穿这么朴素，真的好吗？"

衣柜门被人拉开，一排裙子展现在顾知意面前，赵萌萌已经动手扒她衣服了："你赶紧的，那件白色的裙子我看就行。"

顾知意低头瞧了眼自己身上的娃娃领短袖，默默护住胸前。

赵萌萌翻了个白眼，直接给她推到换衣间去。

再出来时，女人细软乌发落在肩膀上，白色长裙将她衬得越发干净明艳。

酒吧内。

赵萌萌熟练地点了两杯莫吉托，而后撩起裙摆坐在一旁。

调酒师很快把酒送过来，顾知意抿了口，清爽的刺激感瞬间在口腔中爆炸，她托着腮眯起眼睛看向舞台上跳舞的人。

"小意，我那天给你要电话的时候，听说了一件事。"赵萌萌两三口酒下了肚，又敲敲吧台面，示意再来一杯。

顾知意探头过去，DJ声太大，她听得不真切："什么事？"

赵萌萌喷了下嘴，酒精上脸，越发显得脸颊绯红："我听说沈俞白当年吃了不少苦。"

顾知意灌了自己一口酒，呛得眼尾泛红，赵萌萌还在她耳边絮絮叨叨地说着那些没人告诉过她的事。

说当年沈俞白复读的时候像着了魔一般，手腕上永远戴着一根皮筋，但是他们都不知道那根皮筋是干什么用的。

说沈俞白不跟他们联系是因为去了公安大学，军事化管理，大学毕业后回了南关。

说他被南关公安局录取是因为立了功。

……

劲爆热舞的氛围里，顾知意半垂着眼听旁边人说着那些她不知道的事情。

错开的这五年里，关于沈俞白的记忆是一片空白的。

没人知晓他到底做过什么。

一种莫名的情绪在她的心里蔓延开，她拖过酒杯一饮而尽，又示意调酒师再来一杯。

她的杏眸起了雾，像蒙了一层水，润湿又透亮。她撑着腮静静地坐在那里，神情越发悲伤。

"我还听说他把他爸送到戒赌所去了。"赵萌萌说。

顾知意摆摆手，又抿了口酒。她认真解释道："他爸真的很过分，赌博赌得倾家荡产，他妈妈就是受不了才自杀的，你忘了吗？

"赌博害人。"

这般说着她又觉得心口窝处有丝丝麻麻的疼。

不知道亲手把父亲送进去，那有多难受。

赵萌萌举起酒杯跟她碰了下："远离男人，珍爱生命！"

顾知意"扑哧"一声笑出来，脸颊上有个酒窝若隐若现。

放在桌上的手机响了起来，赵萌萌喝得醉醺醺的，看都没看直接接起："你好，哪位？"

李海挪开手机，听到电话那头的背景音震天响地，他不禁问："你在哪儿？"

"'苍海'！"赵萌萌看见舞台上有人跳舞，忍不住尖叫起来。

李海顿了顿，迅速挂断电话，调转车头往酒吧方向赶去。

走到一半，李海觉得有点不对，又给沈俞白打了个电话。

这边沈俞白刚进门，黑色T恤脱到一半，便接到电话。

风声夹杂着李海的声音传出来："俞哥，赵萌萌把顾知意拐到苍海酒吧去了。"

沈俞白脱衣服的动作一顿，又将衣服套上。他弯腰捞起车钥匙和手机："给我个定位。"

两人到达地点时，酒吧氛围正被推到高潮，所有人都在狂欢。沈俞白气质出众，刚进门就被人搭讪，他冷着脸避开那些人的手，拂开人群，径直朝里面走。

手臂被人拎起来的时候，顾知意还有些迷糊，下意识甩开："不好意思，不想被搭讪。"

下一秒沈俞白清冷的脸庞出现在她的视线中。

她看得更迷糊了。

酒吧光线昏暗，气氛撩人，顾知意胆子大起来，伸出一根手指，戳到男人的脸上。

触感柔软，带着点凉。

顾知意眨眨眼，手肘撑着后面台面坐直身体，朝旁边赵萌萌拍拍，贴近她耳朵小声说道："这人长得好像沈俞白。"

赵萌萌歪头瞥了眼，重重点头。

顾知意仰头看向他，薄唇红润："你长得很像我一个朋友。"

沈俞白深吸一口气，嗓音低沉："谁？"

顾知意撇撇嘴，闷了半晌，吐出两个字："校霸。"

男人被气笑，彻底失了耐心，将她拦腰横抱起来径直往外走去。

赵萌萌指着他们，还没喊出声，李海抬手堵住她的嘴："我说姑奶奶，你也消停会儿吧。"

酒吧门被人推开，顾知意掀起眼皮望过去，男人棱角分明的下巴，凸起的喉结，大臂上饱满结实的肌肉。

喧闹归于寂静，风扫过几下，有几分清醒蔓延开，她试探性开口喊道："沈俞白？"

沈俞白垂眸看她。

黑漆漆的眼眸深邃幽静。

顾知意笑起来："小白？"

……

"小白你怎么才来？"她刚说完便撇撇嘴，眼泪顺着眼角毫无征兆地淌下来，落到男人手臂上，滚烫一片。

顾知意揪住他的衣服轻轻扯了下，嗓音越发哽咽，像是受了天大的委屈，泪珠落得飞快："你这些年为什么不联系我啊？

"明明我跟你最好了。"

她似乎想到什么，挣扎着想要下去，沈俞白索性将她放下来，揽着她的腰圈住她。

面前的人静静地望着她，顾知意踮起脚凑过去，男人呼吸一室，喉结缓缓滑动，他的手贴在她的腰上，隔着面料也能知道皮肤的柔软细腻。

"我看看。"顾知意喝得有点多，带着点点鼻音，声音越发软糯。

借着灯光，她看见男人右脸脸颊上的那道疤痕，堪堪擦着眼角过去。

脖颈上的红绳已经有些掉色起毛，食指轻轻一勾，一个观音吊坠被勾了出来，顾知意笑起来，仰着头贴近他，杏眼璀璨明亮："真的是小白啊。"

他的黑眸里透出点点无奈。

沈俞白抓住她乱摸的手，嗓音低沉沙哑："先上车好不好？"

顾知意重重点头，规规矩矩地爬上车，然后孩子气地踢掉鞋，屈着膝盖把自己抱成一团。

沈俞白挑挑眉扯过安全带帮她系上，结果后背上抚来一只手，他的身子顿

253

时一僵。

"小白，你这些年到底去哪里了？"顾知意拍拍他的后背，望着他。

喝醉酒的顾知意越发幼稚，她就这样跟他对视，杏眼湿润明亮："你不是让我过自己的生活吗？怎么你又出现了？"

沈俞白被她这股磨人劲磨得要命，他抬手扯开她的手，大步走到驾驶座，上车关门。

"我送你回家。"

"我不回去，你回答我。"她揪着旁边的安全带，颇为认真地看他，眼神似乎要戳穿他的所有。

沈俞白瞥了她一眼，黑眸里的情绪压了又压。

"送你去我家，我回单位睡，成吗？"

被凉风扫过，顾知意的酒意有些醒了，只觉得头开始疼起来，她按住太阳穴没回头，闷闷地应下："好。"

车外景色不停倒退。

越野车终于停下，她还没抬手，男人已经大步走过来替她打开车门，宽大的手掌伸到她面前，她将手搭上去，下一秒就被紧紧握住。

她有些犯晕，跟跄几下，偷偷抬眼瞧人，正撞上他的黑眸。

"我自己可以走。"

沈俞白没给她机会，拦腰将她抱起径直走到电梯口。

到达房门口，他将她放下来，打开门。

顾知意抬眼打量着他居住的环境。

已经不能称为简约风格，到处冷冰冰的。

她头疼得越发厉害，转身看向站在门口的男人："卧室是哪个？"

沈俞白迈进去，拉着她的手腕推开一扇门："这里。"

"好。"她应下，乖乖走过去，脱掉鞋，盖好被子躺下。

沈俞白站在门口看了会儿，半晌，他迈步进去，半跪在她面前。

"知知。"

顾知意闭着眼睛轻轻叹了口气："你还没回答我呢，为什么不跟我联系？"

"我不敢。"男人嗓音低哑得很。

"是不想。"她纠正他。

"不是。"

"那是什么？"

"南关太小了。我想留住你，又怕你心软真的会留下。"

第 7 章／唯一的光

（1）

"知知。"

床上的人儿睡颜恬静，脸颊两团绯红，红唇半抿着，乖巧地躺在他的床上。沈俞白垂下眼眸，轻轻叹了口气，起身将被子给她盖好。

意识蒙眬间，顾知意觉得额头覆上一层柔软，温凉的，混杂着淡淡清冽的味道……

她的心跳慢慢加速，缩在被子里的手指微微蜷起。

下一秒，她缓缓睁开眼睛。

干净的白色墙壁，拉到一半的灰色窗帘，透进来的明媚阳光，无一不昭示着她睡在一个陌生的房间。

床垫不如家里的软，顾知意睡得浑身都疼，她翻身坐起来伸了个懒腰，低头发现自己身上的衣服没换，白裙起了褶子，一边肩带松松垮垮地半勾在肩头上。

顾知意眨了下眼，抬手摸上额头。

是做梦了吗？

她起身下床，一双粉色女士拖鞋整齐地摆放在床边。

顾知意用脚勾过一只，大小刚刚合适。

看来是给她准备的。

卧室的门没有关严，从半掩着的缝隙里飘进饭香味，白粥和煎蛋的香气混合在一起。她肚子有些饿了。

推开门看向客厅，除了餐桌上摆放的餐盘，再没人影。顾知意慢吞吞地走出去，看向厨房的位置。

"醒了？"身后传来声音。

他似乎也是刚睡醒，声音有些哑，刮过耳郭泛起点点酥麻。

顾知意吓了一跳，转身看去。

沈俞白换了一件白色 T 恤，深蓝色警服裤衬得他双腿修长笔直。他手里拿着一条白色毛巾，见她望过来，抬手递了过去。

"昨晚买的，已经洗过了。"他往前一步靠近她。

等她接住毛巾，沈俞白越过她走到餐桌前："去洗漱，然后过来吃饭。"

顾知意抱着毛巾，有些恍惚，愣怔怔地进了卫生间，直到插销"咔嗒"一声关上，她才回神。

昨天晚上，她在沈俞白这里睡的。

宿醉。

她撑着洗漱盆长呼一口气，脑海里闪过一些片段。

一瞬间，白皙的脖颈镀上一层粉色，紧接着耳根发烫，顾知意打开水龙头冲了把脸，刚要照镜子却发现台面上摆放着挤好牙膏的牙刷。

还有一管新的洗面奶，旁边一小袋擦脸巾以及一套女士护肤品。

这些，都像是新的。

挂在旁边的是一件跟她身上的那件极为相似的白色连衣裙，还有内衣内裤。

心里像是有什么东西要破茧而出，顾知意咬了下唇，快速洗漱冲澡，然后穿好衣服出来，头发还湿着，她拎着毛巾坐在沙发上擦头发。

沈俞白似乎在厨房忙着什么。

不一会儿他便端着水杯出来，径直走到客厅放在茶几上。

抬眼见她歪着头在擦头发，男人走到卫生间弯腰拿出吹风机，又将桌上的水杯塞到她手里，淡声开口："先把蜂蜜水喝了。"说着，手指穿过她的头发轻轻撩起。

暖风吹过发丝，指腹间是温热的。她微微眯起眼，抬手抿了口蜂蜜水，刚刚好的甜。

"小白。"顾知意抿了口蜂蜜水，闷声喊他。

沈俞白应了声，黑眸落到她的头顶，只觉得她小小的一只，像个糯米团子。

"你……"

桌上的黑色手机忽然响起。

沈俞白瞥了她一眼，弯腰捞起接通："是，马上。"

挂掉电话，顾知意被捏着手腕领到餐桌旁。桌上摆着白粥、煎蛋、几样小菜，还有一杯温水，沈俞白按下她的肩膀，指尖微微收拢。

清冽嗓音落在她的耳边："有任务，我先走了。你把饭吃完，等下开车慢点。"

顾知意抱着蜂蜜水缓缓点头。

男人在她头顶蹭了蹭，转身离开。

顾知意低头喝了口粥，热度刚好。她难得悠闲地吃早饭，动作都慢了起来，直到手边的手机响动两声。

顾知意划开接通，主任的声音传来："小顾，有两台手术需要你支援，休假的事往后靠一靠好吧？"

"好的，我马上回去。"

挂了电话，顾知意飞快喝完粥，又把煎蛋塞进嘴里，快速收拾好自己的东西，提着鞋出门。

大门关上后，她顿了下，迈步进电梯。

本以为要去赵萌萌那边提车，没想到刚一出门就看见自己的车停在车位上。

沈俞白什么都帮她想到了。

没时间多想，顾知意飞快开车到达医院，刷手、换衣、上台，等她大脑能够歇息的时候已是晚上。

患者推进病房后还是有些小问题，她快下班的时候有些不放心，便拎着听诊器套上白大褂去病区巡诊一圈。

好在患者的指征还算平稳。

她安抚好患者后便离开病房。

长廊尽头有人拖着挂水架往病房走，顾知意回头看了眼护士站，里面的人都在忙。她快步过去，那人听到动静转头看过来，她刚要问出的话被卡在喉咙。

面前的人神情憔悴，却依旧能够看得出年轻时候的英俊风采。他胳膊挂着绷带，看样子是骨折。

顾知意没有靠近："叔叔？"

沈堂庆眯起眼睛瞧她，而后咧着嘴笑开："顾家女娃？"

她点点头。

"您这是？"

"哦，不小心摔断了。"沈堂庆抬了抬胳膊，说得风轻云淡。

"33床！"忽然身后护士呵斥一声。

顾知意明显看到沈堂庆哆嗦了下，眼神一缩，朝着外面挥挥手："我在！"

护士闻声过来，看见顾知意在这里，目光在两人中间转了圈，态度微微和善些："顾医生，你和他认识吗？"

不知道该怎么回答，顾知意眨了下眼，微微点头。

"33床和人赌玉石被坑，钱要不回来，还被人打骨折，"护士在一旁毫不留情地把事情原委倒出来，"现在医药费都欠着，你要是认识家属通知一下来补齐吧。"

沈堂庆脸色灰白，缩着肩膀站在那里。

他比之前更瘦一些，宽大的病号服套在他的身上空荡荡的。

顾知意点点头算是应下，她拿起挂水架帮他送到病房里，固定好，而后低声问道："沈俞白知道这件事吗？"

沈堂庆摇摇头，下一秒抬起头看向她，混浊的眼眸里泛着恐惧："你别跟他说。"

"叔叔，"顾知意微微蹙起眉头，余光扫见桌上的饼干盒，还有半块馒头，她抿了下唇，放软语气，"这事要告诉他的，不然找不到你人他会担心的。"

"呸！"话音刚落，沈堂庆就变了脸色，憎恶的神情毫不遮掩，"我就当没这个儿子！他真狠心啊，竟然把我给关里面去了！"

她稳了稳神，轻声开口："您赌博这件事已经扰乱了家庭正常生活，他送您进去也是实在没办法。"

沈堂庆冷哼一声，掀起眼皮上下打量顾知意一番，神情语气缓和下来："闺女，你和他现在还有联系吗？"

他突然转换话题，顾知意思索几秒，点点头。

"你呀，别跟他联系，"沈堂庆指了指胸口，摆摆手，"他没心。"

沈家家破人亡时，他没见过这个儿子掉眼泪，更没见过沈俞白对什么上心，

257

甚至送他去戒赌所的时候也是面无表情，六亲不认的。唯独在顾家搬家这事上，他第一次看见沈俞白眼红。

他都觉得那是幻觉，忍不住骂了两句风凉话。

这孩子石头心肠，怎么会难过？

顾知意微微垂下眼，没出声。

这几年他们根本联系不上他。

"他高考后那个暑假去打工了，打什么工我不知道，反正赚够了学费、生活费就一声不吭地走了，去了哪个大学也不知道，"沈堂庆笑了下，"还是我有次在家里捡到一张纸才发现他上了公安大学。"

听到这里，顾知意的心提了起来。

沈堂庆长舒一口气，抬头看了眼吊瓶："你听说过'南关4·10大案'吗？"

饶是顾知意再冷静，在听见这几个字后神情也变了，她慢慢直起身，插在白大褂兜里的手拿了出来，静静垂在腿侧。

案件发生在她读研一的时候。

"跨境""贩卖人口""人体器官"是这起案件的要素，破获之后轰动全国。

"他参与了，卧底，还受了重伤。"

声音很轻，但她却听得清清楚楚，一瞬间周身血液凝住，心口的位置有疼痛蔓延开。

顾知意咬着下唇没作声。

她不知道自己怎么出来的，等回过神来的时候已经坐在病房外的长椅上。

头顶上的白炽灯很亮，她仰起头看去，光芒刺得她眼眶泛疼，有流泪的冲动。

那时候她看过报道，上面说警方派人在那个犯罪团伙中卧底，最后里应外合成功破案。

寥寥几句，概括全部。

原来他就是那个卧底。

难怪李海他们说他是立了功，被南关公安局录取。

满身清冷傲骨，黑漆漆的眼眸里藏着无尽的黑暗和孤冷。

可他偏偏背靠黑暗，站在了光的一面。

作为执刀救人的医生，顾知意见过手术台的冰冷，感受过无影灯的刺眼，听到过冷刃滑过肌肤的声音，还有嘀嘀嘀显示生命体征的仪器声，也见过全身大大小小伤口单单缝合就需要几个小时的患者。

她明白有多煎熬，更明白要多大的意志力才能挺过去。

顾知意掏出手机，手指点到通话记录上，没有哪一个瞬间比现在更想见到他……

（2）

铃声响了好几遍，都没人接。

顾知意放下手机，微微呼出一口气。

她压下心里翻滚不停的情绪，起身回到办公室，一推门，郑书庭站在那里。

听见动静，郑书庭抬眼望过来，看见是她，他笑了下，放下手里的资料，温声道："我来给主任送资料。"

顾知意点点头，走到自己的位置上放下听诊器。

"小意。"郑书庭双手插在白大褂兜里，立在原地，永远斯斯文文的模样，"下个月我就要去德国了，培训大概要持续三个月。"

"祝你一路顺风。"顾知意淡淡出声。

"小意，这么多年沈俞白在你眼里到底是什么样的人？"

他还记得第一次见沈俞白，黑眸幽深，薄唇半抿，周身狠戾，像是能把人活剥吞掉。

望向他的眼神太过清冷，他至今都记得。

顾知意笑了下："学长，在你眼里他可能不是一个好人，但是他其实再不好，现在也和我们一样在救人。"

郑书庭抬手推了下眼镜，意外地没有反驳她，只是冲她笑了下。

顾知意没有聊下去的欲望，道了声再见后便转身离开办公室。

因为要执行重要安保任务，沈俞白在外面执勤忙到深夜才回家。

门打开的一刹那，满屋漆黑和冷清瞬间袭来。

沈俞白站在门口顿了下，抬手抚上玄关的开关。

柔和的灯光亮起，客厅灯也一并开启，房间里空无一人。

餐桌上摆着还剩了些菜的小盘子，被人仔细地用遮蝇罩挡起来，碗筷已经洗好放在沥水架上。

水渍早就干掉。

看来走了很久了。

他把外套扔到沙发上，整个人摔进沙发里，捏着眉心缓了会儿。

片刻，沈俞白从兜里掏出手机，有一通未接来电，他下意识想要回拨，指尖在最后一刻停下。

现在是凌晨一点。

人都睡了。

凉风扫过，一股若有若无的菜味在客厅蔓延开，他起身把罩子揭开，把菜端进厨房一股脑全都倒进垃圾桶里。

客厅上的手机屏幕亮起，他弯腰拾起。

梁珂：老大，接到电话说明天巡片区。

他回了个"好"。

顾知意这天下班很早，背上包就往外走，时不时抬起手腕看一眼手表。路过护士站时，被何梅拦住笑着打趣道："这么着急干吗去啊，约会啊？"

"没有，有点急事。"顾知意笑了下，拍拍她的手，"走啦。"

顾知意把包扔到副驾驶位置上，启动车子，白色轿车很快汇入主路车流中。

昨天电话没打通，今天一整天也没消息，不会出了什么事吧？

大厅里。

顾知意把包放在一旁。

"实在不好意思，沈队巡逻去了。"

"好的，谢谢。"她轻轻叹了口气，起身准备离开。

迎面进来一个穿着黑色作训服的男人，风风火火地冲向旁边的饮水机，牛饮了三杯水后才缓过来的样子。

顾知意有些看愣，冷不丁地跟那人的视线撞上。

她下意识地移开视线，低头去整理包。

没想到那人却直直冲她走过来。

梁珂半张着嘴，指着她，满脸惊讶："顾医生？"

顾知意下意识地应了声，看着眼前的人隐约觉得眼熟："梁副队？"

梁珂点点头，视线扫过她的包，软皮包面被撑着鼓鼓囊囊的，像是塞满了东西。

"顾医生是来……"他试探性开口。

"我来找沈俞白的。"她说得很直接，面色平常，仿佛来找沈俞白是一件很普通的事情。

来这儿找沈队的人，很少。

尤其是年轻女人。

梁珂脑子里的八卦雷达迅速开启，他弯腰帮顾知意拎起包，把人往宿舍领："沈队一会儿就回来了。你肯定累了吧，先到沈队的宿舍去休息休息吧。"

顾知意站在原地没动，笑着拒绝道："没事，我改天再来。"

"不不不，沈队真的一会儿就回来了。"

热情得让顾知意只能应下，跟他去了宿舍。

推开门，房间里的陈设朴素简单。

床单和被子很整洁，另一边的桌子上摆着一摞书，还有几个泛旧的笔记本。

跟沈俞白之前的卧室有几分相似。

她轻轻迈步进去，指尖划过桌面，翻开上面摆放的笔记本。曾经稚嫩的字迹撞入眼中，顾知意眼眶一烫，险些掉下眼泪。

梁珂没发现她的异样，大大咧咧地指了指椅子："顾医生，你坐，我还要写报告，就不陪你了。"

顾知意佯装拢头发，拇指蹭过眼角，笑着说道："好，谢谢你。"

换班后，沈俞白和同事从外面赶回来，巡逻了一天，一身汗臭味。

他边上楼边抬手解开扣子，准备去冲澡，却在门口停下脚步。

房间的门半掩着，里面静悄悄的，他松开解了一半的扣子，抬手攥住门把手轻轻推开。

桌子上趴着一人，乌发散了满桌，如墨泼洒，发丝在灯光下闪着光泽，细嫩的胳膊枕在脸下，呼吸均匀轻柔。

他抿了下唇，抬手关上门。

听见动静，顾知意睁开眼睛，刚睡醒的模样有几分憨甜。见到是他，她冲他笑开——

"小白，你回来啦。"

（3）

沈俞白的衣服扣子解开了两颗。

顾知意托着腮没动，见他慢慢靠过来，她嗓子莫名发紧，心跳不由得加快。

"怎么来了？"他修长的手指虚虚擦过她的小臂，拿起旁边的水杯，给她倒了杯温水递过去，"我的杯子早上刚洗过的。"

顾知意早上做了手术有些累，加上开了一段时间车，这会儿虽打了下盹却还是有些昏昏沉沉的。

她慢吞吞地接过水杯抿了口温水，渐渐清醒。

沈俞白手指搭在旁边的椅子上，稍稍用力勾过来，跟她面对面坐着。

"吃饭没？"他把她抱着的水杯拿过来放在桌上，把她的手握住，轻轻替她按摩关节。

长期拿手术刀，手腕和腱鞘时刻处于紧绷状态，有时候肌肉会有些泛酸，但顾知意没跟人提过。

不知道沈俞白是什么时候知道这一点的，而且还会按摩。

男人指腹温热，以轻重有度的力道在她的手腕上推揉。

距离近了，顾知意抬眸悄悄观察眼前的男人。

眉骨疏朗，黑眸微垂，遮住里面的点点清冷，掌心的茧有些粗糙，擦着她的指尖有些痒。她缩了缩手，下一秒被紧紧握住。

"疼？"男人清冷的嗓音响起，他掀起眼皮望向她，神情认真又撩人。

顾知意摇摇头。

沈俞白怕她真是有些疼，便不再按摩下去，松开手起身打开柜门。

"我去冲个澡，你在这里等我会儿。"

刚推门看她在这里，都忘了自己浑身臭汗。

他背对她将T恤和外套脱下来，后背上的伤疤依旧清晰可见，有的还很新。那些新的疤痕刚好，肉粉粉的。

出于职业素养，顾知意下意识地观察起来，又后知后觉地开始心疼起来。

沈俞白弯腰拿起洗漱盆，余光里看见她眼眶泛红，站在原地没动。

"小白，疼吗？"

本来没觉得有什么，可被她这么一问，沈俞白渐渐蹙起眉头，背上那些伤口莫名地酥麻疼痛起来，蔓延了整个后背。

他放下洗漱盆走到她面前，蹲下身捉住她的手，仰视她。

"早就不疼了。"

顾知意垂下眼，又瞧见他手臂上的疤痕，语调更是难过："那你那会儿该有多疼。"

她是一名医生，知道经历这些有多疼。

少年时他就满身伤疤，现在依旧是旧伤添新伤，这都是什么事呀！

"等我五分钟。

261

"乖。"

沈俞白抬手摸摸她的脑袋，勾了下唇，而后起身拿起盆往外走去。

在走廊上碰见梁珂和几个队友，都对他挤眉弄眼的，沈俞白目光一扫，他们又统统规矩了。

等他一进淋浴间，梁珂就领着两个同事冲向了沈俞白的宿舍，一看门还开着，屋里的顾知意正在从包里往外拿东西。

糕点和不同种类的饼干，还有一些坚果。

这群单身汉眼巴巴地看着顾知意，有个心直口快的直接脱口而出："嫂子，这些都是给沈队的吗？"

顾知意被这声"嫂子"吓到了，手里的东西掉在桌子上。

梁珂一看她这模样，一巴掌拍到那人的后脑勺上："让你胡说八道，这是顾医生！"

"哦哦哦，顾医生不好意思，"小同事摸着后脑勺满脸委屈，"我以为你是沈队的对象呢。"

顾知意笑了下，转身把几个坚果袋子拎起来，还没往前走两步，就看见梁珂对着小同事的后脑勺又是一巴掌："你啊，没看出来啊。"

顾知意抬起手把东西递过去："你也别打他了，吃点吧。"

几个人欢呼一声便冲了进来，一人抓了一把然后聚在一起剥坚果。

顾知意哭笑不得，只能左右看看，想找一次性纸杯给他们倒水。

沈俞白快速冲完澡拎着洗漱盆一进门就看见这群人在啃坚果。

他冷哼一声，嗓音一沉："干什么呢？"

梁珂后背一凉，忙站直："报告老大，我们在吃嫂子给的坚果。"

沈俞白看向顾知意，后者神情平常，只是脸颊团了两簇绯色。断眉微微舒展开，嗓音依旧清冷淡漠："走。"

三五个男生一溜烟跑了出去。

顾知意把坚果袋推过去："他们还挺可爱的。"

她别开眼："我给你带的，要是早上来不及吃饭，就吃这些。"

沈俞白睨了她一眼，薄唇微微勾起，从柜子里掏出一件 T 恤穿上，而后走到她身后。

许是刚洗完澡，他身上是清香的沐浴露味道。他俯身贴近她的耳畔，伸手从她的细腰和手臂缝隙间伸出手去拿了一块薄荷饼干。

滚烫的温度擦过顾知意的胳膊，她被这突如其来的亲昵吓到，紧绷着身子不敢动弹。

"饿了没？"男人低沉沙哑的嗓音带着鼻息喷洒在她的锁骨窝处。

她点点头。

沈俞白轻笑，歪头轻轻碰了下她的头："走，我带你去吃东西。我知道有家苍蝇小馆做的菜还不错，很干净。"

顾知意眨了下眼，身后的压迫感骤然消失，她轻轻喘了口气，抬眸望过去。男人站在门口，手插着兜，静静地看她。

她没动，思索片刻后将在医院看见了沈堂庆的事情告诉了他。

262

沈俞白面上没什么表情，插在裤兜里的手捏住打火机。

他低声应道："我知道。"

顾知意微微睁大眼睛："你知道？"

"他的事，我知道。"沈俞白拿出打火机把玩，蓝色的火苗燃起又熄灭，映在男人的黑眸中，"我不会不管他。"

听到这话，顾知意点点头，算是放心。

沈俞白朝她伸出手："走，吃饭。"

两人并肩往下走时，时不时有人满脸诧异地盯着顾知意。

一个两个还好，个个都这样，顾知意有些受不了。她抬手挡住脸，没好气地说道："下次不来了。"

沈俞白冷了神情，再有人抬眼看他们，还没等仔细打量就先被旁边的男人给吓了回去，一个个低着头只敢用余光飞快地瞄一眼。

这女孩真漂亮呀。

下楼后刚好碰上陆明，他看见顾知意愣了下。

沈俞白下意识地挡在顾知意前面，却被陆明拨到一旁："没点眼力见儿，挡着我看人家了。"

顾知意抿着唇笑了笑，主动站出来："您好。"

陆明背手将她打量一番，落落大方、漂亮端庄，是个好孩子。他眯着眼睛笑起来："顾医生是吧？"

"是的。"

"我听说你在救灾时——"

"陆局。"沈俞白开口打断他的话。

陆明横睨他一眼，背着手踱到他跟前："干什么？"

"她还没吃饭。"沈俞白不卑不亢，甚至还往前挡了一步。顾知意本就长得娇小，这被他一挡，遮得严严实实。

"你带去吃饭。"陆明不跟他一般见识，笑眯眯地看向顾知意，"顾医生下次再来啊。"

顾知意连忙应下。

两人刚走到大门口，忽然从外面开进来几辆车，顾知意还没反应过来，腰被人揽住护向一旁，再抬眸，入眼的是男人清冷的侧脸。

从越野车里下来几人，看见沈俞白顿时就开始乐。

"沈队，旁边护的是谁啊？"

"你瞎啊，没看见刚才沈队护成那样啊。"

"哦哦哦哦！"

几个人一唱一和。

顾知意笑盈盈地望着他们，并没有任何胆怯和害羞，坦坦荡荡的。她的眼眸璀璨明亮，倒是把几个年轻小伙看得有些不好意思。

她温婉大气、笑容璀璨，像是一道光，轻柔柔地铺满一路。

忽地，腰上的手微微收紧，她愣了下，抬头看去，沈俞白薄唇轻轻勾起："哦什么，叫嫂子。"

263

"嫂子好！"几个人异口同声。

顾知意身子一僵，刚才的落落大方被他们这声"嫂子"喊得荡然无存，耳尖骤然浮起一层粉色。

她更惊讶于沈俞白的话。

沈俞白没看她，揽着她的腰径直走到车旁，拉开副驾驶的门示意她上车。

顾知意愣怔怔地爬上车，系好安全带，直到门"砰"的一声关上她才回过神来。

"沈俞白。"顾知意攥紧安全带，声音很轻，"你刚才的话是什么意思？"

坐在旁边的男人没说话，启动车子缓缓驶出停车场。

夜色迷人，临街的商铺纷纷亮起灯牌，有人站在门口招揽客人，吆喝声此起彼伏。

现在的南关，比之前更有人情味。

见沈俞白不回答，她干脆也不再问，摆弄起手机来。

外科群里分享了几个典型案例，她来的路上还没看。

车子转弯，顾知意被晃了下，她下意识抬眸看去，正对上男人深邃的黑眸。

下一刻，他看向前方。

沈俞白缓缓眨了下眼，嗓音低沉轻柔，看着前面笔直宽阔的主路，缓缓开口："顾知意，于我而言，世间千千万万都是你。"

车内空间狭小，她挨他很近。

甚至能听到他微微的叹息声。

"我的整个世界是被你照亮的，你教会我不放弃，爬起来好好生活，教会我爱人和怜悯。

"我从未信仰过什么，可现在，我信仰你，忠于你，爱你。"

他看着她，薄唇轻轻勾起，满腔温柔融了眼底所有的清冷。

"所以，你能不能爱我一次？"

这是他在她面前说过的最长的一段话。

顾知意眼眶烫了下，轻轻眨了下眼，泪珠骤然滑落。她紧紧攥着安全带，撇了下嘴，可下一秒又笑起来。

今晚的南关景色真美啊。

旁边的女子眉眼弯弯，静静地看着他。

半晌后，他听见她说——

"好啊，我也爱你。"

（4）

越野车靠在旁边的小路上。

顾知意瞧了眼外面，周围没有可以吃饭的餐馆。

她扭过头："这——"

脸颊被人捧住，下一刻男人清冷柔和的脸庞靠近，他哑着声音问她："知知，能不能吻你？"

他漆黑的眼里都是她的倒影。

顾知意心跳加快，抿了下唇，下一刻沈俞白骤然再度靠近，温凉的触感碰上她的唇。

她猛地睁大眼睛，甚至连呼吸都忘记了。

周身被沈俞白特有的气息包裹住，顾知意只觉得晕晕乎乎，指尖紧紧攥着衣角，下巴不知何时被人抬起，她被迫承受着他的吻。

男人缓缓睁开眼睛，在极近的距离里，顾知意能看见他眼皮上扬而形成的褶儿，轻浅单薄。

还有漆黑眼眸里的温柔。

一瞬间，整颗心被人丢进温柔之中，暖洋洋的。

沈俞白怕吓着她，压着喘息退后一点距离，指尖穿过她的乌发，再望过去时，那双眼睛被情欲润得明亮，撩人。

他笑开："呼吸。"

嗓音竟然沙哑到极致，像有一串磨砂珠在顾知意耳边厮磨。

她心跳如鼓，鼻尖嗅了下，当真学着他的模样喘息。

下一刻，男人掌心托住她的脖颈轻轻一勾，俯身再度深吻。

恍惚间，她听见他的声音："知知。"

不知道过了多久，顾知意有些缺氧，她抬手推他。男人纹丝不动，扣着她脖颈的手越发用力，另一手不知道什么时候覆上她的腰，将她压过去。

顾知意呜咽两声，他才缓缓睁开眼睛，放开她。

她的薄唇本就娇嫩，被他亲得越发娇艳潮润。

沈俞白抬手拭了下她的唇，嘴角再度勾起。

"生气了？"

他凑近轻轻亲了下她的脸颊："带你吃好吃的，好不好？"

两人到苍蝇小馆的时候已经八点多了，顾知意低头垂眸，拎着包跟在沈俞白后面。

他敲了敲前台，心情似乎很好，冷眸浸了几分温柔："给个包间。"

服务员认识他，指了指里面刚空出来的一个包间："最里头，看看有什么缺的就喊我。"

沈俞白应了声，拽着顾知意的手腕去了包间。

门一关，顾知意猛地抬起头。

红唇越发娇艳欲滴，微微有些肿。

沈俞白轻笑，俯身在她唇边蹭了下："抱歉，没忍住。"

顾知意推开他的手，径直坐到椅子上。

旁边的椅子被拉开，沈俞白挨着她坐下，拉过一副碗筷，起身用热水烫了一遍，这才摆在她面前。

而后又将杯子从里到外涮了一下，倒满水。

推过去时，他的手背贴过杯壁，水温有些高。沈俞白转手把杯子挪到一旁："水有些烫，等下再喝。"

顾知意侧身避开他。

265

哪有人这样？

上来就把人家的嘴巴亲肿。

小馆的上菜速度很快，都是她爱吃的清淡小菜。顾知意是真的饿了，刚拿起筷子，面前就被推过来一杯水。

刚才倒的水已经变温，入口最合适。

沈俞白拿起她的餐盘，趁着她喝水的空，每样都挑了一些，又扯开另一套餐具，消毒烫水，而后又放了一些菜进去。

刚上来的菜热，她吃不了太烫的。

顾知意看着他给自己布菜，心里那股子气慢慢消了。

她慢吞吞地咬了口排骨，望向旁边的人。

"怎么了？"沈俞白又把自己的杯子推过去，余光扫见她看自己，"这杯水的温度也刚好。"

"小白，你是要留在南关，"顾知意咽下嘴里的肉，"对吧？"

沈俞白抬手转动桌盘，将那边的菜转过来，夹了一筷子给她。

"陆局对我有恩。"他缓缓说道。

顾知意点点头，夹了口青菜。

"你呢？"沈俞白看向她。

顾知意盯着盘子里的菜笑了笑："也暂时不能离开西城。主任是我的老师，他对我也有恩。"

一时间，悄无声息。

这顿饭沈俞白几乎没吃几口，一直在给顾知意布菜。

饭菜合口，有人伺候，顾知意一没留神便吃撑了，她握着水杯轻轻叹了口气。

什么时候沈俞白这么会伺候人了？

脑海中忽然闪过什么，她蓦地看向一旁在帮她整理背包的男人，直起腰拍拍他的肩膀，一本正经地喊他："沈俞白。"

男人专注地帮她把手机和耳机整理好放进包里："怎么了？"

"你谈过几次恋爱？"顾知意盯着他。

沈俞白回头看她，漆黑的眼眸将她扫了一遍，神情冷了下来。他抬手把她的椅子拖过去，她整个人几乎被他圈住。

"你谈过几次恋爱？"他反问он。

顾知意眉毛一扬，语气十分诚恳："没谈过。"

下一瞬，男人的断眉微微一扬，他锁住她的视线，声音淡淡："我也没谈过。"

……

手机铃声响起。

沈俞白直起身掏出手机接通。

那边说了什么之后，他回复："马上回去。"

他挂断电话，朝顾知意伸出手牵住她，又自然而然地替她拎起包："我值夜班，你晚上开车回去我不放心。

"所以等下你睡我宿舍，行吗？"

顾知意被他牵着出门，等上了车才后知后觉回过神来："为什么是宿舍？"

车子行驶得飞快。

沈俞白握住她的手吻了下："家里的灯坏了。"

"哦。"

两人回到宿舍，沈俞白飞快地换好衣服，而后抱住她亲了口便快速离开。

顾知意站在原地愣怔会儿，觉得有些恍惚。

短短几个小时，她就谈恋爱了。

她抬手捧住脸，才发觉自己的脸颊一直在发烫。

旁边的单人床上，被子叠得十分整齐，还有一件 T 恤，她没有洗漱用品，正想着怎么办时，手机响了。

是沈俞白打来的。

"抽屉里有新的牙刷，洗漱的话去走廊尽头的淋浴间，"他在开车，耳边是呼呼的风声，"我跟梁珂说了，等下有人来找你。"

顾知意攥紧手机，看了眼床上的衣服。她微微抿起唇："你今天还回来吗？"

沈俞白扫了眼后视镜："不一定。"

说完他挂断电话。

顾知意坐在椅子上发了会儿呆，就听见有人敲门。

她连忙起身去开门。

门外是个女警，见她开门，笑着说道："嫂子，沈队让我来陪你洗漱，怕你不知道地方。"

顾知意道了声谢，连忙拿好东西跟着人出去。

等一切安顿好，她趴在床上跟赵萌萌发微信。

刚发了一条，赵萌萌的视频通话就来了。顾知意翻身坐起来接通，画面一转，赵萌萌先看她周围："小意，你这是在哪里？"

顾知意调转摄像头："沈俞白的宿舍。"

赵萌萌啧啧嘴："怎么在一起的，赶紧从实招来！"

顾知意整个人缩在被子里，鼻息间都是沈俞白的味道，她彻底犯了困："我有些困，明天再跟你讲好不好？"

她回西城要开车，明天早晨要起得很早，这会儿已经有些犯困，只觉得眼皮打架。

赵萌萌知道她做这行累人，也不催她，道了声晚安便挂断视频。

定好闹钟后，顾知意很快睡了过去。

第二天她起得早，快速洗漱完毕后拎着包下楼，刚走到门口就看见昨天那位女警拎着一份早饭朝她跑过来："嫂子，沈队让我给你买的，说等你到了估计也不烫了，让你慢点吃。"

顾知意有些不好意思，道了声谢后拎着一兜早餐去停车场。

女警等人走远后掏出手机发语音："我给你们说，跟沈队谈恋爱能被宠上天。"

267

车门一打开，顾知意愣住。

副驾驶上不知道什么时候多了一个牛皮纸袋子。

她探身过去，发现里面是一堆零食和水果，还有一把钥匙和一张便利贴。

男人的字迹遒劲有力。

——家里的钥匙，给你一把。

还贴心地在钥匙上挂了一个吊坠，顾知意觉得有些眼熟，拿起来看了眼，竟然跟当年的那颗水晶水蜜桃款式一样。

她忍不住笑起来，把钥匙收进包里，启动车子出发。

路上，手机铃声响起。

顾知意按下蓝牙接通，李娅萍的声音传出来："小意，在忙吗？"

"怎么啦，妈？"

电话那头李娅萍捏着一张字条，上面写了一串电话号码："你张姨给你介绍了个对象，说是体制内的单位，人长得又帅又高，要不要抽空去见见？"

顾知意开启转向灯："妈，我没有相亲的想法。而且——"

"没有什么没有？"李娅萍直接打断她的话，"你都什么年龄了，该谈恋爱了！妈知道你工作忙，但也该有个男朋友是吧？"

进入西城的路口有些堵，顾知意转动方向盘走小路："我知道您的意思。"

李娅萍"啧"了声："知道就行。我给你拍个照片，把人家电话给你，你有空了跟人家聊聊。"

"好好好。"顾知意想着先稳住老母亲。

她还不知道怎么跟李娅萍他们说明沈俞白的事。

现在要是说出来，怕是要掀起腥风血雨。

索性先将相亲这事应了下来，等之后回绝人家。

南关。

沈俞白推开宿舍门，所有东西都归位，空气中是她身上特有的香味。

他低头勾唇，发呆笑着。

旁边梁珂路过，往里面瞥了眼，看到他的恋爱酸臭样儿，忽然有点顾影自怜。

"沈队，你那部手机响了。"

沈俞白回过神。

是一条短信。

他轻轻一挑断眉，解锁打开短信：你好，我是顾知意，张姨介绍的，有时间见一面吗？

（5）

沈俞白冷着脸按下回复，而后把手机扔到一旁，拿起一包薄荷饼干塞进嘴里。

梁珂跑进来八卦："老大，你和顾医生是不是老早就认识？"

沈俞白没说话，脸色变得阴沉，黑眸冷冷地盯着那部备用手机。

不知道是谁惹了他，梁珂默默离开。

晚上，沈俞白回到家，把自己扔到沙发上。

放在一旁的手机突然响起。

他微微蹙起眉头，探身捞过手机。

是顾知意打来的视频电话。

他接通后，界面转换，顾知意的面容出现在屏幕中。

她刚洗漱完，发丝还有些湿，面容白皙干净，笑眯眯地对着他。

沈俞白抿了下唇，将心里的烦躁压了压，翻身起来坐直，指尖掐着眉心揉了揉："下班了？"

顾知意抱着抱枕坐在椅子上，嗓音轻柔，带着点撒娇的味道："今天好几台手术，腿都站疼了。"

"去泡泡脚。"男人嗓音压低，比以往多了点性感。

许是不经常视频通话，他并不知道怎么对着镜头，那张脸在视频里放大，那双眼眸又深又沉，直直地望向她。

顾知意被盯得有些不好意思，错开眼看向旁边，冷不丁看到那张写着相亲电话的纸，她立马扔到一旁，看向屏幕里的男人："小白，周六你有空吗？"

视频中，男人断眉一压。

"值班。"

"哦。"顾知意松了口气，莫名有些心虚，"我和萌萌约了出去逛街，晚上你来西城我们一起吃晚饭吧。"

男人笑意未达眼底："行。"

他扫了眼旁边的备用手机，短信界面还在亮着。

上面是他刚收到的消息：那周六见一面吧。

"知知。"沈俞白低声喊她。

顾知意探过身子去看他，灯光温柔，她的脸庞也越发好看。

"怎么了？"

"你有没有事瞒着我？"他凑近，锁住她的视线。

顾知意微微蹙眉，真像是认真思考的模样，然后冲着他摇摇头："没有。"

"行。"

沈俞白抬手将打火机扔到桌上。

打火机材质硬，扔到玻璃台面上发出咣当的声音，在空旷的客厅里显得尤为刺耳。

顾知意也听到了："什么声音？"

男人侧脸清冷，浓而卷翘的睫毛挡住黑眸里的情绪："没什么。早点睡。"

说完他便挂了电话。

顾知意看着结束通话的屏幕，满脸茫然。

她说错话了？

这男人变脸好快。

周六，前一晚值班，顾知意上午便能回去了。对方发了短信来说明餐厅位置，

269

约的是西城的一家西餐厅。她昨晚遇上一场大手术，下台的时候浑身僵硬。

此时她仰着脖子靠在转椅上闭目养神，十分钟后，一睁眼便看见何梅似笑非笑地看着她。

"大姐，被你吓死了。"顾知意又重新闭上眼睛。

何梅嘲笑她："你这黑眼圈也太重了吧，熬了几个通宵啊？"

顾知意举起食指："一个顶仨。

"先走了。"

她直起身拎着听诊器往换衣间走去。

因为黑眼圈的缘故，顾知意特意化了淡妆让自己看起来气色好一些，又随便挑了一条淡蓝色裙子换上便匆匆出门。

对方约的西餐厅是这两年新开的，听说需要预约才行。

她停好车后走了进去。

约定的是 9 号位置，她被服务员领着过去。

相亲对象已经坐在那里，对方背对她。

男人半寸短发，穿着一件黑色 T 恤。

顾知意停下脚步。

她看着这人的背影总觉得有些熟悉。

没瞧见正面，可那股清冷气质越发相像。

仿佛察觉到什么，那人侧眸望过来，目光沉沉的。

顾知意心头猛地一跳。

她抬起手晃了晃，努力营造出惊喜的样子："小白，好巧啊。"

沈俞白的手搭在椅背上，朝对面的位置指了指："和赵萌萌约在这里？"

今天她的妆容格外精致，搭配的裙子也很好看。

看来是精心打扮过。

顾知意慢吞吞地坐到他对面，接过他推过来的水杯，埋头抿了口，声音很轻："嗯，对。"

"她人呢？"男人扬起眉，静静地望着她。

她最怕沈俞白这副样子，明明什么都没说，面上也没什么表情，偏偏给人一种什么都知道的感觉。

相亲这件事她谁都没告诉。

总不至于是他自己查到的。

想到这里，顾知意直起腰，心底的虚意散开些。她又抿了口水，视线随着男人的手移动，看他拎起茉莉花茶又给自己添了半杯，开口道："谁知道她，可能堵车吧。"

"哦。"沈俞白神情散漫，"你们定的位置在哪里？"

顾知意被水呛了下。

不等她回答，沈俞白漫不经心地开口："我约了人在这里吃饭。听说这家餐厅的牛排不错。"

顾知意见他没追问下去，暗暗松了口气，思绪却被他带偏："你约了人？"

沈俞白点点头。

"哦。"顾知意以为他是工作上的事情，便没有继续问下去。

约定时间是十一点半，现在已是十一点二十分，此时她如坐针毡，连茉莉花茶都喝了两杯，那人还一点动静都没有。

反倒是沈俞白十分悠闲，甚至招手喊来服务员点菜。

顾知意看着他把菜单推到自己面前，这下彻底憋不住了。

"小白。"

男人掀起眼皮瞧了她一眼，示意她说下去。

"我其实……"顾知意不自然地清了清嗓子，而后语速飞快地说，"我是来相亲的。"

对面的男人面上没什么表情。

他越是这样，顾知意便越觉得自己像在被审讯，压迫感十足，搞得好像她出轨了一样。

她吓得不敢再往下说。

沈俞白食指敲着桌面，顾知意心里也跟着打鼓，她急忙解释道："我是来拒绝的，真的没有找下家的意思。"

"下家？"沈俞白气笑，"你还想找下家？"

顾知意赶紧摇头："我妈非要我来见一见……"

"顾知意，我这么见不得人吗？"

"不是。"

"那是什么？"他移开眼，视线落在窗外，刚巧一对情侣手挽手走过去。

"我只是还没做好准备和我妈爸说。"顾知意低头轻声说道。

沈家被人上门要债的事至今还会被李娅萍拿出来说，倒没有说过沈俞白的不是，只说好好的孩子被养歪了。

她反驳过，解释过，可惜长辈们的想法根深蒂固。现在要是跟李娅萍坦白他们恋爱的事，估计能爆发世界大战。

她抬起头，抓住他的食指轻轻晃了晃："我保证，等人来了，我肯定拒绝他。"

沈俞白收回视线，反握住她的手，指腹轻轻摩挲她的手背，冷哼："你要是拒绝，那可就单身了。"

沈俞白把手机递给她。

界面显示着两人一来一往的短信聊天记录。

顾知意只瞥了一眼瞬间脸红："沈俞白！"

沈俞白淡淡应了声。

"先点菜。"

顾知意被他搞得没脾气，只能闷头看菜单。

"所以到底怎么回事？"

"张老师给我介绍对象，我从众多照片中选了你的。"

顾知意气笑："谢谢你哦。"

男人一本正经地说："不客气。"

饭后，沈俞白付了钱拉着顾知意的手往外走。

顾知意看他往停车场相反的方向走，不解："去做什么啊？"

沈俞白瞥了她一眼："不是说逛街？"

她穿得这样好看，不去逛街可惜了。

西餐厅不远处就是一条集市街，很多小商小贩聚集在这里，能淘着好东西，但是人很多，得防着小偷。

顾知意很喜欢稀奇古怪的东西，背包被沈俞白背着，她一身轻松地挑得不亦乐乎。

看到一对钥匙扣，她拎起来转身想给沈俞白看，结果他人不见了。

张望两秒钟，她便看见了不远处的男人。

此时他单手撑着一张桌，从桌上横跨过去，一手拎住了一个瘦小男人的后脖颈，他抬膝微微用力一脚，那瘦小男人便瞬间弯腰跪地。

从瘦小男人的外套里掉出一个小布包。

沈俞白拢了拢身上的白色背包，弯腰捡起小布包，拍拍上面的灰尘，递给旁边颤颤巍巍追上来的老奶奶。

瘦小男人连连求饶，说自己是第一次做这种事……

顾知意看着沈俞白处理完，向自己走来。

临街的彩饰挂得一簇一簇，他从那些色彩里走来。

清冷的面容，漆黑的眼眸，却不再像多年前那般，他终于活得有烟火气。

而她的那颗心，再次因为他的小小举动而剧烈跳动起来。

是欢喜的跳动。

沈俞白走到她面前站定，见她走神，微微蹙眉，打了个响指。

"想什么呢？"

顾知意仰起头看他，微微一笑："沈俞白，我发现自己喜欢你比我想象的还要多。"

（6）

沈俞白拍拍她的脑袋，揽着她的腰避开人群，而后从兜里掏出手机。

电话接通，那边不知道说了什么，他看了一眼顾知意，松开她，走到一旁。

他工作电话向来很多。

顾知意知道他工作的保密性，索性继续研究那些小玩意儿。最后她选定那对钥匙扣，想要付钱的时候忽地听到旁边"叮"的一声。

是微信扫码付款声。

她抬起眼睛，与打完电话的沈俞白四目相对。

她弯了眉眼："要回去啦？"

沈俞白点点头，径直从她手里抽走一个钥匙扣系在车钥匙上，而后拥着她的腰回到停车场。

看着她上了车，系好安全带，他弯腰敲了敲车窗。

她将车窗降下。

他抬手探进来，指腹蹭了蹭她的脸颊，轻轻掐了下："晚上如果忙完，我给你打电话。"

"好。"顾知意歪头在他手上蹭了几下，像只乖猫。

他退后几步，朝她挥挥手，便径直走向旁边的黑色吉普车，拉开车门上车。

他开车在前，她跟随在后面，有人开路，她开得很稳当。

直到主路拐弯处，沈俞白的车才下了另一条分岔路。

她一路开车回家，刚停好车，就看见顾青山拎着一兜子菜往这边走来，她推开车门喊了声："顾老师！"

顾青山看见是她，笑着说道："怎么这么早回来了？你妈说你和人出去吃饭去了。"

"对的。"顾知意挽上他的胳膊，主动帮他分担一些菜，父女俩一起进单元门，"人家有事先走了。"

"这样啊。"顾青山拉开门示意她先进去，而后把菜放到厨房，朝在阳台摆弄花的李娅萍喊了一嗓子，又转头看向身后还在换拖鞋的顾知意，"我买了鱼，晚上做鱼给你吃。"

顾知意直接一个爱心举过头顶，然后回到房间换衣服。

李娅萍从阳台提着拖把放进卫生间，又偷偷瞥了眼关上门的次卧，快步走到厨房拐了下顾青山的胳膊，声音压得很低："哎，你闺女回来的时候，提没提今天相亲的事？"

"提什么提？"顾青山把袋子一掀，鲤鱼滑进水槽里，他瞪了一眼旁边站着的人，"哎呀"了声，"说人家有事先走了。"

李娅萍"啧"了声："不是说挺帅挺高，事业单位吗？"

"叫什么名、干什么的，这些你都知道啊？"顾青山没好气地冷哼，"都和你说了，得打探好了底细再说，你倒好，直接把相亲对象的电话号码给小意，就完事了。"

几句话说得李娅萍哑口无言，只默默择菜。

　

最近李娅萍迷上了一个警匪片，天天看得神魂颠倒，吃晚饭时都是一边吃一边看。

顾知意放下筷子，开门见山地说："妈，你以后别再给我安排相亲了。"

"今天那个不行？"李娅萍问。

顾知意拿起水杯喝了口水："不行，呃……行，哎呀！"她站起来拍拍桌子，"我会把自己嫁出去的，你们就别太操心了。"

李娅萍跟着拍了下桌子："你还自己做主呢，但凡你谈一个，我和你爸也不用这么操心！"

顾知意深吸一口气："妈。"

"吃饭。"顾青山敲敲筷子，示意顾知意坐下。

忽地，电视里传来枪声，顾知意吓了一跳。

她吃了口米饭压惊，杏眼转了转，看向顾青山："爸爸。"

顾青山看了她一眼。

"我能不能找个警察？"

"不行。"两口子不约而同道。

顾知意被吓到。

她放下碗，轻声问："我能不能问问，为什么不行？"

李娅萍"啧"了声，指了指电视里枪战的画面，眉头紧紧皱起："你看看，这样的工作，太危险了。"

"对。"顾青山呷了口茶，"一旦出任务你就要跟着提心吊胆的，出点什么意外你真就成了自己一个人了。"

"而且做警察很忙的，你是医生也很忙，"李娅萍摇摇头，"忙都忙一起去了，哪有人顾家？"

两人你一句我一句。

顾知意托着腮有气无力地反驳："你们就不怕我天天手术猝死？"

李娅萍"呸"了声，拍了下她的胳膊："一天到晚胡说八道。"

晚上十点多，顾知意洗漱完躺到床上。

她被爸爸妈妈说得心里烦躁，手指无意识地在手机屏幕上滑动，不自觉翻到沈俞白的手机号码，她想了想，终究没按下去。

这会儿估计还在忙，她要是打电话过去说不定会打扰到他。

顾知意翻了个身，"大"字形躺在床上。

余光里，水晶娃娃被灯光照到，反射出五彩斑斓的光。

她探身过去拿下来，戳戳娃娃的脑袋，撇撇嘴："知道你忙，可是也不能这么忙呀。"

顾青山说警察这份工作有一定危险性之后，顾知意也跟着担心起来……

第二天有个手术，顾知意提前十分钟到了，然后换衣服、消毒。

手里的口罩刚挂上耳朵，她就听见护士在外面喊人，顾知意飞快地戴好口罩拉开门跑了出去。

老远便看见两个穿警服的人跟在担架车后面跑。

平时这种情况也是有的，出车祸，打架斗殴都是警察送来的，她没来得及多想，戴了手套就跟了过去。

顾知意飞快跟进手术室，余光扫了眼被平移到手术台上的人，身子狠狠一顿。

那人穿着警察制服，腹部插着一把水果刀，鲜血把衣服浸透，而他脸色苍白，已经开始出现失血现象。

"小顾！"外科主任喊了她一嗓子，"你干什么呢！"

顾知意猛地回神，立刻快步走进手术室。

刀刃还插在腹部，按照要求进行消毒处理，紧急手术。

外面的"手术中"三个大字再次亮起。

顾知意深吸一口气，转头看向主任，而后开始进行外伤手术工作。

红色显示屏上的时间一分一秒地增加。

手术结束，顾知意率先出了手术间，何梅也跟着出来，和她站在一起刷手："顾医生，你状态不对啊。"

虽然刚才手术时表现很好，但是明显看出格外紧绷。

以往游刃有余的顾医生在手术期间能出现这么严肃的表情，要不是主任还开了句玩笑，她都觉得这小警察救不回来了。

顾知意神经松懈下来，疲意卷上来，她摇摇头："就是有些紧张。"

"你还紧张？"

"毕竟是人民公仆，还是一条人命。"

何梅点点头："刚才来的时候听说是跟歹徒搏斗时受伤的，好在没有戳中要害，不致命。"

顾知意咬住唇没说话。

她刚才看见患者的时候，脑海里一片空白，甚至来不及做出反应愣在原地。

如果有一天，躺在这里的是沈俞白，她该怎么办？

"一旦出任务你就要跟着提心吊胆的，出点什么意外你真就成了自己一个人了。"顾青山的话在耳边反反复复响起。

顾知意轻轻叹了口气，撑起手往外走。

刚到门口就听见电话响，她捞起电话接通，抽了张擦手纸擦手："普外，好的，马上。"

黑色特警车依次驶入停车场。

沈俞白按住后脖颈活动活动颈椎，拆开防弹衣，往楼上走去。

高挺鼻梁上贴着一个创可贴，下巴处胡楂冒头，眼底有几分疲倦，他抬手撕掉创可贴，露出一道伤疤，才止住血，这会儿是条"红杠"。

梁珂在他后面下车，朝着往楼上走的身影喊道："老大，去干吗？"

"汇报工作。"男人头也没回，卸了一身清冷狠戾，周身慵懒。

"晚上要不要一起去喝一杯？"

沈俞白摆摆手："有约。"

望着已经进大厅的人，梁珂啧啧嘴："有对象了不起啊。"

沈俞白做完报告后回到宿舍，冲了个澡，而后捞起电话，给顾知意打电话。

响了好几声都没人接。

他擦了擦头发，半晌后拿起外套往外走去。

急诊的手术比较急，而且有些复杂，顾知意结束的时候已经是下午，她打了下班卡便往外走。

早晨上班的时候她穿了一身休闲装，头发凌乱地披散在肩头，这会儿整个人的疲惫之态更是藏不住，出门时哈欠连天的。

医院门口长椅上坐着一人，旁边放着两杯奶茶和几块甜点，长腿交叠。

许是气质太过特殊，路过的人忍不住回头看他。

男人无动于衷，手肘撑在椅背上，修长素白的手指抵住额头，漫不经心地望着从大厅里出来的人。

直到看见一抹熟悉的身影。

他的黑眸慢慢聚焦，视线落在她身上。那么小的一个人，站在高处，仿佛周身有光，一瞬间便将他吸引住。

顾知意也看见他。

她抿着唇笑起来，飞快跑到他面前，还有些微微喘气："你怎么来了？"

沈俞白直起身，抬手将她脸颊上的碎发挽到耳后，指尖轻轻用力，抬起她的下巴。

他看了会儿，倾身过去，覆上那层柔软，轻轻一咬。

顾知意手指下意识卷起，紧紧攥着他的衣角。

恍惚间，听到他说："知知，我想你了。

"很想很想。"

（7）

顾知意忽地想起什么，抬手轻轻推开沈俞白，退出他的怀抱，然后动手去掀他的衣服。

沈俞白捏住她的手腕，有些无奈："做什么？"

"我看看你还伤着哪里了。"顾知意抬头扫了眼他鼻梁上的伤痕，又埋下头看他手臂和手指，试图想掀开衣服看看。

"没有。"沈俞白轻笑。

"不过你再掀，就要出事了。"

顾知意见他还有心情跟自己开玩笑，松了口气，顺手拿起旁边的奶茶，是她喜欢的口味。

男人从她手里拿走奶茶，插上吸管，又放回她手里，漫不经心地开口说道："明天什么班？"

"正常班。"顾知意吸了口奶茶，甜度刚好，她又喝了口，眯着眼睛觉得自己已经满血复活了。

沈俞白点点头，看眼手机时间，低声开口："我今天晚上还有报告要写，等下要赶回去。"

顾知意"啊"了声："那你来干吗？"

"来看看你。"

看她一眼，便觉得放心了。

两人一前一后开车到顾知意小区楼下，她下了自己的车爬上沈俞白的车，从旁边收纳箱里熟练地捞出来一个橙子，笑嘻嘻地望着沈俞白。

"哪里来的橙子？"顾知意握着橙子把玩。

她上次提过他车上连样解渴的水果都没有，没想到这次竟然就有了。

沈俞白没应话，俯身过去，擦着她的脸颊吻了下，而后抬手将她的座椅靠背调整到舒适的角度。

顾知意只觉得脸颊有些烫，她低头剥橙子，而后举起手塞给沈俞白。

男人微微探身过去咬住，还没塞进嘴里，顾知意便整个身子直接趴在他的腿上，手使劲拍他，低声道："我爸妈！"

沈俞白叼着一瓣橙子愣了下，掀起眼眸看向前面。

单元门被推开，李娅萍和顾青山拎着垃圾袋站在门口，似乎是看见什么，顾青山推了推眼镜眯着眼看向沈俞白的车。

顾知意拼命压低自己的身体，歪着头看沈俞白，声音压得极低，几乎是气音："走了没？"

沈俞白深吸一口气，吃完橙子，手指搭在方向盘上敲了敲："还没。"

那两口子不知道是不是看见了什么，站在门口一个劲儿看沈俞白的车。

李娅萍想要上前，被顾青山拽了下。

"完了完了，肯定看见我了。"顾知意捶了下垫在自己身下的腿。

大腿肌肉瞬间紧绷。

明显感觉到肌肉越发紧绷，连带着腹部的肌肉都是，换言之，沈俞白整个人都很僵硬。

顾知意伸出手指戳了下，肌肉瞬间更紧绷。

她玩得不亦乐乎，不停在沈俞白大腿上戳来戳去。

男人压低眉毛，撑着手叹了口气，嗓音低沉沙哑："别闹了，乖。"

"我快要被你笑死了。"顾知意侧头趴在他的腿上，轻轻笑出声，"太有意思了。"

沈俞白拨开她的手，轻轻握在掌心把玩着，语气不自觉哄着："别闹。"

"哇！"顾知意觉得他的声音好有磁性。

她接着戳了戳："你再说一声。"

台阶上两人终于走了，沈俞白抿了下唇，低头看向趴在自己腿上的人儿，黑眸瞬间温柔。

"说什么？"

"就刚刚那两个字。"

"别闹。"嗓音越发低沉沙哑，有一丝丝别样情绪。

顾知意心满意足地准备抬起头。

下一秒脑袋被人按住，她有些慌，立刻规规矩矩趴好："怎么了？"

沈俞白瞥眼外面，淡淡开口："还没走。"

顾知意只好继续趴下。她有些无聊，轻声说道："我爸妈在干吗，为什么一直不走？"

"知知。"头顶上响起男人的声音。

"嗯？"她没抬头，还沉浸在刚才的思绪里。

"我就那么见不得你爸妈？"

"不是。"她脱口而出，"是我怕他们不接受你。"

沈俞白抬起她的脸示意她坐起来。

男人神情如常，顾知意看向外面，门口早已没有人影，她松了口气，勾住他的手握住，解释道："这事是——"

"我知道。"沈俞白笑了下，半垂下眼眸，打断她的话，"我真的知道。"

顾知意鼻尖一酸，她反握住沈俞白的手，轻声道："沈俞白，你相信我。"

沈俞白抬手摸上她的脑袋，凑过去吻住："好，我信你。"

他与她抵住额头，轻声说道："时间不早了，我先回去了。"

顾知意点点头，推门下车，朝他摆摆手后先一步回了家。

沈俞白在车里坐了会儿，而后启动车子。

黑色吉普车并没有驶向南关方向，而是向西城医院的方向开去。

车子在停车场停下，男人推门下车，插着手慢吞吞往住院部走去，住院部主楼是老楼，台阶多，他两步并作一步，没用多久便上了台阶。

他直奔护士站，低声问道："请问沈堂庆是哪个病房？"

小护士看了他一眼："你是他什么人？"她低头查。

"家属。"

"尽头那间。"小护士探身指了指走廊。

沈俞白走到尽头房间，径直推门进去，病床上沈堂庆跷着二郎腿在手机上玩斗地主，哪里像个病人。

他站定，歪了下头，静静地看着沈堂庆。

沈堂庆冷不丁抬眼就看见眼前人，吓了一跳，连忙收起手机坐起来，好久没说话嗓子有些哑："你怎么来了？"

"你让她给你垫了多少钱？"漆黑眼眸慢慢冷戾，沈俞白开门见山地问。

沈堂庆被他的眼神吓到，飞快地别开眼："你说什么呢，我听不懂。"

"行。"沈俞白抽出手弯腰拎起凳子在他面前坐下，臂肘撑在旁边桌上，目光扫过他的胳膊，漫不经心地开口，"我知道你的胳膊是怎么回事，赌玉石嘛。"

他嗓音很轻，压低了讲话对面床的人都听不见，只瞧得见坐在病床上的沈堂庆脸色蓦然变了。

沈俞白冷冷掀起唇角。

"该出院了吧。"他来的时候瞥了眼日历，从进医院开始，到现在，按照恢复程度，沈堂庆可以出院了。

这么多年，他忘记了当年在旧巷的少年早已褪去满身肮脏，成为一个男人。

而他在慢慢变老，体力不胜从前。

沈俞白依旧撑着手没动，甚至声音也没任何变化："我已经给你办理了出院手续，走吧。"

沈堂庆知道自己拧不过他，默默爬起来收拾东西。

沈俞白走到护士站，问："请问沈堂庆今天可以办理出院吗？"

小护士忙点头，飞快地把缴费单打印好递过去："他的药钱都是顾医生给垫付的，您要是认识的话，跟顾医生说声吧。"

"好，谢谢。"他拿走缴费单去一楼办理出院。

等出院手续办完后，沈俞白坐在大厅长椅上给顾知意转了一笔钱。

那头的"正在输入中"闪现出好几次，终究什么也没发，那笔转账静静地躺在对话框里。

沈俞白没较真，他收起手机站起身，冷眸瞥向出口方向，沈堂庆不情不愿地从电梯里走出来。

他架起他的胳膊，快步往外走去，而后打开车门把人塞了进去。

沈堂庆歪了下身子，胳膊碰到靠垫，疼得咧了下嘴。

前面沈俞白拉开车门上车，他没着急启动车子，反而侧身看向身后的人。

"你和顾知意说过什么？"

沈堂庆瞥了他一眼："说你为了她跑去上学，跑去做特警。"

沈俞白勾起唇。

"俞白，"沈堂庆叹了口气，看着他的背影开口，"顾家那个门不好迈，你要想当他家女婿，得看看咱家什么条件，你什么条件。"

"我这两天听说了，他们医院有个出国交流的医生一直在追她，而且家庭条件很好，人也不错。"

"你能和他比吗？"

沈俞白终于冷了神情，他转过头盯着沈堂庆的眼睛，一字一句地说："那你说，我应该怪别人吗？"

沈堂庆以为他听进去了："爸是做得不对，但是就算咱家做生意，也不可能有顾家那些钱的。"

"呵。"男人低头冷笑一声，而后启动车子离开停车场。

初秋的风已经有些凉，他开着窗户，凉风窜进来扫过他的胳膊，沈俞白向来不是那么畏冷的人，却在这一刻冷得浑身起鸡皮疙瘩。

"顾家有没有钱跟我没关系。"

风把他的话吹散，到沈堂庆耳朵里时，已经破碎不堪。

余光里扫到那半边没有吃完的橙子，沈俞白拿起来咬了口，比顾知意喂的酸，他勾了勾唇："我只是想要这个人。"

他只想要她。

旧巷里的光，哪里都有，而他只有她。

所以哪怕再难，他也要拼了命去试试。

第 ∞ 章

我们结婚吧

（1）

顾青山和李娅萍在超市买完菜后回到家，刚推开门就看见顾知意包着干发帽，抱着一碗水果，乖乖地坐在沙发上看剧。

李娅萍看了眼顾青山，扬起下巴："小意，你今天什么时候回来的？"

顾知意咬了一块苹果转头看向他们，神情无辜："刚回来不久啊。"

"是吗？"顾青山眼镜后的那双眼睛紧紧盯着她，"下午我和你妈去买菜，好像看见你了。"

"在哪里看见我的？"顾知意又啃了口苹果，努力装出一副好奇的样子，只是扣住盘子的指尖微微用力。

顾青山走进厨房开始择菜，讲话声音也不小，从厨房钻进顾知意的耳朵里："你妈说你在一个男人车上。"

顾知意咽了口口水，清清嗓子，声音不自觉比他的更大："是吗？那爸妈你们要不要高兴一下，毕竟那说明我谈恋爱了啊！"

李娅萍冷哼一声："我跟你说小意，看人要看准，不要遇见追你的就疯狂心动，然后就跟人家跑了。"

顾知意想了想，但是真的好难不心动啊。

第二天是轮休日，顾知意想着去找沈俞白，便和赵萌萌约了吃饭。

两人选的餐厅楼下有一家家居百货店，橱窗里摆着一个大的娃娃熊，顾知意瞬间就走不动路了。

赵萌萌挽着她的胳膊往前拽："我说小意，咱们能不能先去吃饭，然后再来逛街？"

顾知意恋恋不舍，道："我只是觉得那个熊放在沈俞白的客厅沙发上应该挺好看。"

"啧。"赵萌萌忍不住撇撇嘴，"沈俞白是祖上烧了高香才有你这样一个死心塌地的女朋友。"

"哦，那你呢？"顾知意挑了下眉，戳戳她的腰，"你和那位怎么样啦？"

赵萌萌冷哼："什么怎么样，就那样呗。"

顾知意一副看破不说破的表情，选定位置坐下："李海虽说已经退伍，但是他的就业单位还是不错的。"

"别提行吗！"赵萌萌气鼓鼓地翻开菜单，喊来服务员点菜。

昨天晚上沈俞白回去后两人便没有再联系，只是早晨的时候发了微信说今天有会，便再无消息。

顾知意："等下你陪我去买点东西吧。"

上回去沈俞白那里，冷清得不像个家。

楼下的家居店刚开业，里面的东西还算好看，顾知意办了张会员卡，从厨房抹布到花瓶摆件，大包小包地拎了两袋子出门。

赵萌萌奋力把东西塞到后备厢，无奈地摇摇头："顾知意，你这要是跟沈俞白结了婚，怕不是要把人家整个店都买下来。"

顾知意拍了她一下，干脆带着她去了沈俞白的公寓。

房间的窗帘没有拉开，黑色遮光帘将窗外的光遮住，卧室和客厅黯淡无光，明明没到冬天，却觉得房间里有几分冷。

赵萌萌在她身后环视一周，忍不住咋舌："这是家吧？"

顾知意径直走到窗前将窗帘全部拉开。

阳光瞬间充满整个屋子。

光柱里细小颗粒在空中飞舞着，新鲜空气涌入，房间里瞬间温暖许多。

她把空气清新剂摆放在冰箱上，而后招呼赵萌萌帮忙换床单。

客厅的沙发罩被换成米白色，茶几和餐桌配上好看的桌布，还有两瓶雏菊。

顾知意又把冰箱贴放在冰箱上，叉着腰扫了一圈，这才觉得公寓里有些温馨的感觉。

收拾途中赵萌萌临时有个紧急会议要开先离开了。

冰箱里还有些菜，顾知意抿着唇把自己会做的菜一股脑都拿了出来，而后放在菜板上，她盯着菜看了会儿，默默打开"下厨房"软件。

按照步骤，她戴好围裙洗好菜，而后切菜。

沈俞白的冰箱里有虾和青菜，顾知意拿着刀很顺利地划开虾的背部，然后去掉虾线。

她又扫了眼步骤。

起锅烧油。

这步有些难。

顾知意打开油烟机，往锅里倒了一些油，目视和视频里的一样多，而后她抱着铲子等着油开，不一会儿油烟便开始往外冒，顾知意把手缩进袖子里，而后伸长胳膊拿着铲子准备倒蒜片。

天晓得做饭多难。

忽地，一只手从她身后伸出，握住她的手将铲子拿走。

顾知意吓了一跳，下意识往后退去，却撞上男人坚硬的胸膛，她仰起头看去，沈俞白下巴线条凌厉，薄唇半抿着，眼神专注地看向锅里。

下一瞬她被拽到男人身后。

油星溅起时，她在男人宽阔挺拔的背后。

281

心好像被人轻轻敲了下。

"咚"的一声。

沈俞白熟练地将虾放进锅里，翻炒加调料，然后拿盘盛出放在餐桌上。

他身上还穿着黑色短袖，半垂着眼快速刷锅，炒青菜。

短短几分钟青菜也出锅了。

顾知意站在一旁愣怔几秒，又看了眼桌上热气腾腾的菜，忍不住笑出声。

"笑什么？"许是长时间没说话，他的嗓音有几分暗哑。

"明明是想给你做饭的。"顾知意手撑在椅背上，笑盈盈地望着他，而后展开双臂想要去拥抱他。

沈俞白微微勾唇，在她靠过来时抬手按住她的脑袋，柔声道："身上脏，我先去洗个澡。"

顾知意背着手站定，想了下，她朝他钩手。

男人微微附身，黑眸同她平视。

清冷的眸光浸着几分柔。

她的心不由自主多跳两下，而后凑过去在他唇上亲了下，笑眯眯地让出路："沈队，快去快回啊。"

沈俞白顿了下，只觉得胸口发烫。

他眼神暗下几分，侧身快步走到卫生间冲澡。

出来时顾知意已经分好碗筷，见他出来连忙招招手。

夜幕降临，客厅柔光点点，新的沙发套，温柔的花朵，好看的桌布，像是一针强心剂猝不及防扎进他的心脏。

沈俞白心跳太快，几乎要跳出胸膛。

他走到顾知意身边，抬起她的下巴，在她明亮璀璨的眸光里吻了下去。

"知知。

"谢谢你。"

顾知意抵住他的胸膛微微喘息，听到他的话笑了起来。

"所以能不能先吃饭？"她可怜兮兮地望着他。

沈俞白神情温柔，挨着她坐下，把盘子里的半数虾剥好壳放进她的碗里，而后又给她盛了一点米饭。

顾知意被他喂得有些撑，捂着肚子懒洋洋地躺在沙发上不愿意动弹。

结果下一秒沈俞白就拿着外套拽着她出门散步。

晚上凉风吹过，顾知意依偎在沈俞白旁边，忽地想起什么，她仰起头轻声问道："小白，这么多年你想过找我吗？"

沈俞白抬手将她的外套拉链拉到顶端，手臂在她腰间收紧，将她揽向自己："找过。"

"真的吗？"顾知意有些惊讶。

明明除了大学那次，就再没有见过他。

沈俞白点点头，嗓音低沉轻柔："我去找过你。"

可惜她当时在和郑书庭吃饭。

去的路上，他想过，只要看一眼就好，可真当看见了，又觉得心脏那个位置疼得要命，是一种几乎喘不上气的疼。

"那你怎么不跟我说啊？"顾知意皱起眉头，有些难过。

沈俞白吻了下她的额头，轻声道："出任务，顺便去的。"

"那你呢？"他揽着她接着往前走，夜晚寂静，只听得见风吹过树叶的声响，还有他们的低语交谈，"有想过找我吗？"

顾知意瞪了他一眼，似乎不解气，又在他腰间轻轻掐了一下："找过啊，可是谁都没有你的联系方式，我找不到你。"

沈俞白任凭她掐，声音越发低沉："现在找到了。"

"是。"顾知意眼眶一烫，咬着唇声音很轻，"终于找到了。"

她真的想了好久，就连去南关实习都是想着万一哪天能遇到呢。

可惜那么久的时间里，她真的一次都没有遇见他。

"知知，如果，我是说如果，"沈俞白笑了下，"如果你找不到我，会和郑书庭在一起吗？"

顾知意眨了眨眼睛，一本正经的模样："那真不一定哦。"

沈俞白瞥了她一眼，冷笑几声："你还真敢说。"

"当然。"

"还敢说。"

"沈队，做人要大度，你没拥有的，还不准别人……啊啊啊！"她话还没说完，挽着男人胳膊的手被往上一提，顾知意身子一晃，她尖叫一声，整个人已经被沈俞白背在身上。

男人背着她转了好几圈，速度飞快，她被晃得头晕，连连求饶。

沈俞白停下，慢慢托着她往前走，语气有些不稳："还要我大度吗？"

顾知意手臂锁住他的脖颈，微微一提："当然要！"

下一瞬她被人放下，还没等她回神，沈俞白已经单手抱起她，她吓得不轻，又觉得好玩，搂着他的脖颈看向他。

男人眉目清冷，可眼底的宠溺清晰可见，望向她的时候仿佛长河细流，满眸璀璨。

（2）

顾知意没在沈俞白那里过夜，她第二天早班，沈俞白怕她起不来便开着她的车把她送了回去。

路上顾知意便有些困意，她撑着脸歪在一旁，只觉得打了个盹便到了。

晚上下班时，顾知意接到沈俞白的视频通话，屏幕那头看背景像是坐在办公室里，她没敢大声说话，只是问他吃饭没。

沈俞白喘了口气，抬手解开上面系着的扣子，衬衫领口微开，露出些许锁骨，他掀起唇角："还没吃，等下和梁珂出去。"

顾知意点点头，趴在床上，细嫩白皙的小腿在半空中乱晃："那你好好吃饭。"

"知知，你喜欢什么样户型的房子？"沈俞白瞥了眼手边的楼盘宣传图，

283

淡淡开口问她。

沈俞白现在住的公寓是租的，顾知意也是最近才知道的。

但是她没想过会被沈俞白问房子的事，顾知意咬着唇想了想："有个阳台，阳光充足，很温馨的那种就足够了。"

说完她抬头看向男人，轻轻咬住唇："怎么了？"

他凑近屏幕，撑着脸，黑眸深邃温柔："知知，你明天有空吗？"

知道了他的言下之意，顾知意看了眼排班，明天下午是休息的。她点点头："我下午休息。"

"好，"沈俞白站起身，"我明天去接你。"

挂了电话，顾知意在床上抱着被子滚了两圈，起身跑到客厅去。

李娅萍和顾青山在追剧，电视屏幕里，警察正在解救人质，动作流畅帅气，李娅萍看得入迷，手指紧紧抓着顾青山的胳膊。

顾知意盘腿坐在沙发上，笑眯眯地望着两人："爸妈，我有件事想问一下。"

顾青山推了下眼镜，慢慢转头看向她。

"你们觉得，如果我的男朋友有房有车有正经工作，是不是挺好的？"她轻声开口，"然后对我好，也疼我宠我。"

话音还没落，李娅萍已经挑了下眉，她转过身来朝着顾知意："你就说吧，是不是上次那辆黑车？"

顾知意抿了下唇，深吸一口气快速说道："那个，你们认识。"

"认识？"顾青山摘下眼镜，眼角堆起褶子，瞬间满脸笑意，"是小郑吗？"

顾知意噎住。

还没等她开口，李娅萍开心地拍了下大腿，"哎哟"了声："要是小郑的话，那我们一百个放心。"

"这孩子家庭条件和各方面都知根知底，他妈妈当初就吵着说要做亲家，没想到真的做了！"

"妈妈妈……"顾知意抬手制止住她，艰难开口，"不是他。"

李娅萍手停在半空中，客厅里十分安静。

一种诡异感蔓延开来。

顾知意清了清嗓子，换了个姿势："我在南关的高中同学。"

顾青山抬手把电视关掉，脑海中闪过一个少年清冷的脸庞，他沉声问道："你哪个同学？"

"就那个之前住对门的。"小腹不知怎么开始疼起来，她又换了个姿势，半卧在沙发上，轻轻叹了口气，"沈家的。"

这话一出，客厅里寂静无声。

片刻后，顾青山清了清嗓子："是哪个沈……"

"沈俞白。"顾知意抿了下唇，她觉得有些难受便翻身站起来，"我肚子有些疼，这事我们延后讨论好吗？"

李娅萍"哎"了声："你怎么了？"

顾知意已经有些困倦："来例假了吧。"说完起身回到房间。

她有些不敢看两人的反应，但又觉得不早点说会有些愧疚感，索性就破罐子破摔地说了。

客厅里，顾青山和李娅萍两两相望，同时想到当初对门沈家那个少年。

身上总是挂着伤，看起来清冷阴郁，实在是难以想象他现在是什么样。

"小意刚才说，有房有车有正经工作，对吧？"李娅萍扭头看自家老公。

顾青山向后一仰，没说话。

早晨交接班时顾知意站在后排打哈欠，何梅捅了她胳膊一下，轻声问道："怎么了，昨天去偷别人家了？"

顾知意有气无力地揉了揉肚子："总觉得不太舒服。"

"来'亲戚'了？"

"也没吧。"

距离上次也才过去没多久。

上面主任讲完后便各自回到工作岗位，顾知意手里有两台手术，她用冷水冲了把脸，而后换好衣服去手术间。

第一台手术结束已经是两个小时后，她坐在门口喘了会儿气。

下一场手术紧接着来了。

等二台普外手术做完已经是十二点半，顾知意的手腕有些酸痛，浑身上下透着几分难受，她摘了口罩坐在外面长廊上休息。

同事经过拍拍她的肩膀，她摆摆手示意没事，可腹部的疼痛越来越强，像有什么东西在绞着。

顾知意意识到不太对劲，咬着牙站起来，朝路过的护士伸出手，下一瞬眼前一黑，倒在了地上。

失去意识前，顾知意似乎听见有人在喊她，眼前有人影在晃动。

知道自己被人看见了，她便松了口气，彻底晕了过去。

等她再次醒来的时候，睁开眼便是刺眼的灯光。

顾知意歪了歪头，就看见郑书庭和主任都在旁边坐着，她嗓子像是被火烤过一般，干得有些疼，鼻子里插了氧气管。

顾知意皱了眉，抬手拆掉氧气管："学长。"

几乎是气音。

听到动静，郑书庭转过身来，走到她面前俯下身，镜框后的眼眸透着担心，语气倒是温柔的："你真是命大。"

顾知意扯了下嘴角："我怎么了？"

"黄体酮破裂导致出血。"郑书庭叹了口气，又看了眼吊瓶进度，拽过凳子坐到床旁，"要不是护士发现你，这会儿你可能就一命呜呼了。"

身后主任也笑着调侃道："是不是给你安排的活多了？是不是想算工伤啊？"

顾知意轻笑，撑着手坐起来，委屈巴巴地瞧着外科大佬："主任，这必须算工伤。"

两人一看她还有力气说笑便都松了口气，乐呵呵地笑起来。

忽然，顾知意想起跟沈俞白约好的时间。

她忙探身抓起桌上的手机解锁，没有任何未读消息和未接来电，她又瞥了眼时间，好在不到两点，距离沈俞白来还有段时间。

顾知意松了口气，肩膀微微松弛下去，整个人半窝在病床上，脸色苍白又憔悴。

看着她这一系列举动，郑书庭推了下眼镜，抿了下唇，说："小意，沈俞白来过了。"

顾知意猛地抬起头看向他。

"学长，你这话什么意思？"她看向门口，并没有看到熟悉的身影。

郑书庭冷哼一声："我抱你进急诊的时候，他刚好也来了。"

抢救室的门关闭那一瞬间，他回眸看向男人。

沈俞白手里还拎着一杯奶茶和一块甜品，垂在裤腿缝隙的那只手紧紧攥成拳头，神情冷若冰霜。

只是看向他的时候，黑眸里多了一丝不一样的东西。

他没反应过来。

直到他转回头看到急救床上躺着的人的那一瞬间才明白。

是恳求。

沈俞白恳求他去救顾知意。

郑书庭把水杯递给顾知意："你放心，他没走。"

他清楚地记得急诊门打开时，男人冲上来看向顾知意，那副神情是他没见过的，那样心疼无措，脸色差到极致，唇色苍白。

听到顾知意没什么事，沈俞白才松了口气，他撑着墙喘了口气，而后掀起眼皮看向郑书庭。

郑书庭在他面前站定，冷冷开口："你看见了吗，她如果真的有什么事，你什么也帮不了。"

"你唯一能做的就是等。"

他以为沈俞白会冷言相对，反驳回来。没想到男人哑着嗓子开口，语气低沉："你说得对。"

郑书庭愣怔一下，而后离开。

顾知意解锁手机拨通号码。

铃声响了几秒便被人接通，她轻声喊他："小白。"

电话那头男人低声应下。

"我没事的。"她放柔声音，安慰他。

男人轻笑一声："我知道的。"

"你再休息会儿，我去给你买粥。"

顾知意喊住他："你别走太远，我等你回来。"

"好。"

挂断电话，沈俞白转身往楼下走去。

就在这时，电梯门打开，李娅萍和顾青山从外面急匆匆跑进来。

他站在原地顿住，看着两人从他面前跑进病房，不一会儿病房里便传出来李娅萍的声音，带着几分哭腔。

沈俞白买了粥回来，没有直接进入病房，只沿着墙边站住，手插在兜里紧紧攥着手机，半垂着眼眸看地面。

长廊里人来人往，患者和医护，疼痛呻吟声和哭闹声，统统钻进耳朵里，他不想听也要听，哪怕他浑身冰冷，头痛欲裂。

不知过了多久，顾青山从里面出来，许是顾知意睡了，他关门时小心翼翼的。

"伯父。"旁边传来男人清冽低沉的声音。

顾青山顿了下，转头看向男人。

长廊里日光不足，男人隐在黑暗中，一身黑衣，挺拔笔直地站在那里，气质清冷独特。

顾青山看不清那人长相，眯着眼睛凑近几分，直到对上那双黑眸。

顾青山愣怔住。

忽地想起很多年前，他们从南关搬走时，少年的目光，还有他问他的那句话。

那是他主动说的唯一一句话。

而现在，他主动跟他说了第二句话。

他问："我能进去看看她吗？"

（3）

顾青山背在身后的手慢慢握成拳头，他叹了口气，侧开身让出路。

沈俞白上前一步，抿着唇弯腰朝他微微颔首，而后走到门口，修长的手指握住门把手，却顿在那里。

他转头看过去。

顾青山拎着暖壶朝打水房去。

逆着光，他的背有些佝偻，不似印象里的那样挺拔。

沈俞白慢慢推开门，朝里走了一步，病床上的人闭着眼眸静静躺在那里，乌黑的头发散在雪白的床单上。

她穿着蓝白条纹的病号服，露了一截纤细的手腕在外面，手背上还有针，吊瓶里的液体一滴一滴地砸向管壁，顺着透明输液管汇入她的血液里。

沈俞白心口猛地一痛。

李娅萍听见动静转过身来，有些疑惑地将他打量一遍，轻声询问道："请问你是？"

顾知意睡得不沉，听见声音慢慢睁开眼睛，看见沈俞白顿时笑起来，眨了眨眼睛："你回来了。"

"嗯。"沈俞白把手里的粥递过去，低声道，"阿姨，我帮知……

"帮顾知意买的粥。"

"哦哦哦。"李娅萍接了过去，她又看了眼沈俞白，总觉得有些熟悉。

男人眉宇清冷，尤其是那双黑眸，沉着深邃。

李娅萍把粥放在桌上，余光里看见顾知意的表情，一副小女儿作娇姿态，李娅萍身子一顿，想到昨天晚上的对话。

顾知意见他过来很开心，手撑着床想要坐起来。

287

沈俞白快步过去轻轻按住她的肩膀，制止住她："躺好。"

"好。"她也不挣扎，任凭他帮自己拿枕头垫后背，笑眯眯地望向沈俞白。

"是小沈是吧？"李娅萍接过话去问道。

沈俞白点点头。

李娅萍瞥了眼顾知意，忽略掉自家女儿拼命地使眼色："当年我们两家做过邻居，一别这么多年，没想到你又长高了，都认不出来了。"

"是。"沈俞白轻声应下，侧身轻轻扯掉顾知意拽他袖子的手。

"你和小意是不是在一起了？"李娅萍开门见山直接问出。

沈俞白侧头看向顾知意，微微抿住唇。

还没等他开口，顾知意视线被他口袋里突出的东西吸引住，探身拿了过去。

是个红色丝绒盒子，看起来有些平平无奇，更像是个首饰盒。

她心头一跳，慢慢解开盒子上缠绕的红线。

在看清里面的东西后，顾知意眼眶慢慢红了，撑着手执意要坐起来，泪滴顺着眼角滑落。

她仰头看向沈俞白，笑了下，而后抬手拭了下眼角。

蓝白袖口被泪水浸湿一小块，可紧接着一滴一滴泪水溅落下来打湿被子。

顾知意轻笑，举起手里的东西看向面对自己的男人，眼眸闪亮，嗓音轻柔："什么时候得到的？"

她还以为是求婚戒指呢。

沈俞白俯身抬起她的下巴，轻轻替她擦去眼泪。

"之前破案得的。"他说得轻描淡写，仿佛那只是一件风轻云淡的事情。

眼泪滚落得越来越多，顾知意咬着唇推了他一下，沈俞白没防备，被她推到一旁。

顾知意把东西举起来给李娅萍看，哭着说道："妈，你看。"

金色耀眼的勋章在红色绒布里闪着点点亮光。

她垂下手，艰难地勾起唇，飞快地瞥了眼旁边的男人，眼眸里多了丝责怪，更多的是心疼："妈，你知道这是他怎么得来的吗？

"那次破获'南关4·10大案'，他也参与了，还拿到了二等功，"顾知意看向沈俞白，"这是他丢了半条命换来的。"

这样的功绩是他用命换来的，现在他却打算把这枚勋章送给她。

顾知意只觉得心脏绞在一起，疼得她几乎要喘不上气来，她攥着床单，忍着哭腔说道："妈，你信他真的变好了。"她飞快地摇摇头，泪滴顺着脸颊滑下，"不对，他从来没有变坏过，他一直都很好，是这个世界上最好最好的人。"

李娅萍有些惊讶。

那场大案一度成为他们茶余饭后的讨论话题，人人都叹息逝去的英雄，唾骂痛恨那些犯罪分子。

她没想到曾经的少年也参与其中。

他不是邪恶那一方的，而是正义的一方。

李娅萍张了张嘴，愣愣地看向沈俞白，他早已褪去稚嫩，如今稳重沉静，气质越发出众。

半晌，她深吸一口气，轻声道："你们聊吧，我出去打点水。"说完她便快步走了出去。

沈俞白看着病床上哭得上气不接下气的人儿，叹了口气，坐在床边探身拥抱住她，轻轻拍打着她的后背，低声道："都很久的事了，早就过去了。"

顾知意抓着他的衣服呜咽："我也不……不想的。但是……但是这时候可能激素波动比较大吧。"

男人被她逗笑，耐着心一下一下地拍打着她的后背，让她趴在自己身上，又担心她哭得太狠伤身体，只能变着花样哄："我给你买了你喜欢喝的粥，等会儿尝一尝。"

怀里的人摇摇头。

他继续哄："我有赵萌萌和李海的消息，你要不要听？"

这种八卦一出，顾知意立马转移注意力，她从男人怀里退出来，仰着脸蛋儿让他替自己擦泪："要听的。"

"那先喝点水。"沈俞白轻笑，替她拿来水杯，放好吸管送到嘴边。

病房外长椅上，顾青山皱着眉头听完李娅萍的话，拍了拍大腿，重重地叹了口气。

不一会儿病房门打开，沈俞白从里面出来，他轻轻带上门，朝两人点点头："叔叔阿姨，她睡了，我就先走了。"

顾青山站起来背着手打量他一番，抬起手示意他过来。

"你来，我有话问你。"

沈俞白跟在他身后慢慢走到外面的长廊上，半垂在裤缝两侧的拳头慢慢攥紧。

"俞白，你父亲怎么样了？"顾青山背着手站在窗前，沉声问道。

"还好。"

顾青山回头看向沈俞白，他半垂着眼站在自己面前，没瞧着多拘谨，背挺得笔直。

"还赌吗？"

"我不会让他赌的。"

"俞白，你也知道小意的脾气，我就这么一个女儿，她认死理，觉得你是她的良人，"顾青山苦笑着摇摇头，"但是作为一个父亲，我必须为她的未来考虑。

"我的女儿，我不能让她后半辈子跟着你吃苦受罪，她选择医生这个行业我已经很心疼了，总不能后半辈子再让我心疼。"

沈俞白点点头，嗓音低沉："我能理解的。"

顾青山叹了口气："不过，你什么时候开始喜欢她的？"

"很早。"

"你知道她当年回南关医院实习的原因吗？"

顾青山背在身后的手微微有些发抖。

沈俞白抿了下唇，手臂上青筋暴起，他咬着牙艰难开口："是因为我。"

长廊外，人群一茬一茬地过去，他像一棵倔强的青松，静静地立在那里。

289

"那你当年在哪里？"顾青山忍不住上前一步。

当初顾知意执意要回南关实习的时候，他们都不同意，更是想不明白到底是有什么非去不可的理由。

现在顾青山明白了，是因为人。

割舍不断的人。

面前的男人始终垂着眼眸，睫毛挡住他的情绪，只是神情越发悲伤，他这次终于抬起眼眸。

他眼尾泛着红，黑漆漆的眼眸越发深邃。

他动了动唇："阿叔，我当年……"又垂下头轻嗤，"我当年在病床上爬不起来。"

顾青山愣怔住。

刚才李娅萍和他说的时候，他就想到了那年的事，更惊讶于他一毕业就被指派到那么重大的案件中。

就像是蝴蝶效应。

蝴蝶扇了下翅膀，让他们的命运从此开始改变。

他没法想象那时候才二十出头的少年是怎么熬过一次又一次的抢救，更无法体会到他的痛楚。

警察这行业，太难，太难。

偏偏沈俞白选了这行。

"罢了。"顾青山摆摆手，笑了下，"你是个好孩子，你父亲能有你这样的儿子，他应该感到骄傲。"

沈俞白抿了下唇，再开口时声音已沙哑："阿叔，我爱顾知意。请您相信我，我一定会对她好，不让她吃苦，也不会让你们二老担心。"

他退后一步，站直，朝着顾青山敬礼。

顾青山别过眼去，心里也不知什么滋味，侧身避开，摆摆手说道："你们年轻人的事，自己看着办吧。"说完转身进了病房。

沈俞白在门口站了会儿，刚想离开，外套里的手机振动起来。

他掏出手机。

"喂。"

"沈队是我！"梁珂的声音从电话里传来。

沈俞白转身快步往外走去："发生什么事了？"

梁珂张了张嘴，抬头看向亮起来的红字，眉头紧紧蹙起："老大，阿叔横穿马路被车撞了，在三院这边抢救。"

男人身子一顿，继而步伐越来越快，他挂断电话按下电梯按键。

电梯没有上来。

他转身朝楼梯间跑去。

黑色吉普车飞快地驶出停车场。

梁珂不知道在手术室门口待了多久，听到脚步声，他猛地站起来，还没说话眼眶先红了，指了指手术室："沈队，是我们的人执勤后回队里时碰上的，当时 120 已经拉走了，我跟着来的。

"听医生说情况有些不乐观。"

正说着，手术室的门打开，一个护士急匆匆地往外走去，沈俞白往前挪了一步："请问，沈堂庆怎么样了？"

护士飞快瞥了他一眼，人已经奔跑出去："还在抢救。"

沈俞白缓缓弯下腰撑着膝盖喘了口气，而后坐在一旁椅子上。

看着护士进进出出几次，而后看到医生出来，站在门口喊人，他站起来，趔趄了下，走到医生面前。

那医生看了他一眼，叹了口气："是沈堂庆家属吗？"

"我是。"

"我们尽力了，请节哀。"

梁珂连忙扯住医生的袖子，低声说道："医生，你们再给救一救吧。"

医生摇摇头。

手术室的门缓缓打开，护士推着平车慢慢走出来，沈俞白掀起眼皮望过去，只瞧得见白茫茫的白布。

"死者家属确认一下身份。"

他走上前抬手，缓缓拉开白布，一张熟悉苍白的脸庞出现在他的视线里，那样安详，仿佛只是睡着了。

沈俞白拳头紧紧攥起，仰起头眨了下眼，退后一步。

平车从他面前缓缓驶过。

手里的车钥匙掉落在地上，发出"咚"的一声。

顾知意睡了很久，等再醒来的时候已经天黑。

她觉得口渴，便坐起来喝了口水。

李娅萍刚好从外面推门进来，看见她醒了笑着说道："刚去你们办公室热了粥，你醒了正好喝一点，你们主任说明天你就可以出院了。"

"妈，小白呢？"顾知意看向她身后，空无一人。

李娅萍抿了下唇："被你爸叫出去说了两句话以后就再也没人影了。"

顾知意点点头，接过碗喝了一小口，是她喜欢的，她又喝了一口："没事的，他应该是有紧急任务。"

"你说以后你自己可怎么办？"

"什么怎么办？"顾知意不以为然，埋头又喝了口粥，"那您说，我平时一个紧急手术就给喊走了，他怎么办？"

李娅萍说不过她，又给她添了勺粥。

吃着吃着，顾知意心里莫名有些发慌，她揉了揉胸口，还是闷，便转身想要下床。

"妈，我去趟护士站。"

说着她穿着拖鞋直奔护士站。

值班护士认识她，见她过来打了声招呼："顾医生，是哪里不舒服吗？"

顾知意摆摆手："我有点心慌，你帮我做个心电图吧。"

护士一听连忙去推车，让她赶紧回病床上。

心电图的结果出来后，顾知意坐在病床上有些纳闷，一切正常。

她实在闷得慌，便去走廊那里溜达，想了会儿，她掏出手机给沈俞白发了条微信：在忙吗？

那边久久没有回复。

她看着那条消息，而后又找到梁珂的微信。

梁珂回复很快。

顾知意松了口气，指尖快速跳跃：你知道沈俞白在忙什么吗？

对话框顶上一直显示"正在输入中"，她背靠着墙静静等了会儿，听见提示音后拿起手机。

对话框里寥寥几个字。

顾知意却觉得心像是掉到了无底洞。

她心乱如麻，快速翻找到沈俞白的手机号码拨打过去。

无人接听。

顾知意又打了一遍。

铃声响了很久，电话接通。

"小白。"顾知意轻声喊他。

那头无人出声，可她却觉得悲伤蔓延过来，瞬间红了眼眶。

"知知。"

电话那头男人声音嘶哑低沉。

她忙回答他："我在。"

"我没有爸爸了。"

顾知意转过身去看向窗外，夜空寂静，天上的星星却很亮。

她轻声说道："不会，他只是以另一种方式陪伴你了。

"沈俞白，你还有我。"

（4）

电话被挂断。

顾知意慌忙再拨打过去，已是无人接听的状态。

她站在原地缓了会儿，然后回到病房。

李娅萍还在帮她削苹果，听到她说的事叹了口气："孩子是个好孩子，怎么家里……"

是呀。

他已经很好了。

胸口密密麻麻的疼蔓延开，顾知意攥着手机倚在旁边，第一次心乱如麻。

出院那天，科室那边给了顾知意一周假期，她当天便准备开车去南关，却被父母拦下，要她收拾一下买点东西过去。

翌日临走时顾青山和李娅萍帮她把包拎到车里，担忧地说："不然住一晚上就回来吧。"

"我去看看他。"顾知意垂下眼站定，她抬手挽了下头发，笑开，"妈，我知道你们不同意我和小白在一起，但这是我的选择，我希望能得到你们的祝福。"

李娅萍剜了她一眼，抬手想要捶她胳膊，终究没狠下心，只是轻轻拍了下："我和你爸尊重你的选择。小沈是个好孩子，你这次去和他好好说说，毕竟现在他也不容易。"

"实在不行就跟单位申请一下调离南关，来西城，家里还养不活你们两个人了？"顾青山背着手，神情有些严肃，可说出的话却是关心人的。上次那孩子朝他敬礼的模样，想一次心酸一次。

顾知意轻笑："知道了，我肯定把两位的关心带到。"

"行了行了，赶紧走吧，"顾青山转身往单元楼走去，"到了还不知道什么时候呢。"

李娅萍拍拍顾知意的胳膊，又抬手摸摸她的脸蛋："有什么事跟爸妈说，我们替你们撑着呢。"

"好。"顾知意弯腰抱住李娅萍，晃了晃身子，"妈，别搞得像我要去很远的地方。"

"你这孩子。"

白色车子缓缓驶出小区，并入长长的车流中。

顾知意瞥了眼副驾驶上的钥匙，新买的小卡通人偶随着车子的移动在包里摇头晃脑的。

到达公寓楼下的时候已是傍晚，顾知意提着被塞满食物的背包上了电梯。按下楼梯层数那一瞬间，她提着的心才慢慢放缓，肩膀松懈下去，白皙纤细的手指紧紧攥着那把钥匙。

"叮咚！"

电梯门打开。

顾知意走出电梯，打开门，房间里的陈设和她离开的那天一样，仿佛被按下暂停键，甚至东西摆放的位置都没有变过。

她轻轻叹了口气，扫了眼摆在餐桌上的水果，已经干瘪发黑。

看来她离开后沈俞白也回单位忙了。

阳台的窗户还开着，灰尘落了满地，顾知意放下东西换了身家居服，然后稍微打扫一下卫生。

等一切忙完已经晚上七点多。

顾知意冲了个澡后便睡了。

枕边是熟悉的味道，她睡得格外安稳，再次醒来时天色大亮，沈俞白还没有回来。

顾知意慢吞吞地起床洗漱，然后去了趟超市采购一番，买了一些零食，直接开车到沈俞白单位。

单位门卫早就熟悉她的车，见她开过来摆了摆手示意靠里面停。

顾知意拎着零食袋刚进到大厅就碰见梁珂从外面进来，梁珂一看到她连忙跑过去："嫂子，你怎么来了？"

"我来找沈俞白。"顾知意抬手晃了晃袋子，"有你们喜欢吃的，等下拿去分一分。"

梁珂挠了挠头，靠近一步低声说道："沈队被派去执行重要任务了，不知道要几天回来。"

本来有丧假，但是沈俞白没要。

顾知意愣了下，转而把手里的袋子递过去："他既然出任务了，那好东西就给你们吃好了。"

"嫂子你也别担心，"梁珂知道顾知意担心，连忙解释，"沈队接的任务虽然那个啥点，但是他这人命硬，逢凶化吉的本事第一。"

"我知道的。"顾知意笑了笑，转身往外走。

忽然，梁珂想起什么追了出去，跑到面前拦下她："沈队把他父亲的骨灰安葬到公墓了，嫂子你要去吗？"

顾知意点点头。

按照梁珂给的地址，她回家换了身衣服，而后去花店挑了一束花，买了一些东西，这才去了墓园。

青松高耸，一片绿林陪伴着墓园里的所有石碑，入园的风收敛了几分，可还是有些凉，扫过衣角带起发丝。顾知意把头发挎到耳后，捧着花踏上台阶，走到尽头的合墓前。

照片里女人笑盈盈的，清秀美丽，男人英俊帅气，两人好不般配。

很多很多年前也是郎才女貌，天作之合，美满姻缘一桩。

可终究一切成了泡沫空影，只留下世人唏嘘感叹。

她俯身将花放下，慢慢蹲下，掏出纸巾将石碑上的灰尘慢慢擦除。

"阿姨，阿叔，小白去执行任务了，我来看看你们。"

顾知意笑了下，她掏出手机侧身靠向石碑上的照片，滑动手机一张张翻看："你们看，这是我和小白拍的照片。

"沈叔知道，他已经很有出息了。

"阿姨，沈俞白没有辜负你的期望，他长得很好，是个善良又温暖的人。

微风拂过，低语声被吹向远方。

夜色降临，顾知意才从墓园离开，她翻开手机屏幕，依旧没有任何消息。

可她却很平静。

顾知意在沈俞白的公寓里住了一周，然后回去上了一周的班，周末又返回到这里。

周末她来打扫一次卫生，然后上班时离开，沈俞白一直没有回来。

这周末，她从花店买了鲜花，摆放在客厅，然后洗漱睡觉。

恍惚间，顾知意听见什么声响，她猛地睁开眼睛翻身下床，余光扫见她之前心血来潮买的花瓶，然后抱在怀里，蹲下身去慢慢挪到床脚。

客厅里传来脚步声。

是真的有人进来。

她死死咬住唇，然后捞起电话攥在手里。

忽然，房门被人推开，顾知意猛地站起来举起花瓶砸了过去，而后快速冲过去，想要冲出门。

男人抬手挡住花瓶，一只手拽住她的胳膊。

花瓶掉在地上，碎了一地，发出刺耳的声响。

"知知？"黑暗中熟悉清冷的嗓音响起。

顾知意愣了下，还没等她说话，那只手松开她的胳膊，捂住她的眼眸。

卧室的灯骤然亮起。

光从男人手指缝隙透过来，她眯了眯眼睛，看见一件黑色的衣服。

横在她面前的手缓缓放下，男人略显沧桑的脸庞出现在她的视线里。

沈俞白的脸上有几处伤痕，嘴唇干裂，胡楂横生，头发也乱糟糟的，整个人风尘仆仆。

手臂上还在流血，是刚才挡花瓶被划伤的。

顾知意只愣怔一秒，赤着脚转身就要往前走，沈俞白拦住她，俯身弯腰抱起她放在床上，转身出去拿过扫把来将碎片扫干净，而后又蹲下用纸巾覆住掌心在地上摸了一遍，确认没有玻璃碴后才起身。

粉色拖鞋被拎到卫生间仔仔细细地冲洗一遍，然后擦干。

他半跪在地板上，抬起她的脚放在膝盖上，而后替她套上拖鞋，这才仰起头看向她。

男人眼眸深沉又深情，仿佛是一个黑洞，吸引她不停靠近。

顾知意心疼坏了，凑过去在他额头上轻轻一吻。

沈俞白顿了下，喉结上下滑动一下。

他站起来低声道："我先去洗一洗。"

顾知意蹭了下眼角，趿拉着拖鞋翻出药箱，然后盘腿坐在床边等沈俞白出来。

沈俞白出来的时候就看见她团在一起，像个小孩子一般。

男人冲洗完后清俊面容露出来，潮湿空气中掺杂着薄荷沐浴露的香味，他换了身睡衣，白色短袖被水洇湿了些，腹肌若隐若现。

顾知意冲他招了招手，拍拍旁边的位置示意他坐下，而后扯过他的胳膊开始上药。

清洗过后，伤口位置暴露出来。

两厘米左右的伤口有两个。

顾知意熟练地消毒，贴纱布，碎发落在沈俞白的胳膊上。随着她的动作轻轻扫过去，胳膊有些痒。

沈俞白轻轻吸了口气，声音依旧有些低哑："你怎么来了？"

"因为想你了啊。"上药的人头也没抬，手法娴熟。

沈俞白轻笑："什么时候来的？"

顾知意终于抬起头，冲他笑了下："周末休息时来的。"

"这两天最好不要碰水，唔……"还没说完的话被人尽数吞进口中，她的手还举着纱布和胶带，男人帮她扔到一旁，火热的掌心触碰到她的腰，指腹轻

295

轻揉搓着她的腰间软肉。

温度节节攀升。

顾知意猛地睁大眼睛。

沈俞白叹息一声，轻轻咬住她的唇："知知，闭上眼睛。"

她的杏眸眨了下，而后飞快闭上，呼吸却随着熟悉的气息一并被搅乱。沈俞白揽着她的腰将她抱起来，而后站起身。

顾知意低呼一声，下意识地圈住他的脖子。

再睁开眼睛，男人脸庞清晰又近，骤然放大，她不自觉屏住呼吸。

卧室的灯还亮着，窗帘上的影子重叠在一处。

四目相对，那双眼眸始终落在她身上，顾知意眨了下眼，只觉得头顶的灯有些闪。

一室旖旎。

醒来的时候，她疲惫得要命，身子刚移动，手臂瞬间被身后男人揽住，而后将她圈在怀中。

一刹那她愣住，只觉得气息攀过来，将她整个人包裹住。

是专属于沈俞白的。

心口就像是散落的缺口瞬间被填满，她眼眶一烫，有些不真实感。

纤细手指无意识地攥紧床单，在枕边团起一团褶子。

身后肩膀上落下一个吻，紧接着又是一个，她能感觉到男人胡楂有些扎，微微缩开肩膀。

小小的动作引得身后人轻笑。

"醒了？"头顶上传来男人微微沙哑的嗓音。

顾知意咬了下唇，没说话。

沈俞白笑了下，起身凑过去吻上她的脸颊。

"怎么了？"他的声音在她耳边轻声响起，沙哑又性感。

顾知意转过身揽住他的脖子，白皙的藕臂虚虚挂在他的肩上，仰起头望向他。

两两相望。

漆黑眼眸里都是她的身影，再无其他。

她轻声开口，嗓子也有几分哑："还好你回来了。"

沈俞白捉住她的手吻了下，耐着心哄她再睡会儿："别担心，我去给你做早饭，你再躺会儿。

"等会儿带你去个地方。"

从他回来，两个人都没提过沈堂庆的事。

（5）

从卧室到卫生间，顾知意像是个大挂件，强行挂在沈俞白身上。

他帮她擦脸，挤牙膏，又抱她去餐桌旁。

等她坐好，他又把放凉的粥放在她面前，特意放在她那边的煎蛋看起来都要好吃一些。

顾知意咬了口煎蛋，慢吞吞地往下咽。她抬头瞥了眼男人："小白。"

面前的男人喝了口牛奶看向她，随后抬手替她拭去嘴角的碎渣。

"你什么时候学会做饭的？"明明高中的时候，她没见过沈俞白做饭，饿了就凑合一口，泡面或者是烧烤，或者是面包片。

根本不像现在，还会煎蛋。

沈俞白语气淡淡："学校野外训练营。"

顾知意来了兴趣，她把脚踩在椅子上，抱着膝盖探身过去，杏眼明亮："说来听听啊。"

他断眉微微一挑，伸手将粥往她面前推了推："先吃饭。"

"小白白！"顾知意歪着头跟他撒娇。

沈俞白掀起眼皮望过去，黑漆漆的眼眸深邃沉静。

顾知意被他看得有些不好意思，端起碗挡住，声音也没刚才有气势："现在真是太凶了。"

"训练营没什么好说的，"沈俞白喝完牛奶起身去冲洗杯子，男人清冷嗓音从厨房传出来，他说得慢，更像是在诉说别人的故事，"所谓训练营，就是把几个人扔到一个原始丛林里，大家集体生活十天。

"回来以后馋得不行，就慢慢学会自己倒腾饭吃了。"

顾知意歪着头瞧他，男人背影高大宽阔，早不似当年的单薄消瘦模样。

她没再继续问下去。

忽然觉得过去没有相逢的这几年里，他们的关系在发生变化，位置好像也在转变。

沈俞白像是一块璞玉，被时光打磨，终于有人发现他的好。

而她在平平淡淡的生活里一如既往地走着。

要说不平淡，也就那几次当志愿者的经历而已。

她不太爱标榜自己是医护人员，只是想着低调再低调。跟沈俞白他们比，他们才是最可敬可爱的。

平凡的日子里总有人替他们负重前行。

沈俞白负重前行得太多，她心疼他。

可若是跳出这些，她和他只不过是沧海一粟，渺小至极。

顾知意喊他："沈俞白。"

听到她喊自己全名，男人转过头看看向她，掌心撑着台沿，背后的肩胛骨随着他的动作展翅，看过来的目光沉静温柔。

她笑开，穿好拖鞋走到他面前。

她环过他的腰，脸颊贴在他的背上，热度从脸颊蔓延到她的心脏，她心满意足地叹了口气。

"做什么？"胸腔里的跳动传递过来。

她摇摇头："就想抱抱你。"

她问："还有等下我们去哪里？"

沈俞白打开水龙头把手洗干净，转身拥住她，在她额头落下一吻："到了你就知道了。

"去换衣服。"

顾知意"哦"了声，慢吞吞地去洗漱换衣服。

今天天气格外好，晴空万里，阳光透过道路两旁的梧桐在马路上留下斑驳阴影，像是穿过一条长长的隧道。

他们现在去的方向是西城。

"到底去哪里？"顾知意实在是好奇，她忍不住戳了戳沈俞白的胳膊。

沈俞白轻笑，抬手去捏了下她的脸颊。

"再忍忍。"

车子在旁边的分岔路口下去，而后朝着不远处的几个高楼开过去，周围还有没有完工的建筑物以及花坛。

顾知意心头猛地一跳。

一个想法出现在她的脑海里。

吉普车停在楼前一旁的空地上，沈俞白先她一步下车，绕过去替她拉开车门，拉着她的手下车。

男人反握住她的手背在身后，和她并排走着，神情温柔："这是我考虑过距离西城比较近的楼盘了。"

"西城的医疗水平要比南关好很多，你在那里可以学到很多东西，"男人步伐不急不缓，半拉着她的手让她借力，"但是两地分居又不太现实。"

他停下来垂眸望过去，冲她笑了下："所以我想的办法就是我多跑一些，你少跑一些。"

顾知意仰起头同他对视，她抬手想要摸摸他的头，可两人身高有些悬殊，嫩白的手只抬到半空。

下一瞬男人俯身过来，他将头凑过来，头顶蹭过她的掌心。

沈俞白刚剪的头发，黑色短寸还有些扎手，顾知意觉得眼前这个男人把自己所有的温柔都给了她。

"为什么要对我这么好？"她收回手轻轻攥紧，轻声问道。

沈俞白眨了下眼："什么？"

顾知意又把话重复了一遍。

沈俞轻笑，抬手揉揉她的脑袋："因为你值得。

"如果没有遇见你，可能有一天我也会犯下错误，甚至这辈子都出不来了。

"算起来，你是我的救命恩人。"

顾知意若有所思地点点头："所以你是为了报恩来的啊？"

沈俞白看向她，满眼宠溺："不是，是为了爱你而来。"

"星越华府"是这两年新起的楼盘，沈俞白买下的时候还有半年完工，现在已经差不多交付，他选的楼层不是很高，十一层。

一楼售楼处的人他打了招呼，等顾知意来了去看看样板间。

门一推开，是一个布置温馨的套二户型。

顾知意认真看了看样板间里的样子，转头看向身后的男人，笑盈盈地望着他："我觉得很好，我喜欢阳台，卧室都朝南，格局也不错，我很喜欢。"

"好。"

298

阳台和飘窗的设计也在她的审美点上，这样板间的装饰也很好看。

瞧着沈俞白的表情还挺严肃，应该是在乎她的看法。

顾知意越想越开心，觉得这房子哪里都好。

两人看完房子后回到车上，沈俞白手撑在副驾驶座位上，单手转动方向盘。

男人侧脸轮廓线条凌厉，薄唇微抿，越发有不同于少年时候的魅力。

顾知意不由得咽了口口水。

他黑眸扫过她，轻轻勾起唇，调转车头，而后停下。

还没等她反应过来，男人手指穿过她的发丝，扣住她的脖颈，轻轻吻了上去。

淡淡薄荷味霸道地侵占她的口腔，甚至鼻息间都是沈俞白的气息。

顾知意情难自抑地呜咽一声，却引来男人更深的索取。

等到车子重新启动时，她双手捂着嘴，一双湿漉漉的杏眼里盛满控诉。

"沈俞白！你疯了！"恼羞成怒的声音越发显得可爱。

沈俞白挑了下眉，微微勾起唇："等下补偿你。"

顾知意掩着嘴歪头看他，眉头蹙起："补偿什么？"

"到了你就知道了。"

车子飞快在主路上行驶，离西城越来越近，顾知意放下手，红唇越发明艳，还有些红肿。

她抿了下唇，气鼓鼓地瞪了眼旁边的男人。

沈俞白越发笑开。

车子最后停在西城一个大型超市地下停车场。

顾知意被男人揽着腰走进电梯，她还没反应过来："你是来给我买吃的？"

"不是给你。"

"那是给谁？"

电梯门被打开，沈俞白大步迈过去推车，而后空出一只手牵住她的手，声音柔和："给你父母的。"

"我爸妈？"顾知意眨了下眼，终于反应过来。

他要去见她的父母。

顾知意开心极了，拽住购物车往旁边拖，声音欢快："这边！"

沈俞白看着她，小小的，就那样在他身边。

从未有过的满足惬意慢慢将心房填满。

她毫无保留地在男人身边絮絮叨叨地说了一遍她父母的喜好，最后又拉着他去买东西。

结果就是两人推了两辆购物车出去。

两人到小区楼下的时候已经是中午。

顾青山听见开门声的时候正在往盘子里铲菜，笑着打趣道："小意这个饭点卡得挺好，知道她老爸做完饭了。"

李娅萍端着盘子出去，冷不丁地看向玄关处，就看见那里堆着小山丘似的礼品盒。

而沈俞白站在那里，笔直挺拔。

她一时间愣怔几秒，反应过来后连忙放下盘子快步走过去："小沈来啦？

"小意！怎么不提前打招呼！"

还没等顾知意开口，沈俞白便先开口："阿姨，不怪知知，是我想要来的。"

"那也别带这么多东西。"李娅萍嗔怪几句，连忙朝厨房喊，"老顾，小沈来了！"

顾知意从鞋柜里掏出一双拖鞋递给沈俞白。

沈俞白迅速换好，规规矩矩坐在沙发上，双手搭在双膝上，后背挺直，一副军中坐姿。

他一旦严肃起来，身上的那股子清冷更是扎眼。

顾知意帮忙去拿水果和茶盘，一回头便看见男人那副坐姿，忍不住笑出声。

顾青山听到沈俞白来了后，叉着腰站在厨房有些愣神，而后打开冰箱开始倒腾菜。

李娅萍催着顾知意去陪沈俞白。

哪知道顾知意刚在他旁边坐下，沈俞白"嗖"地站起来，脱掉外套折好放在一旁。

"你干什么去？"顾知意仰起头看他。

沈俞白瞥了眼厨房："我去帮忙。"

她没拦着，任由他去。

不出意料，顾青山赶沈俞白出去，沈俞白却没有出来，甚至贴心地在顾青山爆炒东西的时候把厨房门关上。

李娅萍见到这样，由衷地点点头："小意，这孩子没选错。"

顾知意抿着唇笑了下。

是呀，她没选错。

不过，是沈俞白没有放弃她。

不知道两人在厨房说了什么，再拉开厨房门时，顾青山已经乐呵呵地喊沈俞白拿筷子，甚至还把自己珍藏了好久的酒拿了出来。

一顿饭吃得尽兴。

饭毕，沈俞白起身从玄关那里拿出一个档案袋，而后将白线拆开，从里面拿出东西。

房产证，户口本，各种获奖证书，学历证书。

他所有能够证明自己的东西都在这里。

他细长的手指将东西轻轻推到顾青山面前，满脸认真："我知道我不够好，但是阿叔阿姨，这是我的所有，请你们放心，我一定会好好对知知，会宠她，爱她一辈子。"

他把他的所有，统统给她。

李娅萍在一旁忍不住红了眼睛。

顾青山轻轻叹了口气，把东西收好放进档案袋里，拍拍他的肩膀，十分欣慰地说："你们两个真心相爱，互相照顾彼此，就是最好的。

"小意这孩子没心没肺的，这么多年唯一上了心的也就你一个男孩子，你好好对她。"

"我会的。"沈俞白低声应下。

顾青山手搭在膝盖上想了会儿："你父母不在，有什么亲戚能给你提亲吗？"

沈俞白沉吟片刻，抬起头："有。"

坐在一旁沙发上的顾知意微微挑了下眉。

她和沈俞白在一起的时候，从来没听他说过有什么亲戚呀。

办公室内。

陆明把文件夹"啪"地合上，拿起桌上的白瓷水杯抿了口茶，这才掀起眼皮看向面前坐着的男人。

"找我去提亲？"

沈俞白点点头，一本正经地开口："陆局，我父母都不在了。"

"停！"陆明抬手制止沈俞白打感情牌。

"你小子城府这么深，你媳妇知道吗？"

让他去提亲，这不是以后他得成了孩子的干爷爷，压岁钱年年掏？

沈俞白笑了下："她不知道您去。"

陆明脸色一沉："老子答应过你吗？"

"您觉得给多少彩礼合适？"沈俞白把椅子往前拖了拖，双手交叠放在桌上，"我一直有房贷，工资剩余不多，能不能把之前我没取的奖金发给我？"

陆明撑着手喘了口气，指着他冷笑几声："你媳妇要是知道你这样阴险狡诈，肯定不会答应和你结婚。"

"那倒不会。"

"哼，还挺有自信。"

提亲的日子定在10月1号。

顾知意提前调休在家帮忙打扫卫生和做饭，顾青山问了她好几次谁来提亲，她也表示不知道。

等门铃声响起时，她连忙起身去开门。

男人拎着茶叶和酒站在门口，身后还站着一个穿制服的中年男人。

沈俞白侧身开身介绍道："知知，这是陆局，之前见过的。"

顾知意想起之前她去沈俞白那里的时候见过，连忙笑着说："陆局好，您请进。"

李娅萍听见动静知道是来人了，连忙出去迎接，走到一半看见警察进来，吓了一跳："这是？"

"这是亲家母吧？"陆明侧头瞥了眼旁边的人，而后转头笑盈盈地伸过手去，"我是沈俞白的干爹。"

（6）

顾青山第一次和公安局领导坐在一起吃饭喝酒，行动上总是有些放不开，给陆明斟酒的时候手指还有些发抖。

301

沈俞白起身将酒壶接过去，低声道："阿叔，我来。"

他从容接过顾青山手里的酒壶，起身走到两位身边，慢慢斟满。

陆明举起酒杯笑着说道："俞白这孩子性格闷，多亏小意不嫌弃他，肯接受他啊。"

顾青山伸手去碰杯，连忙说道："哪里哪里，孩子都很优秀。"

几人在餐桌上尽兴聊着，饭菜也吃得差不多的时候，顾知意去厨房切水果，沈俞白本想过去，被她拦下。

他有些不放心，站在厨房不远处等着。

被他这么关照，顾知意总觉得自己像个孩子，事事需要他跟着操心，明明自己做手术拿刀拿得非常好，到他这里还成了生活不能自理的。

她越发紧张，手指搭在橙子上忘了挪开。

忽地，厨房传来一声低呼，沈俞白快速冲进去，就看见顾知意举着手指，指尖冒着血。

男人眉头紧紧蹙起，他拽着她的手拉到水龙头下，细水冲洗一下后，又抽了张纸巾包扎好，而后转身把水果切好，端到外面。

"我领知知出去一趟。"沈俞白轻声说着，他瞥了眼站在后面的人，眉头微微一挑，"刚才不小心切了手。"

顾青山挥挥手，示意他们赶紧去。

玄关门关上，三名长辈互相对视，而后呵呵地笑了两声。

顾青山叹了口气："小意这孩子，工作上没毛病的，唯独生活方面被我和她妈妈惯的，到现在也不太会做饭。"

陆明呷了口茶，笑着摆摆手："您放心，俞白都会。"

"以后是两个人过日子，你说这两个孩子到时候怎么办？"李娅萍起身把水果盘往中间放了放，眉宇间露出一些担忧。

"不用担心，俞白这孩子对她可是上心呢。"

李娅萍微微一笑："你说两个人都忙，这家里总要有个不忙的才行啊，这样都没法顾家。"

顾青山喝了口酒，辣酒入喉他咧咧嘴，声音有些哑："陆局，您不知道啊，小意当年学医，是为了小沈。"

这话一出，陆明举着酒杯的手顿在半空中。

他是没有料到有这回事的。

"当年我们两家做邻居，俞白那孩子比现在还要瘦，但是力气不小，就是天天混，具体干什么我也不知道，"顾青山撑着手看着桌面，神情有些惆怅，"但是孩子身上总带伤，你说家长怎么也不心疼？"

他轻嗤，掀起眼皮望了眼空着的两个位置，指了指顾知意的座位："但是我的孩子心疼得不行，家里那个创可贴和纱布都是给俞白买的，有一阵给的零花钱一半都买这些东西。"

那会儿顾青山工作忙，晚上回来得晚也会碰见沈俞白，少年总是满脸清冷，静静地骑着单车没入漆黑潮湿的隧道里，就连他这么大个人都需要借个光，而少年没有光，像一只幽灵，慢慢地融入黑暗中。

后来他加班回来晚的时候，沈俞白总是陪着顾知意回家，甚至他那次看见顾知意车上的探灯，还有点意外是沈俞白买的。

和所有家长一样，他害怕沈俞白带坏自己的孩子，也害怕两人真有点什么。

可每次看见顾知意的眼神，他总觉得，还不是他想的那样。

直到顾知意高考过后填写志愿。

他尊重孩子的选择，但是他没想过，顾知意毫不犹豫地选择了外科。

顾青山问过她，是什么理由让她选择学医这条路。

"你猜她怎么回答的？"顾青山举起酒杯跟陆明碰杯，笑了下，"这孩子说，因为她觉得自己心软，见不得别人受伤。"

陆明双手举起酒杯一饮而尽，重重点点头。

旁边李娅萍擦了下眼泪，也跟着说道："她哪里是见不得别人受伤，是根本见不得小沈受伤。

"大学时，知道我们搬家没通知她，发了好大的火。"

他们百思不得其解，最后迫不得已偷听墙角。

听见顾知意挨个给高中同学打电话，询问沈俞白的下落，甚至好几天晚上他们都能听见房间里传来隐隐约约的哭泣声。

自己孩子哭成那个样子，做父母的自然心疼，她也曾旁敲侧击问过，都被顾知意挡回去。

"那俞白呢，他为什么当警察了？"

陆明撑着手眨眨眼，一时间不知道该怎么开口说。

他不能说沈俞白高考那天被人打了一顿，是他路过救下的，也不能说是他鼓励孩子走上这条路的。

他只讪讪一笑，呷了口酒："他是想救自己和保护家人吧。"

短短几句话下来，三人都叹息一声。

药店门口，顾知意还站在台阶上，男人走下一个台阶抬手替她贴上创可贴，看了下其他手指才缓了神情。

顾知意晃了晃手指，笑眯眯地说："这下我有理由去跟主任说不上台了。"

沈俞白轻笑，牵住她的手下台阶。

顾知意快走两步揽上他的胳膊，眼神却看向路边小摊的雪糕柜。

中午太阳毒辣，刚才被沈俞白拖着走得又快，这会儿放松下来，她额头都冒着细密的汗。

沈俞白侧头看她，见她视线盯在那个冷藏柜上，他面无表情地往前走，下一秒胳膊就被人拽了下。

他停下脚步，垂眸看去。

顾知意仰起头，杏眸明亮无辜，与当年的少女模样别无二致："小白，我们买冰激凌吃吧。"

漆黑眼眸藏不住的宠溺快要溢出，他忍俊不禁，抬手在她的脸颊上轻轻一捏："馋猫。"

"好不好？"

303

"就一根！"

沈俞白没回答她，脚步却慢吞吞地往小摊上走去。

顾知意抿着唇跟在他身后轻轻笑，最后终于得偿所愿地举着一根冰激凌回了小区。

一开门，几个长辈齐刷刷看过去。

李娅萍"呀"了声，指着顾知意就开始训："这都什么时候了，还吃雪糕！"

她起身作势就要夺，顾知意飞快躲到沈俞白身后，探出头来冲她笑，态度十分嚣张："妈妈，我跟你讲，现在有人护着我了，你不要想夺走我的冰激凌！"

沈俞白站在玄关处静静地看着她闹。

他太久没有感受到家的温暖了。

"小白！"忽地，顾知意拽着他的衣角娇声喊他，沈俞白回神，反握住她的手腕将人扯过去，就看见她的冰激凌只剩下酥皮筒了。

地板上掉落一大块雪糕。

顾知意撇撇嘴："好可惜啊。"

沈俞白将顾知意带上台阶，而后抽出纸巾将东西擦干净，这才拥着她往餐桌前走去。

顾青山和陆明已经喝了一瓶白酒，这会儿两人脸颊飘红，慷慨激昂地说着各自的陈年旧事，看见他们回来忙招呼过去。

陆明拍拍沈俞白的肩膀，眨了下眼："儿子，干爹已经给你说好了，咱们来说下这个订婚日期和结婚日期。"

沈俞白望了眼顾知意："我希望早点。"

顾知意点点头，举起手："我同意。"

"订婚日选在周末吧。"顾知意笑眯眯地说，"小白和我平时都比较忙，所以选周末，加上大家周末都有时间。"

"行！"顾青山拍拍桌子，"就听我女儿的！"

几个人商量过后，婚期定在了第二年的四月初十。

是个春暖花开的好日子。

陆明和沈俞白喝了酒开不了车，沈俞白喊了代驾回去，路上收到顾知意的微信。她说在后排有个袋子里有个礼物。

沈俞白回眸去看，一个黑色手提袋放在后面。他探身扯过去打开，是一套保暖内衣。

陆明探头瞥了眼，笑呵呵地说道："是个好姑娘，你这是高攀啊。"

沈俞白轻笑："是。"

他收起东西给顾知意回复消息：下周末有空吗？带你去玩。

那头顾知意回复很快：周日有空。

等他收起手机，陆明睁开眼睛望向他，许是喝了酒，他没了平时的严肃，倒是有几分亲切："俞白，你知不知道你媳妇为你付出了什么？"

沈俞白侧头看去。

"她学医可是为了你啊，你小子行。"

沈俞白愣怔几秒，抿了下唇，嗓音低沉："陆局，你怎么知道的？"

陆明冷哼一声："人家父母亲口说的。

"别以为你在为她付出，那人家为你可是搭上了这辈子的事业。

"人啊，互相成就，互相爱护，才能携手相伴一生。"

沈俞白紧紧攥着手机看向窗外。

道路两旁梧桐树叶开始凋落，微风拂过他的手指，拂过他的脸颊，温暖轻柔。

周日早上下夜班的时候，顾知意老早便等在门口，沈俞白的车出现在门口，她跟同事道别后便小跑过去，拉开车门上车。

副驾驶位置上摆着一束玫瑰花，顾知意"哇"了声："沈队长，这么浪漫？"

沈俞白摘下墨镜，漆黑眼眸浸着几分笑意："上车。"

她乖乖爬上车。

后排放满了东西，顾知意回过头来看向开车的男人："你去过我家了？"

后排那些袋子里面好多是她的东西。

沈俞白点点头。

"我们去哪里？"

"李海订了个民宿，大家想开个周末派对。"沈俞白望了她一眼，薄唇淡淡勾起笑，"你不是老想见他们吗？"

顾知意猛地睁大眼睛："李海？那是不是萌萌也去！"

"应该。"沈俞白拉起扶手下的暗格，把刚买的橙子递给她，"抽屉里有消毒湿巾，你擦过手后再吃。"

顾知意按照他说的拉开抽屉。

不知不觉，里面都是她的零碎物品，头绳和口罩、手套、消毒湿巾，甚至还有一支口红和一个粉饼。

她一边剥橙子一边笑。

沈俞白微微挑了下眉："笑什么？"

顾知意摇摇头，擦干净手，掰开橙子，塞了一瓣在他嘴里，自己又塞了一口，橙汁饱满，酸甜爽口。

她眨了眨眼睛，望向身边的男人："就是觉得，和你在一起很好。

"每天睁开眼睛，只要想到你，都很好。"

第 9 章

时光里有了你们

（1）

订的民宿在临海的半山腰上，沿着刚修好的小路一路往上，半山腰处有个停车场，再往上便是一栋独门别墅。

推开复古的雕花门，入眼的是小院里五颜六色的花，开得一簇一簇，石子路蜿蜿蜒蜒通往几个地方，旁边庭院门口支了一个帐篷，底下还有个烧烤架子，十分适合聚会。

顾知意对这地方十分满意，从进门开始便没有再搭理过沈俞白，左看看右看看，像个好奇宝宝。

沈俞白见她自己玩得开心，便回去把车里的东西搬进来，漫不经心地插着手看了会儿周边环境，而后抬手按了下门铃。

顾知意回头看他，杏眸里都是惊奇："有人在？"

男人冲她身后扬了扬下巴。

她挑了下眉，转身看去。

外围的侧门被人从里面推开，赵萌萌掩着嘴打了个哈欠，看清来人后顿时尖叫着冲了下来。

"小意！"

顾知意还没反应过来就被赵萌萌抱了个满怀。

赵萌萌抱着她转了两圈，又退开几步打量一番，啧啧嘴："果然是爱情滋养人哦，我们家小意被养得越发肤白貌美！"

"萌萌，别晃了，头晕。"顾知意差点要被赵萌萌转晕过去。

她刚下夜班就赶过来，路上睡了一会儿，这会儿还有些发蒙。

"哟，俞哥来了啊！"李海站在台阶上倚着门笑，"带家属来就是不一样啊。"

沈俞白抬眼扫了他一眼，声音清冽："还不下来帮忙？"

"得嘞。"

他直起身就要下去，旁边忽然蹿出一道黑影率先冲下去，而后直奔沈俞白的方向去了。

男人抱着手微微侧身，断眉一挑，神情有些嫌弃地望向差点扑倒在地上的人，语气却透着几分笑意："张之楠，别整这出。"

306

张之楠哀号两声，回过神张开怀抱不由分说地死死抱住沈俞白，一米八的大男人眼眶竟然红了一圈，哽咽着说："俞哥，你再不找我，我就要去找你了。"

沈俞白长舒一口气，抬手推开他，黑眸微微眯起："行，帮忙搬东西吧。"

"行的，哥。"张之楠抹了把眼泪回身看了眼放在不远处的三个大行李箱，顿时愣了一秒，而后转身看向沈俞白，"这都是？"

"嗯。"

张之楠刚才的激情消下去一半，认命地搬行李。

沈俞白走到顾知意身边，替她把碎发捋到耳后，温声开口："我先去弄点吃的，你们玩。"说完拍拍顾知意的脑袋便进了屋子。

目睹全程的赵萌萌感觉自己被塞了一口狗粮，她深吸一口气，手搭在顾知意肩膀上："从实招来。"

顾知意侧身躲开，抱着刚才沈俞白塞过来的酸奶吸了两口："什么从实招来？"

"你到底是用什么办法征服这个男人的？"

再回忆一遍高中，她想破脑袋也想不通顾知意怎么会喜欢上沈俞白，更没想到沈俞白会成为现在的模样。

顾知意抿着唇笑，眉眼弯弯，她瞥了眼男人的背影，嘴角笑容不自觉放大："当然是，穷追不舍啦。"

正聊着，院子外又响起停车声。

两人探头朝外看去，就看见一辆黑色大众停在院子外，车门推开，一人从车上下来。

顾知意笑容敛去几分，瞥了眼赵萌萌。

赵萌萌摊开手："别看我，不是我邀请的。"

郑书庭像是刚从哪里参加会议回来，板正笔直的西装，墨蓝色的领带，戴着一副金丝框眼镜，望过来的神情依旧温柔。

赵萌萌绕到顾知意旁边叹了口气，低声说道："学长真是斯文啊。"

顾知意抿着唇笑了笑，站在原地看着郑书庭进来，她抬手打了个招呼："学长，好久不见。"

郑书庭一只手插在裤兜里，另一只手拎着一束鲜花，抬手递到她面前。

"送你的。"他冲着她微微一笑。

顾知意道了声谢捧住花。

"赵萌萌，能不能让我和小意单独说两句话？"

赵萌萌点点头转身离去。

两人站在院子里。

顾知意抿了下唇，抬头看向男人："学长，你想和我说什么？"

郑书庭笑了下，抬手推了推眼镜："小意，祝福你找到属于自己的幸福。"

"谢谢。"

"你在医院那天，沈俞白来的时候我说过，一旦你真的出事，他什么忙都帮不上，能做的只有等待。"

这样一个斯文男人却在她面前笑得有几分自嘲。

他掀起嘴角："但是他对你没有放弃过，没有动摇过，而且为了你，他放低姿态跟我道谢。"

顾知意始终带着笑听他说。

直到他说完，她才缓缓开口。

"学长，沈俞白给我的从来不是你说的这些，而是那些他给我的不同于父母的安全感和自信。

"他让我更有底气去向这个世界奉献与讨要，奉献自己的一切，讨要糖果和爱。

"让我每天更有自信地去面对一切。

"这就是他给我的底气。"

郑书庭垂眸轻笑："是啊，真羡慕你们。"

顾知意摇摇头，说："大家都会遇见的，只不过我遇见得早，也很幸运没有被他放弃。"

台阶上的主厅门被人推开，沈俞白居高临下地望着两人，淡淡开口："知知。"

顾知意回眸冲他笑起来，转身跑过去。

她跑得有些快，男人索性走下两个台阶，张开怀抱拥住她，顺手接过她手里的酸奶杯，拥着她回了客厅。

餐桌上已经放着几个蛋挞。

顾知意拿起一个咬了口，味道竟然和她喜欢吃的那家一样。

她"嗯"了声，含混不清地看向男人，眼神询问他。

沈俞白点点头，递过去一杯温水："去那家店买的，拿过来又烤了一下。"

李海拎着水果站在厨房门口轻笑："你们两个真是够了，来这里度假就是来亮瞎我们眼的吧？"

夜幕降临，挂在树杈上的小彩灯亮起来，柔和的灯光将院子照亮，小院氛围温馨又浪漫。

矮草地上的地灯一个一个亮起，照亮条条小路。

烧烤架已经烤上吃的，"嗞嗞啦啦"地冒油，肉香气混着蔬菜的清香味蹿入口鼻中，引人胃口大开。

李海站在烧烤架前戴着围裙，娴熟地翻滚着烤串，随手抄起旁边的撒料撒上去，等烤熟后扔到旁边盘子里。

赵萌萌探过身去，伸手想要去捞那个盘子。

李海伸手按住。

她抬眸看过去，就看见李海横睨一眼，赵萌萌眨眨眼，清了清嗓子："松开。"

"不松。"

"李海，你没意思了。"赵萌萌直起身收回手，径直走到他旁边，梗着脖子将盘子直接拿走。

李海咬着后槽牙"啧"了声。

顾知意窝在编织椅上兴致勃勃地看着两人，而后拐了拐沈俞白，低声跟他八卦："你说他俩还有戏没？"

男人拇指抵住易拉罐顶部，食指屈起微微用力，拉环应声打开，他仰头抿了口，狭窄的眼皮掀起褶子，目光始终落在旁边人身上。

他不避讳，也不需要。

就这样明目张胆看着她。

"你看我干吗？"顾知意回头看见他正在看自己，"啧"了声，示意他看对面的两个人。

"自己想。"沈俞白只扫了一眼便收回视线。

顾知意撇撇嘴，懒得搭理他。

几个人吃得很快，谈论着少年时期那些说不完的糗事，没人提起沈俞白的那些事，更多的是打趣他们在一起了，以及赵萌萌赖着张之楠分享他开店的日常。

唯独郑书庭静静地看着他们说这些事。

他们的高中生活，他没有参与过。

甚至旁边窝在别人怀里笑得眉眼弯起的女生，他也只跟她有过一个学期的缘分而已。

他曾经以为再度遇见，他还有希望。

"哎，学长，当初你和小意天天一起上学吗？"赵萌萌抱着酒瓶子纯属不嫌事多。

郑书庭轻笑："也没有，只是偶尔。"

赵萌萌"哦"了声，继续问："那会儿喜欢我们小意的男生是不是好多啊？"

郑书庭抬手推了下眼镜，金丝边镜框后的眼眸扫过旁边的女生，而后别开眼看向旁边，他依旧噙着笑："是啊，很多。"

"哦——"几个人很有默契地起哄。

顾知意笑倒在沈俞白怀里。

夜色渐凉，所有人瘫倒在编织椅上，懒懒散散地聊着天。

忽地，赵萌萌举起手："同志们，我有个提议。"

所有人目光汇聚到她身上。

她笑嘻嘻地站起来："我们去看恐怖片吧，这别墅客厅里有投影设备。"

这话一出，张之楠立马附议。

几个人起身回了客厅。

幕布落下来，顾知意和赵萌萌坐在侧边沙发上，沈俞白坐在她们一旁，郑书庭坐在正中间沙发上，而李海在沙发另一边，张之楠席地而坐。

整个客厅窗帘被拉上，黑暗瞬间吞没一切。

顾知意紧紧抱着抱枕，贴着赵萌萌，紧张地咽了口口水。

电影里披头散发的红衣女鬼慢慢走近镜头，而后猛地抬起头，露出一张狰狞恐怖的脸。

两个女生顿时捂住脸大声尖叫起来。

恐怖音乐还在播放。

顾知意紧紧攥着赵萌萌的胳膊，声音颤抖："好了没？走了没？"

赵萌萌声音也有些抖，依旧坚挺地帮她捂着眼睛："没有没有。"

"那走了和我说一声啊。"顾知意紧张得脚趾都蜷缩起来，整个身子窝在沙发里一动不敢动。

不知过了多久，背景音乐慢慢变成慢节奏音调，顾知意从抱枕后缓缓地探出头来。

幕布上的恐怖电影不知什么时候换成了一张照片。

是她和沈俞白在西城边缘村庄救灾时候的合照。

顾知意愣怔住。

投影仪里的光照射在幕布上，男人站在幕布前面，强光模糊了他的面容，却将他的身影投射到墙上，那样挺拔有型。

他手捧着一束娇艳欲滴的红玫瑰走到顾知意面前。

单膝跪地，仰起头看她。

斑驳灯光里，男人笑了下，微微眨了下眼，将手里的玫瑰送给她，嗓音低沉轻柔："顾知意。"

周遭忽然安静下来。

她的视线里一刹那全都是他。

顾知意张了张嘴，俯身捧过玫瑰，香气瞬间将她包裹住。

"曾经我一度以为我的人生就那样了，在南关浑浑噩噩过完一生。

"它本不该令我满怀期待的，可是你来了。"

沈俞白望向她的眼眸深邃认真："你是万物里唯一照向我的光，是指引我的唯一。

"还记得我们一起看过的萤火虫吗？我不该奢求的，可那一刻，我的脑海里都是我们的未来。

"每一天清晨醒来，一日三餐，一年四季，这一辈子，我只认定你。

"所以顾知意，跟我结婚吧。"

顾知意眼眶一烫，紧接着眼角掉下一滴眼泪，她飞快拭去，而后抿着唇笑。

"好。"

只是一个简单的回复，男人黑眸瞬间点亮。

他执起她的手，替她戴上戒指。

"砰！"

旁边张之楠拉开礼花筒，彩条迎空降落。

所有人欢呼鼓掌。

不知谁换了音乐，轻缓曲调变成动感舞曲，几个人纷纷跳起来，欢声笑语渲染整个夜晚。

这个世界上，没有谁的命是一成不变。

我们能做的不过是等待着，等属于自己的那束光到来。

生命里的黑暗总是有的，可也要相信光的存在。

阳光会升起。

310

爱你的人也会到来。

（2）

别墅的卧室分布在二楼和三楼，几个人闹腾完已是凌晨，便回了房间休息。

顾知意戴着戒指坐在床边看了好久。

这戒指是逛街的时候她看见的，第一眼就很喜欢，不知道沈俞白什么时候买的。

浴室里传来水流声，她侧头望过去，余光看见床上放着的睡袍，应该是沈俞白忘了拿进去。

她起身拿起浴袍走过去，抬手敲了敲门。

男人清冷低沉的嗓音隔着一道门变得有些模糊，却意外地撩拨人心："怎么了？"

顾知意抿了下唇，靠墙抱着睡袍看向浴室门："睡衣落在外面，我给你拿过来了。"

里面没有传来声音。

她探头又看了眼。

浴室门被人从里面打开，水汽氤氲，男人小臂伸出，骨节修长的手指伸开，顾知意咬着唇上前一步，把睡袍送到他手上。

忽地，男人拽住她的手腕轻轻一扯。

顾知意没有防备便被他拉进浴室。

水雾热气攀升，后背贴上温凉的墙壁，她身子一抖，微微抬起眼眸望过去。

男人刚洗完澡，身上带着沐浴露的薄荷清香味，身形宽厚挺拔，靠近她的瞬间所有气息包围住她，顾知意所有感官都随着他的靠近而无限敏感。

他微微俯身环住她的腰，下颌抵在她的肩膀处，发丝上的水滴砸在她的锁骨处，沿着皮肤下滑，没入衣领之中。

她咬着唇，慢慢抬手环住男人的脖子，主动踮起脚尖。

沈俞白配合着弯腰，承受着她一下一下毫无章法的亲吻，毕竟她能主动总是好的。

可慢慢地，他觉得这简直是折磨，是考验他耐性的。

沈俞白撑着手将她拽开些距离。

顾知意有些茫然。

他抬手将淋浴喷头打开，哑着嗓子开口："要不要一起？"

顾知意咬着唇站在原地没动。

半晌后，她抬起手去触碰水流。

竟然是凉的。

她扬起眼眸，小声说道："凉。"

体感温度上还是有些差别的。

沈俞白挑了下眉，将温度调高，小小的空间里渐渐升起水雾，热水从花洒喷出，溅落在大理石地砖上，溅起的水滴落在男人的脚背上。沈俞白拉住顾知意的手，去试探水温。

"还凉吗？"

顾知意轻轻摇摇头。

卧室灯光昏黄柔和，男人俊美的五官骤然在她面前放大，那双黑眸被情意浸染，越发深邃，薄唇半抿着，就连脸颊上的疤痕都有了不一样的味道。

他俯身在她额头落下一吻。

"沈俞白……"顾知意不知怎么想的，就想喊喊他。

"嗯？"男人的吻沿着她的鼻梁、唇轻轻落下，应她的嗓音里有点鼻音，性感清冷。

她抬手抱住他的脑袋，轻轻晃了下。

沈俞白掀起眼眸看向她，黑眸被情意染上几分温柔，越发迷人。

"我很开心。"她说着笑起来，鹅黄色的灯光照在她的脸颊上，杏眸里星光点点。

顾知意想过被求婚，想象过沈俞白单膝下跪的模样，但是当这天真的到来，她依然满心欢喜。

"我也很开心。"沈俞白勾住她的下巴吻了上去。

窗外风轻树静，房间内满室暧昧。

沈俞白握着她的手覆上胸膛，却没想到她指尖微凉，引得他瞬间身子一僵。

他的锁骨处有一道明显的疤痕，摸在伤疤处有些奇怪的触感。

顾知意蹙起眉头，抬头想要看清楚些。

那伤疤不是普通的伤，一瞬间，她心疼得要命，那些没有遇见的时光里，他都经历了什么，这是她不敢想，也不敢问的。

她掀起眼眸看向男人，里面的心疼清晰可见。

沈俞白身子明显一僵，挪开她的手，嗓音彻底沙哑："不疼了。"

顾知意轻轻点头，轻轻吻了他一下。

这点点触感像星火燎原，一瞬间蔓延，沈俞白"啧"了声，抬手关掉台灯。整个房间陷入黑暗中。

沈俞白笑了声，抬头摸摸她的脑袋。

顾知意忽然觉得，所有的等待真的都值得了。

迷迷糊糊睡着时，顾知意看见男人背对着她拉开窗帘一角，月光倾洒进来，将他的影子斜照在地板上，他侧眸望过来，温柔又深情。

几个人平时都有工作要忙，几天的民宿生活结束后便又回到各自的轨迹上去。

秋意渐浓，道路两旁的梧桐树叶落得很快，秋风扫过，冷得路人忍不住裹紧大衣。

顾知意最近手术排到满，经常是加班到半夜才下班，就连和沈俞白坐下来吃饭都选在医院附近的烧烤摊了。

头发草草扎起一个团子，碎发落在脸颊两侧，顾知意咬了口烤肉叹了口气，脸颊被肉塞得鼓起，却没见她咀嚼几下。

沈俞白皱起眉头，把水杯递过去："怎么了？"

"累。"累到她不想吃饭。

沈俞白也发现她最近是肉眼可见地消瘦了，本来就不大的脸蛋越发显得小，那双杏眼倒是显得更大。

他把铁签拿过去，用筷子把上面的烤肉串和蔬菜拆下来，然后递过去："慢慢吃，等下回去好好休息。"

顾知意托着腮夹了一块肉塞进嘴里，忽地想起什么直起腰来看向男人："新房那边今天有人给我打电话，说我们这栋能交房了。"

前几天他们去的时候沈俞白特意把顾知意的电话留给那边。

毕竟他忙起来接不到，顾知意还有可能接到。

"行。"沈俞白喝了口水，抬手看了眼手表，拽过她的手把玩着，"我下个月有个事要忙，可能联系不上。"

顾知意眨了下眼，没出声。

这顿饭两人再无交流。

直到回到车上，顾知意抠着安全带上的小按钮低声开口："要一个月吗？"

沈俞白单手转动方向盘，轻声"嗯"了声。

"那拍婚纱照的日子要往后推迟吗？"她撑着手看向窗外，路上行人匆匆，叶子被冷风扫起，在地上打了个旋儿。

顾知意心里涌起一点点惆怅。

总觉得哪里闷得慌。

要说沈俞白的工作，她是能理解的，自己更多的是心疼。

她一方面希望沈俞白可以安安稳稳地生活，可一方面又想让他在喜欢的事业里发光出彩，这种纠结的心态让她的脸上浮上一层严肃。

沈俞白拽过她的手，吻了下："心疼我？"

他永远能猜到她心里所想，甚至能优先一步说出解决办法。

"这两天我在你这边过夜。"他说着望过来，路灯闪过，黑眸里的光也一闪而过。

顾知意终于转过头看向他，然后开始翻包找手机。

沈俞白被她逗笑："找什么呢？"

"手机。"顾知意闷着头翻包，"跟我爸妈说一声。"

男人按住她的手："我跟他们说过了。"

……

两人到家的时候已经有些晚。

客厅的灯还亮着，沙发榻上放着一床被子和一个枕头，看样子是刚换好的。

顾知意抿着唇抬头看了眼沈俞白，忍不住勾起唇，凑过去压低嗓音说道："委屈你了。"

沈俞白挑了下眉，抱着手站在原地，面上倒是没什么表情。

顾青山和李娅萍休息得比较早，家里很安静。

两人飞快洗漱完毕。

顾知意掯着笑倚在门口冲他挥挥手，然后毫不留情地关上了门。

客厅窗帘并不算遮光，也没有全部关严，月光白亮，有一道亮光照在地板上，沈俞白躺在沙发上，闭上眼睛休息。

恍惚间听见窸窸窣窣的声响。

他的被角被人扯了下，一只脚伸进来，许是踩过地板，有些凉意，他伸手握住。

冷不丁被人握住脚，顾知意吓了一跳，反应过来后在男人额头亲了口，声音轻轻："怎么没睡呀？"

男人掌心火热，不用一会儿便将她的脚焐热。他的手松开，攀着她的小腿向上，在她的膝盖处停下，而后轻轻一扯，她便跪在他的身上。

而后他抽出被子盖在顾知意身上。

两人穿得单薄，身体热度迅速交换，顾知意耳根有些发烫，挣扎着要起身，沈俞白压着她的腰不让她动，按着她的脖颈又将人拽回来，轻轻吻上她的耳垂，话语皆是气音："别乱动。"

她立刻没动，任凭男人把被子盖好。

片刻后，顾知意伸出手，指尖碰碰男人下巴，胡楂有些冒头，带着刺却不扎人，她玩得起兴，规规矩矩地趴在他上。

沈俞白只觉得她太轻了。

压在自己身上像一片羽毛，轻柔得来阵风都能把她吹走。

偏偏这人还不知道自己的重要性，他干脆拽住她的手，吻上她的指尖："想没想过要什么样的婚礼。"

顾知意沉吟片刻，摇摇头。

婚礼虽然说有很多细节需要确定一下，可她最近一个月和沈俞白待在一起的时间加起来都不够四十八小时，哪里还有空去想这些？

"抽点时间想想。"男人抬手轻轻拧了下她的脸颊。

"那麻烦沈队也想想。"顾知意也学着他的模样掐他的脸。

男人断眉一挑，黑眸暗下去几分。

"咔嗒！"

客厅的灯忽然亮起。

两人一僵，同时回头看去。

只见顾青山满脸阴沉地盯着两人，欲言又止。

沈俞白飞快起身坐好，还不忘给顾知意裹好被子，这才开口："爸，还没睡？"

"爸，怎么还没睡？"顾知意一开口才发现嗓音有些哑，她赶紧捂住嘴。

顾青山扯了扯嘴角，默默走向卫生间。

两人正襟危坐，顾知意甚至坐得比沈俞白还要笔直。

她想要回房间，可又觉得这会儿回房间有点欲盖弥彰的意思，干脆就坐到顾青山出来。

不多久顾青山从里面出来，瞥了眼两人，顿了下："你们两个还坐那儿干什么，看电视啊？"

听到这话，顾知意飞快起身回到房间。

沈俞白挠了挠头，舔了下唇起身想要去冲把脸。

顾青山还站在那里没动，直到沈俞白出来才清了清嗓子，神情越发别扭："你别睡沙发了，赶紧回屋睡吧。"

沈俞白点点头，快步走向顾知意房间。

房间内还没关灯，床上的人儿把自己塞进被窝里，团成一团，他被逗笑，起身掀开她的被子。

顾知意猛地睁大眼睛，扯住他的衣角看向身后，发现门已经关上后才松了口气，拍拍另一边示意他上床。

沈俞白照做，揽着她的腰倒在床上。

她那么小，手脚都搭在他的身上。

"沈俞白。"

"嗯？"

"如果有一天……"她趴在他的胸膛，听着他的心跳声，一瞬间有些感慨。

结果话还没说完就被男人打断，他揽着她的肩膀轻轻拍打着，像哄孩子一般："没有如果。

"我爱你这件事，永远不会变，至死不渝。"

顾知意轻笑："我知道。

"不过你到底什么时候开始喜欢我的？"

沈俞白垂眸瞧了她一眼，缓缓开口："很早。"

"很早是什么时候？"

怀里的人儿困意渐浓，声音越发轻软。

他轻轻勾起唇："遇见你的第二天。"

她站在骄阳暖光里，朝他伸出手，递给他一个桃子。

旁边传来均匀的呼吸声，沈俞白拉过枕头将她放好，然后轻轻抽出胳膊，又观察了一会儿，见她没有醒才起身开门走到客厅。

放在桌上的手机屏幕亮起。

他弯腰捞起手机查看信息。

下一刻，沈俞白套上外套起身往外走，他脚步向来轻，没想到这会儿还有人没睡。

主卧室的门被人打开，李娅萍站在那里看他往外走，轻轻喊了他。

沈俞白回头看去。

月光朦胧，李娅萍朝他挥挥手，嘱咐道："早去早回，注意安全啊。"

拉着门把的手骤然握紧，他皱了下眉头，压下心里翻滚的情绪，点点头，转身离开。

关上车门的一刹那，他呼出一口气，掀起眼皮望向楼上。

哪怕漆黑一片，他也能一下子望见那扇窗。

沈俞白轻笑。

他似乎终于有了归属感。

（3）

除夕那天，顾知意不用值班，除夕和初一两天可以在家休息。

阳台外的玻璃上贴着两张年画，进门的玻璃窗上贴着"新春快乐"，升降晾衣竿上还挂着两串小红灯笼，客厅里饭菜的香味弥漫着。

电视里在播放着新上的剧，女主甜糯糯的嗓音充斥在客厅里。

可惜没人看。

顾知意抱着抱枕盘腿坐在贵妃榻上，手边放着平板和手机，一会儿拿起一个看看，一会儿换一个，忙得头也不抬。

顾青山还在做年夜饭，举着铲子出来看见她这副样子，忍不住开口："小意，你到底在干什么？"

顾知意举起手机，满脸生无可恋："沈俞白那个天杀的，让我看装修设计图，我哪里会啊！"

她也就是心软答应了他，回头接过设计图的时候瞬间头大。

这比看人体解剖图还费劲。

设计工作室那边也是负责，大过年的还在跟她沟通问题，她只能自己先研究研究，再跟人家讨论一下。

"俞白今天回来吗？"顾青山从小阁楼上下来，拎着一瓶酒。

顾知意摇摇头，平板上的图划过去一张又一张："上午给他发了微信也没有回我，估计是在忙。"

警察这个行业，节假日比平时还紧张。

好在顾知意能够理解，她自己也有事，忙起来压根不管沈俞白了。

两个人相处得很和谐，倒是两位长辈满脸苦相。

顾青山叹了口气，把白酒放在桌上转身进了厨房，朝着李娅萍说道："你说这两个孩子，以后结婚了怎么办？"

李娅萍不以为然："你看他们两个担心吗？"

"还真是不着急。"顾青山捞起青菜择了起来，想了会儿无奈摇摇头。

不一会儿外面敲门声响起。

顾知意抱着手机去开门，门刚被推开男人便走了进来，浑身冷气冻得顾知意打了个冷战。她退后两步裹了裹睡衣，笑盈盈望着他："回来啦！"

沈俞白轻笑，抬手挠挠她的下巴，清冷的神情温柔下来："你倒是躲得快。"

他脱掉外套挂上架子，又去炉边烤了烤手，这才去沙发上揽着顾知意。男人下巴抵在她的肩膀上，凑过去看手机里的各种图。

"按照你这个要求，工作室那边没问题吗？"男人嗓音低沉温柔。

顾知意动了动肩膀："我觉得我规划很合理了。"

沈俞白挑了下眉："听你的。"

"对了，张之楠给帮忙订了酒店，是之前我们选的第一家。"

"好。"

"婚纱店那边前两天跟我说婚纱到了，可以过了初四去试婚纱。"

"好。"

"什么时候去买三金？"

"嗯？"顾知意终于抬起头，她还没有从男人这样跳跃的思维里转过弯来，茫然地看过去，"不是买了吗？"

沈俞白捏着眉心仰头躺在沙发上，手臂环过她，有一搭没一搭地抚摸着她的手臂："上次不是说那个手镯太土？"

求婚那天他买的三件套被赵萌萌几个人吐槽好久，说时下最老土的款式让他一网打尽了，唯一的优点就是金子量足。

菜一道道摆上来，花雕鸡、清蒸鱼，几道时令蔬菜，还有顾青山烧的功夫菜，顾知意特意从别的地方订的风干鸭，还有几道特色小吃，大大小小的盘子摆满了整张餐桌。

因为沈俞白下午还要出去，便没有喝酒，随着顾知意喝的果汁。

"来，一起举杯！"李娅萍站起来激动地举着酒杯笑着说道，"今年咱们家热闹了。"

顾知意探身过去碰碰两位长辈的酒杯："对的，谢谢爸爸妈妈！"

一旁沈俞白始终噙着笑，他起身也将酒杯送过去，矮两位长辈一点："爸妈，新年快乐，谢谢你们。"

李娅萍佯装生气瞪了他一眼："都是一家人，说什么谢。"

顾知意也跟着调皮，扭腰撞向旁边的人："就是啊，一家人说什么谢谢。"

"来吧，家人们！"

"新年快乐呀！"

等几个人吃完饭都快要两点了，沈俞白因为还有点事便先出门，等他忙完便给顾知意打电话。

挑了一上午东西的顾医生早就趴在沙发上睡过去，手机铃声响起时被吓了一跳，手忙脚乱地去接通。

听见她懒散软糯的嗓音，男人不自觉地压低声音，带着点哄："下来吧。"

顾知意抱着软枕翻了个身："不行了，我真的好困。"

"晚上带你去个好玩的地方。"沈俞白没给她撒娇的时间，直接抛出诱惑。

果不其然，顾知意慢慢撑着手坐起来："什么好地方？"

"下来就知道了。"

电话那头传来哀号声，沈俞白勾起唇，修长的手指一下一下地敲着方向盘。

不一会儿，顾知意便下了楼，她爬上车系好安全带，扭头看向旁边的男人："下午去哪里了？"

沈俞白启动车子，声音有些淡："去墓园了。"

顾知意点点头。

半晌后，她抬头摸了摸男人的脑袋："小白，下次我们一起去吧。"

男人轻笑，捉住她的手放在唇边吻了下。

之前买三金的地方在南关，好在是春节期间，道路上的车辆不算多，沈俞白开车又稳又快，没用多少时间便到了商场。

除夕这样的日子，商场里人竟然也不算少。

两人在柜台前重新挑选款式，沈俞白替她背着包，双腿交叠坐在沙发上看杂志。

"沈俞白？"一声娇滴滴的声音响起。

沈俞白掀起眼皮瞧过去。

面前的女人踩着一双"恨天高"，小腿暴露在空气中，包臀裙配着貂皮大衣。

沈俞白眨了下眼，径直望向女人的面容。

脸蛋精致，浓妆艳抹，烫着时下经典的大波浪鬈发。

看见他望过来女人顿时笑起来，红唇越发娇艳。

她坐在他旁边沙发上，跷起二郎腿："俞哥，你不记得我了？"

刺鼻香水味瞬间充斥整个鼻腔，沈俞白慢慢冷了神情，他直起腰漫不经心地扫了眼还在挑东西的顾知意，视线挪了回来，在女人脸上扫了圈："李佳颖。"

李佳颖浓长的睫毛飞快扇了几下，眼眶竟然红了。

"没想到你还记得我。"李佳颖朝着男人撒娇，"这么多年没见，俞哥还能记得我，真好。"

男人手撑着脸颊，黑眸冷厉淡漠："有事吗？"

"没事，就是遇见了高兴。"李佳颖掏出手机凑近，"加个微信吧，以后方便联系。"

断眉微微一挑，他避开那只手，嗓音清冷："不用了。"

李佳颖也不恼，起身想要贴过去，卖弄着她自认为能够引起男人兴趣的身材："俞哥，我其实……"

"小白！"旁边黄金饰品店里传来一道女声。

沈俞白站起身，长腿迈步往那边走去。

李佳颖愣了下，跟了上去，就看见一个女人穿着简单的休闲羽绒服，脚上一双厚厚的雪地靴，正埋头在选手镯，浑身上下朴素得要命。

她下意识地看向沈俞白，却发现男人眼眸里流露出的温柔是她从不曾见过的。

那女人回过头来。

是一张熟悉的脸庞。

岁月似乎对她格外照顾，皮肤白皙娇嫩，杏眸依旧璀璨明亮，望向人的时候仿佛有光。

顾知意看见沈俞白身后的人时愣了下。

有些眼熟。

沈俞白走过去揽住顾知意的腰，俯身比较她手里的两个镯子，指了指右边那款："这个吧。"

"那人是谁？"

"不认识。"

顾知意眨眨眼，"哦"了声，又低头继续选东西。

李佳颖就这样被晾在那里，静静地看着两人。

男人始终护着怀里的人，仿佛是一件难得的珍宝，他呵护得要命，生怕有一点磕碰。

记忆里少年清冷的脸庞和眼前男人深沉淡漠的面容重叠在一起，唯独那双

318

黑眸，丝毫未改。

除夕夜晚。

电视里在播放春晚。

隐约可听见鞭炮声。

顾知意趴在窗边朝外看去，以为是幻听："小白，你听见了吗？"

"听见了。"

"哪里来……"

眼前升起一束烟花，在漆黑夜空中骤然绽放，橙黄色光束炸裂开像是一团紧簇的花朵，将夜空照亮，紧接着下一朵又绽放开。

夜空被这些烟花照亮。

顾知意有些激动，拽着男人的手："你看，那个很好看！"

男人俯身过去陪她一起看向窗外。

良久，他侧头看向她。女人杏眸被夜空烟花点亮，她的眼清澈干净，仿佛盛着清泉，倒映着所有的璀璨。

沈俞白凑过去在她脸颊吻了下。

"除夕快乐，知知。"

顾知意回眸看向他，也学着他的样子吻了下他的脸颊："除夕快乐，小白。"

正月初五，两人去婚纱店试婚纱。

顾知意特意选了一套军装和一套白色婚纱。

沈俞白自然是配合她。

他的穿搭很简单，很快就穿戴好了。沈俞白对顾知意的事情向来有耐心，等几个小时从不会有怨言。

婚纱店的老板帮忙给顾知意穿戴，笑着问道："顾小姐，要不要拍一个First Look 啊？"

顾知意沉吟片刻，点点头。

婚礼只有一次，她也想不留遗憾。

老板的意思是抓拍沈俞白看见她穿婚纱的神情。她有点期待看到沈俞白的表情。

婚纱是抹胸款，鱼尾裙摆拖地，婚纱上面的亮片在灯光下闪闪发光，顾知意皮肤白皙，身材曲线姣好，看起来像一条美人鱼。

之前来试过妆，所以化妆师能够飞快替她上妆。

她平时素颜惯了，上妆后的面容更加精致明艳，就连化妆师都不停地感叹好久没遇见过这么好看的新娘子了。

"你好。"

沈俞白抬起眼。

服务员领他去一个房间，门推开便示意他进去，里面已经有摄像师在等待着。

男人面容沉静清冷，脸部轮廓线条清晰，一身特有的气质更是夺人眼眸。

沈俞白本就长得高，常年的体能训练让他的身材劲瘦有力，一身军装让他更显得挺拔正气，就连摄影师都忍不住多拍了几张。

他被要求站在房间另一头。

直到听见有脚步声传来。

那脚步一点点朝着他走来，而后肩膀被人轻轻拍了下。

沈俞白转过身去。

顾知意第一次在他的眼里瞧见惊艳，也第一次看见他掉眼泪。

男人薄唇紧紧抿着，眼角泛红，一滴眼泪滑了下来，她不忍心，踮起脚尖替他拭去。

"我好不好看？"她微微一笑，发觉自己也带了哭腔。

"好看。"男人嗓音沙哑低沉，紧紧攥着她的手不愿放开。

顾知意抿着唇轻笑，再也忍不住，张开双臂拥抱住他。

回应她的是男人坚实的胸膛和温暖的怀抱。

旁边摄影师感动得抹了两把眼泪，全方位地拍了好几组照片，甚至觉得都不用修片了。

这两人的颜值实在太高了，站在一起十分养眼。

距离婚礼还有一周的时间。

顾知意有些崩溃，她刚下手术拿到手机看到满屏的未读消息以及未接来电后，窒息感排山倒海而来。

她拖过一把椅子坐下，喘匀呼吸，而后解锁手机屏幕。

一瞬间微信弹出好多消息。

这两天邻市有个什么会议要召开，沈俞白被派去执行任务，平时电话联系都少，这会儿所有婚礼安排都压到她身上来。

什么乱七八糟的事情全都来了。

手机"嗡嗡"作响。

顾知意闭了闭眼，接通。

"小意啊，你和俞白商量没，他家亲戚能来多少啊？"

"妈。"顾知意叹了口气，"沈俞白家的亲戚跟他家断绝来往很久了，只有一个小姑。"

李娅萍噎住，半天才应了声，转移话题："那其他的人呢？"

"名单我等下给你发过去。"

说完顾知意挂断电话。

她仰着头让自己清净一会儿，正好何梅进来，看见她这副生无可恋的样子，问："怎么了？"

"结婚，真的好麻烦啊。"

外科主任刚巧进来，听见她哀号顿时也跟着乐了："小顾啊，要不要放两天假？"

顾知意一听放假来劲儿了，坐起来笑嘻嘻地看着主任："老大，给放几天？"

"不多不少，三天。"

　　晚上，顾知意接到沈俞白的电话，她没给他说话的机会，愣生生控诉了五分钟，然后才喝了口水："你有什么话要说？"

　　沈俞白坐在车里静静地听她唠叨，心慢慢静下来。

　　他眨了下眼，声音低沉温柔："我想你了。"

第 10 章

幸好遇见你

（1）

四月初十，宜嫁娶。

沈俞白特意在南关的百年酒店"珑湾"订的宴会厅。

宴会酒席只邀请了比较亲近的一些亲戚好友，会厅门口放着两人的婚纱照。

海报上选取的是顾知意最喜欢的一张照片，男人逆光而来，奔向她。

新娘明艳动人，新郎英俊清冷。

赵萌萌抱着手喷喷嘴，拍了拍旁边的张之楠："你有没有觉得这两个人特别配？"

张之楠"喊"了声，弯腰把他刚弄好的蛋糕摆台整理好，然后美美地拍了照片和小视频发朋友圈，这才直起腰搭理她："你怎么不说我俞哥长得帅？"

"哎，我们家小意就不好看了？当初要不是沈俞白死乞白赖……"

"行了吧！"张之楠挥挥手打断她的话，朝她身后瞥了眼，顿时坏笑，"李海来了。"

赵萌萌一听这话，头也不回地提着伴娘裙就往宴会厅里走去。

张之楠皱着眉头"喷"了声，勾上李海的肩膀，朝里面扬了扬下巴："怎么回事啊？"

李海瞥了眼里面高挑身材的人，伴娘服将她的身材衬托得曲线美好，他挪开眼："俞哥说让过去，一会儿答题。"

"答题？"

"你觉得赵萌萌她能放过咱俩？"

张之楠默默倒吸一口气。

因为两家距离的缘故，顾知意从酒店出发，而后到达沈俞白的公寓那边，闹过洞房后再出发回酒店。

两人搭上电梯先回去。

沈俞白公寓里，红色喜字耀眼夺目，他穿好西装，抬手看了眼手表，距离出发还有半个小时。

相较其他人家结婚，他这里冷冷清清。

只有他小姑陪着他。

小姑在摄影师的指导下抬手替他整理一下领带，笑着拍拍他的肩膀，仰起头嘱咐男人："俞白，要去接新娘子了，好好把小顾带家里来！"她说着哽咽几下，别过眼去。

沈家到沈俞白这代，只剩下他一个男丁。一想到自己哥哥不在人世，小姑忍不住背过身去擦眼泪。

"新郎，下个保证！"摄像师在一旁指挥。

男人黑眸微抬，清冷的目光扫过镜头，他点点头："好。"

只有一个字。

接亲时间一到，这帮人便出发去酒店。

结果刚一进门，门口的侍应生便给了三个人一张A4纸。

沈俞白接过来瞥了眼，轻笑："你们来。"

"为什么是我们来？"张之楠把纸张拿过去一看，顿时愣了两秒，而后默默掏出手机作势要打电话。

李海"啧"了声："打什么电话——"

然后他凑过去，"接通没？"

路过看热闹的人被两人举动逗笑，整个大堂喜气洋洋的。

摄影师扛着摄像机过去给了纸张一个特写，上面写着：要求两人以上跳《小苹果》。

良久，那边无人接通。

张之楠和李海对视一眼，心一横，扭了起来。

两人外貌条件不算差，加上这样一闹腾，更是引得围观的人越来越多。

好不容易通关到了门口。

沈俞白掏出事先准备好的红包，敲了敲门："开门。"

赵萌萌按住门锁，大声朝外面喊道："大红包呢？"

"你不开门，我怎么塞红包？"比起其他人，沈俞白倒是显得从容淡定。

男人背着手站定，修长的手指虚敲着节奏，微微掀起的眼皮压出褶子，越发清冷漠然："赵萌萌，今儿是我结婚。"

"废话啊你！"冷不丁被点名，赵萌萌叉着腰气势十足。

沈俞白掀唇，朝旁边人瞥了眼："李海不结婚了是吧？"

这话一出，旁边的人咬牙切齿地看向他。

门内不出意料地静了几秒。

跟拍的摄影师忍不住"啧"了声，这哪里是什么接亲？这是作战部署，攻心策略啊。

沈俞白再次抬起手腕看了眼时间，而后屈起食指敲了敲门："耽误我娶媳妇，我回头要跟人算账的。"

里面何梅全程发蒙，她攥着伴娘服裙摆后退，扭头看向顾知意："你老公为啥这么凶？"

顾知意抿着唇笑，她今日的眼尾处有亮片装饰，笑起来更是顾盼生姿："他不凶呀。"

"他说话我听着冷飕飕的。"

"没事，他人很好的。"顾知意忍不住笑道，"只不过等下再进不来，我怕他要爆破。"

何梅被逗笑："你们两口子都太有意思了。"

门终于被人从里面开了条缝，沈俞白动作十分迅速，抬手将门框把住，而后用力往后扯，胳膊上肌肉鼓起，他仍旧面不改色，漆黑眼眸冷冷地瞥过里面的人。

李海和张之楠也顺带帮忙，终于在散了红包之后几个人才进去。

顾家这边亲友多，小孩子也多，绕着三个人吵闹个不停，沈俞白又每人分了几个红包后人群才散开。

直到他看见坐在床榻上的顾知意，面容融了几分清冷，被温柔代替，他单膝跪地，俯身在她脚踝处落下一吻。

顾知意穿着秀禾服，笑容璀璨，杏眸明亮，就这样看着他。

"知知，我来了。"他起身撑住手，俯身过去想要吻她。

忽地，旁边伸过一张彩纸挡住两人。

赵萌萌挑了下眉，无视男人冷得掉渣的眼神："猜对了，才能亲你媳妇儿啊。"

上面是六个唇印。

沈俞白挑了下眉，半撑着手没动，黑眸扫了眼顾知意的唇，又看了眼上面的几个唇印，薄唇微启："右上第一。"

摄像师愣了下，连忙问道："真的假的？"

顾知意掩着唇点点头。

"哥们儿行啊！"

李海和张之楠手插在裤兜里冷哼着，四目相对，张之楠叹了口气："也不看看俞哥是干什么的，特警精英班出身的。"

摄影师竖起大拇指。

"这下，我可以吻你了吗？"沈俞白嗓音淡淡，尾音微微上扬，更像是刻意的诱哄。

两人距离稍近，她甚至能够看清男人卷翘的睫毛，有些浅的双眼皮，还有那双黑眸，倒映着她的小小缩影。

无论多久，她总能被沈俞白吸引。

顾知意看着他，心在这一刻被温柔浸透，她也学着他的样子，微微探身过去："好呀。"

下一瞬，男人抬手扣住她的下巴吻了上去。

周遭静了几秒，而后爆发出一阵欢呼声。

顾知意有些害羞，抬手推了下男人的胸膛，却被扣住手按在他心脏的位置。

沈俞白吻得有些重，她又害怕他不顾旁人，贝齿轻轻咬了下男人的唇。

杏眸冷不丁撞入黑眸中。

那样深邃清冷。

顾知意看愣住，好几秒后才反应过来。

男人浅笑。

旁边摄影师抓拍不停，吃"狗粮"吃得不亦乐乎。

给父母敬茶结束后，沈俞白抱着顾知意往电梯的方向走，两人终于有了独处的时间。

男人紧紧攥着她的手，声音低沉："冷不冷？"

顾知意摇摇头。

"困不困？"

她又摇摇头。

沈俞白轻笑："再忍忍。"

"叮！"

电梯门开。

顾知意被他弯腰抱起，手环在男人脖子上，她歪了下头，头饰微微晃动："沈俞白。"

"嗯。"男人低声应她。

"我觉得你今天好像很激动。"顾知意发现他的表情比以往都要生动一些。

沈俞白低头看她："顾知意，今天我结婚。"

这话一出，顾知意终于忍不住笑起来。

珑湾酒店宴会厅早就已经布置妥当，所有人员陆陆续续入场。

主持人在台上说着婚礼的主持贺词，邀请新郎登场。

沈俞白一身深蓝西装，清冷挺拔，跨步走上台。

台下顾知意的同事见到这场景顿时捂住嘴险些尖叫出来，一直知道顾医生的老公长得帅气，可没想到这么帅，毫不逊色于明星。

五官硬朗，剑眉黑眸，气质更是出众。

主持人在台上笑问道："新郎今天看起来很帅，紧不紧张？"

沈俞白半垂下眼眸，勾了勾唇："紧张。"

宴会厅大门外顾知意刚好站在那里，听到他说紧张抿着唇轻笑。

按照指令，新娘入场。

红木大门慢慢开启。

顾知意挽着顾青山的手，一步一步走上台阶。

台下是亲友的欢呼声，她笑盈盈地挥挥手，而后低声说："爸，你紧张吗？"

顾青山双眼直视前方，眼眶通红，嘴角微微有些颤抖："你说呢。"

主持人在一旁提示："请父亲把女儿的手交给新郎。"

她的手被顾青山牵起，而后转交给沈俞白，后者轻轻攥住。

主持人："爸爸有没有什么想对新郎说的？"

顾青山抬手抹了把眼泪："我就这一个女儿，你要好好爱她，呵护她，要是有一天她受欺负了，那请你把我女儿还回来。"

沈俞白点点头："放心吧，爸。"

交换戒指那一刻，顾知意接过话筒，她看着眼前的男人笑着说道："你还记得我们第一次遇见时的情景吗？

"沈俞白，南关旧巷里的光一直会有，别害怕，别人有的，你都会有。

325

"我会用生命做你人生道路上的光，在生命燃尽之前，你不必害怕，我会一直陪在你身边。

"余生很长，你要知道我爱你，像你爱我一样。"

男人喉结滚动，他紧紧攥着她的手，低头垂眸，努力地收回眼泪，而后仰起头："谢谢你出现在我的身边，也谢谢你能够爱我。

"所以顾知意，嫁给我！"

他很少失态，却在这么多人面前掉了眼泪。

顾知意踮起脚替他拭去眼泪，拥抱住眼前的男人："小白，恭喜我们，组成一个属于我们的家。"

（2）

顾知意怀孕是在初秋。

西城的秋老虎很厉害，都已经是九月底了，还热得让人有些受不住。

顾知意刚才在手术室的时候就觉得一阵反胃，她以为是做手术导致自己有些生理反应，下了台后便去通风口坐了会儿。

同事出来的时候看见她坐在那里，忍不住说道："我们也是头一遭见这么大的囊肿。这要是再不取出来，恐怕要出事的。"

顾知意揉了揉胃，懒懒地掀起眼皮打个哈欠："王哥，下场手术几点？"

"安排到下午一点了。"被喊王哥的同事抬头看了眼时间，也伸了个懒腰，"小顾，去吃饭啊，听说今天食堂做的卤鸡腿。"

听到"卤鸡腿"三个字，顾知意胃里又是一阵翻涌，她摆摆手，忍不住干呕起来。

好不容易挨到下午空闲时间，她去了趟妇产科。

中午检验报告出来，顾知意看着数值高的那一栏，深深吸一口气。

都怪沈俞白。

恰巧，口袋里的手机"嗡嗡"响起来。

顾知意掏出手机接通，罪魁祸首的声音传来："吃饭了吗？"

"没有。"

沈俞白在开车，听到这话瞥了眼手机，直觉媳妇儿口气不太对，便放柔了嗓音："没胃口吗？我往回走呢，带你去吃好吃的。"

顾知意抿了下唇："不吃。"

她出声喊他："沈俞白。"

沈俞白下意识挺直腰背："怎么了？"

"我怀孕了。"顾知意咬了咬唇，低声说道。

说完，她唇角微微扬起，刚才压在心底的烦闷瞬间消失不见，被一种奇妙的情绪替代，甚至还有些开心。

她有些惊讶自己的情绪转变，又想起来刚才妇产科医生的嘱咐，便不自觉地跟沈俞白撒娇："所以今天晚上能不能出去吃？"

电话那头久久没有回答。

顾知意心里一沉，声调不自觉拔高："沈俞白！"

男人低声回她："我在。"

"知知，我快到了，你等我好吗？"

他的声音里有几分颤抖。

顾知意松了口气，扶着椅背慢慢坐下，声音低柔软糯："好，我等你。"

挂断电话后，顾知意便回了科室，打了杯热水坐着发了会儿呆，又起身朝外看去，窗外车辆来来往往，她看得眼晕也没瞧见那辆熟悉的车，便又坐了回去。

电脑显示器上的时间才过去五分钟，她总觉得有些漫长。

科室的门是开着的，门口总有人来来回回的，起先顾知意还回头去看，但每次都不是沈俞白，她也就失了耐心，等再有脚步声，她也没有回头。

身后一只手轻轻环过她的腰腹，他的胸膛贴近她的背，熟悉的气息瞬间将她包裹住。

从刚才就急躁不安的心在这一刻安静了下来。

"看什么呢？"男人温柔的嗓音响起。

顾知意突然有些不好意思，拍拍沈俞白的手："没看什么。"

手腕被人拽住，沈俞白将她掰过来，俯身在她额头吻了下，手揽着她的腰轻轻替她按着腰眼的位置，眼眸温柔："想吃什么？"

顾知意没什么胃口，她推开男人脱下白大褂，思索一会儿转身说道："吃点清淡的吧。"

沈俞白抱着手点点头："那回家吃吧。"

"沈俞白！"

沈俞白轻笑："走吧，张之楠说他前两天来这边考察的时候发现一家私房菜馆，听说还不错。"

私房菜馆距离医院不算太远。

沈俞白一路上开车十分平稳，平时单手握方向盘的人，这会儿正襟危坐，用双手握住方向盘，神情比平时还要严肃。

顾知意见惯了他平时慵懒肆意的模样，这会儿见他这样，忍不住戳了一下他的胳膊："想什么呢，怎么这么严肃？"

"坐好。"沈俞白放下她的手，又确认一遍她的安全带是否系好，低声嘱咐着。

车子转个弯，从一旁的小路下去，绕开前面的竹林路，这才在一幢二层小楼前停下。

顾知意推门下车，有些好奇这地方，说偏僻倒也不偏僻，有种大隐隐于市的感觉："张之楠是怎么发现这地方的啊？"

沈俞白手里不知道什么时候多了把折扇，撑开递给她："说是老板会做一种酥皮饼。"

张之楠的店面越开越大，他自己也真的喜欢研究甜品，好学又勤快，短短几年便将同街的并排两个店面盘了下来。

顾知意感叹一声，慢吞吞地迈进门去："张老板以后的媳妇儿有口福了。"

听到这话沈俞白一顿，声音淡淡的："我媳妇没有口福吗？"

顾知意懒得搭理他。

327

刚才去医院的路上沈俞白已经打过电话来提前预约，坐下后直接选了几道招牌菜。

订的是包间，还算雅致。

沈俞白坐在顾知意旁边给她布菜，菜的味道真的很清淡又可口，顾知意吃了不少，吃到最后都觉得有些撑了。

下午她还要上班，沈俞白把她送回去后便给李海打电话。

那边接通后嘈杂的环境让人蹙眉，李海在闹市那边办事，扯着嗓子喊道："俞哥，有什么事？"

沈俞白抿了下唇："你那边太吵了，幸亏知知不在车上。"

李海挪开手机看了眼，有些纳闷："她在怎么了？"

"孕妇不能待在太嘈杂的环境里。"电话里男人沉着冷静的声音传来。

"哦，顾知意怀孕了啊，恭喜啊！"

沈俞白"嗯"了声："下次一起吃个饭。"

而后挂断了电话。

留下李海举着电话在闹市里发呆。

晚上回去的时候沈俞白又提前下班接顾知意回家，两人刚进家门就闻到鸡汤的味道，顾知意一阵反胃，扔了包就进卫生间里吐。

李娅萍听见动静从厨房出来，以为她今天胃不舒服，又在门口唠叨她平时吃饭不注意。

沈俞白断眉微微一扬："妈，知知可能最近都会这样。"

"最近都会？"李娅萍眉头紧紧皱起，"胃病这么严重了？"

"没，怀孕了。"他语气平淡，漫不经心地说着。

卫生间门开，顾知意叉着腰出来，倚在门上喘了口气："听你这语气，怎么那么骄傲的样子？"

沈俞白掀起唇角："就是很厉害。"

……

顾知意忍不住叹了口气。

别人家老公知道自己当爸爸了，会喜极而泣，他们家这位还真是与众不同。

他骄傲到没边了。

就连李娅萍都看不过去了，又不好意思说他，只能转身进厨房。

晚上两人休息。

顾知意倚在靠背上刷朋友圈。

忽然发现万年不更新朋友圈的沈俞白发了张照片。

她点开，照片是中午吃饭时她给他看的检验报告。

底下张之楠还在评论：哥，这什么意思？

沈俞白难得回复：孤家寡人你不懂。

她瞥了眼端着洗脚水进来的男人，忍不住开口："沈俞白，你最近怎么越来越幼稚？"

沈俞白弯腰放下水盆，而后试了试水温，从床上拽下她的脚，替她脱下袜子，然后蹲下帮她洗脚："哪里幼稚？"

"你朋友圈。"顾知意晃了晃手机。

男人掀起眼皮瞥了眼手机，神情如常，语气淡淡："只是通知一下大家。"

顾知意哭笑不得："倒也不用这样吧。"

孕期八个月的时候，顾知意的肚子已经非常大了，之前做产检的时候B超显示有两个胎心。

听到这个消息的时候，就连平日里做事低调的顾青山都忍不住在朋友圈炫耀了一番，平时与好友聊天时话语中更是掩饰不住欢喜。

沈俞白更是没边，下了班就往家跑。

就连陆明让他做报告都是搬回家做，理由就是陪老婆孩子。

月份大了，顾知意的小腿和脚踝有些浮肿，根本站不了太长时间，所以只能申请先不给她安排手术。

好在大家也都照顾她，平时真有什么急事都是让科里那些年轻力壮的上。

顾知意本身没怎么胖，看背影腰身依旧很细，只是从前面看，肚子大得像是揣了两个皮球。

偏偏最近沈俞白接了任务不在西城，她自己开车上下班，每天顾青山都会将她送到楼下，然后晚上在路口等她。

今天提早下班，顾知意扶着腰从车上下来，忽然肚子疼了下。

她扶着车脸色苍白，只觉得肚子一阵阵疼痛。

顾青山本来跟在后面走，看见她扶着车站那里吓得连忙跑过去："闺女，怎么了这是？"

"肚子疼。"顾知意拍了拍车，疼得她倒吸一口气，"爸，你开车陪我去趟医院。"

顾青山连忙点头，扶她上车后关好车门，跑去主驾驶的时候趔趄了下，他坐上车就发动车子，顾知意脸颊上已经有汗，她拍拍他，有气无力地说："爸，安全带。"

"哦哦哦。"顾青山手忙脚乱地系好安全带。

等两人到医院，顾知意已经先请人帮忙喊了妇产科医生，刚下车就被平车推走了，顾青山跟在后面红着眼眶给李娅萍打电话。

顾知意只觉得有些疼，而且十分有规律，她拽着同事的手有些想哭，又有些想笑。

这两个孩子快要把她的腰压断了，这会儿要是早产，早生产早解放。

推进产房后，顾知意好不容易不那么疼了，她喘了口气问道："能不能生？"

同事摇摇头："是有迹象，再等等，今天晚上应该差不多了。"

"行。"

次日凌晨，顾知意被推进产房手术室。

李娅萍和顾青山站在门外急得来回走动，他们想要给沈俞白打电话，又害怕他在执行公务，最后只发了个短信过去。

早晨五点。

天色刚亮。

顾知意脸上的汗把头发打湿，她缓缓眨了下眼睛，歪头看向旁边的同事："终于结束了。"

同事点点头："小顾，你这省事啊，龙凤胎！"

顾知意愣了下，慢慢弯起眉眼。

护士将两个孩子放在她旁边让她看了眼，孩子像是有所感应，哇哇哭起来。

她心里忽然涌起一阵心疼，是初为人母的疼惜。

只是现在实在没力气了。

产科护士先抱起两个孩子出去，看见顾知意的爸妈在门口踱步忙招呼道："恭喜啊，龙凤胎，母子平安。"

这话一出李娅萍眼泪止不住地往下掉，一边笑一边拍手："好，真好真好。"

沈俞白执行完任务往回赶的时候已经是第二天凌晨。

他安排好回去的路线，这才得了空掏出手机来。

旁边梁珂蹲在地上喘气，看见他掏手机，仰起头笑道："沈队，你这怕老婆的水平日益提升啊。"

沈俞白瞥了他一眼，解锁手机屏幕。

男人脸色忽然变了，转身快步往旁边走去。

梁珂连忙站起来，跟过去："怎么了，老大？"

"我媳妇儿生了，去前面把车开过来，我们先走。"沈俞白一边说一边抬手扯开领口，走到一旁打电话给陆明做口头报告，然后说了自己要请假。

握紧手机的手微微颤抖。

车子停在他旁边，沈俞白示意梁珂坐到副驾驶，自己开门上车。

吉普车飞快驶了出去。

他们这次执行任务在比较偏远的地方，回西城起码要两个小时的车程。

梁珂坐在副驾驶位置上觉得自己屁股全程都在半空中，这车被沈俞白开得要起飞了，一时间他也被带动得情绪紧张。

等车子过了泥土路开上柏油马路后，沈俞白马上换挡，脚底油门直踩。

吉普车猛地蹿了出去。

到达医院后，沈俞白直接冲了进去，素来清冷的面容第一次那样紧张无措。他甚至忘记有电梯，跨步爬上楼梯，连跑了十层楼到达产科病房。

他只穿着一件黑色短袖，作战裤没有来得及换下来，就这样冲到了产科病房。

病房护士不认识他，只觉得这人戾气太重，脸上还有血，差点要喊保安过来。

男人神情严肃紧张，却十分有礼貌地询问顾知意在哪个病房。

得知病房号后，他道了声谢，快步冲了过去。

床上的人脸色有些苍白，唇色也有些泛白，沈俞白迈进去时眼眶一烫，眼眸泛红。

他屏了呼吸，紧紧攥起的拳头骨节泛白，指甲掐进掌心里，却仍旧小心翼翼地走近。

李娅萍看见他这副样子吓了一跳，以为他受伤了，连忙拉着他低声问道："伤着哪里了？"

顾知意没睡沉，听见动静缓缓睁开眼睛，见着沈俞白的模样，心里"咯噔"一下，她撑着想要坐起来，沈俞白连忙扶住她，让她靠在自己身上，嗓音沙哑低沉："我没事，没受伤。"

"对不起，我来晚了。"男人嗓音有几分哽咽。

顾知意笑了下，抬手摸摸他的脸，柔声安慰："没事，我也很好啊，而且这次帮你实现了一个非常好的愿望。"

门外顾青山推车进来，顾知意示意他去看看。

沈俞白没动，只是抱着她，明明手臂青筋鼓起，却丝毫没敢用上半分力气，怀里的人比以往任何时候都要娇弱，他心疼得几乎不知怎么办。

顾知意推了他胳膊一下："你去看看孩子。"

他应了声，扶着她慢慢躺下，这才起身去看孩子。

小床上两个粉嫩可爱的孩子闭着眼睛安安静静地睡着。

"沈俞白。"顾知意喊他。

他回眸看去。

"恭喜你啊，儿女双全。"

沈俞白浑身一震，转头看向两个孩子。

他蹙起眉头，背过身去。

顾知意第一次见他这样哭。

男人掌心按住眼眸，轻轻耸着肩膀，薄唇抿紧，眼角泪滴滚落下来。

良久，她听见他说："谢谢你，知知。"

"谢谢你，让我有了一个这样好的家。"

（3）

沈俞白请了几天假在家陪顾知意，直到她出院才回去上班。

休假这几天晚上他几乎都没睡。

宝宝们还小，需要定点喂奶，不然就会号啕大哭，沈俞白刚跟李娅萍学了怎么抱孩子，可真自己抱的时候，他浑身僵硬，手臂上青筋暴起，甚至连脖颈处都血管突出。

他横着手臂托起大宝，轻轻地将他抱住，然后在房间里走来走去地哄着。

等到孩子睡着，他像是被人按下缓慢键，一点一点将孩子放在小毯子上。

沈俞白第一次觉得，抱孩子，比他扛枪都累。

手指根本使不上劲，更不敢使劲，生怕一用力捏断宝宝的胳膊腿。

每次他抱孩子的时候，顾知意都能看见他额头的密汗，每每都忍不住想笑。

顾知意起来喂奶的时候他便在旁边守着，两个小宝贝被哄睡了，他便揽着顾知意的肩膀，笨拙又温柔地轻轻拍打她。

每次他这样，顾知意心里就暖得要命，睡得也很踏实。

产后几天，她比别人恢复得都要好，气色更是养得不错。

出院这天，顾知意被李娅萍包得像个粽子，顾知意憋得快要喘不上气来，她手作扇子扇了扇风："妈，真的要被憋死了，没必要这样。"

没想到沈俞白俯身将她横抱起来，满病房的人都在看着，顾知意觉得脸上一烫，轻轻拍了他一下，低声说道："你不用现在就抱我。"

沈俞白吻了她脸颊一下，嗓音低沉："没事，包得严实不知道你是谁。"

别人是看不见她了，可是沈俞白的宠妻行为这几天在病区这边都要传疯了，这要是不知道他是谁，那真是奇了怪了。

果然这一路都有人在看，更有同事笑嘻嘻地看热闹。

她环着男人脖子的细手微微用力，沈俞白勾起唇，薄唇微启："知知，你要谋杀亲夫吗？"

顾知意冷哼声，松了手指的力道，男人脖颈处有细小掐痕，她不自然地清了清嗓子，咬了下唇："快点走。"

沈俞白半垂下眼瞧了她一眼，轻笑："收到。"

男人大步往外走去，直到走到车旁，把她放在后排位置，她才松了口气。

她刚抬眼望过去，唇上便附上一层温凉，沈俞白勾住她的下巴亲了口，黑眸里浸了几分笑："忍不住了。"

顾知意耳根有些红，轻轻推了他一下。

新房那边装修刚结束，还需要通风。

李娅萍便和两人商量来家里住，她照顾孩子也方便，沈俞白自然是同意。

他最近工作忙，很多时候回到家都已经是半夜。

顾知意睡不着的时候便躺着发呆。

这一天，她忽地想起什么，探身看了眼旁边熟睡的两个孩子，她微微一笑，拿起手机拍了张照片，而后发给了赵萌萌。

赵萌萌还在跟人签合同，收到消息后柳叶眉微微一挑，红唇半抿，更是好看到极致。

旁边经理签完后，笑着约她："赵总晚上有空吗？一起吃个饭。"

赵萌萌笑了下，起身收拾好合同，说："不好意思，等下还要回家给孩子换尿不湿。"

大宝和二宝满月的时候才起好名字。

李娅萍和顾青山那整整一个月都在扒拉《新华字典》，恨不得把字典看出个洞来。

结果说一个顾知意否一个，一直到她出月子，还一直"大宝""二宝"地喊着。

顾青山急了，背着孩子的生辰八字就要去找算命的算名。

顾知意把大宝抱起来给他拍了拍奶嗝，喊住顾青山："爸，要不等下小白回来，让他看看你选的几个名字？"

"哼，他？"顾青山轻嗤，"他是哪边都不想得罪，所以才把问题抛给你。"

最近顾青山总是在沈俞白下班回来的时候拉着他看名字。沈俞白重感情，好不容易有了一个这样氛围的家庭，他不善言语，不会说圆场话，就干脆直接把问题抛给了顾知意。

反正坏人都让顾知意当。

顾知意被两位长辈磨得也快没脾气了，她扯过《新华字典》，随便翻开一页指了指上面那个字："就这个吧。"

顾青山凑过去看了眼，"啧"了声，没说话。

顾知意顺着他的视线看过去，她的指腹下压着一个字，言。

沈言。

倒也可以。

她接着如法炮制，又随意翻了一张。

爷俩都凑过去看。

赞。

沈赞。

顾知意转头看了眼两个孩子，男宝睁着黑漆漆的眼眸在啃手指，女宝在睡觉。

她轻笑："爸，大宝是姐姐，就叫沈赞吧，二宝就叫沈言。"

当天晚上，沈俞白回来听说了这两个名字后，沉默几秒，点点头。

"还是我老婆有文化，简单又不失贵气。"

他强行捧场的模样惹得李娅萍哈哈大笑。

阿赞的性格实在不像女孩子，格外闹腾，而且那么小就让人感觉有心眼儿了。

阿赞不喜欢沈言，很喜欢沈俞白。

每次沈俞白下班回来去逗她，总能听见她咯咯地笑。

沈言更沉稳一些，眉宇间有几分像沈俞白，就是不爱笑，不论谁逗他，都没什么反应。

顾知意一度觉得这孩子有什么问题，去儿保科的时候人家说沈言很正常，只是不爱笑而已。

但是沈言比较讨厌沈俞白，看见爸爸的时候小眉头总是会不自觉皱起。

姐弟俩，一个喜欢爸爸，一个讨厌爸爸。

沈俞白倒觉得没什么。

他疼阿赞是要比沈言多，对他来说，女儿就是要娇养，男孩子要糙养。

沈言和沈赞一岁的时候刚开始学会走路和喊爸爸妈妈。

沈俞白对这件事没什么感触，只是最近回家的时候，神情越发清冷。

晚上休息的时候，顾知意特意把孩子们都哄睡，让李娅萍在旁边看一会儿，而后跑到旁边次卧的洗浴室敲了敲门。

里面传来男人清冷低沉的嗓音："怎么了？"

顾知意抿了下唇："你今天好像不太开心。"

沈俞白顿了下，断眉微微挑起，看向门外模糊的身影，他抬手关上淋浴头：

333

"哪里不开心？"

"感觉你不开心。"

浴室门开了条缝，顾知意探进头去笑盈盈地望着他。

沈俞白叹了口气，抬手将她拽进来抵在墙上。

他低头瞥了眼，抵住她的额头，嗓音低沉沙哑："你说，我是为什么不开心？"

顾知意轻笑，主动环住他的腰，踮起脚尖吻了一下他的唇："某些人觉得自己被忽视了。"

沈俞白揽着她的腰压向自己，抬手忍不住勾起她的下巴吻了上去。

他被冷落了很久，也一直体谅顾知意。

可现在只有他们两个人，他有些忍不了。

他勾着顾知意咬了下她的唇，撬开贝齿，舌尖在她口腔扫荡。

顾知意情难自抑地呜咽一声。

这更是引得男人力道加重，指腹蹭过她脖颈间的细肉，顾知意被迫仰起头承受他的亲吻。

浴室水汽氤氲。

忽然外面响起敲门声，沈俞白猛地睁开眼睛。

顾知意吓了一跳，稳了稳心神后开口："怎么了？"

李娅萍在门外无奈叹了口气："阿赞醒了，哭着闹着找爸爸呢。"

沈俞白扶额，黑眸锁住眼前的人，而后又重重吻了一口，这才哑着嗓子应声："妈，我冲一下就出去。"

顾知意的衣服早就湿透，她干脆脱了衣服也冲了个澡。

沈俞白在里面抱着她磨叽了会儿，最后在她胸前留了一个吻痕才算罢休。

主卧里，阿赞小小的，抱着玩具草莓熊哭得上气不接下气，看见沈俞白进来更是哭得用力，大有要把眼泪哭干的架势。

沈俞白轻笑，单手抱起她，又给喂了口水，这才哄着问道："怎么了，哭这么凶？"

软萌软萌的小脸蛋哭得红扑扑的，她抱着沈俞白的脖子乖乖把头靠在他的肩膀上，小身子哭得一抽一抽的，让人好不心疼。

李娅萍刚好在给两个孩子冲奶粉，拿着奶瓶进来的时候没好气地瞪了眼阿赞："这小东西，还挺会挑人。"

"阿赞，喝奶好吗？"沈俞白抱着她回到次卧，把她放在腿上，而后帮她举着奶瓶。

阿赞的眼眸像极了顾知意，杏眸清澈，睫毛卷翘浓密，望向人的时候越发让人怜惜她。

沈俞白心软了一大半，刚才的郁闷刹那间烟消云散。

顾知意洗漱完出来看见这一幕，撇撇嘴："刚才不是还不开心？"

"嗯。"沈俞白应了声，"跟阿赞无关。"

他掀起眼皮望向顾知意："等下哄睡了商量件事。"

顾知意挑了下眉："什么？"

334

"等下再说。"

男人抱着宝宝起身往外走去，低声哼唱着不知名的儿歌，顾知意倚墙看着，轻轻眨了下眼。

下一瞬，房间里传来沈言的哭声。

李娅萍喊了声。

顾知意慢吞吞地走过去，熟练地接过沈言，只是轻轻哄上两声，小孩子便不哭了。

等一切忙完，孩子们也睡下，顾知意反而没了睡意。

她轻轻起身走到客厅坐下，抱着膝盖坐在沙发上，而后拿起手机刷淘宝。

之前淘宝购物车里还有些其他的东西，现在一打开都是宝宝用品。

无力和茫然慢慢涌上来，她轻轻呼出一口气。

沈俞白走过来环住她，轻轻晃了晃，在她脸颊上落下一吻："怎么了？"

"没有。"她笑了下，"只是觉得时间过得好快。"她抬手摸摸男人的脸颊，"好像刚相识的那段时光还在眼前。"

沈俞白轻笑："所有人都觉得我不好惹，避我、躲我、怕我，"他低头将人抱进怀里，嗓音越发轻柔，黑眸星光点点，"你为什么还要对我好？"

夜晚静谧，客厅里只听得见两人的低语声。

听到他这样问，顾知意抿着唇笑了下，换了个姿势躺在他腿上，手指戳戳他的腹肌，坦坦荡荡地回答他："因为你从来没有对我不好。"

他替她挡球。

他替她挡开水。

他日复一日地送她过隧道。

他送她探灯。

他陪她跨年，陪她去做那些之前她想都不敢想的事。

"别人都说你这样那样凶狠，"顾知意抬手拽住他的衣领轻轻往下拉，男人英俊清冷的面容在她面前越发清晰，她忍不住勾起唇，"但是小白，你从来没有对我凶过，也从未对我不好过。"

男人将她抱起来，手在她的颈椎处按揉着："没有吗？

"我赶过你走。

"我也吼过你。"

他顿了顿，嗓音蓦然有些发紧："我也曾放弃过你。"

顾知意"哦"了声，抬手拍了他一巴掌："你不要以为你主动坦白，我就会原谅你。"

沈俞白"嗯"了声："那你原谅我啊。"

"为什么要我原谅你？"顾知意换了个姿势，半躺在他的腿上，掩嘴打了个哈欠，"明明你没有做错。"

她越说声音越发低下去。

沈俞白俯身瞧去，怀里的人已经熟睡。

"知知。"他低声唤她。

顾知意懒懒地应了声，转身抱住他的腰贴过去。

"今天星星很好看。"他低声诱哄她。

顾知意眨了下眼，仰起头看向他，半晌后，她勾起唇，声音轻缓："最好看的不都在你的眼睛里吗……"

男人神情一愣，被塞了满腔温柔。

沈言和沈赞三岁的时候就上幼儿园了。

沈俞白在他们两岁的时候被借调到西城公安局，就在幼儿园旁边。

老师们邀请公安局同事帮忙去做安全知识讲座。

沈俞白"临危受命"。

当老师拍拍手示意小朋友们都坐好的时候，沈赞手里还攥着旁边同学的衣角，嚣张得要命。

教室门被人推开。

沈俞白穿着一身警服走进来。

他本就气势压人，现在有制服加持更是压迫感十足，就连幼儿园老师都忍不住往后靠了靠，紧张地吞了口口水："小朋友们，今天我们邀请到警察叔叔来跟我们讲讲遇见陌生人应该怎么做。"

他黑眸往里扫了一圈，便看见自家女儿还在攥着人家男孩子的衣服，男孩子哭得眼眶通红，愣是不敢反抗。

他神情一冷，径直走过去在两人面前蹲下。

沈赞吓了一跳，却还拽着人家的衣服不肯撒手，沈俞白冷冷开口："松手。"

沈赞死死咬住唇，杏眸瞪得大大的，湿漉漉的眼眸望着他。

沈俞白别开眼："沈赞，松开手。"

沈赞撇撇嘴，"哇"的一声哭出来，松开小朋友的衣角扑到老师怀里："老师，呜呜呜……"

小孩子本就长得可爱，再这样一哭，更是让人心生怜惜，老师连忙抱起来哄了几句："我们小阿赞最乖了，不是最喜欢警察叔叔吗？警察叔叔也不是故意这么凶的。"

沈俞白站起来，手插在裤兜里慢慢走上前，而后转头看向坐在旁边的沈言，出声询问："她在幼儿园就这样——

"嚣张跋扈的？"

沈言缓缓点点头。

沈赞一听哭得更大声。

幼儿园老师听不下去了，制止住沈俞白继续说："那个沈队，小孩子还小，不能这样说的。"

沈俞白挑了下眉，黑眸扫向她怀里的小女孩："沈赞，你因为欺负同学被喊过几次妈妈了？"

沈赞小手捧着老师的脖子不看他。

老师叹了口气："沈队，这孩子就是调皮一些，家长来了我们会跟他们好好说的。"

沈俞白点点头，插着口袋走到她面前，抬手动了下沈赞的小哪吒发型，而

336

后看向老师："老师，我是沈赞和沈言的爸爸。"

幼儿园老师一愣，感觉趴在自己身上的沈赞抖了抖身子，搂着她脖子的手抱得更紧了。

"……阿赞爸爸，"幼儿园老师讪讪一笑，"咱们今天主要是看看孩子们的安全意识，其他问题要不要等到回家之后再说？"

"抱歉，好的。"沈俞白低声道歉。

沈赞始终把头埋在老师脖颈处。

直到下课，她才胆怯怯地松开抱着老师的手。

老师有些不放心，蹲下去拉住她的手悄悄问道："爸爸平时是不是很严肃啊？"

沈赞点点头。

"那爸爸平时打你吗？"

沈赞又点点头，小嘴一撇，好像要哭出来。

旁边沈言正好路过，一派老成模样，冷冷的神情跟沈俞白如出一辙："沈赞，你还能再瞎编吗？"

老师哭笑不得。

沈俞白收拾好东西走过来，拎起两个孩子的书包，看了眼沈赞，深吸一口气，终究是什么也没说。

回到家后，沈俞白把书包放在沙发上，而后朝两个孩子招招手。

沈言十分坦然地坐过去。

沈赞转身就跑，一边跑一边喊："妈妈，爸爸要打我！"

公安大学招生时，沈俞白的体能考核分数是整个特警专业第一名。

不仅如此，他的文化课水平也是拔尖的。

可他去宿舍的时候连个行李箱都没有，就一人背着一个书包来的，被褥是学校发的，衣服永远穿制服和常规服。

舍友一开始觉得他是穷，餐厅打饭遇到好吃的会想着给他捎一份，但是第二天总会在桌子上发现当天的饭钱。

他不跟他们说话，也不主动融入，独来独往的。

体能课自己训练，专业课永远坐在最后一排，没人知道他到底是个什么样的人。

少年就这样像一头孤狼般过了一个学期。

渐渐地，有人看不惯他，借着体能课双人搏击考核来跟他对打，结果没有过几招就被少年扔在地上。

还有同学不服气叫嚣着要跟他对打。

那天下午，训练场上，少年一人挑了三个人。

他面不改色，甚至神情未变，就那样撂倒他们一群人，只是打到最后，被老师喊停。

从此沈俞白在大一新生里彻底出名，年轻人慕强，大家好奇他到底什么样子，便偷偷去看。

就连女生也忍不住去偷看，发现他样貌冷冽帅气，身形挺拔。

她们拦住他想要加微信。

无一例外，都被他无视。

一个孤单又神秘的青年，就这样在校园里晃荡，那年学校论坛上关于他的故事随处可见。

他不上网，不玩游戏，空闲的时间里不是背书就是睡觉，脖子上还挂着一个从未摘下过的观音吊坠。

直到有一次，有人看见他盯着一张照片看，照片里是个女孩子，笑容璀璨，长相甜美。

那人趁他不注意将那张照片拿走。

没想到平日里没什么表情的少年第一次发火了，黑眸里涌出的怒意让人心生畏惧。他压低嗓音，一字一字地问："谁拿走了我的东西？"

宿舍里的人被他吓到，指了指隔壁的人。

那天晚上，整个楼层的人都见识到了他的狠厉。他没几下就将那个偷拿他照片的人打翻在地，冷着面容，居高临下地望着那人："拿来。"

明明声音低到几乎听不清，可那股瘆人的气势让人望而生畏。

那人颤颤巍巍地抽出照片给他。

少年弯腰拿走照片，像是珍宝失而复得，他眼眸里的冷戾消失一半，起身松开那人。他走出几步倒退回去，拎起那人的衣领拽到门口，冷冷地开口："怎么挑衅我都可以，但是别碰我底线。"

他扬了扬手中的照片。

那是他的底线。

此后很久没有人跟他说话，更不用说一起训练考核。

没人跟他组队。

跟沈俞白组队的人，永远只有教官。

就连教官跟他过招，都是险胜。

这样的情况一直持续到大三。

学校来了几个穿着制服的警官，在这里住了几天，而后把沈俞白喊去了校长办公室。

沈俞白进去后抬手敬礼。

那人坐在他对面，鹰一般的眼眸将他上下打量一番，忽地咧开嘴笑了下："沈俞白。"

"到。"他低声应了声。

那人点点头："猜到找你有什么事了吗？"

"没有。"少年神情始终淡淡的，不起任何波澜。

陆明清了清嗓子，示意他坐下："我长话短说，这次我们来主要是想找一个人来配合我们的工作，完成对跨境犯罪团伙的打击。

"最终我们选定了你，沈俞白。"

沈俞白抿了下唇："理由呢？"

他并没有惊讶，只是微微皱起眉头，像是想到什么，清冷的面容上微微有几分厌恶。

陆明沉吟片刻："你各方面都合适，还是南关人。"

且他知道沈俞白打过拳。

所以沈俞白的格斗能力那么厉害，尤其是近身战，几乎是一次性通过考核。

少年双手交叠，半佝着背，静静地坐在那里。

陆明了解沈俞白，他父亲早年做生意，后来染上赌，家里被赌债掏空，说家徒四壁毫不为过，而他母亲受不了这样的家庭环境，选择了自杀。

母亲去世后，为了还债他去打拳。第一年高考当天被混混揍，被他顺手救下，后面复读，而且仅仅用了一年就考上了公安大学。

这些遭遇，造就了现在的沈俞白。

抗压能力，学习能力，身体素质，还有对南关的熟悉程度，这些加起来，沈俞白是警方最好的选择。

片刻后，少年抬起眼眸："如果我能活着回来……"

陆明心里还是一震，忍不住抬手拍拍他的肩膀，语气放缓："你有什么要求，尽管提。"

"如果我能活着回来，毕业后让我去南关公安局。"

"南关？"陆明皱起眉头。

他这样的学历，加上有那样一段经历，进入好单位的概率非常大。

"南关那地方太小——"

少年打断他的话，直直望向他的眼睛："可以吗？"

陆明深吸一口气，点点头，招招手让人拿来纸和笔，然后写下一份承诺书，最后盖上自己的印章，一式两份："最后我会附上一条说明，如果后面你想要做其他选择，我都尽力帮你完成。

沈俞白点点头。

"还有，如果你不幸牺牲，抚恤金会发放到你父亲的手里。"

沈俞白摇摇头，他将脖子上的吊坠摘下来，紧紧攥在手里，眼眸里闪过一丝温柔："临走前，我会把这个交给你，如果我死了，麻烦帮我把这个转交给一个人，至于抚恤金，就捐给南关九中吧。"

那枚观音玉坠被养护得很好，色泽白润，晶莹透亮。

陆明一并答应他。

"转交给谁？"

"顾知意。"

陆明想起他的背景调查资料里，有一张女孩子的照片。

可所有人都说他跟这个女孩关系不深，只是做了一年的邻居，更谈不上熟悉。

他没过问，应了下来。

沈俞白见他都应下来，缓缓站起身，神情清冷："我要怎么做？"

接下来的时间里，沈俞白被接出学校，送到一个没人知道的地方进行魔鬼训练。

那犯罪团伙里不乏高智商的人，所以他需要尽快掌握几门外语，沈俞白的英语十分好，甚至口语也令陆明刮目相看。

没人知道他被训练了多久。

等他回到南关，能够威胁到他的隐患已经清除。

男人名叫王新安，是南关头目里最接近上层的一个小头目，他们只有先接近他，然后套出上面的情况，这样才有机会将这群人一网打尽。

在沈俞白进入这个组织后，陆明彻底失去他的消息。

大半个月里，他们都在找寻他的踪迹，可是毫无发现。

刚开始还能追踪到他跟着王新安出去办事，后来在一次犯罪团伙的行动之后，他们发现沈俞白似乎取得了他们的信任。

再后来，他们再也查不到他的消息。

就像是人间蒸发。

没人知道他在干什么，也没人知道他到底还能否在肮脏的世界保持本心。

直到再一次活动，警方意外发现一条线索，而后顺藤摸瓜搜寻到一处小的窝藏点，一举捣毁，而后发现了沈俞白留下的讯息。

只有一个字：安。

陆明对他是又爱又恨，爱他现在还能保持住一份真心，恨他不跟他们联系，让他们苦等。

直到最后一次交易。

他作为买方，要求跟王新安的老大合作。

两人约定在一个普通小饭馆见面。

沈俞白第一次主动联系他们，没有任何有价值的消息，只是连续在一家饭馆露面，吃了三碗面条。

留下了十二块钱。

陆明猜到了这是时间，不顾所有人反对联合邻市调动警力合作。

一切准备就绪，沈俞白果然带着人来了。

长达大半年的部署在这一个小时里交上一份答卷。

案子结束，沈俞白却把自己关在房间里不吃不喝，高烧不退，可他没昏迷，就那样挺着，手里攥着陆明还给他的玉坠。

就这样熬了三天，终于晕了过去。

等他再次醒来的时候，神情已经跟平常无二。

陆明不放心，给他找了心理医生，评估显示他的心理有问题，而且非常大。

可他伪装得很好，像个正常人一样。

那天他坐在病床前，把一张照片递给沈俞白，缓缓开口："这个照片是我在南关的医院拍到的，照片上的姑娘在救人，你认识她吗？"

黑漆漆的眼眸终于有了一丝变化，他抬起头望向那张照片，神情忽然变了。

少年清冷的面容慢慢缓和了一些，他转身拔掉输液器，掀开被子想要下床，后背和胳膊上的伤口崩裂开，他都不管不顾。

陆明一个人按不住他，喊了人来。

冰凉的液体注射进他的身体里，黑眸有一瞬的呆愣，而后一滴泪缓缓滑落。

"别去打扰她。"这是他事后开口说的第一句话，长期不说话导致嗓音嘶哑难听，像裹满沙砾。

第二句话是："我接受治疗。"

顾知意被保送研究生，她选的外科导师是军人出身。

顾知意从手术台上下来，刚摘掉口罩洗手，就听见旁边电话响了，她没多想，低头呼出一口气，飞快冲洗。

"小顾，袁主任喊你过去一趟。"

"知道了。"

那年有个打击犯罪军事演习，涉及人数很多，地方要求上报十名外科医生做志愿者。

她被导师找到，并说明了找她来的理由。

顾知意立刻表示愿意。

得知参加演习的单位，她藏了私心。

万幸，最后的层层关卡里，她排名第十。

和平年代里，没人上过战场，也很少有人能近距离地感受一次真枪演练。对于顾知意来说，所有的都是未知。

不知道他们会不会受伤，不知道受伤程度有多严重，一切都是未知。

所以在临行前的一个月里，顾知意拼命补习枪伤和弹片导致的伤口问题，以及内科基础问题和突发情况，她害怕自己真的遇见会发蒙，这是万万不能出现的失误。

医院图书馆里关于外科的文献几乎大半被她搬回了家，一直到出发她才睡了一个完整的觉。

那天，顾知意穿着白大褂外面套着一件防弹衣，坐在敞篷车的后座里被颠得胃里上下翻涌。

旁边的几个医生也面容难看。

她强迫自己闭上眼睛，指甲掐进掌心里，努力平复呼吸，手里紧紧攥着刚才同事给她的一块薄荷糖。

道路行驶到一半的时候，敞篷车厢外的厚重帘子被放了下来，车厢内顿时漆黑一片。

陪在他们身边的几个军人掏出手电筒打开，冲他们笑了笑："不好意思，理解一下。"

黑暗中顾知意睁开眼睛，轻轻吸了口气。

她的私心只有三个字：沈俞白。

如果有可能，她希望能够碰见沈俞白。

两个人已经很久很久没有见面了。

准确来说，她和沈俞白失去了联系。

经历过几个小时的车程，他们被带到一个营地，顾知意被安排到一个组装车厢中，她和另外两个人一起负责这个地方的医疗保障，三个人中只有一个是有经验的，剩下他们两个是小白。

而其他人则是被带到其他地方。

这期间所有人的手机都被统一收了上去，然后每人发了一个无线交流器。

顾知意已经要晕过去，直接盘腿坐在地上，她从旁边掏出水壶喝了口水，这才觉得有些缓过来。

"哎，你好，请问你知道这是正方还是反方吗？"旁边男医生也跟着坐下，龇牙喝了口水，"我们今天一天都在绕路走，我都要吐了。"

"我不知道。"顾知意笑了下，仰头又灌了口水。

忽地，外面传来警报声。

几个人对视一眼立刻从地上站起来。

整个演习的时间提前八小时，正好是在他们来到后的傍晚，连给他们休息的时间都没有。

初冬的夜晚来得很早，夜幕降临，周围只有黯淡的光。顾知意迅速在口袋里装了一部分基础救治药品，而后躲在后排架子后静静观察周围环境。

今夜注定无眠。

后来沈俞白摸着她后背上的伤痕，心疼地吻了上去，问她这是什么时候受伤的。

顾知意笑了下，她抬起手尝试着想要摸到，可惜，她摸不到，也看不见，只能回忆起弹片瞬间穿透的感觉。

那一瞬，不光是疼痛。

先是一种奇怪的感觉，像肉被撕裂的体感，紧接着才是钻心的疼。

是演习彻底白热化的那天。

所有人才意识到，原来小型炮弹是真的存在的。

在顾知意的认知里，这些东西只有在电视剧里才能看见，就像李娅萍和顾青山平时追的战争片，而现在那里面的枪林弹火搬到现实里了。

说实话，顾知意是发蒙的。

她用了半天去消化这件事，而后迅速适应环境。

代价是做了好几天的噩梦。

"顾医生，有人受伤了！"旁边无线对讲机里传来声音。

顾知意和同事对视一眼，背起抢救箱就往外跑，她一边猫着腰跑一边回复："位置！"

这是他们来参加演习收到的第二个受伤的人。

上一个已经被做好简单包扎后转移到上级医院。

"东三方向，快点！"

对讲机里传来男人的嘶吼声。

顾知意心里"咯噔"一下。

这伤估计很重。

他们按照给出的方位迅速向那边靠拢，老远便闻见一股硝烟味道，顾知意迅速戴上口罩和防护眼罩，然后背着抢救箱往那边爬去。

她速度要比同事快，率先到达受伤军人面前。

眼前的景象让她愣怔半秒，而后打开手里的抢救箱迅速找到药品和耗材。

军人身上多处伤口渗血，腿部尤其严重，上面大大小小的伤口。

看样子是刚才被弹片冲击过。

周围围了几个军人，紧张地看着他们受伤的战友。

可演习不会因为一个人受伤停下，在看见顾知意等人时，几个人交代事情经过后便迅速摸边离开。

她迅速剪开伤者的衣服，然后找到几处严重的地方进行治疗。

顾知意查阅过大量资料，处理这种密集伤口的方法也只是在资料中见过，真要处理也是第一次。她快速抽取药品，注射，把自己认为当前有效的治疗方法在大脑中筛选了一遍，而后立即做出判断。

军人漆黑的眼眸睁开，紧紧攥着拳头，死死不肯出声。

那双眼眸深邃清澈。

顾知意微微蹙起眉头，后面的医生跟过来，快速检查过她的处理后竖起大拇指，而后说道："已经用了止痛针并做了基础包扎，你们带他走，我跟在后面。"

"好。"她低声应下。

几个人抬着担架往回走。

就在这时，忽然地面上有白烟冒起。

顾知意回头看去，杏眸猛地睁大。

而后她快速飞扑到病号身上。

"嘭！"

什么东西穿透她的白大褂，钻进她的后背中去。

顾知意艰难地撑开手臂，迅速扫了一圈刚才被自己压过的地方，好在那些碎片并不是特别容易进入，她这才松了口气。

后知后觉，她的背开始疼。

那种疼直击心脏，就连喘口气都疼。

她背后的碎片是同事取出的，因为伤口不是很深，只是单纯地缝了几针。

伴随着碎片"当啷"一声落入消毒盘中，顾知意缓缓侧头看去。

原来，和平年代里的安宁祥和，是因为有人在负重前行。

他们也是孩子，是父亲，是兄弟，是挚友，却义无反顾地选择了这条路。

这一刻她大抵是明白了。

为期七天的演习结束后，顾知意光荣地得到了一个"徽章"。

只不过她的"徽章"她自己看不见。

而她，也没有遇见沈俞白。

从演习现场回来后，袁主任给她放了两天假，让她休息。

那天天气晴朗，顾知意回了一趟南关。

她把车停在距离旧巷还有段距离的商场停车场里。

下车时，她看了眼对面的天泰城。

金灿灿的门头已经换成低调奢华的烫金黑漆，好像这些年过去了，南关没有什么变化，天泰城倒是有了起色。

可以让人沉沦的东西太多，他们谁也不知道谁在某天会为了什么沉沦。

顾知意裹紧大衣，又戴上围巾，慢吞吞地往旧巷的方向走去。

穿过马路，还有那座木桥，就能到巷子的最尽头。

恍惚间，少年在桥尽头回眸，黑漆漆的眼眸望过来，沉静又清冷。

她鼻子一酸，抬手将围巾拉上来掩住鼻头，快速眨了眨眼睛。

冬天的风很奇怪，踏进巷子里，那些刺骨的冷风便像是被什么法术隔绝在外，刹那间寂静无声。

巷子中央那棵大树还在，叶子早就已经掉光，只有成簇的红绳在树枝上晃荡。

满树愿望。

顾知意站定，仰起头看向上面的红绳。

记忆里少年抬起手，将两根红绳系上去，她高兴地蹦了两下，然后许愿。

那个少年学着她的样子笨拙地打结，而后双手合十，虔诚许愿。

她眨了下眼睛，看向旁边。

空无一人。

顾知意撇撇嘴，只觉得眼眶发酸，她叹了口气，白雾散开："沈俞白，你到底许了什么愿望啊？"

一到冬天，旧巷家家都会烧煤球。

烧过的煤球歪歪扭扭地堆在门口或者垃圾桶口。

她数着煤球，七拐八拐地竟也到了之前住过的地方。

沈家的侧门紧闭，木门被时间摧残，门下的木头早就腐烂，门廊下的灯笼也破旧不堪。

顾知意站在沈俞白曾经站过的地方。

只要抬头，正对的是她房间的窗户。

她再也忍不住，慢慢蹲下身哭起来。

怎么好像，她真的把沈俞白弄丢了呢？

"你去旧巷了？"把她抱在怀里的男人拍拍她的肩膀示意她坐起来，而后又换了一个手法替她按摩。

顾知意"哎哟"了声，身子倒向一旁，还没彻底倒下就被男人扶住，她咬了下唇乖乖坐好。

"是去了。"

345

"什么时候？"男人凑过来在她脖颈处轻轻落下一吻。

顾知意缩了缩脖子，思索一番："12 月的第二个星期日。"

她记得清楚是因为那天刚好周末。

沈俞白顿了下。

须臾片刻，他轻轻环住眼前人。

顾知意被他忽然的拥抱吓了一跳："怎么了？"

"知知。

"那天我也去了。"

只是，他们错过了。